O CAMINHO DAS ADAGAS

ROBERT JORDAN

O CAMINHO DAS ADAGAS

LIVRO 8 DE A RODA DO TEMPO

TRADUÇÃO DE
RAFAEL MIRANDA RODRIGUES

intrínseca

Copyright © 1998 by The Bandersnatch Group, Inc.
Publicado mediante acordo com Sobel Weber Associates, Inc.
"The Wheel of Time®", "The Dragon Reborn™"e o símbolo da
roda/cobra são marcas registradas pertencentes a Robert Jordan
Assegurados os direitos morais do autor.

TÍTULO ORIGINAL
The Path of Daggers

EDIÇÃO
Flora Pinheiro

PREPARAÇÃO
Beatriz D'Oliveira

REVISÃO
Rowena Esteves

DIAGRAMAÇÃO
Ilustrarte Design e Produção Editorial

CAPA
Julio Moreira | Equatorium Design

IMAGEM PÁGS. 2 E 3
©Yevhenii Chulovskyi/Shutterstock images

MAPA
Ellisa Mitchell

ADAPTAÇÃO DO MAPA
ô de casa

ILUSTRAÇÕES INTERNAS
Matthew C. Nielsen

CIP-BRASIL. CATALOGAÇÃO NA PUBLICAÇÃO
SINDICATO NACIONAL DOS EDITORES DE LIVROS, RJ

J69c

    Jordan, Robert, 1948-2007
      O caminho das adagas / Robert Jordan ; tradução Rafael Miranda Rodrigues. - 1. ed. - Rio de Janeiro : Intrínseca, 2022.
    592 p. ; 23 cm. (Roda do tempo ; 8)

    Tradução de: The path of daggers
    Sequência de: Uma coroa de espadas
    ISBN 978-65-5560-427-6

22-80414   CDD: 813
                             CDU: 82-3(73)

    1. Ficção americana. I. Rodrigues, Rafael Miranda. II. Título. III. Série.

Gabriela Faray Ferreira Lopes - Bibliotecária - CRB-7/6643

[2022]
Todos os direitos desta edição reservados à
EDITORA INTRÍNSECA LTDA.
Rua Marquês de São Vicente, 99, 6º andar
22451-041 – Gávea
Rio de Janeiro – RJ
Tel./Fax: (21) 3206-7400
www.intrinseca.com.br

Para Harriet,
Minha luz, minha vida, meu coração,
para sempre

SUMÁRIO

Mapa   10 e 11
Prólogo: Aparências enganosas   13
 1 Em respeito ao acordo   43
 2 Desfazendo a tessitura   64
 3 Uma cavalgada agradável   82
 4 Um lugar calmo   95
 5 A tempestade caindo   109
 6 Fios   129
 7 Curral de cabras   153
 8 Uma simples camponesa   170
 9 Emaranhados   196
10 Mudanças   216
11 Muitas perguntas e um juramento   239
12 Novas alianças   256
13 Flutuando como neve   277
14 Mensagem do M'Hael   289
15 Mais forte que a lei escrita   304
16 Ausências inesperadas   320
17 No gelo   340
18 Um chamado peculiar   355
19 A lei   365
20 Em Andor   383
21 Atendendo à convocação   399
22 Mais e mais nuvens   414
23 Névoa de guerra, tempestade de batalha   428
24 Tempos para o ferro   449
25 Um retorno indesejado   480
26 O detalhe a mais   491
27 O acordo   510

28 Espinho-carmim   533
29 Um copo de sono 547
30 Começos   564
31 Depois   579
Glossário   581

Quem quiser cear com os poderosos deverá trilhar o caminho das adagas.

(Anotação anônima encontrada nas margens de registros históricos — dos tempos de Artur Asa-de-gavião, acredita-se — dos últimos dias dos Conclaves de Tovan)

Das alturas, todos os caminhos são pavimentados com adagas.

(antigo ditado Seanchan)

O Mar Morto
A Roda do Tempo
Aile Dashar
Oceano de Aryth
Fim do Mundo
Bandar Eban
Norte
Arad
Rio Dhagon
Doman
Rio Akum
Katar
Nérot
Rio Arinelle
Ponta de Toman
Planície de Almoth
Paerish Swar
Floresta Negra
Baerlon
Os Dois Rios
Campo de Em
Falme
Jehannah
Ghealdan
Rio Andahar
Tanchico
Tarabon
Montanhas
Elmora
Oceano de Aryth
Amador
Amadícia
Rio Sharia
Costa da Sombra
Dedo do Morde-vento
Tremalking
Qaim

Shayol Ghul
A Praga
As Terras Devastadas
Montanhas de Dhoom
Malkier
Garganta de Tarwin
a Praga
Fal Dara
Chachin
Shol Arbela
Maradon
Planícies das Lanças
KANDOR
ARAFEL
Fal Moran
SHIENAR
Passos de Niamh
Deserto Aiel
DAEA
as Colinas Negras
Rios Luan
Tar Valon
Monte do Dragão
Adaga do Fratricida
para Rhuidean
MUNDO
Rio Haevin
Estepes de Caralain
Rio Gaelin
Passo de Jangai
Cairhien
CAIRHIEN
Rio Alguenya
Floresta de Braem
ANDOR
Ponte Branca
Quatro Reis
Caemlyn
Aringill
ESPINHA
Rio Manetherendrelle
Rio Storn
Colinas de Kintara
Rio Erinin
Rio Iralell
Lugard
MURANDY
Rio Cary
Far Madding
Haddon Mirk
Pouso Shangtai
Planície de Maredo
TEAR
Tear
ILLIAN
Godan
as Garras do Dragão
as Terras Afogadas
Rios
Fronteira
Estradas
Florestas
Cidades
Mayene
Illian
para as Ilhas do Povo do Mar
Mar das Tempestades
Cindaking

Prólogo

Aparências enganosas

Ethenielle já tinha visto montanhas mais baixas que aquelas mal nomeadas Colinas Negras, grandes amontoados assimétricos de pedregulhos parcialmente enterrados, entremeados de íngremes passos sinuosos. Vários daqueles passos teriam feito uma cabra hesitar. Podia-se passar três dias viajando por florestas abaladas pela seca e campos de relva marrom sem vislumbrar um único sinal de presença humana, e então se ver, de repente, a meio dia de viagem de sete ou oito vilarejos minúsculos, todos eles alheios ao mundo. As Colinas Negras eram um lugar desafiador para fazendeiros, distantes das rotas de comércio, e ainda mais inóspitas naqueles tempos que outrora. Um leopardo encovado, que devia ter sumido ao avistar pessoas, observava de uma encosta escarpada a menos de quarenta passadas de distância quando ela passou com sua escolta de armadura. A oeste, abutres voavam em círculos pacientes, como um presságio. Nenhuma nuvem maculava o céu vermelho-sangue, embora houvesse um certo tipo de nuvem: quando o vento morno soprava, levantava paredes de poeira.

Com cinquenta de seus melhores homens em seus calcanhares, Ethenielle cavalgava sem preocupação, e sem pressa. Ao contrário de sua quase lendária ancestral, Surasa, ela não tinha a menor ilusão de que o clima atenderia aos seus desejos só porque ocupava o Trono das Nuvens. Quanto à falta de pressa... Cartas cuidadosamente codificadas e muito bem guardadas haviam definido a ordem da marcha, o que fora determinado conforme a necessidade de cada pessoa de viajar sem chamar atenção. Tarefa nada fácil. Havia quem achasse impossível.

De rosto franzido, ela refletiu sobre a sorte que lhe permitira chegar até ali sem ter de matar ninguém, evitando aqueles vilarejos infestados de moscas, mesmo quando isso significava prolongar a jornada em alguns dias. Os raros *pousos* Ogier não representavam problema — os Ogier, na maioria das vezes, davam pouca atenção ao que acontecia com os humanos, e menos ainda, ao que parecia, em tempos recentes —, mas os vilarejos... Eram pequenos demais para abrigar olhos-e-ouvidos da Torre Branca ou daquele sujeito que dizia ser o Dragão Renascido, e que talvez até fosse — ela não conseguia decidir o que seria pior —, pequenos demais, ainda que mascates, vez ou outra, passassem por eles. Mascates transportavam a mesma quantidade de fofocas que de mercadorias e conversavam com pessoas que conversavam com outras pessoas, os boatos correndo feito um rio que não parava de se ramificar, atravessando as Colinas Negras e ganhando o mundo. Com poucas palavras, um único pastor que passara despercebido podia acender um sinal de fogo que seria avistado a quinhentas léguas. O tipo de sinal de fogo que incendiava matas e campos. E cidades, talvez. Nações.

— Fiz a escolha certa, Serailla?

Frustrada consigo mesma, Ethenielle fez uma careta. Podia até não ser mais uma garota, mas seus poucos fios grisalhos não lhe davam idade suficiente para deixar a língua solta ao sabor da brisa. A decisão estava tomada. Porém, andara pensando naquilo. Sabia a Luz que ela não estava tão despreocupada quanto gostaria.

A Primeira Conselheira de Ethenielle esporeou a égua baia para se aproximar do sedoso capão negro da rainha. De rosto redondo plácido e olhos negros pensativos, Lady Serailla poderia se passar por uma esposa de fazendeiro enfiada de supetão em um vestido de cavalgada de uma nobre qualquer, mas a mente por trás daquelas feições simples e suadas era tão afiada quanto a de qualquer Aes Sedai.

— As outras opções só envolviam outros riscos, não riscos menores — observou ela, tranquila. Corpulenta, mas tão graciosa no alto da sela quanto o era dançando, Serailla estava sempre tranquila. Nem bajuladora nem falsa, só absolutamente inabalável. — Seja qual for a verdade, majestade, a Torre Branca parece estar paralisada e destroçada. A senhora poderia ter ficado sentada observando a Praga enquanto o mundo desmoronava atrás de si. Poderia, se fosse uma pessoa diferente.

A simples necessidade de agir. Fora isso que a levara até ali? Bem, se a Torre Branca não queria ou não podia fazer o que tinha de ser feito, então alguém devia fazer. De que adiantava vigiar a Praga, se o mundo para além dela de fato desmoronasse?

Ethenielle olhou para o homem esbelto que cavalgava do outro lado, as mechas brancas nas têmporas lhe emprestando um ar altivo, a Espada de Kirukan em sua bainha ornada repousando na dobra de um dos braços. Pelo menos era chamada de Espada de Kirukan, e a Rainha de Aramaelle, a guerreira mitológica, talvez a tivesse empunhado. A lâmina era antiga, e alguns diziam que fora forjada com o Poder. O punho largo encontrava-se voltado para ela, como mandava a tradição, embora ela própria não fosse tentar manusear uma espada tal qual uma saldaeana com miolos de fogo. Uma rainha devia pensar, liderar e comandar, o que ninguém conseguiria fazer enquanto tentasse cumprir um papel que qualquer soldado de seu exército cumpriria melhor.

— E você, Portador da Espada? — indagou ela. — Alguma apreensão a esta hora avançada?

Lorde Baldhere virou-se em sua sela trabalhada em ouro para dar uma espiada nos estandartes revestidos de couro e veludo bordado, carregados pelos cavaleiros que vinham logo atrás.

— Não gosto de esconder quem sou, majestade — respondeu ele, rebuscado, empertigando-se. — O mundo vai saber de nós em pouco tempo, e do que fizemos. Ou tentamos fazer. Vamos acabar mortos ou virar história, talvez as duas coisas, então melhor que eles saibam quais nomes escrever.

Baldhere tinha uma língua venenosa e fingia se importar mais com música e com suas roupas do que com qualquer outra coisa — aquele casaco azul bem cortado já era o terceiro que o homem usava só naquele dia —, mas, como no caso de Serailla, as aparências enganavam. O Portador da Espada do Trono das Nuvens tinha responsabilidades bem mais pesadas que aquela espada na bainha encrustada de joias. Desde a morte do marido, cerca de vinte anos atrás, Baldhere atuara em campo para ela, comandando os exércitos de Kandor, e a maior parte dos soldados dela o seguiria até mesmo a Shayol Ghul. O homem não era incluído entre os grandes capitães, mas sabia quando lutar e quando não, além de saber vencer.

— O ponto de encontro deve estar logo à frente — disse Serailla subitamente.

No mesmo instante, Ethenielle avistou o batedor que Baldhere despachara, um sujeito furtivo chamado Lomas, que usava um penacho de cabeça de raposa no capacete, se deter lá no alto do pico do passo logo adiante. Com sua lança inclinada, ele gesticulou com o braço o sinal de "ponto de encontro à vista".

Baldhere deu meia-volta no pesado capão, berrou um comando para que a escolta parasse — e o homem berrava bem, quando queria — e então esporeou o cavalo baio para se aproximar de Ethenielle e Serailla. Era para ser um encontro entre aliados de longa data, mas, ao passarem por Lomas, Baldhere deu ao batedor de rosto fino uma ordem brusca para "vigiar e repassar". Se algo desse errado, Lomas sinalizaria para que a escolta avançasse para tirar sua rainha de lá.

Ethenielle soltou um discreto suspiro quando Serailla fez um meneio de aprovação para o comando. Eram aliados de longa data, mas aqueles tempos levantavam suspeitas tal qual moscas em um monte de estrume. O que eles estavam prestes a fazer revolvia o monte e fazia as moscas voarem em círculos. A sul, governantes demais haviam morrido ou desaparecido no último ano para que ela se sentisse minimamente à vontade usando uma coroa. Territórios demais haviam sido esmagados tão sumariamente quanto teriam sido por um exército de Trollocs. Esse tal al'Thor, fosse quem fosse, tinha muito pelo que responder. Muito.

Depois de Lomas, o passo dava em uma cratera rasa que talvez fosse pequena demais para ser chamada de vale, com árvores muito espaçadas para serem consideradas um matagal. Folhas-de-couro, abetos-azuis e pinheiros-de-três-agulhas ainda tinham algum verde, bem como alguns carvalhos, mas todo o resto estava marrom, quando não desfolhado. A sul, porém, via-se o que tornava aquele local uma boa opção para um encontro: um pináculo longilíneo parecido com uma pilastra brilhante de renda dourada jazia oblíquo e parcialmente enterrado na encosta estéril, pelo menos umas setenta passadas de altura se revelando acima das copas das árvores. Qualquer criança das Colinas Negras com idade suficiente para correr por conta própria sabia de sua existência, mas não havia um vilarejo sequer a menos de quatro dias de viagem e ninguém chegava a menos de dez milhas dali por livre e espontânea vontade. As histórias sobre aquele lugar falavam de visões desatinadas, de mortos andando e de morte para quem tocasse o pináculo.

Ethenielle não se considerava influenciável, mas mesmo assim sentiu um leve arrepio. Nianh dizia que o pináculo era um fragmento da Era das Lendas, e que era inofensivo. Com sorte, a Aes Sedai não teria por que se recordar daquela conversa de anos atrás. Pena que ali não se podia despertar os mortos. Rezava a lenda que Kirukan decapitara um falso Dragão com suas próprias mãos e tivera dois filhos de um outro homem que conseguia canalizar. Ou talvez fosse o mesmo homem. Talvez ela soubesse dar conta de seu dever e ainda sobreviver.

Como imaginado, o primeiro par que Ethenielle fora ali encontrar já a esperava, cada um com dois criados. Paitar Nachiman tinha muito mais rugas no rosto comprido que o deslumbrante homem mais velho que ela admirara quando garota, sem falar nos parcos cabelos, em sua maioria grisalhos. Felizmente, abrira mão da moda arafeliana de tranças e usava cabelo curto. Mesmo assim, o homem estava empertigado na sela, os ombros sem precisar de enchimento naquele casaco de seda verde bordado, e ela sabia que ele ainda era capaz de brandir a espada que trazia à cintura com vigor e perícia. Easar Togita, de rosto quadrado e cocuruto raspado, exceto pelo topete branco, com seu casaco simples da cor de bronze antigo, era uma cabeça mais baixo que o Rei de Arafel e mais franzino, porém, mesmo assim, fazia Paitar parecer quase delicado. Easar de Shienar não fazia cara feia — se muito, seus olhos aparentavam um quê de tristeza permanente —, mas poderia ter sido forjado com o mesmo metal da espada comprida que trazia às costas. Ela confiava em ambos, e torcia para que suas conexões familiares ajudassem a resguardar essa confiança. Alianças por casamento sempre uniram as Terras da Fronteira tanto quanto a guerra contra a Praga, e ela tinha uma filha casada com o terceiro filho de Easar e um filho casado com a neta favorita de Paitar, além de um irmão e duas irmãs casados em suas Casas.

Os acompanhantes estavam tão mudados quanto seus reis. Como sempre, Ishigari Terasian parecia ter acabado de despertar de um estupor causado por um banquete e uma bebedeira, o homem mais gordo que ela já tinha visto em uma sela. Seu belo casaco vermelho estava amarrotado, os olhos, anuviados, as bochechas, com a barba por fazer. Por outro lado, Kyril Shianri, alto, esguio e quase tão elegante quanto Baldhere, apesar da poeira e do suor na cara, tinha sinos prateados no alto das botas, nas luvas e presos às tranças. Trazia no rosto sua expressão habitual de insatisfação e dava a impressão de olhar sempre com frieza sob aquele nariz proeminente para quem quer que fosse, menos para Paitar. Sob vários aspectos, Shianri era um tolo — reis arafelianos raramente tentavam fingir que davam ouvidos a conselheiros, preferindo, em vez disso, confiar em suas rainhas —, mas o sujeito era mais complexo do que aparentava à primeira vista. Agelmar Jagad parecia uma versão maior de Easar, um homem simples esculpido de pedra e aço, com vestimentas comuns, e mais armas a tiracolo do que carregava Baldhere, uma morte súbita só esperando ser solta, enquanto Alesune Chulin era tão esbelta quanto Serailla era robusta, tão bonita quanto Serailla era comum, e tão enérgica quanto Serailla era calma. Alesune parecia ter nascido para as belas sedas azuis que trajava. Era bom lembrar que julgar Serailla pela aparência também era um equívoco.

— Que a paz e a Luz estejam com você, Ethenielle de Kandor — saudou Easar com sua voz áspera quando Ethenielle parou diante deles, ao mesmo tempo que Paitar entoou:

— Que a Luz a abrace, Ethenielle de Kandor.

Paitar ainda tinha a mesma voz que fazia o coração das mulheres bater mais forte. E uma esposa que sabia que ele era seu até o solado das botas. Ethenielle duvidava que Menuki já tivesse tido algum momento de ciúme na vida, ou razão para tal.

Ela fez cumprimentos igualmente curtos e os concluiu de forma direta:

— Espero que tenham vindo até aqui sem serem detectados.

Easar bufou e se reclinou sobre a patilha da sela, encarando-a com ar soturno. Um homem firme, mas viúvo havia onze anos e ainda enlutado. Tinha escrito poesia para a esposa. As coisas sempre iam além das aparências.

— Se tivermos sido vistos, Ethenielle, então melhor voltarmos agora mesmo — murmurou ele.

— Já está falando em voltar? — Entre o tom de voz e um movimento das rédeas com borlas, Shianri conseguiu combinar desdém com o mínimo de civilidade possível para evitar uma retaliação.

Ainda assim, Agelmar o analisou com frieza e se moveu sutilmente na sela, um homem relembrando onde cada uma de suas armas se encontrava. Velhos aliados em muitas batalhas durante a Praga, mas pairavam as tais novas suspeitas.

Alesune remexeu sua montaria, uma égua cinza da altura de um cavalo de guerra. De repente, as finas mechas brancas no cabelo negro comprido pareceram penachos em um capacete, e os olhos da mulher tornavam fácil esquecer que shienaranas não treinavam com armas nem disputavam duelos. Seu título era simplesmente o de *shatayan* da família real, mas quem imaginava que a influência de qualquer *shatayan* se restringia às ordens a cozinheiras, criadas e provedores de alimentos cometia um erro grave.

— Imprudência não é coragem, Lorde Shianri. Deixamos a Praga praticamente desprotegida e, se falharmos, ou quem sabe até se tivermos sucesso, alguns de nós podem acabar com a cabeça em estacas. Talvez todos nós. A Torre Branca pode muito bem cuidar disso, se esse al'Thor não cuidar.

— A Praga parece quase adormecida — resmungou Terasian, o bigode tremelicando enquanto ele esfregava o queixo carnudo. — Nunca a vi tão calma.

— A Sombra nunca dorme — pontuou Jagad com voz baixa, e Terasian anuiu como se aquilo também fosse algo a se considerar.

Agelmar era o melhor general entre todos eles, um dos melhores do mundo, mas a posição de Terasian como braço direito de Paitar não se devia a ele ser um bom companheiro de bebedeiras.

— O contingente que deixei para trás só não protege a Praga se houver novas Guerras dos Trollocs — garantiu Ethenielle com voz firme. — E confio que todos vocês tenham feito o mesmo. Mas isso quase não faz diferença. Alguém acredita mesmo que temos como voltar agora? — Ela fez a última pergunta em um tom seco, sem esperar resposta, mas acabou por receber.

—Voltar? — A voz estridente de uma jovem interpelou-a por trás.

Tenobia de Saldaea chegou galopando até eles e puxou as rédeas do capão branco, fazendo-o empinar com exuberância. Fileiras espessas de pérolas desciam pelas mangas cinza-escuras das suas vestes de montaria de saia estreita, e grossos bordados vermelhos e dourados circundavam-na, enfatizando a finura do quadril e o arredondado do busto. Alta para uma mulher, ela conseguia ser bonita, senão linda, apesar de um nariz que, na melhor das hipóteses, era bastante audacioso. Os grandes olhos enviesados de um azul-escuro profundo certamente ajudavam, assim como uma autoconfiança tão forte que parecia fazê-la reluzir. Como era de se esperar, a Rainha de Saldaea só estava acompanhada de Kalyan Ramsin, um de seus vários tios, um homem grisalho e cheio de cicatrizes, com rosto de águia e bigodes grossos que se curvavam ao redor da boca. Tenobia Kazadi tolerava o conselho de soldados, mas de ninguém mais.

— Eu não vou voltar — prosseguiu ela, impetuosa —, independentemente do que o restante de vocês faça. Enviei meu *querido* tio Davram para me trazer a cabeça do falso Dragão Mazrim Taim e agora tanto ele *quanto* Taim seguem esse al'Thor, se eu resolver acreditar em metade do que ouço. Tenho quase cinquenta mil homens atrás de mim e, seja qual for a decisão de vocês, *eu* não vou voltar até meu tio e al'Thor aprenderem exatamente quem manda em Saldaea.

Ethenielle trocou olhares com Serailla e Baldhere, enquanto Paitar e Easar começaram a falar para Tenobia que também pretendiam seguir em frente. Serailla sacudiu bem de leve a cabeça e deu de ombros. Baldhere revirou os olhos sem disfarçar. Ethenielle não chegara a desejar exatamente que Tenobia decidisse se manter afastada, mas era certo que a garota criaria dificuldades.

Os saldaeanos eram estranhos — Ethenielle se perguntara com frequência como sua irmã Einone administrava tão bem seu casamento com outro tio de Tenobia —, mas, ainda assim, a rainha levava aquela estranheza ao limite. Esperava-se ostentação de qualquer nativo de Saldaea, mas o deleite de Tenobia era chocar domaneses e fazer altaranos parecerem sem graça. O temperamento saldaeano era lendário, e o dela era um fogaréu sob uma ventania, sendo que nunca dava para saber o que provocaria a centelha. Ethenielle não queria nem pensar na dificuldade de fazer a mulher ouvir a voz da razão quando não queria. Só Davram Bashere fora capaz disso. E ainda havia a questão do casamento.

Tenobia era jovem, mesmo que já estivesse bem além da idade com que deveria ter se casado, e o casamento era um dever para qualquer membro de uma

Casa governante, mais ainda para o governante em si. Alianças precisavam ser feitas e um herdeiro, gerado, mas Ethenielle nunca havia considerado a garota para nenhum de seus filhos. Os pré-requisitos de Tenobia para um marido estavam no mesmo nível de tudo o mais nela. O pretendente devia ser capaz de encarar e ceifar uma dúzia de Myrddraal de uma vez. Enquanto tocava harpa *e* escrevia poesia. Devia ser capaz de confundir estudiosos enquanto descia um penhasco íngreme a cavalo. Ou subia, talvez. Claro que teria de se submeter a ela — afinal de contas, ela era uma rainha —, tirando uma ou outra ocasião em que Tenobia esperaria que o sujeito ignorasse suas palavras e a jogasse por cima do ombro. Ela queria *exatamente* isso! E que a Luz ajudasse o sujeito caso ele decidisse jogá-la sobre o ombro quando ela quisesse deferência, ou se mostrasse submisso quando ela desejasse o contrário. Ela nunca externava nada disso, mas qualquer mulher com alguma sagacidade que já a ouvira falar sobre homens podia juntar as peças sem muito esforço. Tenobia morreria solteirona. O que significava que o sucessor seria seu tio Davram, se ela o deixasse vivo depois dessa empreitada, ou o herdeiro de Davram.

Uma palavra chamou a atenção de Ethenielle e a fez se endireitar na sela. Devia estar prestando atenção. Havia muita coisa em jogo.

— Aes Sedai? — questionou ela, bruscamente. — O que é que tem as Aes Sedai?

Exceto pelas de Paitar, as conselheiras da Torre Branca de todos eles tinham ido embora tão logo correu a notícia sobre os problemas na Torre; a dela própria, Nianh, e a de Easar, Aisling, tinham sumido sem deixar vestígios. Se as Aes Sedai tivessem ouvido falar sobre os planos deles... Bem, as Aes Sedai sempre tinham seus próprios planos. Sempre. Ethenielle não gostaria de descobrir que estava metendo a mão em dois ninhos de vespa, não em um só.

Paitar deu de ombros e aparentou um leve embaraço. Aquilo não era pouco tratando-se dele, que, tal qual Serailla, não se abalava por nada.

— Você não achou realmente que eu fosse deixar Coladara para trás, Ethenielle — disse ele em um tom de voz tranquilizador —, mesmo que tivesse conseguido esconder dela os preparativos.

Ela não achara. A irmã favorita do homem era Aes Sedai, e Kiruna o fizera nutrir um carinho profundo pela Torre. Ethenielle não achara, mas tinha nutrido alguma esperança.

— Coladara recebeu visitas — continuou ele. — Sete visitantes. Dadas as circunstâncias, pareceu prudente trazê-las. Felizmente, precisaram de pouco convencimento. Nenhum, na verdade.

— Que a Luz ilumine e preserve nossas almas — sussurrou Ethenielle, ouvindo o que pareceram ecos vindos de Serailla e Baldhere. — Oito irmãs, Paitar? Oito?

Com certeza a Torre Branca já sabia de cada movimento que eles pretendiam fazer.

— E eu tenho mais cinco — acrescentou Tenobia, como se anunciasse que tinha um par de chinelos novos. — Me encontraram pouco antes de eu sair de Saldaea. Por acaso, tenho certeza, elas pareceram tão surpresas quanto eu. Assim que descobriram o que eu estava fazendo... e eu ainda não sei como elas sabiam, mas sabiam... Assim que elas descobriram, tive certeza de que sairiam correndo atrás de Memara. — Ela franziu o cenho em uma careta momentânea. Elaida errara feio o cálculo ao enviar uma irmã para tentar intimidar Tenobia. — Em vez disso, Illeisien e as outras estavam mais preocupadas com o sigilo do que eu.

— Mesmo assim — insistiu Ethenielle. —Treze irmãs. Basta que uma delas dê um jeito de mandar uma mensagem. Algumas poucas linhas. Um soldado ou uma criada intimidados. Algum de vocês acha que poderia detê-las?

— Os dados já saíram do copo — respondeu Paitar simplesmente. O que estava feito, feito estava. Na visão de Ethenielle, arafelianos eram quase tão esquisitos quanto saldaeanos.

— Mais ao sul, pode ser bom ter treze Aes Sedai conosco — acrescentou Easar. Com a frase, veio o silêncio, e as implicações daquilo ficaram no ar. Ninguém quis expô-las. Aquilo era bem diferente de encarar a Praga.

De repente, Tenobia soltou uma gargalhada escandalosa. Seu capão tentou se agitar, mas ela o tranquilizou.

— Pretendo rumar para o sul o mais rápido possível, mas convido todos vocês para um jantar hoje em meu acampamento. Podem falar com Illeisien e as amigas dela para ver se o julgamento de vocês bate com o meu. Quem sabe amanhã à noite possamos todos nos reunir no acampamento de Paitar e interrogar as amigas de Coladara. — A sugestão foi tão sensata, tão claramente necessária, que todos concordaram de imediato. E então Tenobia complementou, como que pensando melhor: — Meu tio Kalyan ficaria honrado se você permitisse que ele se sentasse ao seu lado hoje à noite, Ethenielle. Ele a admira bastante.

Ethenielle deu uma olhadela na direção de Kalyan Ramsin, que parara seu cavalo discretamente atrás de Tenobia e não dera uma palavra, mal parecendo respirar. Ela apenas o encarou e, por um instante, aquela águia grisalha devolveu seu olhar. Por um instante, ela viu algo que não via desde que seu Brys morrera: um homem olhando não para uma rainha, mas para uma mulher. O choque daquela cena foi um golpe que lhe tirou o fôlego. Os olhos de Tenobia saltaram de seu tio para Ethenielle, seu sorrisinho satisfeito.

Ethenielle ficou indignada. Aquele sorriso deixava tudo claro como água de nascente, apesar de os olhos de Kalyan já terem deixado. Aquela garotinha pensava casar aquele sujeito com *ela*? Uma *criança* ousava...? De repente, a fúria deu lugar à tristeza. Ela mesma era ainda mais jovem quando arranjou o casamento de sua irmã viúva, Nazelle. Uma questão de Estado, ainda que Nazelle tivesse vindo a amar Lorde Ismic, apesar de todas as reclamações iniciais. Fazia tanto tempo que Ethenielle vinha arranjando casamentos para os outros, que nunca parara para pensar que seu próprio casamento criaria um laço muito forte. Ela voltou a fitar Kalyan, um olhar mais demorado. O rosto enrugado do homem voltara a demonstrar puro respeito, mas ela ainda via o olhar de antes. Qualquer consorte que viesse a escolher teria de ser um homem firme, mas ela sempre pedira uma chance para o amor nos casamentos de seus filhos, quando não nos dos irmãos, e não pediria menos para si mesma.

— Em vez de desperdiçar a luz do dia com conversa — disse ela, mais sem fôlego do que gostaria —, vamos fazer o que viemos fazer.

Que a Luz a queimasse, ela era mulher-feita, não uma garota conhecendo um possível pretendente pela primeira vez.

— E então? — questionou. Dessa vez, seu tom de voz foi adequadamente resoluto.

Todos os acordos tinham sido feitos por meio daquelas cartas cuidadosas, e todos os planos teriam de ser modificados à medida que eles rumassem para o sul e as circunstâncias fossem mudando. Aquela reunião só tinha um único verdadeiro propósito, uma cerimônia simples e antiga das Terras da Fronteira que só fora registrada sete vezes em todos os anos desde a Ruptura. Uma cerimônia simples que os comprometeria mais do que quaisquer palavras poderiam, por mais fortes que fossem. Os governantes aproximaram seus cavalos, enquanto os demais recuavam.

Ethenielle sibilou quando sua faca de cinta lhe rasgou a palma da mão esquerda. Tenobia riu ao cortar a dela. Paitar e Easar pareciam estar apenas tirando farpas. Quatro mãos se estenderam, se encontraram e se apertaram, o sangue pulsante se misturando, gotejando no chão, sendo absorvido pela terra pedregosa.

— Somos um só, até a morte — proclamou Easar, e todos repetiram.

— Somos um só, até a morte.

Pelo sangue e pelo solo, eles estavam comprometidos. Agora tinham de encontrar Rand al'Thor. E fazer o que tinha de ser feito. Fosse qual fosse o preço.

Tão logo se certificou de que Turanna conseguia se sentar na almofada por conta própria, Verin se levantou e deixou a abatida irmã Branca bebericando água. Tentando bebericar, pelo menos. Os dentes de Turanna batiam no copo prateado, o que não era nenhuma surpresa. A entrada da tenda era baixa o bastante para que Verin tivesse de se abaixar para pôr a cabeça para fora. A fadiga lhe incomodou as costas quando se curvou. Não tinha medo da mulher que tremia atrás dela em um robe grosseiro de lã preta. Verin a blindara com firmeza e duvidava que Turanna possuísse força suficiente nas pernas naquele momento para cogitar a ideia de pular nela pelas costas, mesmo que essa ideia incrível lhe ocorresse. As Brancas simplesmente não pensavam daquela maneira. Aliás, na condição em que Turanna estava, era de se duvidar que fosse capaz de canalizar um fiapo sequer nas próximas horas, ainda que não estivesse blindada.

O acampamento Aiel cobria as colinas que escondiam Cairhien, tendas cor de terra baixas preenchendo os espaços entre as poucas árvores que restavam de pé tão perto da cidade. Nuvens tênues de poeira pairavam no ar, mas nem a poeira nem o calor nem o brilho de um sol raivoso incomodavam minimamente os Aiel. O burburinho e a determinação tomavam conta do acampamento e o deixavam igual a qualquer cidade. À vista dela, havia homens abatendo caças e remendando tendas, afiando facas e fabricando as botas macias que todos usavam, mulheres cozinhando em fogueiras, assando, manuseando pequenos teares, cuidando de algumas das poucas crianças no acampamento. Por todo lado, *gai'shain* com seus robes brancos passavam a toda carregando fardos, batiam tapetes ou cuidavam de mulas e animais de carga. Não havia mascates nem comerciantes. Tampouco carroças e carruagens, claro. Uma cidade? Estava mais para mil vilarejos reunidos no mesmo lugar, ainda que houvesse muito mais homens do que mulheres e, exceto pelos ferreiros com suas bigornas ressoando, ainda que quase todos os homens que não trajavam branco estivessem armados. A maior parte das mulheres também.

Os números sem dúvida rivalizavam com os de uma das grandes cidades, mais que o suficiente para envelopar por completo umas poucas Aes Sedai prisioneiras, mas ainda assim Verin avistou uma mulher de robe preto se arrastando a menos de cinquenta passadas, lutando para puxar uma pilha de pedras na altura da cintura amontoadas atrás dela em um pedaço de couro. O capuz profundo escondia seu rosto, mas ninguém no acampamento, a não ser as irmãs cativas, trajava aqueles robes pretos. Uma Sábia caminhava junto ao couro, reluzindo com o Poder enquanto blindava a prisioneira, ao mesmo tempo em que um par de Donzelas flanqueava a irmã e usava chibatas para incitá-la toda vez que ela fraquejava. Verin se perguntou se devia presenciar aquilo. Naquela mesma manhã, passara por Coiren Saeldain e vira seu olhar apavorado, o suor escorrendo pelo rosto, com uma Sábia e dois Aiel altos escoltando-a enquanto carregava um cesto grande cheio de areia que lhe curvava, cambaleando para subir um aclive. Na véspera, havia sido Sarene Nemdahl. Eles a puseram para passar certa quantidade de água de um balde de couro para outro bem ao lado, chicoteavam-na para que ela o fizesse mais depressa, e então tornavam a chicotear a cada gota perdida, sendo que a água derramava exatamente por lhe darem chibatadas para que trabalhasse mais rápido. Sarene roubara alguns instantes para perguntar a Verin o motivo daquilo, embora não parecesse esperar alguma resposta. Verin por certo não fora capaz de lhe fornecer uma antes de as Donzelas reconduzirem Sarene para seu trabalho inútil.

Ela conteve um suspiro. Para começar, não tinha como gostar de ver as irmãs serem tratadas daquela maneira, quaisquer que fossem os motivos ou a necessidade, e, além disso, era óbvio que um número considerável de Sábias queria... O quê? Que ela soubesse que ser Aes Sedai não valia nada ali? Ridículo. Isso já tinha ficado absolutamente claro dias atrás. Que ela também poderia ser enfiada em um robe preto, talvez? Por ora, acreditava estar livre disso, pelo menos, mas as Sábias escondiam diversos segredos que ela ainda precisava decifrar, sendo o menor deles a forma como sua hierarquia funcionava. Com certeza o menor deles, ainda que sua vida e sua pele intacta estivessem embrulhados nesse segredo. As mulheres que davam comandos às vezes os recebiam das mesmas mulheres a quem antes comandaram, e depois isso se invertia de novo, sempre sem nenhuma explicação ou razão lógica que ela conseguisse identificar. Nenhuma delas, no entanto, dava ordens a Sorilea, e era aí que podia estar a segurança. Algum tipo de segurança.

Ela não pôde conter uma súbita satisfação. Naquela mesma manhã, mais cedo, no Palácio do Sol, Sorilea exigira saber o que deixava os aguacentos mais envergonhados. Kiruna e as outras irmãs não entenderam; não se esforçaram de fato para ver o que estava acontecendo ali, talvez por medo do que pudessem descobrir, temendo o peso que aquele conhecimento colocaria sobre seus juramentos. Elas ainda se esforçavam para justificar terem tomado o caminho que o destino as obrigara a tomar, mas Verin já tinha motivos para o caminho que seguiu, e um propósito. Também trazia uma lista na bolsa, pronta para entregar a

Sorilea quando as duas estivessem sozinhas. Não era preciso informar as outras. Algumas das prisioneiras, ela nunca conhecera, mas achava que, no caso da maioria das mulheres, aquela lista resumia as fraquezas que Sorilea buscava. A vida ficaria bem mais difícil para as mulheres de preto. E seus próprios esforços, com sorte, seriam muitíssimo ajudados.

Dois imensos Aiel, cada qual com ombros tão largos quanto o comprimento de um cabo de machado, encontravam-se sentados bem à entrada da tenda, aparentemente absortos em uma partida de cama de gato, mas olharam em volta tão logo a cabeça dela surgiu pela passagem. Mesmo com todo o seu tamanho, Coram se pôs de pé feito uma cobra se desenrolando, e Mendan só esperou o suficiente para guardar o barbante. Caso estivesse de pé, sua cabeça mal bateria no peito deles. Claro que poderia virá-los de ponta-cabeça e lhes dar umas palmadas. Se ousasse. De tempos em tempos, ficava tentada. Os homens tinham sido designados seus guias, sua proteção contra mal-entendidos no acampamento. E, sem dúvida, reportavam tudo que ela dizia ou fazia. De certa forma, ela teria preferido que Tomas estivesse ali, mas por pouco. Guardar segredo de seu Guardião era bem mais difícil que guardá-lo de estranhos.

— Por favor, avise para Colinda que já terminei com Turanna Norill — disse ela a Coram —, e peça para ela mandar Katerine Alruddin aqui.

Sua intenção era encarar primeiro as irmãs que não tinham Guardiões. O Aiel assentiu uma vez antes de obedecer sem falar nada. Aqueles dois Aiel não eram muito chegados à civilidade.

Mendan se acocorou e ficou observando-a com seus chamativos olhos azuis. Um dos dois sempre ficava com ela, independentemente do que Verin dissesse. Uma faixa de tecido vermelha estava amarrada na têmpora de Mendan e trazia marcado o antigo símbolo das Aes Sedai. Assim como os outros homens que usavam o objeto, e assim como as Donzelas, ele parecia estar só esperando que ela cometesse algum erro. Bem, eles não eram os primeiros e estavam muito longe de ser os mais perigosos. Setenta e um anos haviam se passado desde a última vez que ela cometera um erro grave.

Verin abriu um sorriso deliberadamente vago para Mendan e fez menção de voltar para dentro da tenda, quando, de repente, algo chamou sua atenção e a travou por completo. Se o Aiel tivesse tentado lhe cortar a garganta naquele exato instante, talvez ela nem percebesse.

Não muito longe de onde ela estava abaixada na entrada da tenda, nove ou dez mulheres estavam ajoelhadas em fila e rolavam os mós de moendas manuais de pedra lisa da mesma maneira que se fazia em qualquer fazenda isolada.

Outras mulheres traziam grãos dentro de cestos e levavam embora aquela farinha grosseira. As nove ou dez ajoelhadas trajavam saias escuras e blusas claras, lenços dobrados prendendo-lhes o cabelo. Uma, notadamente mais baixa que as demais, a única cujo cabelo não descia até a cintura ou mais além, não usava um colar ou bracelete sequer. Ela levantou os olhos, o ressentimento no rosto rosado pelo sol se acentuando ao cruzar o olhar com Verin. Só por um breve instante, no entanto, antes que ela se encolhesse apressada à sua tarefa.

Verin recuou para dentro da tenda, o estômago se revirando, embrulhado. Irgain era da Ajah Verde. Ou melhor, tinha sido, até Rand al'Thor estancá-la. Estar blindada atenuava e confundia o elo com seu Guardião, mas o estancamento o quebrava tal qual a morte. Um dos dois Guardiões de Irgain aparentemente tinha caído morto com o choque e o outro morrera tentando matar milhares de Aiel sem fazer o menor esforço para escapar. Era muito provável que Irgain desejasse também ter morrido. Estancada… Verin pressionou as mãos contra o peito. *Não* vomitaria. Já tinha visto coisas piores que uma mulher estancada. Bem piores.

— Não há esperança, não é? — murmurou Turanna com voz áspera. Chorava em silêncio, olhando fixamente para o copo prateado em suas mãos trêmulas e vendo algo longínquo e aterrorizante. — Não há esperança.

— Sempre tem algum jeito, basta você procurar — rebateu Verin, dando tapinhas distraídos no ombro da mulher. — Tem que procurar sempre.

Seus pensamentos fluíam a mil, e nenhum deles passava por Turanna. A Luz sabia que o estancamento de Irgain fazia sua barriga parecer entupida de gordura rançosa. Mas o que aquela mulher fazia moendo grãos? E vestida como uma Aiel! Será que a tinham colocado para trabalhar exatamente ali só para que Verin a visse? Pergunta tola. Mesmo com um *ta'veren* tão forte quanto Rand al'Thor a umas poucas milhas, havia certo limite para o número de coincidências que ela aceitaria. Será que tinha calculado mal? Na pior das hipóteses, não tinha como ser um erro tão grande. Só que pequenos erros por vezes se provavam tão fatais quanto os grandes. Quanto tempo ela resistiria, se Sorilea decidisse acabar com ela? Um tempo angustiantemente curto, suspeitava. Em certos aspectos, Sorilea era tão dura quanto qualquer outra pessoa que ela já conhecera. E nada do que ela pudesse dizer a impediria. Uma preocupação para outro dia. Não havia por que se precipitar.

Ajoelhando-se, ela fez um pequeno esforço para consolar Turanna, mas não muito. Palavras de conforto que soaram tão vazias para ela quanto para a outra mulher, a se julgar pelo desamparo em seus olhos. Nada poderia mudar as circunstâncias de Turanna, só ela mesma, e isso teria que vir de dentro dela. A irmã Branca apenas chorou mais intensamente, sem fazer nenhum barulho, enquanto os ombros tremiam, as lágrimas lhe escorrendo pelo rosto. A chegada de duas Sábias e um par de jovens Aiel que não conseguiam ficar de pé no interior da tenda foi quase um alívio. Para Verin, no caso. Ela se levantou e fez uma mesura polida, mas ninguém ali estava minimamente interessado nela.

Daviena era uma mulher de olhos verdes e cabelo ruivo-alourado, Losaine tinha olhos cinzentos e um cabelo negro que só ao sol revelava lampejos ruivos, ambas muito mais altas que ela, ambas ostentando semblantes de mulheres incumbidas de uma tarefa ingrata, que desejavam a outra pessoa. Nenhuma das duas canalizava com força suficiente para ter certeza de que daria conta de Turanna sozinha, mas estavam unidas como se tivessem acostumadas a formar círculos a vida inteira, a luz de *saidar* em torno de uma dando a impressão de se fundir com a da outra, apesar de estarem afastadas. Verin se forçou a abrir um sorriso para não franzir o rosto. Onde elas *tinham* aprendido aquilo? Teria apostado tudo que tinha que, poucos dias antes, as duas mulheres não sabiam se unir daquele jeito.

Em seguida, tudo correu rápido e de forma tranquila. Quando os dois homens abaixados pegaram-na pelos braços e a puseram de pé, Turanna deixou o copo prateado cair. Vazio, para a sorte dela. Ela não resistiu, no que fez muito bem, tendo em vista que qualquer um dos dois poderia tê-la levado embora debaixo do braço feito uma saca de grãos, mas ela estava de boca aberta e deixava escapar um lamento mudo. Os Aiel não deram a mínima. Daviena, concentrando-se no círculo, assumiu a blindagem, e Verin largou a Fonte por completo. Nenhuma das duas confiava nela o bastante para deixá-la agarrar *saidar* sem um motivo claro, não importava que juramentos ela tivesse feito. Nenhuma das duas pareceu notar, mas certamente notariam caso ela tivesse se mantido agarrada ao Poder. Os homens carregaram Turanna para fora, os pés descalços se arrastando pelos tapetes sobrepostos que formavam o piso da tenda, e as Sábias os seguiram. E foi isso. O que podia ser feito com Turanna tinha sido feito.

Verin deixou escapar um longo suspiro e se deixou cair em uma das coloridas almofadas com borlas. Uma bela bandeja dourada de cordame repousava nos tapetes ao lado. Ela encheu um dos copos prateados de um cântaro de estanho e bebeu com gosto. Um trabalho que dava sede, e que era cansativo. Restavam algumas horas de luz do dia, mas ela se sentia como se tivesse carregado um baú pesado por vinte milhas. Colina acima. O copo voltou para a bandeja e ela puxou o caderninho com capa de couro de trás do cinto. Sempre demoravam um pouquinho para buscar quem ela mandava trazer. Alguns momentos para examinar suas anotações — e fazer outras — viriam bem a calhar.

Não havia necessidade de fazer anotações sobre as prisioneiras, mas a aparição súbita de Cadsuane Melaidhrin, três dias antes, era motivo de preocupação. *Do que* Cadsuane estava atrás? As acompanhantes da mulher podiam ser desprezadas, mas Cadsuane era uma lenda, e até as partes críveis da lenda tornavam-na realmente perigosíssima. Perigosa e imprevisível. Verin sacou uma caneta do estojinho de madeira que sempre levava consigo e a esticou na direção do tinteiro ali dentro. Então uma outra Sábia adentrou a tenda.

Verin se apressou tanto para ficar de pé que deixou o caderno cair. Aeron não conseguia canalizar, mas Verin fez uma reverência bem mais solene para a mulher grisalha do que havia feito para Daviena e Losaine. Quando se inclinou para a mesura, soltou as saias para apanhar o livreto, mas os dedos de Aeron chegaram primeiro. Verin se endireitou e, com toda a calma, observou a mulher mais alta correr o polegar pelas páginas.

Olhos azuis como o céu encontraram os dela. Um céu de inverno.

— Alguns desenhos bem bonitos e bastante informação sobre plantas e flores — pontuou Aeron com frieza. — Não vejo nada a respeito das perguntas que mandaram você fazer. — Ela mais empurrou o caderno para Verin do que entregou.

— Obrigada, Sábia — disse Verin em um tom humilde, enfiando o livreto de volta na segurança de seu cinto. E, só por precaução, fez mais uma reverência, tão solene quanto a primeira. — Tenho o hábito de tomar nota de tudo que vejo.

Um dia, ela teria de transcrever a criptografia que usava em seus cadernos, já que passara a vida inteira escrevendo vários deles, que agora ocupavam prateleiras e baús em seus aposentos acima da biblioteca da Torre Branca. Um dia, que ela esperava não ser logo.

— Quanto às... hum... prisioneiras, até agora só contaram variações da mesma história. Que o *Car'a'carn* deveria ser abrigado na Torre até a última Batalha. Que os... hum... maus-tratos a ele... começaram por conta de uma tentativa de fuga. Mas claro que você já sabe disso. Não tema, tenho certeza de que vou descobrir mais coisas.

Tudo verdade, ainda que não toda a verdade. Ela já tinha visto muitas irmãs morrerem para correr o risco de mandar outras para o túmulo sem ter um motivo muito bom. O problema era decidir o que poderia causar esse risco. A maneira como o jovem al'Thor foi raptado, por uma comitiva que supostamente negociava com ele, deixou os Aiel com sede de sangue, mas o que ela chamava de "maus-tratos" mal chegara a irritá-los, até onde ela sabia.

Braceletes de ouro e marfim retiniram com delicadeza quando Aeron ajustou o xale escuro. A mulher a encarava de cima como se tentasse ler os pensamentos de Verin. Aeron aparentava fazer parte do alto escalão das Sábias, e ainda que Verin já tivesse visto alguns sorrisos enrugarem aquelas bochechas morenas, sorrisos fáceis e calorosos, nunca eram direcionados a uma Aes Sedai. *Nunca suspeitamos que seriam* vocês *a fracassar*, dissera ela a Verin de forma um tanto obscura. O restante, porém, não tivera nada de nebuloso. *As Aes Sedai não têm honra. Me cause um fiozinho de suspeita e eu bato em você com uma cinta, com minhas próprias mãos, até você não aguentar mais ficar de pé. Me cause dois fiozinhos e eu enfio você em uma estaca para os abutres e as formigas.* Verin encarou a mulher, tentando parecer sincera. E humilde. Não podia se esquecer de ser humilde. Dócil e subserviente. Ela não estava com medo. Ao longo da vida, já encarara olhares mais severos, de mulheres — e homens — que não tinham nem sequer a nesga de escrúpulo que Aeron demonstrava quanto a acabar com a vida dela. Mas tinha feito uma boa dose de esforço para conseguir ser enviada para fazer aquelas perguntas. Ela não podia se dar ao luxo de desperdiçar isso àquela altura. Se ao menos aqueles Aiel deixassem transparecer mais em seus rostos...

De maneira abrupta, Verin se deu conta de que as duas não estavam mais sozinhas na tenda. Duas Donzelas de cabelo claro haviam adentrado com uma mulher de robe preto um palmo mais baixa que elas, que as duas praticamente precisavam segurar de pé. De um lado estava Tialin, uma ruiva magrela com uma expressão soturna por trás da luz de *saidar*, blindando a prisioneira de robe preto. O cabelo ensopado de suor da irmã pendia em cachos até os ombros e tinha mechas grudadas no rosto tão empoeirado que Verin, de início, não a reconheceu. Maçãs do rosto altas, mas não muito, um nariz com uma sutil nuance aquilina, e olhos castanhos levemente oblíquos... Beldeine. Beldeine Nyram. Tinha sido instrutora da garota em algumas aulas para noviças.

— Se me permitem uma pergunta — disse ela com cuidado —, por que a trouxeram? Eu tinha pedido outra.

Beldeine não possuía Guardião, apesar de ser Verde. Tinha sido elevada ao xale havia meros três anos, e as Verdes costumavam ser especialmente exigentes com seu primeiro. Contudo, se eles começassem a trazer quem bem escolhessem, a próxima poderia ter dois ou três Guardiões. Verin achava que podia dar conta de mais duas ainda naquele dia, mas não se tivessem sequer um único Guardião. E duvidava que lhe dariam uma segunda chance com qualquer uma delas.

— Katerine Alruddin escapou ontem à noite. —Tialin quase cuspiu, e Verin *arfou*.

— Vocês a deixaram *escapar*? — disse ela sem pensar. O cansaço não era desculpa, mas as palavras saltaram de sua língua antes que pudesse contê-las. — Como puderam ser tão descuidados? Ela é Vermelha! E nem covarde nem fraca com o Poder! O *Car'a'carn* pode estar em perigo! Por que não fomos avisadas assim que aconteceu?

— Só ficamos sabendo hoje de manhã — grunhiu uma das Donzelas. Os olhos da mulher pareciam safiras polidas. — Uma Sábia e dois *Cor Darei* foram envenenados e o *gai'shain* que levou a bebida para eles foi encontrado com um talho na garganta.

Aeron arqueou uma das sobrancelhas para a Donzela com toda a frieza.

— Ela falou com você, Carahuin?

De repente, as duas Donzelas ficaram entretidas com a tarefa de manter Beldeine de pé. Aeron olhou apenas de relance para Tialin, mas a Sábia ruiva baixou a cabeça. Então ela voltou sua atenção para Verin.

— Sua preocupação com Rand al'Thor... a honra — disse Aeron, com má vontade. — Ele será protegido. Você não precisa saber de mais nada. Nem do que já soube. — Em uma mudança abrupta, seu tom de voz endureceu. — Mas aprendizes não se dirigem a Sábias nesse tom de voz, Verin Mathwin *Aes Sedai*. — As últimas palavras saíram com desdém.

Verin abafou um suspiro e tratou de fazer mais uma profunda mesura, parte dela desejando ainda estar tão magra quanto estivera quando chegou à Torre Branca. Ela não fora exatamente moldada para tantas flexões e reverências.

— Me perdoe, Sábia — respondeu, humilde. Escapou! As circunstâncias tornavam tudo claro, se não para os Aiel, para ela. — A apreensão deve ter desregulado meu bom senso. — Pena ela não ter como garantir que Katerine sofresse um acidente fatal. — Vou fazer o possível para me lembrar disso no futuro. — Nem sequer o tremer de um cílio indicou se Aeron havia aceitado suas palavras. — Posso assumir a blindagem dela, Sábia?

Aeron aquiesceu sem olhar para Tialin, e Verin tratou de abraçar a Fonte e apanhar a blindagem que Tialin soltou. Ela nunca deixava de se surpreender com o fato de mulheres que não conseguiam canalizar poderem dar ordens tão livremente a mulheres que conseguiam. Tialin não era tão mais fraca que Verin com o Poder, mas ficava observando Aeron praticamente com a mesma cautela das Donzelas, e quando as Donzelas saíram apressadas da tenda após um gesto de Aeron, deixando Beldeine cambaleando onde estava, Tialin também saiu um mero passo atrás.

Aeron, no entanto, não se foi, não de imediato.

— Você não vai falar de Katerine Alruddin para o *Car'a'carn* — advertiu ela. — Ele já tem preocupações suficientes e não precisa pensar nessas bobagens.

— Não vou falar nada para ele a respeito dela — Verin tratou de concordar.

Bobagens? Uma Vermelha com a força de Katerine não era bobagem. Talvez valesse uma anotação. Exigia reflexão.

— Trate de controlar a língua, Verin Mathwin, ou vai usá-la para berrar.

Parecia não haver o que responder, e Verin se concentrou na humildade e na docilidade e fez mais uma reverência. Seus joelhos queriam gemer.

Tão logo Aeron se foi, Verin se permitiu um suspiro de alívio. Temera que a mulher quisesse permanecer. Obter a permissão para ficar sozinha com as prisioneiras exigira quase tanto esforço quanto fazer Sorilea e Amys decidirem que elas precisavam ser interrogadas, e por alguém familiarizada com a Torre Branca. Se elas descobrissem que tinham sido levadas a tomar essa decisão... Era uma preocupação para outro dia. Verin parecia estar acumulando uma porção delas.

— Tem água suficiente pelo menos para lavar seu rosto e suas mãos — falou para Beldeine em um tom ameno. — E, se você quiser, posso Curar você.

Todas as irmãs que ela entrevistara tinham apresentado pelo menos algumas marcas de chibatadas. Os Aiel não batiam em prisioneiros, exceto quando eles derramavam água ou se recusavam a realizar alguma tarefa — mesmo as palavras mais insolentes de rebeldia rendiam apenas uma gargalhada de desprezo, se tanto —, mas as mulheres de robe preto eram pastoreadas feito animais, uma batidinha com a chibata para seguir em frente, virar ou parar, e uma batida mais forte caso elas não obedecessem rápido o bastante. Curar também facilitava outras coisas.

Imunda, suada e cambaleando feito um bambu ao vento, Beldeine franziu os lábios.

— Prefiro sangrar até a morte do que ser Curada por você. Talvez eu devesse ter esperado ver você se humilhando para essas bravias, essas selvagens, mas nunca pensei que se rebaixaria a ponto de revelar os segredos da Torre! Isso é traição, Verin! Com direito a rebelião! — Ela grunhiu com desdém. — Suponho que se isso não a deteve, nada deterá! O que mais você e as outras ensinaram para elas, além de se unir?

Irritada, Verin estalou a língua sem se dar ao trabalho de corrigir a jovem. Estava com o pescoço dolorido de tanto levantar a vista para os Aiel — aliás, até Beldeine tinha um palmo ou mais de altura que ela — e os joelhos doíam das reverências, sem falar que muitíssimas mulheres que deveriam ter mais juízo haviam lhe dirigido um desdém cego e um orgulho tolo naquele dia. Quem melhor que uma Aes Sedai para saber que uma irmã tinha de ter muitas caras no mundo? Nem sempre dava para impressionar as pessoas nem sair metendo a mão na cara delas. Além do mais, era bem melhor se comportar como uma noviça do que ser punida como tal, especialmente quando isso só rendia dor e humilhação. Até Kiruna acabaria entendendo como aquilo fazia sentido.

— Sente-se, antes que você caia — disse ela, seguindo a própria sugestão. — Deixe-me ver se adivinho o que você andou fazendo hoje. Com toda essa sujeira, diria que você cavou um buraco. Foi só com as mãos mesmo ou deixaram você usar uma colher? Quando eles decidirem que está bom, vão mandar você encher de novo, sabia? Agora vamos ver... Até onde vejo, você está toda imunda, mas o robe está limpo, então imagino que tenham feito você cavar nua. Tem certeza de que não quer a Cura? Queimaduras de sol podem doer bastante. — Ela encheu outro copo de água e o fez flutuar por toda a tenda em um fluxo de Ar até deixá-lo pairando à frente de Beldeine. — Você deve estar com a garganta seca.

A jovem Verde encarou cambaleante o copo por um momento, e então, de repente, suas pernas cederam, ela desabou em uma almofada e soltou uma risada amarga.

— Eles... vivem *me dando água*. — Ela tornou a gargalhar, apesar de Verin não ver a graça. — Quanto eu quiser, desde que tome tudo. — Examinando Verin com raiva, ela fez uma pausa e depois prosseguiu com uma voz tensa: — Esse vestido fica muito bonito em você. Queimaram o meu, eu vi. Roubaram tudo, menos isso. — Ela tocou a Grande Serpente dourada que lhe envolvia o indicador esquerdo, um brilho de ouro em meio à sujeira. — Imagino que não tenham tido coragem suficiente para isso. Sei o que estão tentando fazer, Verin, e não vai dar certo. Nem comigo nem com nenhuma de nós!

Ela ainda estava com a guarda alta. Verin pousou o copo no tapete florido ao lado de Beldeine e então apanhou o seu para dar um golinho antes de falar.

— Ah, é? E o que eles estão tentando fazer?

Desta vez, a gargalhada da outra mulher saiu rouca e tensa.

— Arrasar a todas nós, e você sabe disso! Nos obrigar a fazer juras a al'Thor, como você fez. Ah, Verin, como pôde? Jurar fidelidade! E pior, a um *homem*, a *ele*! Mesmo que você tivesse a audácia de se rebelar contra o Trono de Amyrlin, contra a Torre Branca... — Ela fez as duas coisas parecerem iguais. — Como foi capaz de fazer *isso*?

Por um momento, Verin se perguntou se a situação estaria melhor se as mulheres agora presas no acampamento Aiel tivessem sido capturadas, como ela fora, uma lasca de madeira no fluxo do redemoinho de *ta'veren* de Rand al'Thor, as palavras lhe saindo da boca antes que ela tivesse tempo de formulá-las no cérebro. Não foram palavras que ela jamais teria dito por conta própria — não era assim que os *ta'veren* afetavam as pessoas —, mas palavras que ela tinha uma chance em mil de ter dito naquelas circunstâncias, ou uma chance em dez mil. Não, as discussões sobre se juramentos feitos daquela forma precisavam ou não ser honrados tinham sido longas e acaloradas, e as discussões a respeito de como cumpri-los ainda ocorriam. Muito melhor assim. Distraída, ela correu os dedos por um objeto rígido dentro de sua bolsa, um pequeno broche, uma pedra translúcida entalhada no que parecia ser um lírio com pétalas demais. Ela nunca o tinha usado, mas jamais estivera fora do seu alcance em quase cinquenta anos.

— Você é *da'tsang*, Beldeine. Já deve ter ouvido isso. — Ela não precisava do assentimento rude de Beldeine. Informar sua condição de desprezível fazia parte da lei Aiel, como dar uma sentença. Isso ela sabia, ainda que muito pouco mais. — Suas roupas e qualquer outra coisa que fosse possível queimar foram incendiadas porque Aiel nenhum ficaria com qualquer objeto que tenha pertencido a um *da'tsang*. O resto foi feito em pedacinhos ou virou sucata a marteladas, inclusive as joias que você usava, e enterrado em uma fossa escavada para servir de latrina.

— Meu...? Meu cavalo? — perguntou Beldeine, ansiosa.

— Não mataram os cavalos, mas não sei onde está o seu.

Servindo de montaria para alguém da cidade, provavelmente, ou quem sabe tivesse sido dado aos Asha'man. Dizer isso a ela poderia fazer mais mal do que bem. Verin pensava se recordar que Beldeine era uma daquelas jovens que nutriam sentimentos muito profundos por cavalos.

— Deixaram você ficar com o anel para se lembrar de quem é e aumentar sua vergonha. Não sei se deixariam você jurar lealdade ao Mestre al'Thor nem se implorasse. Seria preciso algo incrível da sua parte, eu acho.

— Eu não vou jurar! Nunca! — As palavras, porém, soaram vazias, e os ombros de Beldeine afundaram. Ela estava abalada, mas não o suficiente.

Verin abriu um sorriso tranquilo. Um sujeito dissera a ela uma vez que aquele sorriso o fazia se lembrar de sua querida mãe. Ela esperava que ao menos sobre isso ele não tivesse mentido. Pouco depois, o homem tentara atravessar uma adaga entre suas costelas, e aquele sorriso tinha sido a última coisa que ele viu.

— Não consigo imaginar por que você juraria. Não, receio que você tem apenas trabalhos inúteis pela frente. Isso, para eles, é vergonhoso. Muito vergonhoso. Claro que, se eles perceberem que você não vê dessa maneira... Nossa!

Aposto que você não gostou nada de cavar sem roupa, mesmo tendo as Donzelas como guardas, mas imagine algo como, digamos, ficar daquele jeito em uma tenda cheia de homens... — Beldeine se encolheu. Verin continuou tagarelando. Tinha desenvolvido sua tagarelice quase ao nível de um Talento. — Só deixariam você lá parada, claro. *Da'tsang* não têm permissão para fazer nada útil, a menos que haja extrema necessidade, sem falar que um Aiel preferiria abraçar uma carcaça em putrefação do que... Bem, não é muito agradável imaginar isso, certo? De todo modo, é o que você deve esperar. Sei que vai resistir o quanto puder, embora eu não saiba direito a quê. Eles não vão tentar arrancar informações de você nem fazer nada que se costuma fazer com prisioneiros. Mas não vão liberá-la jamais, até terem certeza de que sua vergonha é tão profunda que não lhe restou mais nada. Mesmo que leve o resto da sua vida.

Os lábios de Beldeine se moveram sem emitir som, mas deu para compreender muito bem. *O resto da minha vida*. Movendo-se desconfortavelmente na almofada, ela fez uma careta. Queimaduras de sol, chibatadas ou simplesmente a dor de um trabalho pouco usual.

— Nós seremos resgatadas — disse ela, por fim. — A Amyrlin não vai nos abandonar... Ou seremos resgatadas ou... Nós *seremos* resgatadas!

Apanhando o copo prateado ao seu lado, ela inclinou a cabeça para trás para beber até esvaziá-lo e então o esticou para pedir mais. Verin flutuou o cântaro de estanho até lá e o pousou de modo que a jovem tivesse como se servir sozinha.

— Ou você vai fugir? — indagou Verin, no que as mãos sujas de Beldeine deram um solavanco e derramaram água pelas laterais do copo. — Olha, é sério. Você tem tanta chance de fugir quanto de ser resgatada. Está cercada por um exército Aiel. E, ao que parece, al'Thor pode convocar algumas centenas daqueles Asha'man quando bem entender só para caçar você. — A outra mulher estremeceu ao ouvir aquilo e Verin quase tremeu também. Aquela pequena confusão deveria ter sido resolvida logo no começo. — Não, temo que você tenha que resolver sua vida sozinha. Encarar as coisas como são. Você está sozinha nessa. Sei que não deixam você falar com as outras. Está sozinha mesmo. — Ela suspirou. Olhos arregalados encaravam-na como se estivessem diante de uma víbora vermelha. — Não precisa piorar uma situação ruim. Me deixe Curar você.

Ela mal esperou o meneio lamurioso da outra mulher e foi logo se ajoelhando ao lado de Beldeine e colocando as mãos na cabeça dela. A jovem já estava quase tão pronta quanto era possível. Abrindo-se para mais *saidar*, Verin teceu os fluxos da Cura, e a Verde arfou e estremeceu. O copo pela metade caiu de suas mãos e um movimento de braço fez o cântaro tombar. Agora, sim, ela *estava* pronta.

Nos momentos de confusão que tomavam qualquer pessoa após a Cura, enquanto Beldeine continuava atônita e tentava voltar a si, Verin se abriu ainda mais, se abriu por meio do *angreal* de flor entalhada que trazia na bolsa. Não era um *angreal* dos mais poderosos, mas era o suficiente, e ela precisava de cada pedacinho a mais de Poder que ele lhe dava para dar conta daquilo. Os fluxos que começou a tecer não se pareciam em nada com os da Cura. Espírito era, de longe, o predominante, mas havia Vento e Água, Fogo e Terra, esse último lhe trazendo alguma dificuldade, e até as meadas de Espírito tinham de ser divididas várias e várias vezes, tecidas com tal complexidade que até um tecelão dos melhores tapetes ficaria embasbacado. Mesmo que uma Sábia enfiasse a cabeça dentro da tenda, bastaria um pouquinho de sorte para que não possuísse o raro Talento necessário para saber o que Verin estava fazendo. Ainda haveria dificuldades, talvez dolorosas dificuldades, de um jeito ou de outro, mas ela conseguiria lidar com qualquer coisa que não fosse ser de fato descoberta.

— O que...? — disse Beldeine, sonolenta. Não fosse Verin estar segurando, sua cabeça teria pendido, e as pálpebras estavam parcialmente fechadas. — O que você...? O que está acontecendo?

— Nada que vá lhe fazer mal — tranquilizou-a Verin. A mulher poderia morrer em menos de um ano, ou em dez, por consequência daquilo, mas a tessitura em si não lhe faria mal. — Eu prometo. Isso é tão seguro que se pode usar até em crianças.

Claro que dependia do que se fizesse com aquilo.

Era preciso colocar os fluxos no lugar fio por fio, mas falar parecia mais ajudar que atrapalhar. E um silêncio muito longo poderia levantar suspeitas, caso seus guardas estivessem ouvindo. Os olhos de Verin saltavam com frequência até as abas esvoaçantes da tenda. Ela queria algumas respostas que não tinha a menor intenção de compartilhar, respostas que era provável que nenhuma das mulheres que ela interrogou desse de forma espontânea, nem mesmo se soubesse. Um dos efeitos menores daquela tessitura era soltar a língua e abrir a mente tão bem quanto qualquer erva o faria, surtindo um efeito rápido.

Ela baixou a voz quase ao nível de um sussurro e continuou:

— O garoto al'Thor parece achar que tem certo tipo de apoiadoras dentro da Torre Branca, Beldeine. Em segredo, é claro. Deve ter. — Mesmo que um homem estivesse pressionando o ouvido contra o tecido da tenda, só deveria conseguir identificar que elas estavam conversando. — Me conte tudo que sabe sobre isso.

— Apoiadoras? — murmurou Beldeine, tentando franzir o cenho sem sucesso. Ela se agitou, embora aquilo mal merecesse ser chamado de agitação, frágil e descoordenada. — Dele? Entre as irmãs? Não pode ser. Exceto vocês que... Como você foi capaz, Verin? Por que você não lutou?

Verin soltou um "tsc, tsc, tsc" irritado. Não pela sugestão tola de que deveria ter lutado com um *ta'veren*. O garoto parecera tão confiante. Por quê? Ela continuou falando baixinho.

— Você não tem nenhuma suspeita, Beldeine? Não ouviu nenhum boato antes de ir embora de Tar Valon? Nenhum cochicho? Ninguém que tenha insinuado se aproximar dele de um jeito diferente? Me conte.

— Ninguém. Quem poderia...? Ninguém faria... Eu admirava tanto Kiruna. — A voz sonolenta de Beldeine acusou um quê de derrota, e as lágrimas que escorreram de seus olhos criaram um rastro na sujeira. Só as mãos de Verin mantinham-na sentada ereta.

Verin continuou urdindo os fios de sua tessitura, os olhos alternando entre seu trabalho e as abas da tenda. Também se sentia prestes a suar. Sorilea talvez decidisse que ela precisava de ajuda com os interrogatórios. Talvez trouxesse uma das irmãs do Palácio do Sol. Se alguma irmã ficasse sabendo daquilo, o estancamento era uma possibilidade muito real.

— Quer dizer então que você ia entregá-lo para Elaida limpinho e bem-comportado — disse ela em um tom de voz um pouco mais alto. O silêncio já se estendera demais. Ela não queria que a dupla lá fora contasse que ela andava cochichando com as prisioneiras.

— Eu não podia... questionar... a decisão de Galina. Ela estava no comando... por ordem da Amyrlin. — Beldeine tornou a se remexer, sem forças. Sua voz permanecia em um tom sonolento, mas ganhou um quê de agitação. As pálpebras tremelicaram. — Ele tinha... que aprender... a obedecer! Tinha que aprender! Não devia ter sido... tão destratado. Como quando... decidiram... interrogá-lo. Errado.

Verin bufou. Errado? Estava mais para desastroso. Um desastre de cabo a rabo. O homem passara a olhar para qualquer Aes Sedai quase igual a Aeron. E se elas tivessem conseguido levá-lo a Tar Valon? Um *ta'veren* como Rand al'Thor dentro da Torre Branca? Um pensamento para fazer até uma pedra estremecer. Fosse qual fosse o resultado, definir como "desastre" realmente teria sido ameno demais. O preço pago nos Poços de Dumai tinha sido baixo para evitar isso.

Ela seguiu fazendo perguntas em um tom de voz que podia ser compreendido com clareza por qualquer um ouvindo do lado de fora. Fazendo perguntas cujas respostas ela já sabia e evitando as que fossem perigosas demais para serem respondidas. Verin dava pouca atenção às palavras que lhe saíam da boca ou às respostas de Beldeine. Seu foco principal era a tessitura.

Uma infinidade de coisas havia despertado seu interesse ao longo dos anos, nem todas estritamente aprovadas pela Torre. Quase todas as bravias que foram à Torre para treinamento — tanto bravias de verdade, que tinham de fato se iniciado como autodidatas, quanto garotas que tinham começado a tocar a Fonte apenas porque a centelha com a qual nasceram se estimulara por conta própria; para algumas irmãs, não fazia muita diferença —, quase todas criaram ao menos um truque para si, e esses truques quase que invariavelmente seguiam por um ou outro caminho: alguma forma de ouvir as conversas dos outros ou de conseguir que as pessoas fizessem o que elas queriam.

Para a primeira, a Torre não dava muita bola. Até as bravias que haviam desenvolvido sozinhas um controle considerável aprendiam depressa que, enquanto usassem o branco das noviças, não podiam nem sequer tocar *saidar* sem uma irmã ou uma Aceita supervisionando-a. O que tendia a limitar bastante as escutas às escondidas. O outro truque, no entanto, tinha muita cara de Compulsão, que era proibida. Ah, era só um jeito de fazer o pai lhes dar os vestidos ou penduricalhos que não queria comprar ou fazer a mãe aprovar os rapazes que habitualmente botaria para correr, coisas dessa natureza, mas a Torre arrancava o truque pela raiz com muita eficácia. Muitas das garotas e mulheres com quem Verin conversara ao longo dos anos não conseguia se obrigar a formar as tessituras, muito menos usá-las, e um bom número sequer se lembrava de como eram. De pedacinhos aqui e ali e vestígios de tessituras semiesquecidas, criadas para propósitos muito limitados por garotas sem treinamento, Verin reconstruíra algo proibido pela Torre desde a sua fundação. No início, havia sido por pura curiosidade. *A curiosidade*, pensou ela com ironia, trabalhando na tessitura de Beldeine, *já fez com que eu me metesse em mais de uma confusão*. A serventia veio depois.

— Suponho que Elaida pretendia mantê-lo nas celas abertas — disse ela, em tom de conversa. As celas com paredes de barras eram destinadas a homens que canalizavam, bem como a iniciadas da Torre sob prisão vigiada, bravias que tinham afirmado ser Aes Sedai, e qualquer outra pessoa que devesse ser tanto confinada quanto impedida de acessar a Fonte. — Não é um lugar confortável para o Dragão Renascido. Nenhuma privacidade. Você acredita que ele é o Dragão Renascido, Beldeine? — Dessa vez, ela parou para escutar.

— Acredito. — A palavra saiu como um sibilo, e Beldeine virou os olhos assustados na direção do rosto de Verin. — Acredito... mas ele deve... ser mantido... em segurança. O mundo... deve ser... protegido... dele.

Interessante. Todas elas haviam dito que o mundo deveria ser protegido dele. O interessante era aquelas que achavam que ele também precisava de proteção. Algumas das que disseram isso a surpreenderam.

Aos olhos de Verin, a tessitura que ela urdira não parecia mais que um emaranhado aleatório de fios transparentes de brilho tênue enroscados em volta da cabeça de Beldeine, com quatro fios de Espírito despontando daquela confusão. Dois deles, um de frente para o outro, ela puxou, e o emaranhado se desfez ligeiramente, desabando e formando algo quase organizado. Os olhos de Beldeine se arregalaram, fixos ao longe.

Com uma voz baixa e firme, Verin lhe deu instruções. Estavam mais para sugestões, embora ela as pronunciasse como comandos. Beldeine teria de encontrar motivos dentro de si para obedecer. Se não, todo aquele esforço teria sido em vão.

Com as últimas palavras, Verin puxou os outros dois fios de Espírito e o emaranhado se desfez ainda mais. Dessa vez, contudo, configurando-se no que parecia ser uma organização perfeita, um padrão mais preciso, mais complicado até que a renda mais intrincada, e completo, amarrado pela mesma ação que iniciara seu encolhimento. Ele foi desabando em torno da cabeça de Beldeine sem parar. Os fios de brilho tênue foram penetrando na garota e desapareceram. Os olhos dela se reviraram e ela começou a se debater, os membros se sacudindo. Verin segurou-a com a maior delicadeza possível, mas a cabeça de Beldeine ainda se agitava de um lado para outro, os calcanhares descalços tamborilando nos tapetes. Em pouco tempo, só uma Detecção das mais cuidadosas indicaria que algo havia sido feito ali, e nem isso identificaria a tessitura. Verin fizera esse teste com cuidado, e, na opinião dela, ninguém a superava em Detecção.

Claro que aquilo não era exatamente Compulsão, como os antigos textos a descreviam. A tessitura sumiu com dolorosa lentidão, improvisada como era, e havia aquela necessidade de um motivo. Ajudava bastante que o alvo da tessitura estivesse vulnerável emocionalmente, mas a confiança era absolutamente necessária. Mesmo pegar alguém de surpresa não adiantava de nada se houvesse desconfiança. Isso diminuía consideravelmente sua utilidade com homens, já que *pouquíssimos* não ficavam desconfiados na presença de uma Aes Sedai.

Desconfianças à parte, homens eram péssimos experimentos, infelizmente. Verin não conseguia entender por quê. A maioria das tessituras feitas por aquelas bravias se destinava a seus pais ou outros homens. Qualquer personalidade forte podia começar a questionar as próprias ações — ou até a esquecê-las, o que levaria a outros tipos de problemas —, mas, em condições normais, os homens eram muito mais propensos a tal. Muito mais propensos. Talvez fosse a desconfiança de novo. Ora, uma vez um homem se lembrara até das tessituras lhe sendo urdidas, mas não das instruções que lhe foram dadas. Quanta chateação *aquilo* causou! Não era algo que ela arriscaria outra vez.

Por fim, as convulsões de Beldeine foram diminuindo e cessaram. Ela levou a mão imunda até a cabeça.

— O quê...? O que aconteceu? — indagou ela, quase inaudível. — Eu desmaiei?

A amnésia era outra vantagem da tessitura, e não causava surpresa. Afinal, o pai não devia se lembrar que, de alguma forma, tinha sido levado a comprar aquele vestido caro.

— Está um calor terrível — disse Verin, ajudando-a a se sentar de novo. — Eu mesma me senti zonza uma ou duas vezes hoje.

De cansaço, não de calor. Dar conta de tanto *saidar* exigia muito da pessoa, em especial quando já se fizera aquilo quatro vezes só naquele dia. O *angreal* não fazia nada para diminuir os efeitos a partir do momento em que se parava de usá-lo. Ela também queria uma mão lhe dando apoio.

— Acho que já chega. Se você está desmaiando, pode ser que encontrem algo para você fazer longe do sol. — A ideia não pareceu animar Beldeine nem um pouco.

Esfregando a região lombar, Verin pôs a cabeça para fora da tenda. Coram e Mendan interromperam outra vez a partida de cama de gato; não havia o menor sinal de que um deles tivesse ouvido alguma coisa, mas ela não apostaria sua vida nisso. Ela disse aos dois que já tinha terminado com Beldeine e, após pensar por um instante, acrescentou que precisava de outro cântaro de água, já que Beldeine derramara o dela. O rosto deles avermelhou-se sob a pele bronzeada. A informação seria repassada à Sábia que fosse buscar Beldeine. Serviria como um dado a mais para ajudá-la a tomar sua decisão.

Ainda faltava muito para o sol sumir no horizonte, mas a dor nas costas lhe sinalizava que estava na hora de parar por aquele dia. Ainda conseguia dar conta de mais uma irmã, mas, se o fizesse, cada músculo a recordaria disso pela manhã. O olhar de Verin pousou em Irgain, agora com as mulheres carregando cestos até as moendas. Ela se perguntou o que teria sido de sua vida se não tivesse sido tão curiosa. Para começar, teria se casado com Eadwin e permanecido em Far Madding, em vez de ter ido para a Torre Branca. Além disso, já teria morrido há muito tempo, assim como os filhos que ela nunca teve, e os netos também.

Com um suspiro, ela tornou a se dirigir a Coram.

— Quando Mendan voltar, você poderia ir avisar para Colinda que eu gostaria de ver Irgain Fatamed?

A dor muscular no dia seguinte seria um castigo pequeno se comparada ao sofrimento de Beldeine pela água derramada, mas não foi por isso que ela a delatou, nem por sua curiosidade, na verdade. Ela ainda tinha uma missão. De alguma forma, precisava manter o jovem Rand vivo até que chegasse a hora de ele morrer.

O aposento poderia ser parte de um suntuoso palácio, tirando o fato de não possuir nem portas nem janelas. O fogo na lareira de mármore dourado não gerava calor, e as chamas não consumiam a lenha. O homem sentado à mesa de pernas douradas no centro de um tapete de seda confeccionado com fios cintilantes de ouro e prata dava pouca importância aos ornamentos daquela Era. Eram necessários para impressionar, apenas isso. Não que ele realmente precisasse de mais que sua própria figura para intimidar até a empáfia mais altiva. Chamava-se Moridin, e certamente nunca houvera ninguém que tivesse mais direito de se autointitular "a Morte".

De tempos em tempos, alisava distraído uma das duas armadilhas mentais que pendiam dos cordões simples e macios que lhe envolviam o pescoço. Ao seu toque, o cristal vermelho-sangue da *cour'souvra* pulsava, espirais movendo-se em profundezas infinitas feito as batidas de um coração. Sua atenção estava de fato no jogo que se encontrava diante dele sobre a mesa, trinta e três peças vermelhas e trinta e três verdes dispostas em um tabuleiro composto por treze fileiras de treze quadrados. Uma recriação dos primórdios de um famoso jogo. A peça mais importante, o Pescador, preta e branca como o tabuleiro, ainda aguardava em sua posição inicial, o quadrado central. Um jogo complexo, *sha'rah*, já antigo muito antes da Guerra do Poder. *Sha'rah*, *tcheran* e *no'ri*, o jogo agora era conhecido simplesmente como "Pedras", cada um com seus adeptos que afirmavam que o jogo abrangia todas as sutilezas da vida, mas Moridin sempre preferira o *sha'rah*. Só nove pessoas ainda vivas se lembravam do jogo, do qual ele sempre fora um mestre. Muito mais complexo que o *tcheran* ou o *no'ri*. O primeiro objetivo era capturar o Pescador. Aí, sim, o jogo começava para valer.

Um serviçal se aproximou, um rapaz esbelto e gracioso todo vestido de branco, de uma beleza impossível, e fez uma mesura ao oferecer uma taça de cristal em uma bandeja de prata. Ele sorriu, mas seus olhos negros não se alteraram, olhos mais sem vida que simplesmente mortos. A maioria dos homens teria ficado desconfortável recebendo um olhar como aquele. Moridin só fez apanhar a taça e gesticular para que o serviçal se retirasse. Os vinicultores daquela época produziam vinhos excelentes. Ele, porém, não bebeu.

O Pescador detinha sua atenção e o atiçava. Várias peças possuíam movimentos distintos, mas só os atributos do Pescador mudavam de acordo com a posição que ele ocupava. Em um quadrado branco, era fraco no ataque, mas ágil e com fugas extensas; já em um preto, tinha ataque forte, mas ficava lento e vulnerável. Em jogos entre mestres, o Pescador mudava de lado muitas vezes até o final da partida. A fileira verde e vermelha da meta, que circundava toda a superfície de jogo, podia ser ameaçada por qualquer peça, mas só o Pescador podia se mover nela. Não que mesmo ali ele estivesse seguro. O Pescador nunca estava seguro. Quem o tivesse em seu poder tentava movê-lo para um quadrado da sua cor atrás da linha adversária do tabuleiro. Isso significava a vitória, a maneira mais fácil, mas não a única. Quando era o oponente que detinha o Pescador, tentava-se deixá-lo sem opção e obrigá-lo a mover o Pescador para a sua cor. Qualquer quadrado ao longo da fileira da meta cumpria esse objetivo; ficar de posse do Pescador podia ser mais perigoso que não o ter. Claro que havia um terceiro caminho para a vitória no *sha'rah*, se um jogador o executasse antes de se deixar ser encurralado. O jogo sempre descambava para uma disputa sangrenta, quando a vitória então só vinha com a aniquilação completa do inimigo. No desespero, ele já tentara essa opção uma vez, mas a tentativa falhara. Dolorosamente.

De repente, a fúria fervilhou na cabeça de Moridin, e manchas negras flutuaram em sua visão enquanto ele agarrava o Poder Verdadeiro. O êxtase que chegava a doer trovejou por todo o seu corpo. A mão se fechou em torno das duas armadilhas mentais e o Poder Verdadeiro envolveu o Pescador, lançando-o no ar, a uma nesga de fazê-lo virar pó, de eliminar esse pó da existência. A taça se espatifou em sua mão. A força da pegada estava a ponto de triturar a *cour'souvra*. Os *saa* eram uma nevasca negra, mas não lhe obstruíam a visão. O Pescador sempre era representado como um homem, uma venda a lhe tapar os olhos e uma das mãos pressionando a lateral do corpo, algumas gotas de sangue escorrendo pelos dedos. As razões para isso, assim como a origem do nome da peça, se perderam nas brumas do tempo. Aquilo às vezes o atormentava, o irritava, que um conhecimento pudesse se perder no girar da Roda, conhecimento de que ele precisava, conhecimento a que tinha direito. Direito!

Devagar, ele devolveu o Pescador ao tabuleiro. Devagar, seus dedos se abriram e soltaram o *cour'souvra*. Não havia por que destruir nada. Ainda. Em um piscar de olhos, uma calma gélida tomou o lugar da raiva. Sangue e vinho gotejavam de sua mão cortada sem que ele notasse. Podia ser que o Pescador realmente viesse de um vestígio fugidio de alguma memória de Rand al'Thor, a sombra de uma sombra. Não importava. Moridin se deu conta de que gargalhava e não fez nenhum esforço para parar. No tabuleiro, o Pescador estava aguardando, mas, no jogo maior, al'Thor já se movia conforme seus desejos. E em breve, logo... era muito difícil perder um jogo quando se jogava dos dois lados do tabuleiro. Moridin gargalhava com tanto gosto que as lágrimas lhe escorriam pelo rosto sem ele nem perceber.

Capítulo 1

Em respeito ao acordo

A Roda do Tempo gira, e Eras vêm e vão, deixando memórias que se transformam em lendas. As lendas desvanecem em mitos, e até o mito já está há muito esquecido quando a Era que o viu nascer retorna. Em uma Era, chamada por alguns de a Terceira Era, uma Era ainda por vir, uma Era há muito passada, um vento se ergueu sobre a grande ilha montanhosa de Tremalking. O vento não era o início. O girar da Roda do Tempo não tem inícios nem fins. Mas era *um* início.

O vento soprava para leste por toda Tremalking, onde os pálidos Amayar aravam seus campos, fabricavam belos vidros e porcelanas, e seguiam a paz do Caminho da Água. Os Amayar ignoravam o mundo além de suas ilhas esparsas, já que o Caminho da Água ensinava que aquele mundo não passava de uma ilusão, um reflexo espelhado de crenças, mas ainda assim alguns observavam o vento levar a poeira e o calor do auge do verão aonde chuvas finas deveriam estar caindo e se lembravam das histórias que os Atha'an Miere contavam. Histórias do mundo além e do que a profecia dizia que aconteceria. Alguns olhavam para um morro onde uma enorme mão de pedra se erguia da terra e segurava uma esfera de cristal transparente maior do que muitas casas. Os Amayar tinham suas próprias profecias, e algumas falavam da mão e da esfera. E do fim das ilusões.

O vento seguiu soprando até o Mar das Tempestades, em direção ao oriente sob um sol abrasador em um céu abandonado pelas nuvens, golpeando as cristas das ondas verdes do mar, enfrentando ventos vindos do sul e que seguiam para o ocidente, abrindo caminho e rodopiando tanto quanto as águas abaixo. Ainda não eram as tempestades do coração do inverno, embora a estação mais fria já devesse estar no meio, e muito menos as tempestades ainda mais pesadas do final do verão, mas eram ventos e correntes que poderiam ser utilizados por navegadores para dar a volta no continente desde o Fim do Mundo até Mayene ou mais além, e depois voltar. Em direção ao oriente, o vento uivou por sobre mares ondulantes onde grandes baleias apareciam e ressoavam, e peixes-voadores planavam com suas nadadeiras estendidas por duas ou mais passadas, rumo a leste, depois virando para norte e nordeste por sobre pequenas flotilhas de barcos de pesca arrastando suas redes em águas mais rasas. Alguns desses pescadores estavam boquiabertos, as mãos inertes nas linhas, fitando a imensa quantidade de embarcações altas e outras tantas menores que aproveitavam o fôlego intenso do vento, rompendo as ondas com as proas abauladas, rasgando-as com as mais afiladas, com um gavião dourado segurando relâmpagos nas garras em seu estandarte; uma infinidade desses estandartes esvoaçando feito presságios de tempestade. A leste, a norte e adiante, e o vento alcançou o largo e abarrotado porto de Ebou Dar, onde centenas de embarcações do Povo do Mar se encontravam ancoradas, como em muitos outros portos, aguardando notícias do Coramoor, o Escolhido.

O vento zuniu pelo cais, sacudindo barcos grandes e pequenos, e por toda a cidade, cintilando branco sob o sol implacável, sob pináculos, muralhas e cúpulas com anéis coloridos, ruas e canais fervilhando com a célebre indústria do sul. Ao redor dos domos brilhantes e das torres esguias do Palácio de Tarasin, o vento rodopiava carregando o cheiro de sal e içando a bandeira de Altara, dois leopardos dourados em um campo vermelho e azul, bem como os estandartes da governante Casa Mitsobar, a Âncora e a Espada, verde em um fundo branco. Ainda não era a tempestade, mas o prenúncio de várias.

Aviendha sentiu um calafrio entre as escápulas enquanto caminhava à frente das companheiras pelos corredores do palácio, com seus azulejos em dezenas de agradáveis tons claros. Uma sensação de estar sendo vigiada que ela sentira pela última vez quando ainda era casada com a lança. *É imaginação*, disse a si mesma. *Imaginação e o conhecimento de que existem inimigos que eu não tenho como enfrentar!* Não fazia muito tempo, aquela sensação agoniante significara que alguém podia estar pretendendo matá-la. Não havia por que temer a morte — todo mundo morria, um dia ou outro —, mas ela não queria morrer como um coelho pisando em uma armadilha. Tinha *toh* a cumprir.

Serviçais passavam apressados rentes às paredes, cheios de mesuras e reverências e baixando a vista quase como se compreendessem a vergonha da vida que viviam, ainda que decerto não fossem *eles* a causa daquele calafrio. A Aiel tentara se educar para notar serviçais, mas mesmo agora, toda arrepiada, seu olhar não se detinha neles. Só podia ser imaginação, e nervosismo. Aquele era um dia para imaginação e nervosismo.

Ao contrário dos serviçais, as ricas tapeçarias de seda lhe chamavam atenção, assim como as luminárias de pé douradas e as lamparinas de teto que se enfileiravam pelos corredores. Porcelanas finas como papel em tons vermelhos, amarelos, verdes e azuis repousavam em nichos nas paredes e em altos armários abertos, ao lado de ornamentos de ouro e prata, marfim e cristal, infinidades e mais infinidades de tigelas, vasos, caixinhas de joias e estatuetas. Só as peças mais bonitas realmente atraíam seu olhar; não importava o que os aguacentos pensavam, a beleza valia mais que o ouro, e havia muita beleza ali. Ela não acharia ruim que sua parte do quinto fosse tirada daquele lugar.

Frustrada consigo mesma, ela franziu o cenho. Não era um pensamento honroso para se ter sob um teto que lhe oferecera sombra e água à vontade. Sem cerimônia, verdade, mas também sem dívidas ou sangue, aço ou necessidade. Mas melhor isso do que pensar em um garotinho sozinho em algum ponto daquela cidade corrupta. Qualquer cidade era corrupta, disso ela tinha certeza, depois de já ter visto partes de quatro delas, mas Ebou Dar era a última onde teria deixado uma criança correr solta. O que Aviendha não conseguia entender era por que só pensava em Olver, a menos que lutasse para evitar. Ele não fazia parte da *toh* que possuía com Elayne e com Rand al'Thor. Uma lança Shaido ceifara o pai dele, a fome e as adversidades ceifaram a mãe, mas, mesmo que sua própria lança tivesse matado ambos, o garoto seguia sendo um Assassino da Árvore, um cairhieno. Por que tamanha inquietação por conta de uma criança desse sangue? Por quê? Ela tentou se concentrar na tessitura que tinha de fazer, mas, ainda que tivesse praticado sob a supervisão de Elayne até ser capaz de urdi-la até dormindo, o semblante boquiaberto de Olver se intrometia. Birgitte se preocupava com ele até mais que ela, mas o peito da mulher abrigava um coração com uma estranha queda por garotinhos, em especial os feios.

Com um suspiro, Aviendha desistiu de tentar ignorar a conversa de suas acompanhantes que vinham logo atrás, embora certa irritação crepitasse ali feito um relâmpago de calor. Mas até isso era melhor do que ficar angustiada por conta de um filho de Assassinos da Árvore. Quebradores de juramentos. Um sangue odioso sem o qual o mundo seria melhor. Não era problema nem preocupação dela. Nem um pouco. Em todo caso, Mat Cauthon encontraria o menino. Ele conseguia encontrar qualquer coisa, ao que parecia. E escutar a conversa, de alguma forma, a acalmou. O formigamento sumiu.

— Não gosto nem um pouco disso! — resmungava Nynaeve, dando continuidade a uma discussão que se iniciara ainda nos aposentos delas. — Nem um pouco, Lan, está me ouvindo?

Ela já anunciara seu desagrado ao menos vinte vezes, mas Nynaeve nunca dava o braço a torcer só porque tinha perdido. De estatura baixa e olhos escuros, seus passos eram cheios de ímpeto e chutavam as saias azuis. Ela ergueu uma das mãos até a trança grossa que lhe descia até a cintura e depois a baixou com firmeza, antes de tornar a erguer. Nynaeve controlava bastante a raiva e a irritação quando Lan estava por perto. Ou tentava. Ainda estava tomada de orgulho por ter se casado com ele. O casaco justo azul bordado estava aberto por cima do vestido de cavalgada amarelo de seda cortada, expondo demais o busto, bem à moda aguacenta, só para que ela pudesse ostentar a pesada aliança de ouro dele em um belo cordão que lhe envolvia o pescoço.

— Você não tem o direito de prometer que vai *cuidar* de mim desse jeito, Lan Mandragoran — prosseguiu ela, firme. — Eu não sou uma bonequinha de porcelana!

Lan tinha o porte apropriado a um homem, muito mais alto que ela, e caminhava ao lado de Nynaeve com seu manto de Guardião, doloroso de olhar, pendurado às costas. O rosto parecia entalhado em pedra e seu olhar calculava a ameaça de qualquer serviçal que passava, além de examinar cada corredor cruzado e cada nicho de parede em busca de agressores escondidos. Irradiava prontidão, um leão à beira do ataque. Aviendha crescera cercada de homens perigosos, mas nenhum que fosse páreo para *Aan'allein*. Se a morte fosse um homem, teria sido ele.

— Você é uma Aes Sedai e eu sou um Guardião — observou ele com uma voz grave e equilibrada. — Minha obrigação é cuidar de você. — Seu tom de voz se suavizou, contrastando intensamente com o rosto anguloso e os olhos soturnos impassíveis. — Além do mais, cuidar de você é o que meu coração deseja, Nynaeve. Pode pedir ou exigir qualquer coisa de mim, só não que a deixe morrer e não tente salvá-la. No dia em que você morrer, eu morro.

Ele nunca tinha dito essa última frase, não que Aviendha já tivesse ouvido, e Nynaeve a sentiu como uma pancada no estômago. Seus olhos quase saltaram da cabeça e a boca se moveu sem emitir som algum. Ela, no entanto, pareceu se recompor rápido, como sempre. Fingindo rearrumar o chapéu de plumas azuis, um troço tão ridículo quanto ter um pássaro esquisito empoleirado no alto da cabeça, ela o encarou por baixo da aba larga.

Aviendha começara a suspeitar que aquela mulher usava o silêncio e olhares supostamente significativos para disfarçar sua ignorância. Era uma suspeita.

Nynaeve sabia pouco mais sobre os homens, e sobre como lidar com eles, do que ela. Ficar diante de um homem com facas e lanças era bem mais fácil que amá-lo. Bem mais. Como as mulheres conseguiam ser casadas com eles? Aviendha sentia uma necessidade urgente de aprender, e não fazia ideia de como. Com apenas um dia de casada com *Aan'allein*, Nynaeve mudara muito mais do que nas meras tentativas de controlar seu gênio. Ela parecia alternar entre o susto e o choque, por mais que tentasse esconder. Parecia sonhar acordada em ocasiões estranhas, ruborizava com perguntas inócuas e — ela negava isso com veemência, mesmo Aviendha tendo presenciado — dava risadinhas sem nenhum motivo. Não havia por que tentar aprender nada com Nynaeve.

— Presumo que *você* também vá me falar de novo de Guardiões e Aes Sedai — disse Elayne com toda a calma para Birgitte. — Bem, nós duas não somos casadas. Espero que você *proteja* minha retaguarda, mas *não* vou aceitar que faça promessas a meu respeito pelas costas.

Elayne trajava uma indumentária tão indecorosa quanto a de Nynaeve, um vestido de cavalgada eboudariano de seda verde com bordados dourados e uma gola alta adequada, mas com um decote oval que revelava as curvas dos seios. Aguacentas gaguejavam à simples menção de uma tenda de vapor ou de se despir na frente de um *gai'shain*, mas depois saíam por aí seminuas onde qualquer estranho podia vê-las. Aviendha não se importava muito com Nynaeve, mas Elayne era sua quase-irmã. E seria mais que isso, ela esperava.

Os saltos altos das botas de Birgitte deixavam-na quase um palmo mais alta que Nynaeve, ainda que mais baixa que Elayne e Aviendha. De casaco azul-escuro e calças verdes folgadas, portava-se com muito daquela mesma prontidão cautelosamente confiante de Lan, embora nela parecesse mais natural. Um leopardo deitado em uma pedra, e nem de perto tão preguiçoso quanto aparentava. Não havia nenhuma flecha encaixada no arco que Birgitte empunhava, mas, a despeito daqueles sorrisos e dos passos lentos, ela podia sacar uma da aljava que trazia à cintura antes que qualquer um ali piscasse, e já estaria atirando a terceira antes de qualquer outro arqueiro sequer ter encaixado uma segunda na corda.

Ela abriu um sorriso irônico para Elayne e sacudiu a cabeça, fazendo balançar a trança loura tão comprida e espessa quanto a trança morena de Nynaeve.

— Eu prometi na sua frente, não pelas costas — rebateu ela, seca. — Quando você tiver aprendido um pouco mais, não vou precisar falar com você sobre Guardiões e Aes Sedai.

Elayne bufou e empinou o queixo com desdém, ocupando-se com as fitas do chapéu coberto com plumas verdes compridas, pior que o de Nynaeve.

— Bem mais, talvez — completou Birgitte. — Você está dando outro nó neste laço.

Se Elayne não fosse sua quase-irmã, Aviendha teria rido da cor vermelha que lhe inundou as bochechas. Fazer cair alguém que tenta se colocar muito lá em cima era sempre divertido, assistir também, e até uma quedinha valia uma gargalhada. Mas como era, ela direcionou um olhar duro a Birgitte, uma promessa de que repetir aquilo poderia provocar retaliações. Ela gostava da mulher, apesar de ser toda cheia de segredos, mas a diferença entre uma amiga e uma quase-irmã era algo que aquelas aguacentas se mostravam incapazes de compreender. Birgitte apenas sorriu, correndo os olhos entre ela e Elayne, e murmurou baixinho. Aviendha conseguiu entender a palavra "gatinhas". Pior, em um tom *carinhoso*. Todo mundo devia ter escutado. Todo mundo!

— O que deu em você, Aviendha? — questionou Nynaeve, cutucando-a no ombro com o dedo em riste. — Vai ficar aí parada, ruborizada, o dia todo? Estamos com *pressa*.

Só então Aviendha se deu conta, pela quentura em seu rosto, que devia estar tão vermelha quanto Elayne. E paralisada feito uma pedra, quando tinham que se apressar. Abalada por uma palavra, feito uma garota recém-casada com a lança e desacostumada às provocações entre Donzelas. Ela já tinha quase vinte anos e estava se comportando como uma criança que brincava com seu primeiro arco. Pensar nisso deixou suas bochechas em chamas, razão pela qual só faltou pular pela esquina adiante e quase deu de cara com Teslyn Baradon.

Derrapando desajeitada nas lajotas vermelhas e verdes, Aviendha quase caiu para trás e se apoiou em Elayne e Nynaeve. Dessa vez, conseguiu não ruborizar a ponto de pegar fogo, mas por pouco. Estava envergonhando tanto a quase-irmã quanto a si mesma. Elayne sempre mantinha a compostura, não importava o que acontecesse. Por sorte, Teslyn Baradon reagiu um pouco melhor ao encontro.

A mulher de traços afiados recuou, surpresa, boquiaberta antes que pudesse se conter, depois empertigou irritada os ombros estreitos. Bochechas macilentas e um nariz fino disfarçavam os traços de idade indefinida das feições da irmã Vermelha, e seu vestido rubro, brocado em um azul quase preto, só a fazia parecer ainda mais ossuda, mas a mulher logo tomou a postura controlada e orgulhosa de uma senhora do teto, os olhos castanho-escuros tão frios quanto sombras profundas. Ela olhou para Aviendha com desdém, ignorando Lan feito uma ferramenta que não lhe tinha serventia, e fitou Birgitte intensamente por um breve momento. A maioria das Aes Sedai reprovava o fato de ela ser uma Guardiã, embora ninguém conseguisse dar uma justificativa além dos resmungos ressentidos em nome da tradição. Em Elayne e Nynaeve, contudo, a mulher se deteve, ora em uma, ora noutra. Aviendha teria rastreado mais rápido o vento da véspera do que decifrado algo no semblante de Teslyn Baradon.

— Sim, eu já falei para Merilille — disse ela com um forte sotaque illianense —, mas também já posso deixar vocês com a consciência tranquila. Qualquer... peripécia... que vocês, no caso, estiverem para aprontar, Joline e eu nem vamos interferir. Sim, eu cuidei disso. Elaina pode nunca ficar sabendo, se vocês tomarem cuidado. Parem de me olhar com essas bocas abertas que nem carpas, crianças — completou ela, com uma careta de desgosto. — Nem cega nem surda eu sou. Sei que há Chamadoras de Ventos do Povo do Mar no palácio, e reuniões secretas com a Rainha Tylin. E outras coisas. — A boca fina se estreitou e, embora seu tom de voz continuasse sereno, o olhar escuro se encheu de raiva. — Vocês ainda vão pagar caro por essas outras coisas, vocês e aquelas que, no caso, deixaram vocês brincarem de ser Aes Sedai, mas, por enquanto, vou fazer que nem vi. A reparação pode esperar.

Nynaeve apertou firme a trança, costas eretas, cabeça erguida, e seus olhos se inflamaram. Em outras circunstâncias, Aviendha poderia até ter tido alguma simpatia pelo alvo da bronca que, claramente, estava a ponto de estourar. A língua de Nynaeve tinha mais espinhos, e mais afiados, que uma *segade*, com suas agulhas finíssimas. Com frieza, Aviendha examinou aquela mulher que achava que podia ignorá-la. Uma Sábia não se rebaixava a ponto de espancar alguém com os próprios punhos, mas ela ainda era só uma aprendiz, e talvez não lhe custasse seu *ji* machucar só um pouco aquela tal de Teslyn Baradon. Ela abriu a boca para dar à irmã Vermelha a chance de se defender no mesmo instante em que Nynaeve também abriu a dela, mas foi Elayne quem falou primeiro.

— O que nós estamos para *aprontar*, Teslyn, não é da sua conta — rebateu ela com a voz tranquila.

Também estava ereta, os olhos azuis tal qual gelo. Um raio de luz fortuito vindo de uma janela alta lhe iluminava os cachos loiro-arruivados, dando a impressão de incendiá-los. Naquele momento, Elayne poderia ter feito uma senhora do teto parecer uma pastora de cabras com *oosquai* demais na barriga. Era uma habilidade que ela aperfeiçoara bem. Cada palavra foi pronunciada com uma dignidade fria e cristalina.

— Você não tem o direito de interferir em nada do que fizermos nem em nada que *qualquer* irmã faça. O menor direito. Então trate de tirar o nariz dos nossos casacos, seu pernil de verão, e agradeça por preferirmos não criar caso por *você* apoiar uma usurpadora do Trono de Amyrlin.

Perplexa, Aviendha olhou de lado para a quase-irmã. Tirar o *nariz* dos *casacos* delas? Ela e Elayne, pelo menos, não estavam de casaco. Pernil de verão? O que *isso* significava? Aguacentas costumavam falar coisas bem peculiares, mas todas as outras mulheres pareciam tão intrigadas quanto ela. Só Lan, observando Elayne de esguelha, pareceu entender, e dava a impressão de estar... assustado. E achando graça, talvez. Difícil dizer; *Aan'allein* controlava bem suas feições.

Teslyn Baradon fungou e fechou a cara ainda mais. Aviendha vinha se esforçando muito para chamar aquelas pessoas só por parte de seus nomes, como elas mesmas faziam — quando ela dizia o nome todo, achavam que estava irritada! —, mas não conseguia nem começar a se imaginar tendo tamanha intimidade com Teslyn Baradon.

— Vou deixar vocês, crianças tolas, fazerem o que é da conta de vocês — grunhiu a mulher. — Tomem cuidado ou podem acabar enfiando o nariz de *vocês* em um buraco pior que onde já estão, no caso.

Quando a mulher já se virava para ir embora, recolhendo as saias com toda a pompa, Nynaeve a segurou pelo braço. Aguacentas costumavam deixar as emoções transparecerem no rosto, e Nynaeve era a própria imagem do conflito, a raiva lutando para romper sua firme determinação.

— Espere, Teslyn — falou ela, relutante. — Você e Joline podem estar em perigo. Eu alertei Tylin, mas acho que ela pode estar com medo de falar para mais alguém. Ou não quer falar. É algo de que ninguém quer realmente falar.

Ela respirou bem fundo e, se estivesse pensando nos próprios medos a respeito do assunto, tinha motivo. Não era vergonha sentir medo, apenas ceder a ele ou deixar transparecer. Aviendha sentiu seu próprio estômago revirar quando Nynaeve prosseguiu.

— Moghedien esteve aqui em Ebou Dar. Pode ser que ainda esteja. Assim como algum outro Abandonado. Com um *gholam*, uma espécie de Cria da Sombra imune ao Poder. Parece um homem, mas é artificial, e foi feito para matar Aes Sedai. O aço também não parece surtir efeito, e ele pode se espremer e passar por um buraco de rato. A Ajah Negra também está aqui. E há uma tempestade se aproximando, uma tempestade forte. Só que não é bem uma tempestade, não é um mau tempo. Eu posso sentir. É uma habilidade que eu tenho, um Talento, talvez. Há perigo a caminho de Ebou Dar, e problemas piores que qualquer vento, chuva ou relâmpago.

— Os Abandonados, uma tempestade que nem é tempestade, e algumas Crias da Sombra de que no caso eu nunca ouvi falar — retrucou Teslyn Baradon com ironia. — Sem falar na Ajah Negra. Luz! A Ajah Negra! E o Tenebroso em pessoa, quem sabe? — Seu sorriso torto era afiado como uma lâmina. Com desdém, ela arrancou a mão de Nynaeve da manga do seu vestido. — Quando vocês voltarem para a Torre Branca, que é o lugar de vocês, e de branco, que é como todas devem estar, vão aprender a nunca desperdiçar suas horas com fantasias esdrúxulas. Nem a levar essas histórias para as irmãs.

Correndo os olhos por todas elas, e mais uma vez ignorando Aviendha, a mulher fungou alto e saiu em marcha pelo corredor, tão rápido que os serviçais tiveram de saltar para sair do caminho.

— Essa mulher tem a coragem de...! — balbuciou Nynaeve, olhando feio para a Aes Sedai que se retirava e apertando a trança com as duas mãos. — Depois que eu me *forcei* a...! — Ela quase se engasgou com a própria irritação. — Bem, eu tentei. — E agora se arrependia da tentativa, ao que parecia.

— Tentou — concordou Elayne, com um meneio enfático —, e mais do que ela merece. Negar que somos Aes Sedai! Não vou mais aceitar isso! Não vou! — Sua voz antes apenas parecera fria; agora de fato estava, e sinistra.

— Dá para confiar em alguém assim? — resmungou Aviendha. — Talvez fosse bom se certificar de que ela não vai poder interferir. — A Aiel examinou os punhos; Teslyn Barandon ia se ver com *eles*. A mulher merecia ser pega pelas Almas da Sombra, por Moghedien ou por qualquer outro. Tolos mereciam as consequências de sua tolice.

Nynaeve pareceu cogitar a sugestão, mas o que disse foi:

— Fiquei com a impressão de que ela estava pronta para se voltar contra Elaida. — Exasperada, ela soltou um muxoxo.

— Quem tenta interpretar tendências na política das Aes Sedai só fica tonto. — Elayne não chegou a dizer que Nynaeve já deveria saber disso, mas seu tom de voz disse. — Até uma Vermelha *pode* estar se voltando contra Elaida por algum motivo que não temos nem como começar a imaginar. Ou ela podia estar tentando nos fazer baixar a guarda para que pudesse, de alguma forma, nos fazer cair nas mãos de Elaida. Ou...

Lan tossiu.

— Se um dos Abandonados estiver a caminho — disse ele com uma voz que parecia pedra polida —, pode chegar aqui a qualquer momento. Ou o tal *gholam*. Seja como for, seria melhor estarmos em outro lugar.

— Com as Aes Sedai, é sempre bom ter um pouco de paciência — murmurou Birgitte, parecendo citar um ditado. — Mas como as Chamadoras de Ventos não parecem ter nenhuma, talvez seja bom esquecer Teslyn e se lembrar de Renaile.

Elayne e Nynaeve lançaram olhares tão frios na direção dos Guardiões que até dez Cães de Pedra hesitariam. Nenhuma das duas gostava de fugir das Almas da Sombra nem daquele *gholam*, apesar de terem sido elas que decidiram que não havia outra opção. Claro que não gostavam de ser lembradas de que precisavam correr para encontrar as Chamadoras de Ventos quase tanto quanto precisavam correr para fugir dos Abandonados. Aviendha teria estudado aqueles olhares — Sábias conseguiam com uma olhadela ou algumas palavras o que ela sempre precisara da ameaça da lança ou de um punho para conseguir, só que o faziam mais rápido e com mais sucesso —, teria estudado Elayne e Nynaeve, só que o olhar das duas não surtiu nenhum efeito visível nos Guardiões. Birgitte abriu um sorrisinho e desviou o olhar para Lan, que respondeu dando de ombros em clara resignação.

Elayne e Nynaeve cederam. Ajeitando as saias sem pressa, e sem necessidade, cada qual tomou um dos braços de Aviendha antes de voltarem a seguir em frente sem dar sequer uma espiadela para ver se os Guardiões as seguiam. Não que Elayne precisasse, com seu elo com a Guardiã. Nem Nynaeve, ainda que não pelo mesmo motivo. O elo com *Aan'allein* podia até pertencer a outra, mas o coração do homem ia junto do anel que ela levava no cordão ao redor do pescoço. Esforçavam-se para fingir que caminhavam casualmente, não querendo deixar que Birgitte e Lan achassem que tinham sido convencidas a se apressar, ainda que, na verdade, estivessem andando mais rápido que antes.

Como se quisessem compensar, conversavam com uma indolência proposital, optando pelos assuntos mais frívolos. Elayne lamentava não ter tido a oportunidade de acompanhar de perto o Festival dos Pássaros no dia anterior, e nem deu importância para as parcas vestimentas que muitos haviam usado. Nynaeve também não se importou, mas tratou logo de falar sobre o Festival das Brasas, que aconteceria naquela noite. Alguns serviçais disseram que haveria fogos de artifício supostamente fabricados por um Iluminador refugiado. Diversos espetáculos itinerantes tinham ido à cidade com seus acrobatas e animais estranhos, o que interessava tanto Elayne quanto Nynaeve, que haviam passado um tempo com um espetáculo do tipo. Elas falaram das costureiras, das variedades de rendas disponíveis em Ebou Dar e das diferentes qualidades da seda e do linho que podiam ser comprados, e Aviendha se viu respondendo com prazer a comentários sobre quão bem aquele vestido de cavalgada de seda cinza lhe caía e sobre as outras peças de roupa que lhe foram dadas por Tylin Quintara, lãs e sedas ótimas, bem como meias-calças e vestidos que combinavam com elas, além das joias. Elayne e Nynaeve também tinham recebido presentes extravagantes.

Juntando tudo, os presentes encheram vários baús e trouxas que haviam sido levados até as estrebarias por serviçais, junto aos alforjes.

— Por que essa cara feia, Aviendha? — perguntou Elayne, dando-lhe um tapinha no braço e abrindo um sorriso. — Não se preocupe. Você conhece a tessitura, vai tirar de letra.

Nynaeve inclinou a cabeça e cochichou:

—Vou preparar um chá para você assim que puder. Conheço vários que vão aliviar seu estômago. Ou qualquer problema feminino. — E também deu um tapinha no braço de Aviendha.

Elas não entendiam. Nenhum chá ou palavra de conforto curaria o que a afligia. Ela estava *gostando* de conversar sobre *rendas* e *bordados*! Não sabia se grunhia de desgosto ou se gemia de desespero. Estava ficando mole. Nunca antes na vida prestara atenção no vestido de uma mulher, a não ser para avaliar se poderia estar escondendo uma arma, e nunca para reparar na cor e no corte nem para imaginar se ficaria bem nela. Já passava da hora de ir embora daquela cidade, daqueles palácios aguacentos. Em pouco tempo, começaria a sorrir com afetação. Não tinha visto nem Elayne nem Nynaeve fazerem isso, mas todo mundo sabia que as aguacentas sorriam com afetação, e era óbvio que ela se tornara tão frágil quanto qualquer aguacenta água com leite. Caminhando de braços dados, conversando sobre *rendas*! Como ela conseguiria alcançar a faca no cinto caso alguém as atacasse? Uma faca talvez fosse inútil contra os agressores mais prováveis, mas sua fé no aço datava de muito antes de saber que era capaz de canalizar. Se alguém tentasse machucar Elayne ou Nynaeve — especialmente Elayne, apesar de ela ter prometido a Mat Cauthon que protegeria ambas, da mesma maneira que Birgitte e *Aan'allein* prometeram —, se alguém tentasse, ela enfiaria aço no coração dos agressores. Rendas! À medida que seguiam caminhando, a Aiel chorou por dentro por conta de quão molenga havia se tornado.

Imensas portas duplas de estrebaria fronteavam três lados do maior pátio de estábulo do palácio, as passagens repletas de serviçais com uniformes verdes e brancos. Por trás deles, nas estrebarias de pedra branca, cavalos os aguardavam, já selados ou carregados de cestos de vime. Aves marinhas rodopiavam e grasnavam acima, um lembrete nada agradável de quanta água havia ali perto. O calor bruxuleava dos paralelepípedos claros, mas era a tensão que adensava o ar. Aviendha já tinha visto sangue derramado em lugares menos tensos.

Renaile din Calon, trajando sedas vermelhas e amarelas, os braços cruzados arrogantemente sob os seios, se encontrava diante de outras dezenove mulheres descalças com mãos tatuadas e blusas de cores berrantes, a maioria usando calças e faixas tão brilhantes quanto. O suor reluzindo naqueles rostos escuros não diminuía sua dignidade solene. Algumas cheiravam as caixas de filigranas douradas, cheias de fortes essências, que lhes pendiam do pescoço. Cinco grossas argolas de ouro atravessavam as orelhas de Renaile din Calon, a corrente de uma delas cheia de medalhões que desciam pela bochecha esquerda até uma argola no nariz. As três mulheres logo atrás dela ostentavam cada uma oito brincos e pouco menos pendurichalhos de ouro. Era assim que o Povo do Mar identificava suas classes, ao menos as mulheres. Todas respondiam a Renaile din Calon, Chamadora de Ventos da Senhora dos Navios dos Atha'an Miere, mas até as duas aprendizes ao fundo, de calças escuras e blusas de linho, não de seda, acrescentavam seu próprio brilho dourado ao ar. Quando Aviendha e os demais apareceram, Renaile din Calon olhou ostensivamente para o sol, que já passava do pico do meio-dia. Suas sobrancelhas se ergueram quando ela voltou a direcionar a vista para o grupo, olhos negros como o cabelo com mechas brancas, um olhar com tal impaciência que se igualava a um grito.

Elayne e Nynaeve pararam de repente, fazendo Aviendha frear de maneira abrupta. As duas trocaram olhares preocupados que cruzaram a Aiel e suspiraram fundo. Aviendha não via como elas conseguiriam escapar. O dever deixava sua quase-irmã e Nynaeve de mãos e pés atados, e elas mesmas haviam apertado os nós.

— Vou ver como está o Círculo do Tricô — resmungou Nynaeve, no que Elayne, um pouco mais resoluta, respondeu:

— Vou conferir se as irmãs estão prontas.

Soltando os braços, as duas partiram em direções opostas, as saias levantadas para apertar o passo, seguidas por Birgitte e Lan. Com isso, sobrou para a Aiel encarar sozinha o olhar de Renaile din Calon, o olhar de águia de uma mulher que sabia da sua posição de superioridade e que não se abalava. Por sorte, a Chamadora de Ventos da Senhora dos Navios tratou de se voltar às suas acompanhantes, um giro tão rápido que a ponta da comprida faixa amarela ondeou. As outras Chamadoras de Ventos se aglomeraram em torno dela com o intuito de ouvir suas palavras baixas. Bater nela uma única vez que fosse sem dúvida arruinaria tudo. Aviendha tentou não olhar para as mulheres, mas, mesmo tentando desviar o rosto, toda hora voltava. Ninguém tinha o direito de colocar sua quase-irmã em um aperto. Argolas no nariz! Uma bela segurada naquela corrente, e Renaile din Calon Estrela Azul ficaria com um semblante bem diferente.

Agrupadas em um canto do pátio do estábulo, a diminuta Merilille Ceandevin e outras quatro Aes Sedai também observavam as Chamadoras de Ventos, a maioria disfarçando mal seu incômodo por trás de uma serenidade fria. Até mesmo a esbelta Vandene Namelle, com sua cabeleira branca, e sua irmã-primeira Adeleas, cópia fiel dela, que sempre aparentavam ser as mais inabaláveis de todas. De vez em quando, uma ou outra arrumava a sobrecapa fininha de linho ou alisava as saias divididas de seda. De fato, lufadas súbitas levantavam um pouco de poeira e farfalhavam os mantos furta-cor dos cinco Guardiões logo atrás delas, mas claramente era o incômodo que lhes agitava as mãos. Só Sareitha, montando guarda sobre uma trouxa branca grande em forma de disco, não se remexia, mas tinha o cenho franzido. A... criada... de Merilille, Pol, estava com a cara amarrada atrás delas. As Aes Sedai desaprovavam com veemência o acordo que tirara as Atha'an Miere de seus navios e dera a elas o direito de encará-las com aquela impaciência exigente, mas o acordo deixava as irmãs de línguas atadas e as fazia sufocar na própria irritação. Elas tentavam disfarçar, e talvez tivessem até conseguido, no que dizia respeito às aguacentas. O terceiro grupo de mulheres, em um amontoado compacto do outro lado do pátio, recebia quase a mesma atenção.

Reanne Corly e as outras dez sobreviventes do Círculo do Tricô da Confraria se remexiam inquietas sob aquele escrutínio reprovador, enxugando os rostos suados com lenços bordados, arrumando os chapéus de palha largos e coloridos, e alisando as discretas saias de lã costuradas em um dos lados para deixar à mostra camadas de anáguas tão reluzentes quanto a indumentária do Povo do Mar. Em parte, era o olhar das Aes Sedai que as fazia ficar se remexendo sem parar. O medo dos Abandonados e do *gholam* só piorava, assim como outras coisas. Os decotes estreitos e cavados dos vestidos deviam ter sido suficientes. A maior parte daquelas mulheres já ostentava pelo menos algumas rugas nas bochechas, mas pareciam garotinhas flagradas com as mãos cheias de pães de nozes roubados. Todas menos a corpulenta Sumeko, que tinha as mãos plantadas nos largos quadris, e devolvia na mesma moeda a encarada das Aes Sedai. Um brilho luminoso de *saidar* rodeava uma delas, Kirstian, que não parava de olhar por cima do ombro. Com um rosto pálido talvez dez anos mais velho que o de Nynaeve, a mulher parecia um peixe fora d'água entre as outras. Seu semblante empalidecia ainda mais cada vez que seus olhos escuros cruzavam com os de uma Aes Sedai.

Nynaeve foi apressada até a mulher que comandava a Confraria, seu rosto irradiando encorajamento, e Reanne e as demais sorriram, visivelmente aliviadas. Alívio um pouco comprometido, verdade, pelos olhares de rabo de olho que dirigiam a Lan, que ainda era visto como o lobo que parecia ser. Nynaeve, no entanto, era a razão pela qual Sumeko não definhava como as outras sempre que uma Aes Sedai espiava na direção dela. Ela jurara ensinar àquelas mulheres que elas tinham brio, embora Aviendha não compreendesse exatamente por quê. Nynaeve era Aes Sedai, e nenhuma Sábia falaria para alguém desafiar uma Sábia.

Por melhor que aquilo estivesse funcionando no que se referia às outras Aes Sedai, até Sumeko demonstrava um ar levemente bajulador em relação a Nynaeve. O Círculo do Tricô achava estranho, para dizer o mínimo, que mulheres tão jovens quanto Elayne e Nynaeve dessem ordens a outras Aes Sedai e fossem obedecidas. A própria Aviendha achava aquilo peculiar: como a força de alguém com o Poder, algo com que se nascia, assim como os olhos, podia pesar mais que a honra que só os anos poderiam trazer? Porém, até as Aes Sedai mais velhas obedeciam, e, para as Comadres, isso já bastava. Ieine, quase da mesma altura que a própria Aviendha e de pele quase tão escura quanto a do Povo do Mar, reagia a cada olhadela de Nynaeve com um sorriso servil, enquanto Dimana, com mechas de fios brancos em sua cabeleira ruiva brilhosa, vivia baixando a cabeça sob olhos de Nynaeve, e a loura Sibella escondia com a mão os risinhos nervosos. Apesar das vestimentas eboudarianas, só Tamarla, esguia e de pele oliva, era altarana, e nem mesmo daquela cidade.

Elas abriram espaço assim que Nynaeve se aproximou, revelando uma mulher ajoelhada, pulsos amarrados às costas, uma saca de couro lhe cobrindo a cabeça, e as belas roupas rasgadas e empoeiradas. Estava ali a razão para a inquietação delas, tanto quanto as caretas de Merilille ou os Abandonados. Talvez até mais.

Tamarla puxou o capuz, emaranhando as tranças finas e pontilhadas de contas da mulher. Ispan Shefar tentou se pôr de pé e até conseguiu ficar agachada desajeitadamente antes de cambalear e cair de novo, piscando e dando risadinhas que nem uma boba. O suor lhe escorria pelas bochechas e alguns lanhados decorrentes de sua captura lhe maculavam os traços de idade indefinida. Na opinião de Aviendha, havia sido tratada com complacência demais, dados seus crimes.

As ervas que Nynaeve lhe enfiara goela abaixo ainda lhe anuviavam o juízo e enfraqueciam os joelhos, mas Kirstian a mantinha blindada com cada nesga do Poder que conseguia reunir. Não havia a menor chance de a Mensageira das Sombras escapar — mesmo que ainda não tivesse sido drogada, Kirstian era tão forte com o Poder quanto Reanne, mais forte que a maioria das Aes Sedai que Aviendha já conhecera —, mas até Sumeko apertava as saias cheia de nervosismo e evitava olhar para a mulher ajoelhada.

— Decerto as irmãs deveriam tomar conta dela agora. — A voz estridente de Reanne ecoou, tão trêmula que parecia pertencer à irmã Negra que Kirstian blindava. — Nynaeve Sedai, nós... nós não deveríamos estar vigi... é... estar responsáveis por... uma Aes Sedai.

— É verdade — opinou Sumeko de pronto. Nervosa. — As Aes Sedai deveriam ficar com ela.

Sibella concordou, e meneios e murmúrios de consenso reverberaram entre as Comadres. Elas acreditavam piamente que estavam bem abaixo das Aes Sedai, e era muito provável que preferissem tomar conta de Trollocs do que prender uma delas.

Os olhares de reprovação de Merilille e das outras irmãs mudaram assim que o rosto de Ispan Shefar foi revelado. Sareitha Tomares, que usava seu xale de franja marrom havia apenas alguns anos e ainda não possuía o rosto de idade indefinida, fez uma cara de desgosto que teria arrancado o couro da Mensageira das Sombras a cinquenta passadas de distância. Adeleas e Vandene, com as mãos apertando as saias, pareciam vibrar de ódio pela mulher que havia sido irmã delas e depois as traíra. Mas os olhares que elas lançaram ao Círculo do Tricô não eram muito melhores. Também sentiam que a Confraria estava muito abaixo delas. Estava longe de ser só isso, mas a traidora tinha sido uma delas, e só elas tinham o direito de lidar com a mulher. Aviendha concordava. Uma Donzela que traísse suas irmãs-de-lança não podia morrer rápido ou sem passar vergonha.

Nynaeve puxou a saca de volta sobre a cabeça de Ispan Shefar com brusquidão.

— Vocês se saíram bem até agora, e vão continuar se saindo — disse ela com firmeza para as Comadres. — Se ela demonstrar algum sinal de que está voltando a si, enfiem mais dessa mistura goela abaixo. Vai deixá-la zonza feito uma cabra entupida de cerveja. Se ela tentar não engolir, apertem o nariz dela. Até uma Aes Sedai engole quando lhe apertamos o nariz e ameaçamos umas bofetadas no pé do ouvido.

Reanne ficou de queixo caído e arregalou os olhos, assim como a maioria de suas companheiras. Sumeko assentiu, mas bem devagar, quase tão embasbacada quanto as outras. Quando Comadres falavam de Aes Sedai, era como se falassem do Criador. Só de pensar em apertar o nariz de uma Aes Sedai, mesmo uma Mensageira das Sombras, seus rostos se tingiam de horror.

Pelos olhos esbugalhados das Aes Sedai, elas gostavam ainda menos da ideia. Merilille abriu a boca e ficou encarando Nynaeve, mas Elayne alcançou-a naquele exato momento, e a irmã Cinza preferiu voltar sua atenção para ela, dedicando apenas uma mera careta de reprovação para Birgitte. O fato de seu tom de voz subir, em vez de baixar, demonstrava sua agitação, já que Merilille costumava ser bastante discreta.

— Elayne, você precisa falar com Nynaeve. Essas mulheres já estão confusas e apavoradas além da conta. Não vai ajudar nada ela agitá-las ainda mais. Se o Trono de Amyrlin realmente tem a intenção de permitir que a ida delas para a Torre... — Ela balançou a cabeça devagar, tentando negar aquela ideia, e talvez muitas outras. — Se ela realmente pretende isso, elas devem ter uma ideia bem clara do lugar delas e...

— A Amyrlin pretende — interrompeu Elayne. Para Nynaeve, um tom firme era um sacudir de punho bem diante do nariz. Para Elayne, era uma assertividade serena. — Elas vão ter a chance de tentar de novo e, mesmo que fracassem, não vão ser mandadas embora. Nunca mais uma mulher que saiba canalizar será excluída da Torre. Todas vão fazer parte da Torre Branca.

Correndo os dedos distraída pela faca em seu cinto, Aviendha refletiu sobre aquilo. Egwene, o Trono de Amyrlin para Elayne, tinha dito praticamente o mesmo. Ela também era uma amiga, mas tinha se apaixonado pela ideia de ser Aes Sedai. Já Aviendha não queria fazer parte da Torre Branca e tinha muitas dúvidas se Sorilea ou qualquer outra Sábia ia querer.

Merilille suspirou e entrelaçou as mãos, mas apesar de transparecer certa aceitação, esqueceu-se de baixar o tom de voz.

— Como quiser, Elayne. Mas, quanto a Ispan, nós simplesmente não podemos...

Elayne ergueu a mão em um movimento brusco. A mera assertividade deu lugar ao comando.

— Chega, Merilille. Vocês já têm a Tigela dos Ventos para vigiar. É o bastante para qualquer pessoa. *Vai ser* o bastante para vocês.

Merilille abriu a boca, então tornou a fechá-la e curvou levemente a cabeça em aquiescência. Sob o olhar firme de Elayne, as outras Aes Sedai também se curvaram. Se algumas demonstraram relutância, ainda que pouca, não foram todas. Sareitha tratou de apanhar a trouxa em forma de disco, embrulhada em várias camadas de seda branca, que estivera a seus pés. Seus braços mal deram conta de circundar a Tigela dos Ventos quando ela a segurou na altura do peito e abriu um sorriso ansioso para Elayne, como se quisesse mostrar que realmente estava vigiando-a de perto.

As mulheres do Povo do Mar lançaram olhares ávidos para a trouxa, quase inclinando-se à frente. Aviendha não teria ficado surpresa se as visse saltar pelas pedras do pátio para tomar a Tigela. As Aes Sedai claramente perceberam o mesmo. Sareitha segurou ainda mais firme o pacote branco e Merilille chegou até a se colocar entre ela e as Atha'an Miere. Os semblantes tranquilos das Aes Sedai se enrijeceram no esforço de se manterem neutros. Acreditavam que a Tigela deveria ser delas; *todos* os objetos que usavam ou manipulavam o Poder

Único pertenciam, aos olhos das Aes Sedai, à Torre Branca, independentemente de quem os possuísse naquele momento. Mas havia o acordo.

— O sol se move, Aes Sedai — anunciou Renaile din Calon —, e o perigo ronda. É o que vocês afirmam. Se pensam que, atrasando, vão achar algum jeito de se livrar, melhor pensarem duas vezes. Se tentarem quebrar o acordo, eu juro pelo coração do meu pai que volto para os navios na mesma hora. E ainda levo a Tigela como compensação. Ela era nossa desde a Ruptura.

— Cuidado com a língua ao se dirigir às Aes Sedai — rosnou Reanne, escandalizada de indignação desde o chapéu de palha azul até os pés rechonchudos que apareciam por debaixo das anáguas verdes e brancas.

Renaile din Calon curvou os lábios com desdém.

— As águas-vivas têm língua, ao que parece. Mas me surpreende que possam usá-la sem nenhuma Aes Sedai ter dado permissão.

De uma hora para a outra, o pátio do estábulo foi tomado por xingamentos aos berros que voavam entre a Confraria e as Atha'an Miere, de "bravia" e "covardes" a coisas bem piores, gritos estridentes que encobriam as tentativas de Merilille de aquietar Reanne e suas companheiras de um lado e, do outro, acalmar o Povo do Mar. Várias Chamadoras de Ventos pararam de correr os dedos pelas adagas presas em suas faixas para, em vez disso, agarrar os cabos. O brilho de *saidar* envolveu uma a uma das mulheres de roupas chamativas. As Comadres pareciam assustadas, embora isso não refreasse seus impropérios, mas Sumeko abraçou a Fonte, depois Tamarla, seguida pela esbelta Chilares dos olhos amendoados, até que, em pouco tempo, todas as outras, assim como todas as Chamadoras de Ventos, reluziam enquanto palavras eram trocadas e temperamentos ferviam.

Aviendha queria gemer. A qualquer momento, sangue começaria a correr. Ela seguiria o comando de Elayne, mas sua quase-irmã exalava uma fúria gélida tanto para as Chamadoras de Vento quanto para o Círculo do Tricô. Elayne tinha pouca paciência para a estupidez, dela ou dos outros, e ficar gritando insultos quando um inimigo talvez estivesse se aproximando era das piores burrices. Aviendha segurou firme a faca que trazia no cinto e, instantes depois, abraçou *saidar*; a vida e a alegria a preencheram a ponto de quase fazê-la chorar. Sábias só usavam o Poder quando as palavras já não adiantavam, mas nem palavras nem aço adiantariam ali. Ela queria ter ideia de quem devia matar primeiro.

— Chega! — O grito esganiçado e penetrante de Nynaeve cortou as palavras que saíam de todas as bocas. Rostos atônitos se viraram em direção a ela. Sua cabeça girou perigosamente e ela apontou o dedo para o Círculo do Tricô.

— Parem de se comportar feito crianças! — Embora tenha moderado o tom, foi por um fio. — Ou vocês vão ficar discutindo até os Abandonados aparecerem para levar a Tigela e todas nós? E vocês... — o dedo passou para as Chamadoras de Ventos — ...parem de tentar se esquivar do acordo que fizeram! Vocês só vão ficar com a Tigela quando cumprirem tudo que prometeram! Nem pensem que não! — Nynaeve se voltou para as Aes Sedai. — E vocês...! — Recebido com uma surpresa indiferente, seu fluxo de palavras diminuiu para um grunhido ressentido. As Aes Sedai só tinham se juntado à gritaria com o intuito de serená-la. Nenhuma delas brilhava com a luz de *saidar*.

Claro que isso não foi suficiente para acalmar Nynaeve. Ela deu um puxão firme no chapéu, ainda claramente tomada pela raiva que queria pôr para fora. Mas as Comadres fitavam os paralelepípedos com um rubor mortificado, e até as Chamadoras de Ventos aparentavam certo embaraço — só um pouco —, resmungando sozinhas, mas recusando-se a encarar o olhar raivoso de Nynaeve. O brilho foi se esvaindo ao redor de uma mulher após a outra, até apenas Aviendha continuar abraçada à Fonte.

A Aiel tomou um susto quando Elayne tocou seu braço. Ela *estava* ficando mole. Ser pega de surpresa, se assustar com um mero toque.

— A crise parece estar serenada — murmurou Elayne. — Talvez esteja na hora de ir, antes que a próxima estoure.

Uma leve cor nas bochechas era o único sinal de que ela estivera com raiva. E a cor no rosto de Birgitte. De certa forma, as duas refletiam uma à outra desde o elo.

— Já passou da hora — concordou Aviendha. Mais um pouco e ela se *transformaria* em uma aguacenta de coração mole.

Todos os olhos a acompanharam quando ela foi até a área aberta no centro do pátio, até o local que examinara e analisara até o conhecer de olhos fechados. Agarrar o Poder provocava uma alegria, a alegria de usar *saidar*, que ela não conseguia expressar em palavras. Possuir *saidar*, estar possuída por ele, era se sentir mais viva do que em qualquer outra situação. Uma alucinação, as Sábias diziam, tão falsa e perigosa quanto uma miragem de água no Termool, apesar de parecer mais real que os paralelepípedos sob seus pés. Ela lutou contra o ímpeto de abraçar mais; já estava quase com o máximo que aguentava. Todas se aproximaram quando ela começou a tecer os fluxos.

O fato de haver coisas que muitas Aes Sedai não sabiam fazer ainda assustava Aviendha, depois de tudo que ela já tinha visto. Várias integrantes do Círculo do Tricô eram fortes o bastante, mas só Sumeko e, para a sua surpresa, Reanne analisavam explicitamente o que ela estava fazendo. Sumeko chegou até a ignorar os tapinhas de encorajamento que Nynaeve tentou dar — o que rendeu um olhar de susto e indignação da parte de Nynaeve que Sumeko, com o olhar fixo em Aviendha, não percebeu. Todas as Chamadoras de Vento tinham força suficiente. E elas ficaram observando com o mesmo nível de avidez com que encaravam a Tigela. O acordo lhes dava esse direito.

Aviendha se concentrou e os fluxos foram se entretecendo, criando identidade entre aquele local e o lugar que Elayne e Nynaeve haviam escolhido em um mapa. Ela gesticulou como se estivesse abrindo as abas de uma tenda. Aquilo não fazia parte da tessitura que Elayne lhe ensinara, mas era praticamente tudo que se lembrava que ela própria fizera, muito antes de Egwene abrir seu primeiro portão. Os fluxos se fundiram para formar um rasgo vertical prateado que girou e formou uma abertura no ar, mais alta que um homem e da mesma largura. Do outro lado, via-se uma grande clareira cercada de árvores de vinte a trinta pés de altura, milhas ao norte da cidade, na outra margem do rio. A vegetação marrom na altura do joelho ia até a entrada do portão, balançando através da passagem ao sabor de uma brisa fraca; não atravessava de fato, apenas dava a impressão. No entanto, parte do gramado tinha sido decepada verticalmente. As bordas da abertura de um portão faziam uma lâmina parecer embotada.

O portão encheu-a de descontentamento. Elayne era capaz de urdir aquela tessitura usando apenas parte de sua força, mas, por algum motivo, ela exigia quase toda a força de Aviendha. A Aiel tinha certeza de que poderia ter urdido um portão bem maior, tão grande quanto o de Elayne, usando os fios que tecera sem nem pensar enquanto tentava escapar de Rand al'Thor, o que parecia ter acontecido muito tempo atrás, mas não importava o quanto tentasse, só lhe vinham pedaços. Não sentia inveja — ao contrário, se orgulhava das proezas de sua quase-irmã —, mas seu insucesso a constrangia. Sorilea ou Amys seriam duras com ela, se soubessem. Sobre a vergonha. Orgulho demais, diriam. Amys talvez entendesse, por ter sido Donzela. O insucesso na realização de algo que se deveria saber fazer *dava* vergonha. Se ela não tivesse que manter a tessitura, teria saído correndo para que ninguém a visse.

A partida tinha sido cuidadosamente planejada, e o pátio inteiro se pôs em movimento assim que o portão se abriu por completo. Duas integrantes do Círculo do Tricô puseram a Mensageira das Sombras de pé e as Chamadoras de Ventos trataram de formar uma fila atrás de Renaile din Calon. Serviçais começaram a trazer os cavalos dos estábulos. Lan, Birgitte e um dos Guardiões de Careane, um magricelo chamado Cyeril Arjuna, passaram logo correndo pelo portão, um depois do outro. Assim como as *Far Dareis Mai*, os Guardiões sempre reivindicavam o direito de ir explorar primeiro. Os pés de Aviendha coçavam para sair correndo atrás deles, mas não havia como. Ao contrário de Elayne, ela não podia dar mais que cinco ou seis passos sem que a tessitura começasse a enfraquecer, e o mesmo acontecia se tentasse amarrá-la. Era muito frustrante.

Dessa vez, como não havia expectativa real de perigo, as Aes Sedai seguiram imediatamente, Elayne e Nynaeve também. Uma profusão de fazendas pontilhava aquela região arborizada, e um pastor errante ou um jovem casal em busca de privacidade talvez precisassem de algum direcionamento para não verem mais do que deviam, mas nenhuma Alma ou Mensageiro das Sombras tinha como saber daquela clareira. Só ela, Elayne, e Nynaeve sabiam, e nenhuma mencionara a escolha por medo de serem ouvidas. Parada junto da abertura, Elayne lançou um olhar questionador para Aviendha, mas a Aiel gesticulou para que ela seguisse em frente. Planos deviam ser seguidos, a menos que houvesse motivo para alterá-los.

Em fila, as Chamadoras de Ventos começaram a atravessar devagar até a clareira, todas subitamente hesitantes ao se aproximar daquela coisa com que nunca tinham sonhado, respirando fundo antes de entrar. E, de repente, o formigamento voltou.

Aviendha levantou os olhos para as janelas que davam vista para o pátio do estábulo. Qualquer um poderia estar escondido detrás das intrincadas treliças brancas de ferro fundido cheias de entalhes. Tylin ordenara que os serviçais ficassem longe daquelas janelas, mas quem deteria Teslyn, Joline ou… Algo a fez olhar ainda mais para cima, para as cúpulas e torres. Passadiços estreitos circundavam alguns dos finos pináculos e, em um deles, lá no alto, via-se um vulto negro coroado pela auréola do sol que brilhava logo atrás. Um homem.

Sua respiração travou. Nada na postura nem nas mãos dele no corrimão de pedra sugeria perigo, mas ela sabia que ele era o responsável pelo formigamento que ela sentia entre as escápulas. Qualquer uma das Almas da Sombra não ficaria ali simplesmente olhando, mas aquela criatura, aquele *gholam*… Ela sentiu o estômago gelar. Poderia ser apenas um serviçal do palácio. Poderia, mas ela não acreditava nisso. Não era vergonha reconhecer o medo.

Ansiosa, ela deu uma olhada nas mulheres que ainda se esgueiravam portão adentro com uma lentidão agoniante. Metade do Povo do Mar já passara, e o Círculo do Tricô aguardava atrás das restantes com a Mensageira das Sombras firmemente detida, o incômodo delas com a passagem entremeado com o ressentimento pelas mulheres do Povo do Mar atravessarem primeiro. Se ela externasse suas suspeitas, as Comadres sem dúvida correriam, já que a mera menção das Almas da Sombra lhes secava a boca e transformava as tripas em água, e as

Chamadoras de Ventos poderiam muito bem tentar se apoderar imediatamente da Tigela. Para elas, o objeto estava acima de tudo. Mas só uma tola cega ficaria parada se coçando enquanto um leão se aproximava sorrateiramente do rebanho que ela fora encarregada de proteger. A Aiel pegou uma das Atha'an Miere pela manga de seda vermelha.

— Diga para Elayne... — Um rosto tal qual pedra negra polida se virou para ela. A mulher, de alguma forma, conseguiu fazer seus lábios carnudos parecerem finos. Os olhos eram como seixos negros, frios e inexpressivos. Que recado ela poderia mandar para que todos os problemas que receava não recaíssem sobre elas? — Diga para Elayne e Nynaeve ficarem atentas. Diga que os inimigos sempre aparecem quando menos se deseja. Fale isso para ela sem demora.

A Chamadora de Ventos assentiu sem disfarçar toda a sua impaciência, mas, surpreendentemente, esperou Aviendha soltá-la para só então, hesitante, atravessar o portão.

O passadiço no alto da torre estava vazio. Aviendha não sentiu nenhum alívio. Ele poderia estar em qualquer lugar, talvez descendo até o pátio. Quem quer que fosse, o que quer que fosse, *era* perigoso. Aquilo *não* era um redemoinho de poeira dançando em sua imaginação. Os últimos quatro Guardiões haviam formado um quadrado em volta do portão, uma escolta que seria a última a passar, e ainda que a Aiel repudiasse suas espadas, ficou grata por haver mais gente ali, além dela, que sabia usar metal afiado. Não que eles fossem ter mais chances contra um *gholam* ou, pior, uma Alma das Sombras, do que os serviçais que esperavam com os cavalos. Ou que ela própria.

Tensa, ela abraçou o Poder até a doçura de *saidar* flertar com a dor. Uma nesga a mais e essa dor beiraria uma agonia ofuscante ao longo dos momentos necessários para que morresse ou perdesse completamente sua capacidade de canalizar. Será que dava para aquelas mulheres arrastadas apertarem o passo? Não era vergonha sentir medo, mas ela temia que esse medo estivesse evidente em seu semblante.

Capítulo 2

Desfazendo a tessitura

Elayne se afastou para o lado assim que atravessou o portão, mas Nynaeve saiu pisoteando a clareira, chutando os gafanhotos marrons da grama morta e olhando para um lado e para outro em busca de algum sinal dos Guardiões. De um deles, pelo menos. Um pássaro vermelho-vivo passou feito um raio pela clareira e se foi. Nada mais se movia, só as irmãs. Um esquilo chilreou em algum lugar em meio às árvores majoritariamente desfolhadas, e então veio o silêncio. Para Elayne, parecia impossível que os três pudessem ter passado para aquele lado sem deixar rastros tão visíveis quanto os que Nynaeve deixara, apesar de ela não conseguir identificar nenhum vestígio de que eles tivessem sequer estado ali.

Ela sentia a presença de Birgitte em algum ponto à sua esquerda, mais ou menos a sudoeste, imaginava, e se sentindo bem contente, claramente a salvo. Careane, parte de um círculo protetor em volta de Sareitha e da Tigela, inclinou a cabeça quase como se escutasse algo. Ao que parecia, seu Cieryl se encontrava a sudeste. O que significava que Lan estava a norte. Estranhamente, norte era a direção que Nynaeve decidira observar, resmungando sem parar. Talvez o casamento tivesse criado nela alguma percepção dele. O mais provável era que ela tivesse notado um rastro que passara despercebido para Elayne. Nynaeve era tão versada em matas quanto em ervas.

Do ponto onde Elayne parara de início, via-se claramente Aviendha do outro lado do portão, examinando os telhados do palácio como quem esperava uma emboscada. Pela sua postura, poderia estar empunhando lanças, pronta para se jogar à batalha em seu vestido de cavalgada. Elayne sorriu, vendo-a disfarçar sua agonia em relação aos problemas com o portão, sendo muito mais corajosa que ela própria era. Mas, ao mesmo tempo, não teve como não ficar preocupada. Aviendha *era* valente, e Elayne não conhecia ninguém que mantivesse melhor a compostura que a Aiel. Ela também era capaz de decidir que o *ji'e'toh* exigia que lutasse quando sua única saída era fugir. A luz que a cercava brilhava tanto que era óbvio que ela não tinha como abraçar muito mais *saidar*. Se um dos Abandonados aparecesse mesmo...

Eu devia ter ficado com ela. Elayne logo refutou o pensamento. Não importava qual desculpa desse, Aviendha perceberia a verdade, e às vezes era tão sensível quanto um homem. Na maioria das vezes. Especialmente quando tinha a ver com sua honra. Com um suspiro, Elayne deixou que as Atha'an Miere a afastassem cada vez mais do portão conforme o atravessavam. Porém, manteve-se perto o bastante para ouvir qualquer grito que viesse do outro lado. Perto o bastante para poder ir ajudar Aviendha em um piscar de olhos. E por outro motivo.

As Chamadoras de Ventos passavam por ordem hierárquica e se empenhavam para manter os semblantes serenos, mas até Renaile relaxou os ombros assim que seus pés descalços pisaram na alta grama seca. Algumas até estremeceram, contendo-se rapidamente, ou olharam para trás fitando aquela abertura suspensa no ar com olhos arregalados. Da primeira à última, todas olhavam desconfiadas para Elayne ao passar por ela, duas ou três chegando a abrir a boca, talvez para perguntar o que ela estava fazendo ou para pedir — ou mandar — que se afastasse. Ficou feliz de vê-las se apressarem em obediência às ordens secas de Renaile. Em pouco tempo, elas teriam a chance de mandar nas Aes Sedai; não precisavam começar com ela.

Pensar nisso lhe revirou o estômago, e aquela quantidade de mulheres a fez balançar a cabeça. Seu conhecimento do clima lhes permitia usar a Tigela de forma adequada, apesar de até Renaile concordar, ainda que com relutância, que, quanto mais Poder fosse direcionado por meio da Tigela, maiores as possibilidades de curar o clima. Só que ele deveria ser direcionado com uma precisão que só seria possível para uma mulher sozinha ou para um círculo. E teria que ser um círculo completo, com treze mulheres. Essas treze por certo incluiriam Nynaeve, Aviendha, a própria Elayne, e provavelmente algumas integrantes da Confraria, mas estava bem claro que Renaile tinha a intenção de fazer uso da parte do acordo que dizia que elas poderiam aprender quaisquer habilidades que as Aes Sedai pudessem ensinar. O portão tinha sido a primeira, e formar um círculo seria a segunda. Era até de se espantar que ela não tivesse convocado todas as Chamadoras de Ventos no porto. Imagine só tentar lidar com trezentas ou quatrocentas mulheres como aquelas! Elayne fez uma pequena prece de agradecimento por serem apenas vinte.

No entanto, ela não estava ali para contá-las. À medida que as Chamadoras de Ventos iam passando, a pouco mais de uma passada de distância, ela se permitia sentir a força de cada uma com o Poder. Mais cedo, por conta de toda a confusão para convencer Renaile até mesmo a ir, só houvera tempo de se aproximar o suficiente de umas poucas. Ao que parecia, a hierarquia das Chamadoras de Ventos não tinha nada a ver com idade nem força. Renaile não estava nem perto de ser uma das três ou quatro mais fortes, e uma mulher mais lá para trás, Senine, tinha um rosto enrugado e uma espessa cabeleira grisalha. Estranhamente, julgando pelas marcas nas orelhas, parecia que Senine já tinha chegado a usar mais de seis brincos, e mais grossos que os atuais.

Elayne foi classificando e registrando os rostos e nomes que conhecia com um senso de complacência cada vez maior. As Chamadoras de Ventos podiam até ter garantido uma espécie de palavra final, e Nynaeve e ela talvez estivessem em sérios apuros, seríssimos, tanto com Egwene quanto com o Salão da Torre, assim que os termos do acordo fossem revelados, só que nenhuma daquelas mulheres alcançaria qualquer destaque entre as Aes Sedai. Não ficariam por baixo, com certeza, mas não se destacariam. Ela disse a si mesma para não ficar presunçosa — não mudaria nada do que tinha sido acordado —, mas era muito difícil. Aquelas ali eram as melhores dentre os Atha'an, afinal. Ao menos em Ebou Dar. E, se elas tivessem sido Aes Sedai, todas elas, de Kurin, com seu olhar negro pétreo, à própria Renaile, teriam escutado quando ela falasse e se levantado quando ela entrasse em um aposento. Se fossem Aes Sedai e se comportassem como deveriam.

O fim da fila entrou em vista, e Elayne se assustou quando uma jovem Chamadora de Ventos de um dos menores navios passou por ela, uma mulher de bochechas redondas chamada Rainyn, trajando uma seda azul simples e com pouco menos de meia dúzia de ornamentos dependurados na corrente do nariz. As duas aprendizes, Talaan, magra feito um rapaz, e Metarra, com seus olhos grandes, vieram à toda logo atrás, com semblantes preocupados. Ainda não tinham ganhado sua argola de nariz, muito menos a corrente, e só um único brinco dourado na orelha esquerda contrabalançava os três da direita. Os olhos de Elayne acompanharam as três mulheres com certa insistência. Talvez bastante insistência, aliás.

As Atha'an Miere se aglomeraram de novo em torno de Renaile, a maior parte delas, como a líder, fitando com avidez as Aes Sedai e a Tigela. As três últimas ficaram para atrás, as aprendizes parecendo incertas se sequer tinham o direito de estar ali, Rainyn de braços cruzados imitando Renaile, mas se saindo um pouco melhor que as outras duas. A Chamadora de Ventos de um flechador, a menor embarcação do Povo do Mar, provavelmente quase nunca se via na companhia da Chamadora de Ventos da Mestra das Ondas de seu clã, isso para não falar da Chamadora de Ventos da Senhora dos Navios. Rainyn era, tranquilamente, tão forte quanto Lelaine ou Romanda, e Metarra era do nível da própria Elayne, já Talaan... Talaan, tão discreta em sua blusa de linho vermelho, com olhos que pareciam permanentemente abatidos, chegava bem perto de Nynaeve. Bem perto. Mais que isso, Elayne sabia que ela mesma ainda não tinha atingido todo o seu potencial, nem Nynaeve. Quão próximas estariam Metarra e Talaan? Ela já se acostumara com a ideia de que só Nynaeve e os Abandonados eram mais fortes que ela. Bem, Egwene também, mas tinha sido forçada, e o seu potencial, assim como o de Aviendha, rivalizava com o de Egwene. *Lá se vai a complacência*, ela disse para si mesma com pesar. Lini diria que era o que ela merecia por ficar criando certezas.

Rindo baixinho de si mesma, Elayne se virou para dar uma olhada em Aviendha, mas o Círculo do Tricô parara em um ponto bem à frente do portão, todas se contorcendo sob os olhares frios de Careane e Sareitha. Todas, menos Sumeko, que tampouco se movia, mesmo devolvendo as encaradas das irmãs. Kirstian dava a impressão de estar prestes a chorar.

Elayne abafou um suspiro e afastou as Comadres do caminho dos serviçais do estábulo, que esperavam para atravessar com os cavalos. O Círculo do Tricô obedeceu feito ovelhas — ela era a pastora, Merilille e as demais, os lobos — e, não fosse por Ispan, elas teriam se movido mais rápido.

Famelle, uma das quatro únicas mulheres do Círculo do Tricô sem nenhum traço de grisalho ou branco no cabelo, e Eldase, uma mulher de olhar intenso, quando não estava diante de uma Aes Sedai, seguravam Ispan pelos braços. As duas pareciam não conseguir se decidir se a seguravam firme o bastante para mantê-la ereta ou se não apertavam tanto, e o resultado era a irmã Negra andar subindo e descendo, afundando até quase cair de joelhos quando elas afrouxavam a pegada, para então ser erguida de novo antes que caísse por completo.

— Me perdoe, Aes Sedai — murmurava Famelle sem parar para Ispan, com seu leve sotaque taraboniano. — Ah, me desculpe, Aes Sedai.

Eldase se encolhia e deixava um gemidinho escapar toda vez que Ispan tropeçava. Como se Ispan não tivesse ajudado a matar duas delas, e só a Luz sabia quantas mais. Era muito estardalhaço por conta de uma mulher que ia morrer.

Só os assassinatos na Torre Branca para os quais Ispan conspirara eram o suficiente para condená-la.

— Levem-na para o lado de lá — ordenou Elayne, gesticulando para a clareira, bem longe do portão.

As mulheres obedeceram, não sem fazerem mesuras e quase deixarem Ispan cair, e murmuraram desculpas para Elayne e para a prisioneira encapuzada. Reanne e as demais seguiram-nas depressa, olhando ansiosas para as irmãs em torno de Merilille.

Quase de imediato, a guerra de encaradas recomeçou, as Aes Sedai para as Comadres, o Círculo do Tricô para as Chamadoras de Ventos, e as Atha'an Miere para qualquer uma em quem batessem os olhos. Elayne cerrou os dentes. *Não* ia gritar com ninguém. Nynaeve sempre obtinha resultados melhores quando gritava, de qualquer jeito. Mas ela queria, sim, sacudir cada uma delas para ver se tomavam juízo, sacudir até seus dentes baterem. Inclusive Nynaeve, que deveria estar organizando todas elas, em vez de ficar olhando fixamente as árvores. Mas e se fosse Rand correndo risco de morte, a menos que ela conseguisse dar um jeito de salvá-lo?

De repente, lágrimas fizeram seus olhos arderem. Rand *ia* morrer, e não havia nada que ela pudesse fazer para evitar. *Descasque a maçã que você tem na mão, garota, não a que está na árvore*, a voz fina de Lini pareceu sussurrar em seu ouvido. *As lágrimas vêm depois. Antes, são só perda de tempo.*

— Obrigada, Lini — murmurou ela.

Às vezes, sua antiga babá era uma mulher irritante, que nunca admitia que qualquer uma de suas tutoradas tivesse crescido, mas seus conselhos eram sempre bons. O fato de Nynaeve andar relapsa com as obrigações dela não era motivo para que Elayne se esquecesse das suas.

Serviçais haviam começado a atravessar os cavalos em trote logo depois do Círculo do Tricô, começando pelos de carga. Nenhum daqueles primeiros animais carregava objetos tão frívolos quanto roupas. As mulheres podiam ir caminhando, caso os cavalos de montaria precisassem ser descartados no outro lado do portão, e continuar trajando o que já traziam no corpo caso os demais animais de carga tivessem que ser preteridos, mas o que aqueles primeiros cavalos traziam não podia ser deixado para os Abandonados. Elayne acenou para que a mulher de bochechas enrugadas que conduzia o primeiro deles a acompanhasse, abrindo caminho para os outros.

Ao desatar e jogar de lado a cobertura de lona rígida de um dos cestos largos de vime, revelou-se uma montanha do que parecia ser lixo enfiado de qualquer jeito até o topo, parte enrolada em trapos puídos. A maior parte daquilo provavelmente era lixo. Abraçando *saidar*, Elayne começou a fazer a triagem. Uma armadura peitoral enferrujada foi logo para o chão, junto a uma perna de mesa quebrada, uma travessa rachada, um cântaro de estanho bastante amassado e um rolo de tecido puído impossível de identificar que quase se desfez em suas mãos.

O armazém onde elas encontraram a Tigela dos Ventos estava entupido, com tralhas que deveriam estar em uma pilha de descartes amontoadas com outros objetos do Poder além da Tigela, alguns em barris e baús infestados de insetos, outros empilhados sem nenhum cuidado. Durante centenas e centenas de anos, a Confraria escondera todos os objetos que encontrava que tivessem alguma relação com o Poder, temerosas de usá-los e temerosas de entregá-los às Aes Sedai. Até exatamente aquela manhã. Era a primeira chance que Elayne tinha de ver o que valia a pena guardar. Foi uma dádiva da Luz que os Amigos das Trevas não tivessem levado nada importante; tinham pegado algumas coisas, mas, por certo, menos de um quarto do que o aposento continha, incluindo tranqueiras. Foi uma dádiva da Luz ela ter encontrado algo com utilidade. Pessoas haviam morrido tentando tirar aqueles objetos do Rahad.

Ela não canalizou, só abraçou o Poder enquanto pescava item por item. Um copo de barro lascado, três pratos quebrados, um vestido de criança com furos de traças e uma bota velha com um buraco na lateral foram jogados no chão. Uma pedra entalhada pouco maior que sua mão — *parecia* ser pedra e *talvez* fosse entalhada, embora, por algum motivo, não parecesse exatamente esculpida — e cheia de curvas de um azul profundo que lembravam vagamente raízes pareceu esquentar de leve quando ela a tocou. Tinha certa... ressonância... com *saidar*. Era a palavra mais próxima que lhe vinha à mente. Para que servia, ela não fazia ideia, mas sem nenhuma dúvida tratava-se de um *ter'angreal*. Ela o botou no chão no lado oposto da pilha de lixo.

A montanha de descartes não parava de aumentar, assim como a outra, ainda que mais devagar, com objetos que não tinham nada em comum, apenas a quentura tênue e a sensação de ecoar o Poder. Uma caixinha que parecia ser de marfim coberta com listras irregulares vermelhas e verdes; Elayne a apoiou com cuidado sem abrir a tampa articulada. Era impossível saber o que podia ativar um *ter'angreal*. Uma vareta preta mais fina que seu dedo mindinho, com uma passada de comprimento, rígida, mas ainda assim tão flexível que parecia possível dobrá-la até formar um círculo. Um frasquinho tampado que talvez fosse de cristal, contendo um líquido vermelho-escuro. A estatueta de um homem barbudo e robusto com um sorriso alegre, segurando um livro; com dois pés de altura, aparentava ser de bronze escurecido pelos anos e obrigou-a a usar as duas mãos para levantá-la. E outras coisas. A maioria, contudo, era lixo. E nenhuma era o que ela de fato queria. Ainda não.

— Agora é hora de fazer isso? — questionou Nynaeve. Ela se levantou rapidamente do pequeno amontoado de *ter'angreal* com uma careta no rosto e esfregando a mão na saia. — Aquela vareta dá uma sensação de... dor — resmungou. A mulher de rosto severo que segurava as rédeas do animal de carga olhou atônita para a vareta e se afastou um pouco.

Elayne pousou os olhos na vareta — as impressões ocasionais de Nynaeve sobre os objetos em que tocava podiam ser úteis —, mas não interrompeu a triagem. Certamente já houvera muita dor nos últimos tempos para que se provocasse ainda mais. O que não significava que as sensações de Nynaeve fossem sempre tão óbvias. A vareta podia ter presenciado uma grande dor sem ter sido, necessariamente, a causa. O cesto estava quase vazio. Parte do que estava no outro flanco do cavalo teria que ser deslocada para balancear o peso.

— Se tiver algum *angreal* por aqui, Nynaeve, eu gostaria de encontrar antes de Moghedien dar um tapinha no ombro de uma de nós.

Nynaeve soltou um grunhido de desgosto, mas espiou o interior do cesto de vime.

Largando mais uma perna de mesa — já era a *terceira*, e nenhuma combinava —, Elayne deu uma olhadela na clareira. Todos os animais de carga já estavam ali e as montarias já vinham atravessando o portão, ocupando o descampado entre as árvores com burburinho e confusão. Merilille e as demais Aes Sedai já estavam em suas selas e mal disfarçavam a impaciência para partir, enquanto Pol se atarantava com os alforjes da sua senhora, mas as Chamadoras de Ventos...

Graciosas a pé, graciosas a bordo de seus navios, elas não eram habituadas a cavalos. Renaile estava tentando montar pelo lado errado, e a mansa égua baia escolhida para ela dançava em círculos vagarosos em torno do homem fardado que segurava a rédea com uma das mãos e, frustrado, arrancava os cabelos com a outra, enquanto tentava, em vão, corrigir a Chamadora de Ventos. Duas das cavalariças estavam tentando colocar Dorile, que servia como Mestra das Ondas do clã Somarin, em sua sela, enquanto uma terceira, que segurava a cabeça do cavalo cinza, tinha o semblante contido de alguém que tentava não rir. Rainyn estava no dorso de um capão marrom *alto*, mas, sabia-se lá como, não tinha nenhum dos pés nos estribos nem as rédeas nas mãos, e estava tendo problemas consideráveis para encontrar ambos. Isso porque aquelas três eram as que pareciam estar com menos dificuldades. Os cavalos relinchavam, dançavam e reviravam os olhos, e as Chamadoras de Ventos gritavam impropérios com vozes que poderiam ser ouvidas até em um vendaval. Uma delas nocauteou um serviçal com um soco e outros três estribeiros tentavam recapturar as montarias que tinham se soltado.

Também notou algo esperado, já que Nynaeve não estava mais em sua vigília particular: Lan estava parado ao lado de seu cavalo de guerra negro, Mandarb, dividindo sua atenção entre a linha das árvores, o portão e Nynaeve. Birgitte saiu da mata balançando a cabeça e, logo depois, Cyeril veio trotando das árvores, mas sem nenhum senso de urgência. Não havia nada ali para ameaçá-los nem os importunar.

Nynaeve a observava com as sobrancelhas erguidas.

— Não falei nada — disse Elayne.

Sua mão se fechou em torno de um objeto pequeno enrolado em um tecido puído que um dia podia ter sido branco. Ou marrom. Ela soube prontamente o que havia dentro.

— Sorte sua — grunhiu Nynaeve, não muito baixo. — Não suporto mulheres que metem o nariz no assunto dos outros.

Elayne relevou as palavras sem se abalar, e ficou orgulhosa de não ter tido que morder a língua.

Afastando o tecido apodrecido, revelou um pequeno broche de âmbar em formato de tartaruga. Ao menos parecia âmbar, e um dia talvez tivesse sido, mas, quando ela se abriu para a Fonte por meio dele, *saidar* a tomou de assalto, uma torrente comparável ao que ela podia abraçar com segurança por conta própria. Não era um *angreal* forte, mas muito melhor que nada. Com ele, Elayne poderia dar conta do dobro do Poder que Nynaeve podia, e a própria Nynaeve se sairia ainda melhor. Soltando o fluxo extra de *saidar*, ela guardou o broche na bolsa do cinto com um sorriso de satisfação e voltou a procurar. Onde havia um, talvez houvesse mais. E, já tendo um para analisar, podia ser que conseguisse entender como *fazer* um *angreal*. Era algo que já desejara. Elayne precisou se esforçar para não pegar o broche de novo e começar a estudá-lo ali mesmo.

Depois de passar um bom tempo de olho nela e em Nynaeve, Vandene esporeou o capão de flancos quadrados até onde as duas se encontravam e desmontou. A cavalariça junto à cabeça do animal de carga fez uma mesura aceitável, ainda que desajeitada, mais profunda do que fizera para Elayne ou Nynaeve.

— Você está tomando cuidado — disse Vandene a Elayne —, o que é muito bom. Mas seria melhor deixar essas coisas quietas até que estejam na Torre.

Elayne apertou os lábios. Na Torre? Até poderem ser examinadas por outra pessoa, ela quis dizer. Uma pessoa mais velha e, supostamente, mais experiente.

— Eu sei *muito bem* o que estou fazendo, Vandene. Já *fiz* um *ter'angreal*, afinal de contas. Nenhuma outra pessoa viva fez *isso*. — Ela ensinara o básico para algumas irmãs, mas, até sua partida para Ebou Dar, ninguém tinha conseguido desvendar o truque.

A Verde mais velha aquiesceu, virando as rédeas distraída na palma da luva de cavalgada.

— Martine Janata também sabia o que estava fazendo, até onde eu sei — rebateu, em um tom casual. — Foi a última irmã a levar realmente a sério o estudo dos *ter'angreal*. Fez isso por mais de quarenta anos, quase desde o momento em que obteve o xale. Era cuidadosa também, pelo que me disseram. Até que, um dia, a criada dela a encontrou caída no chão da sala de estar. Exaurida. — Mesmo em tom casual, aquelas palavras soaram como uma bofetada bem dada. A voz de Vandene, porém, não se alterou nem um milímetro. — O Guardião dela morreu com o choque. Não é incomum em casos assim. Quando Martine recobrou a consciência, três dias depois, não conseguia lembrar com o que estava trabalhando. Também não se lembrava de nada da semana anterior. Isso foi há mais de vinte e cinco anos e, desde então, ninguém teve coragem de tocar nos *ter'angreal* que estavam nos aposentos dela. As anotações que ela havia feito falavam de todos eles, e tudo que ela tinha descoberto era inócuo, inocente e até frívolo, mas... — Vandene deu de ombros. — Ela encontrou algo que não esperava.

Elayne deu uma olhadela para Birgitte e viu que a arqueira estava olhando para ela. Nem precisava ter visto o semblante preocupado no rosto da outra mulher; ele estava espelhado em sua mente, no pedacinho da sua mente que *era* Birgitte, e também no resto. A Guardiã sentia a preocupação dela, e ela sentia a de Birgitte ao ponto em que, por vezes, era difícil distinguir qual era qual. Ela arriscava mais que a si mesma, mas *realmente* sabia o que estava fazendo. Mais que qualquer uma ali, pelo menos. E mesmo que nenhum dos Abandonados aparecesse, elas *precisavam* de todos os *angreal* que pudesse encontrar.

— O que aconteceu com Martine? — perguntou Nynaeve, baixinho. — Depois disso, quero dizer. — Era raro ela saber que alguém tinha se machucado e não querer Curar; Nynaeve queria Curar tudo.

Vandene fez uma careta. Podia até ter sido ela a tocar no assunto de Martine, mas as Aes Sedai não gostavam de falar sobre mulheres que tinham se exaurido ou sido estancadas. Não gostavam de se lembrar delas.

— Sumiu assim que ficou bem o bastante para fugir da Torre — disse ela, apressada. — O importante é lembrar que ela tomava cuidado. Não cheguei a conhecê-la, mas me disseram que ela tratava todos os *ter'angreal* como se não fizesse ideia do que poderia acontecer em seguida, até o que faz o tecido do manto dos Guardiões, e ninguém nunca conseguiu fazer mais nada com ele. Ela tomava cuidado, mas não adiantou nada.

Nynaeve apoiou o braço por cima do cesto quase vazio.

— Talvez você devesse mesmo — começou ela.

— *Nããão!* — gritou Merilille.

Elayne girou, abrindo-se instintivamente outra vez por meio do *angreal*, ciente apenas em parte de Nynaeve e Vandene sendo preenchidas por *saidar*. O brilho do Poder brotou em todas as mulheres da clareira que eram capazes de abraçar a Fonte. Merilille estava inclinada para a frente no alto da sela, olhos esbugalhados, uma das mãos esticada em direção ao portão. Elayne franziu o cenho. Não havia nada ali além de Aviendha e dos últimos quatro Guardiões, pegos de surpresa durante a travessia, procurando a ameaça com as espadas já parcialmente desembainhadas. Foi então que ela se deu conta do que Aviendha estava fazendo e, com o choque, quase soltou *saidar*.

O portão tremia enquanto Aviendha desfazia com cuidado a tessitura que o criara. Ele estremecia e se dobrava, as extremidades fraquejando. Os últimos fluxos se soltaram e, em vez de se dissipar, a abertura tremeluziu, a vista do pátio do outro lado se esvaindo até evaporar feito bruma ao sol.

— Impossível! — exclamou Renaile, incrédula.

Um murmúrio atônito de concordância irrompeu entre as Chamadoras de Ventos. As Comadres olharam boquiabertas para Aviendha, as bocas se movendo sem emitir som.

Elayne anuiu devagar, involuntariamente. Estava claro que *era* possível, mas uma das primeiras coisas que ela ouviu quando noviça foi que nunca, jamais, em nenhuma circunstância, deveria tentar o que Aviendha acabara de fazer. Desfazer uma tessitura, qualquer tessitura, em vez de simplesmente deixá-la se dissipar, era algo que não podia ser feito, disseram-lhe, não sem desastres inevitáveis. Inevitáveis.

— Sua tola! — disparou Vandene, o semblante tempestuoso. Ela foi andando a passos largos em direção a Aviendha, puxando atrás o capão. — Você tem ideia do que quase fez? Um deslize, um só, e não há como saber no que a tessitura vai se transformar nem o que vai fazer! Você podia ter destruído tudo até cem passadas daqui! Até quinhentas! Tudo! Você podia ter se exaurido e...

— Foi necessário — interrompeu Aviendha.

Um balbuciar irrompeu entre as Aes Sedai a cavalo que se aglomeravam em torno dela e de Vandene, mas a Aiel olhou feio para as mulheres e levantou a voz acima das delas.

— Eu sei dos perigos, Vandene Namelle, mas foi preciso. Será que é mais uma coisa que vocês, Aes Sedai, não sabem fazer? As Sábias dizem que qualquer mulher é capaz de aprender, se lhe for ensinado, umas mais, outras menos, mas qualquer mulher é capaz, se conseguir identificar um bordado. — Ela não chegou a soar sarcástica. Por pouco.

— Isso *não* é um bordado, garota! — A voz de Merilille era como gelo no auge do inverno. — Seja lá qual tenha sido o suposto treinamento que você recebeu em meio ao seu povo, não é possível que não saiba com o que está *brincando*! Trate de me prometer... de jurar!... que nunca mais vai fazer isso!

— O nome dela deveria estar no livro das noviças — opinou Sareitha com firmeza, encarando-as com a Tigela ainda bem segura junto ao peito. — Eu sempre disse: ela deveria ser acrescentada ao livro.

Careane fez que sim com a cabeça, seu olhar inflexível mensurando Aviendha para um vestido de noviça.

— Talvez não seja necessário por enquanto — disse Adeleas para Aviendha, inclinando-se no alto da sela —, mas você precisa permitir que nós a orientemos. — O tom de voz da irmã Marrom era bem mais amistoso que o das demais, apesar de não soar como uma sugestão.

Mais ou menos um mês antes, Aviendha talvez tivesse começado a esmorecer com toda aquela desaprovação por parte das Aes Sedai, mas não mais. Elayne foi passando apressada por entre os cavalos antes que sua amiga decidisse sacar a faca que já apalpava. Ou fizesse algo pior.

— Não seria bom alguém perguntar *por que* ela achou que era preciso? — sugeriu Elayne, passando o braço pelos ombros de Aviendha tanto para segurar os braços da Aiel junto ao corpo quanto para confortá-la.

Aviendha não a incluiu totalmente no olhar exasperado que dirigiu às outras irmãs.

— Assim não fica nenhum resíduo — justificou ela com paciência. Paciência até demais. — Os resíduos de uma tessitura desse tamanho podem ser detectados por até uns dois dias.

Merilille bufou, um barulho forte demais para ter saído daquele corpo tão franzino.

— É um Talento raro, garota, que nem Teslyn nem Joline tem. Ou todas vocês, bravias Aiel, também aprendem isso?

— Só umas poucas conseguem — admitiu Aviendha com toda a calma —, mas eu consigo. — A frase gerou um outro tipo de olhar, até de Elayne. Era um Talento *muito* raro. Ela nem parecia se dar conta. — *Vocês* estão dizendo que nenhuma Alma da Sombra consegue? — prosseguiu ela. A tensão em seu ombro sob a mão de Elayne indicava que ela não estava tão tranquila quanto fingia estar. — Vocês são tolas a ponto de deixar rastros para seus inimigos seguirem? Qualquer pessoa que soubesse ler os resíduos poderia abrir um portão para cá.

Isso teria exigido muita destreza, muitíssima, mas a mera sugestão foi o bastante para fazer Merilille hesitar. Adeleas abriu a boca e depois tornou a fechar sem falar nada, e Vandene franziu o cenho, pensativa. Sareitha só pareceu preocupada. Quem poderia afirmar quais Talentos os Abandonados possuíam, e que habilidades?

Estranhamente, toda a ferocidade de Aviendha se esvaiu. Ela baixou os olhos e relaxou os ombros.

— Talvez eu não devesse ter corrido o risco — murmurou ela. — Com aquele homem me olhando, não consegui pensar direito, e quando ele desapareceu... — Parte de seu ímpeto voltou, mas não muito. — Não acho que homem algum seja capaz de ler minhas tessituras — disse ela a Elayne —, mas se ele era uma das Almas da Sombra ou mesmo o *gholam*... As Almas da Sombra sabem mais que qualquer uma de nós. Se me enganei, tenho uma *toh* enorme, mas acho que não foi o caso. Não acho mesmo.

— Que homem? — questionou Nynaeve.

Seu chapéu se entortara ao passar entre os cavalos, e isso, somado à cara feia que dirigia sem distinções a todas as mulheres, a fazia parecer pronta para uma briga. Talvez estivesse mesmo. O capão de Careane cutucou-a sem querer com o ombro e ela deu um tapa no focinho do animal.

— Um serviçal — desdenhou Merilille. — Não importam as ordens de Tylin, os serviçais altaranos são uma gente independente. Ou quem sabe o filho dela. Aquele menino é curioso demais.

As irmãs em volta dela assentiram, e Careane continuou:

— Nenhum Abandonado teria ficado lá parado olhando. Você mesma disse.

A mulher dava tapinhas no pescoço do capão e tinha o cenho franzido para Nynaeve com ar de acusação. Careane era dessas que davam a seu animal o tipo de afeto que a maioria das pessoas reservava a criancinhas. Ela olhava emburrada para Nynaeve, que também se voltou para ela.

— Podia ser um serviçal e também podia ser Beslan. Podia ser. — O fungado de Nynaeve sugeria que ela não acreditava naquilo. Ou que queria que elas achassem que ela não acreditava. Nynaeve era capaz de dizer na cara que achava alguém completamente idiota, mas, caso outra pessoa dissesse a mesma coisa, defenderia esse alguém até ficar rouca. Claro, ela não parecia pronta para decidir se gostava ou não de Aviendha, mas com certeza não gostava das Aes Sedai mais velhas. Ela tratou de puxar o chapéu até quase endireitá-lo, o cenho franzido percorrendo todas as mulheres, e prosseguiu: — Fosse Beslan ou o Tenebroso, não há por que passar o resto do dia aqui. Precisamos nos aprontar e partir para a fazenda. E então? Mexam-se! — Nynaeve bateu palmas bruscamente, e até Vandene tomou um susto.

Restava pouco para aprontar quando as irmãs se afastaram com seus cavalos. Lan e os outros Guardiões não haviam ficado parados depois de verem que não havia perigo. Alguns serviçais tinham atravessado de volta pelo portão antes de Aviendha o desfazer, mas os demais permaneciam ali ao lado com quase quarenta animais de carga, olhando de vez em quando para as Aes Sedai e claramente se perguntando qual seria a próxima maravilha que elas produziriam. Todas as Chamadoras de Ventos já estavam montadas, ainda que meio sem jeito e segurando as rédeas como se esperassem que os cavalos disparassem a qualquer momento, ou talvez abrissem asas e saíssem voando. O Círculo do Tricô também estava montado, mas com muito mais graça, despreocupadas com as saias e anáguas puxadas acima dos joelhos, e com Ispan ainda encapuzada e amarrada a uma das selas como se fosse uma saca. A mulher não teria conseguido ficar sentada direito em um cavalo, mas até os olhos de Sumeko se arregalavam toda vez que pousavam nela.

Olhando feio à volta, Nynaeve parecia pronta para dar um sermão em todo mundo para que fizessem o que já tinham feito, mas só até Lan lhe passar as rédeas de sua égua castanha rechonchuda. Ela recusara taxativamente que Tylin lhe desse de presente um cavalo melhor. Sua mão tremeu um pouco quando tocou a de Lan, e o rosto mudou de cor assim que ela engoliu a raiva que estivera a ponto de pôr para fora. Quando ele ofereceu a mão para ela pisar, Nynaeve o encarou por alguns instantes como quem se perguntava qual era a intenção dele, para então voltar a enrubescer tão logo ele a impulsionou para a sela. Elayne apenas balançou a cabeça. Esperava não virar uma idiota quando se casasse. Caso se casasse.

Birgitte trouxe a égua cinza-prateada e o baio que Aviendha montava, mas pareceu entender que Elayne queria uma palavrinha a sós com a Aiel. Ela assentiu quase como se Elayne lhe tivesse falado, montou em seu capão cinzento e cavalgou até onde os outros Guardiões estavam esperando. Eles a cumprimentaram com meneios e logo se puseram a discutir algo em voz baixa. Pelos olhares desferidos às irmãs, esse "algo" tinha a ver com cuidar das Aes Sedai, quisessem elas ou não. O que incluía ela mesma, Elayne se deu conta, com pesar. Porém, não havia tempo para isso agora. Aviendha estava brincando com as rédeas do seu cavalo e olhava para o animal feito uma noviça diante de uma cozinha cheia de panelas engorduradas. Era bem provável que a Aiel visse pouca diferença entre ser obrigada a arear panelas e ter que cavalgar.

Ajustando as luvas verdes de cavalgada, Elayne casualmente moveu Leoa para tapar a vista dos demais e então tocou o braço de Aviendha.

— Conversar com Adeleas ou Vandene pode ajudar — disse ela com gentileza. Precisava tomar muito cuidado, tanto quanto com qualquer *ter'angreal*. — Elas têm idade para saber mais do que você imagina. Deve haver um motivo para você estar... tendo problemas... com a Viagem. — Era um jeito delicado de dizer. No começo, a Aiel quase não conseguira fazer a tessitura funcionar. Cuidado. Aviendha era muito mais importante que qualquer *ter'angreal* jamais seria. — Talvez elas possam ajudar.

— Ajudar como? — Aviendha olhava fixamente para a sela do capão. — Elas não sabem Viajar. Como alguém aqui poderia me ajudar? — De repente, os ombros da Aiel murcharam e ela virou a cabeça para Elayne. Foi chocante ver lágrimas reluzindo em seus olhos verdes. — Isso não é verdade, Elayne. Não totalmente. Elas não têm como ajudar, mas... Você é minha quase-irmã e tem o direito de saber. Elas acham que eu entrei em pânico por causa de um serviçal. Se eu pedir ajuda, vou ter que contar tudo. Que uma vez eu Viajei para fugir de um homem, um homem que minha alma desejava que me pegasse. Para fugir feito um coelho. Para fugir querendo ser pega. Como eu posso deixar que elas saibam de uma vergonha dessas? Mesmo que realmente tivessem como ajudar, como eu poderia deixar?

Elayne queria não ter sabido. Pelo menos sobre a parte de pegar. O fato de que Rand a *pegara*. Recolhendo as farpas de ciúme que de repente tinham tomado seu corpo, ela tratou de enfiar todas em um saco e guardar lá no fundo da mente. Em seguida, por precaução, pulou em cima do saco várias vezes. *Quando uma mulher age como tola, pode procurar o homem.* Era uma das frases favoritas de Lini. Outra era: *Gatinhos emaranham fios, homens emaranham o juízo, e ambos fazem isso sem o menor esforço.* Ela respirou fundo.

— Não vou contar para ninguém, Aviendha. Vou ajudá-la como puder, só preciso descobrir como.

Não que ela tivesse muita ideia do que fazer. A Aiel era particularmente rápida em ver como tessituras se formavam, bem mais rápida que ela própria.

Aviendha apenas assentiu e montou em sua sela aos trancos e barrancos, mas com um pouco mais de graça que o Povo do Mar.

— Tinha um homem vendo tudo, Elayne, e não era um serviçal. — Encarando Elayne nos olhos, ela prosseguiu: — Ele me assustou.

Uma admissão que, provavelmente, ela não teria feito a mais ninguém no mundo.

— Agora estamos seguras, fosse ele quem fosse — disse Elayne, virando Leoa para seguir Nynaeve e Lan na saída da clareira. Na verdade, era bem provável que fosse um serviçal, mas ela jamais diria aquilo a ninguém, muito menos a Aviendha. — Estamos seguras e, em poucas horas, vamos chegar à fazenda da Confraria, vamos usar a Tigela, e tudo vai ficar bem de novo.

Bem, de certa forma. O sol parecia mais baixo do que estivera no pátio do estábulo, mas ela sabia que era só imaginação. Ao menos uma vez, tinham conseguido uma clara vantagem sobre a Sombra.

De trás da treliça branca de ferro fundido, Moridin viu o último cavalo desaparecer pelo portão, depois a jovem alta e os quatro Guardiões. Era possível que estivessem levando algum item que lhe seria útil — um *angreal* com mais afinidade para homens, quem sabe —, mas as chances eram pequenas. Quanto ao resto, os *ter'angreal*, era bem provável que se matassem tentando decifrar como usá-los. Sammael era um tolo por ter se arriscado tanto para se apossar de uma coleção de sabia-se lá o quê. Tudo bem, Sammael nunca tivera metade da inteligência que pensava ter. Ele, por sua vez, não interromperia seus planos com base apenas em uma possibilidade remota, só para ver que restos de civilização encontraria. Tinha sido apenas uma curiosidade indolente que o levara até ali. Ele gostava de saber o que os outros achavam importante. Mas eram apenas inutilidades.

Já estava prestes a virar de costas quando, de repente, os contornos do portão começaram a tremer e se dobrar. Petrificado, ficou observando até a abertura simplesmente... derreter. Ele nunca tinha sido homem de dar vazão a obscenidades, mas várias lhe vieram à mente. O que aquela mulher tinha feito? Aqueles bárbaros incivilizados apresentavam surpresas demais. Um jeito de Curar uma pessoa apartada, ainda que de maneira imperfeita? Não era possível! Só que tinham conseguido. Ligações involuntárias. Aqueles Guardiões e o elo que tinham com suas Aes Sedai. Ele ouvira falar daquilo havia muito, muito tempo, mas sempre que achava que já tinha compreendido, aqueles *primitivos* demonstravam alguma habilidade nova, faziam algo que ninguém de sua Era jamais sonhara. Algo que o ápice da civilização desconhecera! O que aquela garota tinha feito?

— Grande Mestre?

Moridin mal moveu a cabeça da janela.

— Sim, Madic?

Amaldiçoada fosse sua alma, o que aquela garota tinha feito?

O homem calvo trajando verde e branco que adentrara o pequeno aposento fez uma reverência profunda antes de se prostrar de joelhos. Um dos principais serviçais do palácio, Madic, com seu rosto comprido, era dono de uma dignidade pomposa que tentava sustentar até em momentos como aquele. Moridin já tinha visto homens de posição muito mais alta se saírem bem pior.

— Grande Mestre, fiquei sabendo o que as Aes Sedai trouxeram ao palácio hoje pela manhã. Dizem que elas encontraram um grande tesouro escondido desde tempos antigos, ouro, joias e pedras-do-coração, artefatos de Shiota, Eharon e até da Era das Lendas. Dizem que, entre esses objetos, há alguns que usam o Poder Único e que um deles é capaz de controlar o clima. Ninguém sabe aonde elas estão indo, Grande Mestre. O palácio está em polvorosa com tanto burburinho, mas de cada dez bocas ouvem-se dez destinos diferentes.

Moridin voltou a examinar o pátio lá embaixo assim que Madic começou a falar. Histórias ridículas de ouro e *cuendillar* não lhe despertavam nenhum interesse. Nada faria um portão se comportar daquela maneira. A menos que... Teria ela *desembaraçado* a teia? A morte não lhe causava medo. Com frieza, ele considerou a possibilidade de ter testemunhado uma teia se desembaraçar. Uma teia que fora desfeita com sucesso. Mais uma impossibilidade proporcionada com toda a naturalidade por aquelas...

Uma palavra dita por Madic lhe chamou a atenção.

— O clima, Madic? — As sombras dos pináculos do palácio mal tinham se alongado a partir de suas bases, mas não havia uma nuvem sequer para encobrir a cidade escaldante.

— Sim, Grande Mestre. Chama-se Tigela dos Ventos.

O nome não lhe suscitava nada, mas... um *ter'angreal* para controlar o clima... Em sua Era, o clima havia sido cuidadosamente regulado com o uso de *ter'angreal*. Uma das surpresas daquela Era, e das menores, ao que parecia, era haver pessoas capazes de manipular o clima em um nível que teria exigido um desses *ter'angreal*. Um dispositivo do tipo não deveria ser suficiente para afetar nem boa parte de um único continente. Mas do que aquelas mulheres seriam capazes com ele? Do quê? E se elas se ligassem?

Ele agarrou o Poder Verdadeiro. Poder sem raciocínio, o *saa* ondeando em negro por toda a sua vista. Seus dedos apertaram a grade de ferro fundido que cobria a janela. O metal rangeu e se retorceu, não por seu aperto, mas pelos filetes do Poder Verdadeiro, oriundos do próprio Grande Senhor, que recobriram o gradil, curvando-o conforme ele fechava o punho com raiva. O Grande Senhor não gostaria nada daquilo. De dentro de sua prisão, ele se esforçara para tocar o mundo o suficiente para restabelecer o funcionamento das estações. Estava impaciente para aumentar seu alcance, para estraçalhar o vazio que o detinha, e não gostaria nada daquilo. A fúria envolveu Moridin, o sangue trovejando nos ouvidos. Momentos antes, nem se importara com o destino daquelas mulheres, mas agora... Algum lugar longe dali. Pessoas em fuga iam para o mais longe e o mais rápido que podiam. Algum lugar onde se sentissem seguras. Não adiantaria nada mandar Madic fazer perguntas, não adiantaria nada pressionar ninguém ali. Elas não seriam tolas a ponto de deixar para trás alguém que soubesse do seu paradeiro. Tar Valon, não. Para junto de al'Thor? Para junto daquele bando de Aes Sedai rebeldes? Ele tinha olhos nos três lugares, e alguns nem sabiam que serviam a ele. Antes do fim, todos serviriam a ele. Moridin não aceitaria que acasos estragassem seus planos àquela altura.

De repente, ele escutou algo distinto do trovejar da própria fúria. Um ruído borbulhante. Curioso, deu uma olhada para Madic e recuou ao dar de cara com a poça que se espalhava pelo chão. Parecia que, em sua raiva, ele abraçara, com o Poder Verdadeiro, mais do que a treliça de ferro fundido. Era incrível a quantidade de sangue que podia ser espremido de um corpo humano.

Sem nenhum remorso, deixou cair o que restava do homem. Na verdade, pensou apenas que, quando Madic fosse encontrado, a culpa recairia, com toda a certeza, sobre as Aes Sedai. Um pitada a mais para o caos cada vez maior no mundo. Rasgando um buraco no tecido do Padrão, ele Viajou usando o Poder Verdadeiro. Tinha que encontrar aquelas mulheres antes que elas usassem a tal Tigela dos Ventos. Fracassar seria... Ele não gostava nem um pouco que se metessem em seus planos cuidadosamente traçados. Quem fazia isso e sobrevivia acabava pagando o preço.

O *gholam* adentrou o cômodo com cautela, as narinas já se contraindo com o odor do sangue ainda quente. A queimadura pálida em sua bochecha parecia carvão em brasas. O *gholam* aparentava ser apenas um homem esguio, um pouco mais alto que a média daquele tempo, mas nunca havia encontrado nada que pudesse lhe fazer mal. Até aquele homem com o medalhão. O que podia ser um sorriso ou um rosnado deixou seus dentes à mostra. Curioso, correu os olhos por todo o aposento, mas não havia nada além do cadáver destroçado nas lajotas do piso. E uma... sensação... de algo. Não do Poder Único, mas de algo que lhe dava um... comichão, ainda que não do mesmo tipo. A curiosidade o levara até ali. Partes da grade que recobria a janela estavam destruídas, deixando o gradil solto nas laterais. O *gholam* pensou se lembrar de alguma coisa que o fez sentir aquele mesmo comichão, ainda que boa parte dessa lembrança estivesse turva e enevoada. O mundo tinha mudado em um piscar de olhos, ao que parecia. Existira um mundo de guerra e matança em larguíssima escala, com armas com milhas e mais milhas de alcance, milhares de milhas, e depois veio... aquilo ali. Mas o *gholam* não mudara e ainda era a mais perigosa das armas.

Suas narinas se expandiram de novo, embora não rastreasse pessoas capazes de canalizar pelo olfato. O Poder Único havia sido usado ali embaixo e a milhas a norte. Seguir ou não? O homem que o machucara não estava com eles; disso ele se certificara antes de deixar seu ponto de observação lá no alto. A pessoa que o comandava queria ver o homem que o machucara morto talvez tanto quanto queria ver mortas aquelas mulheres, mas elas eram um alvo mais fácil. Além disso, as mulheres tinham sido identificadas e, ao menos por enquanto, ele estava restringido. Durante toda a sua existência, tinha sido obrigado a obedecer a um ou outro humano, mas sua mente alimentava a ideia de não ser mais restringida. Ele devia seguir as mulheres. Queria segui-las. O momento da morte, quando sentia a capacidade de canalizar se esvaindo junto à vida, proporcionava um êxtase. Um arrebatamento. Mas ele também estava com fome, e havia tempo. Ele podia segui-las para onde quer que fugissem. Acomodando-se com movimentos fluidos ao lado do corpo mutilado, começou a se alimentar. O sangue fresco, quente, era uma necessidade, mas o sangue humano era sempre mais saboroso.

Capítulo 3

Uma cavalgada agradável

Fazendas, pastos e olivais cobriam a maior parte do território que circundava Ebou Dar, mas muitas pequenas florestas também se espalhavam por algumas milhas, e embora o terreno fosse bem mais plano que o das Colinas de Rhannon, ao sul, tinha ondulações e por vezes elevações de cem pés ou até mais, o bastante para projetar sombras profundas ao sol da tarde. Considerando-se tudo, o interior proporcionava uma proteção mais que suficiente para afastar olhos indesejados do que poderia se passar por um comboio de carga de um mercador qualquer, com umas cinquenta pessoas em montarias e mais outras cinquenta a pé, especialmente quando se tinha Guardiões para encontrar caminhos mais ermos em meio à vegetação. Elayne não via o menor sinal de habitação humana, só algumas cabras pastando em uma ou outra colina.

Até as plantas e árvores habituadas ao calor já começavam a murchar e morrer, mas ainda assim, em qualquer outra ocasião, ela talvez gostasse da vista bucólica. Era como se estivessem a mil léguas das terras que vira ao cavalgar pela margem oposta do Eldar. Os morros eram estranhos, com formas salientes, como se tivessem sido compactados por mãos imensas e descuidadas. Bandos de pássaros de tons brilhantes planavam acima do grupo, e uma dúzia de tipos de beija-flores rodopiavam para fugir dos cavalos como se fossem joias voejando com suas asas em borrões. Em alguns pontos, havia grossas trepadeiras que pendiam feito cordas, árvores cuja folhagem era um chumaço de folhas estreitas no alto, e umas coisas que pareciam espanadores de plumas verdes da altura de um homem. Um punhado de plantas, apalermadas pelo calor, lutavam para florescer seus botões de um vermelho reluzente e um amarelo vívido, alguns com o dobro da largura de suas duas mãos juntas. O perfume era exuberante e... "sensual" era o que lhe vinha à mente. Elayne divisava alguns pedregulhos que teria apostado que um dia haviam sido os dedos dos pés de uma estátua, ainda que não conseguisse imaginar por que alguém esculpiria uma estátua tão grande descalça. Em outro momento, o caminho passou por uma floresta onde se via pedras grossas e estriadas em meio às árvores, os tocos desgastados de pilastras, muitas delas tombadas e todas com seu material pedregoso minerado quase até a base pelos fazendeiros locais. Uma cavalgada agradável, apesar da poeira que os cascos dos cavalos levantavam do solo ressecado. O calor não a incomodava, claro, e não havia muitas moscas. Todos os perigos agora estavam para trás. Elas tinham despistado os Abandonados, e não havia a menor chance de que um deles ou um de seus serviçais pudesse alcançá-las. *Poderia* ter sido uma cavalgada agradável, não fosse...

Para começo de conversa, Aviendha ficara sabendo que a mensagem que enviara sobre inimigos aparecerem quando menos se esperava não tinha sido repassada. A princípio, Elayne ficara aliviada por mudar o assunto de Rand. Não se tratava do ciúme voltando a aflorar; era que ela se via desejando cada vez mais o que Aviendha vivera com ele. Não era ciúme, era inveja, e ela quase preferia o primeiro. Então se deu conta realmente do que a amiga estava dizendo em um tom de voz baixo e monótono, e sentiu os pelos da nuca querendo se eriçar.

—Você não pode fazer isso — protestou ela, guiando o cavalo para se aproximar do de Aviendha. Na verdade, imaginava que a Aiel não teria muita dificuldade para dar uma surra em Kurin nem para amarrá-la ou algo do tipo. Isso se as outras mulheres do Povo do Mar não se intrometessem, pelo menos. — Não podemos entrar em guerra com elas, e com certeza menos ainda antes de usarmos a Tigela. E não por causa dessa mensagem — acrescentou às pressas. — Nem por motivo nenhum.

Certamente não iniciariam uma guerra nem antes nem depois de a Tigela ser usada. Não pelo simples fato de as Chamadoras de Ventos estarem se comportando de forma mais arrogante a cada hora que passava. Não pelo simples fato de... Ela tomou fôlego e emendou:

— Se ela *tivesse* me falado, eu não saberia a que você estava se referindo. Eu entendo que você não podia ser mais clara, mas você também percebe isso, não é?

O olhar duro de Aviendha encarava à frente e, distraída, ela espantou moscas do rosto.

— Eu falei para ela, com toda certeza — resmungou. — Com toda certeza! E se ele fosse uma das Almas da Sombra? E se ele tivesse conseguido passar por mim e atravessado o portão sem vocês saberem de nada? E se...? — Ela se virou de repente e encarou Elayne com um semblante desamparado. — Vou morder minha faca, mas meu fígado pode acabar estourando por conta disso — disse, com tristeza.

Elayne estava prestes a dizer que engolir a raiva era o certo e que ela podia dar o chilique que fosse, desde que não o dirigisse às Atha'an Miere — que era o que significava aquela frase sobre facas e fígado —, mas, antes que pudesse abrir a boca, Adeleas veio com seu cinzento esguio pelo outro lado. A irmã de cabelo branco adquirira uma sela nova em Ebou Dar, um troço chamativo com prata trabalhada no cepilho e na patilha. Por algum motivo, as moscas pareciam evitá-la, embora a mulher usasse um perfume mais forte que qualquer uma das flores.

— Me perdoem, mas não pude deixar de ouvir essa última frase.

Adeleas não soou nem um pouco pesarosa, e Elayne ficou se perguntando quanto ela teria escutado. Sentiu as bochechas ruborizarem. Parte do que Aviendha dissera a respeito de Rand fora em um tom notadamente franco e direto. Parte do que Elayne dissera, também. Uma coisa era falar daquele jeito com sua amiga mais íntima, outra bem diferente era suspeitar que mais alguém estivesse ouvindo. A Aiel parecia pensar o mesmo. Ela não chegou a corar, mas o olhar azedo que disparou para a irmã Marrom teria deixado Nynaeve orgulhosa.

Adeleas apenas sorriu, um sorriso vago e insosso feito sopa aguada.

— Talvez fosse melhor você dar carta branca para sua amiga em relação às Atha'an Miere. — Ela deu uma olhadela para Aviendha, logo além de Elayne.

— Bom, talvez carta quase branca. Botar um pouco de medo nelas deve bastar. Elas já estão quase lá, caso vocês não tenham percebido. São bem mais desconfiadas dos "selvagens" Aiel... me perdoe, Aviendha... do que das Aes Sedai. Merilille teria feito essa sugestão, mas as orelhas dela ainda estão ardendo.

O semblante de Aviendha raramente entregava muita coisa, mas, naquele instante, ela parecia tão intrigada quanto Elayne, que se virou no alto da sela para olhar para trás com o cenho franzido. Não muito longe delas, Merilille viajava lado a lado de Vandene, Careane e Sareitha, todas olhando para tudo com muita atenção, menos para Elayne. Mais além das irmãs cavalgava o Povo do Mar, ainda em fila única, e então vinha o Círculo do Tricô, que se mantinha fora de vista por enquanto, seguindo à frente apenas dos animais de carga. Elas abriam caminho por entre as clareiras de pilastras decepadas. De cinquenta a cem pássaros verdes e vermelhos com caudas compridas voavam acima de suas cabeças e preenchiam o ar com seus gorjeios estridentes.

— Para quê? — perguntou Elayne, direta.

Parecia tolice piorar a agitação que já fervilhava logo abaixo da superfície, e às vezes até acima, mas ela não sentira a menor pinta de boba em Adeleas. As sobrancelhas da irmã Marrom se arquearam denotando surpresa. Talvez fosse mesmo o caso. Adeleas costumava achar que qualquer pessoa era capaz de ver o que ela via. Talvez.

— Para quê? Para reequilibrar um pouco a situação, oras. Se as Atha'an Miere sentirem que precisam de nós para protegê-las de uma Aiel, pode ser um contrapeso bem útil em relação a... — Adeleas fez uma breve pausa, subitamente absorta na arrumação da saia cinza-claro — ...outras coisas.

O semblante de Elayne se fechou. Outras coisas. Adeleas estava se referindo ao acordo com o Povo do Mar.

— Pode ir cavalgar com as outras — respondeu ela, fria.

Adeleas não protestou nem tentou forçar seu argumento, apenas inclinou a cabeça e deixou o cavalo recuar. O sorrisinho não se alterou em nada. As Aes Sedai mais velhas aceitavam que Nynaeve e Elayne estavam acima delas e falavam sob a chancela da autoridade de Egwene, mas a verdade era que, sob aquela fachada, isso fazia pouca diferença. Talvez nenhuma. Elas aparentavam respeito, obedeciam, só que...

No fim das contas, Elayne era uma Aes Sedai com uma idade em que a maioria das iniciadas da Torre ainda trajava o branco das noviças e muito poucas tinham chegado a Aceitas. E ela e Nynaeve haviam feito aquele acordo, que estava longe de ser uma demonstração de sabedoria e sagacidade. Não só pelo Povo do Mar ficar com a Tigela, mas por vinte irmãs irem até as Atha'an Miere, se sujeitarem às suas leis, serem obrigadas a ensinar qualquer coisa que as Chamadoras de Ventos quisessem aprender e ficarem impossibilitadas de ir embora até que outras irmãs fossem substituí-las. Chamadoras de Ventos convidadas a entrar na Torre para aprender o que bem entendessem e ir embora quando assim desejassem. Só isso já deixaria o Salão aos berros, e provavelmente deixasse Egwene também, fora o resto... Todas as irmãs mais velhas achavam que teriam dado um jeito de não fazer aquele acordo. E talvez tivessem dado mesmo. Elayne não acreditava nisso, mas não tinha certeza.

Ela não disse nada para Aviendha, mas, alguns instantes depois, a Aiel falou:

— Se eu puder seguir a honra e, ao mesmo tempo, ajudar você, pouco me importa se vai servir ou não aos propósitos das Aes Sedai. — Ela nunca parecia assimilar, não completamente, que Elayne também era Aes Sedai.

Elayne hesitou, então aquiesceu. Alguma iniciativa tinha de ser tomada para enquadrar o Povo do Mar. Até aquele momento, Merilille e as demais tinham demonstrado uma tolerância notável, mas quanto tempo duraria? Nynaeve talvez explodisse quando voltasse de fato as atenções às Chamadoras de Ventos. A situação precisava se manter a mais tranquila possível pelo maior tempo possível, mas, se as Atha'an Miere começassem a achar que podiam olhar de cima para qualquer Aes Sedai, haveria problema. A vida era mais complexa do que ela imaginara ainda em Caemlyn, a despeito de quantas lições tivesse aprendido enquanto Filha-herdeira. E bem mais complicada desde que ela entrara na Torre.

— Só não seja muito... enfática — pediu com delicadeza. — E, por favor, tome cuidado. Afinal, elas são vinte, e você, só uma. Não quero que nada lhe aconteça sem que eu possa ajudar.

Aviendha abriu um sorriso um tanto lupino e conduziu sua égua baia até a beira das rochas para esperar as Atha'an Miere.

De tempos em tempos, Elayne dava uma espiadela para trás, mas tudo que via por entre as árvores era Aviendha montada ao lado de Kurin, falando com toda a calma e sem nem olhar para as mulheres do Povo do Mar. Ela não estava fazendo cara feia, embora Kurin parecesse encará-la com considerável perplexidade. Quando Aviendha esporeou sua égua para alcançar Elayne de novo, as rédeas balançando — ela jamais seria uma amazona —, Kurin também se adiantou para falar com Renaile, que, pouco depois, irritada, ordenou que Rainyn fosse até a frente da fila.

A caçula entre as Chamadoras de Ventos estava montada de forma ainda mais sem jeito que Aviendha, a quem fingiu ignorar, ali do outro lado de Elayne, da mesma maneira que ignorava as mosquinhas verdes que zumbiam ao redor do seu rosto escuro.

— Renaile din Calon Estrela Azul — disse ela, em um tom de voz pomposo — exige que você repreenda a Aiel, Elayne Aes Sedai.

Aviendha abriu um largo sorriso para a jovem, que Rainyn devia ter percebido ao menos de soslaio, já que suas bochechas enrubesceram sob o brilho do suor.

— Diga a Renaile que Aviendha não é Aes Sedai — rebateu Elayne. — Vou pedir para ela tomar cuidado — o que não era mentira, uma vez que já pedira e pediria de novo —, mas não posso *obrigá-la* a fazer nada. — Então, por impulso, acrescentou: — Sabe como são os Aiel...

O Povo do Mar tinha ideias bem peculiares a respeito dos Aiel. Rainyn encarou a ainda sorridente Aviendha com olhos esbugalhados, o rosto empalidecendo, e então deu meia-volta com o cavalo e galopou ao encontro de Renaile, sacudindo-se no alto da sela.

Aviendha soltou uma risadinha de satisfação, mas Elayne ficou se perguntando se toda aquela ideia não tinha sido um equívoco. Mesmo com boas trinta passadas a separá-las, conseguiu perceber a expressão de Renaile se inflamando com o relato de Rainyn, e as demais começando a zumbir feito abelhas. Não pareciam assustadas, mas irritadas, e os olhares que dirigiram às Aes Sedai logo à frente foram ficando cada vez mais sinistros. Não para Aviendha, para as irmãs. Adeleas assentiu pensativa tão logo notou, e Merilille mal conseguiu disfarçar um sorriso. Ao menos elas ficaram satisfeitas.

Tivesse sido esse o único incidente da cavalgada, o prazer pelas flores e pelos pássaros só teria sido atenuado, mas não foi nem o primeiro. Bem pouco tempo depois de deixarem a clareira, o Círculo do Tricô começara a seguir, uma a uma, na direção de Elayne, todas menos Kirstian, que sem dúvida também teria ido se não tivesse sido incumbida de manter Ispan blindada. Uma a uma elas foram, todas hesitantes, sorrindo receosas, até que Elayne sentiu vontade de mandá-las se comportar como as adultas que eram. Não fizeram nenhuma exigência, por certo, e eram espertas demais para pedir logo de cara o que já lhes tinha sido negado, mas encontraram outras formas.

— Me ocorreu que você deve querer questionar Ispan Sedai com bastante urgência — ponderou Reanne, animada. — Quem pode dizer o que mais ela estava fazendo na cidade, além de tentando encontrar o armazém? — A mulher fingia estar só conversando, mas, de tempos em tempos, disparava olhadelas rápidas para Elayne para ver como ela reagia. — Tenho certeza de que vamos levar mais de uma hora para chegar à fazenda, neste ritmo, talvez duas, e claro que você não quer desperdiçar duas horas. As ervas que Nynaeve Sedai deu a deixaram bem falante, e com certeza ela ficaria alerta com as irmãs.

O sorriso luminoso se dissipou quando Elayne informou que o interrogatório de Ispan podia e ia esperar. Luz, será que elas realmente achavam que alguém faria perguntas enquanto atravessava florestas a cavalo por caminhos que mal mereciam ser chamados dessa forma? Resmungando, Reanne voltou para junto das demais Comadres.

— Perdão, Elayne Sedai — murmurou Chilares, pouco depois, com seu leve sotaque murandiano. Seu chapéu de palha verde combinava à perfeição com as camadas de anáguas. — Peço seu perdão se a interrompo.

A mulher não usava o cinto vermelho de Sapiência. A maior parte do Círculo do Tricô não usava. Ivara era ourives, Eldase fornecia peças laqueadas para mercadores exportarem, Chilares era vendedora de tapetes, enquanto a própria Reanne cuidava de remessas para pequenos comerciantes. Algumas delas desempenhavam tarefas simples: Kirstian tocava uma pequena oficina de tecelagem e Dimana era costureira, ainda que próspera. Porém, no curso de suas vidas, todas haviam realizado muitos ofícios. E usado muitos nomes.

— Ispan Sedai parece indisposta — disse Chilares, remexendo-se na sela. — Pode ser que as ervas a estejam afetando mais do que Nynaeve Sedai imaginava. Seria terrível se lhe acontecesse algo. Digo, antes que ela possa ser interrogada. Será que as irmãs não dariam uma olhada nela? Para uma Cura, quero dizer... — Ela se interrompeu, os grandes olhos castanhos piscando cheios de nervosismo. Tendo Sumeko como uma de suas acompanhantes, era bom mesmo que estivesse nervosa.

Uma olhadela para trás revelou a mulher corpulenta de pé nos estribos para espiar além das Chamadoras de Ventos, até perceber o olhar de Elayne e voltar logo a se sentar. Sumeko, que entendia mais de Cura que qualquer outra irmã, exceto Nynaeve. Talvez *mais* que Nynaeve. Elayne apenas apontou para o fim da fila, até Chilares corar e puxar as rédeas para dar meia-volta em sua montaria.

Merilille se juntou a Elayne poucos momentos após Reanne tê-la deixado, e a irmã Cinza fingiu bem melhor uma conversa despretensiosa do que a Comadre o fizera. Seu jeito de falar, pelo menos, estava totalmente equilibrado. O que tinha a dizer eram outros quinhentos.

— Fico me perguntando se essas mulheres são de confiança, Elayne. — Seus lábios se franziram de desgosto enquanto ela tirava poeira das saias azuis com a mão enluvada. — Elas dizem que não aceitam bravias, mas a própria Reanne pode muito bem ser uma, não importa o que diga sobre não ter passado no teste para Aceita. Sumeko também, e Kirstian, com certeza. — Kirstian rendeu uma careta discreta e um balançar de cabeça desdenhoso. — Você deve ter percebido como ela fica sobressaltada a qualquer menção da Torre. Ela só sabe o que deve ter pinçado em conversas com alguém que de fato foi expulsa. — Merilille suspirou, pesarosa pelo que tinha a dizer; de fato, ela era muito boa. — Você já parou para pensar que elas talvez estejam mentindo sobre outras questões? Até onde sabemos, podem ser Amigas das Trevas ou estarem sendo usadas por eles. Talvez não, mas não se pode confiar tanto nelas. Acredito que essa fazenda exista, seja realmente usada como refúgio ou não, ou eu não teria concordado em vir, mas não vou me surpreender se nos depararmos com algumas construções decrépitas e uma dúzia de bravias. Bem, decrépitas, não, porque elas parecem mesmo ter dinheiro, mas o princípio é o mesmo. Não, elas simplesmente não são de confiança.

Elayne começou a se irritar à medida que foi entendendo onde Merilille queria chegar, e a irritação só foi crescendo. Todas aquelas voltas, cheia de "talvez" e "pode ser", só para poder insinuar coisas em que nem ela acreditava. Amigas das Trevas? O Círculo do Tricô tinha *lutado* contra Amigos das Trevas. Duas haviam morrido. E, sem Sumeko e Ieine, talvez tivessem uma Nynaeve morta em vez de uma Ispan prisioneira. Não, a razão para não se confiar naquelas mulheres não era o receio de Merilille de que elas fossem leais à Sombra, ou ela assim teria dito. Não se devia confiar nelas porque, assim, elas não teriam permissão para ficar com a custódia de Ispan.

Ela matou uma mosca verde bem grande que pousara no pescoço de Leoa, pontuando a última palavra de Merilille com um estampido e surpreendendo a irmã Cinza, que deu um pulinho.

— Como você ousa? — Elayne tomou fôlego. — Elas enfrentaram Ispan e Falion no Rahad, além do *gholam*, sem falar em quase trinta brutamontes com espadas. *Vocês* não estavam lá.

Aquilo não era justo. Merilille e as outras tinham sido deixadas para trás porque, no Rahad, Aes Sedai muito óbvias eram praticamente trompetes e tambores, tamanha a atenção que chamavam. Ela não quis nem saber. A raiva foi aumentando a cada instante e a voz, se levantando a cada palavra.

— Você *nunca mais* vai sugerir esse tipo de coisa para mim. *Nunca mais!* Não sem evidências sólidas! Não sem *provas*! Se fizer isso de novo, vou lhe impor uma penitência que vai fazer seus olhos saltarem! — Independentemente de quão acima estivesse das outras mulheres, ela não tinha autoridade para impor nenhuma penitência, mas também não ligava para isso. — Vou fazer você voltar *andando* para Tar Valon! E só à base de pão e água o caminho inteiro! Vou deixar *você* sob o comando delas e mandar lhe darem bofetadas se você der um *pio*!

Elayne se deu conta de que estava gritando. Pássaros cinzas e brancos faziam volteios lá no alto em bando numeroso, e seus gritos abafavam o gorjeio dos bichos. Respirando fundo, tentou se acalmar. Sua voz não era propícia para gritar; sempre saía esganiçada. Todos estavam olhando para ela, a maioria chocada. Aviendha assentiu em aprovação. Claro, ela aprovaria até se Elayne tivesse enfiado uma faca no coração de Merilille. Aviendha ficava do lado das amigas não importava o que acontecesse. A palidez cairhiena de Merilille se transformou em um branco cadavérico.

— E estou falando sério — reiterou Elayne em um tom bem mais tranquilo.

Isso pareceu drenar ainda mais o sangue do rosto de Merilille. E estava mesmo falando sério; elas não podiam se dar ao luxo de ter aquele tipo de boato circulando. De um jeito ou de outro, Elayne cumpriria o que disse, embora o Círculo do Tricô provavelmente fosse desmaiar.

Esperou que o assunto estivesse encerrado. Deveria estar, mas, quando Chilares se retirou, Sareitha tomou seu lugar, e ela também tinha seus motivos para não confiar nas Comadres: a idade. Até Kirstian afirmava ser mais velha que qualquer Aes Sedai viva, enquanto Reanne tinha para além de cem anos a mais que isso, e nem era a mais idosa da Confraria. Seu título de Anciã-mor se devia ao fato de ela ser a mais velha em Ebou Dar, e o rígido itinerário que cumpriam para evitar serem notadas fazia com que várias mulheres ainda mais idosas estivessem espalhadas por outros lugares. Claro que aquilo era impossível, insistia Sareitha.

Elayne não gritou, tomou todo o cuidado do mundo para não gritar.

— Uma hora vamos descobrir a verdade — garantiu ela a Sareitha.

Não duvidava da palavra da Confraria, mas tinha de haver um motivo para as Comadres não terem nem os traços de idade indefinida nem os semblantes das idades que afirmavam ter. Se ela conseguisse decifrar isso... Algo lhe dizia que era óbvio, mas o motivo não lhe saltava aos olhos.

— Uma hora — reforçou com firmeza quando a irmã Marrom voltou a abrir a boca. — Agora já chega, Sareitha.

A mulher assentiu, hesitante, e recuou. Nem dez minutos tinham se passado quando Sibella tomou seu lugar.

Sempre que uma das Comadres vinha fazer seu apelo tortuoso para não ficar mais a cargo de Ispan, uma das irmãs vinha logo depois para fazer o mesmo apelo. Todas menos Merilille, que ainda parecia atônita toda vez que Elayne olhava para ela. Gritar talvez tivesse alguma utilidade. Com certeza ninguém mais tentou atacar a Confraria de forma tão direta.

Vandene, por exemplo, começou discutindo o Povo do Mar, como compensar os efeitos do acordo feito e por que era necessário fazer isso o máximo possível. Ela foi bem pragmática e não deu uma palavra nem fez qualquer gesto com a intenção de culpar alguém. Não que precisasse, já que o próprio assunto culpava, a despeito de com quanta delicadeza fosse tratado. A Torre Branca, ela disse, mantinha sua influência no mundo não pela força das armas, nem pela persuasão ou mesmo por meio de tramas e manipulação, embora flertasse com essas duas últimas. Na verdade, a Torre Branca controlava ou influenciava os eventos em maior ou menor medida porque todos a viam como algo afastado e acima de tudo, maior até que reis e rainhas. Isso, por sua vez, dependia de cada Aes Sedai ser vista da mesma maneira, como pessoas misteriosas e independentes, diferentes de todos os demais. Uma outra estirpe. Historicamente, as Aes Sedai que não eram capazes disso — e havia algumas — eram impedidas ao máximo de serem vistas em público.

Elayne demorou um pouco para perceber que o foco da conversa já não era mais o Povo do Mar e para notar que rumo a prosa tinha tomado. Uma outra estirpe, misteriosa e independente, não podia andar com uma saca enfiada na cabeça e amarrada a uma sela. Pelo menos não sob as vistas de pessoas que não eram Aes Sedai. Na verdade, as irmãs seriam mais duras com Ispan do que o Círculo do Tricô jamais poderia ser, só não em público. O argumento poderia ter tido mais peso se tivesse sido exposto antes, mas, da maneira como foi, Elayne despachou Vandene tão rápido quanto o fizera com todas as demais. E a viu ser substituída por Adeleas logo depois de Sibella ouvir que, se ninguém do Círculo do Tricô entendia o que Ispan estava balbuciando, então era provável que nenhuma das irmãs entendesse também. Balbuciando! Pela Luz! As Aes Sedai ficaram fazendo aquele rodízio e, mesmo sabendo o que elas queriam, às vezes era difícil enxergar a relação logo de cara. Quando Careane puxou assunto e contou a ela que aqueles pedregulhos tinham de fato sido dedos, supostamente de uma estátua de alguma rainha guerreira de quase duzentos pés de altura...

— Ispan vai ficar onde está — disse ela a Careane com toda a tranquilidade, sem esperar ela falar mais. — Agora, a menos que você queira mesmo me contar por que os shiotanos decidiram erguer uma estátua dessas... — A irmã Verde dissera que os registros antigos apontavam que a estátua trajara pouco mais que uma armadura, e uma armadura pequena! Uma rainha! — Não? Então, se não se importa, eu gostaria de falar a sós com Aviendha. Muito obrigada.

Nem sua aspereza fez as mulheres pararem, claro. Elayne se surpreendeu por não mandarem a *criada* de Merilille ir falar com ela também.

Nada daquilo teria acontecido se Nynaeve estivesse onde deveria estar. Ao menos Elayne tinha certeza de que Nynaeve poderia ter contido tanto o Círculo do Tricô quanto as irmãs, e rápido. Ela era ótima nisso. O problema era que Nynaeve tinha se grudado a Lan desde antes de deixarem a clareira. Os Guardiões iam como batedores à frente, flanqueando o caminho, e às vezes até atrás, voltando ao grupo só o suficiente para relatar o que tinham visto ou para dar instruções sobre como evitar uma fazenda ou um pastor. Birgitte ia bem longe e nunca passava mais que uns poucos momentos com Elayne. Lan ia mais longe ainda e, aonde fosse, Nynaeve ia junto.

— Ninguém está criando confusão, está? — perguntou ela, olhando feio para o Povo do Mar na primeira vez em que voltou ao grupo junto com Lan. — Certo, então tudo bem — disse ela, antes que Elayne tivesse a chance de abrir a boca.

Girando sua égua de barriga redonda como se fosse disputar uma corrida, ela sacudiu as rédeas, galopou atrás de Lan, segurando o chapéu com uma das mãos e o alcançou pouco antes de ele desaparecer ao contornar o flanco de um morro logo adiante. Claro, àquela altura não havia mesmo do que reclamar. Reanne já tinha feito sua visita, Merilille também, e tudo parecia resolvido.

Na vez seguinte que Nynaeve apareceu, Elayne já sofrera as várias tentativas veladas de que Ispan fosse entregue às irmãs, Aviendha já conversara com Kurin, e as Chamadoras de Ventos estavam irritadas, mas, quando Elayne explicou, Nynaeve só fez olhar em volta com o cenho franzido. Claro que, naquele exato instante, todas estavam em seus devidos lugares. As Atha'an Miere estavam de cara feia, verdade, mas o Círculo do Tricô estava todo lá atrás e, quanto às outras irmãs, nem um grupo de noviças poderia parecer mais bem comportado e inocente. Elayne sentiu vontade de gritar!

— Tenho certeza de que você dá conta de tudo, Elayne — disse Nynaeve. — Você recebeu todo o treinamento para ser *rainha*, afinal. Com certeza isso aqui não é nem de perto tão... Diabo de homem! Lá vai ele de novo! Você dá conta. — E lá foi ela, fazendo a pobre égua galopar como se fosse um cavalo de guerra.

Foi nessa hora que Aviendha decidiu discutir como Rand pareceu gostar de beijar a lateral do seu pescoço. E, aliás, como ela tinha gostado também. Elayne também gostou quando ele fez isso com ela, mas, por mais acostumada que estivesse a discutir aquele tipo de coisa — desconfortavelmente acostumada —, não queria falar sobre o assunto naquele momento. Estava com raiva de Rand. Era injusto, mas, se não fosse por ele, ela poderia dizer para Nynaeve parar de tratar Lan como um garotinho prestes a tropeçar nos próprios pés e ir cuidar de suas obrigações. Ela quase queria culpá-lo também pela forma como o Círculo do Tricô vinha se comportando, pelas outras irmãs e pelas Chamadoras de Ventos. *Uma das funções dos homens é essa, levar a culpa*, lembrou-se de Lini dizer certa vez, e da gargalhada que acompanhou. *E eles costumam merecer, mesmo que você não saiba exatamente o motivo.* Não era justo, mas ela gostaria que ele aparecesse só o suficiente para ela lhe dar uma bofetada, só uma. E para beijá-lo, e para que ele beijasse seu pescoço de leve. E para...

— Ele escuta conselhos, mesmo quando não gosta do que ouve — disse ela de repente, o rosto enrubescendo. Luz, pelo tanto que falava sobre vergonha,

Aviendha às vezes não tinha nenhuma. E parecia que ela mesma também já não tinha! — Mas, se eu tentasse pressionar, ele fincava o pé até quando era óbvio que eu tinha razão. Ele era assim com você?

Aviendha deu uma olhadinha para ela e pareceu entender. Elayne não soube se gostou ou não daquilo. Pelo menos não se falou mais nem de Rand nem de beijos. Por um tempo, pelo menos. Aviendha tinha algum conhecimento de homens — tinha viajado com eles quando era Donzela da Lança, lutado ao lado deles —, mas nunca quisera ser outra coisa que não *Far Dareis Mai*, e havia... lacunas. Até com suas bonecas, quando pequena, ela sempre brincara de lanças e ataques. Nunca flertara, não compreendia flertes, e não entendia por que se sentira daquele jeito com Rand, nem uma centena de outras coisas que Elayne começara a aprender na primeira vez em que notou um garoto olhando para ela de um jeito diferente de como ele olhava para outros garotos. Aviendha esperava que Elayne lhe ensinasse tudo aquilo, e ela tentava. Podia conversar com a Aiel sobre qualquer assunto. Mas seria bom que Rand não fosse o exemplo usado com tanta frequência. Se ele estivesse ali, ela *teria* dado uma bofetada nele. E o beijado. E depois dado outra bofetada.

Uma cavalgada nem um pouco agradável. Uma cavalgada miserável.

Nynaeve fez várias outras visitas breves até finalmente ir anunciar que a fazenda da Confraria estava logo à frente, fora de vista, do outro lado de um morro redondo e baixo que parecia a ponto de tombar. Reanne fora pessimista em sua estimativa: o quanto o sol baixou não chegava nem perto de duas horas.

— Vamos chegar lá rapidinho — avisou Nynaeve para Elayne, sem parecer se dar conta da expressão emburrada que recebeu em troca. — Lan, vá chamar Reanne, por favor. É melhor elas virem logo um rosto familiar.

O Guardião girou o cavalo e partiu, e Nynaeve se virou por um breve momento no alto da sela para advertir as irmãs com um olhar firme.

— Não quero vocês assustando ninguém. Controlem a língua até termos a chance de explicar as coisas. E escondam o rosto. Puxem o capuz do manto. — Endireitando-se sem esperar resposta, ela fez um meneio de satisfação. — Pronto, perfeito. Eu juro, Elayne, que não sei do que você estava se queixando tanto. Até onde estou vendo, todo mundo está se comportando exatamente como deveria.

Elayne rangeu os dentes. Gostaria que já estivessem em Caemlyn. Era para onde iriam assim que aquilo acabasse. Tinha pendências bastante atrasadas por lá. Em Caemlyn, só precisaria convencer as Casas mais fortes que o Trono do Leão era dela, apesar da longa ausência, e dar conta de um ou dois pretendentes rivais ao posto. Talvez não tivesse havido nenhum, se ela tivesse estado presente quando sua mãe desapareceu, quando morreu, mas a história de Andor dizia que àquela altura já haveria. De qualquer maneira, parecia algo bem mais fácil que aquilo ali.

Capítulo 4

Um lugar calmo

A fazenda da Confraria ficava em uma planície espaçosa cercada por três colinas baixas, um conjunto disperso de mais de dez edificações grandes de reboco branco e telhados planos que reluziam sob o sol. Quatro imensos celeiros haviam sido construídos junto à encosta da colina mais alta, que tinha um cume achatado e cujo flanco oposto aos celeiros era escarpado e íngreme. Umas poucas árvores altas que não haviam perdido toda a folhagem projetavam sombras módicas no pátio da fazenda. A norte e a leste, os olivais se derramavam, chegando a subir as encostas das colinas. Uma espécie de burburinho letárgico envolvia a fazenda, onde se via facilmente mais de cem pessoas, apesar do calor vespertino, tocando seus afazeres diários, nenhuma delas com pressa.

O local talvez passasse por um pequeno vilarejo, em vez de uma fazenda, não fosse o fato de que não havia um único homem ou criança por ali. Elayne não esperava que houvesse. Tratava-se de um ponto de passagem para Comadres cruzando Ebou Dar em direção a algum outro lugar, para que nunca houvesse muitas delas na cidade ao mesmo tempo, mas era uma questão secreta, tanto quanto a própria Confraria. Publicamente, a fazenda era conhecida ao longo de duzentas milhas ou mais como um retiro para mulheres, um local de contemplação e fuga temporária das agruras do mundo; por alguns dias, uma semana, às vezes um pouco mais. Elayne quase sentia a serenidade no ar. Talvez se arrependesse de levar o mundo até ali, não fosse o fato de que também levava uma nova esperança.

Assim que os cavalos surgiram contornando a colina, houve bem menos alvoroço do que ela imaginava. Várias mulheres pararam para ver, mas não mais que isso. Suas indumentárias variavam bastante — Elayne via até brilhos de seda aqui e ali —, mas algumas carregavam cestos e outras, baldes ou grandes trouxas brancas contendo o que só podia ser roupa lavada. Uma delas trazia em cada mão um par de patos amarrados pelos pés. Nobres e artesãs, fazendeiras e indigentes, todas eram igualmente bem-vindas ali, mas cada qual realizava sua cota de trabalho durante a estadia. Aviendha tocou o braço de Elayne e apontou para o alto de uma das colinas, que parecia um funil invertido e enviesado. Elayne pôs a mão junto à aba do chapéu e, depois de alguns instantes, viu movimento. Fazia sentido ninguém ter se surpreendido. Sentinelas ali em cima podiam perceber qualquer aproximação desde muito longe.

Uma mulher comum veio andando para recebê-las já perto das edificações. Seu vestido era de estilo eboudariano, com um decote estreito, cavado, e as saias escuras e anáguas em cores brilhantes eram curtas o bastante para que ela não precisasse levantá-las em função da poeira. Não usava uma faca de casamento, já que, pelas regras da Confraria, o matrimônio era proibido. As Comadres tinham segredos demais para guardar.

— Aquela é Alise — murmurou Reanne, manejando as rédeas para se colocar entre Nynaeve e Elayne. — É ela quem está tocando a fazenda neste turno. É muito inteligente. — Então acrescentou, ainda mais baixo: — Alise não tem muita paciência com idiotas.

À medida que Alise foi se aproximando, Reanne se endireitou no alto da sela, nivelando os ombros como quem se preparava para uma provação. "Comum" era exatamente o que Elayne achou de Alise; decerto não parecia alguém que fosse fazer Reanne hesitar, mesmo que ela não fosse a Anciã-mor do Círculo do Tricô. Empertigada, Alise aparentava estar na meia-idade e não era nem esbelta nem robusta, nem alta nem baixa, com uns poucos sinais de grisalho no cabelo castanho-escuro preso com um pedaço de fita, mas de um jeito bem prático. Seu rosto era sem graça, embora suficientemente aprazível, com um semblante pacato, talvez com um queixo um tanto comprido. Ao ver Reanne, fez uma breve expressão de surpresa e então sorriu, e esse sorriso mudou tudo. Não a tornou linda, nem mesmo bonita, mas Elayne se sentiu acalentada, reconfortada.

— Não esperava ver você... Reanne — disse Alise, com um quê de hesitação na hora do nome.

Claro que estava insegura quanto a usar ou não o devido título de Reanne na frente de Nynaeve, Elayne e Aviendha. Ela analisou-as com olhadelas ligeiras enquanto falava. Parecia haver um sotaque de Tarabon em sua voz.

— Berowin trouxe a notícia de problemas na cidade, claro, mas não pensei que fosse tão sério a ponto de vocês terem de ir embora. Quem são todas essas... — As palavras foram morrendo e os olhos dela se arregalaram ao fitar atrás das mulheres.

Elayne olhou para trás e quase deixou escapar alguns dos impropérios que aprendera em vários lugares, mais recentemente com Mat Cauthon. Não entendia todos, nem sequer a maioria, na verdade, já que ninguém quis explicar o que significavam de fato, mas eles funcionavam muito bem para pôr as emoções para fora. Os Guardiões haviam tirado seus mantos furta-cor e as irmãs, como instruído, puxado os capuzes de suas capas, inclusive Sareitha, que não tinha necessidade de esconder seu rosto jovem, mas Careane não puxara o dela o suficiente, e o capuz apenas emoldurava seus traços de idade indefinida. Nem todo mundo perceberia o que estava vendo, mas qualquer pessoa que já tivesse estado na Torre com certeza sim. Careane puxou mais o capuz ao ver a cara feia de Elayne, mas o estrago já estava feito.

Outras mulheres da fazenda, além de Alise, tinham uma visão aguçada.

— Aes Sedai! — berrou uma delas em um tom de voz propício para anunciar o fim do mundo.

Talvez fosse o fim do mundo dela. Os ganidos se espalharam feito poeira soprada ao vento e, de uma hora para outra, a fazenda se transformou em um formigueiro pisoteado. Aqui e ali, algumas simplesmente desmaiaram, mas a maior parte das mulheres saiu em carreira desabalada, gritando, derrubando o que tivesse em mãos, trombando umas nas outras, caindo e se levantando aos trancos e barrancos para continuar correndo. Patos e galinhas batiam as asas e cabras negras de chifre curto saíam desembestadas para evitar serem esmagadas. No meio de tudo isso, algumas mulheres apenas ficaram imóveis, boquiabertas, claramente as que tinham ido ao retiro sem saber nada da Confraria, embora uma ou outra também tivesse começado a fugir, engolfada por aquele frenesi.

— Luz! — ladrou Nynaeve, puxando a trança. — Algumas estão correndo para os olivais! Não deixem! A última coisa que queremos é criar pânico! Mandem os Guardiões! Rápido, rápido!

Lan arqueou a sobrancelha com um ar questionador, mas ela gesticulou de forma peremptória.

— Rápido! Antes que *todas* fujam!

Com um meneio que pareceu começar com um sacudir de cabeça, ele fez Mandarb sair galopando atrás dos outros homens, esquivando-se para evitar o pandemônio que se alastrava pelas edificações.

Elayne deu de ombros para Birgitte e então acenou para que ela os acompanhasse. A Guardiã concordava com Lan. Parecia um pouco tarde para se querer evitar o pânico, e era provável que Guardiões a cavalo tentando pastorear mulheres apavoradas não fosse a melhor opção. Ela, porém, não via como mudar o quadro àquela altura, e não fazia sentido deixá-las sair em disparada para os campos. Todas iam querer ouvir as novidades que ela e Nynaeve traziam.

Alise não deu nenhum sinal de que ia sair correndo, nem sequer de que tinha ficado inquieta. Seu semblante empalideceu de leve, mas ela continuou encarando Reanne com um olhar inabalável. Um olhar firme.

— Por quê? — sussurrou ela. — Por quê, Reanne? Nunca imaginei que você fosse fazer isso! Elas subornaram você? Ofereceram imunidade? Vão deixá-la livre enquanto nós pagamos o preço? Provavelmente não vão permitir, mas eu juro que vou pedir para me deixarem repreender você. É, você! As regras se aplicam até a você, *Anciã-mor*! Se eu conseguir dar um jeito, juro que não vai sair dessa sorrindo! — Um olhar firmíssimo. Cortante, na verdade.

— Não é o que você está pensando — disse Reanne às pressas, desmontando e soltando as rédeas. Ela tomou as mãos de Alise, apesar dos esforços da outra mulher para soltá-las. — Ah, eu não queria que fosse assim... Elas sabem, Alise. Da Confraria. A Torre *sempre* soube. De tudo. De quase tudo. Mas não é isso que importa. — As sobrancelhas de Alise tentaram escalar o cocuruto ao ouvir aquilo, mas Reanne prosseguiu logo, sorrindo euforicamente sob o grande chapéu de palha. — Nós podemos voltar, Alise. Podemos tentar de novo. Elas *disseram* que sim.

As edificações da fazenda também pareciam estar se esvaziando, mulheres saindo apressadas para ver do que se tratava toda aquela comoção e, em seguida, juntando-se à fuga, parando apenas para levantar as saias. Os gritos nos olivais indicavam que os Guardiões estavam trabalhando, mas não estavam tendo sucesso. Talvez não estivessem se saindo tão bem. Elayne sentia a frustração de Birgitte aumentar, a irritação também. Reanne olhou para aquele tumulto e suspirou.

— Temos que reunir todas elas, Alise. Nós podemos voltar.

— Isso é ótimo para você e para algumas das outras — disse Alise, cheia de dúvidas. — Se for verdade. Mas e para o resto? A Torre não teria me deixado ficar o tempo que fiquei se eu tivesse aprendido mais rápido. — Ela disparou uma cara feia para as irmãs, agora já bem encapuzadas, e a raiva no olhar dela quando voltou a encarar Reanne não era pouca. — Para *que* nós voltaríamos? Para dizerem de novo que não somos fortes o bastante e nos mandarem embora? Ou vão simplesmente nos manter como noviças para o resto das nossas vidas? Pode ser que algumas aceitem isso, mas eu, não. Para quê, Reanne? Para quê?

Nynaeve desmontou e puxou sua égua à frente pelas rédeas, e Elayne a imitou, só que conduzindo Leoa com menos esforço.

— Para fazer parte da Torre, se for do seu desejo — disse Nynaeve com impaciência, antes mesmo de alcançar as duas Comadres. — Talvez para se tornarem Aes Sedai. Na minha opinião, se vocês passarem naqueles testes tolos, não sei por que precisam ter uma determinada força. Ou podem não voltar, então. Por mim, podem fugir. Quando eu acabar o que vim fazer aqui, quer dizer. — Fincando os pés, ela tirou o chapéu e plantou as mãos nos quadris. — Isso é perda de tempo, Reanne, e nós temos o que fazer. Tem certeza de que tem gente aqui que podemos usar? Diga logo. Se você não tiver certeza, é melhor começarmos logo. Podemos não estar mais com a mesma pressa, mas agora estamos com aquele troço, e eu prefiro acabar logo com isso.

Quando ela e Elayne foram apresentadas como Aes Sedai, as Aes Sedai que haviam feito a promessa, Alise deixou escapar um ruído engasgado e começou a alisar as saias de lã como se suas mãos quisessem apertar a garganta de Reanne. Irritada, ela abriu a boca... e tornou a fechá-la de repente, sem emitir som algum, quando Merilille se juntou a elas. Aquele olhar severo não se dissipou por completo, mas acabou se misturando a um quê de fascínio. E a mais que um quê de cautela.

— Nynaeve Sedai — disse Merilille com toda a calma —, as Atha'an Miere estão... impacientes... para descer dos cavalos. Creio que algumas podem pedir uma Cura. — Um breve sorriso lampejou em seus lábios.

Isso resolveu a questão, ainda que Nynaeve tenha resmungado com extravagância a respeito do que faria com a próxima que duvidasse dela. A própria Elayne talvez tivesse dito alguns impropérios, mas a verdade era que Nynaeve parecia muito tola por se comportar daquela maneira com Merilille e Reanne esperando atentas que ela acabasse, e Alise encarando as três. Aquilo resolveu, ou talvez tenham sido as Chamadoras de Ventos que se aproximaram a pé, puxando os cavalos atrás delas. Qualquer nesga de graciosidade desaparecera durante a cavalgada, dissipada pelas selas duras — as pernas delas pareciam estar tão retesadas quanto seus rostos —, mas ninguém confundiria aquelas mulheres com mais nada.

— Se há vinte mulheres do Povo do Mar a esta distância do oceano, acredito em qualquer coisa — murmurou Alise.

Nynaeve bufou, mas não falou nada, pelo que Elayne ficou agradecida. A mulher parecia achar difícil aceitar, mesmo com Merilille chamando-as de Aes Sedai. Nem uma bronca nem um chilique ajudariam.

— Então Cure-as — disse Nynaeve a Merilille. Elas olharam para aquele bando de mulheres coxeando, e Nynaeve acrescentou: — Se elas pedirem. Com educação.

Merilille tornou a sorrir, mas Nynaeve já esquecera o Povo do Mar e voltara a franzir o cenho para a fazenda, já quase vazia. Algumas cabras ainda zanzavam por um pátio abarrotado de roupas lavadas abandonadas, ancinhos e vassouras, baldes e cestos derramados, sem falar nos vultos caídos das Comadres que haviam desmaiado, e de um punhado de galinhas que voltara a ciscar, mas as únicas mulheres conscientes ainda à vista em meio às edificações claramente não faziam parte da Confraria. Algumas trajavam seda ou linho bordado, outras, lãs grosseiras, mas o fato de não terem corrido dizia muito a seu respeito. Reanne dissera que metade das mulheres abrigadas na fazenda geralmente não fazia parte da Confraria. A maioria delas parecia atônita.

Apesar dos resmungos, Nynaeve não perdeu tempo e foi logo se ocupando com Alise. Ou Alise talvez tenha se ocupado com Nynaeve. Era difícil afirmar, já que a Comadre mostrava bem menos deferência em relação às Aes Sedai que o Círculo do Tricô. Talvez ela só estivesse atônita com a reviravolta súbita. Em todo caso, as duas partiram juntas, Nynaeve conduzindo sua égua e gesticulando com o chapéu na outra mão, orientando Alise a respeito de como trazer as mulheres dispersas e o que fazer com elas quando fossem reunidas. Reanne afirmara que ao menos uma mulher forte o bastante para se juntar ao círculo estaria ali, Garenia Rosoinde, e possivelmente outras duas. Na verdade, Elayne esperava que todas tivessem partido. Alise alternava entre assentir e dedicar a Nynaeve olhares bem diretos que ela nem parecia perceber.

Enquanto esperava que as mulheres fossem reunidas, Elayne achou que era um bom momento para bisbilhotar um pouco mais os cestos, mas quando se virou em direção aos animais de carga, que começavam a ser levados para as edificações, viu o Círculo do Tricô, Reanne e todas as outras entrando a pé na fazenda, algumas correndo até as mulheres caídas no chão, outras em direção às que estavam de pé, boquiabertas. Todas elas, e nenhum sinal de Ispan. Porém, bastou uma espiadela para encontrá-la. Entre Adeleas e Vandene. Cada uma segurava um dos braços, meio que arrastando-a, as sobrecapas panejando atrás delas.

As irmãs grisalhas estavam unidas, o brilho de *saidar* engolfando-as, mas sem envolver Ispan. Não dava para dizer qual das duas liderava o pequeno círculo e detinha a blindagem da Amiga das Trevas, mas nem um Abandonado poderia tê-la quebrado. Elas pararam para falar com uma mulher corpulenta trajando lã marrom simples que ficou boquiaberta com a saca de couro que cobria a cabeça de Ispan, mas que ainda assim fez uma mesura e apontou na direção de uma das edificações de reboco branco.

Elayne trocou olhares raivosos com Aviendha. Bem, o dela estava raivoso, pelo menos. Às vezes Aviendha transparecia tanta emoção quanto uma pedra. Entregando os cavalos para dois dos cavalariços do palácio, elas dispararam atrás das três. Algumas das mulheres que não faziam parte da Confraria tentaram perguntar o que estava acontecendo, umas poucas de maneira até bastante autoritária, mas Elayne fez pouco caso e deixou em seu encalço fungadas e bufadas indignadas. Ah, o que ela não faria para já ter os traços de idade indefinida! Pensar isso puxou um fiozinho lá no fundo dos seus pensamentos, mas que acabou desaparecendo assim que ela tentou examiná-lo.

Quando Elayne abriu a porta simples de madeira onde o trio desaparecera, Adeleas e Vandene tinham posto Ispan sentada em uma cadeira de encosto vazado com a cabeça desnuda, a saca jogada junto às sobrecapas de linho em cima de uma mesinha estreita de cavaletes. O aposento só tinha uma janela, que ficava no teto, mas que, com o sol ainda bem alto, deixava penetrar uma boa luminosidade. Prateleiras ocupavam as paredes, repletas de panelonas de cobre e tigelonas brancas. Pelo cheiro de pão assando, a única outra porta dava em uma cozinha.

Vandene olhou atenta à sua volta ao ouvir o barulho da porta, mas, ao vê-las, suavizou o semblante até ficar completamente inexpressiva.

— Sumeko disse que o efeito das ervas que Nynaeve deu estava passando — explicou ela. — E que talvez fosse melhor interrogá-la um pouco, antes de voltar a confundir-lhe as ideias. Parece que agora temos tempo. Seria bom saber o que a... Ajah Negra — sua boca se retorceu de desgosto — estava fazendo em Ebou Dar. E o que elas sabem.

— Duvido que estejam a par desta fazenda, se nem nós estávamos — disse Adeleas, tamborilando o dedo nos lábios, pensativa, enquanto analisava a mulher na cadeira. — Mas é melhor prevenir do que remediar, como nosso pai costumava dizer.

Ela parecia estar examinando um animal que nunca tinha visto, uma criatura cuja existência ela sequer concebia. Ispan torceu os lábios. O suor escorria pelo rosto machucado, as tranças escuras cheias de contas estavam desgrenhadas e a roupa, toda bagunçada, mas, apesar dos olhos anuviados, ela estava bem menos tonta do que antes.

— A Ajah Negra... Isso é uma fábula, e obscena — zombou ela, um tanto rouca. Devia estar um calorão dentro daquela saca de couro, e a mulher não bebera água desde o Palácio Tarasin. — Eu? Eu estou surpresa por vocês falarem nisso. E ainda colocarem a culpa em mim! O que eu fiz, fiz por ordem do Trono de Amyrlin.

— *Elaida?* — disse Elayne, incrédula. — Você tem coragem de dizer que *Elaida* mandou você assassinar irmãs e roubar da Torre? Que *Elaida* ordenou o que você fez em Tear e Tanchico? Ou é de Siuan que você está falando? Suas mentiras são patéticas! Você, de alguma forma, abandonou os Três Juramentos, e isso a classifica como Ajah Negra.

— Não tenho que responder às perguntas de vocês — rebateu Ispan com um tom soturno, curvando os ombros. — Para o legítimo Trono de Amyrlin, vocês são rebeldes. E serão punidas, talvez estancadas. Especialmente se me machucarem. Eu sirvo ao verdadeiro Trono de Amyrlin, e, se me fizerem mal, vocês serão punidas com rigor.

— Você vai responder a todas as perguntas que minha quase-irmã fizer. — Aviendha tateou a faca do cinto com o polegar, mas com os olhos cravados nos de Ispan. — Os aguacentos têm medo da dor, não sabem abraçá-la, aceitá-la. Você vai responder o que perguntarem. — Ela não lançou um olhar fulminante nem usou um tom bravo, apenas falou, mas Ispan se encolheu na cadeira.

— Temo que isso esteja fora de questão, mesmo que ela não fosse uma iniciada da Torre — disse Adeleas. — Somos proibidas de derramar sangue em interrogatórios e de permitir que outros façam isso em nosso nome.

Ela soou relutante, embora Elayne não soubesse precisar se por conta da proibição ou da admissão de que Ispan era uma iniciada. Ela mesma não havia pensado que talvez Ispan ainda fosse considerada iniciada. Havia um dito que falava que nenhuma mulher se livrava da Torre até que a Torre se livrasse dela, mas, na verdade, uma vez que se tinha contato com a Torre Branca, ninguém se livrava nunca.

Ela franziu o cenho enquanto examinava a irmã Negra, toda amarfanhada e ainda assim tão segura. Ispan se sentou um pouco mais ereta e disparou olhares cheios de um desdém cínico na direção de Aviendha... e de Elayne. Não estivera tão cheia de si antes, quando achava que estava nas mãos apenas de Nynaeve e Elayne. Ela retomara aquela compostura ao se lembrar de que havia irmãs mais velhas ali. Irmãs que seguiam à risca a lei da Torre Branca. A lei que proibia não apenas o derramamento de sangue, como ossos fraturados e várias outras coisas que qualquer Questionador Manto-branco estaria mais do que pronto para fazer. Antes que qualquer sessão tivesse início, a Cura tinha que ser realizada, e se o interrogatório começasse após a alvorada, tinha de ser concluído antes do pôr do sol. Se começasse após o crepúsculo, então acabava antes do amanhecer. A lei era ainda mais restritiva no que se referia a iniciadas da Torre, a irmãs, Aceitas e noviças, e bania o uso de *saidar* em interrogatórios, punições e penitências. Ah, uma irmã podia usar o Poder para dar um peteleco na orelha de uma noviça, se estivesse exaltada, ou até dar-lhe uma palmada no traseiro, mas não muito mais que isso. Ispan sorriu para ela. Sorriu! Elayne respirou fundo.

— Adeleas, Vandene, quero que deixem Aviendha e a mim sozinhas com Ispan.

Seu estômago quis dar um nó. Tinha de haver um jeito de pressionar a mulher o suficiente para descobrir o que era preciso sem descumprir a lei da Torre. Mas como? Pessoas interrogadas pela Torre geralmente começavam a falar sem que fosse preciso lhes relar um dedo — todos *sabiam* que ninguém resistia à Torre; *ninguém!* —, mas era raríssimo que se tratassem de iniciadas. Podia ouvir uma outra voz, dessa vez não a de Lini, mas a da sua mãe. *Esteja disposta a fazer com as próprias mãos qualquer coisa que ordenar que seja feito. Como rainha, o que você ordenar que seja feito foi você que fez.* Se ela descumprisse a lei... A voz da mãe de novo. *Nem uma rainha pode estar acima da lei, senão não existe lei.* E a de Lini. *Você pode fazer o que quiser, garota, desde que esteja disposta a pagar o preço.* Ela arrancou o chapéu sem desatar os laços. Manter a voz firme lhe exigiu esforço.

— Quando nós... Quando tivermos terminado de conversar com ela, vocês podem levá-la de volta para o Círculo do Tricô.

Depois, ela se submeteria a Merilille. Qualquer grupo de cinco irmãs podia se reunir em julgamento para definir uma penitência, se assim lhes fosse solicitado.

Ispan virou a cabeça, os olhos inchados alternando-se entre Elayne e Aviendha, arregalando-se devagar até o branco dos olhos aparecer por completo. Ela já não estava tão confiante.

Vandene e Adeleas trocaram olhares silenciosos, como duas pessoas que já passaram tanto tempo juntas que nem precisavam mais falar em voz alta. Em seguida, Vandene segurou Elayne e Aviendha, uma em cada braço.

— Se me permitem conversar com vocês lá fora um momento — murmurou ela. O tom foi de sugestão, mas a mulher já puxava as duas para a porta.

Lá fora, no pátio da fazenda, umas vinte Comadres estavam agrupadas feito ovelhas. Nem todas usavam trajes eboudarianos, mas duas ostentavam o cinto vermelho de Sapiência, e Elayne reconheceu Berowin, uma baixinha robusta que costumava demonstrar um orgulho bem maior que sua força com o Poder. Mas não naquele momento. Como as demais, seu semblante estava assustado e os olhos estavam agitados, apesar de o Círculo do Tricô inteiro estar em volta delas, falando com um tom de urgência. Mais adiante, Nynaeve e Alise tentavam pastorear talvez o dobro de mulheres para dentro de uma das edificações maiores. "Tentavam" parecia ser a melhor definição.

— ...e não me importa a *posição* que você ocupa — gritava Nynaeve para uma mulher de postura orgulhosa vestida com seda verde-clara. — Entre aí e fique aí, sem atrapalhar, ou eu a coloco para dentro aos *chutes*!

Alise apenas agarrou a mulher de verde pelo cangote e a conduziu apressada porta adentro, apesar dos protestos eloquentes e acalorados. Ouviu-se um grasno barulhento, como se alguém tivesse pisado no pé de um ganso imenso, e então Alise reapareceu batendo as mãos. Depois disso, as outras pareceram não dar tanto trabalho.

Vandene soltou-as, analisando seus olhos. O brilho ainda a circundava, mas era Adeleas quem devia estar direcionando os fluxos combinados. Vandene poderia ter sustentado a blindagem, uma vez tecida, mesmo sem vê-la, mas se fosse esse o caso, era bem mais provável que Adeleas tivesse levado Elayne e Aviendha ali para fora. Vandene poderia ter se afastado várias centenas de passadas antes que a união começasse a se atenuar — não quebraria nem se ela e Adeleas fossem a cantos opostos do planeta, embora já não fosse servir mais para nada muito antes disso —, mas ela se manteve junto à porta. Parecia estar organizando as palavras em sua mente.

— Sempre achei melhor que mulheres experientes cuidassem desse tipo de coisa — disse ela por fim. — É muito fácil o sangue quente atrapalhar as mais jovens. Aí elas exageram. Ou então, às vezes, se dão conta de que não conseguem ir longe o bastante, porque ainda não presenciaram o bastante. Ou, o que é pior, acabam... pegando gosto pela coisa. Não que eu acredite que alguma de vocês tenha esse defeito. — Ela lançou a Aviendha um olhar avaliador, e a Aiel tratou de embainhar a faca do cinto. — Adeleas e eu já vimos o bastante para saber por que se deve fazer o que precisa ser feito e já deixamos o sangue quente para trás há muito tempo. Que tal deixar isso conosco? Vai ser bem melhor assim. — Vandene pareceu dar a recomendação como aceita. Ela fez um meneio e se virou em direção à porta.

Tão logo a mulher desapareceu atrás dela, Elayne sentiu o Poder sendo usado no local, uma tessitura que devia ter coberto todo o interior do aposento. Um selo de proteção contra escutas, por certo. Elas não queriam que ouvidos alheios escutassem nada do que Ispan dissesse. Foi quando um outro uso lhe ocorreu, e subitamente o silêncio lá dentro passou a ser mais nefasto que quaisquer gritos esganiçados que aquela proteção pudesse conter.

Elayne enfiou o chapéu de volta na cabeça. Não sentia o calor, mas o clarão do sol a fez sentir um enjoo repentino.

— Você podia me ajudar a dar uma olhada naqueles cestos dos animais de carga — sugeriu ela, ofegante.

Não ordenara que aquilo fosse feito — fosse lá o que estivesse sendo feito —, mas isso não parecia mudar nada. Aviendha assentiu com uma rapidez surpreendente; também parecia querer ficar longe daquele silêncio.

As Chamadoras de Ventos aguardavam não muito longe de onde os serviçais estavam com os animais de carga, esperando cheias de impaciência e distribuindo olhares imperiosos, de braços cruzados, imitando Renaile. Alise marchou até lá e identificou Renaile como a líder após correr os olhos por todas elas. Elayne e Aviendha, ela ignorou.

— Venha comigo — disse ela em um tom brusco que não admitia argumentações. — As Aes Sedai dizem que vocês preferem sair desse sol até a situação estar mais resolvida.

As palavras "Aes Sedai" continham tanto ressentimento quanto Elayne estava acostumada a ver fascínio nas Comadres. Talvez mais. Renaile se enrijeceu, o rosto escuro cada vez mais sombrio, mas Alise prosseguiu:

— Por mim, vocês bravias podem ficar aqui sentadas suando, se é isso que querem. Se *conseguirem* sentar. — Era bem óbvio que nenhuma das Atha'an Miere tinha recebido Cura para as dores causadas pelas selas; portavam-se como mulheres que queriam esquecer que existiam da cintura para baixo. — O que vocês não vão fazer é me deixar esperando.

— Você sabe quem eu sou? — rebateu Renaile com uma fúria contida, mas Alise já ia se afastando sem olhar para trás.

Visivelmente contrariada, Renaile enxugou o suor da testa com o dorso da mão e, em seguida, ordenou que as outras Chamadoras de Ventos deixassem os "malditos cavalos" ali e a acompanhassem. As mulheres formaram uma fila de pernas abertas que foi cambaleando atrás de Alise, todas resmungando — inclusive Alise —, menos as duas aprendizes.

Por instinto, Elayne começou a planejar como amainaria os ânimos e Curaria as Atha'an Miere sem que elas precisassem pedir. E sem que uma irmã tivesse que oferecer aquilo com insistência demais. Nynaeve também precisava ser acalmada, assim como as demais irmãs. Para sua surpresa, ela se deu conta de repente que, pela primeira vez na vida, não tinha a menor vontade de amainar nada. Observando as Chamadoras de Ventos seguirem mancando até uma das edificações da fazenda, ela decidiu que as coisas estavam bem do jeito que estavam.

Aviendha abriu um enorme sorriso assistindo às Atha'an Miere. Elayne apagou do próprio rosto um sorriso bem mais tímido e se virou na direção dos animais de carga. Mas elas mereciam. Não sorrir foi bem difícil.

Com a ajuda de Aviendha, a busca se deu mais rápido que antes, embora a Aiel não reconhecesse tão depressa quanto Elayne o que elas estavam procurando. Nenhuma grande surpresa. Algumas poucas irmãs que Elayne treinara tinham demonstrado mais habilidade que ela própria, mas a maioria não chegava nem perto. Ainda assim, dois pares de mãos encontravam mais que um, e havia muito a ser encontrado. Mulheres e cavalariços de uniforme levavam embora o que não prestava, enquanto uma coleção de *ter'angreal* ia aumentando em cima da larga tampa de pedra de uma cisterna quadrada.

Quatro outros cavalos foram descarregados rapidamente, e elas acumularam uma seleção de objetos que teriam sido motivo de celebração na Torre. Mesmo que ninguém estudasse *ter'angreal*. Eram de todas as formas imagináveis. Xícaras, tigelas e vasos, nenhum do mesmo tamanho, estilo ou material. Uma caixa achatada carcomida por vermes, caindo aos pedaços e com o revestimento havia muito tempo puído continha peças de joias — um colar e braceletes com pedras coloridas, um cinto fino cheio de gemas encravadas e vários anéis —, e ainda havia espaço para mais. Cada um deles era um *ter'angreal*, e todos combinavam, feitos para serem usados juntos, embora Elayne não conseguisse imaginar por que alguma mulher ia querer ostentar tanta coisa ao mesmo tempo. Aviendha encontrou uma adaga com fios de ouro enrolados em um cabo rústico feito de chifre de veado; a lâmina estava cega e, segundo todas as evidências, sempre estivera. A Aiel não parava de virar o objeto de um lado para o outro — as mãos chegando a começar a tremer —, até Elayne lhe tomar a adaga e depositar junto das outras peças na tampa da cisterna. Ainda assim, Aviendha ficou um tempo observando-o e lambendo os lábios como se sua boca tivesse ficado seca. Havia anéis, brincos, colares, braceletes e fivelas, muitos com padrões bastante peculiares. Havia estatuetas e esculturas de pássaros, animais e pessoas, várias facas que estavam afiadas, meia dúzia de medalhões grandes de bronze ou de aço, a maioria trabalhada com padrões esquisitos e nenhum contendo uma única imagem que Elayne compreendesse, um par de chapéus pitorescos aparentemente confeccionados em metal, enfeitados e finos demais para serem elmos, além de uma porção de itens que ela sequer imaginava como chamar. Um vara da grossura do pulso, de um vermelho brilhante, lisa e arredondada, mais firme que dura, ainda que parecesse de pedra, e que não aqueceu pouco ao toque da mão, esquentou bastante! A quentura mais forte era tão irreal quanto a mais fraca, mas ainda assim! E o que dizer de um conjunto de bolas em palha de aço trançada, uma dentro da outra? Qualquer movimento produzia a melodia de sininhos abafada, cada hora em um tom diferente, e ela teve a sensação de que, mesmo observando com toda a atenção, sempre haveria uma bola ainda menor esperando para ser descoberta. Um troço que parecia um quebra-cabeças de ferreiro feito de vidro? Era tão pesado que ela o deixou cair, e o objeto tirou uma lasca da tampa da cisterna. Uma coleção para deixar qualquer Aes Sedai impressionada. Mais importante, elas encontraram outros dois *angreal*, que Elayne pôs de lado com todo o cuidado, ao alcance da sua mão.

Um deles era uma peça de joia singular, um bracelete de ouro preso a anéis por quatro correntes achatadas, todo entalhado em um padrão intricado semelhante a um labirinto. Era o mais forte dos dois, mais forte até que a tartaruga que ela ainda trazia na bolsa, e feito para uma mão menor que a dela ou de Aviendha. Estranhamente, o bracelete possuía um pequeno trinco, com direito a uma chave tubular minúscula pendurada em uma correntinha que claramente tinha sido feita para ser removida. Junto com a chave! O outro era uma mulher sentada confeccionada em um marfim envelhecido pelo passar dos anos, as pernas cruzadas à frente, os joelhos expostos, mas com um cabelo tão comprido e luxuriante que nem o manto mais pesado a teria coberto melhor. Não era tão forte quanto a tartaruga, mas Elayne a achou bastante convidativa. Uma das mãos repousava sobre o joelho, a palma virada para cima e os dedos dispostos de forma que o polegar tocava a ponta dos dois dedos do meio, enquanto a outra mão estava erguida, os dois primeiros dedos esticados e os demais, dobrados. A estátua tinha um ar de dignidade suprema, ainda que o rosto de traços delicados sugerisse alegria e prazer. Será que tinha sido feito para uma mulher em particular? De alguma forma, parecia algo íntimo. Talvez fosse feito sob encomenda, como na Era das Lendas. Alguns *ter'angreal* eram imensos, exigindo homens e cavalos, ou até o Poder, para serem movidos, mas a maioria dos *angreal* era pequena o bastante para ser carregado consigo. Nem todos, mas a maior parte.

Elas já estavam colocando de volta as coberturas de lona em mais um conjunto de cestos de vime quando Nynaeve se aproximou a passos largos. As Atha'an Miere começaram a sair de uma das edificações da fazenda, em fila, não mais mancando. Merilille conversava com Renaile, ou melhor, a Chamadora de Ventos falava e Merilille ouvia. Elayne ficou se perguntando o que teria acontecido lá dentro. A irmã Cinza magra já não parecia tão satisfeita. O agrupamento de Comadres aumentara, mas quando Elayne ergueu os olhos ainda viu mais três chegando hesitantes no pátio e outras duas espiando indecisas junto das oliveiras. Ela conseguia sentir Birgitte em algum ponto do arvoredo, e só um pouco menos irritada que antes.

Nynaeve olhou de relance para aquela exibição de *ter'angreal* e deu um puxão na trança. O chapéu sumira em algum momento.

— Isso aí pode esperar — afirmou ela, aparentando certo desgosto. — Está na hora.

Capítulo 5

A tempestade caindo

O sol se encontrava rumo ao horizonte quando elas enfim subiram pelo caminho desgastado e sinuoso que levava ao topo da colina de encostas íngremes que se erguia acima dos celeiros. Era o local que Renaile havia escolhido. Fazia sentido, pelo que Elayne sabia sobre manejar o clima, tendo aprendido com uma Chamadora de Ventos do Povo do Mar, claro. Mudar qualquer coisa além das redondezas imediatas exigia trabalhar longas distâncias, o que significava ser capaz de *enxergar* a longas distâncias, muito mais fácil no oceano que em terra. Exceto em uma montanha ou no alto de uma colina. Também se faziam necessárias mãos hábeis para evitar chuvas torrenciais, furacões ou só a Luz sabia o que mais. Não importava o que se fizesse, os efeitos se espalhariam feito as ondas de uma pedra atirada em um lago. Ela não tinha a menor vontade de liderar o círculo que usaria a Tigela.

O alto da colina não tinha vegetação e era plano, ainda que longe de ser nivelado, uma planície pedregosa com cinquenta passadas de comprimento e largura, com bastante espaço para todos que precisavam estar ali e até para alguns que não necessariamente precisavam. Ali, a pelo menos cinquenta passadas acima da fazenda, a vista espetacular se estendia por milhas e milhas, formando uma colcha de retalhos de fazendas, pastos e olivais. Demasiados pontos marrons e amarelos secos se misturavam a uma centena de tons de verde, ressaltando a necessidade do que elas iam fazer, mas mesmo assim toda aquela beleza impactou Elayne. Apesar da poeira no ar, semelhante a uma bruma tênue, ela conseguia enxergar tão *longe*! O terreno era de fato bem plano naquela região, exceção feita àquelas poucas colinas. Mesmo que ela abraçasse o Poder, Ebou Dar estava fora do alcance da vista para o sul, mas a impressão que dava era que, se forçasse só um pouquinho, conseguiria ver. Com um pouco de esforço, claro que daria para ver o rio Eldar. Uma vista magnífica. Nem todas estavam interessadas.

— Uma hora desperdiçada — resmungou Nynaeve, olhando de soslaio para Reanne. E para praticamente todo mundo. Sem Lan por perto, parecia que ela aproveitava a oportunidade para pôr seu gênio para fora. — Quase uma hora. Talvez mais. Um desperdício completo. Alise até me parece competente, mas pensei que Reanne *saberia* quem estaria lá! Luz! Se aquela tola desmaiar de novo...!

Elayne torceu para que ela se aguentasse um pouco mais. Parecia que seria uma tempestade daquelas assim que começasse a cair.

Reanne tentava manter um semblante animado e alegre, mas suas mãos não paravam quietas nas saias, sempre puxando-as e alisando-as. Kirstian apertava as próprias saias, suando, parecendo pronta para esvaziar o estômago a qualquer momento; se alguém a olhava, ela estremecia. A terceira Comadre, Garenia, era uma mercadora saldaeana de nariz pronunciado e boca larga, uma mulher baixa e de cintura fina, mais forte que as outras duas, que não parecia muito mais velha que Nynaeve. Uma umidade oleosa cintilava em seu rosto pálido, e seus olhos escuros ficavam ainda mais arregalados sempre que batiam em uma Aes Sedai. Elayne achava que talvez descobrisse em breve se os olhos de alguém *podiam* mesmo saltar da cabeça. Ao menos Garenia havia parado de gemer, o que fizera durante toda a subida da colina.

De fato houvera uma outra dupla talvez com força o bastante — talvez; a Confraria não prestava muita atenção para isso —, mas a última das mulheres dessa dupla partira três dias atrás. Ninguém mais na fazenda chegava nem perto. O que explicava Nynaeve ainda estar indignada. Um dos motivos. O outro era Garenia ter sido uma das primeiras a ser encontrada, desmaiada no pátio. Aliás, a mulher desmaiou de novo nas duas primeiras vezes em que foi despertada, tão logo bateu os olhos em uma das irmãs. Claro que Nynaeve, sendo como era, jamais admitiria que deveria ter simplesmente perguntado a Alise quem ainda estava na fazenda. Ou mesmo dito a ela o que estava procurando antes de a mulher lhe perguntar. Nynaeve nunca esperava que alguém soubesse discernir esquerda de direita. Exceto ela própria.

— A esta altura, já podíamos ter acabado! — rosnou ela. — Já podíamos estar livres das...!

Ela quase estremeceu com o esforço de não olhar feio para as mulheres do Povo do Mar reunidas do outro lado da planície rochosa. Renaile, com gestos enfáticos, parecia estar dando instruções. Elayne teria dado muita coisa só para ouvi-las.

Os olhares feios de Nynaeve sem dúvida se estendiam a Merilille, Careane e Sareitha, que ainda segurava firme a Tigela envolta em seda. Adeleas e Vandene tinham ficado lá embaixo, ocupadas com Ispan. As três irmãs estavam conversando entre si, sem dar a mínima para Nynaeve, a não ser que ela se dirigisse diretamente a uma delas, mas o olhar de Merilille vez ou outra escorregava para as Chamadoras de Ventos e se desviava. Sua máscara de serenidade fraquejava de leve, e ela lambia os lábios com a ponta da língua.

Será que cometera algum erro lá embaixo, ao Curar alguém? Merilille negociara tratados e mediara disputas entre nações; poucas na Torre Branca eram melhores que ela. Mas Elayne se lembrava de certa vez ter ouvido uma história, uma espécie de anedota, sobre uma mercadora domanesa, um Mestre de Cargas do Povo do Mar e uma Aes Sedai. Pouca gente contava piadas que envolviam Aes Sedai; talvez não fosse totalmente seguro. A mercadora e o Mestre de Cargas encontraram uma pedra dessas comuns no litoral e passaram a vendê-la e revendê-la um para o outro, conseguindo, de alguma maneira, lucrar a cada venda. Foi quando apareceu uma Aes Sedai. A domanesa convenceu a Aes Sedai a comprar a pedra pelo dobro do que ela havia pagado na última negociação. Depois disso, o Atha'an Miere convenceu a Aes Sedai a comprar dele a *mesma* pedra uma vez mais pelo dobro do preço. Era só uma piada, mas mostrava no que as pessoas acreditavam. Talvez as irmãs mais velhas *não* tivessem conseguido fazer um acordo melhor com o Povo do Mar.

Aviendha foi direto para a beira do penhasco assim que chegou ao alto da colina e ficou olhando para o norte, imóvel feito uma estátua. Momentos depois, Elayne se deu conta de que a Aiel não estava admirando a vista. Aviendha estava simplesmente observando. Recolhendo as saias um tanto sem jeito por conta dos três *angreal* que trazia na mão, ela se juntou à amiga.

O penhasco descia em trilhas de cinquenta pés até os olivais, faixas íngremes de pedra cinza estriada e desnuda, tirando alguns poucos pequenos arbustos quase secos. A distância até lá embaixo não chegava de fato a agoniar, mas também estava longe de ser o mesmo que olhar para o chão do alto de uma árvore. Estranhamente, olhar para baixo fazia Elayne se sentir um pouco tonta. Aviendha parecia nem notar que seus dedos dos pés estavam bem na beirada.

— Está preocupada com alguma coisa? — perguntou Elayne baixinho.

Aviendha manteve o olhar fixo à distância.

— Falhei com você — respondeu ela, por fim. Sua voz soava indiferente e vazia. — Não consigo criar o portão da maneira adequada, e todos me viram envergonhar você. Pensei que um serviçal fosse um dos Forjados das Sombras e meu comportamento foi mais que ridículo. As Atha'an Miere me ignoram e olham feio para as Aes Sedai, como se eu fosse uma cachorrinha que late ao comando das irmãs. Fingi que podia fazer a Mensageira das Sombras falar com você, mas nenhuma *Far Dareis Mai* tem permissão para questionar prisioneiros até estar casada com a lança há vinte anos, e nem sequer para vigiá-los até tê-la carregado por dez. Sou fraca e mole, Elayne. Não vou suportar envergonhá-la mais vezes. Se eu falhar com você de novo, eu morro.

A boca de Elayne ficou seca. Aquilo soou quase como uma promessa. Segurando firme no braço de Aviendha, ela a puxou para longe da beirada. Os Aiel podiam ser quase tão peculiares quanto o Povo do Mar acreditava ser. Elayne não achava que Aviendha fosse realmente pular — não de verdade —, mas não ia correr nenhum risco. Pelo menos a outra mulher não tentou resistir.

Todas as demais pareciam distraídas consigo mesmas ou umas com as outras. Nynaeve começara a falar com as Atha'an Miere, as duas mãos segurando firme a trança e um semblante quase tão fechado quanto o das mulheres por conta do esforço para não gritar, enquanto elas a escutavam com uma arrogância desdenhosa. Merilille e Sareitha ainda tomavam conta da Tigela, mas Careane, sem muito sucesso, vinha tentando conversar com as Comadres. Reanne respondia, ainda que piscando de nervoso e lambendo os lábios, mas Kirstian continuava tremendo em silêncio, enquanto Garenia se mantinha com os olhos totalmente fechados. Elayne, em todo caso, continuou falando baixo, já que nada daquilo era da conta delas.

— Você não falhou com ninguém, muito menos comigo, Aviendha. Nunca senti vergonha de nada que tenha feito, e nada que você fizesse jamais me envergonharia. — Aviendha a encarou, desconfiada. — E você é tão fraca e mole quanto uma pedra. — Esse só podia ser o elogio mais inusitado que ela já tinha feito a alguém, mas Aviendha pareceu contente. — E também aposto que o Povo do Mar morre de medo de você. — Outro elogio estranho, mas que fez a Aiel sorrir, ainda que de leve. Elayne tomou fôlego. — Quanto a Ispan... — Não gostava nem de pensar naquilo. — Também pensei que conseguiria fazer o necessário, mas apenas pensar nisso já faz minhas mãos suarem e meu estômago se revirar. Se eu sequer tentasse, vomitaria. Então temos isso em comum.

Aviendha gesticulou na língua das Donzelas, fazendo o sinal para "Você me assusta". Ela começara a ensinar alguns sinais para Elayne, embora dissesse que era proibido. Ao que parecia, o fato de serem quase-irmãs que estavam aprendendo a ser mais que isso mudava o cenário. Só que, na verdade, não mudava. Aviendha parecia achar que sua explicação tinha sido claríssima.

— Eu não quis dizer que não conseguiria — disse ela, em voz alta. — Só que não sei como. Se tentasse, eu provavelmente a mataria. — De repente, a Aiel abriu um sorriso bem mais largo e caloroso que antes e tocou de leve a bochecha de Elayne. — Nós duas temos nossas fraquezas — sussurrou ela —, mas isso não é vergonha nenhuma, desde que só nós duas saibamos.

— Isso — concordou Elayne, com voz fraca. Ela só não sabia *como!* — Claro que não é. — Aquela mulher reservava mais surpresas que um menestrel. — Tome — disse ela, botando a mulher-enrolada-no-cabelo na mão de Aviendha. — Use isso no círculo.

Soltar o *angreal* não foi fácil. Ela mesma pretendera usá-lo, mas, com ou sem sorrisos, o ânimo de sua amiga, de sua quase-irmã, precisava de um empurrão. A Aiel ficou virando a pequena estátua de marfim nas mãos. Elayne podia quase vê-la tentando decidir como devolvê-la.

— Aviendha, sabe como é quando se agarra o máximo possível de *saidar?* Pense no que seria agarrar quase o dobro. Pense *mesmo.* Quero que você use. Por favor?

Os Aiel podiam até não revelar muita coisa em seus semblantes, mas os olhos verdes de Aviendha se arregalaram. Elas já haviam falado sobre os *angreal*, já que procuravam por eles, mas era provável que Aviendha nunca tivesse pensado em como seria usar um.

— O dobro — murmurou ela. — Agarrar tudo isso... Não consigo nem imaginar. É um presente incrível, Elayne.

Ela voltou a tocar a bochecha de Elayne, pressionando a ponta dos dedos. Era o equivalente Aiel a um beijo e um abraço.

O que quer que Nynaeve tivesse a dizer para o Povo do Mar, não demorou. Ela se afastou a passos largos e apertando as saias com raiva. Aproximando-se de Elayne, franziu o cenho tanto para Aviendha quanto para a borda do penhasco. Costumava negar sua aflição com altura, mas manteve as duas entre ela e o precipício.

— Preciso falar com você — murmurou ela, conduzindo Elayne por uma distância curta pelo topo da colina. Afastando-se mais da borda.

Distância curta, mas longe o bastante de todas para evitar que as escutassem. Nynaeve respirou fundo várias vezes antes de começar a falar em voz baixa e sem olhar para Elayne.

— Eu... tenho me comportado como uma boba. É culpa daquele maldito homem! Quando ele não está bem na minha frente, mal consigo pensar em outra coisa, e, quando está, eu mal consigo pensar! Você... precisa me avisar quando eu... estiver agindo feito uma idiota. Eu conto com você, Elayne. — A voz continuou baixa, mas o tom virou quase de lamúria. — Não posso me dar ao luxo de perder o juízo por causa de um homem, não agora.

Elayne ficou tão chocada, que, por alguns instantes, não conseguiu falar nada. Nynaeve admitindo que estava sendo uma boba? Ela quase olhou para o sol para ver se ele tinha ficado verde!

— Lan não tem culpa, e você sabe disso, Nynaeve — disse Elayne por fim, tratando de esquecer os próprios pensamentos recentes sobre Rand. Não era a mesma coisa. E aquela oportunidade era um presente da Luz. No dia seguinte, era provável que Nynaeve tentasse lhe dar um tapa no pé do ouvido caso lhe dissesse que ela estava sendo uma boba. — Controle-se, Nynaeve. Pare de se comportar como uma garotinha tonta. — Nada de pensar em Rand, definitivamente! *Ela* não estivera pensando *tanto* assim nele! — Você é uma Aes Sedai e é quem deve nos liderar. Lidere! E pense!

Nynaeve cruzou as mãos na altura do quadril e até baixou a cabeça.

— Vou tentar — balbuciou ela. — Eu vou, de verdade. Mas você não sabe como é. Eu... sinto muito.

Elayne quase engoliu a língua. Nynaeve *se desculpando*, ainda por cima? Nynaeve *envergonhada*? Talvez estivesse doente.

Claro que não durou muito. Franzindo o cenho abruptamente para o *angreal*, Nynaeve pigarreou.

— Você deu um para Aviendha, não foi? — perguntou ela de maneira brusca. — Certo, acho que tudo bem. Pena que temos que deixar o Povo do Mar usar um. Aposto que vão tentar ficar com ele! Bem, elas que tentem! Qual é o meu?

Com um suspiro, Elayne entregou o bracelete-com-anéis, e Nynaeve saiu marchando, manuseando a peça de joia com a mão esquerda e gritando para que todas tomassem seus lugares. Às vezes, era difícil discernir se Nynaeve estava tentando liderar ou intimidar. Mas contanto que ela liderasse...

A Tigela dos Ventos repousava em cima dos envoltórios brancos já desdobrados no centro do cume da colina, um disco pesado de cristal claro com dois pés de largura e um interior trabalhado com nuvens densas em espiral. Uma peça ornamentada, mas simples, quando se pensava no que era capaz de fazer. No que elas esperavam que fosse capaz de fazer. Nynaeve tomou seu posto ali perto, o *angreal* finalmente se fechando em seu pulso. Ela mexeu a mão e aparentou surpresa quando as correntes pareceram não incomodá-la. O objeto se encaixou como se tivesse sido feito para ela. As três Comadres já estavam no local, Kirstian e Garenia aninhadas às costas de Reanne e demonstrando estarem mais assustadas do que nunca, se isso fosse possível. As Chamadoras de Ventos ainda estavam atrás de Renaile, a quase vinte passadas de distância.

Suspendendo as saias, Elayne encontrou Aviendha junto da Tigela e fitou o Povo do Mar com desconfiança. Será que elas pretendiam criar confusão? Seu medo havia sido exatamente esse desde a primeira menção de que algumas mulheres na fazenda talvez fossem fortes o bastante para se juntar à união. As Atha'an Miere eram fiéis à hierarquia em um nível que deixava a Torre Branca no chinelo, e a presença de Garenia significava que Renaile din Calon Estrela Azul, Chamadora de Ventos da Senhora dos Navios dos Atha'an Miere, não faria parte do círculo. Não deveria fazer.

Renaile franziu o cenho para as mulheres em torno da Tigela. Parecia analisá-las, julgar suas capacidades.

— Talaan din Gelyn — ladrou ela de repente —, tome posição!

Foi como o estalar de um chicote! Até Nynaeve pulou.

Talaan fez uma mesura profunda, a mão sobre o coração, e correu para a Tigela. Assim que ela se movimentou, Renaile tornou a ladrar:

— Metarra din Junalle, tome posição!

Metarra, rechonchuda e forte, saiu em disparada nos calcanhares de Talaan. Nenhuma das aprendizes tinha idade para já ter adquirido o que o Povo do Mar chamava de "nome de sal".

Uma vez que começou, Renaile foi recitando um nome atrás do outro, despachando Rainyn e duas outras Chamadoras de Ventos, todas se deslocando depressa, ainda que não tão rápido quanto as aprendizes. Pelos números de seus medalhões, Naime e Rysael tinham patentes mais altas que Rainyn, mulheres dignas com um ar calmo de comando, mas notadamente mais fracas. Então Renaile fez uma pausa, ainda que brevíssima, mas que, naquele intenso disparo de nomes, chamou a atenção.

— Tebreille din Gelyn Vento Sul, tome posição! Caire din Gelyn Onda Viajante, assuma o comando!

Elayne sentiu um alívio por Renaile não ter convocado a si mesma, mas que só durou mais ou menos o mesmo tempo da pausa da mulher. Tebreille e Caire se entreolharam, Tebreille severa, Caire arrogante, antes de irem até a Tigela. Oito brincos e uma porção de medalhões identificavam cada uma delas como Chamadora de Ventos da Mestra das Ondas de um Clã. Só Renaile estava acima de ambas, e só Dorile, entre as mulheres do Povo do Mar que se encontravam no alto da colina, se equiparava a elas. Trajando sedas brocadas amarelas, Caire era um pouquinho mais alta, e Tebreille, com seu verde brocado, tinha a expressão um pouco mais austera, ambas mais que bonitas, e não era preciso ouvir seus nomes para saber que eram irmãs de sangue. As duas tinham os mesmos olhos grandes, quase negros, o mesmo nariz reto e o mesmo queixo forte. Caire apontou em silêncio para um local à sua direita. Tebreille também não falou nada nem hesitou para se posicionar onde a irmã indicou, mas seu semblante parecia uma rocha. Com ela, um círculo de treze mulheres quase roçando os ombros circundou a Tigela. Os olhos de Caire quase cintilavam. Os de Tebreille eram tal qual chumbo. Elayne se lembrou de mais uma das frases de Lini. *Não existe faca mais afiada que o ódio de uma irmã.*

Caire fulminou com o olhar o círculo de mulheres ao redor da Tigela, ainda não um círculo de fato, como se tentasse gravar na mente o rosto de cada uma delas. Ou, quem sabe, gravar sua expressão carrancuda na mente delas. Elayne se lembrou e passou depressa para Talaan o último *angreal*, a tartaruguinha de âmbar, e começou a explicar como ele era usado. A explicação era simples, mas qualquer uma que se arriscasse sem saber poderia passar horas atrapalhada. Ela não teve a chance de dizer nem cinco palavras.

— Silêncio! — rosnou Caire. Com os punhos tatuados cravados na cintura e os pés descalços afastados, ela parecia estar no convés de um navio rumando para a batalha. — Nada de falar sem minha permissão. Talaan, apresente-se imediatamente para retornar ao seu navio.

Não havia nada no tom de voz de Caire que sugerisse que ela estava falando com a própria filha. Talaan fez uma profunda mesura, a mão sobre o coração, e murmurou algo inaudível. Caire soltou uma bufada cheia de desdém e olhou para Elayne com uma cara que sugeria querer também poder mandá-la se reportar a alguém, antes de falar com uma voz que talvez pudesse ser ouvida lá no pé da colina.

— Hoje, devemos fazer o que não é feito desde a Ruptura do Mundo, quando nossos ancestrais enfrentaram ventos e ondas ensandecidos. Pela Tigela dos Ventos e com a misericórdia da Luz, eles sobreviveram. Hoje, vamos usar a Tigela dos Ventos, tirada de nós há mais de dois mil anos e agora devolvida. Estudei a traição antiga, estudei os registros dos dias em que nossas antepassadas descobriram o mar e a Tessitura de Ventos, e o sal penetrou em nosso sangue. Tudo o que se sabe a respeito da Tigela dos Ventos eu sei, mais do que qualquer outra pessoa. — Seus olhos se desviaram para a irmã, um olhar de satisfação que Tebreille ignorou, o que pareceu satisfazer Caire ainda mais. — O que as Aes Sedai não são capazes de fazer, eu farei hoje, se aprouver à Luz. Espero que cada mulher permaneça em sua posição até o fim. Não vou admitir falhas.

O restante das Atha'an Miere pareceu considerar as palavras adequadas e esperadas, mas as Comadres, estupefatas, ficaram boquiabertas com Caire. Na opinião de Elayne, "grandiosidade" não dava nem para começar a descrever a cena. Estava bem claro que Caire esperava que *fosse* aprouver à Luz, e que *ela* ficaria contrariadíssima caso não aprouvesse! Nynaeve revirou os olhos e abriu a boca. Caire se antecipou a ela.

— Nynaeve — anunciou a Chamadora de Ventos bem alto —, você agora vai demonstrar sua habilidade na união. Mãos à obra, mulher, e rápido!

Em resposta, Nynaeve cerrou bem os olhos. Seus lábios... se contorceram. Parecia que uma de suas veias estava prestes a estourar.

— Presumo que isso signifique que tenho *permissão* para falar! — murmurou ela. Por sorte, baixo demais para que Caire, do outro lado do círculo, ouvisse.

Abrindo os olhos, ela deu um sorriso que, somado ao resto de sua expressão, foi deveras horrível. Parecia uma dor de estômago e várias outras queixas reunidas em uma coisa só.

— A primeira providência é abraçar a Fonte Verdadeira, Caire. — A luz de *saidar* envolveu Nynaeve de repente. Pelo que Elayne era capaz de sentir, ela já estava usando o *angreal* que trazia. — Imagino que você saiba como fazer isso, é claro. — Ignorando a contração abrupta da boca de Caire, Nynaeve prosseguiu. — Elayne agora vai me auxiliar com a *demonstração*. Se é que temos sua *permissão*.

— Eu me preparo para abraçar a Fonte, mas não abraço — disse Elayne rapidamente, antes que Caire tivesse como irromper.

Ela se abriu, no que as Chamadoras de Ventos se inclinaram para a frente, olhando, embora ainda não houvesse nada para ver de fato. Até Kirstian e Garenia esqueceram o suficiente do seu medo para demonstrar interesse.

— Quando chego a esse ponto, o restante fica por conta de Nynaeve.

— Agora eu entro em contato com ela... — Nynaeve fez uma pausa e olhou para Talaan. Elayne não tivera chance de dizer nada a ela, realmente. — É quase igual a usar um *angreal* — disse Nynaeve, dirigindo-se à esbelta aprendiz. Caire rosnou e Talaan tentou observar Nynaeve de cabeça baixa. — Você se abre para a Fonte *por meio* de um *angreal*, assim como vou me abrir por meio de Elayne. É como tentar abraçar o *angreal* e a Fonte ao mesmo tempo. Não é tão difícil. Prestem atenção e vocês vão ver. Quando estiver na hora de trazer vocês para o círculo, é só se colocar no limiar. Assim, quando eu abraçar por meio de vocês, estarei abraçando por meio do *angreal* também.

Concentrada ou não, o suor começou a formar gotículas na testa de Elayne. Nada disso, no entanto, tinha a ver com o calor. A Fonte Verdadeira chamava, pulsava, e ela pulsava junto. Era uma exigência. Quanto mais tempo aguentava a apenas um fio de tocar o Poder, mais o desejo e a necessidade aumentavam. Resistindo, começou a tremer de leve. Vandene lhe dissera que, quanto mais tempo alguém canalizava, mais a ansiedade crescia.

— Observe Aviendha — orientou Nynaeve a Talaan. — Ela sabe como... — Seus olhos notaram o rosto de Elayne e ela se apressou para concluir a frase. — Observe!

Não era exatamente igual a usar um *angreal*, mas chegava muito perto. Tampouco era algo que se devia fazer com pressa. Na melhor das hipóteses, Nynaeve não tinha um toque dos mais suaves. Elayne sentiu como se estivesse sendo sacudida; nada acontecia no campo físico, mas, por dentro, sua cabeça pareceu quicar e rolar ladeira abaixo de maneira insana. Pior, ela foi empurrada com uma lentidão excruciante na direção de abraçar *saidar*. Tudo aconteceu em um piscar de olhos, mas pareceram horas, dias. Ela quis gritar, mas não conseguia respirar. Abruptamente, como uma represa arrebentando, o Poder Único tomou conta dela, uma descarga de vida e alegria, de êxtase, e ela soltou o ar longamente com um prazer e um alívio tão avassaladores que suas pernas cambalearam. Mal conseguiu não ficar ofegante. Recompondo-se, vacilante, lançou um olhar severo para Nynaeve, que deu de ombros como quem pedia desculpas. Duas vezes no mesmo dia! O sol *só podia* estar ficando verde.

— Eu agora controlo o fluxo de *saidar* dela e o meu — prosseguiu Nynaeve, sem cruzar olhares com Elayne. — E vou continuar controlando até soltá-la. Mas não fiquem com medo que a pessoa controlando o círculo possa fazer vocês agarrarem *saidar* demais. — Ela dedicou um cenho franzido a Caire e bufou. — É muito parecido mesmo com um *angreal*. O *angreal* protege vocês contra o excesso de Poder e, mais ou menos da mesma maneira, quem está em um círculo não consegue agarrar além da conta. Na verdade, quem está em um círculo não tem como agarrar tanto quanto...

— Isso é perigoso! — interrompeu Renaile, usando os ombros para forçar passagem entre Caire e Tebreille. Seu olhar duro englobava Nynaeve, Elayne e as irmãs de fora do círculo. — Você está dizendo que uma mulher pode simplesmente capturar uma outra, fazê-la de refém e usá-la? Há quanto tempo vocês, Aes Sedai, sabem disso? Estou avisando: se vocês tentarem usar isso em uma de nós... — Foi a vez de ela de ser interrompida.

— Não é assim que funciona, Renaile.

Sareitha encostou em Garenia, e ela e Kirstian se afastaram para abrir espaço. A jovem Marrom encarou Nynaeve, insegura, e então cruzou as mãos e assumiu um tom professoral, como se se dirigisse a uma classe. A compostura veio a reboque; naquele momento, talvez realmente visse Renaile como uma aluna.

— A Torre passou muitos anos estudando isso, bem antes das Guerras dos Trollocs. Li até a última página desses estudos que ainda existem na Biblioteca da Torre. Foi absolutamente provado que uma mulher não consegue formar uma união contra a vontade de outra. Não há como, simples assim. Não acontece nada. É necessário que haja um consenso voluntário, igual a quando se agarra *saidar*. — Ela soava bastante resoluta, mas Renaile continuou de cenho franzido. Muita gente sabia que as Aes Sedai eram capazes de driblar o Juramento que as proibia de mentir.

— E por que estudaram isso? — perguntou Renaile. — Por que a Torre Branca estava tão interessada nisso? Será que vocês, Aes Sedai, não continuam estudando?

— Isso é ridículo. — A voz de Sareitha estava cheia de exasperação. — Se querem saber, foi o problema dos homens capazes de canalizar que as atraiu para esse assunto. Na época, a Ruptura do Mundo ainda era uma memória viva para algumas. Suponho que muitas irmãs nem lembrem, já que isso não faz mais parte das lições obrigatórias desde antes das Guerras dos Trollocs, mas homens também podiam fazer parte dos círculos e, como os círculos não se rompem nem quando se vai dormir... Bem, vocês já entenderam as vantagens. Infelizmente, foi um enorme fracasso. Para não desviar do assunto, volto a dizer que é impossível obrigar uma mulher a entrar em um círculo. Se duvidarem, tentem. Vocês vão ver.

Renaile aquiesceu, finalmente aceitando. Restava muito pouco a se fazer quando uma Aes Sedai afirmava algo com tanta propriedade. Ainda assim, Elayne ficou se perguntando: o que havia nas páginas que *não* sobreviveram? Em dado momento, ela percebera uma leve mudança na inflexão de Sareitha. Ela tinha perguntas. Outra hora, quando houvesse menos ouvidos por perto.

Quando Renaile e Sareitha recuaram, Nynaeve puxou e endireitou as saias, claramente irritada com a interrupção, e voltou a abrir a boca.

— Continue sua demonstração, Nynaeve — ordenou Caire, com dureza. Seu rosto escuro podia até estar liso feito um lago congelado, mas ela também não estava muito contente.

Nynaeve abriu a boca, mas demorou para emitir qualquer som, e então as palavras foram saindo apressadas, como se ela estivesse com medo de que mais alguém a interrompesse.

A parte seguinte da lição era passar o controle do círculo. Era algo que também precisava ser feito de maneira voluntária e, mesmo enquanto buscava o contato com Nynaeve, Elayne prendeu a respiração até sentir a mudança sutil que indicava que tinha passado a ter o controle sobre o Poder que fluía em si. E do que fluía por Nynaeve, claro. Ela não estivera certa de que funcionaria. Nynaeve era capaz de formar um círculo com facilidade, ainda que sem muita elegância, mas passar o controle também envolvia um tipo de renúncia. Nynaeve tinha dificuldades *consideráveis* para abrir mão do controle ou para ser acrescentada em um círculo, assim como um dia tivera dificuldade para se render a *saidar*. Era por isso que Elayne tinha o controle, por enquanto. Ele teria que ser passado a Caire, e Nynaeve talvez não fosse capaz de abrir mão dele duas vezes. Em comparação, todas aquelas desculpas deviam ter sido fáceis para ela.

Elayne se uniu em seguida a Aviendha, para que Talaan pudesse ver como aquilo era feito com um *angreal*, tanto quanto dava para *ver*, e tudo correu perfeitamente. Aviendha aprendia muito rápido e incorporou com facilidade. Talaan também se mostrou rápida, e acrescentou sem percalços seu fluxo aumentado pelo *angreal*. Uma a uma, Elayne foi incorporando as mulheres, e ela mesma quase tremia com o rio de Poder que lhe afluía. Ninguém estava abraçando nem perto do tanto que ela era capaz de abraçar, mas aquilo foi se somando, em especial havendo *angreal* envolvidos. A consciência de Elayne aumentava a cada acréscimo de *saidar*. Ela conseguia sentir os cheiros fortes das caixas de filigrana de ouro que as Chamadoras de Ventos traziam no pescoço e discernir uma da outra. Conseguia identificar cada dobra e cada vinco na roupa de todas as mulheres com tanta nitidez como se estivesse com o nariz enfiado na peça, talvez até mais. Estava ciente do movimento de ar mais sutil em seu cabelo e sua pele, afagos que jamais sentiria sem o Poder.

Claro que sua consciência não se limitava a isso. A união era dotada de certa semelhança com o elo com o Guardião, tão intensa quanto e, de algum modo, ainda mais íntima. Ela sabia que um calo minúsculo da escalada da colina tinha gerado um ponto dolorido no calcanhar direito de Nynaeve; a mulher vivia falando a respeito de sapatos bons e robustos, mas tinha uma queda por sandálias cheias de bordados. Nynaeve manteve o cenho franzido para Caire, os braços cruzados e os dedos que traziam o *angreal* brincando com a trança passada por cima do ombro direito, cada linha fazendo jus ao todo, mas por dentro havia um turbilhão de emoções: medo, preocupação, ansiedade, irritação, cautela e impaciência se atropelando, e, passando por cima de tudo, às vezes afogando todo o resto, marolas de ternura e ondas de calor que ameaçavam virar chamas. Essas últimas, Nynaeve abafava depressa, em especial o calor, mas elas sempre voltavam. Elayne chegou a pensar que as reconhecia, mas era como algo visto pelo canto do olho que desaparecia quando se virava a cabeça.

Para sua surpresa, Aviendha também sentia medo, mas pouco e muito bem controlado, quase todo engolfado por sua determinação. Garenia e Kirstian, visivelmente trêmulas, estavam quase em terror absoluto, um sentimento tão forte que chegava a ser incrível que elas tivessem sequer abraçado a Fonte. Reanne estava tomada quase a ponto de transbordar de ansiedade, não importava o quanto alisasse a saia. Quanto às Atha'an Miere... Até Tebreille exalava um estado de alerta cauteloso, e não era preciso perceber a inquietação nos olhos de Metarra ou de Rainyn para saber que o motivo era Caire, impaciente e dominadora, atenta a todas elas.

Ela, Elayne deixou por último, e não foi nenhuma surpresa terem sido necessárias quatro tentativas — quatro! — para incorporar a mulher ao círculo. Caire não era melhor que Nynaeve em se tratando de se render. Elayne torcia com todo fervor para que a mulher tivesse sido escolhida por sua habilidade, não pela patente.

— Agora vou passar o círculo para você — avisou ela à Chamadora de Ventos, quando enfim estava tudo feito. — Se você lembra do que fiz com Ny... — As palavras agarraram por alguns momentos em sua garganta quando o controle do círculo foi arrancado de sua renúncia, uma sensação parecida com uma rajada súbita de vento arrastando todas as roupas ou ossos do corpo. Ela expirou com raiva, e se soou quase como um escarro, não se importava.

— Ótimo — disse Caire, esfregando as mãos. — Ótimo.

Sua atenção estava toda na Tigela, a cabeça virando para um lado e para outro enquanto a examinava. Bem, talvez não toda sua atenção. Reanne fez menção de se sentar, e, sem erguer os olhos, Caire irrompeu:

— Mantenha sua posição, mulher! Isto aqui não é doce de peixe! Fique parada até receber ordem para se mover!

Assustada, Reanne tratou de ficar de pé de novo, resmungando alguma coisa, mas para Caire a mulher já nem mais existia. Os olhos da Chamadora de Ventos permaneciam no objeto achatado de cristal. Elayne sentia a determinação da mulher tão enorme, que era capaz de mover uma montanha. E sentia algo mais, fugaz e abafado: incerteza. Incerteza? Se, depois de tudo aquilo, a mulher de fato ainda não soubesse o que fazer...

Nesse momento, Caire agarrou a fonte profundamente. *Saidar* fluiu por Elayne, quase o máximo que era capaz de aguentar; um anel de luz ininterrupto reluziu, ganhou forma e uniu as mulheres do círculo, brilhando mais forte onde usavam um *angreal*, mas sem ser tênue em lugar nenhum. Ela prestou toda a atenção quando Caire canalizou e formou uma tessitura complexa contendo todos os Cinco Poderes, uma estrela de quatro pontas que a mulher fez pousar em cima da Tigela com o que Elayne, de alguma forma, teve certeza de ser uma precisão extraordinária. Quando a estrela fez contato, Elayne arfou. Uma vez, ela canalizara um fiozinho para dentro da Tigela — em *Tel'aran'rhiod*, com certeza, e só um mero reflexo da Tigela, mas ainda assim algo perigoso de se fazer — e aquele cristal transparente ficara azul-claro, e suas nuvens entalhadas tinham se movido. Naquele momento, a Tigela dos Ventos *estava* azul, um azul resplandecente de céu de verão, e nuvens brancas felpudas ondeavam por ela.

A estrela de quatro pontas se tornou de cinco pontas, a composição da tessitura se alterando com sutileza, e a Tigela passou a ser um mar verde com grandes ondas. As cinco pontas viraram seis, e já era um outro céu, de um azul diferente, mais escuro, talvez de inverno, com pesadas nuvens púrpuras de chuva ou neve. Sete pontas, e um mar cinza-esverdeado se encolerizou em tempestade. Oito pontas e céu. Nove e mar, até que, de repente, Elayne sentiu a própria Tigela agarrar *saidar*, uma torrente violenta e muito maior que todo o círculo junto era capaz de manejar.

As mudanças seguiram incessantes no interior da Tigela, de mar para céu, de ondas para nuvens, mas uma coluna trançada e contorcida de *saidar* se ergueu daquele disco de cristal achatado, Fogo e Ar, Água, Terra e Espírito, uma coluna de rendas intrincadas da largura da Tigela subindo sem parar em direção ao céu, até que seu topo saiu de vista. Caire continuava sua tessitura, o suor lhe escorrendo pelo rosto; parecia pausar apenas para piscar e livrar os olhos daquelas gotas salgadas enquanto examinava as imagens da Tigela, acrescentando em seguida uma nova tessitura. O padrão de entrelaçamento da espessa coluna se alterava a cada tessitura, ecoando com sutileza o que Caire urdia.

Foi muito bom ela ter optado por não concentrar os fluxos daquele círculo, Elayne se deu conta. O que a mulher estava fazendo exigia *anos* a mais de estudo que ela tinha. Muitos anos. De repente, ela percebeu algo mais: aquele rendilhado de *saidar* em constante mudança se encurvava ao redor de alguma coisa, algo fora de vista, que mantinha a coluna sólida. Ela engoliu em seco. A Tigela estava agarrando tanto *saidin* quanto *saidar*.

Sua esperança de que ninguém mais tivesse percebido aquilo se esvaneceu com uma olhadela para as outras mulheres. Metade delas encarava a coluna retorcida com uma repulsa que deveria ser reservada apenas ao Tenebroso. O medo era cada vez mais intenso entre as emoções que sua mente detectava. Algumas estavam chegando ao nível de Garenia e Kirstian, e causava surpresa que as duas não tivessem desmaiado. Nynaeve estava a um passo de vomitar, mesmo com sua expressão subitamente calma. Por fora, Aviendha demonstrava a mesma calma, mas, por dentro, aquele medo insignificante estremecia e pulsava, querendo aumentar.

De Caire, só se percebia a determinação, dura feito aço, tal qual seu semblante. Nada a atrapalharia, e por certo não a mera presença de *saidin* maculado pela Sombra se misturando à sua tessitura. Nada a deteria. Ela manejou os fluxos e, de maneira abrupta, fios finíssimos de *saidar* brotaram do topo invisível da coluna feito raios irregulares de uma roda, quase um leque maciço ao sul, leques mais esparsos ao norte e ao noroeste, e raios rendados individuais se lançando em outras direções. Eles mudavam à medida que cresciam, modificando-se de momento a momento, espalhando-se por todo o céu, cada vez mais longe, até as extremidades do padrão também se perderem de vista. Tampouco havia só *saidar* ali, Elayne tinha certeza. Em alguns pontos, aqueles fios finíssimos paravam e se encurvavam ao redor de algo que ela não conseguia ver. E Caire seguia tecendo, a coluna dançando ao seu comando, *saidar* e *saidin* juntos, e os fios se alterando e fluindo feito um caleidoscópio assimétrico a girar pelos céus, desaparecendo ao longe, e mais e mais e mais.

Sem aviso, Caire se endireitou, massageou as costas com as juntas dos dedos, e largou a Fonte por completo. Coluna e fios evaporaram, e ela se deixou cair sentada, respirando fundo. A Tigela tornou a clarear, mas pedacinhos de *saidar* lampejavam e crepitavam em volta das bordas.

— Está feito, se aprouver à Luz — afirmou ela, cansada.

Elayne mal escutou. *Não* era assim que se encerrava um círculo. Quando Caire largou o Poder daquela maneira, ele desapareceu de todas as mulheres ao mesmo tempo. Os olhos de Elayne se arregalaram. Por um instante, foi como se estivesse no alto da torre mais alta do mundo e, de repente, a torre não existisse mais! Foi apenas um instante, mas nada agradável. Ela se sentia cansada, ainda que nem de perto tanto quanto teria se sentido se tivesse feito algo além de servir como um canal, mas o que mais sentia era a perda. Largar *saidar* já era ruim o bastante; apenas vê-lo desaparecer de si era inimaginável.

Outras sofreram bem mais que ela. Quando o brilho que unia o círculo se dissipou, Nynaeve desabou sentada como se suas pernas tivessem derretido, esfregando o bracelete-com-anéis e fitando-o ofegante. O suor lhe escorria pelo rosto.

— Me sinto como uma peneira de cozinha por onde passou a moagem inteira — murmurou ela.

Abraçar tanto Poder assim tinha seu custo, mesmo quando não se fazia nada, até para quem usava um *angreal*.

Talaan cambaleou, um junco ao vento, e lançou olhadelas furtivas para a mãe, claramente com medo de se sentar. Aviendha se manteve ereta, o semblante compenetrado sinalizando que era por pura força de vontade. Mas abriu um sorrisinho discreto e fez o gesto de "valeu a pena", e depois o gesto de "mais" logo em seguida. Valeu mais do que a pena. Todas pareciam exaustas, ainda que não tanto quanto as que haviam usado um *angreal*. A Tigela dos Ventos por fim se quietou, voltando a ser apenas uma tigela larga de cristal transparente, só que agora decorada com ondas imensas. Ainda parecia haver *saidar* nela, sem estar sendo manejado por ninguém, invisível a não ser por lampejos fugazes como os que zanzaram em volta da Tigela no final.

Nynaeve levantou a cabeça para encarar furiosamente o céu limpo e então baixou os olhos para Caire.

— Tudo aquilo para quê? Fizemos alguma coisa ou não?

Uma brisa varreu o alto da colina, morna feito o ar de uma cozinha.

A Chamadora de Ventos se esforçou para ficar de pé.

— Você acha que a Tessitura de Ventos é como largar o timão de um flechador? — questionou ela com desdém. — Acabei de virar o leme de um planador que tem uma viga mestra da largura do mundo! Ele vai levar tempo para virar, para saber que *precisa* virar. Que *deve* virar. Mas, quando fizer isso, nem o próprio Pai das Tempestades vai conseguir ficar no caminho. Eu fiz, Aes Sedai, e a Tigela dos Ventos é nossa!

Renaile foi até o círculo e se ajoelhou ao lado da Tigela. Com todo o cuidado, começou a dobrar a seda branca para cobri-la.

— Vou levar isto aqui para a Senhora dos Navios — anunciou ela para Nynaeve. — Já cumprimos nossa parte do acordo. Agora são vocês, Aes Sedai, que devem cumprir o restante do que prometeram.

Merilille fez um som do fundo da garganta, mas, quando Elayne olhou para ela, a Cinza parecia a imagem da compostura.

— Pode ser que você já tenha feito sua parte — disse Nynaeve, pondo-se de pé, vacilante. — Pode ser. Isso nós vamos ver quando esse seu... *planador* virar. Se virar! — Na outra ponta da Tigela, Renaile olhou feio para ela, mas

Nynaeve a ignorou. — Estranho — resmungou ela, esfregando a têmpora. O bracelete-com-anéis prendeu em seu cabelo, e ela fez uma careta. — Consigo sentir quase um eco de *saidar*. Deve ser esse troço!

— Não — respondeu Elayne devagar. — Também estou sentindo.

Não apenas o crepitar leve presente no ar, e não exatamente um eco. Mais a sombra de um eco, tão tênue que era como se estivesse sentindo alguém usando *saidar* à... Ela se virou. No horizonte, ao sul, um relâmpago lampejou, dezenas de raios de azul-prateados e vívidos contrastando com o céu da tarde. Muito próximo de Ebou Dar.

— Uma tempestade? — disse Sareitha, nervosa. — O clima já deve estar se ajustando.

Mas não havia nuvens no céu nem onde o relâmpago se ramificou e caiu. Sareitha não era forte o bastante para sentir *saidar* sendo manejado a tamanha distância.

Elayne estremeceu. *Ela própria* não era forte o bastante. A menos que alguém estivesse usando tanto quanto elas haviam usado ali no alto da colina. Cinquenta ou até cem Aes Sedai, todas canalizando ao mesmo tempo. Ou...

— Não pode ser um dos Abandonados — murmurou ela. Alguém atrás dela soltou um grunhido.

— Um só não conseguiria fazer isso — concordou Nynaeve em voz baixa. — Talvez não tenham nos sentido como nós os sentimos, talvez, mas eles nos viram, a menos que sejam todos cegos. Que a Luz queime nosso azar! — Voz baixa ou não, ela estava agitada; costumava repreender Elayne por usar aquele tipo de linguajar. — Junte todo mundo que vai para Andor com você, Elayne. Eu... encontro vocês lá. Mat está na cidade. Tenho que voltar para buscá-lo. Que a Luz o queime, ele foi atrás de mim, eu preciso ir atrás dele.

Elayne se abraçou e respirou fundo. Deixara a Rainha Tylin à mercê da Luz; Tylin sobreviveria, se possível. Mas Mat Cauthon, seu estranho e elucidativo súdito, seu salvador mais improvável... Ele também fora atrás dela, e oferecera mais. E Thom Merrilin, o querido Thom, que ela por vezes ainda desejava que se revelasse seu verdadeiro pai, e que a Luz queimasse no que isso transformaria sua mãe. E o menino, Olver, e Chel Vanin e... Ela precisava pensar como uma rainha. *A Coroa de Rosas pesa mais que uma montanha*, sua mãe lhe dissera. *E o dever trará lágrimas, mas é preciso suportar e fazer o que precisa ser feito.*

— Não — disse ela, e prosseguiu com mais firmeza: — Não. Olhe seu estado, Nynaeve. Você mal dá conta de ficar de pé. Mesmo que fôssemos todas, o que poderíamos fazer? Quantos Abandonados estão lá? Nós morreríamos, ou coisa pior, por nada. Os Abandonados não têm por que ir atrás de Mat ou dos outros. Eles vão vir atrás de nós.

Nynaeve a encarou boquiaberta, a teimosa Nynaeve, com o suor lhe escorrendo pelo rosto e as pernas vacilantes. A maravilhosa, galante e tola Nynaeve.

— Você está dizendo para o deixarmos lá, Elayne? Aviendha, converse com ela. Explique para ela a tal honra de que você vive falando!

Aviendha hesitou e, em seguida, balançou a cabeça. Estava quase tão suada quanto Nynaeve e, pela forma como se movia, igualmente cansada.

— Existem ocasiões para se lutar sem esperança, Nynaeve, mas Elayne está certa. Os Devotos da Sombra não vão atrás de Mat Cauthon, vêm atrás de nós e da Tigela. Pode ser que ele já tenha ido embora da cidade. Se nós formos para lá, corremos o risco de entregar a eles a coisa que poderia desfazer o que fizemos. Não importa para onde a gente mande a Tigela, eles vão poder nos obrigar a dizer com quem e para onde ela foi.

Nynaeve franziu o rosto de dor. Elayne estendeu os braços para ela.

— Crias da Sombra! — gritou alguém, e de repente mulheres começaram a abraçar *saidar* por todo o cume da colina.

Bolas de fogo dispararam das mãos de Merilille, Careane e Sareitha o mais depressa que elas conseguiram arremessá-las. Um imenso vulto alado envolto em chamas caiu do céu, deixando em seu rastro uma fumaça preta oleosa, despencando pouco além do penhasco.

— Tem outro ali! — berrou Kirstian, apontando.

Uma segunda criatura alada zarpou para longe da colina, o corpo do tamanho de um cavalo, as asas estriadas estendendo-se por trinta passadas ou mais, o pescoço comprido esticado e uma cauda ainda mais comprida balançando atrás. Dois vultos viajavam bem agachados em seu dorso. Uma tempestade de rajadas de fogo foi despejada em cima dele, as mais rápidas de Aviendha e do Povo do Mar, que não incluía nenhum movimento de arremesso em sua tessitura. Uma torrente de chamas tão densa que parecia Fogo se formando por conta própria no ar. A criatura se esquivou por trás da colina, na extremidade oposta da fazenda, e pareceu sumir.

— Matamos ele? — perguntou Sareitha. Seus olhos reluziam, e ela ofegava de agitação.

— Nós ao menos o acertamos? — rosnou com desgosto uma das Atha'an Miere.

— Crias da Sombra — murmurou Merilille, assombrada. — Aqui! Ao menos serve para provar que os Abandonados estão em Ebou Dar.

— Não são Crias da Sombra — corrigiu Elayne, seca. O semblante de Nynaeve era pura angústia. Ela também sabia. — Eles chamam de *raken*. São os seanchan. Temos que ir, Nynaeve, e levar conosco todas as mulheres da fazenda. A gente tendo matado ou não aquele troço, vão vir outros. Qualquer uma que deixarmos para trás vai estar com um colar de *damane* no pescoço amanhã de manhã.

Nynaeve assentiu devagar, dolorosamente. Elayne pensou tê-la ouvido murmurar "Ah, Mat...".

Renaile se aproximou a passos largos com a Tigela nos braços, novamente enrolada no pano branco.

— Alguns navios nossos já se depararam com esses seanchan. Se eles estiverem em Ebou Dar, os navios vão partir para o mar. Meu navio corre perigo, e eu não estou no convés! Vamos já! — Ela tratou de formar a tessitura para um portão ali mesmo.

Claro que a tessitura se emaranhou toda, cintilando por alguns instantes e se desfazendo até sumir, mas Elayne não conseguiu conter um gritinho. Ali mesmo, no meio de todo mundo!

— Vocês só vão conseguir sair daqui para qualquer outro lugar se ficarem o suficiente para conhecerem bem o topo desta colina! — disparou ela.

Esperava que nenhuma das mulheres que estiveram no círculo tentasse a tessitura; agarrar *saidar* era o jeito mais rápido de aprender sobre um lugar. Ela teria conseguido dar um jeito, e era bem provável que elas também conseguissem.

— Vocês não vão *de lugar nenhum* para um navio em movimento. Acho que *nem é possível!*

Merilille aquiesceu, embora isso significasse pouco. As Aes Sedai acreditavam que muitíssimas coisas eram verdade, e algumas de fato eram. Em todo caso, era melhor que o Povo do Mar pensasse que era um fato comprovado. Nynaeve, extenuada e com olhar perdido, não tinha a menor condição de liderar nada naquele momento, de modo que Elayne prosseguiu. Esperava ser capaz de honrar a memória da mãe.

— Mas, acima de tudo, vocês não vão a lugar nenhum sem nós, já que nosso acordo ainda não se cumpriu. A Tigela dos Ventos só será de vocês quando o clima estiver direito. — Não era bem verdade, a menos que se distorcesse um pouco as palavras do acordo, e Renaile bem que abriu a boca, mas Elayne foi em frente: — *E também* porque vocês fizeram um acordo com Matrim Cauthon, meu súdito. Ou vocês vão por livre e espontânea vontade para onde eu quiser ou vão amarradas em uma sela. Essas foram as opções com que vocês concordaram.

Então, trate de descer já esta colina, Renaile din Calon Estrela Azul, antes que os seanchan venham para cima de nós com um exército de algumas centenas de mulheres capazes de canalizar, e cuja maior satisfação seria nos ver encoleiradas ao lado delas. Agora corram!

Para sua surpresa, elas correram.

Capítulo 6

Fios

Suspendendo as saias, Elayne também correu, claro, e tratou de tomar a frente no surrado caminho de terra. Só Aviendha a acompanhava de perto, embora aparentasse não fazer ideia de como correr de vestido, saias divididas ou não. Não fosse isso, com certeza teria ultrapassado Elayne, mesmo cansada. Todas as demais seguiam atrás delas pelo caminho estreito e sinuoso. Nenhuma das Atha'an Miere ultrapassava Renaile, que, apesar das calças de seda, não conseguia se deslocar tão rápido levando a Tigela abraçada ao peito. Nynaeve não tinha tantos pudores e saiu dando cotoveladas e correndo à toda, gritando para as pessoas saírem da frente sempre que trombava com alguém, fossem Chamadoras de Ventos, Comadres ou Aes Sedai.

Descendo a colina aos saltos, tropeçando e se recompondo, Elayne, apesar da urgência, sentiu vontade de rir. Apesar do perigo. Lini e sua mãe haviam proibido que ela corresse ou escalasse árvores desde que tinha doze anos, mas não era só o mero prazer de correr outra vez que fazia aquele deleite borbulhar em seu estômago. Elayne havia se comportado como uma rainha deveria se comportar, e o resultado tinha sido *exatamente* o que ela queria! Ela assumira o comando para liderar as pessoas para longe do perigo, e elas *obedeceram*! Fora para isso que ela vinha treinando a vida inteira. Era satisfação o que a fazia rir, e o brilho quente do orgulho parecia prestes a extravasar de sua pele feito o esplendor de *saidar*.

Ao contornar a última curva, percorreu à toda a reta final, que passava ao lado de um dos celeiros altos de reboco branco. Foi quando topou o dedão em uma pedra quase completamente enterrada. Ela caiu com tudo, os braços girando feito um moinho de vento, até que de repente se viu de ponta-cabeça, dando uma cambalhota. Não deu tempo nem de gritar. Com um baque que a fez ranger os dentes e perder todo o fôlego, Elayne pousou com força bem perto do início da trilha, onde deu de cara com Birgitte. Por um instante, não conseguiu nem pensar, e, quando conseguiu, restava pouco daquela satisfação. Lá se fora sua dignidade de rainha. Tirando o cabelo do rosto, tentou recuperar o fôlego enquanto aguardava o comentário mordaz de Birgitte. Era a chance de a mulher se vingar e fazer o papel de irmã mais velha e mais sábia, e era raro ela deixar uma oportunidade como aquela passar.

Para surpresa de Elayne, Birgitte a ajudou a se levantar antes até que Aviendha pudesse alcançá-la, e sem abrir nem sequer um sorrisinho discreto como o que havia no rosto da Aiel. Tudo que Elayne era capaz de sentir vindo de sua Guardiã era uma sensação de... foco. Achava que uma flecha encaixada na corda retesada de um arco devia se sentir daquela maneira.

— Fugimos ou lutamos? — questionou Birgitte. — Reconheci aqueles voadores seanchan de Falme e, verdade seja dita, sugiro fugir. Meu arco hoje é do tipo comum.

Aviendha franziu de leve o cenho e Elayne suspirou. Birgitte *tinha* de aprender a controlar a língua se quisesse mesmo esconder quem era.

— Claro que fugimos — disse Nynaeve, ofegante, penando para vencer o trecho final do caminho. — Lutar ou fugir! Que pergunta tola! Você acha que estamos completamente...? Luz! O que elas estão fazendo? — Sua voz começou a subir de tom e não baixou mais. — Alise! Alise, cadê você? Alise! Alise!

Tomando um susto, Elayne se deu conta de que a fazenda estava fervilhando tanto quanto estivera quando o rosto de Careane foi reconhecido. Talvez mais. Tinha 147 Comadres habitando o local naquele momento, Alise reportara, incluindo cinquenta e quatro Sapiências com seus cintos vermelhos, mandadas poucos dias antes, e várias outras de passagem pela cidade. Naquele momento, parecia que todas estavam correndo para algum lugar, assim como boa parte das demais. A maioria dos serviçais do Palácio Tarasin, com seus uniformes verdes e vermelhos, passavam a mil para lá e para cá, carregando fardos. Patos e galinhas zanzavam em meio ao tumulto, batendo asas e grasnando, só piorando a aparente confusão. Elayne viu até um *Guardião*, o grisalho Jaem, de Vandene, passar trotando com seus braços esguios enroscados em uma enorme saca de juta!

Alise apareceu do nada, equilibrada e serena, apesar do rosto suado. Até o último fio de cabelo estava no lugar, e seu vestido parecia o de quem tinha saído para dar uma mera caminhada.

— Não há razão para gritos esganiçados — disse ela com toda a calma, as mãos plantadas na cintura. — Birgitte me contou o que são aqueles pássaros imensos, e eu achei que era melhor irmos embora o quanto antes, ainda mais quando vi todas vocês descendo a colina a galope, como se o próprio Tenebroso estivesse no encalço. Mandei todas pegarem um vestido limpo, três mudas de camisolas e meias-calças, sabão, cestos de costura e todo o dinheiro que tivessem. Só isso, mais nada. As últimas dez que terminarem vão cuidar de toda a lavagem de roupa até chegarmos aonde estivermos indo. Isso vai apressar o passo delas. Também mandei os serviçais recolherem toda a comida que conseguirem, só por garantia. E os Guardiões de vocês... Sujeitos sensatos, a maioria deles. Surpreendentemente sensatos, em se tratando de homens. Ser Guardião muda alguma coisa neles?

Nynaeve ficou imóvel, de queixo caído, pronta para dar ordens, mas sem ter restado nenhuma. As emoções perpassavam seu rosto rápido demais para serem assimiladas.

— Muito bom — balbuciou ela, por fim. E com amargura. De repente, ela se iluminou. — As mulheres que não são da Confraria. Isso! Elas precisam ser...

— Acalme-se — interrompeu Alise, fazendo um gesto tranquilizador. — A maior parte delas já se foi. Principalmente as que têm maridos ou famílias com que se preocupar. Eu não teria conseguido segurá-las aqui nem se quisesse. Mas umas trinta acham que aqueles pássaros são realmente Crias da Sombra e querem ficar o mais perto possível das Aes Sedai. — Uma fungada contundente sinalizou o que ela achava disso. — Agora se recomponha. Tome um pouquinho de água fresca, não muito rápido. Jogue um pouco no rosto. Preciso dar uma olhada em algumas coisas. — Observando aquela movimentação, todos correndo tresloucados, Alise balançou a cabeça. — Algumas enrolariam até se Trollocs estivessem descendo pela colina, e a maioria das nobres nunca se acostuma de fato com as nossas regras. Com certeza vou ter de lembrar duas ou três antes de irmos. — Com isso, ela foi andando serena de volta para o alvoroço no pátio da fazenda, deixando Nynaeve boquiaberta.

— Bem — observou Elayne, alisando a saia —, você tinha dito que ela era uma mulher bem competente.

— Eu nunca disse isso — rebateu Nynaeve. — Nunca disse "muito". Humpf! Onde foi parar meu chapéu? Ela acha que sabe tudo. Aposto que não sabe *isso*!

— E saiu rebolando na direção contrária de Alise.

Elayne ficou olhando. O *chapéu*? Ela também gostaria de saber onde seu próprio chapéu tinha ido parar — era bem bonito —, mas francamente! Talvez ter participado de um círculo, manejando todo aquele Poder, e usando um *angreal* ao fazê-lo, tivesse disparatado momentaneamente o juízo de Nynaeve. Ela mesma ainda se sentia um pouco esquisita, como se pudesse apanhar pedacinhos de *saidar* no ar à sua volta. Em todo caso, tinha outras questões com que se preocupar no momento. Como se preparar para ir embora antes que os seanchan chegassem. Pelo que tinha visto em Falme, era bem possível que eles trouxessem uma centena de *damane* ou mais, e, com base no pouco que Egwene se permitia falar a respeito de seu cativeiro, a maior parte daquelas mulheres estaria de fato ansiosa para ajudar a encoleirar outras. Ela disse que o que mais tinha feito seu estômago revirar foi ver *damane* dos seanchan rindo com suas *sul'dam*, adulando-as e brincando com elas, cadelas bem treinadas com suas tratadoras afetuosas. Egwene falou que algumas das mulheres encoleiradas em Falme também tinham tido esse comportamento. Ouvir aquilo fez o sangue de Elayne gelar. Ela preferiria morrer a deixar alguém pôr aquele colar nela! E também preferiria deixar que os Abandonados ficassem com seus achados do que os seanchan. Foi correndo até a cisterna, Aviendha ao seu lado, com a respiração quase tão ofegante quanto a dela.

No entanto, parecia que Alise tinha pensado mesmo em tudo. Os *ter'angreal* já estavam armazenados nos animais de carga. Os cestos não investigados continuavam cheios de miudezas amontoadas e sabia a Luz mais o quê, mas os que ela e Aviendha tinham esvaziado agora estavam abarrotados de sacas de couro de farinha e sal, feijão e lentilha. Um punhado de cavalariços cuidava dos animais de carga, em vez de ficar correndo ao redor balançando os braços. Cumprindo ordens de Alise, sem dúvida. Até Birgitte saiu em trote ao chamado da mulher, sem lhe dar mais que um sorriso de desculpas!

Elayne suspendeu as capas de lona para examinar os *ter'angreal* da melhor forma que pôde sem ter de descarregá-los de novo. Tudo parecia no lugar, um tanto jogados em dois cestos, não em número suficiente para enchê-los, mas sem nada quebrado. Não que algo que não fosse o próprio Poder Único *pudesse* quebrar a maior parte dos *ter'angreal*, mas, ainda assim...

Aviendha se sentou no chão, de pernas cruzadas, e enxugou o suor do rosto com um lenço grande e simples de linho que não combinava nada com seu belo vestido de cavalgada feito de seda. Até ela começava a demonstrar cansaço.

— O que você está resmungando, Elayne? Está parecendo Nynaeve. Essa Alise só nos poupou do trabalho de arrumar essas coisas.

Elayne ruborizou de leve. Não tivera a intenção de falar alto.

— Só não quero alguém que não saiba o que está fazendo mexendo neles, Aviendha.

Alguns *ter'angreal* podiam ser ativados até por pessoas que não sabiam canalizar, caso fizessem algo errado, mas a verdade era que ela não queria *ninguém* os manuseando. Eram dela! O Salão *não* ia repassá-los a alguma outra irmã só por ser mais velha ou mais *experiente*, nem os esconder porque estudar os *ter'angreal* era muito perigoso. Com tantos exemplares para examinar, talvez ela pudesse descobrir finalmente como criar um *ter'angreal* que sempre funcionasse. Já tivera fracassos e sucessos parciais além da conta.

— É preciso alguém que saiba o que está fazendo — disse ela, prendendo a lona rígida de novo no lugar.

Uma organização começou a brotar em meio ao pandemônio, mais rápido do que Elayne tinha imaginado, embora não tão rápido quanto desejava. Claro, ela admitiu com relutância, que nada menos que *imediatamente* poderia ter satisfeito seus desejos. Incapaz de tirar os olhos do céu, ela mandou Careane voltar correndo para o alto da colina para ficar atenta a Ebou Dar. A Verde atarracada grunhiu baixinho antes de fazer uma reverência e chegou a olhar de cara feia para as Comadres que passavam à toda por ali, como se quisesse sugerir que uma delas subisse em seu lugar, mas Elayne queria alguém que não fosse desmaiar ao divisar as "Crias da Sombra" se aproximando, e Careane era uma das irmãs de escalão mais baixo. Adeleas e Vandene trouxeram Ispan, firmemente blindada e com a saca de couro a lhe cobrir de novo a cabeça. Ela caminhava com bastante firmeza, e nada à vista indicava que alguma coisa lhe havia sido feita, a não ser... Ispan mantinha as mãos cruzadas na altura da cintura, sem nem tentar levantar a saca para dar uma espiada, e quando as mulheres a ergueram para colocá-la em uma sela, ela esticou os pulsos para que a amarrassem ao cepilho sem que nem precisassem mandar. Se estava tão dócil assim, talvez tivessem descoberto algo com ela. Elayne só não queria contemplar como essa informação tinha sido obtida.

Houve... algumas questões, é claro, mesmo considerando o que parecia estar indo para cima delas. O que sem dúvida estava indo para cima delas. Nynaeve recuperar seu chapéu de plumas azuis não foi exatamente uma questão, apesar de quase ter virado. Alise o *havia* encontrado e devolvido, dizendo a Nynaeve que ela precisava proteger o rosto do sol se quisesse manter sua pele bela e macia. Nynaeve, boquiaberta, observou a mulher grisalha se afastar depressa para resolver um dos vários probleminhas que tinha, e então enfiou o chapéu com força debaixo de uma das correias de seus alforjes.

Desde o começo, Nynaeve assumiu o papel de resolver as verdadeiras questões, mas Alise quase sempre chegava primeiro e, quando se deparava com uma delas, a questão se resolvia sozinha. Várias nobres solicitaram ajuda para arrumar seus pertences, apenas para serem informadas de forma contundente que ela realmente cumpriria sua palavra e que, se elas não se apressassem, iam ficar só com a roupa do corpo. Elas se apressaram. Algumas, e não apenas nobres, mudaram de ideia a respeito da partida quando ficaram sabendo que o destino seria Andor, e foram literalmente mandadas embora, a pé e com a ordem de não pararem de correr enquanto aguentassem. Todo e qualquer cavalo era necessário, mas elas tinham de estar muito longe quando os seanchan aparecessem. No mínimo, deveriam alcançar qualquer pessoa nas proximidades da fazenda. Como esperado, Nynaeve começou a discutir aos gritos com Renaile a respeito da Tigela e da tartaruga que Talaan usara, e que a Chamadora de Ventos aparentemente guardara atrás de sua faixa. Porém, as duas mal haviam chegado ao ponto de gesticular com os braços, e Alise apareceu. Em pouco tempo, a Tigela voltou aos cuidados de Sareitha, e a tartaruga, aos de Merilille. Em seguida, Elayne desfrutou da imagem de Alise balançando o dedo debaixo do nariz atônito da Chamadora de Ventos da Senhora dos Navios dos Atha'an Miere, com direito a um sermão a respeito de roubos que deixou Renaile gaguejando indignada. Nynaeve também gaguejou um pouco ao se retirar de mãos abanando, mas Elayne achou que nunca tinha visto alguém parecer tão desamparada.

Considerando tudo, no entanto, não demorou tanto assim. As mulheres remanescentes da fazenda se reuniram sob os olhares atentos do Círculo do Tricô — e de Alise, que registrou com cuidado as últimas dez a chegarem, todas, menos duas, trajando belas sedas bordadas, não muito diferentes das de Elayne. Com certeza não eram Comadres. De toda forma, Elayne teve certeza de que a lavagem ficaria mesmo por conta delas. Alise não permitiria que uma bobagem como berço nobre a impedisse. As Chamadoras de Ventos se enfileiraram em seus cavalos, surpreendentemente caladas, exceto por Renaile, que resmungava imprecações sempre que batia os olhos em Alise. Careane foi convocada a descer de novo do alto da colina. Os Guardiões trouxeram as montarias das irmãs. Quase ninguém tirava os olhos do céu, e *saidar* desenhava halos ao redor de todas as Aes Sedai mais velhas e da maioria das Chamadoras de Ventos. E de algumas Comadres também.

Conduzindo sua égua até o começo da fila, junto à cisterna, Nynaeve dedilhou o *angreal* que ainda trazia à mão como se a tarefa de criar o portão coubesse a ela, ainda que a ideia fosse ridícula. Para começar, embora tivesse lavado o rosto — e colocado o chapéu, o que era estranho, considerando tudo —, ela ainda cambaleava toda vez que seu autocontrole fraquejava. Lan estava quase colado nela, o rosto pétreo de sempre, mas, se já houvera um homem pronto para apanhar uma mulher assim que ela caísse, esse homem era ele. Mesmo com o bracelete-com-anéis, Nynaeve talvez não conseguisse dar conta de tecer um portão. Mais importante, ela estivera zanzando pela fazenda desde a chegada. Elayne passara um bom tempo agarrando *saidar* no ponto exato onde elas se encontravam agora. Ela conhecia aquele local. Nynaeve fez uma careta amuada assim que Elayne abraçou a Fonte, mas pelo menos teve o bom senso de não falar nada.

De cara, Elayne desejou ter pedido para Aviendha a mulher-enrolada-no-próprio-cabelo. Também estava exausta, e todo *saidar* que era capaz de abraçar mal dava para formar a tessitura para que o portão funcionasse. Os fluxos oscilaram, como se tentassem escapar, então se encaixaram tão repentinamente que a fizeram pular. Canalizar estando cansada era muito diferente, mas aquela foi a pior vez de todas. Ao menos o familiar talho vertical prateado surgiu como deveria e foi se alargando até se abrir bem ao lado da cisterna. Uma abertura do tamanho daquela que Aviendha tecera, e Elayne ficou agradecida por ser grande o bastante para um cavalo passar. Não tivera certeza de que seria. As Comadres ofegaram ao se depararem com a imagem de um prado em terreno alto surgindo de repente entre elas e a já conhecida forma cinzenta da cisterna.

— Você devia ter me deixado tentar — disse Nynaeve, baixinho. Baixinho, mas ainda assim soltando farpas. — Você quase não deu conta.

Aviendha olhou para Nynaeve com uma expressão tão séria que Elayne quase lhe agarrou o braço. Quanto mais tempo as duas passavam como quase-irmãs, mais a Aiel parecia achar que precisava defender a honra de Elayne. Se elas de fato se tornassem irmãs-primeiras, Elayne talvez tivesse de mantê-la completamente afastada de Nynaeve, e até de Birgitte!

— Está feito, Nynaeve — respondeu ela rapidamente. — É isso que importa.

Nynaeve lhe dirigiu um olhar tenso e resmungou algo sobre o dia estar espinhoso, como se fosse *Elayne* toda irritadiça.

Birgitte foi a primeira a atravessar, abrindo um sorriso insolente para Lan e conduzindo seu cavalo com o arco já empunhado na outra mão. Elayne podia sentir seu entusiasmo, um quê de satisfação, talvez pelo fato de ela estar à frente daquela vez, e não Lan — sempre havia certa rivalidade entre os Guardiões —, e uma pequena dose de cautela. Bem pequena. Elayne conhecia bem aquele prado; Gareth Bryne a ensinara a cavalgar não muito longe dali. A cerca de cinco milhas além daquelas colinas esparsamente arborizadas ficava o solar de uma das propriedades de sua mãe. Uma das *suas* propriedades. Ela precisava se acostumar com aquilo. As sete famílias que cuidavam da casa e do terreno seriam as únicas pessoas a meio dia de viagem em qualquer direção.

Elayne havia escolhido aquele local como destino porque de lá elas poderiam chegar a Caemlyn em duas semanas. E porque se tratava de uma propriedade tão isolada, que ela talvez chegasse a Caemlyn antes que qualquer um soubesse que ela estava em Andor. Talvez fosse uma precaução bastante necessária. Em vários momentos da história de Andor, rivais pela Coroa de Rosas tinham sido mantidos como "convidados" até abrirem mão de sua reivindicação. Sua mãe mantivera dois, até ficar com o trono. Com sorte, Elayne já teria uma base sólida estabelecida quando Egwene e as outras chegassem.

Lan conduziu Mandarb bem no encalço do capão marrom de Birgitte, no que Nynaeve deu uma guinada, como se quisesse correr atrás do cavalo de guerra negro, para então se conter e fitar Elayne como se a desafiasse a dizer algo. Remexendo furiosamente as rédeas, ela fez um esforço visível para olhar para qualquer lugar, menos para o outro lado do portão em busca de Lan. Seus lábios se moveram. Momentos depois, Elayne percebeu que ela estava *contando*.

— Nynaeve — disse ela baixinho —, nós realmente não temos tempo para...

— Mexam-se — gritou Alise lá de trás, o som de suas palmas pontuando o momento como um estampido brusco. — Sem empurrar nem forçar passagem, mas também não quero saber de nenhuma lesma! Mexam-se.

Nynaeve virou a cabeça bruscamente, a dor da indecisão lhe estampando a face. Por algum motivo, ela tocou o chapéu largo, umas poucas plumas azuis quebradas e caídas, antes de baixar de novo a mão.

— Ah, essa velha beijadora de cabras de...! — grunhiu ela, o restante da frase se perdendo à medida que guiava a égua pelo portão.

Elayne bufou. E Nynaeve tinha a *coragem* de chamar a atenção *dos outros* por conta do linguajar! Mas ela bem que gostaria de ter escutado o resto, agora que já conhecia a primeira parte.

Alise continuou incitando o grupo, mas, após a primeira, não parecia haver de fato tanta necessidade. Até as Chamadoras de Ventos se apressaram, olhando preocupadas para o céu por cima dos ombros. Até Renaile, resmungando algo a respeito de Alise que Elayne registrou lá no fundo da mente. Se bem que chamar alguém de "carniceira com bafo de peixe" parecia bem leve. Pensava que o Povo do Mar comesse peixe o tempo todo.

A própria Alise vinha no fim da fila, a não ser pelos últimos Guardiões, como se quisesse pastorear a passagem até dos animais de carga. Ela fez uma pausa longa o bastante para entregar a Elayne seu chapéu de plumas verdes.

— Melhor você proteger esse seu rostinho do sol — falou ela, sorrindo. — Uma moça tão linda! Não precisa virar couro antes da hora.

Aviendha, sentada no chão ali perto, caiu para trás, balançando as pernas de tanto rir.

— Acho que vou pedir para ela providenciar um chapéu para *você*. Cheio de plumas e com laços enormes — disse Elayne com um tom de voz melodioso, antes de tratar de seguir as Comadres. Aquilo com certeza cessaria as gargalhadas de Aviendha.

O prado de relevo suave era largo e se estendia por quase uma milha, cercado de colinas mais altas do que as que haviam ficado para trás e de árvores que ela conhecia; carvalhos, pinheiros e acácias-negras, tupelos, folhas-de-couro e abetos, uma mata densa, de troncos altos e fortes ao sul, leste e oeste, embora talvez não fosse haver nenhuma derrubada naquele ano. A maior parte das árvores mais esparsas ao norte, na direção do solar, era mais propícia para lenha. Pequenos rochedos cinzentos pontilhavam aqui e ali a espessa vegetação marrom, e nem sequer um talo murcho sinalizava a morte de uma flor silvestre. Isso não diferia tanto do sul.

Desta vez, Nynaeve não estava observando a paisagem rural dos arredores tentando encontrar Lan. De todo modo, ele e Birgitte não passariam muito tempo longe, não ali. Em vez disso, ela avançava resoluta em meio aos cavalos, ordenando com uma voz alta de comando que todos montassem, apressando os serviçais com os animais de carga, falando de maneira ríspida com algumas Comadres que não possuíam cavalos que qualquer criança podia andar cinco milhas, e gritando com uma nobre esbelta altarana com uma cicatriz na bochecha carregando uma trouxa quase do tamanho dela que, já que a mulher tinha sido tola o bastante para trazer todos os seus vestidos, que os carregasse, então. Alise reunira as Atha'an Miere à sua volta e estava orientando-as a respeito de como montar cavalos. Milagrosamente, elas pareciam estar prestando atenção. Nynaeve olhou na direção dela e pareceu satisfeita ao ver Alise parada em um lugar. Até Alise abrir um sorriso de encorajamento e gesticular para que ela prosseguisse o que estava fazendo.

Por alguns momentos, Nynaeve ficou paralisada, encarando a mulher. Em seguida, avançou pela grama com passos pesados na direção de Elayne. Levando as duas mãos ao chapéu, ela hesitou, lançando um olhar furioso para a peça, antes de dar um puxão para endireitá-lo.

— Vou simplesmente deixá-la tomar conta de tudo desta vez — anunciou ela, em um tom de voz suspeitosamente calmo. — Vamos ver como ela se sai com esse... Povo do Mar. É, vamos ver. — Um tom moderadamente calmo. De repente, ela franziu o cenho para o portão ainda aberto. — Por que você está segurando? Solte.

Aviendha também estava de cenho franzido.

Elayne respirou fundo. Tinha ponderado sobre aquilo e não havia outro jeito, mas Nynaeve tentaria convencê-la do contrário, e elas não tinham tempo para discussões. Olhando pelo portão, o pátio da fazenda estava vazio, até as galinhas por fim afugentadas com todo aquele rebuliço, mas quanto tempo levaria para que voltasse a ficar cheio? Ela analisou sua tessitura, feita com tanta justeza que só uns poucos fios ainda eram discerníveis. Ela conseguia ver cada fluxo, claro, mas, tirando aqueles poucos, eles pareciam inseparavelmente combinados.

— Leve todo mundo para o solar, Nynaeve — disse ela. O sol já estava quase se pondo. Talvez só restassem umas duas horas de luz. — Mestre Hornwell vai ficar surpreso com tantos visitantes chegando de noite, mas diga a ele que vocês são hóspedes da garota que chorou por causa do cardeal de asa quebrada. Ele vai lembrar. Chego logo em seguida, assim que der.

— Elayne... — começou Aviendha, com uma voz surpreendentemente tensa. Ao mesmo tempo, Nynaeve a interrompeu com voz firme:

— O que você acha que vai...

Só tinha um jeito de acabar com aquilo. Elayne puxou um dos fios discerníveis para soltá-lo da tessitura. Ele vacilou e se debateu feito um tentáculo vivo, se esfiapou e tremelicou, minúsculos felpos de *saidar* se partindo e esvanecendo. Ela não notara aquilo quando Aviendha desfez sua tessitura, mas, na verdade, só tinha visto o finalzinho.

— Vão logo — insistiu para Nynaeve. — Vou esperar para desfazer o restante quando vocês não estiverem mais à vista.

Nynaeve apenas a encarou, o queixo caído.

— Tem que ser assim. — Elayne suspirou. — Os seanchan vão estar na fazenda em poucas horas, com certeza. Mesmo que esperem até amanhã, e se uma das *damane* tiver o Talento de ler resíduos? Nynaeve, eu não vou dar Viagem para os seanchan. Não vou!

Nynaeve rosnou algo baixinho em relação aos Seanchan que devia ter sido particularmente incisivo, a julgar pelo tom.

— Bem, *eu* não vou deixar você se exaurir! — exclamou ela. — Agora trate de pôr isso de volta! Antes que esse troço inteiro exploda, como Vandene falou. Você poderia matar todas nós!

— Não tem como pôr de volta — disse Aviendha, pondo a mão no braço de Nynaeve. — Ela já começou e agora precisa terminar. Você deve fazer o que ela disse, Nynaeve.

As sobrancelhas de Nynaeve baixaram. "Deve" era uma palavra que ela não gostava nem um pouco de ouvir, não quando se aplicava a ela. Mas Nynaeve não era tola, então, depois de um olhar fulminante — para Elayne, para o portão, para Aviendha e para o mundo em geral —, atirou os braços em volta de Elayne em um abraço que fez suas costelas rangerem.

— Tome cuidado, está ouvindo? Se você inventar de se matar, eu juro que te enterro viva! — Apesar da situação, Elayne não conteve as gargalhadas. Nynaeve bufou e a segurou pelos ombros. — Você entendeu. E não pense que eu não enterro, porque enterro mesmo! Eu enterro — reforçou, já em um tom de voz mais brando. — Tome cuidado.

Nynaeve levou alguns momentos para se recompor, piscando e ajustando as luvas azuis de cavalgada. Havia vestígios de umidade em seus olhos, embora isso não fosse possível. Era ela quem fazia os outros chorarem, não quem chorava.

— Pois bem — disse ela, alto. — Alise, se você ainda não está com todo mundo pronto... — Virando-se, ela interrompeu a frase com um grunhido estrangulado.

As que deviam estar montadas já estavam, até mesmo as Atha'an Miere. Todos os Guardiões estavam reunidos em volta das outras irmãs. Lan e Birgitte haviam retornado, e Birgitte observava Elayne cheia de preocupação. Os serviçais tinham disposto os animais de carga em fila e as Comadres aguardavam com ar paciente, a maioria a pé, exceto pelo Círculo do Tricô. Vários cavalos que poderiam ter sido usados como montaria estavam carregados de sacas de comida e trouxas de pertences. Mulheres que haviam trazido mais do que Alise permitira — nenhuma delas da Confraria — carregavam suas trouxas às costas. A nobre esbelta com a cicatriz estava curvada em um ângulo esquisito sob sua trouxa e olhava feio para todo mundo, menos para Alise. Todas as mulheres que sabiam canalizar fitavam o portão. E todas que tinham estado presentes para ouvir Vandene alertar sobre os perigos olhavam para aquele único filamento solto como se encarassem uma víbora-vermelha.

Foi a própria Alise quem trouxe o cavalo de Nynaeve. E quem endireitou o chapéu de plumas azuis assim que ela encaixou o pé no estribo. Nynaeve virou a égua rechonchuda em direção ao norte, com Lan montado em Mandarb ao seu lado e uma expressão absolutamente mortificada no rosto. Elayne não entendia por que ela apenas não baixava o facho de Alise. Pelo que Nynaeve contava, ela vinha colocando mulheres mais velhas em seus devidos lugares desde que era pouco mais que uma garotinha... E agora, afinal, ela era uma Aes Sedai. Só isso deveria ter o peso de uma montanha em se tratando de qualquer Comadre.

Quando a coluna começou a seguir seu caminho em direção às colinas, Elayne olhou para Aviendha e Birgitte. Aviendha estava parada com os braços cruzados e segurando firme em uma das mãos o *angreal* da mulher-enrolada-no-próprio-cabelo. Birgitte tirou as rédeas de Leoa das mãos de Elayne e acrescentou-as às dos cavalos dela e de Aviendha, depois caminhou até um pequeno rochedo a vinte passadas de distância e se sentou.

— Melhor vocês duas... — começou Elayne, então tossiu quando Aviendha, surpresa, ergueu as sobrancelhas. Mandar Aviendha para longe do perigo sem envergonhá-la era impossível. Talvez só a parte de mandar para longe já fosse impossível. — Quero que você vá com elas — ordenou a Birgitte. — E leve Leoa. Aviendha e eu podemos nos revezar no capão dela. Gostaria de dar uma caminhada antes de dormir.

— Se algum dia você tratar um homem com metade do carinho com que trata esse cavalo, ele vai ser seu para o resto da vida — rebateu Birgitte, seca. — Acho que vou ficar sentada um pouco. Já cavalguei muito por hoje. Não estou sempre às suas ordens. Podemos jogar esse jogo na frente das irmãs e dos outros Guardiões, para você não ficar envergonhada, mas você e eu sabemos como é que é.

Apesar das palavras zombeteiras, o que Elayne sentiu da parte dela foi afeto. Não, mais que afeto. De repente, seus olhos arderam. Sua morte abalaria Birgitte profundamente — o elo de Guardiã fazia disso uma certeza —, mas era a amizade que a mantinha ali naquele momento.

— Sou grata por ter duas amigas como vocês — disse ela, simplesmente. Birgitte lhe sorriu como se ela tivesse dito algo bobo.

Aviendha, no entanto, ruborizou furiosamente e fitou Birgitte, aflita e com os olhos arregalados, como se a culpa por suas bochechas em fogo fosse a presença da Guardiã. Ela desviou o olhar às pressas para o pessoal que ainda não havia chegado à primeira colina, a meia milha de distância.

— Melhor esperar até não ter mais ninguém à vista — disse a Aiel —, mas você não pode esperar demais. A partir do momento em que se começa a desfazer uma tessitura, os fluxos vão ficando... escorregadios... depois de um tempo. Deixar um deles escapulir antes que esteja fora da tessitura é a mesma coisa que soltar a tessitura. Ela vai se transformar no que bem entender. Mas também não é para ter pressa. Cada fio precisa ser desemaranhado até se soltar por completo. Quanto mais fios se soltarem, mais fácil vai ser enxergar os outros, mas você sempre deve pegar o fio mais visível. — Com um sorriso caloroso, ela pressionou os dedos com firmeza na bochecha de Elayne. — Fazendo com cuidado, você vai conseguir.

Não parecia tão difícil. Ela só precisava tomar cuidado. Pareceu demorar bastante para a última mulher desaparecer além da colina, a nobre magra encurvada sob o peso dos vestidos. O sol dava a impressão de mal ter saído do lugar, mas a sensação era de que haviam se passado horas. O que Aviendha quis dizer exatamente com "escorregadios"? A Aiel só conseguiu explicar usando outras variações da palavra; ficavam difíceis de segurar, só isso.

Assim que recomeçou, Elayne compreendeu. Era "escorregadio" como uma enguia viva besuntada de banha. Ela trincou os dentes só de segurar o primeiro fio, e ainda tinha de tentar puxá-lo até soltar. Tudo que a impediu de respirar aliviada quando o fio de Ar começou a chicotear, finalmente solto, foi saber que ainda faltavam vários. Se ficassem bem mais "escorregadios", ela não tinha certeza se conseguiria. Aviendha observava com atenção, mas sem dizer uma única palavra, embora desse um sorriso de estímulo sempre que Elayne precisava. Quem Elayne não via era Birgitte — não ousava desviar os olhos de seu trabalho —, mas podia senti-la, um nozinho de confiança sólida como uma rocha em sua mente, confiança suficiente para preenchê-la.

O suor lhe escorria pelo rosto, descendo pelas costas e pela barriga, até ela mesma começar a se sentir "escorregadia". Um banho à noite seria *muito* bem-vindo. Não, ela não podia pensar nisso. Atenção total nas tessituras. Elas *estavam* ficando mais difíceis de manipular, estremecendo ao seu toque tão logo encostava em uma delas, mas ainda iam se soltando, e cada vez que um dos fios começava a esvoaçar, um outro parecia saltar daquela massa e, de uma hora para outra, ficava claramente perceptível onde antes só havia *saidar* maciço. Aos seus olhos, o portão se assemelhava a um cem-cabeças distorcido e monstruoso no fundo de um lago, cercado por gavinhas se debatendo, cada uma delas com uma espessa pelagem de fios do Poder que cresciam, se contorciam e sumiam, para serem então substituídos por outros. A abertura visível a todos se flexionava nas extremidades, mudando continuamente de forma e até de tamanho. Suas pernas começaram a tremer. A tensão fazia seus olhos arderem tanto quanto o suor. Ela não sabia por quanto tempo mais resistiria. Trincando os dentes, lutou. Um fio de cada vez. Um fio de cada vez.

A mil milhas dali, a menos de cem passadas do outro lado do portão oscilante, dezenas de soldados se espalhavam ao redor das edificações brancas da fazenda, homens de baixa estatura carregando bestas e trajando armaduras marrons e elmos pintados que pareciam cabeças de insetos gigantes. Por trás deles vinha uma mulher trajando panos vermelhos e ostentado um relâmpago prateado nas saias, um bracelete no pulso unido por grilhões prateados ao colar em volta do pescoço de uma mulher vestindo cinza, e então outra *sul'dam* com sua *damane*, depois outra dupla. Uma das *sul'dam* apontou para o portão e o brilho de *saidar* envolveu de repente sua *damane*.

— Abaixem-se! — gritou Elayne.

Ela caiu para trás, saindo da vista do pátio da fazenda, e um relâmpago azul-prateado estalou do outro lado do portão com um troar que lhe preencheu os ouvidos, ramificando-se violentamente em todas as direções. Seu cabelo se eriçou, cada mecha tentando ficar de pé, e fontes trovejantes de terra irromperam em todos os pontos que uma das bifurcações do raio atingiu, fazendo chover terra e pedrinhas em cima de Elayne.

Sua audição voltou de repente, com a voz de um homem do outro lado da abertura, um sotaque arrastado e carregado que fez sua pele se eriçar tanto quanto as palavras que disse:

— ...capturadas vivas, suas tolas!

Em um movimento abrupto, um dos soldados saltou para o prado bem diante dela. A flecha de Birgitte atravessou o punho cerrado entalhado na placa peitoral de couro. Um segundo soldado seanchan tropeçou no primeiro enquanto ele desabava, e a faca de cinto de Aviendha penetrou sua garganta antes que ele pudesse se recuperar. As flechas voavam feito granizo do arco de Birgitte. Com uma das botas prendendo as rédeas dos cavalos, ela sorria impiedosa enquanto atirava. Agitados, os cavalos sacudiam a cabeça e dançavam como se fossem conseguir se soltar e sair em disparada, mas Birgitte permaneceu parada, atirando o mais rápido que podia. Gritos vindos do outro lado do portão indicavam que Birgitte Arco de Prata continuava acertando o alvo a cada seta que disparava. A resposta veio, rápida como um pensamento ruim, na forma de rastros negros de flechas de bestas. Muito velozes, tudo acontecendo rápido demais. Aviendha caiu, o sangue escorrendo pelos dedos que seguravam seu braço direito, mas ela tratou de largar imediatamente a ferida e saiu engatinhando e tateando o solo em busca do *angreal* com um expressão determinada. Birgitte gritou, largou o arco e segurou a coxa no ponto em que uma flecha estava cravada. Elayne sentiu a pontada de agonia com tanta contundência que parecia que o alvo havia sido ela.

Desesperada, apanhou outro fio ali mesmo, meio caída de costas. E, para seu horror, percebeu, após um único puxão, que o máximo que conseguia fazer era segurá-lo. O fio se movera? Teria se libertado minimamente? Se sim, ela não ousava soltar. O fio tremia, escorregadio, em seu aperto.

— Eu disse vivas! — rugiu a voz Seanchan. — Quem matar uma mulher fica sem sua parte do ouro que pegarmos! — A enxurrada de flechas de besta cessou.

— Vocês querem me pegar? — bradou Aviendha. — Então venham dançar comigo!

O brilho de *saidar* envolveu-a de repente, tênue, mesmo com o *angreal*, e bolas de fogo ganharam vida à frente do portão, disparando através dele repetidas vezes. Não eram bolas muito grandes, mas os estrondos de cada uma delas explodindo do outro lado, em Altara, ecoavam em um fluxo constante. Mas todo aquele esforço deixou Aviendha ofegante, e o suor fazia seu rosto reluzir. Birgitte recuperara seu arco e agora estava em pose da heroína lendária, o sangue lhe escorrendo pela perna, mal conseguindo ficar de pé, mas com uma flecha já meio em riste, procurando um alvo.

Elayne tentou controlar a respiração. Não podia abraçar mais nenhum pouco do Poder, nada que pudesse ajudá-las.

— Vocês duas precisam ir embora — disse ela. Não conseguia acreditar em seu tom de voz, calmo feito gelo. Sabia que deveria estar uivando. O coração batia tão forte que tentava atravessar as costelas. — Não sei mais quanto tempo vou conseguir segurar. — Aquilo valia tanto para a tessitura inteira quanto para aquele único fio. Será que estava escorregando? Será? — Vão, o mais rápido que puderem. Depois das colinas deve ser seguro, mas cada braça que vocês percorrerem é melhor. Vão!

Birgitte soltou um grunhido na Língua Antiga, mas nada que Elayne conhecesse. Pareceram frases que ela gostaria de aprender. Se um dia tivesse a chance. Birgitte prosseguiu, agora com palavras que Elayne entendia.

— Se você largar essa porcaria desse troço antes de eu mandar, nem precisa se dar ao trabalho de esperar Nynaeve vir enterrá-la viva, porque eu mesma enterro. Depois posso até deixá-la jogar um pouco de terra. Fique quieta e aguente firme! Aviendha, venha para cá, para trás desse troço! Você consegue continuar atirando de trás dele? Venha para cá e monte em um desses malditos cavalos.

— Contanto que eu enxergue onde tecer — respondeu Aviendha, cambaleando para ficar de pé. Ela bamboleou de lado e quase não conseguiu evitar um tombo. O sangue de um corte bem feio escorria por sua manga. — Acho que consigo.

Ela desapareceu atrás do portão, e as bolas de fogo prosseguiram. Era possível enxergar através de um portão pelo outro lado, embora ele parecesse não passar de uma névoa de calor pairando no ar. Porém, não se podia atravessar por aquele lado — tentar seria extremamente doloroso —, e quando Aviendha reapareceu, estava cambaleando bem longe do portão. Birgitte ajudou-a a montar em seu capão, mas, estranhamente, *de costas*!

Quando Birgitte lhe acenou energicamente, Elayne nem se deu ao trabalho de balançar a cabeça. Para começar, temia o que poderia acontecer se o fizesse.

— Não tenho certeza se consigo segurar, se tentar me levantar. — Na verdade, ela não tinha certeza se *conseguiria* se levantar. Cansaço já não era uma descrição adequada. Seus músculos pareciam água. — Cavalguem o mais rápido que puderem. Vou segurar o máximo que aguentar. Vão, por favor!

Resmungando impropérios na Língua Antiga — só podia ser, nenhum outro xingamento soaria daquela forma! —, Birgitte botou as rédeas dos cavalos nas mãos de Aviendha. Quase caindo duas vezes, foi mancando até Elayne e se curvou para pegá-la pelos ombros.

—Você vai aguentar — disse ela, sua voz tomada pela mesma convicção que Elayne a sentia emanando. — Eu nunca conheci nenhuma Rainha de Andor antes de você, mas conheci rainhas assim, com caráter de aço e coração de leão. Você consegue!

Devagarinho, ela foi levantando Elayne sem esperar resposta, a expressão tensa, cada pontada em sua perna ecoando na mente de Elayne, que estremeceu pelo esforço de aguentar a tessitura, de segurar aquele único fio. Ela se surpreendeu ao se descobrir de pé. E viva. A perna de Birgitte latejava frenética em sua mente. Elayne tentou não se apoiar nela, mas suas próprias pernas trêmulas não a suportavam por completo. Ao cambalearem em direção aos cavalos, uma meio que se apoiando na outra, ela não parava de olhar por cima do ombro. Até podia segurar uma tessitura sem vê-la — em geral conseguia —, mas precisava conferir que ainda tinha em mãos aquele único fio, que ele não estava escapando. Àquela altura, o portão não se parecia com nenhuma tessitura que ela já tivesse visto, girando de forma desenfreada e cingido por tentáculos esfiapados.

Com um gemido, Birgitte mais a içou para a sela do que a ajudou a subir. E de costas, assim como Aviendha!

—Você tem que ver — explicou ela, mancando até seu capão. Empunhando as rédeas dos três cavalos, ela subiu dolorosamente. Sem dar um pio, mas Elayne sentia sua agonia. — Faça o que é preciso fazer e deixe nosso paradeiro por minha conta.

Os cavalos deram um pinote, talvez tanto por estarem ávidos para ir embora quanto pelo calcanhar de Birgitte no flanco de sua montaria.

Elayne se segurou na patilha alta da sela com a mesma austeridade com que agarrava a tessitura, e *saidar*. O galope do cavalo a sacudia, e ela mal conseguia permanecer na sela. Aviendha usava a patilha da sua sela como apoio para ficar ereta; tinha a boca aberta, absorvendo ar, e o olhar fixo. Entretanto, o brilho a circundava, e a torrente de bolas de fogo continuava. Não tão rápido quanto antes, verdade, e algumas iam parar bem longe do portão, deixando rastros de chamas pela vegetação ou explodindo no solo mais à frente, mas ainda se formavam e saíam voando. Elayne juntou forças, se obrigou a juntar. Se Aviendha podia prosseguir quando parecia prestes a desabar, ela também podia.

Com o galope, o portão foi diminuindo, a vegetação marrom se espraiando entre elas e a abertura, até que o solo foi virando um aclive. Estavam subindo a colina! Birgitte voltara a ser como a flecha no arco, concentração pura, resistindo à agonia nas pernas e urgindo os cavalos a galopar mais depressa. Elas só precisavam alcançar o cume, chegar ao outro lado.

Com um arquejo, Aviendha se deixou cair apoiada nos cotovelos, quicando na sela feito uma saca solta. A luz de *saidar* bruxuleou ao seu redor e se dissipou.

— Não consigo — disse ela, ofegante. — Não consigo. — Foram as únicas palavras que foi capaz de dizer. Soldados seanchan começaram a saltar para o prado quase no instante em que a chuva de fogo cessou.

— Está tudo bem — disse Elayne com dificuldade. Sua garganta parecia cheia de areia. Toda a umidade virara suor e agora lhe recobria a pele e ensopava as roupas. — Usar um *angreal* é cansativo. Você foi bem, e eles já não têm como nos alcançar.

Como se para zombar dela, uma *sul'dam* surgiu no prado lá embaixo. Mesmo a meia milha de distância, não havia como não identificar as duas mulheres. O sol, já baixo a oeste, ainda lampejava nos reflexos do *a'dam* que as unia. Uma outra dupla se juntou a elas, depois uma terceira, uma quarta. Uma quinta.

— O cume! — bradou Birgitte, toda contente. — Conseguimos! Hoje à noite vai ter vinho do bom e um homem bonito!

No prado, uma das *sul'dam* apontou, e o tempo pareceu desacelerar para Elayne. O brilho do Poder Único irrompeu em torno da *damane* da mulher. Elayne podia ver a tessitura se formando. Sabia o que era. E não havia como impedir.

— Mais rápido! — gritou ela.

A blindagem a atingiu. Ela deveria ter sido forte o bastante para rompê-la, deveria ter sido! Mas, exausta como estava, penando para se segurar a *saidar* como estava, a blindagem a desconectou da Fonte. Lá embaixo, no prado, a tessitura que havia sido um portão colapsou em si mesma. Extenuada, parecendo que não conseguia nem se mover, Aviendha se lançou de sua sela na direção de Elayne, derrubando ambas. Enquanto caía, Elayne só teve tempo de ver o declive distante da colina abaixo.

O ar embranqueceu, cegando sua vista. Ouviu-se um som — ela sabia que era um som, um estrondo enorme —, mas que estava além de seu poder de audição. Algo a golpeou, como se ela tivesse caído de um telhado em um calçamento duro, do alto de uma torre.

Seus olhos se abriram e fitaram o céu, que parecia estranhamente desfocado. Por um momento, ela não conseguiu se mover, e, quando o fez, arfou. Tudo doía. Ah, Luz, como doía! Bem devagar, levou uma das mãos ao rosto, e seus dedos voltaram vermelhos. Sangue. As outras, ela precisava ajudar as outras. Podia sentir Birgitte, sentir uma dor tão intensa quanto a que lhe assolava, mas pelo menos a Guardiã estava viva. Determinada e, ao que parecia, com raiva; não podia estar tão machucada assim. Aviendha.

Aos soluços, Elayne se virou e então se pôs de quatro, a cabeça girando, uma agonia apunhalando-a na lateral do corpo. Vagamente, pensou que se mover mesmo que com uma única costela quebrada podia ser perigoso, mas seus pensamentos estavam tão enevoados quanto o alto da colina. Pensar parecia... difícil. Piscar, no entanto, clareava a visão. Um pouco. Estava quase no pé da colina! Acima, uma névoa de fumaça se erguia do prado e de mais além. Não importava agora. Não tinha um pingo de importância.

Trinta passadas encosta acima, Aviendha também estava apoiada nas mãos e nos joelhos, quase tombando para a frente ao levar uma mão ao rosto a fim de enxugar o sangue que escorria, mas procurando algo ansiosamente. Seu olhar pousou em Elayne, e ela ficou paralisada, a encarando. Elayne se perguntou quão mal estaria. Claro que não podia estar pior do que a própria Aviendha. Metade da saia da mulher se fora, o corpete quase se rasgara por completo, e onde quer que a pele estivesse à mostra, parecia haver sangue.

Elayne engatinhou até ela. Com a cabeça como estava, seria mais fácil assim do que tentar se levantar e caminhar. Quando se aproximou, Aviendha deixou escapar um suspiro de alívio.

— Você está bem — disse ela, tocando os dedos ensanguentados na bochecha de Elayne. — Eu fiquei com tanto medo. Tanto medo.

Surpresa, Elayne a encarou. O que ela conseguia ver de si mesma era tão deplorável quanto a condição de Aviendha. Suas saias permaneciam intactas, mas metade do corpete se rasgara, e ela parecia sangrar por dezenas de cortes. Foi quando lhe ocorreu: ela não havia se exaurido. Elayne estremeceu só de pensar.

— Nós duas estamos bem — concordou ela, a voz branda.

Ao longe, para um dos lados, Birgitte limpou a faca do cinto na crina do capão de Aviendha e se pôs de pé apoiando-se no animal parado. Seu braço direito balançava, o casaco se perdera, assim como uma das botas, e as demais vestes estavam todas rasgadas. Tinha tanto sangue na pele e nas roupas quanto as outras duas. A flecha de besta que se projetava de sua perna parecia ser a mais grave de suas lesões, mas todo o restante junto com certeza se equiparava.

— Ele fraturou a coluna — explicou ela, apontando para o cavalo a seus pés. — O meu está bem, acho, mas na última vez que o vi ele estava correndo a toda, como se quisesse ganhar a Guirlanda de Megairil. Sempre achei que ele tinha uma boa arrancada. Leoa... — Ela deu de ombros e se retraiu. — Elayne, Leoa estava morta quando eu a encontrei. Sinto muito.

— Nós estamos vivas, e é isso que importa — disse Elayne com firmeza. Mais tarde ela choraria por Leoa. A fumaça por sobre a colina não era densa, mas encobria uma área extensa. — Quero ver exatamente o que foi que eu fiz.

Foi preciso que uma se apoiasse na outra para que as três se pusessem de pé, e subir a encosta foi um exercício de ofegos e gemidos, inclusive por parte de Aviendha. Parecia que elas haviam sido espancadas até a beira da morte — o que Elayne supunha que fosse o caso —, e tinham a aparência de quem chafurdara no matadouro de um açougueiro. Aviendha ainda trazia o *angreal* firme no punho, mas, mesmo que ela ou Elayne possuíssem mais que um pequeno Talento com a Cura, nenhuma delas teria dado conta de abraçar a Fonte, menos ainda de canalizar. No alto da colina, ficaram as três apoiadas uma na outra, observando a devastação.

Fogo circundava o prado, mas o centro dele estava enegrecido, fumegante e com até os rochedos devastados. Metade das árvores das encostas vizinhas estava quebrada ou inclinada para trás. Falcões começavam a surgir, planando no ar quente que se erguia do incêndio. Era assim que costumavam caçar, procurando animais de pequeno porte que as chamas haviam afugentado. Dos seanchan, nenhum sinal. Elayne gostaria que houvesse corpos para ter certeza de que estavam todos mortos. Principalmente as *sul'dam*. Porém, olhando lá embaixo para o solo incendiado e esfumaçando, ficou subitamente contente por não haver evidências. Fora uma morte terrível. *Que a Luz tenha misericórdia de suas almas*, pensou. *Das almas de todos eles*.

— Bom — disse ela em voz alta —, não me saí tão bem quanto você, Aviendha, mas, dadas as condições, imagino que o resultado tenha sido favorável. Na próxima vez, vou tentar melhorar.

Aviendha olhou para ela de soslaio. Havia um corte em sua bochecha e outro em toda a extensão da testa, bem como um comprido lhe rasgando o couro cabeludo.

— Para uma primeira tentativa, você se saiu bem melhor que eu. Na minha primeira vez, me deram um nozinho simples amarrado a um fluxo de Vento. Precisei de cinquenta tentativas para desfazer até mesmo algo tão simples sem conseguir um trovão estourando na minha cara ou uma rajada que deixasse meus ouvidos zunindo.

— Suponho que eu devesse ter começado com algo mais simples — disse Elayne. — Tenho o hábito de dar passos maiores que as pernas.

Passos maiores que as pernas? Ela havia saltado de um penhasco sem ver se tinha *água* lá embaixo! Elayne conteve uma risadinha, não sem antes sentir uma punhalada na lateral do corpo. Então, em vez de rir, soltou um gemido por entre os dentes. E achou que alguns podiam estar moles.

— Pelo menos encontramos uma arma nova. Talvez eu não devesse estar feliz com isso, mas já que os seanchan reapareceram, estou.

— Você não entende, Elayne. — Aviendha fez um gesto para o centro do prado, onde o portão havia estado. — Aquilo lá podia não ter passado de um lampejo de luz ou até menos. Só dá para saber quando acontece. Será que um raio de luz vale o risco de exaurir você e todas as mulheres a cem passadas ou mais à sua volta?

Elayne a encarou. E ela havia ficado por perto, mesmo sabendo disso? Arriscar a vida era uma coisa, mas correr o risco de perder a capacidade de canalizar...

— Quero que a gente se adote como irmãs-primeiras, Aviendha. Assim que encontrarmos Sábias. — O que fariam quanto a Rand, ela não imaginava. A simples ideia de que *as duas* se casariam com ele, e Min também!, era mais que ridícula. Mas de uma coisa ela tinha certeza: — Não preciso saber mais nada a seu respeito. Quero ser sua irmã. — Com delicadeza, beijou a bochecha ensanguentada de Aviendha.

E pensar que Elayne achara que Aviendha já havia ruborizado forte em outras ocasiões. Nem amantes Aiel trocavam beijos na presença dos outros. Um pôr do sol abrasador pareceu pálido em comparação ao rosto de Aviendha.

—Também quero que você seja minha irmã — balbuciou ela.

Engolindo em seco, e de olho em Birgitte, que fingia ignorá-las, ela se inclinou e pressionou os lábios na bochecha de Elayne, que a amou tanto por aquele gesto quanto por todo o resto.

Birgitte estivera olhando para atrás delas, por cima do ombro, e talvez não fosse de fato fingimento, já que disse de repente:

—Tem alguém vindo. Lan e Nynaeve, a menos que meu palpite esteja errado.

Desajeitadas, as duas se viraram, claudicantes, trôpegas e gemendo. Parecia ridículo; nas histórias, os heróis nunca se machucavam a ponto de mal conseguir ficar de pé. À distância, ao norte, dois vultos a cavalo apareceram de relance em meio às árvores. De relance, mas foi o bastante para identificarem um homem alto em um cavalo de porte, galopando com vigor, e uma mulher em um animal mais baixo cavalgando ao lado dele com o mesmo ímpeto. Com todo o cuidado, as três se sentaram para esperar. Outra coisa que os heróis das histórias nunca faziam, pensou Elayne com um suspiro. Esperava poder ser uma rainha que desse orgulho à sua mãe, mas já estava bem claro que jamais seria uma heroína.

Chulein moveu de leve as rédeas, e Segani fez uma curva suave, inclinando a asa estriada. Era um *raken* bem treinado, ágil e ligeiro, o favorito dela, embora tivesse de dividi-lo com outras. Sempre havia mais *morat'raken* que *raken*, coisas da vida. Na fazenda lá embaixo, bolas de fogo pareciam saltar pelo ar, espalhando-se para todo lado. Ela tentou não prestar atenção. Sua função era monitorar qualquer sinal de problema na área do entorno da fazenda. Ao menos a fumaça parara de se erguer do ponto do olival onde Tauan e Macu haviam morrido.

A mil passadas do solo, sua vista alcançava bem longe. Todos os outros *raken* estavam em voo, fazendo o reconhecimento das cercanias. Qualquer mulher que corresse seria separada para verificação, para ver se era uma das que tinham causado todo aquele alvoroço, embora, verdade fosse dita, qualquer um naquela região que visse um *raken* no ar provavelmente sairia correndo. Chulein só tinha de monitorar qualquer problema se aproximando. Gostaria de não estar sentindo um comichão entre as escápulas, o que sempre significava que *havia* problemas a caminho. O vento do voo de Segani não incomodava àquela velocidade, mas ela puxou o cordel do capuz de linho encerado e o apertou mais sob o queixo, testou a firmeza das correias de couro que a prendiam à sela, ajustou os óculos de cristal e arrumou as luvas.

Mais de cem Punhos do Paraíso já estavam em solo e, mais importante, seis *sul'dam* com *damane* e uma dezena de outras com bolsas a tiracolo cheias de *a'dam* sobressalentes. A segunda esquadrilha levantaria voo das colinas ao sul trazendo reforços. Melhor seria se outras mais tivessem vindo na primeira investida, mas havia poucos *to'raken* com os Hailene, e corria um forte boato de que muitos deles tinham sido incumbidos de transportar a Grã-lady Suroth e toda a sua comitiva desde Amadícia. Não era bom fazer mau juízo de alguém do Sangue, mas ela gostaria que mais *to'raken* tivessem sido enviados a Ebou Dar. Nenhuma *morat'raken* nutria simpatia pelos imensos e desajeitados *to'raken*, que só serviam para transportar carga, mas eles poderiam ter posto mais Punhos do Paraíso em solo mais rápido, mais *sul'dam*.

— Dizem que há centenas de *marath'damane* lá embaixo — gritou Eliya às suas costas. No céu, era preciso falar alto para se sobrepor ao barulho do vento. — Sabe o que eu vou fazer com a minha parte da partilha do ouro? Comprar uma estalagem. Esta tal de Ebou Dar parece um lugar aprazível, pelo que estou vendo. Talvez encontre até um marido. Tenha filhos. O que você acha?

Chulein abriu um sorriso por trás do cachecol corta-vento. Todo voador cogitava comprar uma estalagem — ou uma taverna e, às vezes, uma fazenda —, mas quem poderia abandonar os céus? Ela deu um tapinha na base do comprido pescoço coriáceo de Segani. Toda voadora — e três a cada quatro eram mulheres — falava em ter marido e filhos, mas crianças também significavam o fim dos voos. Mais mulheres abandonavam os Punhos do Paraíso em um mês que o céu em um semestre.

— Acho que você devia ficar de olhos bem abertos — respondeu ela.

Mas uma conversinha não fazia mal nenhum. Se ela conseguiria ver uma criança se mexendo nos olivais lá embaixo, imagine então qualquer coisa que pudesse ameaçar os Punhos do Paraíso. Os soldados com as armaduras mais leves eram tão fortes quanto os Guardas da Morte, e havia quem dissesse que eram até mais.

— Vou usar minha parte para comprar uma *damane* e contratar uma *sul'dam*. — Se houvesse lá embaixo metade das *marath'damane* que os boatos davam conta, sua parte compraria duas *damane*. Três! — Uma *damane* treinada para fazer Luzes Celestes. Quando eu abandonar o céu, vou ser tão rica quanto alguém do Sangue.

Havia algo chamado "fogos-de-artifício" ali, e ela já tinha visto alguns sujeitos tentarem em vão atrair o interesse do Sangue, em Tanchico, mas quem assistiria a algo tão patético se comparado às Luzes Celestes? Os tais sujeitos haviam sido postos para correr e largados na estrada fora da cidade.

— A fazenda! — gritou Eliya, e de repente algo atingiu Segani com tudo, mais forte que a pior rajada de tempestade que Chulein já sentira, fazendo-o rodopiar pelo céu.

O *raken* mergulhou, soltando seu grito estridente e girando tão rápido que Chulein acabou pressionada contra as correias de segurança. Deixou as mãos sobre as coxas, imóveis, mas segurando firme as rédeas. Segani teria de se aprumar sozinho. Qualquer puxão nas rédeas só o atrapalharia. Girando feito uma roleta, eles caíram. Os *morat'raken* eram ensinados, por algum motivo, a não olhar para o solo em caso de queda de um *raken*, mas Chulein não podia evitar estimar sua altura a cada cambalhota chacoalhante que a deixava de cara para o chão. Oitocentas passadas. Seiscentas. Quatrocentas. Duzentas. Que a Luz iluminasse sua alma, e que a infinita misericórdia do Criador a livrasse de...

Com um estalo de suas enormes asas, Segani se equilibrou, jogando Chulein de lado e fazendo seus dentes rangerem. As pontas de suas asas roçaram as copas das árvores quando bateram. Com uma calma que resultava de muito treinamento, ela analisou o movimento das asas do bicho para ver se percebia algum ferimento. Nada, mas mesmo assim pediria para um *der'morat'raken* examiná-lo com todo o cuidado. Um mínimo detalhe que talvez lhe escapasse aos olhos não escaparia a um mestre.

— Parece que escapamos mais uma vez da Senhora das Sombras, Eliya.

Virando-se para olhar por cima do ombro, Chulein deixou as palavras morrerem. Um pedaço partido da correia de segurança voejava do assento vazio atrás dela. Qualquer voador sabia que a Senhora esperava ao final da longa queda, mas saber disso nunca tornava mais fácil se deparar com ela.

Fazendo uma oração rápida pela falecida, ela tratou de retomar o trabalho com firmeza e ordenou que Segani subisse. Uma subida lenta e espiralada, caso houvesse algum incômodo escondido, mas o mais rápido que ela considerou seguro. Talvez um pouco mais rápido do que seguro. A fumaça que subia por detrás do morro logo adiante a fez franzir o cenho, mas o que ela viu ao superar o cume a deixou com a boca seca. As mãos ficaram paralisadas nas rédeas, e Segani continuou a subir com batidas poderosas de suas asas.

A fazenda havia... desaparecido. Fundações desprovidas das edificações brancas que antes se erguiam sobre elas, as grandes estruturas construídas junto à encosta reduzidas a montes de escombros. Nada restara. Tudo enegrecido e incendiado. O fogo assolava a vegetação rasteira dos aclives das colinas e se espalhava por cem passadas, penetrando nos olivais e na floresta, alastrando-se pelos vales entre as colinas. Mais além, por outras cem ou mais passadas, jaziam árvores quebradas, todas vergadas na direção contrária à da fazenda. Chulein nunca tinha visto nada parecido. Não tinha como haver nada vivo lá embaixo. Nada poderia ter sobrevivido àquilo. O que quer que tenha sido.

Ela tratou de se recompor e virou Segani para o sul. À distância, conseguia divisar *to'raken*, cada um atulhado de doze Punhos do Paraíso, já que a distância era curta. Punhos do Paraíso e *sul'dam*, chegando tarde demais. Ela começou a organizar na cabeça o que relataria. Por certo, não havia mais ninguém para se reportar. Todos diziam que aquela era uma terra repleta de *marath'damane* esperando para serem encolaradas, mas com aquela nova arma as tais mulheres que se intitulavam Aes Sedai eram um perigo real. Algo precisava ser feito a respeito delas, algo decisivo. Se a Grã-lady Suroth estivesse a caminho de Ebou Dar, também veria essa necessidade.

Capítulo 7

Curral de cabras

O céu ghealdaniano estava limpo, as colinas arborizadas castigadas pelo sol inclemente da manhã. Antes mesmo do meio-dia, a terra estava escaldante. Pinheiros e folhas-de-couro amarelavam com a seca, além de outras que Perrin suspeitava que também fossem árvores perenes. Não se notava nenhum sopro de ar. O suor lhe escorria pelo rosto e descia até a barba curta. O cabelo ondulado se emaranhava na cabeça. Ele pensou ter ouvido barulho de trovão em algum ponto a oeste, mas já quase deixara de acreditar que voltaria a chover algum dia. Era preciso martelar o ferro que estava na bigorna, não ficar sonhando acordado com trabalhos em prata.

Da perspectiva do espinhaço pouco arborizado onde se encontrava, examinou a cidade murada de Bethal com uma lupa revestida de latão. A tamanha distância, até seus olhos aceitavam de bom grado alguma ajuda. Era uma cidade de bom porte, com edificações com telhado de ardósia e meia dúzia de estruturas altas de pedra que talvez fossem palacetes de nobres menores ou casas de mercadores abastados. Perrin não conseguiu identificar o estandarte rubro que pendia no topo da torre mais alta do maior dos palácios, a única bandeira à vista, mas sabia a quem pertencia: Alliandre Maritha Kigarin, Rainha de Ghealdan, distante de Jehannah, sua capital.

Os portões da cidade estavam abertos, uns bons vinte guardas em cada um deles, mas sem ninguém a cruzá-los, e as estradas que ele conseguia divisar se encontravam vazias, exceto por um cavaleiro solitário que galopava rápido vindo do norte em direção a Bethal. Os soldados demonstraram apreensão, alguns movendo seus piques ou arcos ao avistar o homem a cavalo, como se o sujeito portasse uma espada gotejando sangue. Mais soldados em guarda se amontoavam nos torreões ou marchavam nas muralhas que os intercalavam. Havia muitas flechas encaixadas ali em cima também, assim como bestas erguidas. Muito medo.

Uma tempestade varrera aquela parte de Ghealdan. Ainda varria. Os bandos do Profeta criavam um caos, os bandidos tiravam proveito e Mantos-brancos que cruzavam a fronteira com Amadícia podiam atacar facilmente àquela distância. Umas poucas colunas esparsas de fumaça mais ao sul deviam ser sinal de fazendas em chamas, obra dos Mantos-brancos ou do Profeta. Era raro que bandidos se dessem ao trabalho de atear fogo, e, em todo caso, os Mantos-brancos e os bandos do Profeta lhes deixavam pouco para roubar. Para piorar a situação, corriam boatos em todos os vilarejos por onde ele passara nos últimos dias de que Amador sucumbira ao Profeta, aos tarabonianos ou às Aes Sedai, dependendo de quem contasse a história. Havia quem dissesse que o próprio Pedron Niall tinha morrido na luta para defender a cidade. De qualquer modo, não faltavam motivos para uma rainha estar preocupada com a sua segurança. Ou talvez os soldados estivessem lá por causa dele. Apesar de todos os esforços, seu avanço pelo Sul não passara lá muito despercebido.

Pensativo, Perrin coçou a barba. Era uma pena os lobos das colinas do entorno não poderem lhe contar nada, mas eles quase não davam atenção às ações dos homens, a não ser para se manter bem longe deles. E, desde os Poços de Dumai, ele não se sentira bem em pedir nada mais a eles, só o absolutamente necessário. No fim das contas, talvez fosse melhor cavalgar até a cidade sozinho, com apenas alguns homens de Dois Rios.

Ele frequentemente pensava que Faile podia ler seus pensamentos, em geral quando ele menos queria, o que ela provou mais uma vez ao esporear sua negríssima égua Andorinha para se aproximar do baio de Perrin. Seu vestido de cavalgada de saia estreita era quase tão escuro quanto a égua, mas ela aparentava estar lidando melhor que ele com o calor. Cheirava vagamente a sabão herbal e a um suor limpo, o cheiro dela mesma. De determinação. Seus olhos enviesados estavam bastante determinados, e, com seu nariz pronunciado, parecia um dos falcões em homenagem ao qual fora batizada.

— Eu não gostaria de ver buracos nesse belo casaco azul, marido — disse ela baixinho, só para os ouvidos dele. — E aqueles sujeitos parecem que atirariam em um grupo de estranhos antes de perguntar quem são. Fora isso, como você vai chegar até Alliandre sem anunciar sua presença para o mundo? Isso precisa ser feito na surdina, lembre-se.

Faile não chegou a dizer que era ela quem deveria ir, que os guardas do portão interpretariam uma mulher sozinha como alguém buscando refúgio de todos aqueles problemas, e que poderia chegar à Rainha usando o nome da mãe e sem incitar muitos comentários, mas não era preciso. Perrin ouvira tudo aquilo e muito mais dela toda noite desde que haviam chegado a Ghealdan. Ele estava ali, em parte, por conta da carta cautelosa de Alliandre para Rand oferecendo... apoio? Lealdade? Fosse o que fosse, seu desejo de sigilo tinha sido claríssimo.

Perrin duvidava que até mesmo Aram, sentado poucas passadas atrás deles em seu cavalo cinzento alto, tivesse conseguido ouvir uma única palavra dita por Faile, mas, antes que ela concluísse, Berelain se aproximou pelo outro lado com sua égua branca, o suor reluzindo em suas bochechas. Ela também cheirava a determinação, mas em meio a uma nuvem de perfume de rosas. Para ele, parecia uma nuvem. Para sua surpresa, o vestido de cavalgada verde dela não mostrava nenhuma nesga de pele a mais do que deveria.

As duas acompanhantes de Berelain ficaram mais atrás, embora Annoura, sua conselheira Aes Sedai, o analisasse com um semblante indecifrável por sob uma fachada de tranças fininhas cheias de contas que iam até a altura do ombro. Não olhava para ele ou para as duas mulheres que o ladeavam. Só para ele. Nenhum suor nela. Ele gostaria de estar perto o bastante para sentir o cheiro da irmã Cinza de nariz aquilino. Ao contrário das demais Aes Sedai, ela não fizera promessas a ninguém. Não que aquelas promessas serviriam de muita coisa. Lorde Gallenne, comandante dos Guardas Alados de Berelain, parecia ocupado examinando Bethal com uma lupa levantada até seu único olho e remexendo as rédeas de uma forma que Perrin já sabia que indicava que o homem estava mergulhado em cálculos. Provavelmente calculando como tomar Bethal à força. Gallenne sempre enxergava primeiro a pior opção.

— Ainda acho que eu é que deveria abordar Alliandre — disse Berelain. Outra frase que Perrin ouvira todos os dias. — Foi para isso que eu vim, afinal.

— Era um dos motivos. — Annoura conseguirá uma audiência rapidamente e me levará até ela sem que ninguém além de Alliandre saiba de nada. — Uma segunda surpresa. Não houvera nenhum sinal de flerte em sua voz. A mulher parecia estar prestando tanta atenção às luvas vermelhas de couro que ajeitava quanto a ele.

Qual das duas? O problema era que ele não queria nem uma nem outra.

Seonid, a segunda Aes Sedai que tinha ido até o cume, estava ao lado do seu capão baio, um pouco mais afastada, perto de uma acácia-negra mirrada pela seca, e olhava não para Bethal, mas para o céu. As duas Sábias de olhos claros que a acompanhavam eram de um contraste gritante: rostos corados pelo sol, sem a compleição pálida de Seonid, cabelos claros, ao contrário de suas mechas escuras, altas, e não baixas como ela, sem falar nas saias de cores fechadas e nas blusas brancas contrastando com a bela lã azul da Aes Sedai. Colares e braceletes de ouro, prata e marfim ornavam Edarra e Nevarin, enquanto Seonid só usava seu anel da Grande Serpente. E as duas eram jovens, não de idade indefinida. As Sábias, no entanto, faziam frente à irmã Verde em termos de autocontrole, e também examinavam o céu.

— Está vendo alguma coisa? — indagou Perrin, postergando sua decisão.

— Estamos vendo o céu, Perrin Aybara — respondeu Edarra com toda a calma, as joias retinindo de leve enquanto ela ajustava o xale escuro jogado por cima dos ombros. O calor parecia afetar as Aiel tão pouco quanto afetava as Aes Sedai. — Se estivéssemos vendo algo mais, diríamos.

Ele esperava que dissessem. Achava que diriam. Ao menos se fosse algo que elas acreditassem que Grady e Neald também pudessem ver. Os dois Asha'man não guardariam segredo. Perrin desejou que eles estivessem ali, não no acampamento.

Mais de meia semana antes, uma meada do Poder Único rasgara o céu e criara um enorme burburinho entre as Aes Sedai e as Sábias. E entre Grady e Neald. O que, aliás, só piorou o burburinho, deixando-as tão próximas do pânico quanto qualquer Aes Sedai provavelmente conseguia chegar. Asha'man, Aes Sedai e Sábias, *todos* afirmavam ainda ser capazes de sentir o Poder tenuemente no ar muito depois da tal meada ter desaparecido, mas ninguém sabia o que aquilo significava. Neald dizia que a coisa o fez pensar no vento, embora não soubesse explicar por quê. Na hora de opinar, ninguém externou mais que isso, mas, se tanto a metade masculina quanto a feminina do Poder estavam visíveis, só podia ser obra dos Abandonados, e em uma escala monumental. Imaginar o que eles estariam aprontando tirara o sono de Perrin na maior parte das noites desde então.

Mesmo a contragosto, ele deu uma espiadela no céu. E não viu nada, claro, apenas um par de pombos. De repente, um falcão mergulhou bem diante dele, e um dos pombos desapareceu em meio a um tufo de penas. O outro saiu em voo frenético em direção a Bethal.

— Já tomou alguma decisão, Perrin Aybara? — perguntou Nevarin, um tanto contundente.

A Sábia de olhos verdes parecia ainda mais jovem que Edarra, talvez nem mais velha que ele, e não tinha nem um pouco da serenidade da mulher de olhos azuis. Com as mãos apoiadas nos quadris, o xale lhe descia pelos braços, e Perrin quase esperava dela um dedo em riste. Ou um punho. Ela lembrava Nynaeve, apesar de as duas não serem nem um pouco parecidas. Perto de Nevarin, Nynaeve pareceria rechonchuda.

— De que adianta darmos conselhos, se você não ouve? — questionou ela. — De quê?

Faile e Berelain se endireitaram no alto das selas, ambas o próprio orgulho encarnado, ambas recendendo a expectativa e indecisão ao mesmo tempo. E irritadas por estarem indecisas. Nenhuma das duas gostava nem um pouco disso. Seonid estava longe demais para emanar seu cheiro, mas o apertar de lábios denunciava seu humor. A ordem de Edarra para que só falasse se alguém falasse com ela a enfurecia. Ainda assim, claro que queria que ele acatasse o conselho das Sábias; ela o encarava com atenção, como se a pressão do seu olhar pudesse empurrá-lo para onde elas queriam que ele fosse. Na verdade, Perrin queria escolhê-la, mas hesitava. Até onde realmente ia seu juramento de fidelidade a Rand? Pelas evidências demonstradas até ali, mais longe do que ele teria acreditado, mas, mesmo assim, até onde se podia confiar em uma Aes Sedai? A chegada dos dois Guardiões de Seonid o poupou por mais alguns minutos.

Eles se aproximaram juntos a cavalo, embora tivessem saído separados, mantendo-se afastados, em meio às árvores do alto do cume, para que não fossem vistos da cidade. Furen era taireno, de pele escura feito solo fértil e com mechas grisalhas no cabelo preto ondulado, enquanto Teryl, um murandiano, era vinte anos mais novo e tinha cabelo ruivo-escuro, bigode encurvado e olhos mais azuis que os de Edarra, mas ambos eram talhados no mesmo molde, altos, esguios e firmes. Desmontaram com leveza, os mantos mudando de cor e se esvanecendo de um jeito que chegava a provocar náuseas, e fizeram seus relatos a Seonid, ignorando solenemente as Sábias. E Perrin.

— Está pior que no Norte — informou Furen, desgostoso. Uma ou outra gota de suor pontilhava sua testa, mas nenhum dos dois aparentava ligar muito para o calor. — Os nobres locais estão reclusos em suas propriedades ou na cidade, e os soldados da rainha se mantêm das muralhas para dentro. Entregaram o campo para os homens do Profeta. E para os bandidos, apesar de esses parecerem escassos por aqui. O pessoal do Profeta está por toda parte. Acho que Alliandre vai ficar contente em ver você.

— Aquela ralé — bufou Teryl, batendo com as rédeas na palma da mão. — Nunca vi mais de quinze ou vinte reunidos, armados principalmente com forcados e lanças de caçar javali. Esfarrapados feito mendigos, todos eles. Perfeitos para assustar fazendeiros, com toda a certeza, mas pensei que os lordes os expulsariam e enforcariam aos montes. A rainha vai beijar sua mão por ver uma irmã.

Seonid abriu a boca e então olhou de relance para Edarra, que assentiu. Obter permissão para falar apenas retesou mais a boca da irmã Verde. Seu tom de voz, no entanto, estava macio feito manteiga.

— Não há mais por que protelar sua decisão, Lorde Aybara. — Ela enfatizou de leve o título, com a noção exata do direito que Perrin tinha a ele. — Sua esposa pode dizer que é de uma grande Casa, e Berelain é uma governante, mas Casas saldaeanas valem muito pouco aqui, e Mayene é a menor das nações. Uma emissária Aes Sedai vai dar a você, aos olhos de Alliandre, o peso da Torre Branca. — Talvez por ter se lembrado de que Annoura cumpriria esse papel tanto quanto ela, Seonid tratou de prosseguir: — Além do mais, já estive em Ghealdan e meu nome é bem conhecido. Alliandre não só me receberá imediatamente, como escutará o que tenho a dizer.

— Nevarin e eu vamos com ela — disse Edarra, no que Nevarin acrescentou:
— Vamos garantir que ela não diga nada que não deva.

Seonid rangeu os dentes audivelmente, ao menos para os ouvidos de Perrin, e se ocupou de alisar as saias divididas, baixando o olhar com toda a cautela. Annoura deixou escapar um ruído, praticamente um grunhido, e desviou o olhar para outro lado. A mulher tratava de ficar bem longe das Sábias e não gostava de ver outras irmãs com elas.

Perrin quis gemer. Mandar a irmã Verde o tiraria de uma estaca, só que as Sábias confiavam menos que ele nas Aes Sedai e mantinham Seonid e Masuri em rédea curta. E também haviam circulado histórias sobre Aiel nos vilarejos, recentemente. Nenhuma daquelas pessoas já tinha visto um Aiel, mas os boatos sobre eles estarem acompanhando o Dragão Renascido pairavam no ar. Metade de Ghealdan tinha certeza de que eles estavam a apenas um ou dois dias de distância, e cada história era mais estranha e terrível que a outra. Alliandre talvez ficasse apavorada demais para deixá-lo se aproximar se visse duas Aiel dando ordens para uma Aes Sedai. E, mesmo rangendo os dentes, Seonid estava de fato obedecendo! Bem, ele não ia colocar Faile em risco sem ter mais garantias de que ela seria recebida além de uma carta cheia de palavras vagas que chegara meses antes. A estaca afundou ainda mais, bem no meio de suas escápulas, mas ele não tinha outra opção.

— Um grupo pequeno vai ter mais facilidade para cruzar esses portões que um grupo grande — disse ele, por fim, enfiando a lupa nos alforjes. E também incitaria menos línguas. — Isso significa que só vão vocês, Annoura e

Berelain. E Lorde Gallenne, talvez. Provavelmente vão pensar que ele é Guardião de Annoura.

Berelain deu uma risadinha de satisfação e se inclinou para agarrar o braço dele com as duas mãos. E não parou por aí, claro. Os dedos o apertaram fazendo uma carícia, e ela abriu um sorriso caloroso e convidativo, mas endireitou-se logo em seguida, antes que ele pudesse se mover, o semblante subitamente inocente feito o de um bebê. Indiferente, Faile se concentrou em puxar e acomodar as luvas cinza de cavalgada. Pelo seu cheiro, não percebera o sorriso de Berelain. Ela disfarçava bem sua frustração.

— Desculpe, Faile, mas...

A indignação recendeu em seu cheiro como espinhos.

— Tenho certeza de que você tem questões para discutir com a Primeira antes da partida dela, marido — disse ela, tranquila. Seus olhos enviesados eram pura serenidade, seu cheiro, carrapichos. — Melhor falar logo.

Fazendo Andorinha dar meia-volta, Faile conduziu a égua até onde estavam Seonid, claramente irritada, e as Sábias de cara fechada, mas não desmontou para falar com elas. Em vez disso, franziu o cenho na direção de Bethal, um falcão observando tudo de seu ninho.

Perrin se deu conta de que sentia algo no nariz e passou a mão. Não havia sangue, claro; só tinha a sensação de que deveria ter.

Berelain não precisava de nenhuma instrução de última hora — a Primeira de Mayene e sua conselheira Cinza estavam impacientes para partir, certas de que sabiam o que dizer e fazer —, mas Perrin mesmo assim recomendou cautela e enfatizou que Berelain, e só Berelain, deveria falar com Alliandre. Annoura lhe dedicou um daqueles olhares frios de Aes Sedai e aquiesceu, o que podia ou não significar concordância. Ele duvidava de que pudesse extrair mais dela, mesmo que usasse um pé-de-cabra. Os lábios de Berelain estavam curvados em diversão, embora ela tenha concordado com tudo que ele falou. Ou dito que concordava. Perrin suspeitava que ela diria qualquer coisa para conseguir o que queria, e todos aqueles sorrisos nos momentos errados o incomodavam. Gallenne já guardara sua lupa, mas continuava brincando com as rédeas, certamente calculando como dar um jeito de tirar as duas mulheres de Bethal. Perrin sentia vontade de rosnar.

Preocupado, observou-os descer cavalgando até a estrada. A mensagem que Berelain levava era simples: Rand compreendia a cautela de Alliandre, mas, se ela quisesse a proteção dele, devia estar disposta a anunciar abertamente seu apoio. A proteção viria, soldados e Asha'man que deixariam a mensagem clara para todo mundo, e até o próprio Rand, se fosse necessário, uma vez que ela concordasse em fazer o anúncio. Berelain não tinha nenhum motivo para mudar um fio sequer da mensagem, apesar de seus sorrisos — Perrin achava que eles talvez fossem uma outra maneira de flertar —, já Annoura... As Aes Sedai faziam o que queriam, e metade das vezes só a Luz sabia por quê. Ele gostaria de saber alguma forma de chegar a Alliandre sem usar uma irmã ou gerar disse-me-disse. Ou pôr Faile em risco.

Os três cavaleiros alcançaram o portão com Annoura à frente, no que os guardas trataram de erguer seus piques e de baixar os arcos e as bestas, sem dúvida assim que ela se identificou como Aes Sedai. Não eram muitos os que tinham coragem de contestar essa afirmação específica. Mal houve uma pausa, e ela adentrou a cidade à frente do grupo. Na verdade, os soldados pareceram ansiosos para deixá-los entrar logo, fugindo assim do olhar de qualquer um que observasse das colinas. Alguns espiaram as elevações distantes, e Perrin não precisava sentir o cheiro deles para perceber o desconforto quanto a quem podia estar escondido lá em cima, quem podia, contra as probabilidades, ter reconhecido uma irmã.

Virando para norte, em direção ao acampamento, Perrin abriu caminho pelo espinhaço até que todos estivessem fora da vista das torres de Bethal, e então deu uma guinada para baixo até a estrada de terra batida. Fazendas esparsas se sucediam ao longo da estrada, casas com telhado de palha e estábulos estreitos e compridos, pastagens ressequidas, campos com restolhos e currais de cabras com paredes altas de pedra, mas havia poucos rebanhos à vista e menos pessoas ainda. Essas poucas observavam os passantes com cautela, gansos de olho em raposas, interrompendo suas atividades até os cavalos passarem. Aram, por sua vez, observava-as com a mesma atenção, às vezes tateando o cabo da espada que se erguia por cima dos ombros, talvez desejando encontrar mais que fazendeiros. Apesar do casaco de listras verdes, pouco restava nele de Latoeiro.

Edarra e Nevarin iam caminhando ao lado de Galope como quem dava um passeio, mas acompanhando o ritmo sem problemas, apesar das saias volumosas. Seonid vinha logo em seguida em seu capão, Furen e Teryl atrás dela. A irmã Verde de faces pálidas fingia querer apenas seguir a cuidadosas duas passadas das Sábias, mas os homens não faziam questão de disfarçar suas carrancas. Guardiões costumavam ter mais apreço pela dignidade de suas Aes Sedai do que a própria irmã, e isso porque as Aes Sedai tinham dignidade suficiente para serem rainhas.

Faile mantinha Andorinha do outro lado das Aiel e cavalgava em silêncio, parecendo estudar a paisagem assolada pela seca. Magra e graciosa, fazia Perrin se sentir desajeitado, na melhor das hipóteses. Faile era imprevisível e, via de regra, ele adorava isso nela, mas… Uma leve brisa começara a soprar, o suficiente para manter o cheiro dela misturado com o dos demais. Perrin sabia que deveria estar pensando em Alliandre e no que ela responderia, ou, melhor ainda, no Profeta e em como encontrá-lo assim que Alliandre respondesse, fosse qual fosse a resposta, mas não conseguia sossegar a cabeça para isso.

Ele esperara que Faile ficasse com raiva por ele ter escolhido Berelain, apesar de Rand supostamente tê-la enviado com esse propósito. Faile sabia que ele não queria colocá-la em perigo, nem o menor que fosse, e gostava disso menos do que gostava de Berelain. Ainda assim, seu cheiro se mantivera suave como uma manhã de verão, até ele inventar de se desculpar! Bem, desculpas costumavam espicaçar sua raiva quando ela já estava irritada — a não ser quando amoleciam seu temperamento —, mas ela *não tinha* ficado com raiva! Sem Berelain, tudo entre eles corria suave feito cetim. Na maior parte do tempo. Mas as explicações de que ele não tinha feito nada para incitar a mulher — longe disso! — renderam apenas um "Claro que não!" em um tom de voz que o chamava de tonto por ter tocado no assunto. Só que ela ainda ficava com raiva — e dele! — toda vez que Berelain lhe sorria ou inventava uma desculpa para tocá-lo, independentemente de quão brusco ele fosse em afastá-la, e a Luz sabia que ele era. Além de amarrar a mulher, Perrin não sabia mais o que fazer para desencorajá-la. Tentativas cautelosas de saber de Faile o que ele estava fazendo errado rendiam um mero "Por que você acha que fez alguma coisa?", um tenso "O que *você* acha que fez?" ou um indiferente "Eu não quero falar sobre isso". Ele *estava* fazendo algo errado, só não conseguia decifrar o quê! Mas tinha de decifrar. Nada era mais importante que Faile. Nada!

— Lorde Perrin?

A voz agitada de Aram cortou seu pensamento.

— Não me chame assim — resmungou Perrin, seguindo a direção para onde o dedo do homem apontava, onde se divisava outra fazenda abandonada mais à frente da qual o fogo já consumira os telhados da casa e do estábulo. Só restavam de pé as paredes grosseiras de pedra. Uma fazenda abandonada, mas não deserta. Ouviam-se gritos raivosos vindos dela.

Uma dezena ou mais de sujeitos maltrapilhos empunhando lanças e forcados tentavam pular na marra o muro de pedra, da altura do peito, de um curral de cabras, enquanto um outro punhado de homens dentro dele tentava impedi-los. Vários cavalos corriam soltos pelo curral, assustados com o barulho e tratando de se esquivar, e havia três mulheres montadas. Elas, porém, não estavam simplesmente esperando para ver como tudo aquilo ia se desenrolar. Uma delas parecia estar jogando pedras e, enquanto Perrin assistia, uma outra veio para junto do muro para atacar os homens com um cassetete comprido e a terceira empinou seu cavalo, no que um camarada alto tratou de se afastar para se esquivar dos cascos agitados. Mas os agressores eram muitos e havia muro demais para defender.

— Aconselho vocês a passar direto — opinou Seonid. Edarra e Nevarin encararam-na com um semblante carrancudo, mas ela prosseguiu, a pressa se sobrepondo ao seu tom de voz pragmático. — São homens do Profeta, com toda a certeza, e matar o pessoal dele é um mau começo. Dezenas de milhares, centenas de milhares podem morrer, se falhar com ele. Vale a pena correr esse risco para salvar uns poucos?

Perrin não tinha a intenção de matar ninguém, se tivesse como evitar, mas também não pretendia fazer de conta que não viu. No entanto, não perdeu tempo com explicações.

— Você consegue assustá-los? — perguntou a Edarra. — Só assustar?

Ele se lembrava muito bem do que as Sábias tinham feito nos Poços de Dumai. E os Asha'man. Talvez fosse bom que Grady e Neald não estivessem ali.

— Talvez — respondeu Edarra, analisando a multidão em volta do curral. Ela balançou de leve a cabeça e deu de ombros. — Talvez.

Isso teria que bastar.

— Aram, Furen, Teryl, comigo! — disse Perrin.

Ele bateu os calcanhares no cavalo e, quando Galope pulou à frente, ficou aliviado ao ver que os Guardiões o seguiram. Quatro homens atacando impressionava mais que dois. Perrin manteve as mãos nas rédeas, bem longe do machado.

Só não ficou tão contente quando Faile veio galopando com Andorinha e se pôs bem ao lado dele. Ele abriu a boca, mas ela arqueou a sobrancelha. O cabelo negro dela era lindo, ondulando ao sabor do vento quando eles aceleraram. Ela era linda. Um arquear de sobrancelha e nada mais. Perrin mudou o que estivera a ponto de dizer.

— Cubra minha retaguarda — falou para ela.

Sorrindo, Faile fez surgir uma adaga de algum lugar. Com todas as lâminas que ela trazia escondidas, ele às vezes se perguntava como conseguia não ser esfaqueado só de tentar abraçá-la.

Assim que ela voltou a olhar para a frente, Perrin gesticulou freneticamente para Aram, de maneira que ela não visse. Aram assentiu, mas estava inclinado para a frente, espada à mostra, pronto para espetar o primeiro asseclas do Profeta que alcançasse. Perrin esperava que o homem tivesse entendido que era para proteger a retaguarda de Faile, e todo o resto dela, se eles de fato caíssem em cima daquele pessoal.

Nenhum dos rufiões os vira ainda. Perrin gritou, mas eles pareceram não ouvir com o barulho da própria gritaria. Um homem trajando um casaco grande demais conseguiu subir no muro aos trancos e barrancos, e dois outros estavam prestes a pular para o outro lado. Se as Sábias iam fazer alguma coisa, já passava...

Um estalar de trovão logo acima deles só faltou ensurdecer Perrin, um estampido enorme que fez Galope tropeçar antes de recuperar o ritmo. Os agressores com certeza notaram o som, já que cambalearam e olharam em volta, nervosos, alguns cobrindo os ouvidos com as mãos. O homem que estava em cima do muro perdeu o equilíbrio e caiu para o lado de fora. Porém, tratou de se pôr de pé em um pulo, gesticulando irritado para o cercado, e alguns de seus companheiros voltaram à disputa. Outros viram Perrin e apontaram, as bocas se movendo, mas ainda assim nenhum deles correu. Uns poucos ergueram suas armas.

De repente, uma roda horizontal de fogo surgiu acima do curral, tão larga quanto um homem tinha de altura, atirando tufos flamejantes de chamas ao girar e emitindo um ruído lamurioso que aumentava e diminuía, alternando-se entre um gemido pesaroso e um lamento profundo.

Os maltrapilhos saíram correndo para todos os lados, feito codornas enxotadas. Por um instante, o homem com o casaco grande demais sacudiu os braços e gritou com eles, mas em seguida, após dar uma última olhada na roda incandescente, também tratou de dar no pé.

Perrin quase soltou uma gargalhada. Não teria de matar ninguém. E não teria de se preocupar com um forcado atravessando as costelas de Faile.

Aparentemente, as pessoas dentro do curral estavam tão apavoradas quanto as do lado de fora, ou ao menos uma: a mulher que empinara o cavalo na direção dos agressores abriu o portão e esporeou a montaria, que saiu em um galope esquisito. E lá foi ela pela estrada, afastando-se de Perrin e dos demais.

— Espere! — gritou Perrin. — Não vamos machucar você!

Tendo ouvido ou não, ela continuou sacudindo as rédeas. Uma trouxa amarrada atrás da sela quicava freneticamente. Os tais homens podiam até estar fugindo a toda, mas se ela seguisse em frente assim sozinha, dois ou três deles já seriam suficientes para machucá-la. Inclinando-se junto ao pescoço de Galope, Perrin enfiou-lhe os calcanhares, no que o baio disparou feito uma flecha.

Perrin era um homem grande, mas Galope recebera esse nome por ter mais que pezinhos saltitantes. Além do mais, pela corrida desajeitada, a montaria da mulher não era das mais propícias para uma sela. A cada passada, Galope diminuía a distância, mais perto, cada vez mais perto, até que Perrin conseguiu se esticar e apanhar a rédea do outro cavalo. De perto, o baio com focinho largo era pouco mais que um pangaré, espumando e mais desgastado do que deveria para uma corrida tão curta. Devagar, ele foi freando os dois animais.

— Me perdoe se assustei você, senhora — disse ele. — De verdade, eu não vou machucá-la.

Pela segunda vez no dia, um pedido de desculpas não surtiu o resultado que ele esperava. Olhos azuis furiosos encararam-no em um rosto rodeado por longos cachos louro-arruivados, um rosto tão majestoso quanto o de qualquer rainha, mesmo ostentando aquela argamassa de suor e poeira. O vestido de lã era simples, manchado pela viagem e tão empoeirado quanto as bochechas, mas seu semblante era igualmente furioso e régio.

— Eu não preciso de... — começou ela em um tom de voz frio, tentando soltar seu cavalo, para então interromper a frase quando uma segunda daquelas mulheres, magrela e de cabelo branco, chegou galopando em uma égua castanha de flancos quadrados em condições ainda piores que as do baio. Vinha cavalgando forte havia algum tempo, esse pessoal. A mulher mais velha estava tão acabada e coberta de poeira quanto a mais jovem.

Ela alternou entre abrir um enorme sorriso para Perrin e fazer cara feia para a mulher cujas rédeas ele ainda segurava.

— Obrigada, milorde. — A voz dela, fina, mas firme, deu uma fraquejada ao notar os olhos dele, mas homens de olhos amarelos só a detinham por um instante. Não era mulher de se perturbar por tão pouco. E ainda trazia consigo o pedaço robusto de pau que estivera fazendo de arma. — Foi um resgate na hora exata. Maighdin, o que deu na sua cabeça? Você podia ter sido morta! E ter matado a todos nós também! Ela é cabeça-dura, milorde, e sempre age sem pensar. Lembre-se, menina, de que só os tolos abandonam os amigos e trocam prata por latão brilhante. Agradecemos ao senhor, milorde, e Maighdin também o agradecerá tão logo recupere o juízo.

Maighdin, uns bons dez anos mais velha que Perrin, só podia ser chamada de menina em comparação com a outra mulher, mas, apesar das caretas cansadas que combinavam com seu cheiro, de frustração tingida de raiva, ela aceitou a bronca, fazendo só mais uma tentativa incerta de soltar o cavalo, e então desistindo. Deixando as mãos repousarem na patilha da sela, ela franziu o cenho para Perrin de modo acusatório, então ficou atônita. Os olhos amarelos de novo. Contudo, apesar do estranhamento, a mulher continuava sem cheirar a medo. A mais velha, sim, mas Perrin não achava que era por medo dele.

Um outro acompanhante de Maighdin, um homem com barba por fazer montado em mais um cavalo amarfanhado, esse um cinzento de joelhos valgos, se aproximou enquanto a mais velha falava, mas se manteve mais atrás. Era alto, da altura de Perrin, ainda que nem de longe tão largo, e trajava um casaco escuro desgastado pela viagem com uma espada transpassada. Assim como as mulheres, trazia uma trouxa amarrada atrás da sela. A leve brisa soprou e levou a Perrin seu cheiro. O homem não estava com medo, só estava cansado. E se a maneira como olhou para Maighdin indicava alguma coisa, era dela que ele estava cansado. Talvez aquilo tudo não fosse um mero resgate de viajantes de uma gangue de rufiões, afinal.

—Talvez todos vocês devessem vir ao meu acampamento — sugeriu Perrin, soltando, por fim, a rédea. —Vocês estarão a salvo de... salteadores... por lá.

Parte dele esperava que Maighdin disparasse em direção às árvores mais próximas, mas ela deu meia-volta junto com ele e foi voltando para o curral. Ela cheirava a... resignação.

Ainda assim, ela disse:

— Agradeço a oferta, mas eu... nós... temos que continuar nossa jornada. Vamos em frente, Lini — disse ela com firmeza, no que a mais velha a encarou com tanta severidade que Perrin ficou se perguntando se não seriam mãe e filha, apesar de a mulher tê-la chamado pelo nome.

Em termos de fisionomia, com certeza não se pareciam. Lini tinha um rosto estreito e pele enrugada, toda ossuda, enquanto Maighdin talvez fosse bonita debaixo de toda aquela poeira. Para homens que gostassem de mulheres de cabelo claro.

Perrin espiou por cima do ombro na direção do homem que vinha atrás deles. Um sujeito de semblante firme, precisando de uma lâmina de barbear. Talvez ele gostasse de mulheres de cabelo claro. Talvez gostasse até demais. Muitos homens já haviam se metido e metido os colegas em problemas por esse mesmo motivo.

Mais adiante, Faile estava montada em Andorinha e espiava por cima do muro do curral para ver quem estava lá dentro. Talvez alguém estivesse machucado. Nenhum sinal de Seonid e das Sábias. Aram tinha entendido, ao que parecia: estava perto de Faile, embora olhasse com impaciência para Perrin. Estava bem claro, no entanto, que o perigo tinha passado.

Antes que Perrin tivesse percorrido metade do caminho de volta até o curral, Teryl apareceu acompanhado de um homem de olhos estreitos e barba espetada que vinha aos tropeções ao lado de seu ruão, o colarinho do casaco preso com firmeza no punho do Guardião.

— Achei que devíamos pegar um deles — explicou Teryl, com um sorriso duro. — Meu velho pai gostava de dizer que sempre é melhor ouvir os dois lados, independentemente do que você ache que viu.

Perrin ficou surpreso. Achava que Teryl não conseguia pensar além da ponta da espada.

Mesmo sendo erguido e arrastado, era óbvio que o casaco surrado do camarada de barba espetada era grande demais para ele. Perrin duvidava que alguém mais tivesse sido capaz de enxergar tão bem à distância, mas também reconheceu aquele nariz saliente. O homem tinha sido o último a sair correndo e continuava não se mostrando intimidado. Seu desdém era dirigido a todos eles.

— Vocês vão afundar na lama por causa disso — disse ele com aspereza. — Estávamos fazendo a vontade do Profeta, isso sim. O Profeta diz que, se um homem perturba uma mulher que não quer ele, morre. Este pessoal estava perseguindo aquela ali — ele apontou o queixo para Maighdin —, e ela estava fugindo deles a toda. O Profeta vai cortar as orelhas de vocês! — Para enfatizar ainda mais, ele deu uma cusparada.

— Isso é ridículo — disse Maighdin com toda clareza. — Essas pessoas são minhas amigas. Este homem entendeu errado o que viu.

Perrin assentiu e, se ela achou que ele estava concordando, não tinha problema. Porém, juntando o que o sujeito disse com o que Lini tinha falado... Não era nem um pouco simples.

Faile e os outros se juntaram a eles, seguidos pelo restante dos companheiros de viagem de Maighdin, mais três homens e uma mulher, todos conduzindo cavalos bem cansados, já sem muitas milhas pela frente. Não que tivessem sido a fina flor equina quando mais jovens, ou algum dia. Perrin não conseguia se lembrar de já ter visto coleção melhor de joelhos inchados, jarretes arqueados, esparavões e lordoses. Como sempre, seu olhar pousou primeiro em Faile, as narinas se dilatando com seu cheiro, mas Seonid chamou sua atenção. Afundada em sua sela e enrubescida, seu semblante sugeria uma raiva amuada e sua cara parecia estranha, as bochechas infladas e a boca entreaberta. Havia algo ali, algo meio azul e vermelho... Perrin ficou confuso. A menos que estivesse vendo coisas, a mulher estava com um *cachecol* enrolado enfiado na boca! Parecia que, quando as Sábias mandavam uma aprendiz ficar quieta, mesmo que essa aprendiz fosse uma Aes Sedai, elas falavam sério.

Perrin não era o único com olhar aguçado; Maighdin ficou boquiaberta ao ver Seonid e olhou para ele longa e pensativamente, como se Perrin fosse o responsável pelo cachecol. Então ela reconhecia uma Aes Sedai só de bater os olhos, sim? Incomum para a camponesa que ela aparentava ser. Apesar de não falar como uma camponesa.

Furen, vindo logo atrás de Seonid, tinha um semblante que mais parecia uma nuvem de tempestade, mas foi Teryl quem complicou ainda mais as coisas ao jogar algo no chão.

— Encontrei isso aqui no rastro dele. Pode ter deixado cair quando saiu correndo.

De início, Perrin não soube identificar o que estava vendo; uma tira comprida e rústica que transpassava grosseiramente uns pedaços de couro enrugado. Até que se deu conta e, deixando os dentes à mostra, soltou um rosnado.

—Você disse que o Profeta ia cortar nossas orelhas.

O homem de barba espetada parou de olhar boquiaberto para Seonid e lambeu os lábios.

— Isso... Isso é obra do Hari! — protestou ele. — Hari é um cara mau. Ele gosta de manter a conta, de guardar troféus, e ele... hum... — Encolhendo os ombros sob o casaco agarrado, ele foi se ensimesmando feito um cão encurralado. — Vocês não podem me associar a isso! O Profeta vai enforcar vocês, se encostarem em mim! Ele já enforcou nobres, grandes lordes e damas. Eu caminho na Luz do Lorde Dragão abençoado!

Perrin conduziu Galope até o homem, tomando o cuidado de manter os cascos do animal bem longe daquele... troço... no chão. Não havia nada que quisesse menos do que sentir o cheiro daquele sujeito, mas ele se curvou e aproximou o rosto do homem. Um suor azedo brigava com o medo, o pânico e uma pitada de raiva. Pena que Perrin não conseguia detectar culpa. "Pode ter deixado cair" não era "tinha deixado cair". Os olhos juntos do homem se arregalaram, e ele se encolheu contra o capão de Teryl. Olhos amarelos tinham lá sua serventia.

— Se eu *pudesse* associar você àquilo ali, você seria enforcado na árvore mais próxima — rosnou ele.

O sujeito pareceu atônito e começou a se animar quando entendeu o significado daquilo, mas Perrin não lhe deu tempo para retomar a fanfarronice.

— Sou Perrin Aybara, e seu precioso Lorde Dragão me *mandou* até aqui. Espalhe a notícia por aí. Ele me mandou aqui, e se eu encontrar algum homem com... troféus..., é forca! Se eu encontrar algum homem incendiando uma fazenda, é forca! E se um de vocês me olhar torto, é forca! E também pode ir falar para Masema que eu disse isso! — Enojado, Perrin se endireitou. — Solte-o, Teryl. Se ele não desaparecer da minha frente em um piscar de olhos...!

A mão de Teryl se abriu e o sujeito saiu em uma carreira desabalada rumo às árvores mais próximas sem sequer dar uma espiadela para trás. Parte da repulsa que Perrin sentia era de si mesmo. Ameaças! Se alguém olhasse torto para ele? Mas, se o tal sujeito sem nome não tivesse cortado as orelhas pessoalmente, tinha assistido a tudo sem fazer nada.

Faile sorria, o orgulho reluzindo em meio ao suor em seu rosto. Seu olhar desfez parte da repugnância de Perrin. Por aquele olhar, ele caminharia descalço pelo fogo.

Nem todos aprovaram, claro. Os olhos de Seonid estavam bem fechados, e seus punhos enluvados tremiam nas rédeas como se ela quisesse desesperadamente arrancar o cachecol da boca e dizer a Perrin o que pensava. De todo modo, ele podia imaginar. Edarra e Nevarin haviam apertado os xales contra o corpo e o encaravam com uma expressão sombria. Ah, sim, ele podia imaginar...

— Pensei que fosse segredo — disse Teryl em um tom de voz casual ao observar o homem de barba espetada correndo. — Pensei que Masema só pudesse saber que você está aqui quando você falasse bem pertinho da orelha rosada dele.

Tinha sido esse o plano. Rand o sugerira como precaução, Seonid e Masuri haviam insistido nele a cada oportunidade. Afinal de contas, Profeta do Lorde Dragão ou não, Masema talvez não *quisesse* ficar cara a cara com alguém enviado por Rand, considerando tudo que diziam que ele havia permitido. Se acreditasse em um décimo dos boatos, aquelas orelhas não eram o pior. Edarra e as outras Sábias viam Masema como um possível inimigo que devia ser emboscado antes que pudesse montar a própria armadilha.

— Eu tenho que acabar com... isso — disse Perrin, gesticulando com raiva para a tira no chão. Ele tinha ouvido os boatos e não fizera nada. Agora tinha visto. — Melhor começar agora. — E se Masema decidisse que *ele* era um inimigo? Quantos mil seguiam o Profeta, fosse por crença ou medo? Não importava. — Vai acabar, Teryl. Vai acabar!

O murandiano assentiu bem devagar enquanto encarava Perrin como se o visse pela primeira vez.

— Milorde Perrin? — interveio Maighdin.

Ele havia se esquecido completamente da mulher e de seus amigos. Os demais tinham se reunido a ela, um pouco mais afastados, a maioria ainda a pé. Além do sujeito que seguira Maighdin, eram três outros homens, dois deles escondidos por detrás dos cavalos. Lini parecia ser a mais desconfiada de todos e, preocupada, não tirava os olhos de Perrin. Mantinha seu cavalo bem perto do de

Maighdin e parecia pronta para tomar as rédeas. Não para impedir que a mais jovem saísse em disparada, mas para ela própria bater em retirada, levando Maighdin consigo. A mulher, por sua vez, demonstrava estar absolutamente tranquila, mas também examinava Perrin. Não era de se espantar, depois de toda aquela conversa sobre Profeta e Dragão Renascido, além dos olhos dele. Sem falar na Aes Sedai amordaçada. Ele esperou que ela dissesse que eles queriam partir de imediato, mas, em vez disso, o que ela disse foi:

—Vamos aceitar sua gentil oferta. Um dia ou dois descansando no seu acampamento talvez seja exatamente do que precisamos.

— Como quiser, Senhora Maighdin — respondeu ele, com toda a calma.

Disfarçar sua surpresa foi difícil. Em especial por ele ter acabado de reconhecer os dois homens que tentavam posicionar seus cavalos entre eles e Perrin. Obra de *ta'veren*, levá-los até ali? Uma reviravolta estranha, em todo caso.

—Talvez seja exatamente do que vocês precisam.

Capítulo 8

Uma simples camponesa

O acampamento ficava cerca de uma légua adiante, bem afastado da estrada, em meio a colinas arborizadas e logo depois de um córrego composto de umas dez passadas de largura de pedras e só umas cinco de água, nunca mais fundo que a altura dos joelhos. Peixinhos verdes e prateados fugiam dos cascos dos cavalos. Era improvável que passantes aleatórios dessem as caras por ali. A fazenda habitada mais próxima ficava a mais de uma milha, e Perrin se certificara pessoalmente de que seus moradores levavam os animais para beber água em outras paragens.

Ele realmente vinha tentando evitar ao máximo ser notado, viajando por estradas vicinais e pelos caminhos rurais mais discretos toda vez que não tinham como se manter nas florestas. Um esforço inútil, na verdade. Os cavalos podiam ser postos para pastar onde quer que houvesse grama, mas exigiam ao menos um pouco de grãos, e até mesmo um exército diminuto precisava comprar comida, e muita. Cada homem necessitava de quatro libras por dia de farinha, feijão e carne. Os boatos deviam estar correndo por todos os cantos de Ghealdan, apesar de, com sorte, ninguém suspeitar de quem eles eram. Perrin fez uma cara feia. Talvez não suspeitassem, até ele ter resolvido abrir a boca. Ainda assim, não mudaria o que fez.

Eram três acampamentos, na realidade, um pertinho do outro e nenhum deles afastado do córrego. Viajavam juntos, todos o seguindo, supostamente obedecendo, mas havia personalidades demais envolvidas, e ninguém tinha certeza absoluta de que as outras pessoas tinham o mesmo objetivo. Por volta de novecentos Guardas Alados haviam acendido suas fogueiras amontoadas entre fileiras de cavalos amarrados em um prado amplo de vegetação marrom pisoteada. Ele tentou proteger o nariz da mistura do cheiro de cavalos, suor, esterco e carne de cabra cozida, uma combinação não muito agradável para um dia quente. Uma dúzia de sentinelas a cavalo davam voltas lentas em dupla, suas lanças compridas com flâmulas vermelhas exatamente no mesmo ângulo, mas o restante dos mayenenses tirara as armaduras peitorais e os elmos. Sem casaco e frequentemente até sem camisa sob aquele sol, estavam esparramados em seus lençóis ou jogando dados enquanto esperavam a comida. Alguns levantaram a vista quando Perrin passou, e vários largaram o que estavam fazendo e se aprumaram para examinar os acréscimos ao grupo, mas ninguém se aproximou, então as patrulhas ainda não tinham voltado. Patrulhas pequenas, sem lanças, capazes de ver sem serem vistas. Bem, a esperança era essa. Tinha sido.

Um punhado de *gai'shain* andava executando várias tarefas por entre as tendas marrom-acinzentadas das Sábias no cume esparsamente arborizado da colina que se erguia acima dos mayenenses. Àquela distância, os vultos de robe branco aparentavam ser inofensivos, o olhar abatido e submisso. De perto, a impressão era a mesma, mas a maior parte deles era Shaido. As Sábias afirmavam que *gai'shain* eram *gai'shain*. Perrin não confiava em nenhum Shaido fora do alcance da sua vista. A um lado, na encosta, sob um tupelo amarfanhado, mais ou menos uma dezena de Donzelas trajando o *cadin'sor* estavam ajoelhadas em círculo em torno de Sulin, a mais durona de todas, apesar do cabelo branco. Ela também despachara batedoras, mulheres capazes de avançar a pé tão rápido quanto os mayenenses avançavam a cavalo, e que tinham muito mais chance de se esquivar de qualquer atenção indesejada. Nenhuma das Sábias ali presentes estava ao ar livre, mas uma mulher esguia que mexia um caldeirão grande de ensopado se endireitou e esfregou as costas enquanto observava a passagem de Perrin e dos demais. Uma mulher em um vestido de cavalgada verde de seda.

Ele reparou no semblante fechado de Masuri. Aes Sedai não mexiam caldeirões nem realizavam umas vinte outras tarefas que as Sábias tinham incumbido a ela e a Seonid. Masuri responsabilizava Rand, que não estava lá, mas Perrin estava. Tivesse meia oportunidade, ela lhe arrancaria o couro.

Edarra e Nevarin se voltaram para aquela direção, suas saias volumosas mal revolvendo as camadas de folhas mortas que recobriam o solo. Seonid as acompanhou, as bochechas ainda apertadas pelo cachecol. Ela se virou no alto da sela e olhou para Perrin. Se ele acreditasse que uma Aes Sedai podia ficar nervosa, seria assim que ele a teria definido. Vindo logo atrás dela, Furen e Teryl tinham o cenho franzido.

Masuri percebeu a aproximação e tratou de voltar a se inclinar para o caldeirão negro, remexendo-o com vigor renovado e tentando parecer que nunca tinha parado. Enquanto Masuri permanecesse sob o comando das Sábias, Perrin acreditava que não precisava se preocupar com seu couro. As Sábias pareciam mantê-la sob rédea curtíssima.

Nevarin olhou por cima dos ombros na direção dele, mais um daqueles olhares sombrios que ele vinha recebendo dela e de Edarra desde que mandara seu aviso, sua ameaça, pelo sujeito de barba espetada. Perrin soltou o ar, exasperado. Não precisava se preocupar com seu couro, a menos que as Sábias decidissem que *elas* queriam arrancá-lo. Personalidades demais. Objetivos demais.

Maighdin cavalgava ao lado de Faile e parecia não prestar atenção por onde eles passavam, mas ele não apostaria um cobre furado nisso. Os olhos dela haviam se arregalado de leve ao avistar os sentinelas mayenenses. Ela sabia o que significavam as armaduras peitorais vermelhas e elmos semelhantes a panelas orladas, assim como reconhecera o rosto de uma Aes Sedai. A maioria das pessoas não teria reconhecido nem um nem outro, menos ainda alguém vestido como ela. Era um mistério, essa tal de Maighdin. Por algum motivo, ela parecia vagamente familiar.

Lini e Tallanvor — foi assim que ele ouviu a mulher chamar o sujeito cavalgando atrás dela, de "jovem" Tallanvor, embora fosse impossível que mais do que quatro ou cinco anos os separassem, se tanto — ficavam o mais perto possível de Maighdin, com Aram tentando seguir nos calcanhares de Perrin e os atrapalhando. Assim como os atrapalhava um sujeito magricela e de boca fina chamado Balwer, que parecia dar ainda menos atenção ao entorno do que Maighdin fingia dar. Ainda assim, Perrin achava que Balwer enxergava mais que ela. Não sabia dizer exatamente o motivo, mas nas poucas vezes em que notara o cheiro do homenzinho magrelo, se lembrara de um lobo farejando o ar. O estranho era que não havia sinal de medo em Balwer, só picos de irritação rapidamente suprimidos que se faziam notar pelo cheiro trêmulo da impaciência. Os demais acompanhantes de Maighdin vinham bem atrás. A terceira mulher, Breane, não parava de cochichar intensamente com um camarada imenso que não tirava os olhos do chão e que, de vez em quando, aquiescia em silêncio, às vezes balançando a cabeça. Um grandalhão, daqueles típicos valentões, mas a mulher baixinha também transparecia um quê de tenacidade. O último homem se protegia atrás desses dois, um sujeito corpulento com um chapéu de palha surrado bem enfiado na cabeça para lhe esconder o rosto. A espada que todos os homens portavam parecia tão estranha nele quanto em Balwer.

A terceira parte do acampamento, espalhada em meio as árvores que contornavam a curva da colina logo depois do campo dos mayenenses, cobria tanto terreno quanto o dos Guardas Alados, embora abrigasse muito menos gente. Ali, os cavalos encontravam-se amarrados bem longe das fogueiras, o que fazia com que o aroma imaculado do jantar tomasse conta do ar. Carne de cabra assando, bem como nabos duros que os fazendeiros provavelmente haviam pretendido dar aos porcos, mesmo em tempos tão difíceis como aqueles. Cerca de trezentos homens de Dois Rios que tinham seguido Perrin desde casa estavam cuidando de pedaços de carne em espetos, remendando roupas e inspecionando arcos e flechas, todos espalhados em grupinhos aleatórios de cinco ou seis amigos em volta de alguma fogueira. Quase todos acenaram e bradaram saudações, apesar de ter ouvido "Lorde Perrin" e "Perrin Olhos-Dourados" demais para o gosto dele. Era Faile quem tinha direito aos títulos que davam a ela.

Grady e Neald, que não transpiravam nem trajando seus casacos negros como a noite, não o cumprimentaram. Junto à fogueira que haviam acendido um pouco à parte de todos os demais, os dois só fizeram olhar para Perrin. Olhares de expectativa, ele pensou. Expectativa de quê? Essa era a pergunta que sempre se fazia em relação a eles. Os Asha'man o deixavam inquieto, mais que as Aes Sedai ou as Sábias. Mulheres canalizando o Poder era algo natural, ainda que não fosse exatamente confortável para um homem ficar por perto. Com seu rosto comum, Grady parecia um fazendeiro, apesar do casaco e da espada, e Neald, com seu bigode encurvado, tinha um ar arrogante, mas Perrin não conseguia esquecer quem eles eram nem o que tinham feito nos Poços de Dumai. Mas bom, ele também havia estado lá. Que a Luz o ajudasse, mas ele havia. Tirando a mão do machado que trazia no cinto, Perrin desmontou.

Serviçais, homens e mulheres das propriedades de Lorde Dobraine em Cairhien, vieram correndo das fileiras onde os cavalos estavam amarrados, para levar as montarias. Nenhum deles passava dos ombros de Perrin, uma gente com roupa de camponês que não parava de fazer mesuras com subserviência. Faile dizia que ele só os deixava perturbados quando tentava fazer com que parassem ou, no mínimo, que fizessem mesuras com menos frequência. Na verdade, quando Perrin pedia, eles realmente cheiravam a perturbação, e sempre retomavam as reverências depois de uma ou duas horas. Alguns outros, quase tantos quantos os homens de Dois Rios, cuidavam dos cavalos ou das longas fileiras de carroças de rodas altas que transportavam todos os suprimentos. Uns poucos iam e vinham correndo de uma grande tenda vermelha e branca.

Como de costume, a tenda em questão fez Perrin soltar um grunhido amuado. Berelain tinha uma maior na parte mayenense do acampamento, mais uma para suas duas criadas e outra para o par de caçadores de ladrões que ela insistira em trazer. Annoura tinha sua própria tenda, Gallenne também, mas só ele e Faile possuíam uma ali. Por ele, teria dormido ao relento como os outros homens de casa, que não tinham nenhuma cobertura à noite além do cobertor. Certamente não havia nenhum medo de chuva. Os serviçais cairhienos dormiam debaixo das carroças. Perrin, no entanto, não podia pedir para Faile fazer isso, não quando Berelain tinha uma tenda. Se ele ao menos pudesse ter deixado a mulher em Cairhien... Mas aí teria de ter mandado Faile a Bethal.

Dois estandartes afixados em postes altos recém-cortados, no meio de uma clareira próxima à tenda, azedaram ainda mais seu humor. A brisa se intensificara um pouco, embora ainda estivesse quente demais, e Perrin pensou ter escutado aquele trovão mais uma vez, bem distante, a oeste. As bandeiras se desfraldavam em ondas tímidas, colapsavam com o próprio peso, depois tornavam a panejar. Sua Cabeça de Lobo Vermelha com bordas carmesins e a Águia Vermelha da havia muito falecida Manetheren, expostas novamente, contrariando suas ordens. Podia até ser que, de certa maneira, ele tivesse desistido de tentar se esconder, mas o que agora era Ghealdan fizera parte de Manetheren. Alliandre não reagiria bem ao ouvir falar *daquele* estandarte! Perrin até conseguiu abrir um sorriso e uma expressão simpática para a mulherzinha atarracada que fez uma mesura profunda e levou Galope, mas foi por pouco. Lordes deviam ser obedecidos, e, se era para ele ser um lorde, parecia não estar se saindo muito bem.

Com as mãos na cintura, Maighdin examinava as bandeiras a tremular enquanto seu cavalo era levado junto aos demais. Surpreendentemente, Breane carregava desajeitada as trouxas das duas e lançava um olhar feio e petulante à outra mulher.

— Já ouvi falar de estandartes como este — falou Maighdin de repente. E irritada. Não havia irritação em sua voz, e seu semblante era plácido feito gelo, mas sua raiva tomou de assalto o nariz de Perrin. — Foram erguidos por homens em Andor, em Dois Rios, que se rebelaram contra seu governante de direito. Aybara é um sobrenome de Dois Rios, creio eu.

— Não sabemos muita coisa a respeito de governantes de direito em Dois Rios, Senhora Maighdin — rosnou ele. Arrancaria o couro da pessoa que os tivesse desfraldado daquela vez. Se histórias sobre rebeliões tinham se espalhado até tão longe... Ele já tinha complicações demais para arranjar mais uma. — Acho que Morgase era uma boa rainha, mas tivemos que nos virar, e assim fizemos.

De repente, ele identificou de quem ela o fazia se lembrar: Elayne. Não que isso significasse alguma coisa. Já tinha visto homens a milhares de milhas de Dois Rios que poderiam pertencer a famílias que ele conhecia de casa. Ainda assim, ela tinha de ter algum motivo para estar com raiva. Seu sotaque talvez fosse andoriano.

— A situação em Andor não está tão ruim quanto você pode ter ouvido falar — disse ele. — Caemlyn estava tranquila na última vez em que estive lá, e Rand, o Dragão Renascido, tem o intuito de colocar a filha de Morgase, Elayne, no Trono do Leão.

Longe de se mostrar tranquilizada, Maighdin o cercou, os olhos azuis cintilando.

— Ele pretende *colocá*-la no trono? *Não existe* homem que *coloque* uma rainha no Trono do Leão! Elayne vai reivindicar o trono de Andor que lhe *é* de direito!

Coçando a cabeça, Perrin desejou que Faile parasse de ficar olhando para a mulher com tamanha calma e dissesse algo, mas tudo que ela fez foi prender as luvas de cavalgada no cinto. Antes que ele pudesse pensar no que dizer, Lini se meteu depressa, tomou Maighdin pelo braço e deu um chocalhão digno de lhe fazer ranger os dentes.

— Peça desculpas! — ladrou a mulher mais velha. — Este homem salvou sua vida, Maighdin, e você se esquece de que não passa de uma simples camponesa falando assim com um lorde! Ponha-se no seu lugar e não deixe sua língua acabar lhe enfiando em águas mais quentes! Se este jovem lorde tinha questões com Morgase, bem, todo mundo sabe que ela morreu, sem falar que nada disso é da sua conta! Agora peça desculpa, antes que ele se irrite!

Maighdin ficou encarando Lini, a boca aberta, ainda mais impressionada que Perrin. Uma vez mais, porém, ela o surpreendeu. Em vez de explodir para cima da mulher de cabelo branco, ela se recompôs devagar, alinhou os ombros e olhou nos olhos dele.

— Lini tem toda razão. Eu não tenho direito de falar assim com o senhor, Lorde Aybara. Peço desculpa. Humildemente. E peço seu perdão.

Humildemente? Ela ainda tinha um queixo empinado, um tom de voz orgulhoso o bastante para uma Aes Sedai, e seu cheiro indicava que ela estava pronta para quebrar alguma coisa com a cabeça.

— Perdoada — respondeu Perrin às pressas.

Isso não pareceu amansá-la nem um pouco. A mulher sorriu, e talvez até quisesse expressar gratidão, mas ele conseguia ouvir os dentes dela rangendo. Será que *todas* as mulheres eram malucas?

— Eles estão sujos e com calor, marido — disse Faile, finalmente intervindo. — E sei que as últimas horas foram desgastantes para eles. Aram pode mostrar aos homens onde podem se lavar. Eu levo as mulheres comigo. Vou mandar trazerem panos úmidos para vocês lavarem as mãos e o rosto — disse ela para Maighdin e Lini.

Gesticulando para Breane vir junto, Faile as guiou para a tenda. Após um meneio de cabeça de Perrin, Aram acenou para que os homens o acompanhassem.

— Assim que terminar de se lavar, Mestre Gill, gostaria de falar com você — falou Perrin.

Foi como se ele tivesse criado outra daquelas rodas giratórias de fogo. Maighdin se virou para encará-lo, boquiaberta, e as outras duas ficaram paralisadas. Tallanvor subitamente voltou a pegar no cabo da espada, e Balwer ficou na ponta dos pés, espiando por cima de sua trouxa, a cabeça se inclinando para lá e para cá. Não como um lobo, talvez; como algum tipo de pássaro de olho nos gatos. O corpulento Basel Gill largou seus pertences e deu um pulo.

— Ora, Perrin — gaguejou ele, tirando o chapéu de palha. O suor deixara rastros na poeira em sua bochecha. Ele se curvou para recolher a trouxa, mudou de ideia e tornou a se endireitar apressado. — Quer dizer, Lorde Perrin. Eu... é... Eu pensei que fosse você, mas... com todo mundo o chamando de lorde, eu não soube se você ia reconhecer um velho estalajadeiro. — Esfregando um lenço na cabeça quase calva, o homem riu de nervoso. — Claro que eu falo com você. Posso esperar um pouco mais para me lavar.

— Olá, Perrin — disse o homem grandalhão. Com seus olhos de pálpebras caídas, Lamgwin Dorn parecia preguiçoso, apesar dos músculos e das cicatrizes no rosto e nas mãos. — Mestre Gill e eu ouvimos falar que o jovem Rand era o Dragão Renascido. Devíamos ter imaginado que você também teria mudado de patamar. Perrin Aybara é um homem bom, Senhora Maighdin. Acho que a senhora poderia confiar nele para o que bem entendesse. — Ele não era preguiçoso, e também não era burro.

Aram mexeu a cabeça com impaciência, e Lamgwin e os outros dois o acompanharam, mas Tallanvor e Balwer foram arrastando os pés, lançando olhares curiosos na direção de Perrin e Mestre Gill. Olhares preocupados. E na direção das mulheres. Faile também as fez seguir caminho, ainda que com vários olhares disparados a Perrin, a Mestre Gill e aos homens que seguiam Aram. De repente, já não estavam tão contentes de serem separados.

Mestre Gill enxugou a testa e sorriu desconcertado. Luz, por que o homem recendia a medo? Perrin começou a imaginar. Medo dele? Medo de um homem ligado ao Dragão Renascido, se intitulando lorde e liderando um exército, ainda que pequeno, que ameaçava o Profeta. E também se podia incluir aí uma Aes Sedai amordaçada; de um jeito ou de outro, ele levaria a culpa por isso. *Não*, pensou Perrin ironicamente. *Nada disso é razão para meter medo em alguém.* Era provável que todo aquele pessoal estivesse com medo que Perrin os matasse.

Para tentar acalmar Mestre Gill, ele o levou até um grande carvalho que ficava a cem passadas da tenda vermelha e branca. A maior parte das folhas da bela árvore havia caído e metade das que ainda resistiam estava marrom, mas galhos imensos que pendiam mais baixos proporcionavam um pouco de sombra, e parte das raízes retorcidas se erguia o suficiente para fazer as vezes de bancos. Perrin já havia se sentado em uma delas, passando o tempo entediado enquanto o acampamento era montado. Sempre que tentava fazer algo de útil, apareciam dez mãos arrancando qualquer coisa dele.

Basel Gill não se acalmava, independentemente de quanto Perrin perguntasse pela A Bênção da Rainha, a estalagem dele em Caemlyn, ou relembrasse de sua visita ao local. Mas podia ser que Gill estivesse se lembrando de que aquela visita não era o ideal para acalmar ninguém, com direito a Aes Sedai, conversas sobre o Tenebroso e uma fuga no meio da noite. Ele andava nervosamente para cá e para lá, apertando a trouxa contra o peito, alternando-a entre os braços, e respondia com pouquíssimas palavras, lambendo os lábios entre uma resposta e outra.

— Mestre Gill — disse Perrin por fim —, pare de me chamar de Lorde Perrin. Eu não sou. É complicado, mas eu não sou um lorde. Você sabe disso.

— Claro — respondeu o homem roliço, sentando-se finalmente em uma das raízes do carvalho. Parecendo relutar para deixar seus pertences empacotados no chão, ele os soltou devagar. — Como quiser, Lorde Perrin. Ah, Rand... o Lorde Dragão... quer mesmo que Lady Elayne ocupe o trono? Não que eu duvide da sua palavra, é claro — acrescentou ele às pressas. Ele sacou o chapéu e começou a enxugar de novo a testa. Até para um homem roliço, ele parecia estar suando o dobro do que o calor deveria causar. — Tenho certeza de que o Lorde Dragão vai fazer exatamente o que você disse. — Sua risada saiu trêmula. — Você queria falar comigo. E não era sobre minha velha estalagem, por certo.

Exausto, Perrin suspirou. Tinha pensado que não havia nada pior que velhos amigos e vizinhos fazendo mesuras, sendo subservientes, mas ao menos eles às vezes se esqueciam e diziam o que lhes vinha à mente. E nenhum tinha medo dele.

— Você está muito longe de casa — disse ele em um tom gentil. Não era preciso apressar nada, não com um homem que estava prestes a cair duro de medo. — Estava me perguntando o que o trouxe até aqui. Espero que não sejam problemas de nenhuma ordem.

— Diga a verdade, Basel Gill — interrompeu Lini com contundência, caminhando até o carvalho. — Sem floreios, vamos.

Não fazia muito tempo que a mulher tinha se afastado, mas de algum jeito já tinha lavado o rosto e as mãos e prendido muito bem o cabelo em um coque branco na nuca. E tirado a maior parte da poeira de seu vestido simples de lã. Depois de fazer uma mesura casual na direção de Perrin, ela se virou para apontar o dedo curvo para Gill.

— Nada irrita mais que três coisas: dente doendo, sapato apertado e homem fofoqueiro. Então, mantenha o foco e não saia dizendo para o jovem lorde nada além do que ele quer ouvir. — Por um momento, ela sustentou um olhar de advertência para o estalajadeiro boquiaberto, e então, de repente, fez outra rápida reverência para Perrin. — Ele adora o som da própria voz, como é o caso da maioria dos homens, mas agora vai falar do jeito certo com o senhor, milorde.

Mestre Gill encarou-a irritado e resmungou baixinho quando a mulher gesticulou com rispidez para que ele falasse. Perrin só conseguiu entender "velha esquelética".

— O que aconteceu, sendo bem *simples* e *direto*... — o sujeito roliço voltou a olhar feio para Lini, que nem pareceu perceber — foi que eu tinha um negócio para tratar em Lugard, uma oportunidade para importar vinhos. Mas você não está interessado nisso. Fui com Lamgwin, é claro, e com Breane, porque ela não o perde de vista nem por uma hora. No caminho, conhecemos a Senhora Dorlain, a Senhora Maighdin, como a chamamos, e também Lini e Tallanvor. E Balwer, claro. Na estrada, perto de Lugard.

— Maighdin e eu estávamos de serviço em Murandy — explicou Lini, impaciente. — Até começarem os problemas. Tallanvor era soldado da Casa, e Balwer, o secretário. Bandidos incendiaram a propriedade e, como nossa lady não teve como nos manter, decidimos viajar juntos por proteção.

— Eu estava contando, Lini — resmungou Mestre Gill, coçando atrás da orelha. — O mercador de vinho tinha ido embora de Lugard rumo ao interior, por algum motivo, e... — Ele balançou a cabeça. — É uma história longa demais, Perrin. Lorde Perrin, digo. Me perdoe. Você sabe que hoje em dia há problemas por toda parte, de um tipo ou de outro. Parecia que toda vez que fugíamos de um, aparecia outro, e sempre cada vez mais longe de Caemlyn. Até que aqui estamos, cansados e gratos pelo descanso. O resumo é esse.

Perrin assentiu devagar. Podia ser a pura verdade, embora ele já tivesse aprendido que as pessoas tinham centenas de razões para mentir, ou apenas para esconder a verdade. Com uma careta, ele correu os dedos pelo cabelo. Luz! Estava ficando desconfiado feito um cairhieno, e quanto mais Rand o envolvia, pior ficava. Por que diabos Basel Gill mentiria para ele? A criada de uma lady, acostumada com privilégios e agora passando aperto; isso explicava Maighdin. Certas coisas eram bem simples.

Lini estava com as mãos cruzadas na altura da cintura, mas observava seu entorno com toda a atenção, quase como um falcão, e Mestre Gill começou a se remexer assim que parou de falar. Parecia que o homem tinha entendido a careta de Perrin como uma exigência para que continuasse contando. Mais por nervosismo que por diversão, ele riu.

— Não via tanto assim do mundo desde a Guerra dos Aiel, e, na época, eu era consideravelmente mais magro. Ora, chegamos até a Amador. Claro que saímos depois que aqueles Seanchan tomaram a cidade, mas, verdade seja dita, eles não são piores que os Mantos-brancos, que eu talvez... — Ele se interrompeu quando Perrin se inclinou para a frente de maneira abrupta e o agarrou pela lapela.

— Seanchan, Mestre Gill? Você tem certeza? Ou é um daqueles boatos, como os Aiel ou as Aes Sedai?

— Eu vi — respondeu Gill, trocando olhares indecisos com Lini. — E é assim que eles mesmos se intitulam. Me surpreende que você não saiba. A notícia tem corrido mais rápido que nós desde Amador. Esses Seanchan querem que as pessoas saibam a intenção deles. Uma gente estranha, com criaturas estranhas. — Sua voz foi ganhando intensidade. — Feito Crias da Sombra. Uns troços grandes, coriáceos, que voam e carregam pessoas, e uns outros que parecem lagartos, mas do tamanho de cavalos e com três olhos. Eu vi! Vi, sim!

— Eu acredito — disse Perrin, soltando o casaco do homem. — Também já vi.

Em Falme, onde mil Mantos-brancos morreram em questão de minutos e foi preciso convocar falecidos heróis lendários com a Trombeta de Valere para expulsar os Seanchan. Rand tinha dito que eles voltariam, mas como aquilo podia ter acontecido tão rápido? Luz! Se tinham conquistado Amador, também deviam ter controle sobre Tarabon, ao menos na maior parte. Só um tolo matava um veado sabendo que havia um urso ferido às suas costas. Quanto será que haviam conquistado?

— Não tenho como mandá-lo para Caemlyn de imediato, Mestre Gill, mas, se ficar comigo um pouco mais, levo você até lá em segurança.

Como se fosse seguro ficar com ele, pelo tempo que fosse. O Profeta, os Mantos-brancos, e agora talvez os Seanchan também.

— Acho que o senhor é um bom homem — disse Lini, de repente. — Temo que não lhe contamos toda a verdade, e talvez devêssemos.

— Lini, o que você está dizendo? — exclamou Mestre Gill, pondo-se de pé. — Acho que ela está abalada pelo calor — disse ele para Perrin. — E por toda essa viagem. Ela às vezes cria essas fantasias esquisitas. Você sabe como são os idosos. Agora fique quieta, Lini!

Lini deu um bofetada na mão com que ele tentou lhe cobrir a boca.

— Comporte-se, Basel Gill! Vou mostrar a você quem é a "idosa"! Maighdin *estava* fugindo de Tallanvor, digamos assim, e ele a *estava* perseguindo. Todos nós estávamos, já fazia quatro dias, e quase nos matamos, a nós e aos cavalos. Bem, não é de se estranhar que metade do tempo ela não saiba o que diz. Vocês, homens, confundem o juízo das mulheres, fazem com que elas mal consigam pensar, e depois fingem que não fizeram nada. Como regra geral, todos vocês deviam levar umas bofetadas na orelha. A garota está com medo do que sente! Aqueles dois deveriam se casar, e quanto mais rápido, melhor.

Mestre Gill ficou encarando-a boquiaberto, e Perrin não sabia ao certo se a própria boca não estava escancarada.

— Não tenho certeza se entendi o que você quer de mim... — disse ele devagar, no que a mulher de cabelo branco tratou de continuar antes que ele tivesse concluído.

— Não se faça de tapado. Não acredito nem um segundo em você. Dá para perceber que você é mais perspicaz que a maioria dos homens. Este é o pior hábito que vocês, homens, têm: fazer de conta que não enxergam o que está bem debaixo do nariz. — O que tinha acontecido com aquele monte de mesuras? Com os bracinhos cruzados na altura do peito, Lini o encarava com uma expressão severa. — Bem, se você vai ficar fingindo, eu explico: esse seu Lorde Dragão faz o que bem entende, pelo que eu sei. O seu Profeta escolhe pessoas e as casa na mesma hora. Muito bem... Trate de pegar Maighdin e Tallanvor e case os dois. Ele vai lhe agradecer, ela também. Quando a mente dela sossegar.

Embasbacado, Perrin deu uma olhadela para Mestre Gill, que deu de ombros e abriu um sorrisinho.

— Com a sua licença — disse Perrin para a mulher de cenho franzido —, tenho algumas questões que preciso resolver.

E saiu andando apressado, olhando para trás uma única vez. Lini sacudia o dedo em riste para Mestre Gill, repreendendo-o, apesar das reclamações do homem. A brisa soprava na direção errada e não permitia que Perrin ouvisse o que eles diziam. Na verdade, ele nem queria. Os dois *eram* malucos!

Berelain podia até ter suas duas criadas e seus caçadores de ladrões, mas Faile, de certa forma, também tinha seus serviçais. Uns vinte jovens tairenos e cairhienos se encontravam sentados de pernas cruzadas perto da tenda, as mulheres, tais quais os homens, trajando casacos e calças e trazendo espadas presas ao cinto. O cabelo de nenhuma delas passava da altura do ombro, e tanto homens quanto mulheres prendiam as mechas com uma fita, imitando o rabo de cavalo dos Aiel. Perrin ficou se perguntando onde estariam os outros, já que era raro eles se afastarem do som da voz de Faile. Ela dizia que os pusera debaixo de suas asas para que *não* se metessem em confusão, e a Luz sabia que era isso que teria acontecido se tivessem sido deixados em Caemlyn com mais um bando de jovens tolos. Na opinião de Perrin, todos ali precisavam de um belo chute no traseiro para ver se tomavam juízo. Duelar, brincar de *ji'e'toh*, fingir ser uma espécie de Aiel. Que idiotice!

Lacile se pôs de pé quando Perrin se aproximou, uma mulherzinha de pele clara com dois laços vermelhos presos nas lapelas, argolinhas de ouro nas orelhas e um olhar desafiador que, por vezes, fazia os homens de Dois Rios acharem que, apesar da espada, ela talvez não rejeitasse um beijo. Naquele momento, sua expressão de desafio estava firme feito uma rocha. Logo depois, Arrela também se levantou, alta e de pele escura, com o cabelo curtinho feito o de uma Donzela e roupas mais simples que as da maioria dos homens. Ao contrário de Lacile, Arrela deixava bem claro que preferia beijar um cão do que qualquer homem. A dupla fez menção de se colocar à frente da tenda para impedir a entrada de Perrin, mas um sujeito de queixo quadrado trajando um casaco de mangas estufadas ladrou um comando e as duas voltaram a se sentar. Com relutância. Na verdade, Parelean coçou aquele queixo parecido com um tijolo como se estivesse reconsiderando. Quando Perrin o conheceu, ele usava barba, assim como vários tairenos, mas os Aiel não deixavam a barba crescer.

Perrin resmungou baixinho sobre aquela imbecilidade. Eles eram leais a Faile até o último fio de cabelo, e o fato de ele ser marido dela não significava muita coisa. Aram talvez tivesse ciúme das atenções dele, mas pelo menos também nutria carinho por Faile. Enquanto entrava, Perrin podia sentir os olhos daqueles jovens idiotas voltados para ele. Faile lhe arrancaria o couro se descobrisse que torcia para que aquele pessoal evitasse que *ela* se metesse em confusão.

A tenda era alta e espaçosa, com um tapete florido no chão e mobílias esparsas e em maioria dobráveis, para caber nas carroças. Não era o caso, por certo, do pesado espelho de pé. Exceto pelos baús com bordas de latão ornados com panos bordados e que também faziam as vezes de mesas extras, a decoração inteira se restringia a douraduras brilhantes dispostas em linha reta que iam até o lavatório e seu espelho. Uma dúzia de abajures espelhados tornavam o interior quase tão iluminado quanto o lado de fora, ainda que consideravelmente mais fresco, e havia até um par de drapeados de seda pendendo das pilastras que sustentavam o teto, enfeitados demais para o gosto de Perrin. E rígidos demais, com os pássaros e as flores dispostos em linhas e ângulos. Dobraine havia preparado tudo para que eles viajassem como nobres cairhienos, embora Perrin tivesse dado um jeito de "perder" as piores peças. Começando pela cama imensa, um troço ridículo para se levar em uma viagem. Ela, sozinha, tinha ocupado quase uma carroça inteira.

Faile e Maighdin estavam sentadas sozinhas e tinham na mão xícaras trabalhadas em prata. O clima era de duas mulheres se estudando, cheias de sorrisos por fora, mas com um quê penetrante nos olhos, como se procurassem pescar algo além das palavras, e sem saber se no instante seguinte se abraçariam ou sacariam facas. Bem, Perrin achava que a maioria das mulheres não chegava ao ponto de apelar para as facas, mas Faile era capaz disso. Lavada e penteada, com a poeira removida do vestido, Maighdin já demonstrava bem menos o desgaste da viagem. Uma mesinha com tampo em mosaico disposta entre as duas abrigava mais xícaras e um suado jarro comprido de prata que exalava o aroma mentolado de chá de ervas. As duas olharam em volta quando ele entrou, e, por alguns instantes, ficaram praticamente com o mesmo semblante, imaginando friamente quem teria entrado e irritadas com a interrupção. Pelo menos Faile suavizou sua expressão de imediato ao abrir um sorriso.

— Mestre Gill me contou sua história, Senhora Dorlain — disse ele. — Você enfrentou dias difíceis, mas pode ter certeza de que está segura aqui até decidir ir embora.

A mulher murmurou um agradecimento por sobre a borda da xícara, mas recendia a cautela, seus olhos tentando lê-lo como se ele fosse um livro.

— Maighdin também me contou a história deles, Perrin — disse Faile —, e eu tenho uma oferta para fazer a ela. Maighdin, você e seus amigos viveram tempos penosos nos últimos meses, e você me disse que não há perspectivas pela frente. Juntem-se ao meu serviço, todos vocês. Ainda será preciso viajar, mas as circunstâncias serão bem melhores. Eu pago bem e não sou uma senhora ríspida.

Perrin expressou sua aprovação de imediato. Se a vontade de Faile era satisfazer sua propensão a acolher os desgarrados, ele ao menos também queria ajudar aquele pessoal. Talvez todos ali fossem estar mais seguros com ele do que perambulando por aí sozinhos.

Maighdin se engasgou com o chá e quase deixou a xícara cair. Ela encarou Faile, enxugando a umidade do queixo com batidinhas delicadas de um lenço de linho de borda rendada, e fez a cadeira ranger bem de leve ao se virar desajeitadamente para analisar Perrin.

— Eu... agradeço a vocês — disse ela por fim, devagar. — Acho que... — Mais um escrutínio momentâneo de Perrin, e sua voz ficou mais firme. — Sim, obrigada, eu aceito com muita gratidão a oferta gentil de vocês. Melhor ir avisar aos meus acompanhantes.

Levantando-se, ela hesitou em depositar a xícara na bandeja, então se endireitou de novo só para estender as saias em uma reverência digna de qualquer palácio.

— Vou tentar dar meu melhor, milady — disse ela, sem afetação. — Posso me retirar?

Ao consentimento de Faile, fez outra mesura e recuou dois passos antes de se virar para ir! Perrin coçou a barba. Mais alguém para ficar se curvando diante dele toda vez que desse meia-volta.

Tão logo a aba da tenda caiu por trás de Maighdin, Faile pousou sua xícara e gargalhou, tamborilando os calcanhares no carpete.

— Ah, eu gosto dela, Perrin. Ela tem espírito! Aposto que ela teria chamuscado sua barba por conta daqueles estandartes, se eu não tivesse salvado você. Ah, pois é... Espírito!

Perrin soltou um grunhido. Era tudo que ele precisava: mais uma mulher para lhe chamuscar a barba.

— Prometi a Mestre Gill que cuidaria deles, Faile, mas... adivinhe o que a tal de Lini pediu. Ela quer que eu case Maighdin com aquele sujeito, Tallanvor. Que ponha os dois na minha frente e os case, digam o que disserem! E falou que os dois querem se casar. — Ele encheu de chá uma das xícaras de prata e se deixou cair na cadeira que Maighdin liberara, ignorando os rangidos alarmantes do objeto por conta do peso súbito. — Em todo caso, essa tolice é a menor das minhas preocupações. Mestre Gill diz que foram os Seanchan que tomaram Amador, e eu acredito nele. Luz, os Seanchan!

Faile tamborilou as pontas dos dedos, olhando para o nada.

— Pode ser uma boa ideia — refletiu ela. — A maioria dos serviçais se dá melhor casada que solteira. Talvez seja melhor eu providenciar isso. E para Breane também. Pelo modo como ela saiu correndo daqui assim que lavou o rosto, para ir ver como estava aquele grandalhão, suspeito que esses dois já deveriam estar casados. Os olhos dela brilhavam. Não vou permitir esse tipo de comportamento entre os meus serviçais, Perrin. Só leva a lágrimas, recriminações e birras. E Breane vai perturbar mais que ele.

Perrin apenas a encarou.

— Você me ouviu? — indagou ele, devagar. — Os Seanchan capturaram Amador! Os Seanchan, Faile!

Ela tomou um susto — estivera realmente pensando em casar aquelas mulheres! — e, em seguida, sorriu para ele, divertindo-se.

— Ainda falta muito para chegarmos em Amador, e, se nos depararmos mesmo com esses Seanchan, tenho certeza de que você vai dar conta deles. Afinal, você conseguiu dar conta de mim, não foi? — Era o que ela dizia, embora ele nunca tivesse visto nenhum sinal disso.

— Talvez eles sejam um tantinho mais difíceis do que você foi — rebateu ele, seco, no que ela tornou a sorrir. Por algum motivo, seu cheiro exalava uma imensa alegria. — Estou pensando em mandar Grady ou Neald irem avisar Rand, a despeito do que ele disse.

Ela fez que não com firmeza, o sorriso evaporando, mas ele seguiu em frente:

— Se eu soubesse como encontrá-lo, eu encontraria. Tem que ter um jeito de falar com ele sem ninguém ficar sabendo.

Rand insistira mais nisso do que no sigilo quanto a Masema. Perrin havia sido exilado da presença de Rand, e ninguém deveria saber que ainda havia algo entre eles além de inimizade.

— Ele sabe, Perrin. Tenho certeza. Maighdin viu pombais por toda parte em Amador, e aparentemente os Seanchan nem deram atenção a isso. A esta altura, qualquer mercador que tenha negócios com Amador já está sabendo, além da Torre Branca. Acredite, Rand também já deve saber. Você precisa confiar que ele sabe das coisas. Nisso, ele é bom. — Ela nem sempre tivera certeza disso.

— Pode ser — resmungou Perrin, irritadiço.

Ele tentava não se preocupar com a sanidade de Rand, mas por mais desconfiado que Perrin fosse, comparado com Rand, ele parecia um garotinho saltitando em um prado. Quanto será que Rand confiava até mesmo nele? Ele escondia as coisas, tinha planos que nunca externava.

Suspirando, Perrin se recostou na cadeira e tomou um gole de chá. A verdade era que, são ou louco, Rand *tinha* razão. Se os Abandonados sequer suspeitassem do que ele vinha fazendo, ou se a Torre Branca suspeitasse, dariam um jeito de derrubar a bigorna em cima dos pés dele.

— Pelo menos posso dar aos olhos-e-ouvidos da Torre menos assunto para falar. Desta vez eu vou *queimar* aquele maldito estandarte.

E a Cabeça de Lobo também. Ele podia até precisar se passar por lorde, mas podia fazer isso sem um maldito estandarte!

Os lábios carnudos de Faile se apertaram, ponderando, e ela balançou de leve a cabeça. Deixando-se escorregar da cadeira, ela se ajoelhou ao lado de Perrin e pôs as mãos em seu pulso. Ele reagiu com cautela ao olhar determinado dela. Quando Faile o olhava tão firme e seriamente, era porque ia falar algo importante. Ou isso ou despistá-lo e fazê-lo andar em círculos até ele não saber mais onde era um lado e onde era o outro. Seu cheiro não sugeria nada. Ele tentou parar de cheirá-la; era fácil demais se perder ali, e aí *sim* ela o despistaria. Uma coisa ele havia aprendido desde que se casara: um homem precisava estar em seu juízo perfeito para lidar com uma mulher, e era muito comum que nem isso fosse suficiente. As mulheres, tanto quanto as Aes Sedai, faziam o que bem entendiam.

— Talvez você devesse reconsiderar, marido — murmurou ela. Um sorrisinho fez sua boca se curvar como se ela soubesse, de novo, o que ele estava pensando. — Duvido que alguém que tenha nos visto desde que chegamos a Ghealdan soubesse o que é a Águia Vermelha. Nos arredores de uma cidade do tamanho de Bethal, no entanto, alguns vão saber. E quanto mais tempo passarmos caçando Masema, mais chances disso.

Ele não se deu ao trabalho de dizer que aquele era mais um motivo para dar fim ao estandarte. Faile não era boba e pensava muito mais rápido que ele.

— Então por que mantê-lo, se tudo que vai fazer é atrair olhares para o idiota que todos vão achar que está tentando desenterrar Manetheren do túmulo? — questionou ele com toda a calma.

Homens já haviam tentado isso antes, mulheres também. O nome de Manetheren carregava memórias poderosas, e era conveniente para qualquer um que quisesse dar início a uma rebelião.

— Porque ele *vai* atrair olhares. — Ela se inclinou para ele, séria. — Para um homem que está tentando reerguer Manetheren. Pessoas mais simples vão sorrir para você, torcer para você ir embora logo, e tentar esquecê-lo assim que você for. Pessoas mais elevadas... elas também estão com preocupações demais no momento para lhe dar muita atenção, a menos que você vá para cima delas. Em comparação com os Seanchan, o Profeta ou os Mantos-brancos, um homem tentando reerguer Manetheren não é nada. E acho que dá para dizer que a Torre também não vai fazer caso, não agora. — Seu sorriso aumentou e a luz em seus olhos dizia que ela estava prestes a revelar seu argumento mais forte. — Mas, mais importante, ninguém vai achar que esse homem está fazendo alguma outra coisa. — Abruptamente, o sorriso desapareceu, e ela pressionou o dedo em riste, com força, no nariz dele. — E não se chame de idiota, Perrin t'Bashere Aybara. Nem de brincadeira, desse jeito. Você não é, e eu não gosto disso. — Ela recendia a minúsculos espinhos. Não estava de fato com raiva, mas com certeza descontente.

Imprevisível. Um martim-pescador pulando mais rápido que o pensamento. Mais que os dele, com toda a certeza. Esconder-se de maneira tão... descarada jamais teria lhe ocorrido. Mas ele via sentido naquilo. Era como alguém disfarçar o fato de ser um assassino dizendo ser ladrão. Mas poderia funcionar.

Com uma risadinha, ele deu um beijo na ponta do dedo dela.

— O estandarte fica — concordou. Imaginava que aquilo significava que a Cabeça de Lobo também ficaria. Sangue e malditas cinzas! — Mas Alliandre precisa saber a verdade. Se ela achar que Rand quer me transformar em Rei de Manetheren e tomar as terras dela...

Faile se pôs de pé tão de repente, virando-se de costas, que ele teve medo de ter cometido um erro ao mencionar a rainha. Era fácil demais o nome de Alliandre levar ao de Berelain, e o cheiro de Faile era de alguém... irritadiça. Desconfiada. Porém, o que ela disse por cima do ombro foi:

— Alliandre não vai ser nenhum empecilho para Perrin Olhos-Dourados. Esse pássaro já está engaiolado, marido, então está na hora de concentrar nossa atenção em como encontrar Masema.

Ajoelhando-se com graciosidade ao lado de um pequeno baú encostado na parede da tenda, o único sem nenhum drapeado, ela levantou a tampa e começou a tirar rolos de mapas.

Perrin esperava que Faile estivesse certa a respeito de Alliandre, já que não sabia o que fazer caso ela estivesse errada. Se ele fosse ao menos metade do que ela achava que ele era... Alliandre era um pássaro engaiolado, os Seanchan sucumbiriam feito bonequinhos diante de Perrin Olhos-Dourados, e ele ainda apanharia o Profeta e o levaria a Rand mesmo que Masema tivesse dez mil homens ao seu redor. Não era a primeira vez que ele se dava conta de que, por mais que a raiva dela o magoasse e desnorteasse, seu medo era decepcioná-la. Se algum dia ele visse decepção nos olhos dela, seria como arrancar seu coração do peito.

Perrin se ajoelhou ao lado dela, ajudou-a a abrir o maior mapa de todos, que cobria todo o sul de Ghealdan e o norte de Amadícia, e o estudou como se o nome de Masema fosse saltar do pergaminho. Ele tinha mais motivos que Rand para querer vencer. Tudo, menos desapontar Faile.

Deitada no escuro, Faile ficou escutando até ter certeza de que a respiração de Perrin se encontrava no ritmo profundo do sono e então escapuliu de debaixo do cobertor que os dois compartilhavam. Foi tomada por um quê de diversão arrependida enquanto tirava a camisola de linho por cima da cabeça. Será que ele realmente achava que ela não ia descobrir que ele havia escondido a cama em um bosque, certa manhã, quando as carroças estavam sendo carregadas? Não que ela se importasse. Não muito, pelo menos. Faile tinha certeza de que já tinha dormido no chão tantas vezes quanto ele. Ela fingiu surpresa, claro, e deixou por isso mesmo. Qualquer outra reação, e ele teria pedido desculpas, talvez ido até buscar a cama. Administrar um marido era uma arte, dizia sua mãe. Será que Deira ni Ghaline também achava tão difícil?

Enfiando os pés descalços nos chinelos, ela vestiu um robe de seda, e então, baixando os olhos para Perrin, hesitou. Se acordasse, ele conseguiria vê-la com clareza, mas para ela ele não passava de uma forma sombreada. Faile desejou que sua mãe estivesse ali naquele exato momento para lhe dar conselhos. Amava Perrin com cada fio do seu ser, e ele emaranhava cada um desses fios. Era impossível realmente compreender os homens, claro, mas ele era diferente demais de todos com que ela fora criada. Nunca se vangloriava e, em vez de rir de si mesmo, era... modesto. Faile não acreditava que um homem *pudesse* ser modesto! Ele insistia que o acaso fizera dele um líder, dizia que não sabia liderar, sendo que bastava uma hora para que os homens que o conheciam se mostrassem prontos para segui-lo. Desdenhava da lerdeza do próprio pensamento, sendo que esses pensamentos lentos e ponderados enxergavam tão fundo, que ela era que precisava fazer malabarismos para esconder quaisquer segredos. Era um homem maravilhoso, aquele seu lobo de cabelo encaracolado. Tão forte. E tão gentil. Com um suspiro, ela saiu da tenda na pontinha dos pés. Os ouvidos dele já haviam lhe dificultado a vida em outras ocasiões.

O acampamento dormia tranquilo sob uma lua crescente que proporcionava tanta luminosidade naquele céu aberto quanto normalmente proporcionaria se estivesse cheia, um brilho que desbotava as estrelas. Alguma espécie de pássaro noturno soltou um guincho estridente, para então ficar em silêncio ao ouvir o piado grave de uma coruja. Uma leve brisa soprava e, por incrível que parecesse, a sensação era até de certo friozinho. Devia ser coisa da imaginação dela. As noites só eram frescas se comparadas com os dias.

A maioria dos homens estava dormindo, amontoados escuros em meio às sombras das árvores. Um ou outro continuava acordado, conversando ao redor das poucas fogueiras onde ainda havia fogo. Faile não fez o menor esforço para se esconder, mas ninguém a notou. Alguns pareciam estar dormindo sentados, as cabeças balançando. Se ela não soubesse quão bem os homens de sentinela estavam vigiando, talvez achasse que o acampamento poderia ser surpreendido por uma manada de gado selvagem. Claro que as Donzelas também passavam a noite de guarda. Mas tampouco importava se alguma delas a visse.

As carroças de rodas altas formavam longas filas de sombras, os serviçais já acomodados roncando sob cada uma delas. A maior parte deles. Uma fogueira ainda crepitava por ali. Maighdin e seus amigos encontravam-se sentados em volta dela. Tallanvor estava falando e gesticulava intensamente, mas só os outros homens pareciam dar alguma atenção, embora ele aparentasse se dirigir a Maighdin. Não foi surpresa que eles tivessem em suas trouxas vestes melhores do que as roupas esfarrapadas que estavam usando antes, mas a antiga senhora deles devia ter sido das mais generosas para distribuir seda para sua gente, e Maighdin de fato trajava uma seda muito bem cortada, de um azul suave. Nenhum dos outros estava tão bem vestido, o que podia indicar que a garota fora a favorita da lady deles.

Faile pisou em um galho, que estalou, e cabeças se agitaram para um lado e para outro, Tallanvor sobressaltando-se, ficando de pé, e já quase sacando a espada antes de avistá-la recolhendo o robe sob a luz do luar. Eles estavam mais alertas que os homens de Dois Rios, atrás dela. Por um instante, todos só ficaram observando-a, até que Maighdin se levantou com graciosidade e fez uma reverência profunda, cujo exemplo os outros trataram de seguir com diferentes níveis de habilidade. Só Maighdin e Balwer demonstraram total tranquilidade. Um sorriso nervoso dividia o rosto redondo de Gill.

— Continuem o que estavam fazendo — disse Faile com gentileza. — Mas não fiquem acordados até muito tarde, porque amanhã vai ser um dia cheio.

Ela seguiu caminhando, mas, quando deu uma olhadela para trás, todos permaneciam de pé, ainda a observando. As viagens deviam tê-los deixado cautelosos feito lebres, sempre atentos a alguma raposa. Faile ficou se perguntando se eles se adaptariam bem. Ao longo das próximas semanas, ela teria trabalho para treiná-los quanto aos seus modos, e para aprender os deles. Uma coisa era tão importante quanto a outra para um domicílio bem administrado. Ela teria de encontrar tempo.

Naquela noite, eles não passaram muito tempo nos pensamentos dela. Pouco depois, ela já se encontrava além das carroças, próxima de onde os homens de

Dois Rios vigiavam atentos do alto das árvores. Nada maior que um rato lhes passaria despercebido — até algumas Donzelas haviam sido avistadas vez ou outra —, mas eles estavam atentos a qualquer um tentando entrar escondido, não a quem tinha direito de estar ali. Em uma pequena clareira iluminada pela lua, o pessoal de Faile a aguardava.

Alguns homens se curvaram, e Parelean quase se ajoelhou antes de se conter. Várias mulheres instintivamente fizeram mesuras que, em trajes masculinos, pareceram bastante peculiares, para então baixar a vista ou se agitar envergonhadas ao se dar conta do que tinham feito. Tinham nascido com os modos da corte, apesar do seu grande esforço para tentar adotar os costumes Aiel. O que acreditavam ser costumes Aiel, pelo menos. Havia ocasiões em que eles deixavam Donzelas horrorizadas com suas crenças. Perrin dizia que eram uns tolos, e de certa forma eram mesmo, mas tinham jurado fidelidade a ela, cairhienos e tairenos — o juramento de água, como chamavam, copiando os Aiel, ou tentando —, e isso os tornava dela. Entre eles, passaram a chamar sua "sociedade" de *Cha Faile*, a Garra do Falcão, embora tivessem entendido a necessidade de manter aquilo em segredo. Não eram tolos em todos os sentidos. Na verdade, ao menos a grosso modo, não eram tão diferentes dos rapazes e das moças com quem ela tinha sido criada.

Os serviçais que ela despachara de manhã cedo haviam acabado de retornar, as mulheres que compunham o grupo ainda trocando os vestidos que tinham precisado usar. Se uma única mulher trajada como homem teria chamado atenção em Bethal, imagine cinco. A clareira estava cheia de saias e anáguas, casacos, camisas e calças. As mulheres faziam crer que não se importavam em se despir na frente dos outros, dos homens inclusive, já que os Aiel pareciam não dar importância a isso, mas a pressa e a respiração ofegante denunciavam a mentira. Os homens agitavam os pés e viravam a cabeça, divididos entre desviar a vista de maneira decente e ficar olhando, como achavam que os Aiel faziam, enquanto fingiam não estar de olho nas mulheres seminuas. Faile segurou firme o robe que trajava por cima da camisola. Não poderia ter se vestido mais que isso sem acordar Perrin, com toda a certeza, mas não fingia estar à vontade. Não era domanesa, para tomar banho na presença de criados.

— Perdoe-nos pelo atraso, Milady Faile — disse Selande, ofegante, puxando o casaco.

O sotaque cairhieno era forte na voz da mulher de baixa estatura. Mesmo para uma cairhiena, ela não era alta, mas era dona de uma presunção verossímil, uma ousadia conveniente na maneira como inclinava a cabeça e na postura dos ombros.

— Teríamos voltado antes, mas os guardas do portão deram trabalho para nos deixar passar.

— Deram trabalho? — disse Faile, o tom brusco.

Se ao menos ela pudesse ter visto com os próprios olhos, além dos deles. Se ao menos Perrin a tivesse deixado ir, em vez daquela vagabunda. Não, ela não pensaria em Berelain. Não era culpa de Perrin. Faile repetia isso para si mesma vinte vezes por dia, como uma oração. Mas por que o homem era tão cego?

— Que tipo de trabalho?

Ela respirou fundo, aborrecida. Problemas com maridos nunca deveriam afetar o tom de voz com os vassalos.

— Nada grave, milady. — Selande afivelou o cinturão da espada e o acomodou na cintura. — Deixaram alguns camaradas à nossa frente passarem com seus carroções sem dar muita atenção, mas ficaram preocupados em deixar mulheres saírem noite adentro.

Algumas das mulheres riram. Os cinco homens que haviam ido a Bethal se agitaram, um tanto irritados, sem dúvida por não terem sido vistos como proteção suficiente. O restante da *Cha Faile* formou um semicírculo denso atrás desses dez e ficou observando e ouvindo Faile atentamente. A luz do luar pintava sombras em seus rostos.

— Contem o que vocês viram — ordenou Faile com um tom de voz mais calmo. Bem melhor.

Selande fez um relato conciso e, mesmo desejando ter ido pessoalmente, Faile teve de admitir que eles haviam visto quase tanto quanto ela podia querer. As ruas de Bethal ficavam quase sempre vazias, mesmo nos horários mais movimentados do dia. As pessoas permaneciam em casa o máximo possível. Algum comércio acontecia aqui e ali, mas poucos mercadores se aventuravam naquela parte de Ghealdan, e mal chegava comida suficiente do campo para manter toda a população alimentada. A maior parte dos cidadãos parecia atordoada, com medo do que havia além das muralhas, mergulhando cada vez mais fundo na apatia e no desespero. Todos se mantinham de boca fechada por medo dos espiões do Profeta e, por receio de serem tidos como espiões, fechavam os olhos também. O impacto do Profeta era profundo. Por exemplo, apesar da quantidade de bandidos perambulando pelas colinas, batedores de carteira e salteadores tinham sumido de Bethal. Dizia-se que o castigo do Profeta para um larápio era decepar as mãos do dito cujo. Apesar de isso não parecer se aplicar aos próprios asseclas.

— A rainha transita pela cidade todos os dias, mostrando a cara para manter os ânimos, mas acho que não adianta muito — relatou Selande. — Ela está avançando aqui pelo Sul para lembrar as pessoas de que ainda têm uma rainha; talvez ela tenha tido mais sucesso em outros lugares. A Guarda foi incorporada aos guardas das muralhas, assim como quase todos os soldados dela. Talvez faça a população da cidade se sentir mais segura. Até ela seguir em frente. Ao contrário de todo mundo, a própria Alliandre parece não ter medo que o Profeta parta com tudo para cima das muralhas. Ela caminha sozinha pelos jardins do palácio de Lorde Telabin, de manhã e à noite, e mantém só uns poucos soldados, que passam a maior parte do tempo nas cozinhas. A cidade inteira parece estar tão preocupada com a comida e com quanto tempo ainda vai durar quanto com o Profeta. Na verdade, milady, mesmo com tantos guardas nas muralhas, creio que se Masema aparecesse sozinho nos portões, talvez lhe entregassem a cidade.

— Entregariam — corroborou Meralda com desdém, afivelando sua espada em volta da cintura. — E ainda implorariam misericórdia.

De pele escura e atarracada, a tairena era da altura de Faile, mas baixou a cabeça quando Selande a olhou feio, e murmurou um pedido de desculpas. Depois da própria Faile, não havia nenhuma dúvida de quem liderava a *Cha Faile*.

Ela ficara contente por não ter sido necessário alterar a precedência que eles haviam definido. Selande era a mais inteligente ali, exceto talvez por Parelean, e só Arrela e Camaille eram mais rápidas. E Selande tinha algo mais, uma certa firmeza, como se já tivesse enfrentado o maior medo de sua vida e nada mais pudesse ser tão ruim. Claro que ela queria uma cicatriz, como as que algumas Donzelas possuíam. Faile tinha várias cicatrizes pequenas, a maioria insígnias de honra, mas a verdade era que procurar por uma era idiotice. Pelo menos a mulher não estava ansiosa demais nesse sentido.

— Fizemos um mapa, como milady pediu — concluiu a mulher baixinha, com uma última espiadela de advertência a Meralda. — Atrás, demarcamos o máximo possível o palácio de Lorde Telabin, mas temo que não haja muito mais que os jardins e os estábulos.

Faile não tentou identificar as linhas no papel que desdobrou sob o luar. Pena ela não ter podido ir pessoalmente. Poderia ter mapeado a parte interna também. Não. O que estava feito estava feito, como Perrin gostava de dizer. E bastava.

— Vocês têm certeza de que ninguém revista os carroções que saem da cidade?

Mesmo à pouca luz, ela conseguiu perceber um ar confuso em muitos dos rostos à sua frente. Ninguém sabia por que ela havia despachado alguns deles a Bethal. Selande não parecia confusa.

— Sim, milady — afirmou ela com toda a calma. Bastante inteligente, e mais que suficientemente rápida.

O vento apertou por alguns instantes, fazendo farfalhar as folhas das árvores e as que jaziam mortas no chão, e Faile desejou ter a audição de Perrin. O olfato e a visão também. Não importava se alguém a visse ali com seus serviçais, mas ouvidos bisbilhoteiros eram outros quinhentos.

—Vocês se saíram muito bem, Selande. Todos vocês.

Perrin conhecia os perigos dali, tão reais quanto mais ao sul. Conhecia, mas, como a maior parte dos homens, pensava com o coração tanto quanto com a cabeça. Uma esposa tinha de ser prática, manter o marido bem longe de problemas. Tinha sido o primeiríssimo conselho de sua mãe sobre a vida de casada.

— Na primeira luz do dia, vocês vão voltar a Bethal, e se receberem notícias minhas, o que vão fazer é o seguinte...

Até os olhos de Selande foram se arregalando em choque à medida que ela prosseguiu, mas ninguém murmurou nem a mais sutil reclamação. Faile teria ficado surpresa se alguém tivesse murmurado. Suas instruções foram precisas. Haveria certo perigo, mas, dadas as circunstâncias, nem perto do que poderia ser.

— Alguma pergunta? — disse ela, por fim. — Todo mundo entendeu?

Em uníssono, a *Cha Faile* respondeu:

—Vivemos para servir nossa lady Faile.

E isso significava que serviriam ao amado lobo dela, quisesse ele ou não.

Maighdin se remexia sob os lençóis no chão duro, sem conseguir pegar no sono. Aquele agora era seu nome. Um nome novo para uma vida nova. Maighdin pela sua mãe, e Dorlain pela família em uma propriedade que havia sido sua. Uma vida nova em troca de uma vida pregressa que não existia mais, porém laços afetivos não podiam ser cortados. E agora... Agora...

Um leve crepitar de folhas mortas a fez levantar a cabeça, e ela avistou um vulto passando por entre as árvores. Lady Faile, voltando para sua tenda de onde quer que tivesse ido. Uma jovem agradável, generosa e articulada. Fosse qual fosse a ascendência do marido, era quase certo que ela era nascida em seio nobre. Mas jovem. Inexperiente. Talvez isso ajudasse.

Maighdin deixou a cabeça repousar no manto que enrolara para servir de travesseiro. Luz, o que estava fazendo ali? Aceitando serviço como criada de uma lady! Não. Manteria firme ao menos a confiança em si mesma. Ainda podia fazer isso. Podia. Se buscasse lá no fundo. Sua respiração se acelerou ao ouvir o barulho de pegadas bem próximas.

Tallanvor ajoelhou-se graciosamente ao seu lado. Estava sem camisa, o luar reluzindo nos músculos lisos do peito e dos ombros, o rosto na penumbra. Uma brisa leve lhe ondulava o cabelo.

— Que loucura é essa? — questionou ele baixinho. — Aceitar *serviço*? O que deu em você? E não venha com essa bobagem de vida nova, porque eu não acredito. Ninguém acredita.

Ela tentou se virar, mas ele pousou a mão no ombro dela. Não a apertou, mas a fez parar com a eficiência de um cabresto. Luz, por favor, que ela não tremesse. A Luz não ouviu, mas pelo menos ela conseguiu manter a voz firme.

— Caso você ainda não tenha percebido, eu agora preciso ganhar a vida. Melhor ser serviçal de uma lady que serviçal de taverna. Fique à vontade para seguir em frente sozinho se o serviço aqui não lhe agradar.

—Você não abdicou do seu juízo nem do seu orgulho quando renunciou ao trono — resmungou ele. Que a Luz queimasse Lini por ter revelado aquilo! — Se pretende fingir que sim, sugiro evitar conversar sozinha com Lini. — O homem riu da cara dela! Riu, e que risada gostosa! — Ela quer conversar com Maighdin, e eu suspeito que não vá ser tão gentil com ela quanto costumava ser com Morgase.

Irritada, ela se sentou e empurrou a mão dele.

—Você está cego e surdo? O Dragão Renascido tem *planos* para Elayne! Luz, eu não queria nem que ele soubesse o nome dela! Tem que ser mais do que mero acaso eu ter vindo parar com um dos escudeiros dele, Tallanvor. Tem que ser!

— Que a Luz me queime, eu sabia que devia ser isso. Queria estar errado, mas... — Tallanvor parecia tão irritado quanto ela. Ele não tinha o direito de estar irritado! — Elayne está segura na Torre Branca, o Trono de Amyrlin não vai deixá-la chegar nem perto de um homem que saiba canalizar, mesmo que seja o Dragão Renascido. Menos ainda se for! E Maighdin Dorlain não pode fazer nada em relação ao Trono de Amyrlin, ao Dragão Renascido *nem* ao Trono do Leão. A única coisa que ela pode fazer é acabar com o pescoço quebrado, a garganta cortada ou...!

— Maighdin Dorlain pode observar! — interrompeu ela, ao menos em parte para dar um basta naquela ladainha horrorosa. — Ela pode ouvir! Ela pode...!

Irritada, sua voz foi esvanecendo. O que ela *podia* fazer? De repente, se deu conta de que estava ali sentada com uma camisola fininha e tratou de se enrolar depressa nos lençóis. A noite parecia até um pouco fria. Ou talvez o arrepio que sentia fosse por conta dos olhos obscurecidos de Tallanvor sobre ela. Só de pensar, suas bochechas enrubesceram, e ela torceu para que ele não tivesse percebido. Por sorte, isso também encorpou sua voz. Não era nenhuma garotinha para ficar ruborizando só porque um homem olhou para ela.

— Vou fazer o que puder, seja lá o que for. Vai surgir a oportunidade de descobrir ou de fazer algo que vá ajudar Elayne, e eu vou aproveitar!

— É uma decisão perigosa — disse ele, com calma. Ela desejou poder identificar as feições dele no escuro. Só para interpretar seu semblante, claro. — Você o ouviu ameaçar enforcar qualquer um que olhasse torto para ele. Em se tratando de um homem com aqueles olhos, sou capaz de acreditar. Parece um animal. Fiquei surpreso quando ele deixou aquele sujeito ir embora. Pensei que rasgaria a garganta do homem! Se ele descobrir quem você é, quem você era... Pode ser que Balwer traia você. Ele nunca explicou de fato por que nos ajudou a fugir de Amador. Talvez achasse que a Rainha Morgase lhe daria uma nova posição. Agora que já sabe que não há mais nenhuma chance disso, pode querer bajular seu novo mestre e sua nova senhora.

— Você está com medo de *Lorde* Perrin Olhos-Dourados? — indagou ela, com desdém. Luz, o homem a deixava apavorada! Aqueles eram olhos de lobo.

— Balwer é esperto o bastante para saber que precisa controlar a língua. Qualquer coisa que ele disser vai se voltar contra ele. Afinal de contas, ele veio comigo. Se você está com medo, então pode ir embora!

— Você sempre joga isso na minha cara. — Ele suspirou, voltando a se acomodar sobre os calcanhares. Ela não conseguia enxergar os olhos dele, mas podia senti-los. — Você diz que eu posso ir embora, se quiser. Antes, havia um soldado que amava uma rainha à distância, sabendo que não havia esperança, que ele jamais poderia ousar dizer isso. Agora, a rainha não existe mais, e só resta uma mulher, o que me dá esperança. Eu queimo de esperança! Se você quiser que eu vá embora, Maighdin, diga. Uma palavra: "Vá!". Uma única palavra.

Ela abriu a boca. *Uma única palavra*, pensou. *Luz, é apenas uma única palavra! Por que eu não consigo dizer? Luz, por favor!* Pela segunda vez naquela noite, a Luz não a ouviu. Ela ficou lá sentada feito uma tola, enrolada nos lençóis, a boca aberta, o rosto esquentando cada vez mais.

Se Tallanvor tivesse rido de novo, ela teria cravado nele a faca do cinto. Se tivesse gargalhado ou demonstrado qualquer sinal de triunfo... Em vez disso, Tallanvor se inclinou para a frente e, com toda a delicadeza, beijou seus olhos. Ela emitiu um som profundo na garganta e pareceu não conseguir se mexer. Com os olhos arregalados, ficou observando-o quando ele se levantou. Sob a luz da lua, ele deu a impressão de se agigantar. Ela era uma rainha — fora uma rainha — acostumada a comandar, a tomar decisões difíceis em momentos difíceis, mas ali, naquele momento, as batidas do seu coração abafaram os pensamentos.

— Se você tivesse dito "vá", eu teria enterrado minhas esperanças, mas jamais poderia abandoná-la — disse ele.

Foi só quando Tallanvor já havia retornado aos próprios lençóis que ela conseguiu se deitar e se enrolar nos dela. Respirava como se tivesse andado correndo. A noite *estava* fria. Ela estava sentindo arrepios, não tremendo. Tallanvor era jovem demais. Demais! Pior, ele tinha razão. Que a Luz o queimasse por isso! A serviçal de uma senhora não podia fazer nada para influenciar nos fatos e, se o assassino de olhos de lobo do Dragão Renascido descobrisse que tinha Morgase de Andor em suas mãos, ela poderia ser usada contra Elayne, não para ajudá-la. Ele não tinha o direito de estar certo quando ela queria que ele estivesse errado! A ilógica daquele pensamento a deixou furiosa. *Havia* uma chance de ela fazer algo útil! Tinha de haver!

Lá no fundo da mente, uma vozinha gargalhou. *Você não pode esquecer que é Morgase Trakand*, disse-lhe, com ar de deboche. *E, mesmo após ter abdicado de seu trono, a Rainha Morgase não consegue deixar de se meter nos assuntos dos poderosos, a despeito de toda a desgraça que fez até aqui nesse sentido. E também é incapaz de mandar um homem embora porque não consegue parar de pensar em quão fortes são as mãos dele, em como os lábios se curvam quando sorri, e...*

Furiosa, ela puxou o lençol por cima da cabeça e tentou calar aquela voz. Ela *não* resolvera ficar por não conseguir se afastar do poder. Quanto a Tallanvor... Ela seria firme e o colocaria no lugar dele. Desta vez, seria! Mas... Qual era o lugar dele em relação a uma mulher que não era mais rainha? Ela tentou afastá-lo de seus pensamentos e ignorar aquela vozinha zombeteira que não parava quieta, mas, quando o sono finalmente chegou, ainda podia sentir a pressão dos lábios dele em suas pálpebras.

Capítulo 9

Emaranhados

Como de costume, Perrin acordou antes da primeira luz, e, como de costume, Faile já estava de pé e a toda. Quando queria, ela era capaz de fazer um rato parecer barulhento, e ele suspeitava que, mesmo que acordasse apenas uma hora depois de se deitar, ela ainda daria um jeito de se levantar primeiro. As abas da entrada da tenda estavam erguidas, os painéis laterais levemente suspensos na parte de baixo, e uma brisa agitada entrava pela saída de ar lá no alto, o suficiente para criar uma ilusão de frescor. Perrin chegou a sentir um arrepio enquanto procurava a camisa e as calças. Bem, já deveria ser inverno, mesmo que o clima não soubesse disso.

Ele se vestiu no escuro, esfregou os dentes com sal sem precisar de abajures e, quando saiu da tenda, enfiando os pés nas botas, Faile já dispusera seus novos serviçais ao seu redor no cinza profundo do início da manhã, alguns empunhando lamparinas acesas. Uma filha de lorde precisava de serviçais, e ele devia ter providenciado aquilo bem antes. Havia gente de Dois Rios em Caemlyn que Faile treinara pessoalmente, mas, em função da necessidade de sigilo, não houvera como ir buscá-los. Mestre Gill ia querer voltar para casa o quanto antes, e Lamgwin e Breane o acompanhariam, mas talvez Maighdin e Lini ficassem.

Aram, que estivera sentado de pernas cruzadas ao lado da tenda, se pôs de pé e aguardou Perrin em silêncio. Se Perrin não tivesse impedido, o homem teria dormido bem na entrada. Naquela manhã, seu casaco era de listras vermelhas e brancas, embora a parte branca estivesse um tanto encardida, e, mesmo ali, o cabo de espada em forma de cabeça de lobo se erguia por cima de seu ombro. Perrin deixara o machado na tenda e estava agradecido por se livrar dele.

Tallanvor ainda trazia a espada presa no cinto por cima do casaco, mas Mestre Gill e os outros dois, não.

Faile devia estar observando, porque, tão logo Perrin saiu, ela gesticulou na direção da tenda, claramente dando ordens. Maighdin e Breane passaram a toda por ele e por Aram, carregando lamparinas, os maxilares firmes, recendendo, por algum motivo, a determinação. Nenhuma das duas fez mesuras, uma bela surpresa. Lini fez, flexionando rapidamente os joelhos antes de sair disparada atrás das outras duas, resmungando algo sobre "se colocarem em seus lugares". Perrin suspeitava que Lini fosse uma daquelas mulheres que entendiam que estar no "seu lugar" era estar no comando. Parando para pensar, era o que a maioria das mulheres achava, e, ao que parecia, o mundo funcionava assim, não só Dois Rios.

Tallanvor e Lamgwin seguiram as mulheres de perto, Lamgwin quase tão sério em sua reverência quanto Tallanvor, que estava quase severo. Perrin suspirou e retribuiu o gesto, no que ambos se assustaram e o encararam boquiabertos. Um grito brusco de Lini os arrancou dali para dentro na tenda.

Com apenas um rápido sorrisinho na direção de Perrin, Faile saiu a passos largos em direção às carroças, alternando suas palavras entre Basel Gill de um lado e Sebban Balwer do outro. Os dois homens estendiam lamparinas para lhe iluminar o caminho. Claro que dois punhados daqueles idiotas os acompanharam a uma distância que lhes permitiria ouvir caso ela chamasse, pavoneando-se, alisando os cabos das espadas e olhando em volta naquela escuridão como se esperassem um ataque ou torcessem para que isso acontecesse. Perrin alisou sua barba curta. Faile sempre arrumava trabalho para preencher suas horas, e ninguém tirava isso dela. Ninguém ousaria.

Os primeiros lampejos da alvorada ainda mal se mostravam no horizonte, mas os cairhienos já começavam a se agitar em volta das carroças, e movendo-se mais depressa à medida que Faile se aproximava. Quando ela os alcançou, eles pareciam em trote, as lamparinas sacolejando e balançando na pouca luz. Os homens de Dois Rios, habituados a seus dias de fazendeiros, já preparavam o café da manhã, alguns gargalhando e fazendo algazarra em torno das fogueiras, outros resmungando, mas a maior parte dando conta do trabalho. Uns poucos tentavam permanecer sob os lençóis, mas eram postos para fora sem a menor cerimônia. Grady e Neald também já estavam de pé e, como sempre, se mantinham afastados dos demais, duas sombras de casaco escuro em meio às árvores. Perrin não se lembrava de tê-los visto sem aqueles casacos, sempre abotoados até o pescoço, sempre limpos e sem nenhum amarrotado quando raiava o dia, a despeito de como tivessem estado na noite anterior. Executando cada movimento em uníssono, a dupla praticava com a espada, como fazia todas as manhãs. Era melhor que o treino noturno, quando se sentavam de pernas cruzadas, as mãos nos joelhos, e ficavam olhando à distância para o nada. Nessas ocasiões, nunca aparentavam estar fazendo nada além disso, mas não havia um único homem no acampamento que fizesse ideia do que eles estavam aprontando, e se mantinham o mais longe possível. Nem as Donzelas passavam no campo visual dos dois.

Perrin ficou alerta ao se dar conta de que faltava alguma coisa. Faile sempre providenciava para que um dos homens logo desse a ele uma tigela do mingau grosso com que faziam o desjejum, mas naquele dia parecia que ela estava ocupada demais. Animando-se, ele foi depressa até uma das fogueiras, torcendo para que, daquela vez, pudesse ao menos se servir do próprio mingau. Uma pequena esperança.

Flann Barstere, um sujeito magrelo com um furo no queixo, encontrou-o no meio do caminho e enfiou-lhe uma tigela entalhada nas mãos. Flann era da região de Colina da Vigília, e Perrin não o conhecia bem, mas os dois já tinham caçado juntos uma ou duas vezes e, em uma ocasião, Perrin o ajudara a desatolar uma das vacas de seu pai em um charco de Floresta das Águas.

— Lady Faile mandou trazer para você, Perrin — disse Flann, nervoso. — Você não vai contar para ela que eu esqueci, vai? Não vai contar, não é? Encontrei um pouco de mel e pus uma bela colherada.

Perrin tentou não suspirar. Ao menos Flann se lembrara do nome dele. Bem, talvez ele não conseguisse fazer por conta própria nem as tarefas mais simples, mas ainda era responsável pelos homens que comiam sob as árvores. Sem ele, todos ali estariam com suas famílias, preparando-se para os afazeres do dia na fazenda, ordenhando vacas e cortando lenha, em vez de ficarem se perguntando se teriam de matar ou se seriam mortos antes do sol se pôr. Engolindo com pressa o mingau com mel, Perrin falou para Aram relaxar enquanto fazia sua refeição, mas o homem parecia tão desolado que ele acabou cedendo, deixando Aram acompanhá-lo quando saiu para percorrer o acampamento. Perrin não gostava daquela jornada.

Os homens baixavam as tigelas quando ele se aproximava ou até se punham de pé à sua passagem. Perrin trincava os dentes sempre que alguém com quem ele crescera ou, pior ainda, que mandara nele quando ele era garoto, o chamava de Lorde Perrin. Nem todos o faziam, mas muitos. Muitos mesmo. Depois de certo tempo, ele, por puro cansaço, desistiu de mandá-los pararem, já que com bastante frequência a resposta era "Ah, como quiser, Lorde Perrin!". Era de fazer qualquer um perder a cabeça!

Apesar disso, ele se forçava a parar para dar uma ou duas palavrinhas com todos os homens. Principalmente, porém, mantinha os olhos bem abertos. E as narinas. Todos sabiam muito bem que deviam manter seus arcos bem tratados e cuidar das plumas e das pontas das flechas, mas alguns gastavam todo o solado das botas ou o fundilho das calças sem nem se darem conta, ou deixavam bolhas inflamarem por não se darem nem ao trabalho de tratá-las. Vários nutriam o hábito de comprar conhaque sempre que podiam, e dois ou três desses não tinham a menor resistência para a bebida. Na véspera de chegarem a Bethal, eles haviam passado por um pequeno vilarejo que possuía nada menos que três estalagens.

Era muito estranho. Ouvir da Senhora Luhhan ou da sua mãe que ele precisava de botas novas ou remendar as calças sempre fora embaraçoso, e ele tinha certeza que se irritaria da mesma forma se escutasse isso de qualquer pessoa, mas, a começar pelo velho e grisalho Jondyn Barran, passando por todos os demais, os homens de Dois Rios só faziam dizer "Ora, é verdade, Lorde Perrin, vou já providenciar isso" ou algo do tipo. Ele flagrava alguns sorrindo um para o outro logo depois que seguia em frente. E todos recendiam a contentamento! Quando ele arrancou um jarro de conhaque de pera dos alforjes de Jori Congar — um sujeito magricelo que comia o dobro de qualquer homem e que sempre aparentava estar há uma semana sem se alimentar, Jori atirava bem com o arco, mas, se tivesse a chance, bebia até não aguentar mais, sem falar em seus dedos leves —, o sujeito arregalou os olhos e estendeu as mãos como se não soubesse de onde tinha vindo o jarro. Mas, quando ele se afastou, esvaziando o conhaque no chão, Jori gargalhou e disse que "Nada escapa ao Lorde Perrin!". O camarada parecia orgulhoso! Por vezes, Perrin achava que era a única pessoa sã que ainda restava ali.

E ele percebeu uma outra coisa: todos eles, sem exceção, pareciam muito interessados no que ele não dizia. Todos os homens lançavam olhares na direção dos dois estandartes que vez ou outra panejavam no alto dos postes a qualquer breve sopro de vento, a Cabeça de Lobo Vermelha e a Águia Vermelha. Todos olhavam para os estandartes e depois para ele, esperando a ordem que Perrin dera a cada ocasião em que aquelas coisas foram desfraldadas desde que eles haviam chegado a Ghealdan. E com muita frequência antes disso. Só que ele não dissera nada na véspera, nada naquele dia, e já percebia o ar de conjectura vicejando no semblante deles. Perrin deixou para trás os grupos de homens que olhavam dos estandartes para ele em meio a murmúrios agitados. Tentou não dar ouvidos. O que eles diriam se ele estivesse errado, se os Mantos-brancos ou o Rei Ailron decidissem que podiam desviar a atenção do Profeta ou dos

Seanchan o suficiente para abafar uma suposta rebelião? Aqueles homens eram responsabilidade dele, e Perrin já tivera baixas demais.

Quando Perrin terminou, o sol já estava subindo no horizonte, derramando uma luz matinal intensa, e, perto da tenda, Tallanvor e Lamgwin estavam arrastando baús sob a orientação de Lini, enquanto Maighdin e Breane pareciam separar seus conteúdos em uma área espaçosa de grama seca, em sua maioria cobertores e roupas de cama, além de faixas compridas e brilhosas de seda acetinada que tinham sido trazidas para acortinar a cama que ele tratara de perder. Faile devia estar lá dentro, já que aquele bando de idiotas aguardava não muito longe. Para eles, nada de carregar e arrastar. Úteis que nem ratos no celeiro.

Ele cogitou ir dar uma olhada em Tenaz e Galope, mas, quando espiou por entre as árvores na direção onde os cavalos estavam amarrados, foi avistado. Nada menos que três ferradores se adiantaram, nervosos, observando-o. Eram homens robustos usando aventais de couro, iguaizinhos tal qual ovos em um cesto, ainda que Falton tivesse apenas uma faixa de cabelo branco em volta a cabeça, Aemin estivesse ficando grisalho e Jerasid ainda não tivesse chegado à meia-idade. Perrin rosnou ao bater os olhos neles. Ficariam por ali caso ele pusesse a mão em qualquer um dos cavalos e esbugalhariam os olhos se ele levantasse um casco. Na única vez em que tentara trocar a ferradura desgastada de Tenaz, todos os *seis* ferradores foram logo apanhando as ferramentas antes que ele sequer conseguisse tocá-las, chegando a quase derrubar o baio em sua pressa para fazerem o trabalho eles mesmos.

— Eles temem que você não confie neles — disse Aram de repente. Perrin o encarou surpreso, no que ele encolheu os ombros sob o casaco. — Já conversei com alguns deles. Para eles, se um lorde cuida dos próprios cavalos, provavelmente é porque não confia neles, e aí você talvez os mande embora sem que eles tenham como voltar para casa. — Seu tom de voz sugeria que aqueles sujeitos eram uns tolos por pensar assim, mas Aram olhou de soslaio para Perrin e, incomodado, deu de ombros de novo. —Também acho que estão com vergonha. Na visão deles, se você não age como acreditam que um lorde deve agir, isso acaba refletindo neles.

— Luz! — resmungou Perrin.

Faile tinha dito a mesma coisa — pelo menos a parte sobre eles ficarem envergonhados —, mas Perrin pensara que era coisa de filha de lorde. Faile crescera cercada de serviçais, e como uma lady poderia saber o que se passava na cabeça de um homem que precisou trabalhar pelo seu pão? Ele franziu o cenho na direção da fileira de cavalos. Já eram cinco os ferradores reunidos de olho nele.

Envergonhados com o fato de Perrin querer cuidar dos próprios cavalos. chateados por ele não querer ficar à toa zanzando para lá e para cá.

— *Você* acha que eu tenho que agir feito um bobo em roupinhas de seda? — indagou ele. Aram hesitou e começou a examinar as próprias botas. — Luz! — rosnou Perrin.

Ao avistar Basel Gill vindo apressado de onde estavam as carroças, Perrin partiu para encontrá-lo. Achava que não tinha se saído muito bem em sua tentativa de deixá-lo à vontade, no dia anterior. O homem corpulento falava sozinho e, de novo, enxugava a cabeça com um lenço, suando em seu casaco cinza-escuro amarfanhado. O calor da manhã já começava a se fazer sentir. Gill só avistou Perrin quando ele já estava bem perto, e então deu um pulo, tratando de enfiar o lenço no bolso do casaco e fazendo uma reverência. Parecia que alguém o esfregara e penteara para uma festividade religiosa.

— Ah, milorde Perrin, sua lady me mandou pegar uma carroça e ir a Bethal. Disse que é para eu providenciar tabaco de Dois Rios para você, se puder, mas não sei se vai ser possível. A folha de Dois Rios sempre foi muito apreciada, e o comércio já não é o mesmo.

— Ela mandou você ir atrás de tabaco? — disse Perrin, franzindo o cenho. Ele supunha que o sigilo já estava no fundo do poço, mas mesmo assim. — Comprei três barricas, dois vilarejos atrás. É suficiente para todo mundo.

Gill balançou a cabeça com determinação.

— Não da folha de Dois Rios, que sua lady diz que é sua favorita. A folha ghealdaniana fica para os seus homens. Vou ser seu *shambayan*, ela disse, e cuidar para que vocês dois tenham o que precisam. Não é tão diferente do que eu fazia quando tocava A Bênção, na realidade. — Aquela similaridade parecia diverti-lo, já que risadinhas discretas fizeram sua barriga tremer. — Estou com uma lista bem grande, embora não tenha como saber o que vou conseguir encontrar: um bom vinho, ervas, frutas, velas e óleo de lamparina, oleado e cera, papel e tinta, agulhas, alfinetes, nossa... todo tipo de coisas. Estamos indo Tallanvor, Lamgwin e eu, além de alguns outros serviçais da sua lady.

Outros serviçais da sua lady. Tallanvor e Lamgwin estavam trazendo mais um baú para as mulheres revirarem. Precisaram passar pelo grupinho de jovens idiotas agachados, que nunca se ofereciam para dar uma mãozinha. Na verdade, os folgados os ignoravam por completo.

— Fique de olho nesse pessoal — advertiu Perrin. — Se um deles resolver fazer confusão, caso sequer pareça que vai fazer, mande Lamgwin rachar a cabeça dele.

E se fosse uma das mulheres? A probabilidade era a mesma, talvez até maior. Perrin soltou um grunhido. Os "serviçais" de Faile ainda iam acabar com ele. Pena ela não se satisfazer com tipos como Mestre Gill e Maighdin.

— Você não citou Balwer. Ele decidiu seguir sozinho?

Naquele exato instante, uma mudança na direção da brisa trouxe o cheiro de Balwer, um cheiro alerta muitíssimo antagônico à aparência quase entediada do sujeito.

Mesmo para alguém tão franzino, Balwer fazia surpreendentemente pouco barulho ao pisar nas folhas secas. Trajando um casaco marrom da cor de um pardal, ele prestou uma rápida reverência, a cabeça enviesada colaborando ainda mais com a imagem de um pássaro.

— Vou ficar, milorde — disse ele, cauteloso. Ou talvez fossem só seus modos. — Como secretário de sua graciosa lady. E seu, se lhe aprouver. — Ele deu um passo à frente, praticamente um saltinho. — Sou bastante versado, milorde. Tenho boa memória e escrevo bem, e milorde pode ficar tranquilo, porque o que confidenciar a mim jamais passará da minha boca para a de ninguém. A capacidade de guardar segredo é uma habilidade básica de um secretário. Você não tem obrigações urgentes com nossa nova senhora, Mestre Gill?

Gill franziu o cenho para Balwer, abriu a boca, e então fechou-a com um estalo. Girando sobre os calcanhares, saiu em trote em direção à tenda.

Por um momento, Balwer ficou vendo o homem se afastar, a cabeça inclinada, os lábios comprimidos com um ar pensativo.

— Também posso oferecer outros serviços, milorde — falou ele, por fim. — Conhecimento. Escutei a conversa de alguns homens de milorde e soube que o senhor pode ter tido algumas... dificuldades... com os Filhos da Luz. Secretários aprendem muitas coisas. É surpreendente o tanto que sei sobre os Filhos.

— Com sorte, posso evitar os Mantos-brancos — respondeu Perrin. — Melhor seria se você soubesse onde está o Profeta. Ou os Seanchan.

Ele não esperava nem uma coisa nem outra, claro, mas Balwer o surpreendeu.

— Não tenho como ter certeza, é claro, mas acho que os Seanchan ainda não avançaram muito além de Amador. É difícil distinguir fatos de rumores, milorde, mas mantenho os ouvidos sempre atentos. E sim, eles realmente parecem se deslocar com uma brusquidão inesperada. Um povo perigoso, com um grande número de soldados tarabonianos. Acho que ouvi de Mestre Gill que milorde está informado sobre eles, mas os observei de perto em Amador, e o que vi está à disposição de milorde. Quanto ao Profeta, há tantos boatos a respeito dele quanto dos Seanchan, mas creio poder afirmar com segurança que ele esteve recentemente em Abila, uma cidade até bastante grande a umas quarenta léguas ao sul daqui. — Balwer abriu um sorrisinho, um sorriso breve de autossatisfação.

— Como você pode ter tanta certeza? — questionou Perrin, devagar.

— Como eu disse, milorde, mantenho os ouvidos sempre atentos. Dizem que o Profeta fechou uma porção de estalagens e tavernas e botou abaixo as que considerava desonradas demais. Várias foram mencionadas e, por acaso, sei que há estalagens com esses nomes em Abila. Acho pouco provável que outras cidades tenham estalagens com os mesmos nomes. — Ele abriu outro sorrisinho. Sem dúvida, seu cheiro era de quem estava satisfeito consigo mesmo.

Perrin coçou a barba, pensativo. O homem calhava de se lembrar onde ficavam algumas das estalagens que Masema, supostamente, havia derrubado. E se Masema acabasse por não estar lá, no fim das contas, bem, ultimamente os boatos brotavam tal qual cogumelos depois da chuva. Balwer soava como alguém tentando aumentar sua importância.

— Obrigado, Mestre Balwer. Vou guardar essa informação. Se ouvir algo mais, não se esqueça de me contar. — Quando Perrin já se virava para se afastar, o homem segurou-o pela manga.

Os dedos magrelos de Balwer o soltaram imediatamente, como se ele tivesse se queimado, e o homem fez uma daquelas reverências de pássaro, esfregando as mãos.

— Me perdoe, milorde. Não é minha intenção pressioná-lo, mas não encare os Mantos-brancos de forma tão relaxada. É sábio evitá-los, mas talvez não seja possível. Eles estão bem mais perto que os Seanchan. Eamon Valda, o novo Senhor Capitão Comandante, conduziu a maior parte deles em direção ao norte de Amadícia antes da queda de Amador. E ele também estava caçando o Profeta, milorde. Valda é um homem perigoso, e Rhadam Asunawa, o Grão-inquisidor, faz Valda parecer até simpático. E temo que nenhum dos dois tenha o menor apreço pelo seu lorde. Me perdoe. — Ele se curvou de novo, hesitou, e então prosseguiu em um tom suave: — Se me permite a observação, milorde expor o estandarte de Manetheren é uma ideia inspirada. Milorde estará mais que à altura de Valda e Asunawa, caso tome os devidos cuidados.

Observando o homem se curvar e sair, Perrin teve a sensação de que agora conhecia parte da história de Balwer. Estava bem claro que ele também arrumara problema com os Mantos-brancos. Para isso, às vezes bastava estar na mesma rua que eles ou franzir o cenho na hora errada, mas parecia que Balwer nutria certo rancor. E que também tinha uma mente afiada, percebendo logo de cara a Águia Vermelha. E uma língua afiada para com Mestre Gill.

Gill estava ajoelhado ao lado de Maighdin, falando rápido, apesar dos esforços de Lini para calá-lo. Maighdin se virara para fitar Balwer enquanto o sujeito passava apressado por entre as árvores em direção às carroças, mas agora seu olhar se voltou para Perrin. Os demais se amontoavam em volta dela, olhando ora para Balwer, ora para Perrin. Nunca tinha visto um grupo mais obviamente preocupado com o que outra pessoa dissera. Mas o que eles temiam tanto que Perrin tivesse descoberto? Calúnias, provavelmente. Histórias de ressentimentos e maldades, reais ou imaginadas. A tendência de pessoas confinadas juntas era começar a se bicar. Se fosse esse o caso, talvez ele conseguisse pôr um freio antes que alguém viesse a derramar sangue. Tallanvor já estava acariciando de novo o cabo da espada! O que será que Faile pretendia fazer com aquele camarada?

— Aram, quero que você vá conversar com Tallanvor e com aquele pessoal. Conte para eles o que Balwer me disse. Vá soltando pelo meio da conversa, mas conte tudo. — Aquilo deveria atenuar o medo de fofoca. Faile dizia que era preciso fazer serviçais se sentirem em casa. — Se der, faça amizade com eles, Aram. Mas, se você decidir se engraçar por uma das mulheres, é bom que seja Lini. As outras duas já têm dono.

O homem tinha uma lábia fácil quando se tratava de qualquer mulher bonita, mas deu um jeito de parecer igualmente surpreso e ofendido.

— Como quiser, Lorde Perrin — resmungou ele, amuado. — Volto daqui a pouco.

— Estarei com as Aiel.

Aram hesitou.

— Ah, sim. Bem, talvez demore um pouco, se é para eu tentar fazer amizade com eles. Para mim, eles não parecem muito inclinados a querer amigos.

Isso vindo de um sujeito que olhava desconfiado para qualquer um que chegasse perto de Perrin, exceto por Faile, e que nunca sorria para ninguém que não estivesse usando saia.

De qualquer maneira, ele seguiu em frente e se agachou perto de Gill e dos demais. Mesmo à distância, a retração de todos estava bem clara. Continuaram trabalhando, dirigindo apenas uma ou outra palavra a Aram, e se entreolhavam com a mesma frequência com que olhavam para ele. Irrequietos feito codornas no verão, quando as raposas ensinavam os filhotes a caçar. Mas pelo menos estavam conversando.

Perrin ficou se perguntando o que Aram teria aprontado para as Aiel — parecia não ter havido tempo para isso! —, mas não se deteve muito na questão.

Qualquer problema sério com um Aiel costumava significar morte, e não a do Aiel. Na verdade, nem ele fazia tanta questão assim de ir encontrar as Sábias. Perrin contornou a curva da colina, mas, em vez de escalar a encosta, seus pés o levaram até onde estavam os mayenenses. Também mantivera distância do acampamento deles, e não somente por causa de Berelain. Ter um olfato aguçado demais tinha lá suas desvantagens.

Felizmente, uma brisa refrescante levava embora a maior parte do mau cheiro, embora ajudasse pouco em relação ao calor. O suor escorria pelos rostos dos sentinelas a cavalo trajando suas armaduras vermelhas. Assim que o viram, sentaram-se ainda mais rijos nas selas, o que não era pouca coisa. Se os homens de Dois Rios cavalgavam feito amigos saindo para os campos, os mayenenses, em geral, pareciam estátuas equestres. Mas eram bons de briga. Quisera a Luz que não fosse necessário.

Havien Nurelle se aproximou correndo, abotoando o casaco, antes que Perrin tivesse passado pelos sentinelas. Mais uns dez oficiais vieram logo atrás de Nurelle, todos encasacados e alguns apertando as correias dos peitorais vermelhos. Dois ou três traziam elmos com finas plumas vermelhas enfiados debaixo do braço. A maioria era alguns anos mais velha que Nurelle, uns com o dobro de sua idade, homens grisalhos de rostos duros e cheios de cicatrizes, mas a recompensa de Nurelle por ter ajudado a resgatar Rand havia sido sua nomeação como braço-direito de Gallenne, seu Primeiro-Tenente, como eles diziam.

— A Primeira ainda não voltou, Lorde Perrin — informou Nurelle, fazendo uma reverência que foi repetida pelos demais.

Alto e esbelto, já não parecia tão jovem quanto aparentara antes dos Poços de Dumai. Havia algo cortante em seus olhos, que já tinham visto mais sangue que a maioria dos veteranos de vinte batalhas. Mas, se seu semblante estava mais duro, seu cheiro ainda exibia uma ânsia por agradar. Para Havien Nurelle, Perrin Aybara era um homem que podia voar ou caminhar sobre a água como bem entendesse.

— As patrulhas da manhã que já retornaram não viram nada. Do contrário, eu teria informado.

— Claro — disse Perrin. — Eu... só queria dar uma olhadinha por aí.

O que ele queria era simplesmente dar uma volta até conseguir juntar coragem para ir encarar as Sábias, mas o jovem mayenense o seguiu, acompanhado dos demais oficiais, observando com um olhar ansioso se Lorde Perrin identificaria alguma falha entre os Guardas Alados, retraindo-se cada vez que davam de cara com homens de peito nu jogando dados sobre um lençol ou algum camarada roncando com o sol já a subir. Não tinha necessidade disso; para Perrin, o acampamento parecia ter sido montado com certa organização. Cada homem tinha seus lençóis e usava a própria sela como travesseiro, dormindo a umas duas passadas de onde o cavalo estava amarrado a uma das cordas compridas que pendiam entre postes na altura do peito devidamente fincados no solo. Havia uma fogueira a cada vinte passadas, as lanças amontoadas entre uma e outra feito cones com ponta de aço. Tudo isso formava uma espécie de quadrado ao redor de cinco tendas pontudas, uma delas com listras douradas e azuis e maior que as outras quatro somadas. Tudo muito diferente do arranjo mais ao acaso dos homens de Dois Rios.

Perrin seguiu andando a passos ligeiros, tentando não parecer muito tolo. Não tinha certeza de quão bem-sucedido estava sendo. Queria parar e dar uma olhada em um ou dois cavalos — apenas pegar em um casco sem alguém quase desmaiar —, mas, ciente do que Aram dissera, manteve as mãos quietas. Todos pareciam tão assustados quanto Nurelle com o ritmo dos seus passos. Porta-estandartes de expressão sisuda coagiam homens a se levantar apenas para verem Perrin passando depressa por eles, fazendo um meneio de cabeça antes mesmo que estivessem completamente de pé. Um murmúrio intrigado tomava o ar atrás dele, e seus ouvidos captaram alguns comentários a respeito de oficiais, lordes em particular, que ele ficou feliz que Nurelle e os outros não tivessem ouvido. Por fim, chegou ao limiar do acampamento, encarando a encosta cheia de arbustos na direção das tendas das Sábias. Só se viam umas poucas Donzelas em meio às árvores esparsas lá no alto, além de alguns *gai'shain*.

— Lorde Perrin — disse Nurelle, hesitante. — As Aes Sedai... — Ele se aproximou e baixou a voz, transformando-a em um sussurro rouco. — Sei que elas juraram fidelidade ao Lorde Dragão, e... Eu tenho visto coisas, Lorde Perrin. Elas realizam *tarefas do acampamento!* As Aes Sedai! Hoje de manhã, Masuri e Seonid desceram para buscar água! E ontem, depois que o senhor voltou... Ontem, pensei ter ouvido alguém lá em cima... aos gritos. Não podia ter sido uma das irmãs, é claro — acrescentou ele logo, e até gargalhou para demonstrar quão ridícula era a ideia, uma risada bem insegura. — O senhor... O senhor vai lá ver se está... tudo bem... com elas?

O homem já partira para cima de quarenta mil Shaido liderando duzentos lanceiros, mas falar sobre aquilo o deixara encolhendo os ombros e remexendo os pés. Claro que ele só partira para cima de quarenta mil Shaido porque uma Aes Sedai assim ordenara.

—Vou fazer o possível — resmungou Perrin.

Talvez a situação estivesse pior do que ele imaginara. Àquela altura, era preciso evitar que azedasse ainda mais. Se possível. Ele preferia encarar os Shaido de novo.

Nurelle assentiu como se Perrin lhe tivesse prometido tudo que ele pediu e mais.

— Então tudo bem — disse ele, aparentando alívio. Dando olhadelas de soslaio para Perrin, criou coragem para falar sobre outro assunto, mas que não parecia tão delicado quanto as Aes Sedai. — Soube que você deixou a Águia Vermelha continuar lá.

Perrin quase pulou de susto. Mesmo que se tratasse apenas do outro lado da colina, as notícias tinham corrido rápido.

— Me pareceu o certo — falou ele, devagar. Berelain teria de saber a verdade, e, no entanto, se gente demais soubesse, a verdade se espalharia a partir do vilarejo seguinte, da fazenda seguinte, por qual passassem. — Tudo isso aqui fazia parte de Manetheren — prosseguiu ele, como se Nurelle não soubesse perfeitamente daquilo. A verdade! Ele chegara ao ponto de conseguir manipular a verdade feito uma Aes Sedai, e para homens que estavam do lado dele. — Não é a primeira vez que essa bandeira é erguida por aqui, eu garanto, mas nenhum daqueles outros camaradas tinham o apoio do Dragão Renascido. — E, se aquilo não plantasse as sementes certas, então ele não sabia arar um sulco.

De repente, Perrin se deu conta de que até o último dos Guardas Alados parecia estar de olho nele e nos oficiais. Sem dúvida se perguntavam o que ele estaria dizendo depois de ter praticamente passado correndo. Até o velho soldado magro e quase careca que Gallene chamava de "ladrão de cachorros" tinha saído para ver, além das criadas de Berelain, um par de mulheres rechonchudas de rostos comuns com trajes que combinavam com a tenda de sua senhora. Perrin nunca tinha visto aquilo, mas sabia que precisava fazer algum tipo de elogio.

Levantando a voz o suficiente para ser ouvido, disse:

— Os Guardas Alados encherão Mayene de orgulho se algum dia tivermos de enfrentar algo como os Poços de Dumai de novo. — Essas foram as primeiras palavras que lhe vieram à mente, mas ele se retraiu todo ao pronunciá-las.

Para seu choque, ouviu-se imediatamente uma gritaria em meio aos soldados, que bradaram "Perrin Olhos-Dourados!" e "Mayene com Olhos-Dourados!" e "Olhos-Dourados e Manetheren!". Homens dançaram e brincaram, alguns chegando a apanhar lanças na pilha para sacudi-las de modo que as flâmulas vermelhas ondulassem na brisa que soprava. Porta-estandartes grisalhos os observavam com os braços cruzados, assentindo em aprovação. Nurelle estampava um sorriso, e não só ele. Oficiais com mechas grisalhas no cabelo e cicatrizes no rosto riam feito meninos que receberam elogios por fazer a lição. Luz, Perrin *era* o único são que restava! Ele *rezava* para não ter que ver nunca mais outra batalha!

Perguntando-se até que ponto aquilo causaria problemas com Berelain, ele se despediu de Nurelle e dos outros e partiu colina acima por entre arbustos mortos ou em vias de morrer, nenhum que lhe chegasse à cintura. A grama marrom estalava debaixo das botas. Os gritos ainda tomavam conta do acampamento mayenense. Mesmo depois que soubesse a verdade, talvez a Primeira não ficasse feliz ao ver seus soldados saudando-o daquela maneira. Claro que tudo aquilo poderia render bons frutos. Talvez ela ficasse irritada a ponto de parar de importuná-lo.

Pouco antes do cume, Perrin fez uma pausa, ouvindo os vivas finalmente se dissiparem. Ali, ninguém ia saudá-lo. Todas as abas das baixas tendas marrom-acinzentadas das Sábias estavam abaixadas, encerrando-as em seu interior. Só umas poucas Donzelas estavam à vista. Agachadas tranquilamente sobre os calcanhares, debaixo de uma folha-de-couro onde ainda se via traços de verde, as mulheres o encararam com curiosidade. Suas mãos se moviam rápido, com aquele jeito de falar por sinais que elas usavam entre si. Depois de alguns instantes, Sulin se levantou, ajeitou a pesada faca que trazia no cinto, e foi andando a passos largos na direção dele, uma mulher alta e esguia com uma cicatriz rosada lhe rasgando a bochecha bronzeada. Ela deu uma olhadela lá para baixo, para o caminho por onde ele tinha vindo, e pareceu aliviada por Perrin estar sozinho, embora, em se tratando dos Aiel, sempre fosse difícil ter certeza.

— Isso é bom, Perrin Aybara — disse ela baixinho. — As Sábias não têm andado muito contentes por você obrigá-las a ir lhe procurar. Só um tolo desagrada as Sábias, e eu nunca o enxerguei como tolo.

Perrin esfregou a barba. Vinha se mantendo o mais longe possível das Sábias — e das Aes Sedai —, mas não tivera a intenção de forçá-las a procurá-lo. Só achava a companhia daquelas mulheres desconfortável. Para dizer o mínimo.

— Bem, preciso falar com Edarra — disse ele. — É sobre as Aes Sedai.

— Talvez eu tenha me enganado, afinal — rebateu Sulin em um tom seco. — Mas vou falar com ela. — Ela parou no ato de se virar. — Me diga uma coisa. Teryl Wynter e Furen Alharra são próximos de Seonid Traighan feito irmãos-primeiros com uma irmã-primeira; ela não gosta de homens como homens. Só que eles se ofereceram para cumprir a punição dela. Como puderam envergonhá-la a esse ponto?

Perrin abriu a boca, mas não falou nada. Dois *gai'shain* surgiram da encosta contrária, cada um conduzindo duas mulas de carga dos Aiel. Os homens de robe branco passaram a poucas passadas e foram descendo em direção ao riacho. Perrin não tinha como garantir, mas achava que ambos eram Shaido. A dupla mantinha o olhar subserviente voltado para baixo, mal levantando a vista para ver onde estava indo. Realizando tarefas como aquela sem ninguém a vigiá-la, tinha tido toda a chance de fugir. Era uma gente peculiar.

— Vejo que você também está em choque — disse Sulin. — Esperava que você pudesse explicar. Vou falar com Edarra. — Quando já ia em direção às tendas, ela completou, por cima do ombro: — Vocês aguacentos são muito estranhos, Perrin Aybara.

Perrin franziu o cenho para Sulin e, quando ela sumiu em uma das tendas, ele se virou e franziu o cenho para os dois *gai'shain* que levavam os animais até a água. Os *aguacentos* eram estranhos? Luz! Então Nurelle tinha razão quanto ao que escutara. Já passava da hora de ele meter o nariz no que vinha se passando entre as Sábias e as Aes Sedai. Já devia ter metido. Só gostaria de não achar que seria o mesmo que meter o nariz em um ninho de vespas.

Sulin pareceu levar um bom tempo para reaparecer, e quando surgiu, ajudou muito pouco a melhorar o humor dele. Segurando a aba da tenda para Perrin, a mulher correu os dedos com desdém pela faca do cinto quando ele se abaixou para entrar.

— Você deveria estar mais bem armado para esta dança, Perrin Aybara — disse ela.

Lá dentro, ele se surpreendeu ao encontrar todas as seis Sábias sentadas de pernas cruzadas em almofadas borladas e coloridas, os xales amarrados na cintura e as saias cuidadosamente arrumadas em leque por sobre as camadas de tapetes. Ele esperara encontrar só Edarra. Nenhuma delas aparentava uma diferença de idade maior do que quatro ou cinco anos em relação a ele, algumas nem isso, mas, de alguma forma, elas sempre o faziam se sentir diante das integrantes mais idosas do Círculo das Mulheres, aquelas que haviam passado anos aprendendo a farejar qualquer coisa que quisessem esconder delas. Discernir o cheiro de uma do de outra era praticamente impossível, mas ele mal precisava. Os seis pares de olhos não desgrudaram dele, dos olhos azuis-celestes de Janina aos olhos violetas-crepuscular de Marline, sem falar no olhar verde afiado de Nevarin. Cada um daqueles olhos poderia ser um espeto.

Edarra fez um gesto brusco para que Perrin se sentasse, o que ele fez com gratidão, apesar disso colocá-lo diante de todas elas no semicírculo. Talvez as

Sábias tivessem projetado aquelas tendas para fazer os homens quebrarem o pescoço tentando ficar de pé. Estranhamente, estava um pouco mais fresco no interior obscurecido da tenda, mas, mesmo assim, ele se sentia suando. Podia até não conseguir discernir uma da outra, mas aquelas mulheres cheiravam a lobas estudando uma cabra amarrada. Um *gai'shain* de rosto quadrado, bem mais alto que ele, se ajoelhou para oferecer um copo dourado de ponche escuro de vinho em uma bandeja de prata elaborada. As Sábias já empunhavam diferentes copos e cálices prateados. Sem ter certeza do que significava estarem lhe oferecendo um dourado — talvez nada, mas, em se tratando dos Aiel, quem poderia saber? —, Perrin o pegou com cuidado. O aroma era de ameixas. O sujeito fez uma mesura suficientemente humilde quando Edarra bateu palmas e se curvou para sair da tenda de costas, mas aquele talho ainda não cicatrizado que lhe descia pelo rosto duro só podia ser oriundo dos Poços de Dumai.

— Agora que você está aqui — começou Edarra assim que a aba da tenda baixou atrás do *gai'shain* —, vamos explicar de novo por que deve matar o homem chamado Masema Dagar.

— Não devíamos precisar explicar mais uma vez — disse Delora. Seu cabelo e seus olhos eram quase do mesmo tom dos de Maighdin, mas ninguém chamaria aquele rosto esquelético de bonito. Seus modos eram gélidos. — Esse Masema Dagar é um perigo para o *Car'a'carn*. Ele deve morrer.

— As Andarilhas dos Sonhos nos contaram, Perrin Aybara. — Carelle sem dúvida era bonita, e, apesar de seu cabelo afogueado e seus olhos penetrantes a fazerem parecer geniosa, estava sempre serena. Para uma Sábia. E com certeza não era mansa. — Elas já interpretaram o sonho. O homem deve morrer.

Perrin tomou um gole de ponche de ameixa para ganhar alguns instantes. De alguma forma, a bebida estava fresca. Era sempre assim com elas. Rand não mencionara nenhum alerta das Andarilhas dos Sonhos. Na primeira vez, fora Perrin quem mencionara esse fato. Só na primeira. As Sábias acharam que ele estava duvidando delas, e até Carelle ficara de sangue quente. Não que Perrin achasse que elas fossem mentir. Não exatamente. Nunca as pegara mentindo, pelo menos. Mas o que elas queriam para o futuro e o que Rand queria — e o que ele próprio queria, por sinal — talvez fossem coisas bem distintas. Talvez fosse Rand quem estava escondendo segredos.

— Se vocês pudessem me dar ao menos uma ideia de que perigo seria esse... — disse ele, por fim. — A Luz sabe que Masema é louco, mas ele *apoia* Rand. Imagina só que bom vai ser se eu sair por aí matando quem está do nosso lado. Certamente vai convencer muita gente a se juntar a Rand.

O sarcasmo passou batido por aquelas mulheres. Todas o encararam sem nem piscar.

— O homem deve morrer — disse Edarra, finalmente. — Já basta que três Andarilhas dos Sonhos tenham dito e que seis Sábias estejam dizendo.

A mesma coisa de sempre. Talvez elas não soubessem nada além disso. E talvez ele devesse puxar o assunto que o levara até ali.

— Eu quero falar sobre Seonid e Masuri — disse ele, e seis rostos congelaram de imediato. Luz, aquelas mulheres podiam fazer até uma pedra desviar o olhar! Repousando o copo de vinho ao seu lado, Perrin se inclinou teimosamente em direção a elas. — Preciso mostrar às pessoas que as Aes Sedai juraram fidelidade a Rand. — Precisava mostrar a Masema, na verdade, mas não parecia um bom momento para mencionar isso. — Elas não vão ser tão cooperativas se vocês baterem nelas! Luz, são Aes Sedai! Em vez de obrigá-las a carregar água, por que não aprendem com elas? Elas devem saber uma porção de coisas que vocês não sabem. — Ele mordeu a língua, mas era tarde demais. As Aiel, contudo, não se ofenderam. Não que desse para perceber, pelo menos.

— Elas sabem algumas coisas que nós não sabemos — concordou Delora com firmeza —, e nós sabemos outras que elas não sabem. — Firme como uma ponta de lança nas costelas.

— Nós aprendemos o que há para aprender, Perrin Aybara — explicou Marline com toda a calma, penteando com os dedos o cabelo quase negro. Era uma das poucas Aiel que ele já tinha visto com um cabelo tão escuro, e ela vivia mexendo nele. — E ensinamos o que há para ensinar.

— De um jeito ou de outro, não é da sua conta — observou Janina. — Homens não se metem entre Sábias e aprendizes. — Ela balançou a cabeça diante da tolice de Perrin.

— Pode parar de ouvir aí fora e entre, Seonid Traighan — disse Edarra, de repente.

Perrin ficou surpreso, mas nenhuma das mulheres se abalou.

Fez-se um momento de silêncio, então a aba da tenda virou para o lado e Seonid entrou abaixada e se ajoelhou nos tapetes. Sua serenidade pomposa de Aes Sedai estava destroçada. A boca era um traço fino, os olhos estavam apertados, o rosto, vermelho. Recendia a raiva, frustração, e mais uma dúzia de emoções que rodopiavam tão depressa que Perrin mal podia separar uma da outra.

— Posso falar com ele? — indagou ela, a voz tesa.

— Se tomar cuidado com o que diz — respondeu Edarra.

Bebericando o vinho, a Sábia ficou observando por cima da borda do copo. Uma professora de olho na aluna? Um falcão espreitando um camundongo? Perrin não tinha como saber. Só sabia que Edarra tinha plena certeza do lugar *dela*, fosse qual fosse a situação. Seonid também. Mas nada disso se estendia a ele.

Ela se virou para ficar de joelhos diante dele, as costas eretas, os olhos acalorados. Seu cheiro exalava raiva.

— Não importa o que você saiba, o que você *ache* que saiba, esqueça! — disse ela, furiosa. Não, não lhe restava um fio de serenidade. — O que existe entre as Sábias e nós é problema só nosso! Você vai ficar de lado, desviar os olhos e calar a boca!

Pasmo, Perrin correu os dedos pelo cabelo.

— Luz, você está chateada porque eu sei que você foi açoitada? — disse ele, incrédulo. Bem, ele também teria ficado chateado por isso, mas não pelas outras coisas. — Você não sabe que essas mulheres cortariam sua garganta com a mesma facilidade com que a olham? Cortariam sua garganta e largariam você na beira da estrada! Bem, eu jurei para mim mesmo que não deixaria isso acontecer! Não gosto de vocês, mas prometi que as protegeria das Sábias, dos Asha'man e até de Rand, então trate de descer do seu pedestal! — Percebendo que já estava gritando, ele respirou fundo, envergonhado, se acomodou de novo na almofada, pegou o copo de vinho e deu um longo gole.

Indignada, Seonid foi se retesando cada vez mais a cada palavra, e seu lábio foi se curvando bem antes de ele terminar.

— Prometeu? — desdenhou ela. — Você acha que as Aes Sedai precisam da *sua* proteção? Você...?

— Chega! — interrompeu Edarra, tranquila, no que o maxilar de Seonid se fechou com um estalo, embora seus punhos cerrados apertassem as saias, deixando brancas as juntas dos dedos.

— O que faz você pensar que nós a mataríamos, Perrin Aybara? — perguntou Janina, curiosa.

Era raro os Aiel deixarem transparecer algo em seu semblante, mas as outras estavam de cenho franzido ou com olhares de incredulidade.

— Eu sei como vocês se sentem — respondeu Perrin, devagar. — Sei desde que vi vocês com as irmãs, depois dos Poços de Dumai.

Ele não ia explicar que, na época, sentira o cheiro do ódio delas, do desprezo, toda vez que uma Sábia olhava para uma Aes Sedai. Não sentia o mesmo cheiro ali, mas ninguém seria capaz de sustentar tamanha fúria por tanto tempo sem explodir.

O que não significava que a fúria havia sumido, apenas que estava guardada lá no fundo, entranhada nos ossos, talvez.

Delora bufou, um barulho parecido com linho rasgando.

— Primeiro você diz que elas devem ser mimadas porque precisa delas, e agora a justificativa é elas serem Aes Sedai e você ter prometido protegê-las. Qual é a verdade, Perrin Aybara?

— As duas coisas. — Perrin sustentou o olhar firme de Delora por um bom tempo, depois olhou para cada uma delas. — As duas coisas são verdade, e falo sério sobre ambas.

As Sábias trocaram olhares, olhares do tipo em que cada tremer de pálpebra continha cem palavras, e homem nenhum era capaz de decifrar uma única que fosse. Por fim, com um movimento de colares e um ajuste dos xales amarrados, as mulheres pareceram ter chegado a um acordo.

— Não matamos aprendizes, Perrin Aybara — disse Nevarin, parecendo chocada com a ideia. — Quando Rand al'Thor nos pediu para fazer delas nossas aprendizes, talvez achasse que fosse apenas para fazê-las nos obedecer, mas nossas palavras não são vazias. Elas agora *são* aprendizes.

— E vão continuar sendo até cinco Sábias decidirem que elas estão prontas para ser mais que isso — acrescentou Marline, jogando as longas madeixas por cima do ombro. — Nenhuma delas recebe tratamento diferente de qualquer outra.

Edarra assentiu por cima do copo de vinho.

— Dê a ele o conselho que ia dar a respeito de Masema Dagar, Seonid Traighan — disse ela.

A mulher ajoelhada praticamente se contorcera durante os pronunciamentos concisos de Nevarin e Marline, agarrando a saia a ponto de Perrin achar que a seda ia se rasgar, mas não hesitou em obedecer às instruções de Edarra.

— As Sábias têm razão, sejam quais forem seus motivos. Não digo isso para agradá-las. — Ela tornou a se endireitar, em um nítido esforço para atenuar o semblante. Ainda se notava, contudo, um quê acalorado em sua voz. — Vi o trabalho de ditos Devotos do Dragão antes mesmo de conhecer Rand al'Thor. Morte e destruição, e sem nenhum propósito. Até um cão fiel precisa ser abatido se sua boca começar a espumar.

— Sangue e cinzas! — grunhiu Perrin. — Depois disso, como posso permitir que vocês sequer botem os olhos nesse homem? Vocês juraram fidelidade a Rand e sabem que não é isso que ele quer! O que aconteceu com "milhares vão morrer se você fracassar"?

Luz, se Masuri também concordasse, não tinha servido de nada ele ter aguentado as Aes Sedai e as Sábias! Não, pior. Ele teria de proteger Masema delas!

— Masuri sabe tanto quanto eu que Masema é um cão raivoso — respondeu Seonid quando ele lhe fez a pergunta. Toda a serenidade da mulher retornara. Ela o encarava com uma expressão fria e indecifrável. Seu cheiro era de alguém alertíssima. Determinada. Como se ele precisasse do olfato, com aqueles olhos cravados nele, grandes, escuros e insondáveis. — Jurei servir ao Dragão Renascido, e o melhor serviço que posso prestar é manter esse animal longe dele. Já basta os governantes saberem que Masema o apoia. Pior seria se o vissem abraçando o sujeito. E milhares *vão* morrer se você fracassar, se não se aproximar o suficiente de Masema para matá-lo.

Perrin sentiu a cabeça girando. Uma vez mais, uma Aes Sedai manipulava as palavras sem o menor esforço, fazendo parecer ter dito "preto" quando queria dizer "branco". Em seguida, as Sábias fizeram seus acréscimos.

— Masuri Sokawa acredita que o cão raivoso pode ser encoleirado e amarrado para ser usado com segurança — disse Nevarin com toda a calma.

Por alguns instantes, Seonid pareceu tão surpresa quanto Perrin, mas logo se refez. Por fora, pelo menos. Pelo menos, por fora; de repente, seu cheiro expressava cautela, como se pressentisse uma armadilha onde antes não esperara.

— Ela também quer pôr um cabresto em você, Perrin Aybara — completou Carelle, em um tom ainda mais casual. — Ela acha que você também deve ser amarrado para não ser perigoso.

Nada em seu rosto sardento indicava se ela estava de acordo com aquilo.

Edarra ergueu a mão na direção de Seonid.

— Agora pode ir. Você não vai ouvir mais nada, mas pode pedir de novo para Gharadin deixar você Curar a ferida no rosto dele. Lembre-se: se ele continuar recusando, você precisa aceitar. Ele é um *gai'shain*, não um dos seus serviçais aguacentos. — Ela revestiu a última palavra do seu mais profundo desprezo.

O olhar de Seonid para Perrin foi tal qual duas brocas de gelo. A mulher então olhou para as Sábias, os lábios tremendo, a ponto de dizer algo. No fim das contas, porém, apenas se retirou com toda a elegância que foi capaz de reunir. Por fora, isso não era pouco, uma Aes Sedai sendo Aes Sedai a ponto de envergonhar uma rainha. Mas o rastro de frustração deixado pelo seu cheiro era tão afiado que poderia cortar.

Assim que a mulher saiu, as seis Sábias voltaram a se concentrar em Perrin.

— Agora você pode explicar por que deixaria um animal raivoso perto do *Car'a'carn* — disse Edarra.

— Só um tolo obedece ao comando de alguém para empurrá-lo de um penhasco — disse Nevarin.

— Se você não nos escuta, então nós escutaremos você. Fale, Perrin Aybara — disse Janina.

Perrin cogitou sair correndo em direção às abas da tenda, mas, se fizesse isso, deixaria para trás uma Aes Sedai que talvez fosse de questionável serventia, e mais outra, com seis Sábias que estavam prontas para arruinar tudo que ele viera fazer. Ele tornou a pousar o copo de vinho e acomodou as mãos nos joelhos. Se quisesse mostrar àquelas mulheres que não era uma cabra amarrada, precisava estar com a cabeça no lugar.

Capítulo 10

Mudanças

Assim que saiu da tenda das Sábias, Perrin pensou em tirar o casaco só para ver se seu couro ainda estava intacto. Podia não ser uma cabra amarrada, talvez, mas um cervo com seis lobas em seus calcanhares, e incerto sobre quanto lhe tinham valido suas patas ligeiras. Era certo que nenhuma das Sábias mudara de ideia, e as promessas que fizeram sobre não tomar nenhuma iniciativa sozinhas haviam sido, na melhor das hipóteses, vagas. Quanto às Aes Sedai, não houvera promessas, nem das nebulosas.

Ele procurou por alguma das irmãs e encontrou Masuri. Uma corda estreita fora amarrada entre duas árvores, onde estava pendurado um tapete vermelho e verde com franjas. A esbelta irmã Marrom usava um taco de madeira para golpeá-lo, levantando nuvens fininhas de poeira que flutuavam cintilantes ao sol do meio da manhã. Seu Guardião, um homem atarracado com cabelo escuro já rareando, estava sentado em um tronco caído ali perto, de onde a observava, taciturno. Rovair Kirklin normalmente estava sempre sorrindo, mas naquele dia a alegria estava enterrada. Masuri avistou Perrin e, mal se permitindo uma pausa nas pancadas no tapete, disparou-lhe um olhar gélido com tamanha malevolência que o fez até suspirar. Isso porque ela pensava como ele. Pelo menos tanto quanto era possível, por ali. Um falcão de cauda vermelha passou voando lá em cima, aproveitando-se das correntes de ar quente que se elevavam entre uma colina e outra, sem nem bater as asas estiradas. Seria ótimo poder pairar bem longe daquilo tudo. Era ferro que ele tinha à sua frente, não sonhos de prata.

Assentindo para Sulin e as Donzelas, que talvez tivessem criado raízes debaixo daquela folha-de-couro, Perrin se virou para ir embora, mas parou. Dois homens vinham subindo a colina, um deles um Aiel trajando o cinza, o marrom e o verde do *cadin'sor*, o arco no estojo às suas costas, uma aljava despontando no cinto, e as lanças e um broquel redondo de couro à mão. Gaul era um amigo, e o único homem entre os Aiel que não usava branco. Seu acompanhante, que batia em seu ombro e ostentava um chapéu de abas largas, casaco e calças de um tom verde sem graça, não era Aiel. Também carregava na cintura uma aljava cheia, além de uma faca até mais comprida e pesada que a do Aiel, mas trazia à mão seu arco, bem menor que o arco longo de Dois Rios, mas maior que os arcos de chifre dos Aiel. Apesar da indumentária, não tinha a aparência de um fazendeiro nem de um citadino. Talvez fosse por conta do cabelo grisalho amarrado na altura da nuca, que descia até a cintura, da barba que se agitava cobrindo todo o peito, ou talvez apenas por sua maneira de se mover, similar à do homem ao seu lado, desviando-se dos arbustos de tal forma que se tinha certeza de que galho nenhum estalava à sua passagem e grama nenhuma se partia sob seus pés. Perrin não o via parecia fazer muito tempo.

Ao alcançar o cume, Elyas Machera olhou para Perrin, os olhos dourados com um brilho tênue à sombra da aba do chapéu, olhos que já eram assim anos antes dos de Perrin. Fora Elyas quem o apresentara aos lobos. Na época, ele se vestia com peles.

— Bom ver você de novo, garoto — disse ele, em um tom tranquilo. O suor reluzia em seu rosto, mas pouco mais do que no de Gaul. — Largou aquele machado, finalmente? Pensei que você nunca deixaria de odiá-lo.

— Ainda odeio — rebateu Perrin no mesmo tom. Muito tempo atrás, o outrora Guardião lhe recomendara ficar com o machado até parar de ter ódio de usá-lo. Luz, mas ele ainda odiava! E agora tinha ainda mais razões para isso. — O que está fazendo nesta parte do mundo, Elyas? Onde Gaul encontrou você?

— Ele que me encontrou — disse Gaul. — Só fui ver que ele estava atrás de mim quando tossiu. — O homem falou alto o bastante para que as Donzelas escutassem, e a súbita quietude entre elas chegou a ser palpável.

Perrin esperava ao menos alguns comentários mordazes — o humor dos Aiel quase arrancava sangue, e as Donzelas aproveitavam qualquer oportunidade de zombar do homem de olhos verdes —, mas, em vez disso, algumas delas empunharam lanças e broquéis para batê-los um no outro em sinal de aprovação. Gaul meneou a cabeça em consentimento.

Elyas soltou um grunhido ambíguo e deu um puxão para baixar ainda mais o chapéu, embora recendesse a satisfação. Os Aiel não costumavam aprovar muita coisa do lado de cá da Muralha do Dragão.

— Não gosto de ficar parado — disse ele a Perrin. — E, por coincidência, estava em Ghealdan quando alguns amigos em comum me disseram que você estava viajando com esta comitiva. — Ele não mencionou o nome dos amigos em comum. Era pouco inteligente falar abertamente que se conversava com lobos. — Me falaram muitas coisas. Disseram que sentem cheiro de mudança no ar, só não sabem qual. Talvez você saiba. Soube que você tem andado por aí com o Dragão Renascido.

— Eu não sei — disse Perrin, devagar.

Mudança? Ele não cogitara perguntar aos lobos nada além de onde havia grupos grandes de homens, para que assim pudesse evitá-los. Mesmo ali em Ghealdan, ele às vezes se sentia culpado quando estava entre eles, por conta dos lobos mortos nos Poços de Dumai. Que tipo de mudança?

— Rand tem feito algumas mudanças, por certo, mas eu não saberia dizer o que significam. Luz, o mundo inteiro está dando cambalhotas, independentemente dele.

— Tudo muda — disse Gaul, em um tom despreocupado. — Até acordarmos, os sonhos viajam ao sabor do vento.

Por um momento, o Aiel examinou Perrin e Elyas. Comparando os olhos, Perrin tinha certeza. No entanto, não falou nada. Parecia que os Aiel viam os olhos dourados como mais uma peculiaridade dos aguacentos.

— Vou deixá-los conversarem a sós — disse Gaul. — Amigos que não se veem há muito tempo precisam conversar em particular. Chiad e Bain estão por aí, Sulin? Vi as duas caçando ontem e pensei que era melhor mostrar como se saca um arco antes que uma delas acabe atirando em si mesma.

— Fiquei surpresa por você ter voltado hoje — respondeu a mulher de cabelo branco. — As duas saíram para armar arapucas para coelhos.

A gargalhada se espalhou entre as Donzelas, os dedos agitando-se depressa em sua conversa gestual.

Com um suspiro, Gaul revirou os olhos ostensivamente.

— Nesse caso, acho melhor ir soltá-las. — As Donzelas riram disso quase tanto quanto, incluindo Sulin. — Que você encontre alguma sombra hoje — falou ele para Perrin, em uma despedida casual entre amigos, mas o Aiel apertou os antebraços de maneira mais formal para Elyas, e disse: — Minha honra lhe pertence, Elyas Machera.

— Sujeito estranho — murmurou Elyas enquanto observava Gaul tornar a descer a colina a passos largos. — Quando tossi, acho que ele se virou pronto para me matar, mas aí, em vez disso, começou a rir. Algum problema se formos para outro lugar? Não conheço a irmã que está tentando matar aquele tapete, mas não gosto de dar sopa para as Aes Sedai. — Os olhos do homem se estreitaram. — Gaul disse que há três com você. Não espera encontrar mais nenhuma, não é?

— Espero que não — replicou Perrin. Masuri olhava para os dois entre as pancadas com o taco. A mulher não tardaria a descobrir a respeito dos olhos de Elyas e começaria a tentar desencavar o que mais o ligava a Perrin. — Vamos. De todo modo, já está na hora de eu voltar para meu acampamento. Está preocupado em encontrar alguma Aes Sedai que conheça você?

Os dias de Elyas como Guardião haviam terminado quando souberam que ele podia se comunicar com os lobos. Algumas irmãs pensavam que se tratava de uma marca do Tenebroso, e ele precisara matar outros Guardiões para escapar.

O homem mais velho esperou até que estivessem a uma dúzia de passadas das tendas para responder, e mesmo assim falou baixinho, como se suspeitasse de que alguém logo atrás pudesse ter ouvidos tão bons quanto os deles.

— Uma que saiba meu nome já será ruim o bastante. Guardiões não costumam fugir, garoto. A maioria das Aes Sedai libera um homem que realmente queira ir embora, a maioria, e, seja como for, se ela decidir caçar, consegue rastreá-lo, não importa o quanto corra. Mas qualquer irmã que encontre um renegado vai passar suas horas vagas fazendo-o desejar nunca ter nascido. — Ele estremeceu de leve. Seu cheiro não recendia a medo, mas a alguém antecipando dor. — Depois, devolve-o para a Aes Sedai dele, para que a mensagem fique bem clara. Um homem nunca mais volta a ser o mesmo depois disso. — À beira da encosta, ele olhou para trás. Masuri de fato parecia estar tentando matar o tapete, concentrando toda sua fúria na tentativa de abrir um buraco no objeto. Elyas, no entanto, tornou a estremecer. — A pior coisa seria dar de cara com Rina. Eu preferiria ficar preso em um incêndio em uma mata com as duas pernas quebradas.

— Rina é sua Aes Sedai? Mas como você poderia dar de cara com ela? O elo lhe diz onde ela está.

Aquilo atiçou algo na memória de Perrin, mas, fosse o que fosse, acabou se dissipando com a resposta de Elyas.

— Boa parte delas pode turvar o elo, digamos assim. Todas, talvez. Você não sabe muita coisa além do fato de que ela está viva, e isso eu sei de qualquer jeito, até porque não fiquei maluco. — Elyas percebeu o ar de dúvida no rosto de Perrin e soltou uma gargalhada. — Luz, homem, as irmãs também são de carne e osso. A maioria é. Pense nisso. Você ia querer alguém dentro da sua cabeça enquanto se enrosca com uma mocinha simpática? Desculpe, eu esqueci que agora você é casado. Não se ofenda. Só que eu fiquei surpreso quando soube que você tinha se casado com uma saldaeana.

— Surpreso? — Perrin nunca tinha parado para pensar *nesse* aspecto do elo de um Guardião. Luz! Aliás, nunca tinha pensado nas Aes Sedai dessa maneira. Parecia algo tão plausível quanto... um homem falar com lobos. — Por que surpreso?

Os dois foram descendo em meio às árvores daquele lado da colina, sem pressa e fazendo pouco barulho. Perrin sempre fora um bom caçador, acostumado às florestas, e Elyas mal perturbava as folhas ao pisá-las, deslizando suavemente por sobre a vegetação sem mover um galho sequer. Podia ter pendurado o arco nas costas, mas ainda o trazia à mão. Era um homem cauteloso, em especial ao redor de outras pessoas.

— Ora, porque você é do tipo quieto, e eu pensei que fosse se casar com alguém que também fosse. Bem, a esta altura você já sabe que as saldaeanas não são quietas. Exceto com estranhos e forasteiros. Ateiam fogo no sol num minuto e, no outro, perdoam e esquecem tudo. Fazem as arafelianas parecerem apáticas e as domanesas, totalmente sem graça. — De repente, Elyas abriu um sorriso. — Uma vez, morei um ano com uma saldaeana, e Merya gritava no meu ouvido cinco dias por semana, e às vezes também jogava as louças na minha cabeça. Mas, toda vez que eu pensava em ir embora, ela tentava compensar, e parecia que eu nunca conseguia chegar até a porta. No fim, ela que me deixou. Disse que eu era contido demais para o gosto dela.

Sua risada áspera soou nostálgica, mas o homem também esfregou com nostalgia uma cicatriz discreta e esmaecida pela idade que lhe percorria a mandíbula. Dava a impressão de ter sido feita por uma faca.

— Faile não é assim. — Parecia que Elyas tinha sido casado com Nynaeve, e uma Nynaeve com dor de dente! — Não que vez ou outra ela não fique irritada — admitiu ele com relutância —, mas não grita nem joga nada em mim.

Bem, não era muito comum ela gritar, e, em vez de a raiva entrar em ebulição e depois desaparecer, já começava fervendo e ia passando devagar até virar gelo.

Elyas olhou para ele de soslaio.

— Como se eu nunca tivesse sentido o cheiro de um homem tentando se esquivar do perigo... Você tem falado manso com ela o tempo todo, não é? Manso feito um cãozinho que nunca late mais forte? Você nunca levanta a voz para ela?

— Claro que não! — indignou-se Perrin. — Eu amo Faile! Por que gritaria com ela?

Elyas começou a resmungar baixinho, embora Perrin conseguisse escutar cada palavra, claro.

— Que a Luz me queime, mas se o homem quer sentar em cima de uma víbora-vermelha, é problema dele. Não é da minha conta se alguém quer aquecer as mãos quando o telhado está pegando fogo. A vida é dele. Ele vai me agradecer? Não, lógico que o desgraçado não vai!

— O que você está tagarelando aí? — perguntou Perrin.

Segurando Elyas pelo braço, forçou-o a parar debaixo de um azevinho, as folhas espinhentas ainda quase todas verdes. Não se via muito mais verde ali em volta, tirando uma ou outra brava trepadeira. Os dois haviam descido menos da metade da colina.

— Faile não é uma víbora-vermelha nem um telhado pegando fogo! Espere para conhecê-la antes de começar a falar como se já conhecesse.

Irritado, Elyas correu os dedos pela barba comprida.

— Eu conheço as saldaeanas, garoto. Aquele ano não foi a única vez em que estive lá. Só conheci umas cinco saldaeanas que chamaria de calmas, ou mesmo de gênio tranquilo. Não, ela não é uma víbora, mas aposto que é um leopardo. E não me venha com rosnados, que a Luz o queime! Aposto minhas botas que ela abriria um sorriso se me ouvisse dizendo isso!

Perrin abriu a boca com raiva, mas logo voltou a fechar. Não tinha se dado conta de que, lá no fundo da garganta, estava rosnando. Faile *sorriria* mesmo se fosse chamada de leopardo.

— Você não pode estar dizendo que ela quer que eu grite com ela, Elyas.

— Estou, sim. Provavelmente, pelo menos. Pode ser que ela seja a sexta. Pode ser. Preste bem atenção: com a maioria das mulheres, se você levantar a voz, elas arregalam os olhos ou congelam, e aí, no instante seguinte, vocês estão discutindo o fato de você estar irritado, sem nem mencionar mais o que fez seu sangue ferver. Mas, se engolir seu orgulho com uma saldaeana, ela acha que você está dizendo que ela não é forte o bastante para encarar você. Se a insultar desse jeito, vai ser sorte sua se ela não lhe servir a própria moela no café da manhã. Ela não é uma mocinha de Far Madding, que espera que um homem se sente onde ela mandar ou que pule quando ela estala os dedos. Ela é um leopardo e espera que seu marido também seja. Luz! Não sei onde estou com a cabeça. Dar conselhos a alguém sobre a esposa é uma bela maneira de acabar com as vísceras expostas.

Foi a vez de Elyas rosnar. Ele deu um puxão desnecessário para endireitar o chapéu, correu os olhos pela colina com o cenho franzido, como quem cogitava sumir mata adentro, e então cutucou Perrin com o dedo em riste.

— Veja bem, eu sempre soube que você era mais que um vira-lata, e juntando o que os lobos me contaram com o fato de você estar indo atrás desse tal

Profeta, achei que talvez fosse bom você ter um amigo para vigiar sua retaguarda. Claro que os lobos não mencionaram que você estava *liderando* aqueles belos lanceiros mayenenses. Gaul também não mencionou, até que vimos os homens. Se quiser que eu fique, eu fico. Se não, há muitos lugares pelo mundo que eu ainda não conheço.

— É sempre bom ter um amigo a mais, Elyas.

Será que Faile *queria* mesmo que ele gritasse? Perrin sempre soubera que podia machucar alguém, se não tomasse cuidado, e vivia tentando manter seu temperamento em rédea curta. Palavras podiam ferir tanto quanto punhos, palavras erradas, palavras mal pensadas desferidas em um rompante. Tinha que ser impossível. Era lógico: nenhuma mulher aceitaria aquilo, vindo do marido ou de qualquer outro.

O canto de um campainha-azul o fez levantar a cabeça, as orelhas formigando. Mesmo para ele, era um ruído quase imperceptível, mas, no instante seguinte, o trinado se repetiu mais perto, depois de novo, mais próximo ainda. Elyas olhou para ele com a sobrancelha arqueada. Ele reconheceria o canto de um pássaro das Terras da Fronteira. Perrin aprendera com alguns shienaranos, Masema entre eles, e ensinara para os homens de Dois Rios.

— Temos visita a caminho — falou para Elyas.

Os visitantes chegaram rápido, quatro cavaleiros em um galope ligeiro que chegaram antes que ele e Elyas alcançassem o pé da colina. Berelain vinha à frente, esguichando água ao atravessar o riacho, com Annoura e Gallenne logo atrás, além de uma mulher com uma sobrecapa clara encapuzada que cavalgava ao lado dela. Eles passaram pelo acampamento mayenense quase sem olhar, deixando para puxar as rédeas só quando estavam diante da tenda com listras brancas e vermelhas. Alguns criados cairhienos foram correndo tomar os arreios e segurar os estribos, e Berelain e seus acompanhantes estavam dentro da tenda antes mesmo que a poeira da chegada assentasse.

De forma geral, a chegada do grupo gerou um belo alvoroço. Um burburinho que Perrin só podia chamar de antecipatório surgiu em meio aos homens de Dois Rios. O inevitável grupinho de jovens idiotas de Faile coçava a cabeça e encarava a tenda, fofocando animadamente. Grady e Neald também observavam por entre as árvores, aproximando-se um do outro de vez em quando para trocar palavras, como se alguém estivesse perto o bastante para ouvir o que diziam.

— Parece que suas visitas são mais que fortuitas — observou Elyas baixinho.
— Fique de olho em Gallenne. Ele pode causar problemas.

— Conhece o homem, Elyas? Eu gostaria que você ficasse, mas, se achar que ele pode contar para uma das irmãs quem você é... — Resignado, Perrin deu de ombros. —Talvez eu consiga conter Seonid e Masuri — ele achava que sim —, mas acho que Annoura vai fazer o que bem entender. — E o que será que *ela* achava de Masema?

— Ah, Bertain Gellenne não conhece tipos como Elyas Machera — respondeu ele com um sorrisinho irônico. — "Mais tolos conhecem Jak Tolo do que Jak Tolo os conhece". Mas eu o conheço, sim. Ele não vai se colocar contra você nem atacar pelas costas, mas, entre aqueles dois, a inteligente é Berelain. Ela manteve Tear fora do controle de Mayene pondo os tairenos contra os illianenses desde que tinha dezesseis anos. Berelain sabe manipular, enquanto Gallenne só sabe partir para o ataque. É bom nisso, mas é só o que ele enxerga, e às vezes não para pra pensar.

— Eu já tinha percebido isso neles — resmungou Perrin. Ao menos Berelain trouxera uma mensageira de Alliandre. Ela não teria vindo com toda aquela pressa trazendo apenas uma nova criada. A única dúvida era por que a resposta de Alliandre exigia uma mensageira. — Melhor eu ir ver se são boas notícias, Elyas. Depois conversamos sobre o que há ao sul. E você pode conhecer Faile — acrescentou ele, antes de se virar.

— O que há ao sul é o Poço da Perdição — gritou de volta o outro homem. — Ou o mais perto disso que eu esperava ver abaixo da Praga.

Perrin pensou ter ouvido de novo aquele trovão distante a oeste. Essa, sim, teria sido uma mudança bem-vinda.

Na tenda, Breane carregava de um lado a outro uma bandeja de prata com uma tigela de água com aroma de rosas e panos para lavar o rosto e as mãos, fazendo uma mesura tensa sempre que a oferecia. Com mesuras ainda mais rígidas, Maighdin ofertava uma bandeja contendo copos de ponche — feito, pelo cheiro, com o que havia restado dos mirtilos secos —, enquanto Lini dobrava a sobrecapa da recém-chegada. Parecia haver algo esquisito na forma como Faile e Berelain se punham uma de cada lado da recém-chegada, e Annoura perambulava atrás das duas com toda a atenção voltada para ela. Mais ou menos na meia-idade, com uma touca de renda verde prendendo o cabelo escuro que descia quase até a cintura, poderia ter sido uma mulher bonita, não fosse o nariz tão comprido. E se não andasse com ele tão empinado. Mais baixa do que Faile e Berelain, ela ainda conseguiu dar um jeito de olhar Perrin de cima, examinando-o com frieza do cabelo às botas. Não hesitou ao ver os olhos dele, embora quase todo mundo hesitasse.

— Majestade — declarou Berelain em um tom formal assim que Perrin entrou —, permita-me apresentar Lorde Perrin Aybara de Dois Rios, em Andor, amigo particular e emissário do Dragão Renascido.

A mulher nariguda fez um meneio cuidadoso com a cabeça, tranquila, e Berelain prosseguiu mal fazendo uma pausa.

— Lorde Aybara, dê as saudações e boas-vindas a Alliandre Maritha Kigarin, Rainha de Ghealdan, Abençoada da Luz, Defensora da Muralha de Garen, que tem o prazer de recebê-lo pessoalmente.

Gallenne, de pé junto da parede da tenda, ajustou o tapa-olho e ergueu o copo de vinho na direção de Perrin com um sorriso de triunfo.

Por algum motivo, Faile olhou sério para Berelain. Perrin quase ficou de queixo caído. Alliandre em pessoa? Ele se perguntou se deveria se ajoelhar, mas então se contentou com uma reverência após uma pausa longa demais. Luz! Não fazia ideia de como tratar uma rainha. Menos ainda uma rainha que apareceu do nada, sem escolta e sem nenhuma joia aparente. Seu vestido de cavalgada verde-escuro era de lã simples, sem um único ponto de bordado.

— Depois das notícias recentes, achei que devia vir encontrá-lo, Lorde Aybara — disse Alliandre. A voz da mulher era tranquila, o rosto, sereno, os olhos, distantes. E observadores, ou ele era um homem de Barca do Taren. Melhor que desse cada passo com toda a cautela até saber o que o caminho reservava. — Você não deve ter ficado sabendo, mas, quatro dias atrás, Illian sucumbiu ao Dragão Renascido, que seu nome seja abençoado pela Luz. Ele tomou a Coroa de Louros, apesar de eu ter ouvido falar que ela agora se chama Coroa de Espadas.

Tomando um dos copos da bandeja de Maighdin, Faile sussurrou bem baixinho:

— E, há sete dias, os Seanchan tomaram Ebou Dar.

Nem Maighdin percebeu.

Se Perrin já não tivesse se recomposto, teria ficado realmente boquiaberto. Por que Faile lhe contara daquela maneira, em vez de esperar que a notícia fosse dada pela mulher que devia ter contado para ela? Falando em um tom que todos podiam ouvir, ele repetiu as palavras da esposa. Uma voz dura, mas que era o único jeito de evitar que ela vacilasse. Ebou Dar também? Luz! E há sete dias? No dia em que Grady e os outros tinham avistado o Poder Único no céu. Coincidência, talvez. Mas será que ele *preferia* que tivessem sido os Abandonados?

Annoura franziu o cenho por cima do copo, apertando os lábios antes que ele tivesse terminado de falar, e Berelain o encarou com um olhar assustado que logo se dissipou. Elas sabiam que ele não tinha aquela informação a respeito de Ebou Dar quando partiram rumo a Bethal.

Alliandre mal meneou com a cabeça, tão senhora de si quanto a irmã Cinza.

— Você parece surpreendentemente bem informado — disse ela, aproximando-se dele. — Duvido que os primeiros boatos já estejam chegando a Jehannah por meio do comércio fluvial. Eu mesma só fiquei sabendo há poucos dias. Vários mercadores me mantêm a par dos fatos. Acredito que esperam que eu possa interceder por eles junto ao Profeta do Lorde Dragão, caso venha a ser necessário — completou ela, seca.

Por fim, Perrin conseguiu captar o cheiro da mulher, e sua opinião a respeito dela mudou, ainda que não para pior. Por fora, a rainha era pura frieza e reserva, mas uma incerteza permeada pelo medo dominava seu aroma. Ele não acreditava que teria conseguido manter um semblante tão tranquilo caso se sentisse daquela maneira.

— É sempre melhor estar o mais informado possível — respondeu ele, meio distraído.

Que a Luz me queime, eu preciso contar isso para Rand!

— Em Saldaea, também consideramos os mercadores uma fonte útil de informações — disse Faile, dando a entender que tinha sido dessa maneira que Perrin ficara sabendo a respeito de Ebou Dar. — Parece que eles ficam sabendo o que aconteceu a mil ilhas de distância semanas antes dos boatos se espalharem.

Ela não olhou para o marido, mas Perrin sabia que ela estava falando aquilo tanto para ele quanto para Alliandre. Ela estava dizendo que Rand já sabia. E, de qualquer jeito, *não havia* como dar a notícia para ele em segredo. *Será* que Faile queria mesmo que ele...? Não, era inconcebível. Hesitando, ele se deu conta de que deixara passar algo que Alliandre havia dito.

— Me perdoe, Alliandre — disse ele com toda a educação. — Eu estava pensando em Rand... no Dragão Renascido.

Claro que era inconcebível!

Todos o encararam, inclusive Lini, Maighdin e Breane. Os olhos de Annoura haviam se esbugalhado, e a boca de Gallenne estava escancarada. Foi então que ele entendeu: acabara de chamar a rainha pelo nome. Ele pegou um copo da bandeja de Maighdin, que se levantou tão depressa da mesura que quase derrubou o objeto da mão dele. Com um gesto desatento para dispensá-la, ele enxugou a mão úmida no casaco. Era preciso se concentrar, não deixar a mente vagar em nove direções. A despeito do que Elyas achava que sabia, Faile jamais... Não! Concentração!

Alliandre não demorou a se recuperar. Na verdade, parecera a menos surpresa de todos, e seu cheiro não fraquejou.

— Eu estava dizendo que vir encontrá-lo em segredo me pareceu a decisão mais sábia, Lorde Aybara — disse ela com aquela voz tranquila. — Lorde Telabin acredita que estou passeando sozinha em seus jardins, de onde saí por um portão que raramente usam. Depois que saímos da cidade, passei a ser a criada de Annoura Sedai. — Roçando a ponta dos dedos pelas saias do vestido de cavalgada, ela deu uma risadinha. Até isso ela fazia com tranquilidade, o que não combinava nem um pouco com o que o nariz dele sentia. — Vários dos meus soldados me viram, mas, com o capuz do manto puxado, nenhum deles me reconheceu.

— Em tempos como os que vivemos, provavelmente foi o melhor a fazer — concordou Perrin com todo o cuidado. — No entanto, mais cedo ou mais tarde, a senhora vai ter que se revelar. De um jeito ou de outro. — Educação e objetividade, era isso que importava. Uma rainha não ia querer perder tempo com um homem que falasse demais. E ele não queria decepcionar Faile voltando a pisar em falso. — Mas por que vir? Bastava enviar uma carta ou mandar a resposta através de Berelain. Vai declarar apoio a Rand ou não? Seja como for, não tenha medo quanto a voltar para Bethal em segurança.

Esse era um bom ponto. Estar sozinha ali devia assustá-la, além de todo o resto que a mulher já temia.

Faile estava atenta ao marido, mesmo fingindo que não, só bebericando o ponche e dirigindo sorrisos a Alliandre, mas Perrin percebia os olhares de relance dela em direção a ele. Berelain não fingia nada, de olho em tudo sem disfarçar, os olhos levemente estreitados e jamais se desviando do rosto dele. Annoura se mostrava igualmente determinada e pensativa. Será que *todas* elas achavam que ele ia tropeçar na própria língua de novo?

Em vez de responder o que importava, Alliandre disse:

— A Primeira me falou bastante de você, Lorde Aybara, e do Lorde Dragão Renascido, que seu nome seja abençoado pela Luz. — A última frase soara decorada, um complemento que ela já falava sem pensar. — Como não posso vê-lo antes de tomar minha decisão, queria ver você para então fazer meu juízo. É possível descobrir muito sobre um homem a partir daqueles que ele escolhe como porta-vozes.

Baixando a cabeça na direção do copo que tinha nas mãos, ela o espiou por entre os cílios. Vindo de Berelain, aquilo teria parecido um flerte, mas ele tinha certeza de que Alliandre observava um lobo cautelosamente.

— Também vi seus estandartes — prosseguiu ela, a voz baixa. — A Primeira não tinha falado deles.

Perrin não teve como conter uma cara feia. Berelain havia falado um monte dele? O que teria dito?

— Os estandartes estão lá para serem vistos. — A raiva emprestou uma rispidez à voz dele que exigiu certo esforço para ser atenuada. Berelain, sim, era uma mulher que *precisava* ouvir uns bons gritos. — Acredite, não há nenhum plano para restabelecer Manetheren. — Pronto, um tom de voz tão tranquilo quanto o de Alliandre. — Qual será a sua decisão? Rand pode mandar dez mil soldados, cem mil soldados, para cá num piscar de olhos, ou quase isso.

E talvez fosse necessário. Os Seanchan em Amador *e* em Ebou Dar? Luz, quantos seriam?

Alliandre bebericou delicadamente o ponche de vinho antes de falar, e, mais uma vez, se esquivou da pergunta.

— Há milhares de boatos, como você deve saber, e até os mais inverossímeis passam a ser críveis quando o Dragão foi Renascido. Estranhos aparecem, alegando serem os exércitos retornados de Artur Asa-de-gavião, e a própria Torre está partida por conta de uma rebelião.

— Isso é um problema das Aes Sedai — disse Annoura em tom brusco. — Não é da conta de mais ninguém.

Berelain disparou um olhar exasperado na direção dela, que a mulher fingiu não perceber. Alliandre se retraiu e virou as costas para a irmã. Rainha ou não, ninguém queria ouvir aquele tom de voz vindo de uma Aes Sedai.

— O mundo está de cabeça para baixo, Lorde Aybara. Ora, já ouvi até relatos de Aiel saqueando um vilarejo aqui em Ghealdan.

Abruptamente, Perrin notou que havia ali mais do que ansiedade por ter ofendido uma Aes Sedai. Alliandre o observava, em expectativa. Mas esperando o quê? Garantias?

— Os únicos Aiel em Ghealdan estão comigo — respondeu ele. — Os Seanchan podem até ser descendentes do exército de Artur Asa-de-gavião, mas faz mil anos que Asa-de-gavião está morto. Rand já fez frente a eles uma vez e vai fazer de novo.

Ele se lembrava tão bem de Falme quanto dos Poços de Dumai, embora tivesse tentado esquecer. Com certeza, naquela ocasião, não havia Seanchan o suficiente para tomar Amador *e* Ebou Dar, mesmo com suas *damane*. Balwer afirmava que eles também estavam com soldados tarabonianos.

— E talvez você se anime em saber que essas Aes Sedai rebeldes apoiam Rand. Vão apoiar em breve, pelo menos.

Era o que Rand dizia; um punhado de Aes Sedai não tinha para onde ir a não ser na direção dele. Perrin não tinha tanta certeza. Os boatos que corriam em Ghealdan falavam de um exército ao lado dessas irmãs. Claro que, segundo os mesmos boatos, esse "punhado" de Aes Sedai era mais numeroso do que havia de Aes Sedai no mundo, mas mesmo assim... Luz, como gostaria que alguém pudesse dar garantias a ele!

— Por que não nos sentamos? — propôs ele. — Posso responder qualquer pergunta que a senhora tenha, se for para lhe ajudar a tomar sua decisão, mas é melhor que estejamos à vontade.

Puxando uma das cadeiras dobráveis, ele se lembrou na última hora de se sentar com cuidado, mas ainda assim a cadeira rangeu. Lini e as outras duas serviçais se apressaram e puxaram cadeiras para formar um círculo junto da dele, mas nenhuma das mulheres se moveu até elas. Alliandre continuou olhando para ele, todos os demais olhando para ela. Exceto por Gallenne, que apenas se serviu de mais um copo de ponche do cântaro prateado.

Foi quando ocorreu a Perrin que Faile não abrira a boca desde que mencionara os mercadores. Ele estava tão grato pelo silêncio de Berelain quanto por ela não ter decidido bater os cílios para ele na frente da rainha, mas qualquer ajuda da parte de Faile teria sido bem-vinda. Um pequeno conselho. Luz, ela sabia dez vezes mais que ele o que dizer e fazer naquela situação.

Perguntando-se se deveria ficar de pé como os outros, Perrin depositou o ponche em uma das mesinhas e pediu para ela falar com Alliandre.

— Se alguém aqui é capaz de fazê-la enxergar o certo, é você — disse ele.

Faile abriu um sorriso contente, mas conteve a língua.

De repente, Alliandre estendeu o copo para o lado sem nem olhar, como se esperasse que houvesse uma bandeja ali. E havia, mal chegando a tempo de apanhar o copo, e Maighdin, que a segurava, resmungou algo que Perrin esperava que Faile não tivesse ouvido. Ela era implacável com serviçais que usavam aquele tipo de linguajar. Ele fez menção de se levantar quando Alliandre se aproximou, mas, para a surpresa de Perrin, ela se ajoelhou graciosamente à frente dele e tomou-lhe as mãos. Antes que entendesse o que Alliandre estava fazendo, ela girou de modo que suas mãos ficassem encaixadas entre as palmas dele, agarrando com tanta força que devia lhe doer os dedos; ele, pelo menos, achava que não tinha como se soltar sem machucá-la.

— Pela Luz — pronunciou ela com firmeza, encarando-o —, eu, Alliandre Maritha Kigarin, prometo lealdade e serviço a Lorde Perrin Aybara de Dois Rios, agora e para sempre, salvo se ele optar por me exonerar por vontade própria. Minhas terras e trono são dele, e os entrego em suas mãos. Assim o juro.

Por um instante, fez-se um silêncio que só foi quebrado pelo arquejo de Gallenne e pelo baque seco de seu copo de vinho caindo no tapete.

Foi então que Perrin ouviu Faile, uma vez mais sussurrando-lhe tão baixinho que ninguém ao lado dela teria como identificar suas palavras.

— Pela Luz, aceito sua promessa e defenderei e protegerei você e aos seus, durante a ruína da batalha, o sopro do inverno, e tudo que o tempo possa trazer. As terras e o trono de Ghealdan, concedo a você como minha fiel vassala. Pela Luz, eu aceito...

Essa devia ser a maneira saldaeana de aceitar. Graças à Luz, ela estava concentrada demais nele para perceber Berelain meneando furiosamente a cabeça para Perrin, incentivando-o igualmente. As duas quase pareciam já estar esperando por aquilo! Annoura, no entanto, estava boquiaberta e parecia tão perplexa quanto ele, tal qual um peixe que acabara de notar que a água desapareceu.

— Por quê? — questionou ele com delicadeza, ignorando tanto o sibilo frustrado de Faile quanto o grunhido exasperado de Berelain. *Que a Luz me queime*, pensou ele. *Sou apenas um maldito ferreiro!* Ninguém jurava lealdade a ferreiros. Rainhas não juravam lealdade a ninguém! — Me disseram que sou *ta'veren*. Talvez você queira reconsiderar isso tudo daqui a uma hora.

— Eu espero que você seja *ta'veren*, milorde. — Alliandre riu, mas não por diversão, e apertou ainda mais as mãos de Perrin, como que temendo que ele pudesse retirá-las. — Com todo o meu coração, eu espero. Temo que nada menos que isso possa salvar Ghealdan. Tomei essa decisão praticamente no mesmo instante em que a Primeira me contou por que você está aqui, e ter vindo me encontrar com você só fez confirmar. Ghealdan precisa de uma proteção que eu não tenho como dar, e o dever me manda providenciá-la. Você pode fazer isso, milorde, você e o Lorde Dragão Renascido, que seu nome seja abençoado pela Luz. Na realidade, eu prometeria diretamente a ele, se ele aqui estivesse, mas você é seu homem. Prometendo a você, também estou prometendo a ele. — Ela respirou fundo e se obrigou a dizer mais duas palavras. — Por favor. — Naquele momento, Alliandre recendia a desespero, e seus olhos brilhavam de medo.

Ainda assim, ele hesitou. Aquilo era tudo que Rand queria e mais, mas Perrin Aybara era apenas um ferreiro. Apenas! Será que ele ainda poderia dizer isso para si mesmo, caso aceitasse aquilo? Alliandre ergueu os olhos em súplica na direção dele. Perrin ficou se perguntando se os *ta'veren* também atuavam sobre si mesmos.

— Pela Luz, eu, Perrin Aybara, aceito sua promessa... — Sua garganta estava seca quando ele terminou de repetir as palavras que Faile balbuciara. Agora era tarde demais, não havia como parar e pensar.

Com um suspiro de alívio, Alliandre beijou-lhe as mãos. Perrin achava que nunca tinha se sentido tão envergonhado. Levantando-se depressa, ele a ajudou a ficar de pé. E se deu conta de que não sabia o que fazer em seguida. Faile, sorrindo orgulhosa, não cochichou mais nenhuma dica. Berelain também sorria, seu rosto demonstrando tanto alívio que parecia até que havia sido resgatada de um incêndio.

Perrin tinha certeza de que Annoura diria algo — Aes Sedai sempre tinham muito a dizer, ainda mais quando isso representava uma oportunidade de assumir o comando —, mas a irmã Cinza só estendeu o copo de vinho para que Maighdin enchesse. Annoura o observava com um semblante indecifrável, e Maighdin também, aliás, tanto que continuou inclinando o cântaro até o ponche derramar no pulso da Aes Sedai, no que Annoura se assustou e ficou olhando para o copo em sua mão como quem tinha esquecido que ele estava ali. Faile franziu o cenho, Lini franziu mais ainda, e Maighdin saiu correndo atrás de um pano para enxugar a mão da irmã, resmungando baixinho o tempo inteiro. Faile ficaria bravíssima se escutasse aqueles resmungos.

Perrin sabia que estava demorando demais. Alliandre lambia os lábios, nervosa. Ela esperava mais, mas o quê?

— Já que acabamos aqui, eu preciso ir encontrar o Profeta — disse ele, e se retraiu. Abrupto demais. Ele não levava jeito para lidar com nobres, menos ainda com rainhas. — Suponho que a senhora queira voltar para Bethal antes que alguém descubra que saiu.

— Pela última informação que eu tive, o Profeta do Lorde Dragão estava em Abila — disse Alliandre. — É uma cidade de porte médio, de Amadícia, talvez a quarenta léguas ao sul daqui.

Perrin franziu o cenho a contragosto, embora tenha logo suavizado a feição. Então, Balwer estava certo. Ter acertado uma coisa não significava ter acertado tudo, mas podia ser que valesse a pena ouvir o que o sujeito tinha a dizer sobre os Mantos-brancos. E sobre os Seanchan. Quantos tarabonianos eram?

Faile se colocou ao lado dele, pôs a mão no braço do marido e dedicou um sorriso caloroso a Alliandre.

—Você não pode querer mandá-la embora agora, meu querido. Não ela tendo acabado de chegar. Deixe-nos conversando aqui longe do sol antes de ela ter de encarar a cavalgada de volta. Sei que você tem assuntos importantes para tratar.

Com esforço, Perrin conseguiu não a encarar em confusão. O que poderia ser mais importante que a Rainha de Ghealdan? Nada que alguém fosse deixá-lo fazer, com toda a certeza. Obviamente, ela queria conversar com Alliandre sem a presença dele. Com sorte, contaria depois por quê. Elyas podia até achar que conhecia as saldaeanas, mas Perrin aprendera por conta própria que só um tolo tentava arrancar todos os segredos de sua esposa. Ou deixar que ela ficasse sabendo os que ele já havia desencavado.

Sem dúvida deixar Alliandre devia envolver tanta cerimônia quanto recebê-la, mas Perrin conseguiu improvisar um movimento de perna e fez sua reverência, pedindo perdão por se retirar, no que ela respondeu com uma mesura profunda, murmurou que ele a honrava muito, e foi só isso. Exceto pelo movimento de cabeça para que Gallenne o acompanhasse. Perrin duvidava que Faile o mandaria embora querendo que aquele sujeito ficasse ali. Sobre *o que* ela queria falar a sós?

Lá fora, o homem de um olho só lhe deu um tapa no ombro que teria feito alguém menor cambalear.

— Que a Luz me queime, eu nunca tinha ouvido falar nisso! Agora já posso dizer que vi um *ta'veren* em ação de verdade. O que você queria comigo?

E agora, o que ele diria?

Foi quando ele ouviu gritos vindos do acampamento mayenense, um barulho de discussão, tão alto que dois homens de Dois Rios se levantaram para espiar por entre as árvores, apesar da encosta da colina cobrir tudo.

— Primeiro, vamos ver o que é isso — respondeu Perrin.

Aquilo lhe daria tempo para pensar. Sobre o que dizer para Gallenne, e sobre outras coisas.

Faile esperou alguns instantes depois que Perrin saiu para avisar aos serviçais que ela e as demais se cuidariam sozinhas. Maighdin estava tão ocupada observando Alliandre que Lini precisou dar-lhe um puxão na manga para que ela se movesse. Aquilo teria de ser assunto para depois. Depositando o copo, Faile acompanhou as três mulheres até a porta da tenda como se as apressasse, mas, ao chegar lá, fez uma pausa.

Perrin e Gallenne caminhavam a passos largos em meio às árvores em direção ao acampamento mayenense. Ótimo. A maior parte da *Cha Faile* estava agachada não muito longe dali. Olhando nos olhos de Parelean, ela gesticulou com as mãos baixas, na altura do quadril, em uma posição onde ninguém atrás dela conseguiria ver. Um movimento circular rápido seguido de um punho cerrado. Imediatamente, os tairenos e cairhienos se dividiram em grupos de dois ou três e se espalharam. Eram bem menos elaborados que a língua gestual das Donzelas, mas os sinais da *Cha Faile* eram suficientes. Em instantes, seu pessoal formou uma roda dispersa circundando a tenda de maneira aparentemente aleatória e ficou batendo papo ou jogando cama de gato. Mas ninguém se aproximaria menos de vinte passadas sem que ela recebesse um aviso antes de a pessoa chegar à entrada da tenda.

Era Perrin quem mais a preocupava. Faile esperara um momento solene tão logo Alliandre aparecera em carne e osso, se não o juramento, mas ele ficara chocado. Se por acaso ele decidisse voltar, fazer mais uma tentativa de deixar Alliandre confortável com sua decisão... Ah, ele realmente pensava com o coração quando devia usar a cabeça. E com a cabeça quando devia usar o coração! Um sentimento de culpa a agulhou só de pensar naquilo.

— Serviçais peculiares essas que você encontrou na beira da estrada — disse Berelain com um tom de simpatia dissimulada ao lado dela, assustando Faile, que não ouvira a mulher se aproximar por trás.

Lini e as demais seguiam em direção às carroças, Lini sacudindo o dedo em riste para Maighdin, e Berelain alternava o olhar entre Faile e elas. Continuou falando com a voz baixa, e o tom zombeteiro permaneceu.

— Ao menos a mais velha parece conhecer suas obrigações, em vez de apenas ter ouvido falar delas, mas Annoura me disse que a mais nova é uma bravia. Muito fraca, segundo ela, até insignificante, mas bravias sempre causam problemas. As outras vão contar fofocas a respeito dela, se ficarem sabendo, e mais cedo ou mais tarde ela vai fugir. Bravias sempre fogem, pelo que escuto. É isso que dá ficar pegando criadas como quem pega vira-latas.

— Estou satisfeita com elas — respondeu Faile com frieza. Mesmo assim, uma longa conversa com Lini sem dúvida se fazia necessária. Bravia? Ainda que fraca, era algo que poderia se provar útil. — Sempre a considerei perfeita para a contratação de serviçais.

Berelain ficou confusa, sem saber ao certo o que aquilo significava, e Faile tomou o cuidado de não deixar sua satisfação transparecer. Ela se virou e prosseguiu:

— Annoura, você poderia nos dar privacidade criando um selo que impeça que sejamos ouvidas?

Parecia pouco provável que Seonid ou Masuri encontrassem alguma oportunidade de espioná-las usando o Poder — estava esperando uma explosão quando Perrin descobrisse como as Sábias vinham mantendo aquelas duas no cabresto —, mas as próprias Sábias podiam ter aprendido. Faile tinha certeza de que Edarra e as demais vinham espremendo Seonid e Masuri.

As tranças cheias de contas da irmã Cinza estalaram baixinho quando ela fez um meneio com a cabeça.

— Está feito, Lady Faile — disse ela, fazendo Berelain comprimir os lábios por um breve momento.

Bastante satisfatório. Era uma temeridade fazer as apresentações ali mesmo, na tenda de Faile! Ela merecia mais do que alguém se metendo entre ela e sua conselheira, mas foi satisfatório.

Uma satisfação infantil, admitiu Faile, quando deveria estar concentrada no assunto em questão. Quase mordeu o lábio em irritação. Não duvidava do amor de seu marido, mas não podia tratar Berelain como a mulher merecia, e isso a obrigava, a contragosto, a jogar um jogo em que Perrin com muita frequência era o tabuleiro. E o prêmio, de acordo com Berelain. Queria que ao menos Perrin não se comportasse vez ou outra como se talvez o fosse. Com firmeza, ela tratou de afastar tudo aquilo da cabeça. Havia um trabalho de esposa a ser feito. A parte prática.

Alliandre deu uma espiadela pensativa em Annoura quando o selo foi mencionado — ela precisava entender que se tratava de uma conversa séria —, mas disse apenas:

— Seu marido é um homem formidável, Lady Faile. Não se ofenda quando digo que sua aparência rústica se contrapõe a uma mente sagaz. Com Amadícia às nossas portas, nós, em Ghealdan, jogamos o *Daes Dae'mar* por necessidade, mas acho que nunca havia sido persuadida a uma decisão com tanta rapidez e habilidade quanto seu lorde o fez. A sugestão de uma ameaça aqui, um cenho franzido ali. Um homem realmente formidável.

Dessa vez, esconder o sorriso exigiu certo esforço da parte de Faile. Aqueles sulistas tinham o Jogo das Casas em altíssima conta, e ela não achava que Alliandre gostaria de saber que Perrin dissera simplesmente o que acreditava — por vezes até com liberdade demais —, e pessoas com mentes desonestas enxergavam sua honestidade como uma postura calculista.

— Ele passou um tempo em Cairhien — disse ela. Que Alliandre pensasse o que quisesse sobre aquilo. — Podemos conversar à vontade aqui, sob a segurança da proteção de Annoura Sedai. Está claro que a senhora ainda não quer voltar para Bethal. Seu juramento a Perrin, e o dele à senhora, não são suficientes para uni-los?

Ali no Sul, havia quem tivesse ideias bem peculiares sobre o que a lealdade impunha.

Em silêncio, Berelain se posicionou à direita de Faile e, instantes depois, Annoura fez o mesmo à esquerda, de modo que Alliandre se viu confrontada pelas três. Faile se surpreendeu com o fato de a Aes Sedai ter endossado seu plano sem saber do que se tratava — Annoura, sem dúvida, tinha os próprios motivos, e Faile teria dado tudo para saber quais eram —, mas não a surpreendeu o apoio de Berelain. Uma única frase de deboche casual poderia estragar tudo, em especial no que dizia respeito à habilidade de Perrin no Grande Jogo, mas ela tinha certeza de que a frase não viria. De certa forma, aquilo a irritava. Ela já chegara a desprezar Berelain. Ainda a odiava profunda e ardentemente, mas um respeito relutante substituíra o desdém. A mulher sabia quando o "jogo" delas devia ser deixado de lado. Não fosse Perrin, Faile achava que talvez até *gostasse* dela! Por um breve instante, para extinguir esse pensamento detestável, ela se imaginou raspando o cabelo de Berelain. Era uma vagabunda, uma rameira! E Faile não podia se deixar distrair naquele momento.

Alliandre examinou uma por uma as mulheres à sua frente, mas sem dar mostras de nervosismo. Tornando a pegar o copo de vinho, bebericou casualmente e foi falando em meio a suspiros e sorrisos sentidos, como se suas palavras não fossem de fato tão importantes quanto pareciam.

— Claro que pretendo manter meu juramento, mas vocês precisam entender que eu esperava mais. Quando seu marido se for, eu vou ficar como estava. Ou pior, talvez, até que apareça algum auxílio tangível da parte do Lorde Dragão, que seu nome seja abençoado pela Luz. O Profeta poderia arruinar Bethal ou até mesmo Jehannah, como fez com Samara, e eu não tenho como evitar. E se ele de alguma forma ficar sabendo do meu juramento... Ele afirma ter vindo para nos mostrar como servir ao Lorde Dragão sob a Luz, mas é *ele* que mostra como, e acho que não vai ficar nada contente com qualquer um que encontre outra forma.

— É bom que a senhora mantenha seu juramento — disse Faile, seca. — Se quiser mais do meu marido, talvez devesse fazer mais. Talvez devesse acompanhá-lo quando ele partir para o sul para encontrar o Profeta. Claro que a senhora vai querer levar seus soldados, mas sugiro não mais do que a quantidade que a Primeira tem aqui com ela. Vamos nos sentar?

Tomando a cadeira que Perrin desocupara, ela gesticulou para que Berelain e Annoura se sentassem uma de cada lado, e só então apontou para uma outra cadeira para Alliandre.

A rainha se sentou devagar, encarando Faile com olhos arregalados, sem se mostrar nervosa, mas atônita.

— Por que, pela Luz, eu faria isso? Lady Faile, os Filhos da Luz vão aceitar qualquer desculpa para intensificar as depredações a Ghealdan, e o Rei Ailron talvez decida despachar um exército para o norte também. É impossível!

— A esposa do seu lorde suserano lhe pede isso, Alliandre — respondeu Faile, com firmeza.

Não parecia possível que os olhos de Alliandre se arregalassem ainda mais, mas assim foi. Ela olhou para Annoura, mas só recebeu de volta a imperturbável calma de uma Aes Sedai.

— Claro — disse ela, um momento depois. Sua voz estava fraca. Ela engoliu em seco e prosseguiu: — Claro, vou fazer como... pede... milady.

Faile camuflou seu alívio por detrás de um gracioso meneio de aceitação. Esperara que Alliandre se recusasse. O fato de Alliandre ter jurado lealdade sem se dar conta do que aquilo significava — a ponto de sentir que era necessário reiterar que pretendia manter o juramento! — só confirmara a crença de Faile de que aquela mulher não podia ser deixada para trás. Segundo diziam, Alliandre lidara com Masema fazendo concessões a ele. Aos poucos, decerto, quando não tinha muitas opções e era necessário, mas submeter-se podia virar um hábito. De volta a Bethal, sem nenhuma mudança visível, quanto tempo ela levaria para decidir se proteger mandando um aviso a Masema? A mulher sentira o peso do juramento. Agora, Faile podia aliviar seu fardo.

— Fico feliz que nos acompanhe — disse ela de forma calorosa. E realmente estava. — Meu marido não se esquece daqueles que lhe prestam serviço. Um deles seria escrever aos seus nobres e dizer a eles que um homem do sul hasteou o estandarte de Manetheren.

Berelain virou a cabeça um tanto bruscamente, surpresa, e Annoura chegou a piscar.

— Milady — disse Alliandre com um tom de urgência —, metade deles vai contar para o Profeta assim que receber minha carta. Eles têm pavor dele, e só a Luz sabe o que o homem poderia fazer.

Essa era justamente a resposta que Faile esperava.

— E é por isso que a senhora também vai escrever para ele, dizendo que reuniu alguns soldados para lidar pessoalmente com esse homem. Afinal de contas, o Profeta do Lorde Dragão é importante demais para voltar suas atenções para um assunto tão irrisório.

— Muito bom — murmurou Annoura. — Ninguém vai saber quem é quem.

Berelain soltou uma gargalhada gostosa de aprovação, que a Luz a queimasse!

— Milady, eu disse que Lorde Perrin é formidável — sussurrou Alliandre. — Posso acrescentar que a esposa dele é tão formidável quanto?

Faile tentou não transparecer demais seu deleite. Faltava agora contar tudo aquilo para seu pessoal em Bethal. De certa maneira, era uma pena. Explicar para Perrin teria sido mais que difícil, mas nem ele teria conseguido manter a calma se ela tivesse sequestrado a Rainha de Ghealdan.

A maior parte dos Guardas Alados parecia estar reunida nos limites do seu acampamento, cercando dez deles a cavalo. A ausência de lanças indicava que os cavaleiros eram batedores. Os homens a pé se apertavam e empurravam para tentar chegar mais perto. Perrin pensou ouvir outro trovão, não tão distante, mas o ruído mal era perceptível.

Quando ele se preparava para abrir caminho, Gallenne rugiu:

— Deem passagem, seus cães sarnentos!

Cabeças viraram para um lado e para outro, e homens se espremeram no meio da massa, abrindo um corredor estreito. Perrin se perguntou o que aconteceria se chamasse os homens de Dois Rios de cães sarnentos. Provavelmente lhe renderia um soco no nariz. Poderia valer a tentativa.

Nurelle e os outros oficiais acompanhavam os batedores, além de sete homens a pé com as mãos amarradas às costas e cordas enroladas no pescoço feito coleiras, todos se remexendo e encurvando os ombros com semblantes sisudos de bravata, de medo ou de ambos. Trajavam roupas duras de sujeira acumulada, embora um dia tivessem sido de boa qualidade. Estranhamente, recendiam forte a fumaça de lenha. Aliás, alguns dos soldados a cavalo tinham fuligem no rosto, e um ou dois pareciam apresentar queimaduras. Aram examinava os prisioneiros com o cenho franzido.

Gallenne se postou com os pés afastados e os punhos nos quadris, seu único olho conseguindo fazer uma encarada tão dura quanto a maioria dos homens o fazia com dois.

— O que aconteceu? — questionou ele. — Meus batedores devem trazer informações, não trapeiros!

— Vou deixar Ortis contar, milorde — respondeu Nurelle. — Ele estava lá. Patrulheiro Ortis!

Um soldado de meia-idade desceu atrapalhado de sua sela para se curvar, a mão enluvada pressionando o coração. O elmo era simples, sem as asas e plumas fininhas trabalhadas nas laterais como havia nos elmos dos oficiais. Abaixo dele, uma queimadura lívida chamava a atenção na face do homem. A outra bochecha ostentava uma cicatriz que lhe repuxava o canto da boca.

— Milorde Gallenne, Milorde Aybara — saudou ele com uma voz grave. — Nos deparamos com esses comedores de nabo a cerca de duas léguas a oeste, milordes. Ateando fogo a uma fazenda, com os fazendeiros dentro. Uma mulher estava tentando sair por uma janela, e um desses canalhas empurrou a cabeça dela de volta. Sabendo como Lorde Aybara se sente, botamos um fim naquilo. Chegamos tarde demais para salvar aquela gente, mas pegamos esses sete. O resto fugiu.

— As pessoas são frequentemente tentadas a escorregar de novo para a Sombra — disse de repente um dos prisioneiros. — Elas precisam ser lembradas do custo disso.

Alto, magro e de ar imponente, sua voz era branda e educada, mas o casaco estava tão sujo quanto o de qualquer outro, e fazia uns dois ou três dias que ele não fazia a barba. O Profeta não parecia aprovar que se perdesse tempo com bobagens como lâminas. Ou banhos. De mãos atadas e com uma corda em volta do pescoço, ele olhava feio para seus captores, sem demonstrar o menor sinal de medo. O sujeito era a cara da rebeldia presunçosa.

— Seus soldados não me impressionam — disse ele. — O Profeta do Lorde Dragão, que seu nome seja abençoado pela Luz, já destruiu exércitos muito maiores que este seu restolho. Podem até nos matar, mas seremos vingados quando o Profeta derramar o sangue de vocês neste chão. Ninguém aqui vai sobreviver muito mais que nós. Ele vai triunfar a fogo e sangue. — O homem encerrou a frase em um tom altivo, as costas eretas feito uma barra de ferro.

Ouviram-se murmúrios entre os soldados que o escutavam. Eles sabiam muito bem que Masema arrasara exércitos muitos maiores que o deles.

— Enforquem todos — ordenou Perrin. Uma vez mais, ele ouviu aquele trovão.

Tendo dado a ordem, ele se obrigou a assistir. Apesar dos murmúrios, não faltaram mãos prontas para cumprir a punição. Alguns prisioneiros começaram a chorar quando suas cordas foram lançadas por cima dos galhos das árvores. Um homem que já fora gordo, com uma papada flácida, gritou que se arrependia e que serviria a qualquer mestre que lhe dissessem. Um sujeito careca que parecia tão durão quanto Lamgwin se debateu e bradou até a corda lhe interromper os berros. Só o camarada de voz mansa não deu pontapés nem resistiu, nem quando o nó da forca lhe apertou o pescoço. Até o fim, sustentou o olhar desafiador.

— Ao menos um deles sabia morrer — rosnou Gallenne quando o último corpo ficou flácido, e franziu o cenho para os homens que adornavam as árvores como se lamentasse o fato de nenhum deles ter oferecido mais resistência.

— Se aquela gente estava servindo à Sombra... — começou Aram, e então hesitou. — Me perdoe, Lorde Perrin, mas será que o Lorde Dragão vai aprovar isso?

Perrin tomou um susto e, perplexo, o encarou.

— Luz, Aram, você ouviu o que eles fizeram! Rand teria colocado a corda no pescoço deles com as próprias mãos!

Ele achava que sim, esperava que sim. Rand estava decidido a unir as nações antes da Última Batalha e não havia pensado muito em quanto isso lhe custaria.

Homens ergueram a cabeça bruscamente quando um trovão ribombou alto o bastante para que todos ouvissem, em seguida mais perto, depois ainda mais. Uma rajada de vento soprou, se dissipou, e tornou a ganhar força, agitando o casaco de Perrin, que esvoaçou para todo lado. Relâmpagos se bifurcavam no céu limpo. No acampamento mayenense, cavalos relinchavam e empinavam. Os trovões estouraram repetidas vezes, os relâmpagos se contorcendo feito serpentes azul-prateadas, e, sob um sol escaldante, a chuva caiu em generosas gotas esparsas que levantavam poeira onde quer que atingissem o solo nu. Perrin enxugou uma na bochecha e olhou atônito para seus dedos úmidos.

A tempestade se foi em instantes, os trovões e relâmpagos seguindo para leste. O chão sedento absorveu os pingos que haviam caído, o sol ferveu ainda mais forte do que antes, e apenas as luzes tremeluzentes no céu e os estouros cada vez mais distantes indicavam que algo acontecera. Soldados se encaravam, hesitantes. Com um claro esforço, Gallenne soltou os dedos do cabo da espada.

— Isso... Isso não pode ser obra do Tenebroso — disse Aram, encolhendo-se. Ninguém ali nunca tinha visto uma tempestade natural como aquela. — Significa que o clima está mudando, não é, Lorde Perrin? O clima vai voltar a ficar direito?

Perrin abriu a boca para mandar o homem não o chamar daquela maneira, mas, com um suspiro, tornou a fechá-la.

— Não sei — respondeu ele. O que Gaul tinha dito mesmo? — Tudo muda, Aram.

Ele só nunca tinha pensado que também teria de mudar.

Capítulo 11

Muitas perguntas e um juramento

O ar do enorme estábulo fedia a feno velho e esterco de cavalo. E a sangue e carne queimada. Com todas as portas fechadas, o ar parecia denso. Duas lanternas provinham pouca luz, e a maior parte do interior era tomado por sombras. Nas compridas fileiras de baias, cavalos relinchavam nervosos. O homem que pendia de uma das vigas do teto só pelos punhos gemeu baixinho e então soltou uma tosse áspera. Sua cabeça tombou junto ao peito. Era um sujeito alto, musculoso, ainda que combalido.

De repente, Sevanna se deu conta de que o peito dele parou de se mover. Os anéis cravejados de gemas em seus dedos cintilaram em vermelho e verde quando ela fez um gesto brusco para Rhiale.

A mulher de cabelo ardente empurrou a cabeça do homem para cima, levantou uma das pálpebras com o polegar, e então pôs a orelha no peito dele, sem se importar com as lascas ainda em brasa que o pontilhavam. Com um som de desgosto, ela se endireitou.

— Está morto. Devíamos ter deixado isso a cargo das Donzelas, Sevanna, ou dos Olhos Negros. Não duvido que o tenhamos matado por ignorância.

Sevanna estreitou a boca e ajeitou o xale, fazendo retinir os braceletes que lhe desciam quase até os cotovelos, um peso considerável em ouro, marfim e pedras preciosas, mas ela, se pudesse, usaria todos os que possuía. Nenhuma das outras mulheres deu um pio. Submeter prisioneiros a interrogatórios *não* era função das Sábias, mas Rhiale sabia por que elas tinham de fazer aquilo pessoalmente. Único sobrevivente de dez homens a cavalo que se acharam capazes de derrotar vinte Donzelas só porque estavam montados, o homem também tinha sido o primeiro Seanchan a ser capturado nos dez dias desde a chegada delas àquela terra.

— Ele teria sobrevivido se não tivesse resistido tanto à dor, Rhiale — disse Someryn, por fim, balançando a cabeça. — Um homem até forte para um aguacento, mas incapaz de aceitar a dor. Ainda assim, nos revelou bastante.

Sevanna olhou para ela de soslaio, tentando identificar algum sarcasmo escondido. Alta como a maioria dos homens, Someryn ostentava mais braceletes e colares que todas as presentes, tirando a própria Sevanna, camadas e camadas de gotas de fogo e esmeraldas, rubis e safiras, quase cobrindo o busto farto que, de outra forma, teria ficado parcialmente à mostra sob a blusa desabotoada quase até a saia. O xale, amarrado em torno da cintura, não escondia nada. Por vezes, Sevanna tinha dificuldade em saber se Someryn a estava copiando ou competindo com ela.

— Bastante! — exclamou Meira. À luz da lanterna que carregava, seu rosto comprido parecia mais soturno que de costume, embora isso não parecesse possível. Meira era capaz de encontrar a face escura do sol do meio-dia. — Que o povo dele está dois dias a oeste numa cidade chamada Amador? Já sabíamos. A única coisa que ele nos contou foram histórias malucas. Artur Asa-de-gavião! Bah! As Donzelas deviam ter ficado com ele e feito o que era preciso.

— Vocês arriscariam... deixar que todo mundo ficasse sabendo de coisas demais, cedo demais? — Sevanna mordeu o lábio em frustração. Quase chamara as outras de "suas tontas". Gente demais já sabia demais, na opinião dela, incluindo as Sábias, mas não podia correr o risco de ofender aquelas mulheres. E estar ciente disso a irritava! — As pessoas estão apavoradas.

Ao menos não havia necessidade de camuflar seu desprezo quanto àquilo. O que a chocava, a enfurecia, não era o fato de estarem com medo, mas o fato de que poucos faziam algum esforço para esconder isso.

— Olhos Negros, Cães de Pedra ou até mesmo as Donzelas teriam comentado sobre o que ele disse — continuou ela. — Vocês sabem que teriam! As mentiras desse sujeito só espalhariam ainda mais medo.

Só podiam ser mentiras. Na cabeça de Sevanna, o mar era como os lagos que ela tinha visto nas terras aguacentas, mas com a margem oposta fora do alcance da vista. Se mais centenas de milhares do povo daquele homem estivessem vindo, mesmo na margem contrária de uma massa de água tão grande, os outros prisioneiros que ela interrogara teriam notícia disso. E nenhum prisioneiro fora interrogado sem a presença dela.

Tion levantou a segunda lanterna e ficou observando-a com seus olhos cinzentos imperturbáveis. Quase uma cabeça mais baixa que Someryn, ainda era mais alta que Sevanna. E tinha o dobro da largura. Seu rosto redondo costumava denotar placidez, mas enxergá-la dessa forma era um erro.

— Eles estão certos em estar com medo — disse ela com uma voz pétrea. — Eu estou, e não me envergonho disso. Os Seanchan são muitos, mesmo que não sejam mais do que aqueles que tomaram Amador, e nós somos poucos. Você está com o seu ramo por perto, Sevanna, mas onde está o *meu*? Seu amigo aguacento Caddar e a Aes Sedai de estimação dele nos mandaram à morte por aqueles buracos no ar. Onde está o resto dos Shaido?

Rhiale se moveu para se posicionar ao lado de Tion em desafio, e foram rapidamente acompanhadas por Alarys, que mesmo naquele momento não parava de mexer no cabelo negro só para chamar a atenção para ele. Ou talvez fosse para evitar encarar Sevanna. Depois de alguns instantes, uma carrancuda Meira se juntou ao grupo, seguida por Modarra. Modarra poderia ser chamada de esbelta, se não fosse mais alta até que Someryn; como era, o melhor que se podia dizer a seu respeito era chamá-la de esguia. Sevanna pensara que tinha Modarra tão firme em seu poder quanto qualquer um dos anéis que trazia nos dedos. Tão firme em seu poder quanto... Someryn olhou para ela e suspirou, depois olhou para as outras. Devagarinho, ela se pôs ao lado delas.

Sevanna acabou ficando sozinha no limiar da luz da lanterna. De todas as mulheres ligadas a ela pela morte de Desaine, era naquelas que mais confiava. Não que confiasse tanto assim em ninguém, claro. Mas estivera tão convicta de que Someryn e Modarra estavam do seu lado quanto se ambas tivessem feito o juramento de água de que a seguiriam a qualquer lugar. E ali estavam as duas, ousando encará-la com olhos acusatórios. Até Alarys parou de brincar com o cabelo e levantou a vista.

Sevanna fitou-as de volta com um sorriso frio, quase de desdém. Aquele momento, decidiu ela, não era o mais propício para lembrá-las do crime que enredava seus destinos. Nada de intimidação dessa vez.

— Eu suspeitei que Caddar pudesse tentar nos trair — disse ela, então. Os olhos azuis de Rhiale se arregalaram diante daquela admissão, e Tion ficou boquiaberta. Sevanna prosseguiu, não deixando margem para que ninguém dissesse nada. — Vocês teriam preferido ficar em Adaga do Fratricida e serem destruídas? Serem caçadas feito animais por quatro clãs cujas Sábias têm conhecimento para abrir aqueles buracos sem as caixas de viagem? Em vez disso, estamos no coração de uma terra rica e de solo macio. Mais rica até que as terras dos Assassinos da Árvore. Vejam o que conseguimos em apenas dez dias. Quanto mais conseguiremos em uma cidade aguacenta? Vocês têm medo dos Seanchan por eles serem numerosos? Lembrem-se de que eu trouxe comigo todas as Sábias Shaido que sabem canalizar. — Mas o fato de que ela própria não sabia mal lhe passou pela cabeça. Essa carência não tardaria a ser remediada. — Somos tão poderosas quanto qualquer força que esses aguacentos possam enviar contra nós. Mesmo que eles realmente tenham lagartos voadores. — Ela bufou com força para demonstrar o que achava daquilo! Nenhuma delas tinha visto um, os batedores também não, mas quase todos os prisioneiros tinham se mostrado cheios dessas histórias ridículas. — Depois que encontrarmos os outros ramos, vamos tomar esta terra para nós. *Inteira!* Vamos arrancar das Aes Sedai dez vezes mais em troca. E vamos encontrar Caddar para fazê-lo morrer suplicando aos gritos por misericórdia.

Aquilo deveria insuflá-las, renovar seus brios como ela já tivera de fazer outras vezes. O semblante de nenhuma delas se alterou. De nenhuma.

— E ainda tem o *Car'a'carn* — disse Tion com toda a calma. — A menos que você tenha desistido do seu plano de se casar com ele.

— Eu não desisti de nada — rebateu Sevanna, irritada. O homem e, mais importante, o poder que advinha dele, um dia seriam dela. De alguma forma. Qualquer que fosse o custo. Atenuando a voz, ela prosseguiu: — Rand al'Thor importa pouco agora. — Ao menos para aquelas idiotas cegas. Tendo-o nas mãos, ela poderia fazer qualquer coisa. — Não pretendo passar o dia inteiro aqui discutindo minha grinalda nupcial. Tenho questões a tratar que realmente *são* importantes.

Quando ela se afastou a passos largos pela penumbra em direção às portas do estábulo, um pensamento desagradável lhe ocorreu de repente: estava sozinha com aquelas mulheres. Até que ponto *podia* confiar nelas? A morte de Desaine continuava vívida demais em sua mente; a Sábia havia sido... esquartejada... usando o Poder Único. Pelas mulheres ali atrás dela, entre outras. Pensar nisso fez seu estômago se revirar. Procurou ouvir o menor farfalhar de palha, que anunciaria passos seguindo-a, mas não percebeu nada. Será que elas estavam lá paradas só observando? Sevanna se recusou a olhar por cima do ombro. Manter a mesma passada vagarosa só exigiu um pouco de esforço — *ela* não demonstraria medo e envergonharia a si mesma! —, mas, quando empurrou uma das portas altas, fazendo-a se mover em suas dobradiças bem lubrificadas, e saiu para o brilho da luz do meio-dia, não teve como não respirar aliviada.

Do lado de fora, Efalin andava de um lado para outro, a *shoufa* enrolada no pescoço, o arco embainhado às costas, lanças e broquel nas mãos. A mulher de cabelo grisalho se virou de supetão, a preocupação em seu semblante se dissipando só um pouco ao ver Sevanna. Era a líder de todas as Donzelas Shaido e deixava sua angústia transparecer! Não era Jumai, mas tinha vindo com Sevanna se valendo da desculpa de que ela era a chefe até que uma nova chefe fosse escolhida. Sevanna tinha certeza de que Efalin suspeitava que isso nunca aconteceria. A mulher sabia onde estava o poder. E quando ficar de boca fechada.

— Enterre-o bem fundo e esconda o túmulo — ordenou Sevanna.

Efalin assentiu, depois fez um sinal para que as Donzelas que rodeavam o estábulo se levantassem, e todas sumiram porta adentro atrás dela. Sevanna examinou a edificação, com seu telhado vermelho pontiagudo e paredes azuis, e então se virou para o campo logo à frente. Uma cerca baixa de pedra com uma única abertura bem diante do estábulo delimitava um círculo de terra batida de mais ou menos cem passadas de largura. Os aguacentos o utilizavam para adestrar cavalos. Não lhe ocorrera perguntar aos antigos proprietários por que aquilo havia sido erguido tão longe de tudo, cercado por árvores tão altas que Sevanna por vezes ainda ficava a observá-las, mas o isolamento vinha a calhar para seus propósitos. As Donzelas que acompanhavam Efalin eram as que haviam capturado o Seanchan. Só quem estava ali sabia que ele existia. E ninguém mais saberia. Será que as outras Sábias estavam conversando lá dentro? Sobre ela? Na frente das Donzelas? O que estariam dizendo? Sevanna não esperaria por elas nem por ninguém!

As mulheres deixaram o estábulo no exato instante em que ela partiu em direção à floresta, e Someryn e as demais a seguiram por entre as árvores, discutindo umas com as outras sobre os Seanchan, Caddar, e para onde o restante dos Shaido tinha sido despachado. Não sobre ela, mas, em todo caso, não falariam dela na sua cara. O que Sevanna de fato escutou gerou uma careta. Havia mais de trezentas Sábias com os Jumai, e sempre que três ou quatro se juntavam para conversar, eram sempre os mesmos assuntos: o paradeiro dos outros ramos, Caddar ter sido ou não uma lança arremessada por Rand al'Thor, a quantidade de Seanchan, e até se eles andavam mesmo montados em lagartos. Lagartos! Aquelas mulheres tinham estado ao lado dela desde o início. Sevanna as guiara passo a passo, mas elas acreditavam que tinham ajudado a planejar cada movimento, achavam que sabiam qual era o destino. Se ela as estivesse perdendo agora...

A floresta deu lugar a uma enorme clareira que poderia ter abarcado cinquenta círculos iguais aos que Sevanna viu no estábulo, e ela sentiu sua irritabilidade começar a se esvanecer quando parou para olhar. Colinas discretas erguiam-se ao norte e, nas montanhas algumas léguas adiante, viam-se nuvens encobrindo os picos, grandes massas brancas com listras acinzentadas escuras. Ela nunca tinha visto tantas nuvens juntas. Mais perto, milhares de Jumai tocavam seu trabalho diário. O ressoar do martelo na bigorna ecoava dos ferreiros, e ovelhas e cabras estavam sendo abatidas para a refeição noturna, os balidos misturando-se às risadas das crianças que brincavam correndo. Por terem tido mais tempo que os outros ramos para se preparar para a fuga de Adaga do Fratricida, os Jumai tinham trazido os rebanhos reunidos em Cairhien, e ainda aumentado seu total desde a chegada.

Muitos já haviam armado suas tendas, mas não havia necessidade. Estruturas coloridas tomavam quase toda a clareira, feito uma grande aldeia aguacenta, com celeiros e estábulos compridos, uma forja de bom tamanho, e telhados atarracados que abrigavam serviçais, todos pintados em vermelho e azul, rodeando o telhado principal. Era a chamada casa senhorial, com três andares de altura sob uma cobertura de telhas verde-escuras, pintada de um tom verde mais claro com bordas amarelas e posicionada no alto de um morrinho artificial de pedra de dez passadas de altura. Jumai e *gai'shain* subiam a longa rampa que levava à porta da bela edificação e caminhavam pela varanda que a circundava, de amurada ricamente entalhada.

Os palácios e as muralhas de pedra que tinha visto em Cairhien não a impressionaram nem metade. Aquela construção era pintada como um carroção dos Perdidos, mas ainda assim era esplêndida. Ela deveria ter percebido que, com tantas árvores, aquela gente podia construir *qualquer coisa* com madeira. Será que só ela enxergava quão farta era aquela terra? Havia mais *gai'shain* de robe branco realizando suas tarefas do que quaisquer outros vinte ramos juntos possuíam; os *gai'shain* somavam quase metade do número total de Jumai! Ninguém mais reclamava de transformar os aguacentos em *gai'shain*. Eles eram tão dóceis! Um jovem de olhos arregalados trajando um branco mal costurado passou apressado segurando um cesto, boquiaberto com as pessoas à sua volta e tropeçando na barra do robe. Sevanna abriu um sorriso. O pai do rapaz se dissera lorde daquele lugar e proferira a bravata de que ela e seu povo seriam caçados — e por crianças, ainda por cima! — por aquele desaforo, só que ali estava ele, trajando branco e trabalhando tão duro quanto o filho, assim como sua esposa, filhas e outros filhos. As mulheres possuíam muitas pedras preciosas bonitas e lindas sedas, e Sevanna escolhera primeiro e compartilhara o resto. Uma terra farta, de solo tão macio que dele transbordavam ricos óleos.

As mulheres que vinham atrás dela haviam parado para conversar no limiar das árvores. Ela conseguia ouvir suas palavras, o que lhe reacendeu o humor.

— ... quantas Aes Sedai lutam com esses Seanchan — dizia Tion. — Temos que descobrir.

Someryn e Modarra murmuraram em concordância.

— Acho que não importa — opinou Rhiale. Ao menos sua contrariedade também se estendia às demais. — Acho que elas só vão lutar se nós as atacarmos. Lembrem-se de que não tinham feito nada até investirmos contra elas, nem mesmo para se defender.

— E, quando fizeram, vinte e três de nós morreram — observou Meira com um tom de voz ressentido. — E dez mil *al-gai'd'siswai* não voltaram. Aqui, temos pouco mais de um terço disso, mesmo contando com os Sem Irmãos. — Ela pronunciou as duas últimas palavras com todo o seu desprezo.

— Aquilo foi obra de Rand al'Thor! — disse Sevanna com contundência. — Em vez de ficarem pensando no que ele fez contra nós, pensem no que poderemos fazer quando ele for nosso!

Quando ele for meu, pensou. As Aes Sedai haviam conseguido capturá-lo e mantê-lo por certo tempo, e Sevanna tinha algo que elas não tinham, senão teriam usado.

— Melhor vocês se lembrarem de que tínhamos as Aes Sedai nas nossas mãos até ele tomar o lado delas. As Aes Sedai não são nada!

Uma vez mais, seu esforço para fortalecer o brio daquelas mulheres não produziu nenhum efeito perceptível. Lembravam-se apenas de que suas lanças tinham sido destruídas na tentativa de capturar Rand al'Thor, e, com as lanças, seus espíritos. A expressão de Modarra era de quem estava diante do túmulo do seu ramo inteiro, e até Tion franzia o cenho incomodada, sem dúvida recordando-se que ela também tinha saído correndo feito uma cabra assustada.

— Sábias — chamou uma voz masculina por trás de Savanna —, me mandaram até aqui para pedir a opinião de vocês.

De imediato, o semblante de todas as mulheres readquiriu a compostura. O que Sevanna não fora capaz de fazer, o homem fizera apenas com sua presença. Nenhuma Sábia permitiria que alguém além de outra Sábia a visse desconcertada. Alarys parou de alisar o cabelo, que jogara por cima do ombro. Estava claro que nenhuma delas reconhecia aquele sujeito. Mas Sevanna achava que o conhecia.

Ele as encarou com uma expressão séria, olhos verdes bem mais maduros que o rosto liso. Tinha lábios carnudos, mas sua boca era endurecida, como se ele tivesse se esquecido de como sorrir.

— Sou Kinhuin, dos *Mera'din*, Sábias. Os Jumai dizem que não podemos compartilhar totalmente deste lugar por não sermos Jumai, mas isso é porque eles ficariam com menos, já que somos dois para cada *al-gai'd'siswai* Jumai. Os Sem Irmãos pedem a opinião de vocês, Sábias.

Depois da apresentação, algumas não conseguiram esconder seu desgosto pelos homens que haviam abandonado clãs e ramos para se juntar aos Shaido, em vez de seguir Rand al'Thor, um aguacento que, para eles, não era o verdadeiro *Car'a'carn*. A expressão de Tion foi de indiferença, mas os olhos de Rhiale cintilaram, e Meira parecia a ponto de fazer uma careta. Só Modarra demonstrou preocupação, mas aquela ali tentaria arbitrar até um desentendimento entre Assassinos da Árvore.

— Estas seis Sábias darão sua opinião depois de ouvir os dois lados — respondeu Sevanna com uma seriedade que rivalizava com a dele.

As outras mulheres olharam para ela, mal conseguindo disfarçar a surpresa por Sevanna ter a intenção de não tomar partido. Fora ela quem arrumara para que dez vezes mais *Mera'din* acompanhassem os Jumai que qualquer outro ramo. Ela realmente não confiava em Caddar, ainda que não soubesse o que ele ia fazer, e quisera o máximo de lanças possível ao seu redor. Além do mais, eles sempre podiam morrer no lugar de um Jumai.

Ela fingiu surpresa com o fato de as outras terem se surpreendido.

— Não seria justo eu opinar, já que meu próprio ramo está envolvido — disse Sevanna a elas, antes de se voltar de novo para o homem de olhos verdes. — Elas darão a você uma opinião justa, Kinhuin. E tenho certeza de que se posicionarão a favor dos *Mera'din*.

As outras mulheres a encararam seriamente antes que Tion fizesse um gesto abrupto para que Kinhuin fosse na frente. Ele desviou relutante o olhar de Sevanna para obedecer. Com um sorrisinho sutil — foi para ela que ele ficou olhando, não para Someryn —, ela os observou até que desaparecessem na massa humana que zanzava pela área ao redor da casa. Mesmo com toda a antipatia pelos Sem Irmãos — e com Sevanna fazendo previsões para o sujeito a respeito da decisão delas —, o mais provável era que elas *decidissem* mesmo a favor deles. De um jeito ou de outro, Kinhuin se lembraria e contaria para os demais membros de sua tal sociedade. Os Jumai, ela já tinha no bolso, mas qualquer coisa que ligasse os *Mera'din* a ela era bem-vinda.

Sevanna se virou e foi voltando a passos largos em direção às árvores, mas não ao estábulo. Agora que estava sozinha, poderia tratar de algo bem mais importante que os Sem Irmãos. Ela verificou o que enfiara às costas, na cintura da saia, onde ficava coberto pelo xale. Se houvesse saído minimamente do lugar, ela teria sentido, mas queria tocar sua longa superfície lisa com os dedos. Nenhuma

Sábia ousaria vê-la como alguém inferior depois que ela usasse aquilo, talvez naquele mesmo dia. E um dia aquilo lhe daria Rand al'Thor. Afinal de contas, se Caddar tinha mentido sobre uma coisa, talvez tivesse mentido sobre outras.

Com a visão embaçada pelas lágrimas, Galina Casban olhava feio para as Sábias que a blindavam. Como se houvesse alguma necessidade da blindagem daquela magricela. Ali, naquele momento, ela sequer teria conseguido abraçar a Fonte. Sentada no chão de pernas cruzadas entre duas Donzelas agachadas, Belinde ajustou o xale e abriu um sorrisinho como se lesse os pensamentos de Galina. Tinha o rosto fino, parecido com o de uma raposa, e o cabelo e as sobrancelhas haviam sido quase que embranquecidos pelo sol. Galina preferia que ela lhe tivesse esmagado o crânio, em vez de simplesmente lhe dado um tapa.

Não tinha sido uma tentativa de fuga, apenas mais frustração do que ela era capaz de suportar. Seus dias começavam e terminavam em exaustão, cada um pior que o anterior. Ela já nem se lembrava de quanto tempo fazia que a tinham enfiado naquele robe preto grosseiro, já que os dias se sucediam em um fluxo interminável. Uma semana? Um mês? Talvez não tanto. Certamente não mais que isso. Galina desejava nunca ter encostado em Belinde. Se a mulher não tivesse socado trapos velhos em sua boca para lhe silenciar o pranto, ela teria implorado para que a deixassem carregar pedras de novo, mover uma pilha de seixos um a um, ou qualquer uma das torturas com que preenchiam suas horas. Tudo, menos aquilo.

Só a cabeça de Galina estava para fora da saca de couro que pendia suspensa do galho grosso de um carvalho. Bem debaixo dela, as lascas de carvão reluziam em um braseiro de bronze, um fogo lento que aquecia o ar dentro da saca. Naquele calor excruciante, ela estava toda dobrada, os polegares amarrados aos dedos do pé e o suor ensebando sua nudez. O cabelo se grudava à umidade do rosto, e ela resfolegava, as narinas se dilatando em busca de ar sempre que ela não estava soluçando. Ainda assim, teria sido melhor que a labuta extenuante, infindável e sem sentido a que lhe sujeitavam, não fosse um único detalhe: antes de apertar a boca da saca sob o queixo, Belinde esvaziara uma algibeira cheia de um pozinho fino por cima dela, e, assim que passara a suar, o pó começara a queimar que nem pimenta jogada nos olhos. Parecia que aquilo a recobria dos ombros para baixo, e, ah, Luz, como ardia!

Apelar para a Luz dava a medida de seu desespero, mas, a despeito das tentativas, elas não a haviam subjugado. Ela *ia* se libertar — ia, sim! —, e tão logo estivesse livre faria aquelas selvagens pagarem com sangue! Rios de sangue!

Oceanos! Ela arrancaria o couro de cada uma! Ela...! Deixando a cabeça cair para trás, ela urrou. Os farrapos enrolados em sua boca abafaram o som, mas ela urrou, e não sabia se era um guincho de raiva ou um grito por misericórdia.

Quando os ganidos se esvaíram e sua cabeça tombou para a frente, Belinde e as Donzelas estavam de pé, e Sevanna as acompanhava. Galina tentou prender o choro diante da mulher de cabelo dourado, mas teria sido mais fácil roubar o sol lá no céu.

— Escutem só como ela geme e choraminga — desdenhou Sevanna, aproximando-se para vê-la mais de perto.

Galina tentou demonstrar o mesmo desdém em seu olhar. Sevanna se enfeitava com joias suficientes para dez mulheres! Usava a blusa desamarrada quase revelando os seios, não fosse aquele bando de colares descombinados, e respirava fundo quando os homens olhavam para ela! Galina tentou, mas desdém era algo difícil de fingir quando se tinha lágrimas escorrendo pelas bochechas junto com o suor. Ela chorava de se sacudir, fazendo a saca balançar.

— Esta *da'tsang* é valente feito um carneiro velho — gralhou Belinde —, mas eu sempre achei que até o carneiro velho mais valente fica macio quando é cozido no fogo baixo, com as ervas certas. Quando eu era Donzela, amaciei Cães de Pedra com bastante cozimento.

Galina fechou os olhos. *Oceanos* de sangue, para pagar por...!

A saca cambaleou e Galina abriu os olhos de repente quando o objeto foi se acomodando. As Donzelas haviam afrouxado a corda que passava por cima do galho e as duas a desciam devagarinho. Ela se debateu freneticamente, tentando olhar para baixo, e quase começou a chorar de novo, de alívio, quando viu que o braseiro tinha sido afastado para o lado. Depois da conversa de Belinde sobre cozinhar... Galina decidiu que seria esse o destino da mulher. Amarrada a um espeto e girada ao fogo até seu caldo pingar! Isso só para começar!

Com um baque seco que fez Galina soltar um grunhido, a saca de couro caiu no chão e tombou. Com a mesma tranquilidade de quem manuseava uma saca de batatas, as Donzelas a derrubaram sobre a grama marrom, cortaram os cordames que lhe amarravam os polegares e os dedos do pé e tiraram-lhe a mordaça que trazia entre os dentes. Terra e folhas mortas grudaram no suor que a ensopava.

Ela queria muito se levantar, olhar nos olhos de cada uma, e devolver-lhes cada olhar fulminante. Em vez disso, só conseguiu ficar de quatro, e então enfiou os dedos no húmus do solo da floresta, cravando também os dedos dos pés. Mais um pouco, e ela não teria conseguido impedir que suas mãos disparassem para aliviar a pele vermelha, em brasa. O suor parecia o sumo de pimentas-de-gelo. O máximo que conseguiu foi ficar ali agachada, tremendo, tentando umedecer de novo a boca, de alguma forma, e devaneando sobre o que faria com aquelas selvagens.

— Pensei que você fosse mais forte — disse Sevanna, acima dela, com um tom de voz pensativo —, mas talvez Belinde tenha razão. Pode ser que você agora já esteja devidamente amaciada. Se você jurar me obedecer, pode deixar de ser uma *da'tsang*. Talvez nem precise ser *gai'shain*. Você jura me obedecer em tudo?

— Juro! — A resposta rouca saiu voando da boca de Galina sem a menor hesitação, embora ela tenha precisado engolir em seco antes de prosseguir. — Eu vou obedecer! Eu juro!

E assim seria, até elas lhe darem a abertura de que precisava. Será que só isso já tinha bastado? Um juramento que ela teria feito desde o primeiro dia? Sevanna veria como era ficar pendurada por cima de carvão quente. Ah, sim, ela...

— Então você não vai fazer nenhuma objeção a jurar nisto aqui — disse Sevanna, jogando algo diante dela.

Galina se arrepiou até o couro cabeludo quando viu. Era um bastão branco parecido com marfim polido, com um pé de comprimento e não mais espesso que seu punho. Então ela identificou os entalhes fluidos gravados na extremidade mais perto dela, numerais usados na Era das Lendas. Cento e onze. Pensara que fosse o Bastão dos Juramentos, roubado da Torre Branca sabia-se lá como, que também tinha entalhes, mas com o número três, o que alguns pensavam remeter aos Três Juramentos. Talvez aquele ali não fosse o que parecia. Talvez. Ainda assim, nem uma cobra-de-capuz das Terras Alagadas pronta a dar o bote poderia tê-la deixado tão paralisada.

— Belo juramento, Sevanna. Quando pretendia nos contar?

A voz fez Galina levantar a cabeça; também a teria feito desviar os olhos de uma cobra-de-capuz.

Therava surgiu por entre as árvores à frente de uma dúzia de Sábias com semblantes gélidos. Todas as mulheres que pararam atrás dela, confrontando Sevanna, também haviam estado presentes quando Galina foi sentenciada a usar o robe preto, exceto as Donzelas. Uma palavra de Therava, um meneio curto de Sevanna, e as Donzelas partiram depressa. Galina continuava exalando suor, mas, de repente, o ar pareceu ter esfriado.

Sevanna deu uma espiadela em Belinde, que evitou olhar para ela. Sevanna apertou os lábios, metade desdém, metade contrariedade, e plantou os punhos cerrados nos quadris. Galina não entendia de onde vinha tamanha coragem em uma mulher que não sabia canalizar. Algumas daquelas mulheres possuíam uma força nem um pouco desprezível. Não, ela não podia se dar ao luxo de enxergá-las apenas como bravias, se quisesse fugir e se vingar. Therava e Someryn eram mais fortes que qualquer mulher da Torre, e tanto uma quanto a outra poderia facilmente ter sido Aes Sedai.

Mas Sevanna as encarava com uma postura desafiadora.

— Parece que vocês fizeram justiça bem rápido — disse ela, a voz seca feito poeira.

— A questão era simples — rebateu Tion com toda a calma. — Os *Mera'din* receberam a justiça que mereciam.

— E dissemos a eles que tomamos essa decisão *apesar* da sua tentativa de nos persuadir — acrescentou Rhiale, acalorada. Sevanna quase rosnou *de fato* ao ouvir aquilo.

Therava, no entanto, não se distraiu do seu propósito. Com um único passo ligeiro, ela alcançou Galina, segurou-a com força pelo cabelo e a fez se ajoelhar com a cabeça curvada para trás. Therava era mais baixa que algumas daquelas mulheres por pelo menos uma cabeça de diferença, mas parecia assomar em um vulto maior que o da maioria dos homens, os olhos voltados para baixo feito um gavião, enxotando qualquer pensamento de vingança ou rebeldia. As mechas brancas que tingiam seu cabelo ruivo-escuro só davam ainda mais autoridade ao seu rosto. As mãos de Galina se cerraram em punhos junto às coxas, as unhas cravadas nas palmas. Sob aquele olhar, até a ardência na pele perdia força. Em seus devaneios, ela sonhava subjugar todas aquelas mulheres, fazê-las implorar pela morte, e gargalhar ao rejeitar suas súplicas. Todas, menos Therava. À noite, aquela mulher tomava conta dos seus sonhos, e só restava a Galina tentar fugir, sendo que a única maneira de escapar era acordar gritando. Galina já subjugara homens e mulheres fortes, mas ergueu os olhos esbugalhados para Therava e choramingou.

— Esta aqui não tem honra nenhuma a manchar. — Therava quase cuspiu as palavras. — Se quer subjugá-la, Sevanna, deixe-a comigo. Quando eu tiver terminado, ela vai lhe obedecer sem você precisar usar o brinquedo do seu amigo Caddar.

Sevanna levantou a voz com fervor, negando qualquer amizade com o tal Caddar, quem quer que ele fosse, e Rhiale ladrou que fora ela quem o levara até as outras, que começaram a discutir se o "atador" funcionaria melhor que a "caixa de viagem".

Uma pequena parte da mente de Galina se agarrou à menção da caixa de viagem. Já tinha ouvido falar nela, desejado pôr as mãos em uma, mesmo que só por um instante. Com um *ter'angreal* que a permitisse Viajar, por mais imperfeitamente que parecesse funcionar, ela poderia... Nem a esperança de escapar foi capaz de fazer frente aos pensamentos a respeito do que Therava faria com ela se as demais decidissem ceder às exigências da mulher. Quando a Sábia com olhos de gavião soltou-lhe o cabelo para entrar na discussão, Galina se lançou em cima do bastão e caiu de barriga no chão. Qualquer coisa, até ter de obedecer Sevanna, era melhor que ser entregue a Therava. Se não tivesse sido blindada, Galina teria canalizado para usar o bastão por conta própria.

Tão logo seus dedos se fecharam naquele objeto liso, o pé de Therava o esmagou com toda a força, prendendo-lhe as mãos dolorosamente contra o chão. Nenhuma das Sábias lhe deu sequer uma espiadela enquanto ela se contorcia, tentando em vão se soltar. Galina não conseguia se obrigar a puxar com força; se lembrava vagamente de ter feito governantes empalidecerem de medo, mas não ousava mexer no pé daquela mulher.

— Se for para ela jurar, que seja para obedecer a todas nós aqui — disse Therava, olhando firme para Sevanna.

As outras assentiram, algumas concordando em voz alta, mas não Belinde, que, pensativa, franziu os lábios.

Sevanna devolveu-lhe a encarada com a mesma firmeza.

— Muito bem — consentiu por fim. — Mas, entre nós, primeiro a mim. Não apenas sou uma Sábia, como falo como chefe de clã.

Therava abriu um sorrisinho.

— Se você diz... Então a nós duas primeiro, Sevanna. A você e a mim.

Nenhuma nesga de rebeldia se dissipou do semblante de Sevanna, mas ela anuiu. Relutante. Só então Therava moveu o pé. A luz de *saidar* a envolveu, e um fluxo de Espírito tocou nos numerais da ponta do bastão que Galina tinha nas mãos. Igual a como se fazia com o Bastão dos Juramentos.

Por um momento, Galina hesitou, flexionando seus dedos espremidos. A textura também era a mesma do Bastão dos Juramentos. Não exatamente de marfim, tampouco de vidro, distintamente frio na palma das suas mãos. Se fosse um segundo Bastão dos Juramentos, poderia ser usado para remover qualquer um que ela fizesse ali. Caso essa oportunidade lhe fosse dada. Ela não queria arriscar, não queria jurar para Therava de jeito nenhum. Em todos os momentos anteriores da sua vida, fora *ela* quem comandara. Sua vida tinha sido uma desgraça desde a captura, mas Therava a transformaria em uma cadelinha! Mas, se não jurasse, será que elas permitiriam que Therava quebrasse seu espírito? Galina não tinha o menor fragmento de dúvida de que Therava faria exatamente isso. Absolutamente.

— Pela Luz e pela minha esperança na salvação e no renascimento... — ela já não acreditava mais na Luz nem tinha esperança de salvação, e não havia necessidade de fazer mais que uma simples promessa, mas aquelas mulheres esperavam um juramento forte — Eu juro obedecer a todas as Sábias aqui presentes em todos os momentos, e primeiramente, entre todas elas, a Therava e a Sevanna.

A última esperança de que o tal "atador" fosse alguma outra coisa se desfez assim que Galina sentiu o juramento recair sobre ela, como se, de repente, trajasse algo que lhe cobrisse bem apertado do cocuruto às solas dos pés. Com a cabeça tombando para trás, ela gritou. Em parte porque, de uma hora para outra, parecia que sua pele ardida estava sendo comprimida mais ainda na carne, mas, principalmente, por puro desespero.

— Fique quieta! — ordenou Therava com rispidez. — Não quero ouvir suas lamúrias!

Os dentes de Galina se fecharam com um estalo, quase fazendo-a morder a língua, e ela se esforçou para engolir o choro. Nada além da obediência era possível a partir daquele momento. Therava a encarou de cenho franzido.

— Vamos ver se isso funciona mesmo — resmungou ela, curvando-se para chegar mais perto. — Você planejou alguma violência contra qualquer uma das Sábias que estão aqui? Diga a verdade e peça para ser punida caso o tenha feito. O castigo pela violência contra uma Sábia pode chegar a morrer feito um animal — acrescentou ela, de modo casual. A mulher passou um dedo em riste pela garganta e em seguida, com a mesma mão, segurou a faca do cinto.

Arfando no mais absoluto pânico, Galina se afastou da mulher. No entanto, não conseguiu desviar o olhar de Therava e não foi capaz de conter as palavras que lhe foram escapando por entre os dentes.

— Pa-pla-nejei... con-contra to-to-todas vocês! Por... Por favor, me ca-cas-tiguem por... por isso!

Será que agora a matariam? Depois de tudo, seu destino era morrer ali?

— Parece que o tal atador faz mesmo o que seu amigo disse, afinal, Sevanna. — Arrancando o bastão das mãos flácidas de Galina, Therava o enfiou na cintura ao se empertigar. — E também parece que você vai acabar mesmo usando branco, Galina Casban. — Por algum motivo, ela sorriu satisfeita ao dizer isso, mas não sem dar outras ordens. — Você vai se comportar com subserviência, como deve fazer uma *gai'shain*. Se uma *criança* mandar você pular, você vai pular, a menos que uma de nós fale o contrário. E você não vai encostar em *saidar* nem canalizar sem que uma de nós mande. Desfaça a blindagem dela, Belinde.

A blindagem se esvaneceu, e Galina ficou lá ajoelhada, olhando para o nada. A Fonte brilhava fora do alcance de sua vista, tentadora. E ela conseguiria criar asas tanto quanto conseguiria tocá-la.

Os braceletes retiniram quando Sevanna, furiosa, ajeitou o xale.

— Você concentra demais as coisas, Therava. Isto é meu. Me dê! — Ela estendeu a mão, mas Therava apenas cruzou os braços sob os seios.

— As Sábias fizeram reuniões — disse a mulher de olhar inflexível. — Tomamos algumas decisões.

As mulheres que a haviam acompanhado se amontoaram atrás dela, todas encarando Sevanna, e Belinde se apressou para se juntar ao grupo.

— Sem mim? — irrompeu Sevanna. — Alguma de vocês se atreve a tomar uma decisão sem mim?

Seu tom de voz permaneceu tão forte quanto antes, mas os olhos relancearam na direção do bastão que Therava trazia na cintura, e Galina sentiu nela um quê de inquietação. Em outras ocasiões, teria se deliciado com a cena.

— Uma decisão precisava ser tomada sem a sua presença — disse Tion com uma voz impassível.

— Como você costuma dizer, você fala como chefe de clã — acrescentou Emerys com um brilho zombeteiro em seus grandes olhos cinzentos. — Às vezes, Sábias precisam conversar longe dos ouvidos de chefes de clã. Ou de alguém falando como chefe.

— Nós decidimos que, assim como chefes de clã devem ter uma Sábia para aconselhá-los, você também deve contar com os conselhos de uma — disse Therava. — Eu vou aconselhar você.

Arrumando o xale em volta do corpo, Sevanna examinou as mulheres que a confrontavam. Sua expressão era indecifrável. Como ela conseguia? Elas eram capazes de esmagá-la feito um martelo a um ovo.

— E que *conselho* você me sugere, Therava? — indagou ela por fim com uma voz gélida.

— Meu maior conselho é que a gente vá embora sem perder mais tempo — respondeu Therava com a mesma frieza. — Esses Seanchan estão perto demais e são muitos. Deveríamos partir para o norte, para as Montanhas da Névoa, e estabelecer um forte. De lá, podemos despachar grupos para ir atrás dos outros ramos. Reunir os Shaido pode levar muito tempo, Sevanna. Seu amigo aguacento pode ter nos espalhado pelos nove cantos do mundo. Até conseguirmos fazer isso, estamos vulneráveis.

— Partimos amanhã. — Se Galina não tivesse certeza de que conhecia Sevanna até do avesso, teria achado que a mulher respondera com petulância e com raiva. Aqueles olhos verdes faiscavam. — Mas para leste. Também é bem longe dos Seanchan, e as terras a leste estão agitadas, prontas para serem conquistadas.

Fez-se um longo silêncio, até que Therava aquiesceu.

— Leste. — A palavra foi dita com suavidade, a mesma com que a seda recobre o aço. — Mas lembre-se de que é bem comum chefes de clã se arrependerem de rejeitar o conselho de uma Sábia. Também pode ser seu caso. — O ar de ameaça em seu semblante era tão claro quanto o da voz, mas mesmo assim Sevanna gargalhou!

— Lembre-se *você*, Therava! Lembrem-se todas vocês! Se eu for deixada para os abutres, vocês também serão! Disso, eu já me assegurei.

As outras mulheres trocaram olhares preocupados. Todas, menos Therava. E Modarra e Norlea franziram o cenho.

Caída de joelhos, choramingando e tentando em vão aliviar a pele com as mãos, Galina se viu pensando no que significavam aquelas ameaças. Era um pensamento miúdo, esgueirando-se feito minhoca em meio ao ressentimento e à autocomiseração. Qualquer coisa que pudesse usar contra aquelas mulheres seria bem-vinda. Caso se atrevesse a usar. Um pensamento amargo.

De repente, ela se deu conta de que o céu estava escurecendo. Nuvens ondulantes vinham descendo do Norte em listras cinzas e negras, obscurecendo o sol. E, sob as nuvens, caíam pancadas de neve que rodopiavam pelo ar. Nenhum floco atingia o solo, poucos chegavam às copas das árvores, mas Galina ficou boquiaberta. Neve! Teria o Grande Senhor perdido o controle sobre o mundo, por alguma razão?

As Sábias também ficaram olhando para o céu, bocas se abrindo como se nunca tivessem visto nuvens, muito menos neve.

— O que é isso, Galina Casban? — questionou Therava. — Se você sabe, fale agora! — Ela só tirou os olhos do céu quando Galina disse que era neve, e então soltou uma gargalhada. — Sempre pensei que os homens que pegaram Laman Assassino da Árvore mentissem a respeito da neve. Isso não dificulta nada nem para um rato!

Galina tratou de fechar a boca para não dar explicações sobre nevascas, horrorizada por seu instinto ter sido o de agradar a mulher. E igualmente horrorizada pela pontada de prazer que sentiu por sonegar a informação. *Eu sou a Maior da Ajah Vermelha!*, recordou-se. *E faço parte do Conselho Supremo da Ajah Negra!* As duas frases soaram como mentiras. Não era justo!

— Se já acabamos aqui, vou levar a *gai'shain* de volta para o grande teto e mandar providenciar seu traje branco — interveio Sevanna. — Podem ficar aqui olhando a neve, se quiserem.

Seu tom de voz foi tão macio, tal qual manteiga, que ninguém poderia imaginar que, momentos antes, tinha recebido tantos olhares hostis. Sevanna envolveu os cotovelos com o xale e ajustou alguns colares; não tinha nenhuma preocupação no mundo.

— Nós cuidamos da *gai'shain* — respondeu Therava com a mesma maciez. — Como você fala como chefe, tem um longo dia e a maior parte da noite pela frente, se vamos mesmo partir amanhã.

Por um instante, os olhos de Sevanna tornaram a faiscar, mas Therava apenas estalou os dedos e fez um gesto enfático para Galina antes de se virar para ir embora.

— Venha comigo — ordenou ela. — E pare de fazer beicinho.

De cabeça baixa, Galina se pôs de pé cambaleando e saiu apressada atrás de Therava e das outras mulheres que sabiam canalizar. Beicinho? Podia até estar de cara feia, mas fazendo beicinho jamais! Seus pensamentos corriam feito ratos em uma gaiola, sem encontrar esperança de escapar. Tinha de haver alguma! Tinha de haver! Um pensamento que surgiu no meio daquela agitação quase a fez recomeçar a chorar. Será que os robes dos *gai'shain* eram mais macios que aquela lã preta áspera que ela fora obrigada a usar? Tinha de haver alguma saída! Uma rápida olhadela para trás, por entre as árvores, revelou Sevanna ainda parada no mesmo lugar, fitando-as de cara feia. Lá no alto, as nuvens remoinhavam, e a neve que caía derretia que nem as esperanças de Galina.

Capítulo 12

Novas alianças

Graendal gostaria que tivesse havido um transcritor, mesmo que simples, dentre os objetos que retirara de Illian após a morte de Sammael. Aquela Era costumava ser apavorante, primitiva e desconfortável. Ainda assim, em parte, era de seu agrado. Dentro de uma grande gaiola de bambu no canto do cômodo, uma centena de aves de plumagens reluzentes cantava melodiosamente, quase tão belas em seus volteios multicoloridos quanto seus dois animais de estimação trajando robes transparentes que a aguardavam de cada lado da porta, olhares cravados nela, ansiosos para satisfazer seus desejos. Se lamparinas a óleo não emitiam a mesma luminosidade que esferas de luz, ao menos produziam, com o auxílio de grandes espelhos nas paredes, certo esplendor bárbaro junto ao teto de escamas douradas. Seria bom se fosse preciso apenas dizer as palavras, mas colocá-las no papel de próprio punho proporcionava um prazer similar ao que ela sentia ao desenhar. A escrita daquela Era parecia bastante simplória, e aprender a reproduzir a caligrafia de outra pessoa também não havia sido difícil.

Depois de fazer uma assinatura cheia de floreios — não de seu próprio nome, claro —, ela secou a tinta do papel espesso, dobrou-o e selou-o usando um dos anéis ducais de vários tamanhos que estavam enfileirados decorando a escrivaninha. A Mão e a Espada de Arad Doman marcaram um círculo irregular de cera azul e verde.

— Leve isto ao Lorde Ituralde, rápido, e diga apenas o que eu lhe falei.

— Tão rápido quanto os cavalos puderem me levar, milady. — Nazran se curvou ao apanhar a carta, um dos dedos alisando os fios finos do bigode preto sobre um sorriso cativante. De porte largo, pele marrom-escura, e trajando um casaco azul bem ajustado, era um homem bonito, só não bonito o bastante. — Recebi isto de Lady Tuva, que morreu devido a seus ferimentos depois de me contar que era uma mensageira de Alsalam e que havia sido atacada por um Homem Cinza.

— Garanta que tenha sangue humano no papel — avisou ela. Duvidava de que alguém daqueles tempos fosse capaz de discernir sangue humano de qualquer outro, mas já se deparara com surpresas demais para correr riscos desnecessários. — O suficiente para dar realismo, mas não a ponto de estragar o que escrevi.

Os olhos negros e calorosos do homem demoraram-se nela enquanto ele fazia mais uma mesura, mas, assim que se endireitou, saiu apressado em direção à porta, as botas ecoando no piso de mármore amarelo-claro. Não chegou a perceber os serviçais fitando-a ardentemente, ou fingiu não perceber, embora um dia tivesse sido amigo do jovem rapaz. Só um toque de Compulsão fora necessário para deixar Nazran quase tão ávido para a obedecer quanto os outros dois, além de certo de que ainda voltaria a provar dos encantos dela. Graendal deu uma risada baixinha. Bem, ele acreditava que havia provado. Um tantinho mais bonito, e talvez o tivesse. Claro que depois teria perdido qualquer utilidade. Ele mataria cavalos de exaustão só para chegar a Ituralde, e se aquela mensagem, entregue pela prima próxima de Alsalam e supostamente enviada pelo próprio rei, com Homens Cinza tentando detê-la, não satisfizesse a ordem do Grande Senhor para fomentar o caos, nada mais faria, além de fogo devastador. E serviria muito bem aos propósitos dela, também. Aos propósitos dela.

A mão de Graendal pousou no único anel sobre a mesa que não era ducal, um círculo dourado simples, pequeno demais para qualquer outro dedo que não seu mindinho. Tinha sido uma grata surpresa encontrar um *angreal* para mulheres em meio aos pertences de Sammael. Grata surpresa haver tempo para encontrar algo útil, com al'Thor e aqueles cachorrinhos que se intitulavam Asha'man entrando e saindo dos aposentos de Sammael no Grande Salão do Conselho. Tinham levado tudo que ela não pegara. Cachorrinhos perigosos, todos eles, especialmente al'Thor. E ela não quisera correr o risco de *ninguém* ter como ligá-la a Sammael. Sim, era preciso acelerar o ritmo dos seus planos e se distanciar do desastre de Sammael.

De repente, um rasgo vertical prateado surgiu na outra ponta do cômodo, seu brilho contrastando com as tapeçarias que pendiam entre os pesados espelhos dourados, e um sininho cristalino tilintou alto. Surpresa, ela ergueu as sobrancelhas. Alguém se lembrava dos bons modos de uma Era mais civilizada, ao que parecia. Levantou-se e empurrou o anel de ouro contra o anel de rubi que trazia no mindinho, usando-o para abraçar *saidar* antes de canalizar a teia que ressoaria um sininho em resposta a quem queria abrir um portão. O *angreal* não oferecia muito, mas qualquer pessoa que achasse saber o tamanho de sua força ficaria surpresa.

O portão se abriu e duas mulheres trajando vestidos de seda preta e vermelha quase idênticos o atravessaram com cautela. Moghedien, pelo menos, se movimentava com cuidado, os olhos escuros vacilantes à procura de armadilhas, as mãos alisando as saias volumosas. Instantes depois, o portão se dissipou, mas ela continuou abraçando *saidar*. Uma precaução sensata, embora Moghedien sempre tivesse gostado de se precaver. Graendal também não largou a Fonte. A acompanhante de Moghedien, uma mulher baixinha com longos cabelos prateados e olhos azuis vívidos, encarava com frieza tudo que havia à sua volta, mal dedicando mais que uma olhadela na direção de Graendal. Por sua atitude, parecia até uma Conselheira Superior obrigada a aguentar a companhia de trabalhadores comuns e determinada a ignorar sua existência. Para estar imitando a Aranha, era uma garota tola. O vermelho e o preto não caíam bem com a cor da sua pele, e ela deveria ter feito melhor uso de um busto tão avantajado.

— Esta é Cyndane, Graendal — apresentou Moghedien. — Estamos... trabalhando juntas.

Ela não sorriu ao dizer o nome da jovem arrogante, mas Graendal sim. Bonito nome para uma garota mais que bonita, mas que ironia do destino levara uma mãe daquela época a dar à filha um nome que significava "Última Chance"? O semblante de Cyndane se manteve frio e sereno, mas seus olhos se acenderam. Uma linda boneca esculpida em gelo, mas com chamas ocultas. Parecia que ela sabia o significado e não gostava.

— O que traz você e sua amiga aqui, Moghedien? — questionou Graendal. A Aranha era a última pessoa que ela esperara que saísse das sombras. — Não tenha medo de falar na frente dos meus serviçais.

Ela gesticulou e a dupla junto à porta se prostrou de joelhos e pressionou os rostos no chão. Não chegariam a cair mortos com um simples comando dela, mas quase.

— Que interesse você vê neles, se destrói qualquer coisa que possa torná-los interessantes? — questionou Cyndane, andando a passos largos e arrogantes pelo recinto. Mantinha-se muito ereta, lutando por cada fiapo de altura. — Você sabia que Sammael está morto?

Graendal fez um pequeno esforço para manter a serenidade. Imaginara que a garota fosse alguma Aliada das Trevas que Moghedien recrutara para realizar tarefas, quem sabe uma nobre que achava que seu título tinha algum valor, mas agora que a moça se aproximara... Era mais forte com o Poder Único que a própria Graendal! Até mesmo em sua Era, tratara-se de algo incomum entre homens, e realmente raríssimo entre mulheres. De imediato, por instinto, ela reconsiderou suas intenções de negar qualquer contato com Sammael.

— Suspeitei — respondeu, dirigindo um sorriso falso para Moghedien por cima da cabeça da jovem.

Quanto será que ela sabia? Onde a Aranha encontrara uma garota tão mais forte que ela, e por que estava viajando com a moça? Moghedien sempre tivera ciúme de qualquer um que fosse mais forte que ela. Ou mais qualquer coisa que ela.

— Ele costumava me visitar, me importunava para ajudá-lo em um plano maluco atrás do outro. Eu nunca o rejeitava diretamente, porque você sabe que Sammael é... era um homem perigoso para se rejeitar assim. Aparecia sem falta a cada poucos dias, e, quando parou de vir, presumi que algo grave tivesse acontecido com ele. Quem é esta garota, Moghedien? Uma descoberta notável.

A mocinha se aproximou e levantou a vista para encará-la com olhos que pareciam fogo azul.

— Ela já lhe disse meu nome. É só isso que você precisa saber. — A garota sabia que falava com uma Escolhida, mas, ainda assim, seu tom de voz continuou gélido. Mesmo considerando sua força, não se tratava de uma mera Aliada das Trevas. A menos que fosse maluca. — Já prestou atenção no clima, Graendal?

De súbito, Graendal se deu conta de que Moghedien estava deixando a moça controlar a conversa. Mantendo-se na retaguarda até notar alguma fraqueza. E Graendal estava permitindo!

— Não imagino que você tenha vindo até aqui para me contar que Sammael morreu, Moghedien — disse ela em tom duro. — Nem para falar sobre o clima. Você sabe que eu quase não saio. — A natureza era caótica, desordenada. Nem janelas havia naquele cômodo nem na maioria dos que ela ocupava. — O que você quer?

A mulher de cabelo escuro se esgueirava junto à parede, ainda envolta no brilho do Poder Único. Graendal deu um passo, casualmente, para que ambas permanecessem em seu campo visual.

— Você não entendeu, Graendal. — Um sorriso frio curvou bem de leve os lábios carnudos de Cyndane. Ela estava se divertindo. — A líder entre nós sou eu.

Moghedien está em maus lençóis com Moridin por conta dos equívocos recentes *dela*.

Passando os braços em torno de si mesma, Moghedien lançou uma cara feia para a baixinha de cabelo prateado que foi tão significativa quanto uma confirmação em voz alta. De repente, os olhos grandes de Cyndane se arregalaram ainda mais, e ela arquejou e estremeceu.

O olhar fulminante de Moghedien se tornou malicioso.

— Você é a líder por enquanto — zombou ela. — Aos olhos dele, seu lugar não é muito melhor que o meu. — E então foi a vez *dela* de tomar um susto e tremer, mordiscando o lábio.

Graendal se perguntou se estariam brincando com ela. O ódio visceral que uma sentia pela outra estava estampado nos rostos daquelas mulheres, e parecia genuíno. De qualquer forma, ia ver se as duas gostavam que brincassem com elas. Esfregando uma mão na outra inconscientemente, esfregando o *angreal* em seu dedo, ela caminhou até uma cadeira sem tirar os olhos da dupla. A doçura de *saidar* fluía por seu corpo e lhe trazia conforto. Não que precisasse de conforto, mas havia algo de estranho ali. O espaldar alto e reto, com entalhes e douraduras proeminentes, fazia a cadeira se assemelhar a um trono, embora não fosse diferente de nenhuma outra do cômodo. Esse tipo de coisa afetava até as pessoas mais sofisticadas em níveis que, conscientemente, elas jamais se davam conta.

Graendal reclinou-se para trás, cruzou as pernas, um dos pés balançando no ar, a imagem perfeita de uma mulher em absoluta tranquilidade, e fez sua voz soar entediada:

— Já que quem manda é você, garota, me diga: quando esse homem que se intitula Morte está em carne e osso, quem ele é? O que ele é?

— Moridin é Nae'blis. — A voz da garota exalava calma, frieza e arrogância. — O Grande Senhor decidiu que está na hora de você também servir ao Nae'blis.

Graendal se empertigou.

— Isso é um absurdo. — Não conseguiu disfarçar a raiva em sua voz. — Um homem de quem eu nunca *ouvi* falar foi nomeado Regente do Grande Senhor na Terra?

Ela não se importava quando outras pessoas tentavam manipulá-la, e sempre dava um jeito de fazer os planos dos outros se voltarem contra eles, mas Moghedien só podia achar que ela era uma idiota! Não tinha dúvida nenhuma de que ela estava orientando aquela garota irritante, independentemente do que dissessem e dos olhares que disparassem uma para a outra.

— Eu sirvo ao Grande Lorde, a mim mesma e a mais ninguém! Acho melhor vocês irem embora agora e jogarem esse joguinho em outro lugar. Demandred pode se distrair com ele. Ou Semirhage? Cuidado com como vão canalizar na hora de sair. Armei algumas teias invertidas, e é melhor vocês não dispararem nenhuma.

Era mentira, mas muito crível, e por isso foi um choque quando Moghedien canalizou de repente e cada lamparina do aposento se apagou, mergulhando-as na escuridão. De imediato, Graendal atirou-se da cadeira para não estar mais onde a tinham visto pela última vez, e também canalizou mesmo enquanto se movia, tecendo uma teia de luz que pairou ao lado dela, uma esfera de um branco puro que projetou sombras lúgubres por todo o cômodo. E revelou com clareza as outras duas. Sem hesitar, Graendal voltou a canalizar, usando toda a força do anelzinho. Não precisava de toda, nem mesmo da maior parte, mas queria qualquer vantagem que pudesse ter. Iam atacá-la, então? Uma rede de Compulsão envolveu apertado cada uma delas antes que as duas tivessem como se mexer.

Com raiva, urdira as teias apertadas, quase a ponto de machucá-las, e as duas mulheres passaram a encará-la com adoração, os olhos arregalados e as bocas entreabertas, intoxicadas de veneração. Estavam ao comando dela agora. Se as mandasse cortar a própria garganta, assim o fariam. De repente, Graendal se deu conta de que Moghedien não estava mais abraçando a Fonte. Tamanha Compulsão devia ter sido um choque suficiente para fazê-la soltá-la. Os serviçais junto à porta não tinham se movido, claro.

— Agora, vocês vão responder às minhas perguntas — anunciou ela, um tanto sem fôlego.

Tinha várias, incluindo quem era aquele tal Moridin, se é que existia mesmo, e de onde Cyndane viera, mas uma pergunta a incomodava mais que as outras.

— O que você esperava ganhar fazendo isso, Moghedien? Posso decidir amarrar estas teias em você. Pode pagar pelo seu joguinho servindo *a mim*.

— Não, por favor — gemeu Moghedien, torcendo as mãos. Ela até começou a chorar! — Você vai matar todos nós! Por favor, precisa servir ao Nae'blis! Foi para isso que viemos. Para levar você aos serviços de Moridin!

O rosto da mulherzinha de cabelo prateado parecia uma máscara sombreada de pânico sob a luz tênue, o peito subindo e descendo enquanto ela ofegava. De repente nervosa, Graendal abriu a boca. Aquilo fazia cada vez menos sentido. Ela abriu a boca, e a Fonte Verdadeira se dissipou. O Poder Único se esvaiu de dentro dela, e a escuridão voltou a engolir o aposento. Abruptamente, os pássaros nas gaiolas agitaram-se num frenesi de gorjeios, as asas voejando frenéticas e batendo nas barras de bambu.

Atrás dela, uma voz ecoou, arranhada feito pedra sendo triturada em pó.

— O Grande Senhor achou que você talvez não fosse acreditar nas palavras delas, Graendal. A época em que você podia viver como bem queria já passou.

Uma bola de... alguma coisa... surgiu no ar, um globo absolutamente negro, mas o ambiente foi tomado por uma luz prateada. Os espelhos não brilharam, pareciam opacos sob aquela luminosidade. Os pássaros ficaram imóveis, calados. De alguma forma, Graendal soube que o terror os paralisara.

Ela ficou embasbacada ao ver o Myrddraal ali parado, pálido, sem olhos e trajando um preto mais escuro que a bola, mas maior que qualquer outro que ela já tivesse visto. Só podia ser o motivo para ela não sentir a Fonte, mas era impossível! A não ser que... De onde teria vindo aquela estranha esfera de luz negra, se não dele? Graendal jamais sentira o mesmo medo que outros sentiam do olhar de um Myrddraal, não no mesmo nível, mas ainda assim suas mãos se ergueram sozinhas, e ela precisou baixá-las rápido para se impedir de cobrir o rosto. Ao dar uma espiadela na direção de Moghedien e Cyndane, se encolheu. Ambas haviam adotado a mesma postura dos serviçais, ajoelhadas, a cabeça encostando no chão, voltadas para o Myrddraal.

Graendal sentiu a boca muito seca.

— Você é um mensageiro do Grande Senhor? — Sua voz soou estável, mas fraca.

Ela nunca ouvira falar daquilo, do Grande Senhor mandar uma mensagem por meio de um Myrddraal, e no entanto... Moghedien era uma grande covarde, mas continuava sendo uma Escolhida, e se rebaixara tão devotamente quanto a garota. E havia aquela luz. Graendal se viu desejando que seu vestido não fosse tão decotado. Ridículo, claro. Todos sabiam do apetite dos Myrddraal por mulheres, mas ela era um dos... Seus olhos foram uma vez mais na direção de Moghedien.

O Myrddraal passou por ela, indiferente. Seu longo manto negro pendia imperturbado por seus movimentos. Aginor tinha a teoria de que aquelas criaturas não estavam tão presentes no mundo como todas as outras coisas; eram "levemente fora de sintonia com o tempo e a realidade", ele dizia, e sabia-se lá o significado disso.

— Sou Shaidar Haran. — Parando junto dos serviçais, o Myrddraal se curvou para agarrá-los pela nuca, um em cada mão. — Quando eu falar, pode considerar que está ouvindo a voz do Grande Senhor da Escuridão.

As mãos se apertaram até se ouvir o ruído surpreendentemente alto de ossos se partindo. O jovem morreu tendo espasmos, chutando o ar. A moça só fez tombar flácida. Eram dois dos mais belos que tinha. O Myrddraal se endireitou ao largar os cadáveres.

— Sou a mão dele neste mundo, Graendal. Quando estiver diante de mim, você está diante dele.

Graendal pensou com cuidado, ainda que rápido. Estava com medo, uma emoção que estava bem mais habituada a instilar nos outros, mas sabia controlá-lo. Ainda que jamais tivesse comandado exércitos, como alguns outros já tinham feito, não era nem estranha ao perigo nem covarde — no entanto, aquilo era mais que mera ameaça. Moghedien e Cyndane permaneciam ajoelhadas com a cabeça no piso de mármore, Moghedien até tremia visivelmente. Graendal acreditava naquele Myrddraal. Ou no que quer que ele fosse de fato. O Grande Senhor *estava* atuando de maneira mais direta nos eventos, como ela temera. E se ficasse sabendo das armações dela com Sammael... Se decidisse agir, no caso. Àquela altura, apostar que ele não sabia era tolice.

Ela se ajoelhou calmamente diante do Myrddraal.

— O que o senhor quer que eu faça? — Sua voz recuperara a força. Uma dose necessária de flexibilidade não era covardia; aqueles que não se curvavam ao Grande Senhor eram curvados por ele. Ou quebrados. — Devo chamá-lo de Grande Mestre ou prefere algum outro título? Eu não me sentiria confortável em me dirigir nem à mão do Grande Senhor como me dirigiria a ele.

Incrivelmente, o Myrddraal gargalhou. O som foi de gelo se esmigalhando. Myrddraal nunca riam.

— Você é mais corajosa que a maioria. E mais sábia. Pode me chamar de Shaidar Haran, desde que se lembre de quem eu sou. Desde que não deixe sua valentia se sobrepor demais ao seu medo.

Enquanto ele dava suas ordens — uma visita ao tal Moridin era a primeira, ao que parecia; e ela precisaria se manter alerta contra Moghedien e talvez contra Cyndane também, que talvez quisesse se vingar do breve uso da Compulsão, já que ela duvidava que a garota fosse mais clemente que a Aranha —, Graendal decidiu não contar da carta que mandara para Rodel Ituralde. Nada do que lhe foi dito indicava que suas ações desagradariam o Grande Senhor, e ela ainda tinha que pensar em sua própria posição. Moridin, quem quer que fosse, podia até ser Nae'blis agora, mas sempre havia um amanhã.

***

Segurando-se firme enquanto a carruagem de Arilyn sacolejava, Cadsuane afastou uma das cortinas de couro da janela o suficiente para avistar lá fora. Uma chuva fraca caía sobre Cairhien, fruto de um céu cinzento cheio de nuvens carregadas e redemoinhos de vento. E não era só no céu que estava ventando. O assobio das rajadas sacudia mais a carruagem do que seu próprio deslocamento. Gotículas golpearam suas mãos, frias como gelo. Se o ar esfriasse um pouco mais, nevaria. Ela puxou o manto de lã para se agasalhar melhor. Ficara contente ao encontrá-lo e tratara de enfiá-lo no fundo dos alforjes. O ar esfriaria.

Os telhados íngremes de ardósia e as ruas de paralelepípedo da cidade reluziam molhados, e, apesar de a chuva não ser forte, poucos se dispunham a enfrentar a ventania. Uma mulher conduzindo uma carroça de bois com um aguilhão comprido avançava tão pacientemente quanto seus animais, mas a maioria das pessoas a pé se encolhia sob seus mantos, os capuzes puxados, e andava depressa por entre os carregadores de uma liteira que passava apressada, o *con* a tremular. Outros, além da mulher e dos bois, no entanto, não viam motivo para pressa. No meio da rua, um Aiel imenso olhava boquiaberto para o céu, sem acreditar naquele chuvisco que o ensopava, tão absorto que um batedor de carteira ousado lhe rasgou a bolsa do cinto e saiu correndo sem a vítima sequer perceber. Uma mulher, cujo cabelo de cachos elaboradamente presos em um coque alto denunciava se tratar de uma nobre, caminhava devagar, o manto esvoaçando loucamente, assim como o longo capuz. Podia ser a primeira vez que ela andava por aquelas ruas, mas gargalhava sentindo a chuva lhe escorrer pelas bochechas. Da porta de uma loja de essências, a perfumista observava desolada; seriam poucas as vendas naquele dia. A maior parte dos mascates sumira pela mesma razão, mas um ou outro ainda insistia em anunciar chá quente e torta de carne em carrinhos protegidos por toldos improvisados. Embora qualquer um que comprasse uma torta de carne na rua ultimamente merecesse a dor de barriga que teria.

Um par de cachorros famintos saiu correndo de um beco, pernas rígidas e pelos eriçados, ladrando e rosnando para a carruagem. Cadsuane deixou as cortinas caírem. Os cães pareciam identificar tão bem quanto os gatos quais mulheres eram capazes de canalizar, mas pareciam pensar que elas *eram* gatos, ainda que anormalmente grandes. As duas que vinham sentadas diante dela continuavam conversando.

— Me perdoe, mas a lógica é inescapável — dizia Daigian.

Ela curvou a cabeça em um gesto arrependido, fazendo a pedra-da-lua que pendia em uma correntinha fina de prata presa em seus longos cabelos pretos balançar contra sua testa. Seus dedos arrancavam a franja branca da saia escura e ela falava depressa, como se estivesse com medo de ser interrompida.

— Se você concorda que o calor persistente era obra do Tenebroso, a mudança deve ser por alguma outra influência. Ele não teria cedido. Poderia-se dizer que ele decidiu congelar ou afogar o mundo, em vez de assar, mas por quê? Se aquela quentura se estendesse pela primavera, talvez os mortos superassem os vivos, nada muito diferente de ter neve caindo verão adentro. Portanto, é lógico que alguma outra mão está atuando.

O acanhamento da mulher rechonchuda às vezes testava sua paciência, mas, como sempre, Cadsuane considerou sua lógica impecável. Ela só gostaria de saber de quem era aquela mão e qual era seu intuito.

— Paz! — resmungou Kumira. — Eu prefiro um grama de provas irrefutáveis do que cem quilos da sua lógica de Ajah Branca.

Kumira era uma Marrom, embora não tivesse muitos dos defeitos típicos da Ajah. Mulher bonita, de cabelo curtinho, era cabeça-dura e prática, uma observadora arguta, que nunca se afundava tanto em pensamentos a ponto de também perder de vista o mundo à sua volta. Mal acabara de falar, Kumira deu um tapinha gentil no joelho de Daigian e abriu um sorriso que fez seus olhos azuis passarem de penetrantes a calorosos. Os shienaranos, de modo geral, eram um povo educado, e Kumira tomava o cuidado de não ofender ninguém. Não de propósito, pelo menos.

— Concentre-se no que podemos fazer com relação às irmãs que estão com os Aiel. Se alguém aqui é capaz de pensar em alguma solução, sei que é você.

Cadsuane bufou.

— Elas merecem tudo que receberem.

Não fora permitido a ela nem a nenhuma de suas acompanhantes sequer se aproximar das tendas dos Aiel, mas algumas das tontas que tinham jurado fidelidade ao garoto al'Thor haviam se aventurado além dos limites do enorme acampamento e voltado com o rosto pálido, divididas entre a indignação e a vontade de vomitar. Normalmente, ela também teria ficado furiosa com a afronta à dignidade das Aes Sedai, independentemente das circunstâncias, mas não daquela vez. Para alcançar seu objetivo, teria feito a Torre Branca inteira sair correndo nua pelas ruas. Como ia se preocupar com o desconforto de mulheres que podiam ter estragado tudo?

Kumira abriu a boca para protestar, apesar de saber como ela se sentia, mas Cadsuane prosseguiu, calma, porém implacável:

— Pode ser que elas chorem o suficiente para compensar a bagunça que fizeram, mas eu duvido. Elas não são mais nossa responsabilidade, e, se fossem, eu talvez as *entregasse* para os Aiel. Esqueça todas elas, Daigian, e ponha essa bela mente que você tem para trabalhar no que eu lhe disse.

As bochechas pálidas da cairhiena ruborizaram com o elogio. Graças à Luz ela só agia assim com outras irmãs. Kumira continuou sentada em silêncio, o rosto tranquilíssimo, as mãos no colo. Podia até estar calada no momento, mas poucas coisas eram capazes de calá-la por muito tempo. As duas eram exatamente o par que Cadsuane queria de companhia naquele dia.

A carruagem se inclinou quando os animais começaram a subir o longo aclive que levava ao Palácio do Sol.

— Lembrem-se do que eu falei — advertiu Cadsuane com firmeza. — E tomem cuidado!

Ambas murmuraram em concordância, como devido, e ela aquiesceu. Se surgisse a necessidade, usaria a dupla como adubo, e outras também, mas não pretendia perder nenhuma só por elas terem sido descuidadas.

Não houve chateação nem atrasos na hora de deixar a carruagem passar pelos portões do Palácio. Os guardas reconheceram o distintivo de Arilyn nas portas e souberam quem estaria lá dentro. O veículo estivera no Palácio com frequência na semana anterior. Assim que os cavalos pararam, um lacaio de olhar ansioso trajando uma roupa preta sem adornos abriu a porta da carruagem e ofereceu um guarda-chuva amplo e liso feito de um tecido escuro oleado. A chuva gotejava da beirada em sua cabeça exposta, mas não era ele mesmo que o objeto devia proteger.

Tocando rapidamente os ornamentos que pendiam do coque no alto da cabeça, só para garantir que todos estavam no lugar — ela nunca tinha perdido nenhum, mas porque era cuidadosa com eles —, Cadsuane agarrou as alças da cesta de vime quadrada embaixo do assento e saltou. Meia dúzia de lacaios aguardava atrás do primeiro, guarda-chuvas a postos. Tantas passageiras teriam lotado desconfortavelmente a carruagem, mas os homens não queriam ser pegos despreparados, e os que sobraram só saíram apressados quando ficou claro que só havia elas três.

Claro que tinham visto a carruagem se aproximar. Serviçais homens e mulheres com trajes escuros formavam uma fileira organizada junto aos ladrilhos azul-escuros e dourados do grande salão de entrada, cujo teto de abóbadas quadradas chegava a cinco braças de altura. Todos avançaram, recolheram os mantos, ofereceram toalhinhas mornas de linho caso alguém precisasse enxugar as mãos ou o rosto, e cálices de porcelana do Povo do Mar contendo um vinho quente que exalava um forte aroma de especiarias. Uma bebida de inverno, que a súbita queda de temperatura tornava apropriada. Até porque, afinal, *era* inverno. Finalmente.

Três Aes Sedai aguardavam ao lado, em meio a gigantescas colunas quadradas de mármore escuro e diante de frisos altos e claros ilustrando batalhas que sem dúvida eram importantes para Cairhien, mas por ora Cadsuane as ignorou. Um dos jovens serviçais tinha uma pequena imagem vermelha e dourada bordada no lado esquerdo do peito do casaco, que as pessoas vinham chamando de Dragão. Corgaide, a mulher grisalha de semblante severo que dava ordens aos serviçais no Palácio do Sol, não ostentava nenhum ornamento, só a argolona cheia de chaves pesadas que trazia na cintura. Ninguém mais tinha qualquer enfeite em sua indumentária, e, apesar do aparente entusiasmo do rapaz, era Corgaide, a Senhora das Chaves, quem ditava o humor entre os serviçais. No entanto, ela permitira que o jovem exibisse seu bordado. Era algo a se ter em mente. Cadsuane conversou com ela baixinho, pediu um quarto onde pudesse bordar seu bastidor sem ser incomodada, e a mulher nem pestanejou ao ouvir a solicitação. Mas também, trabalhando naquele palácio, sem dúvida, já tinha ouvido pedidos mais estranhos.

Quando os serviçais com os mantos e as bandejas se curvaram em suas mesuras e se retiraram, Cadsuane finalmente se voltou para as três irmãs junto às colunas. Estavam todas olhando para ela, ignorando Kumira e Daigian. Corgaide ficou, mas bem atrás, dando privacidade às Aes Sedai.

— Não esperava encontrar vocês perambulando tranquilas por aí — observou Cadsuane. — Achava que os Aiel eram duros com as aprendizes.

Faeldrin mal reagiu, resumindo-se a um breve movimento de cabeça que balançou de leve as contas coloridas das trancinhas, mas Merana corou de vergonha, as mãos apertando as saias. Os acontecimentos abalaram tanto Merana que Cadsuane não tinha certeza se ela um dia se recuperaria. Bera, é claro, era praticamente inabalável.

— Quase todas ganhamos um dia livre por conta da chuva — respondeu Bera, com toda a calma.

Robusta e trajando uma lã simples, boa e bem cortada, mas decididamente sem graça, tinha a aparência de que estaria mais em casa em uma fazenda que em um palácio. Mas só pensaria isso quem fosse tolo. Bera tinha uma mente aguçada, muita determinação, e Cadsuane acreditava que ela jamais cometia o mesmo erro duas vezes. Assim como a maioria das irmãs, não superara o fato de conhecer Cadsuane Melaidhrin vivinha e em carne e osso, mas não deixava o deslumbramento dominá-la. Depois de respirar fundo quase imperceptivelmente, ela prosseguiu:

— Não consigo entender por que você fica voltando aqui, Cadsuane. Está claro que quer alguma coisa de nós, mas, a menos que diga o que é, não temos como ajudar. Sabemos o que você fez pelo Lorde Dragão — ela hesitou um pouco ao proclamar o título, já que ainda não tinham certeza de como se referir ao garoto —, e é óbvio que você veio a Cairhien por causa dele, e até que nos conte por que e quais são as suas intenções, precisa entender que não vai poder contar com a nossa ajuda.

Faeldrin, outra Verde, se assustou com o tom atrevido, mas assentiu em concordância antes mesmo que Bera terminasse.

— Você também precisa entender o seguinte — acrescentou Merana, cuja serenidade estava refeita. — Se decidirmos que devemos nos opor a você, vamos nos opor.

O semblante de Bera não se alterou, mas Faeldrin estreitou os lábios por um breve instante. Podia ser que ela discordasse e não quisesse revelar demais. Cadsuane abriu um sorrisinho. Contar para elas o que e por quê? Se *elas* decidissem? Até o momento, elas só tinham conseguido se enfiar nos alforjes do jovem al'Thor de mãos e pés atados, inclusive Bera. Isso não as recomendava nem como capazes de decidir as roupas de alguém pela manhã!

— Eu não vim para encontrar vocês, embora suponha que Kumira e Daigian fossem gostar de fazer a visita, já que vocês estão com o dia livre. Com licença.

Com um movimento para Corgaide ir na frente, Cadsuane seguiu a mulher pelo salão de entrada. Deu só uma olhadela para trás. Bera e as outras já estavam levando Kumira e Daigian embora, mas longe de tratá-las como hóspedes bem-vindas. Pareciam mais estar pastoreando gansos. Cadsuane sorriu. A maior parte das irmãs considerava Daigian pouco mais que uma bravia e a tratavam pouco melhor que uma serviçal. Na companhia dela, Kumira não ficava muito acima. Nem o mais desconfiado poderia achar que elas estavam ali para tentar convencer alguém de alguma coisa. Desse modo, Daigian serviria o chá e ficaria sentada quieta, exceto quando lhe dirigissem a palavra, e aplicaria sua mente aguçada a tudo que ouvisse. Kumira deixaria qualquer uma, menos Daigian, falar antes dela, e classificaria e registraria cada palavra, gesto e cara feia. Bera e as demais manteriam o juramento que fizeram ao garoto, é claro — isso nem estava em questão —, mas com que dedicação era outra história. Até Merana talvez não estivesse disposta a ir muito além da mera obediência. Isso já era ruim o bastante, mas deixava uma margem considerável para elas manobrarem. Ou serem manobradas.

Serviçais com uniformes escuros, executando apressados suas tarefas ao longo dos corredores amplos e cheios de tapeçarias, tratavam de abrir passagem para Cadsuane e Corgaide, e as duas avançavam em meio a uma enxurrada de mesuras e reverências feitas por sobre cestos, bandejas e braços cheios de toalhas. Pelo modo como olhavam para Corgaide, Cadsuane suspeitou que a deferência fosse tanto para a Senhora das Chaves quanto para uma Aes Sedai. Também havia ou um outro Aiel por ali, homens enormes que pareciam leões olhando com frieza e mulheres que pareciam leopardos olhando com mais frieza ainda. Alguns desses olhares a acompanhavam, gélidos o bastante para fazer cair a neve que a chuva lá fora ameaçava, mas outros Aiel lhe dedicaram meneios solenes de cabeça, e uma ou outra das mulheres de expressão ferina chegou a abrir um sorriso. Ela nunca tomara o crédito por salvar o *Car'a'carn* deles, mas as histórias iam mudando conforme eram contadas, e essa crença lhe garantia mais respeito que a qualquer outra irmã e, seguramente, mais liberdade de movimento pelo Palácio. Ela se perguntou o que eles achariam se soubessem que, se o garoto estivesse diante dela agora, seria difícil se conter para não lhe arrancar o couro! Pouco mais de uma semana desde que quase se matara, e ele não só dera um jeito de se esquivar completamente dela, como tornara sua tarefa ainda mais difícil, caso metade do que Cadsuane vinha ouvindo fosse verdade. Pena ele não ter sido criado em Far Madding. Se bem que isso poderia ter acabado levando a uma catástrofe.

O aposento para onde Corgaide a levou era confortavelmente aquecido, o fogo ardia em lareiras de mármore nas duas extremidades do cômodo e lamparinas acesas espelhavam suas chamas em torres de vidro que afugentavam a escuridão do dia. Ficou claro que a mulher havia dado ordens para que preparassem a sala enquanto ela ainda aguardava no salão de entrada. Uma serviçal apareceu quase imediatamente, trazendo chá quente e vinho com especiarias em uma bandeja, além de bolinhos pincelados com mel.

— Mais alguma coisa, Aes Sedai? — indagou Corgaide.

Cadsuane botou o cesto de costura ao lado da bandeja em cima de uma mesa com bordas e pernas de douraduras salientes. E com entalhes rígidos também, assim como a cornija larga, igualmente revestida de douraduras. Toda vez que visitava Cairhien, Cadsuane se sentia em um açude de peixes dourados. Apesar da luz e da calidez do interior, a chuva caindo pelas janelas altas e estreitas e o céu cinzento lá fora aumentavam essa sensação.

— Só o chá basta — respondeu. — Se possível, diga para Alanna Mosvani que quero vê-la. Avise a ela, sem delongas.

As chaves de Corgaide retiniram quando ela fez sua mesura e murmurou respeitosamente que iria pessoalmente encontrar "Alanna Aes Sedai". Sua expressão séria não se alterou nem um instante enquanto se retirava. Era muito provável que estivesse analisando o pedido em busca de alguma sutileza. Cadsuane preferia ser direta sempre que possível. Já havia feito uma porção de gente esperta quebrar a cara por não ter acreditado que ela queria dizer exatamente o que disse.

Abrindo a tampa do cesto de costura, ela retirou o bastidor adornado por um trabalho inacabado. O interior do cesto era provido de bolsos costurados para armazenar itens que não tinham nada a ver com costura: seu espelhinho de marfim, com a escova e o pente, um estojo de penas e um frasco de tinta muito bem vedado, além de várias coisas que ela julgara útil ter em mãos ao longo dos anos, inclusive algumas que teriam surpreendido qualquer um com coragem suficiente para bisbilhotar o cesto. Não que costumasse perdê-lo de vista. Colocando com cuidado a caixa de linhas de prata polida em cima da mesa, ela escolheu os fios de que precisava e se sentou de costas para a porta. A imagem principal da peça de bordado estava concluída, uma mão masculina segurando o antigo símbolo das Aes Sedai. Rachaduras atravessavam o disco branco e preto, e não dava para saber se a mão tentava mantê-lo inteiro ou esmagá-lo. Ela sabia qual era sua intenção, mas o tempo diria qual das duas era verdade.

Ela passou a linha pela agulha e começou a trabalhar em umas das imagens que o circundavam, uma rosa vermelho-vivo. Rosas, fulgores-das-estrelas e sóis-radiantes se alternavam com margaridas, ruboros-do-coração e arabis, tudo separado por vinhas de urtigas e roseiras-bravas de espinhos compridos. Quando completa, seria uma peça perturbadora.

Antes que tivesse terminado meia pétala de uma rosa, um lampejo de movimento refletido na tampa achatada da caixa de linhas lhe chamou a atenção. Tinha sido posicionada com todo o cuidado para refletir a entrada. Ela não levantou a cabeça do bastidor. Alanna estava parada olhando feio para as costas dela. Cadsuane deu continuidade ao trabalho lento com a agulha, mas ficou observando o reflexo com o canto do olho. Por duas vezes, Alanna esboçou meia-volta, como quem ia embora, até que por fim parou, visivelmente criando coragem.

— Entre, Alanna. — Ainda de cabeça baixa, Cadsuane apontou para um lugar bem à sua frente. — Fique ali.

Ela abriu um sorriso irônico quando Alanna se sobressaltou de susto. Ser uma lenda tinha suas vantagens. Era raro as pessoas enxergarem o óbvio ao lidar com uma lenda.

Alanna adentrou no cômodo a passos largos, as saias de seda farfalhando, e tomou o lugar que Cadsuane indicara, mas havia um quê de mau humor em seus lábios crispados.

— Por que você insiste em me atazanar? Não posso lhe falar mais do que já falei. E, mesmo que pudesse, não sei se falaria! Ele pertence a...! — Ela interrompeu a frase de maneira abrupta e mordiscou o lábio inferior, mas teria dado no mesmo ir até o final. O garoto al'Thor pertencia a ela, era seu Guardião. Ela tinha a audácia de achar isso!

— Não contei a ninguém sobre o seu crime — respondeu Cadsuane baixinho —, mas só porque não vi motivo para complicar as coisas. — Levantando a vista para Alanna, ela manteve o tom de voz calmo. — Se você acha que isso significa que eu não vou picotar você feito um repolho, pense melhor.

Alanna enrijeceu. De repente, a luz de *saidar* reluziu em volta dela.

— Se você quiser mesmo ser uma idiota... — Cadsuane abriu um sorriso frio. Não fez nenhum movimento para abraçar a Fonte. Um dos enfeites que lhe pendiam de seu cabelo, luas crescentes douradas entrelaçadas, estava frio contra sua têmpora. — Por ora, você ainda continua com seu couro intacto, mas minha paciência não é infinita. Na realidade, ela está por um fio.

Alanna ficou dividida, alisando a seda azul sem nem se dar conta. De uma hora para a outra, o brilho do Poder se dissipou, e ela virou tão depressa a cabeça que fez balançar seu cabelo negro comprido.

— Não tenho mais nada a dizer. — As palavras emburradas saíam atropeladas. — Ele estava machucado, depois já não estava, mas não creio que uma irmã o tenha Curado. As feridas que ninguém conseguiu Curar ainda estão lá. Ele fica zanzando por aí, Viajando, mas ainda está no sul. Em algum ponto de Illian, acho, mas a essa distância poderia até estar em Tear e eu não saberia dizer. Está tomado de raiva, dor e desconfiança. Não há mais nada a dizer, Cadsuane. Mais nada!

Atenta à quentura do cântaro de prata, Cadsuane serviu uma xícara de chá e testou a delicada porcelana verde para ver se estava muito quente. Como seria de se esperar, em se tratando de prata, o chá esfriara depressa. Canalizando por um breve instante, ela tornou a esquentá-lo. A bebida escura tinha um sabor exagerado de menta. Na opinião dela, os cairhienos pesavam a mão na hortelã. Ela não ofereceu uma xícara para Alanna. Viajando. Como o garoto *podia* ter redescoberto o que a Torre Branca havia perdido desde a Ruptura?

— Mas você vai me manter plenamente informada, não vai, Alanna. — Não foi uma pergunta. — Olhe para mim, mulher! Até se você *sonhar* com ele, eu quero todos os detalhes!

Lágrimas contidas brilharam nos olhos de Alanna.

—Você teria feito o mesmo no meu lugar!

Cadsuane a olhou feio por cima da xícara. Talvez tivesse. Não havia diferença entre o que Alanna fizera e um homem que pegava uma mulher à força, mas, pela Luz, ela talvez tivesse feito, se acreditasse que aquilo a ajudaria a atingir seu objetivo. Agora, já nem cogitava mais obrigar Alanna a lhe passar o elo, provado como estava como aquilo não servia para controlá-lo.

— Não me deixe esperando, Alanna — ordenou com um tom de voz gélido.

Não tinha nenhuma simpatia pela outra mulher. Alanna era mais uma em uma sequência de irmãs, de Moiraine a Elaida, que estragara e piorara o que todas deviam estar consertando. Enquanto a própria Cadsuane estivera por aí caçando primeiro Logain Abar e depois Mazrim Taim. E isso não melhorava seu humor.

— Vou lhe manter plenamente informada.

Alanna suspirou, fazendo bico feito uma garotinha. Cadsuane estava louca para lhe dar uma bofetada. Alanna já usava o xale havia mais de vinte anos e deveria ser mais madura que isso. Mas claro, ela era arafeliana. Em Far Madding, poucas garotas de vinte anos ficavam tão emburradas e faziam tanto beicinho quanto uma arafeliana fazia até em seu leito de morte.

De repente, os olhos de Alanna se arregalaram, alarmados, e Cadsuane viu um segundo rosto refletido na tampa da caixa de linhas. Devolvendo a xícara à bandeja e pondo o bastidor em cima da mesa, ela se pôs de pé e se virou para a porta. Não se apressou, mas tampouco fez gracinhas ou jogos, como fizera com Alanna.

— Já acabou o que queria com ela, Aes Sedai? — indagou Sorilea, entrando no aposento.

A Sábia grisalha de rosto enrugado se dirigiu a Cadsuane, mas seus olhos não se desviaram de Alanna. Marfim e ouro tilintaram baixinho em seus pulsos quando ela plantou as mãos na cintura, fazendo o xale escuro escorregar para os cotovelos.

Quando Cadsuane confirmou que de fato já havia terminado, Sorilea fez um gesto brusco para Alanna, que saiu a passos largos do cômodo. Saiu marchando talvez fosse uma definição melhor, a irritação fechando-lhe o semblante. Sorilea franziu o cenho para a Verde. Cadsuane já encontrara a mulher antes, e haviam sido encontros interessantes, ainda que breves. Não conhecera muitas pessoas que considerara formidáveis, mas Sorilea era uma delas. Talvez fosse até páreo para ela, de certo modo. E também suspeitava que a mulher tivesse a mesma idade que ela, possivelmente até mais, o que nunca esperara encontrar.

Tão logo Alanna desapareceu, Kiruna surgiu à porta, andando rápido e espiando o corredor na direção por onde Alanna seguira. E trazendo uma bandeja dourada intrincadamente trabalhada onde se via um cântaro dourado de gargalo alto ainda mais elaborado e dois destoantes copinhos de cerâmica branca envernizada.

— Por que Alanna saiu correndo? — questionou Kiruna. — Eu teria vindo mais rápido, Sorilea, mas...

Foi então que viu Cadsuane, e suas bochechas ganharam o tom carmesim mais intenso possível. Era estranho ver aquela mulher escultural constrangida.

— Ponha a bandeja na mesa, garota, e vá atrás de Chaelin — ordenou Sorilea. — Ela está esperando para ministrar suas aulas.

Com movimentos rígidos e evitando os olhos de Cadsuane, Kiruna depositou a bandeja. Quando já se virava para sair, Sorilea pegou-a pelo queixo com seus dedos compridos.

—Você começou a se esforçar de verdade, garota — disse-lhe com firmeza a Sábia. — Se continuar assim, vai se sair muito bem. Muito bem. Agora vá. Chaelin não é tão paciente quanto eu.

Sorilea acenou para o corredor, mas Kiruna ficou ali parada encarando-a por um momento, uma expressão esquisita no rosto. Se Cadsuane tivesse que apostar, diria que Kiruna gostou do elogio e ficou surpresa por gostar. A mulher de cabelo grisalho abriu a boca, no que Kiruna despertou e deixou o cômodo apressada. Um espetáculo notável.

—Acha mesmo que ela vai aprender o seu jeito de tecer *saidar*? — perguntou Cadsuane, disfarçando sua incredulidade.

Kiruna e as outras haviam lhe falado das aulas, mas muitas tessituras das Sábias eram bem diferentes das que ensinavam na Torre Branca. A primeira maneira como se aprendia a fazer tessituras marcava a pessoa. Aprender uma outra maneira era praticamente impossível. E, até quando dava para aprender, essa segunda maneira de tecer quase nunca funcionava tão bem. Esse era um dos motivos pelos quais algumas irmãs não queriam receber bravias na Torre, não importava a idade. Muito talvez já tivesse sido aprendido, e desaprender não era possível.

Sorilea deu de ombros.

—Talvez. Aprender uma segunda forma já é difícil sem toda a gesticulação que vocês, Aes Sedai, fazem. O principal que Kiruna Nachiman deve aprender é que é ela que comanda seu orgulho, não o contrário. Quando aprender isso, ela vai ser uma mulher muito forte.

Puxando uma cadeira de frente para a de Cadsuane, ela olhou cheia de dúvidas para o objeto e então se sentou. Parecia quase tão retesada e desconfortável quanto Kiruna se mostrara, mas fez um gesto autoritário para que Cadsuane se sentasse; era uma mulher determinada e acostumada a dar ordens.

Ao tomar sua cadeira, Cadsuane conteve uma risadinha pesarosa. Era bom ser lembrada de que, bravias ou não, as Sábias estavam longe de ser selvagens ignorantes. Claro que sabiam das dificuldades. Quanto à gesticulação... Cadsuane vira poucas Sábias canalizando, mas percebera que elas criavam algumas tessituras sem os gestos que as irmãs usavam. A gesticulação não fazia parte da tessitura propriamente dita, mas de certa forma fazia, já que era parte do aprendizado de tecer. Podia ser que, no passado, tivesse havido Aes Sedai capazes de, digamos, lançar uma bola de fogo sem fazer nenhum tipo de movimento de arremesso, mas, se fosse o caso, já estavam mortas há muito tempo, levando junto seus ensinamentos. Nos tempos atuais, algumas coisas simplesmente não tinham como ser feitas sem os gestos apropriados. Algumas irmãs afirmavam saber identificar quem ensinara uma outra irmã a partir dos movimentos usados em determinadas tessituras.

— Ensinar qualquer coisa a qualquer uma das novas aprendizes tem sido difícil, na melhor das hipóteses — prosseguiu Sorilea. — Não falo como ofensa, mas parece que vocês, Aes Sedai, fazem o juramento e logo em seguida tentam driblá-lo. Alanna Mosvani é especialmente difícil. — De repente, seus olhos verde-claros fitaram Cadsuane duramente. — Como podemos punir as falhas teimosas dela, se isso implica em fazer mal ao *Car'a'carn*?

Cadsuane cruzou as mãos no colo. Não foi fácil disfarçar a surpresa. O crime de Alanna já não era mais segredo. Mas por que a mulher a deixara saber que ela sabia? Podia ser que uma revelação pedisse outra.

— O elo não funciona assim — respondeu Cadsuane. — Se você a matar, ele morre, na hora ou pouco depois. Fora isso, ele vai ter ciência do que acontecer com ela, mas não vai sentir de fato. E, longe como ele está agora, só vai ficar vagamente ciente, no máximo.

Sorilea assentiu devagar. Os dedos tocaram a bandeja dourada em cima da mesa, e então se afastaram. Seu semblante era tão indecifrável quanto o rosto de uma estátua, mas Cadsuane suspeitava que Alanna teria uma surpresa desagradável na próxima vez em que deixasse seu temperamento explodir ou desse um de seus chiliques arafelianos. Mas isso não era importante. Só o garoto importava.

— A maioria dos homens aceita o que é oferecido a eles, caso pareça atraente e agradável — disse Sorilea. — Chegamos a pensar que fosse o caso de Rand al'Thor. Infelizmente, agora é tarde demais para mudar o caminho em que estamos. Hoje em dia, ele suspeita de tudo que lhe oferecem abertamente. Então, se eu quisesse que ele aceitasse alguma coisa, fingiria que não quero que ele tenha essa coisa. Se quisesse ficar perto dele, fingiria indiferença quanto a vê-lo.

Mais uma vez, aqueles olhos verdes encararam Cadsuane de modo penetrante. Não para tentar ler seus pensamentos. A mulher sabia. Em parte, pelo menos. O suficiente, ou demais.

Ainda assim, Cadsuane sentiu a emoção de uma oportunidade. Se tivesse alguma dúvida de que Sorilea a estava sondando, já não tinha mais. E não se sondava ninguém daquela maneira a menos que se esperasse algum tipo de acordo.

— Você acredita que todo homem precisa ser duro? — questionou ela. Estava se arriscando. — Ou forte? — Pelo seu tom de voz, deixou bem claro que eram coisas diferentes.

De novo, Sorilea tocou a bandeja. Um sorriso discretíssimo talvez tivesse curvado seus lábios por um instante. Ou não.

— A maior parte dos homens acha que os dois são a mesma coisa, Cadsuane Melaidhrin. Os fortes resistem, os duros se quebram.

Cadsuane respirou fundo. Um risco que ela teria repreendido qualquer uma por correr. Mas ela não era qualquer uma, e às vezes era preciso assumir riscos.

— O garoto confunde as duas coisas. Ele precisa ser forte e acaba se tornando ainda mais duro. Duro demais, até, e não vai parar até que alguém o pare. Ele já não sabe mais rir, a não ser com amargura. Já não lhe restam mais lágrimas. A menos que ele reencontre o riso e as lágrimas, o mundo está diante de uma tragédia. Ele precisa aprender que até o Dragão Renascido é de carne e osso. Se for a Tarmon Gai'don como está, até sua vitória pode ser tão sombria quanto uma derrota.

Sorilea escutou com atenção e permaneceu um silêncio mesmo depois de Cadsuane ter terminado. Aqueles olhos verdes a examinavam.

— Seu Dragão Renascido e sua Última Batalha não estão nas nossas profecias — disse ela, por fim. — Já tentamos fazer Rand al'Thor reconhecer seu sangue, mas temo que ele nos veja apenas como mais uma lança. Se uma lança quebra na sua mão, não se fica de luto por ela antes de pegar outra. Pode ser que eu e você estejamos mirando em alvos não muito distantes.

— É possível — concordou Cadsuane com cautela. Até alvos a apenas um palmo de distância podiam ser bem distintos.

De repente, o brilho de *saidar* circundou a mulher de rosto enrugado. Ela era fraca a ponto de fazer Daigian parecer ao menos moderadamente forte. Mas, em todo caso, a força de Sorilea não se encontrava no Poder.

— Há algo que você talvez ache útil — disse ela. — Não consigo fazer funcionar, mas posso tecer os fluxos para lhe mostrar.

E foi o que ela fez, criando frágeis fios que se encaixavam e se dissiparam, fracos demais para dar resultado.

— Chama-se Viagem — explicou Sorilea.

Dessa vez, o queixo de Cadsuane caiu. Alanna, Kiruna e as demais negavam ter ensinado às Sábias como se unir, assim como várias outras habilidades que as mulheres de uma hora para a outra pareciam ter, e Cadsuane presumira que as Aiel haviam conseguido arrancar esses conhecimentos das irmãs mantidas presas nas tendas. Mas aquilo era...

Impossível, ela teria dito, mas tampouco acreditava que Sorilea estivesse mentindo. Mal podia esperar para tentar ela mesma a tessitura. Não que fosse tão útil assim de imediato. Mesmo que soubesse exatamente onde aquele garoto desgraçado estava, tinha que fazê-lo vir até ela. Quanto a isso, Sorilea tinha razão.

— É um presente incrível — disse ela devagar. — Não tenho nada para lhe dar que possa se comparar.

Dessa vez, não houve nenhuma dúvida de que um sorrisinho sutil brotou nos lábios de Sorilea. Sabia muito bem que Cadsuane estava em dívida com ela. Erguendo o pesado cântaro dourado com as duas mãos, a mulher serviu com cuidado os copos brancos. Com água pura. Sem derramar uma gota.

— Ofereço a você um juramento de água — disse ela em tom solene, pegando um dos copos. — Com ele, nos unimos como uma só para ensinar risos e lágrimas a Rand al'Thor. — Ela deu um golinho, e Cadsuane fez o mesmo.

— Unidas como uma só.

E se seus alvos acabassem se mostrando distintos? Cadsuane não subestimava Sorilea como aliada nem como oponente, mas sabia qual alvo deveria ser atingido a qualquer custo.

Capítulo 13

Flutuando como neve

A norte, o horizonte estava violeta pela chuva forte que desabara sobre o leste de Illian noite adentro. Acima, o céu matinal estava cheio de ameaçadoras nuvens escuras em polvorosa, e ventos fortes sacudiam mantos e faziam estandartes panejar e estalar feito chicotes no alto da encosta, o branco do Estandarte do Dragão e o carmesim do Estandarte da Luz, além dos coloridos estandartes da nobreza de Illian, Cairhien e Tear. Os nobres se mantinham isolados, três grupos bastante espaçados inundados de douraduras e aço folhado com prata, além de sedas, veludos e rendas, mas com o traço em comum de ficarem olhando em volta ansiosos. Até os cavalos mais bem treinados sacudiam a cabeça e batiam os cascos no solo lamacento. O vento estava frio, e parecia ainda mais gelado por conta do calor que substituíra de forma tão abrupta, assim como a chuva fora um choque após tanto tempo sem cair. Fosse qual fosse sua nação, todos haviam rezado para que a seca excruciante arrefecesse, mas ninguém sabia o que pensar daquelas tempestades incessantes em resposta às suas orações. Alguns lançavam olhadelas na direção de Rand quando achavam que ele estava distraído. Talvez imaginassem que fora *ele* quem mandara aquela resposta. Pensar isso o fez deixar escapar uma risadinha amarga.

Rand deu tapinhas no pescoço do capão negro com a mão que calçava uma luva de couro, contente por Tai'daishar não parecer nervoso. O imenso animal parecia até uma estátua aguardando a pressão das rédeas ou de seus joelhos para se mover. Era bom que o cavalo do Dragão Renascido demonstrasse a mesma frieza que ele, como se ambos flutuassem juntos pelo Vazio. Mesmo com o Poder Único estrondando dentro dele, fogo, gelo e morte, Rand mal se dava conta do vento, apesar de ele agitar-lhe o manto bordado a ouro e lhe atravessar o casaco de seda verde e ornamentos dourados, nada apropriado para aquele clima. As feridas na lateral do corpo doíam e latejavam, o velho e o novo a rasgá-la, feridas que nunca iriam sarar, mas até isso era distante, a carne de um outro homem. A Coroa de Espadas parecia estar alfinetando a fronte de outra pessoa com as pontas afiadas das lâminas minúsculas que se entremeavam às folhas de louro. Até a mácula entremeada a *saidin* parecia menos notável do que antes. Ainda vil, repugnante, mas indigna de atenção. Os olhares dos nobres às suas costas, no entanto, eram palpáveis.

Mexendo no cabo da espada, ele se inclinou para a frente. Conseguia divisar o amontoado de colinas baixas e arborizadas a meia milha a leste tão claramente quanto se estivesse usando uma luneta. Ali, o terreno era plano, as únicas saliências ficando por conta daqueles morros arborizados e aquela encosta comprida que se erguia do urzal. O matagal mais próximo denso o bastante para merecer esse nome ficava a quase dez milhas. Só árvores um tanto desfolhadas, combalidas pelas tempestades, e emaranhados de vegetação rasteira eram visíveis nas colinas, mas Rand sabia o que elas escondiam: dois ou até três mil dos homens que Sammael reunira para tentar impedi-lo de tomar Illian.

O exército se desintegrara assim que eles ficaram sabendo que o homem que os convocara estava morto, que Mattin Stepaneos sumira, talvez até dentro de uma cova também, e que Illian tinha um novo rei. Muitos tinham se dispersado e voltado para suas casas, mas outros tantos permaneciam juntos. Em geral, não mais que vinte aqui, trinta ali, mas um belo exército caso voltassem a se reunir, ou incontáveis bandos armados, caso não voltassem. De um jeito ou de outro, não se podia permitir que perambulassem pelo interior. O tempo lhe pesava nos ombros feito chumbo. Nunca havia tempo suficiente, mas podia ser que daquela vez... Fogo, gelo e morte.

O que você faria?, ele pensou. *Você está aí?* E então, cheio de dúvida, odiando duvidar: *Será que você já esteve mesmo aí?* A resposta foi o silêncio, profundo e morto no vazio que o cercava. Ou houve uma gargalhada insana em algum lugar dos recônditos de sua mente? Teria ele imaginado, tal qual a sensação de alguém olhando por cima do seu ombro, alguém a ponto de tocar-lhe as costas? Ou as cores que rodopiavam quase ao alcance dos olhos, mais que cores, e que sumiam? Coisa de louco. Seu polegar enluvado deslizou pelos entalhes que serpenteavam o Cetro do Dragão. As compridas borlas verdes e brancas abaixo da ponta de lança polida flutuavam ao sabor do vento. Fogo e gelo, e a morte viria.

— Vou lá falar com eles pessoalmente — anunciou Rand, o que causou furor.

Lorde Gregorin, com o cinturão verde do Conselho dos Nove cruzando a ornamentada placa peitoral dourada, incitou adiante seu capão branco de tornozelos finos, afastando-se dos illianenses, seguido de perto por Demetre Marcolin, Primeiro Capitão dos Companheiros, que guiava um baio robusto. Marcolin era o único entre eles sem nenhuma seda ou qualquer nesga de renda, o único trajando uma armadura simples, ainda que muito bem polida, embora o elmo cônico que repousava no pomo alto da sela até ostentasse três plumas douradas fininhas. Lorde Marac levantou as rédeas, e então as deixou cair, incerto, quando viu que nenhum dos outros Nove se moveu. Largo, de aparência impassível, e novato no Conselho, costumava ter um ar mais de artesão que de lorde, apesar das ricas sedas por baixo da armadura extravagante e das rendas cascateando por cima. Os Grão-lordes Weiramon e Tolmeran esporearam juntos e se afastaram dos tairenos, tão incrustados de ouro e prata quanto qualquer um dos Nove, e de Rosana, recém-promovida a Grã-lady e usando uma placa peitoral trabalhada com o Falcão e as Estrelas de sua Casa. Entre eles também alguns ensaiaram acompanhar os lordes, mas então, parecendo preocupados, se contiveram. Aracome, esguio como uma lâmina, Maraconn, com seus olhos azuis, e o careca Guyeam eram homens mortos; ainda não sabiam disso, mas, ainda que tivessem a intenção de estar no centro do poder, temiam que Rand fosse matá-los. Dentre os cairhienos, apenas Lorde Semaradrid, montado em um cavalo que já tinha visto dias melhores, se apresentou, a armadura desgastada, as douraduras lascadas. Seu semblante era abatido e duro, a frente da cabeça, raspada e empoada feito a de um soldado comum, e os olhos escuros reluziam seu desprezo pelos tairenos mais altos.

Havia muito desprezo ali. Tairenos e cairhienos se odiavam. Illianenses e tairenos se desprezavam. Só cairhienos e illianenses se davam minimamente bem, e até entre eles ocorria alguma troca de farpas. As duas nações podiam até não ter nem de perto a longa história de rixas protagonizada por Tear e Illian, mas os cairhienos seguiam sendo estrangeiros, armados e de armadura em solo illianense, recebidos, na melhor das hipóteses, sem um pingo de entusiasmo e, ainda assim, só porque seguiam Rand. Mas, apesar de todos os cenhos franzidos, birras e tentativas de falar ao mesmo tempo enquanto se acotovelavam em volta de Rand em uma enxurrada de mantos agitados pelo vento, eles agora tinham um objetivo comum. De certa forma.

— Majestade — disse Gregorin, afobado, curvando-se no alto da sela de ornamentos dourados. — Eu, no caso, imploro para que me deixe ir em seu lugar, ou o Primeiro Capitão Marcolin. — A barba quadrada que deixava o lábio superior exposto emoldurava um rosto redondo enrugado de preocupação. — Esses homens precisam saber que o senhor é o rei... e as proclamações, no caso, devem ser lidas em todos os vilarejos, em todas as encruzilhadas... no entanto, eles talvez nem demonstrem o devido respeito à sua coroa.

Marcolin, de queixo proeminente e bem barbeado, analisava Rand com seus olhos escuros e profundos e um rosto impassível. A lealdade dos Companheiros era à coroa de Illian, e Marcolin tinha idade suficiente para se lembrar de quando Tarn al'Thor fora Segundo Capitão acima dele, mas era impossível saber o que achava de Rand al'Thor ser o rei.

— Milorde Dragão — entoou Weiramon enquanto fazia sua reverência, sem esperar que Gregorin concluísse. O sujeito sempre entoava e, até a cavalo, parecia pavonear-se. Seus veludos trabalhados, sedas listradas e montes de renda quase sobrepujavam a armadura, e a barba grisalha pontuda exalava um aroma floral de óleos perfumados. — Essa ralé é insignificante demais para mobilizar pessoalmente o Lorde Dragão. Mande cães caçarem cães, é o que digo. Deixe que os illianenses os expulsem de lá. Que a Luz queime a minha alma, mas eles ainda não fizeram nada até aqui para servi-lo, só falar.

Só ele era capaz de transformar uma concordância com Gregorin em ofensa. Tolmeran era magro o bastante para fazer Weiramon parecer robusto, e carrancudo o suficiente para diminuir o esplendor de sua indumentária. Não era tolo, e ainda por cima era rival de Weiramon, mas mesmo assim assentiu devagar concordando com ele. Não tinha nenhum afeto pelos illianenses.

Semaradrid franziu os lábios para os tairenos, mas se dirigiu a Rand, intrometendo-se bruscamente assim que Weiramon concluiu.

— Esse grupo é dez vezes mais numeroso que qualquer outro que tenhamos visto até aqui, milorde Dragão. — Ele não ligava nem um pouco para o Rei de Illian, e só um tantinho mais para o Dragão Renascido, mas seria Rand quem ascenderia alguém ao trono de Cairhien, e Semaradrid esperava que fosse alguém que ele pudesse seguir, não enfrentar. — A lealdade deles deve ser a Brend, ou tantos homens não teriam permanecido juntos. Receio que falar com eles seja perda de tempo, mas, se quiser mesmo, me permita cercar deliberadamente a posição deles com aço, para que saibam o preço de pisar fora da linha.

Rosana, uma mulher esguia e não muito alta, mas ainda quase da altura de Semaradrid, fulminou-o com seus olhos azuis gélidos. Tampouco esperou que o homem terminasse e também se dirigiu a Rand.

— Vim de muito longe e investi demais em você para vê-lo morrer agora, e por nada — afirmou ela, direta.

Assim como Tolmeran, Rosana não era nem um pouco tola, conquistara um lugar nos conselhos dos Grão-lordes mesmo que isso fosse raro para Grã-ladies tairenas, e ser direta era a sua marca. Apesar da armadura que a maioria das nobres usava, nenhuma delas chegava a liderar seus soldados em combate, mas Rosana trazia consigo na sela uma maça flangeada, e às vezes Rand achava que ela adoraria ter a chance de usá-la.

— Duvido que esses illianenses não tenham arcos — continuou Rosana —, e basta uma única flecha para matar até mesmo o Dragão Renascido.

Crispando os lábios com um ar pensativo, Marcolin assentiu antes de se refrear, e então trocou olhares assustados com Rosana, um mais surpreso que o outro por se verem concordando com um velho inimigo.

— Esses caipiras jamais teriam tido peito de continuar pegando em armas sem algum encorajamento — prosseguiu Weiramon com toda a calma, ignorando Rosana. Era habilidoso em ignorar quem ou o que não queria ver ou ouvir. Ele *era* um tolo. — Posso sugerir que milorde Dragão busque entre estes ditos Nove a fonte desse encorajamento?

— Eu, no caso, protesto contra os insultos deste porco taireno, Majestade! — rugiu logo Gregorin, uma das mãos tratando de procurar a espada. — Sim, protesto com toda a veemência!

— São muitos desta vez — ponderou Semaradrid ao mesmo tempo. — Seja como for, a maioria vai se voltar contra o senhor assim que lhes der as costas. — Pela severidade com que franziu o cenho, podia estar falando tanto dos tairenos quanto dos homens nas colinas arborizadas. Talvez estivesse. — Melhor matá-los logo e pronto!

— Eu pedi alguma opinião? — irrompeu Rand com dureza.

A tagarelice virou silêncio, exceto pelo estalar de mantos e estandartes açulados pelo vento. De repente, rostos inexpressivos o encaravam, mais de um perdendo a cor. Eles não sabiam que Rand detinha o Poder, mas o conheciam. Nem tudo que sabiam dele era verdade, mas era melhor que acreditassem.

—Você vem comigo, Gregorin — anunciou em um tom de voz mais normal. Porém, ainda firme. Eles só entendiam o aço. Se amolecesse, *se voltariam mesmo* contra ele. —Você também, Marcolin. O resto fica aqui. Dashiva! Hopwil!

Todos que não foram chamados recuaram seus cavalos tão depressa quanto os dois Asha'man avançaram para se juntar a Rand, e os illianenses olharam para os homens de mantos negros como se também preferissem ficar lá atrás. Para piorar, Corlan Dashiva estava de testa franzida e resmungava baixinho, como fazia com frequência. Todos sabiam que *saidin* levava os homens à loucura mais cedo ou mais tarde, e o modesto Dashiva, com seu cabelo escorrido e descuidado voejando ao vento, com certeza parecia um louco, lambendo os lábios e balançando a cabeça. Aliás, Eben Hopwil, de apenas dezesseis anos e ainda com algumas espinhas dispersas pelas bochechas, ostentava um olhar penetrante que fitava além de qualquer coisa ao alcance da vista. Pelo menos Rand sabia por quê.

Conforme os Asha'man se aproximaram, Rand não pôde evitar inclinar a cabeça para ouvir, embora o que quisesse escutar estivesse dentro da sua cabeça. Alanna estava lá, claro. Nem o Vazio nem o Poder alteravam minimamente esse fato. A distância reduzia tal consciência a apenas isso — a consciência de que ela existia em algum lugar distante ao norte —, no entanto, naquele dia havia algo mais, algo que ele sentira várias vezes recentemente, tênue e no limiar de sua percepção. Um sussurro de choque, talvez, ou de revolta, um sopro de alguma coisa afiada que ele não conseguia identificar. O que quer que fosse, ela devia estar sentindo com muita intensidade para que ele, mesmo a tamanha distância, notasse. Talvez estivesse sentindo falta dele. Um pensamento sarcástico. Ele não sentia falta dela. Ignorar Alanna era mais fácil agora do que antes. Ela estava ali, mas não a voz que costumava clamar por morte e matança toda vez que um Asha'man aparecia. Lews Therin tinha sumido. A não ser que aquela sensação de alguém logo atrás dele, roçando suas costas, fosse ele. Havia *mesmo* uma risada rouca e insana lá no fundo da sua mente? Ou seria ele próprio? O homem *tinha* estado lá! Tinha, sim!

Rand se deu conta de Marcolin olhando para ele e de Gregorin se esforçando muito para não olhar.

—Ainda não — disse aos dois em tom sarcástico, e quase riu quando ambos claramente entenderam logo de cara. O alívio no rosto deles foi nítido demais para que se tratasse de outra coisa. Ele não estava louco. Ainda. — Venham — disse Rand, e então incitou Tai'daishar a ir descendo a encosta em trote. Apesar dos homens o seguindo, ele se sentia sozinho. Apesar do Poder, se sentia vazio.

Entre a encosta e as colinas havia pontos com vegetação rasteira espessa e longos trechos de grama morta, um reluzente tapete marrom e amarelo encharcado pela chuva. Apenas alguns dias antes, o solo estivera tão ressecado que ele chegara a pensar que um rio inteiro poderia ser absorvido sem que nada mudasse. Então vieram as torrentes mandadas pelo Criador, que enfim tivera misericórdia, ou talvez pelo Tenebroso, em um rompante de humor sombrio. Ele não sabia. Agora, os cascos dos cavalos faziam a lama esguichar quase a cada passo. Esperava que aquilo não demorasse. Tinha um pouco de tempo, pelo que Hopwil reportara, mas não para sempre. Semanas, talvez, se tivesse sorte. Precisava de meses. Luz, precisava de anos que jamais teria!

Com a audição aguçada pelo Poder, conseguia entender parte do que diziam os homens que vinham logo atrás. Gregorin e Marcolin cavalgavam lado a lado tentando segurar os mantos agitados pelo vento e falavam em voz baixa sobre os homens à frente e sobre o medo de que houvesse uma luta. Nenhum dos dois duvidava que os homens seriam esmagados, caso resistissem, mas temiam o efeito disso em Rand, e o efeito dele em Illian, caso os illianenses o enfrentassem, agora que Brend estava morto. Eles ainda não conseguiam chamar o homem pelo seu nome verdadeiro: Sammael. A mera ideia de que um dos Abandonados tinha governado Illian os apavorava ainda mais que o fato de o Dragão Renascido agora os governar.

Dashiva, afundado na sela do seu cinzento feito alguém que nunca tinha visto um cavalo antes, resmungava sozinho de maneira quase inaudível. Na Língua Antiga, que ele falava e lia com a fluência de um estudioso. Rand sabia um pouco, mas não o bastante para entender o que o sujeito balbuciava. Provavelmente reclamava do clima. Apesar de ser fazendeiro, Dashiva só gostava de ficar ao ar livre quando o céu estava limpo.

Hopwil era o único que cavalgava em silêncio, o cenho franzido para algo além do horizonte, cabelo e manto voejando com a mesma ferocidade de Dashiva. De vez em quando, agarrava o cabo da espada sem nem perceber. Rand precisou falar três vezes, a última delas em tom duro, para que Hopwil despertasse e esporeasse seu baio magricelo para se colocar ao lado de Tai'daishar.

Rand o analisou. O jovem — já não era mais um garoto, não importava sua idade — tinha ganhado corpo desde que Rand o vira pela primeira vez, embora o nariz e as orelhas ainda parecessem talhados para um homem maior. Um Dragão de ouro esmaltado em vermelho agora se contrapunha à Espada prateada em sua gola alta, tal qual Dashiva. No passado, dissera que passaria um ano rindo de alegria quando obtivesse o Dragão, mas agora só encarava Rand fixamente, como se olhasse através dele.

— O que você descobriu foi uma boa notícia — disse-lhe Rand. Teve que fazer esforço para se impedir de tentar esmagar o Cetro do Dragão no punho. — Você se saiu bem.

Esperara que os Seanchan fossem voltar, mas não tão cedo. Torcera para que não fosse tão cedo. E não aparecendo do nada, engolindo cidades inteiras de uma vez. Quando soube que mercadores de Illian tinham a informação dias antes de qualquer um deles pensar em informar aos Nove — e que a Luz os livrasse de perder a chance de lucrar, porque muita gente tivera acesso a muita informação —, Rand ficou a um fio de botar a cidade abaixo. Mas a notícia era boa, ou tão boa quanto poderia ser, naquelas circunstâncias. Hopwil Viajara a Amador, até a área rural próxima, e os Seanchan pareciam estar esperando. Talvez digerindo o que haviam consumido. Seria uma dádiva da Luz que se engasgassem! Ele se obrigou a afrouxar a pegada na lança com entalhes de Dragão.

— Se Morr trouxer uma notícia metade tão boa, vou ter tempo de resolver Illian antes de cuidar deles.

Ebou Dar também! Que a Luz queimasse os Seanchan! Eram uma distração, e uma da qual ele não precisava e que não podia se dar o luxo de ignorar.

Hopwil não disse nada, só ficou olhando.

—Você está chateado porque precisou matar mulheres?

Desora, dos Reyn Musara, e Lamelle, dos Miagoma Fumaça Líquida, e... Rand se forçou a deixar de lado aquela litania instintiva quando ela começou a flutuar pelo Vazio. Novos nomes haviam surgido na lista, nomes que ele não se lembrava de ter acrescentado. Laigin Arnault, uma irmã Vermelha que morrera tentando levá-lo a Tar Valon como prisioneiro. Claro que ela não tinha direito de estar na lista, mas entrara. Colavaere Saighan, que preferira se enforcar a se dobrar à justiça. E outras. Homens tinham morrido aos milhares, por ordem sua ou por suas próprias mãos, mas eram os rostos das mulheres que assombravam seus sonhos. Toda noite, ele se obrigava a confrontar seus olhos acusadores e silenciosos. Talvez fossem os olhos delas que ele andava sentindo.

— Eu avisei sobre as *damane* e as *sul'dam* — disse ele calmamente, mas, por dentro, a fúria o consumia, o fogo tecendo uma teia ao redor da vacuidade do Vazio. *Que a Luz me queime, matei mais mulheres do que todos os seus pesadelos são capazes de abarcar! Minhas mãos estão manchadas com sangue de mulheres!* — Se você não tivesse dizimado aquela patrulha Seanchan, eles com certeza teriam matado você. — Ele não disse que Hopwil deveria tê-las evitado, evitado a necessidade de matá-las. Era tarde demais para isso. — Duvido que as *damane* sequer soubessem blindar um homem. Você não teve escolha.

E era melhor que todas estivessem mortas do que ter uma ou outra escapando para dar a notícia de que havia um homem capaz de canalizar no rastro deles.

Distraído, Hopwil tocou na manga esquerda, onde a cor negra disfarçava a lã chamuscada. Os Seanchan não tinham morrido de modo fácil nem rápido.

— Empilhei os corpos num buraco — explicou Hopwil com uma voz neutra. — Os cavalos, tudo. Incinerei até tudo virar cinza. Cinzas brancas que flutuaram feito neve ao sabor do vento. Não me incomodou nem um pouco.

Rand detectou a mentira na língua do homem, mas Hopwil tinha de aprender. Depois de tudo, ele aprendera. Eles eram o que eram, e pronto. Só isso.

Liah, dos Chareen Cosaida, um nome escrito em fogo. Moiraine Damodred, outro nome que causticava a alma, em vez de simplesmente queimar. Uma amiga das Trevas sem nome, representada apenas por um rosto, que morrera por meio da espada dele perto de...

— Majestade — chamou Gregorin, apontando para a frente.

Um único homem surgiu em meio às árvores no pé da colina mais próxima e, com uma postura desafiadora, ficou parado esperando. Empunhava um arco e trajava um elmo pontiagudo de aço e uma cota de malha que descia quase até os joelhos presa por um cinto.

Tomado pelo Poder, Rand esporou Tai'shaidar para ir ao encontro do sujeito. *Saidin* era capaz de protegê-lo dos homens.

De perto, o arqueiro não inspirava tanta coragem assim. Ferrugem cobria o elmo e a cota, e ele parecia encharcado, com lama até as coxas, o cabelo molhado colando no rosto estreito. Tossindo seco, ele esfregou o dorso da mão no nariz comprido. A corda do arco, porém, parecia retesada; isso ele protegera da chuva. E as plumagens das flechas também aparentavam estar secas.

— É você o líder por aqui? — questionou Rand.

— Pode-se dizer que falo em nome dele — respondeu o sujeito de rosto fino, cauteloso. — Por quê?

Quando os demais chegaram galopando atrás de Rand, ele alternou o peso do corpo de um pé para o outro, os olhos escuros tais quais os de um texugo encurralado. Texugos eram perigosos quando encurralados.

— Cuidado com a língua, homem! — disparou Gregorin. — Você está falando com Rand al'Thor, o Dragão Renascido, Senhor da Manhã e Rei de Illian! Ajoelhe-se para o seu rei! No caso, qual é o seu nome?

— Ele é o Dragão Renascido? — questionou o arqueiro com ar de dúvida. Examinando Rand da cabeça às pontas das botas, demorando-se alguns instantes na fivela dourada de Dragão na cinta da espada, o homem balançou a cabeça como se esperasse alguém mais velho, ou mais imponente. — E Lorde da Manhã, no caso, você diz? Nosso rei nunca nem se designou assim.

Ele não fez nenhuma menção de se ajoelhar nem de dizer seu nome. O semblante de Gregorin se fechou ao ouvir aquele tom de voz, e talvez pela negação evasiva do sujeito quanto a Rand ser o rei. Marcolin fez um meneio discreto de cabeça, como quem não esperava mais que aquilo.

Rumorejos abafados surgiram na vegetação rasteira em meio às árvores. Rand escutou com facilidade e, de repente, sentiu *saidin* preencher Hopwil. Não mais com o olhar perdido, o rapaz examinava a mata com toda a atenção, uma luz selvagem em seus olhos. Dashiva, em silêncio, afastando o cabelo escuro do rosto, parecia entediado. Debruçando-se à frente no alto da sela, Gregorin abriu a boca, com raiva. Fogo e gelo, mas nada de morte ainda.

— Paz, Gregorin. — Rand não levantou a voz, mas teceu fluxos para levar suas palavras, Ar e Fogo, de forma que ecoassem contra a parede de árvores. — Minha oferta é generosa.

O sujeito de nariz comprido se espantou com o som, e o cavalo de Gregorin recuou. Aqueles homens escondidos ouviriam com clareza.

— Baixem suas armas, e todos que quiserem voltar para casa podem ir. Os que, em vez disso, quiserem me seguir, podem fazer isso. Mas ninguém sai daqui portando armas, a menos que *seja* para me seguir. Sei que a maioria de vocês são bons homens, que responderam ao chamado do seu rei e do Conselho dos Nove para defender Illian, mas *eu* sou o seu rei agora, e não vou admitir ninguém tentado a virar bandido.

Marcolin assentiu, soturno.

— E seus Devotos do Dragão incendiando fazendas? — gritou a voz apavorada de um homem vinda das árvores. — Esses sim, no caso, são bandidos flamantes!

— E seus Aiel? — berrou um outro. — Ouvi, sim, falar que eles arrasam, no caso, vilarejos inteiros!

Mais vozes de homens escondidos foram se juntando, todos bradando as mesmas coisas, Devotos do Dragão e Aiel, selvagens e salteadores assassinos. Rand rangeu os dentes.

Quando a gritaria se dissipou, o homem de rosto fino se pronunciou:

— Sim, viu só? — Ele parou para tossir, e então pigarreou e cuspiu, talvez pela doença, talvez pela ênfase. Uma figura deplorável, todo molhado e enferrujado, mas com um caráter tão firme quanto a corda do arco. Ignorava a cara feia de Rand com a mesma facilidade com que menosprezava a de Gregorin.

— Você pede, no caso, para irmos para casa desarmados, incapazes de nos defender, ou a nossas famílias, enquanto seu pessoal, sim, incendeia, rouba e mata. Eles dizem, no caso, que a tempestade está se aproximando — acrescentou ele, e pareceu surpreso pela frase, surpreso e confuso por um alguns instantes.

— Os Aiel de quem vocês ouviram falar são meus inimigos!

Nenhuma teia de fogo desta vez, e sim camadas de fúria envolvendo o Vazio com força. A voz de Rand, no entanto, era um gelo. E rugia feito o estrondo do inverno. A tempestade estava se aproximando? Luz, *ele* era a tempestade!

— Os *meus* Aiel estão caçando esses outros. Os meus Aiel caçam os Shaido, e eles, Davram Bashere e a maior parte dos Companheiros caçam bandidos, não importa que nome eles assumam! Eu sou o Rei de Illian e não vou permitir que ninguém perturbe nossa paz!

— Mesmo que, no caso, isso seja verdade... — começou o sujeito de rosto estreito.

— E é! — irrompeu Rand. — Vocês têm até o meio-dia para decidir.

O homem franziu o cenho, hesitante. A menos que as nuvens turbulentas se dissipassem, ele poderia ter dificuldade para perceber o meio-dia. Rand não facilitou as coisas.

— Decidam com sabedoria! — finalizou.

Fazendo Tai'shaidar dar meia-volta, ele esporou para que o capão saísse a galope em direção à encosta, sem esperar pelos demais. Relutante, soltou o Poder, obrigando-se a não se agarrar a ele feito um homem à sua tábua de salvação, com unhas e dentes, conforme a vida e a mácula foram drenadas de dentro dele. Por um instante, enxergou dobrado. O mundo pareceu se inclinar vertiginosamente. Era um problema recente, e sua preocupação era que fosse parte da doença que matava os homens que canalizavam, apesar de a tontura nunca durar mais que alguns instantes. Era do restante das consequências de soltar *saidin* que ele se arrependia. O mundo parecia perder a graça. Não, perdia mesmo, e, de alguma forma, se tornava menor. As cores desbotavam e o céu diminuía, comparados ao que haviam sido antes. Ele queria desesperadamente agarrar a Fonte de novo e sugar o Poder Único de dentro dela. Era sempre assim quando o Poder o deixava.

Tão logo *saidin* se fora, contudo, a ira borbulhou em seu lugar, ardente e causticante, quase tão quente quanto fora o Poder. Já não bastavam os Seanchan, ainda havia salteadores usando seu nome? Distrações mortais a que ele não podia se dar o luxo. Estaria Sammael ainda agindo de dentro da tumba? Teria ele semeado os Shaido para que brotassem feito espinhos onde quer que Rand pusesse a mão? Por quê? O homem certamente não *pensava* que ia morrer. E, se metade das histórias que Rand ouvia fossem verdade, havia mais deles em Murandy, Altara e só a Luz sabia onde mais! Muitos entre os Shaido que tinham sido feitos prisioneiros haviam mencionado uma Aes Sedai. Poderia a *Torre Branca* estar envolvida de alguma forma? Será que a Torre Branca nunca o deixaria em paz? Nunca? Nunca.

Lutando contra a fúria, sequer percebeu Gregorin e os outros o alcançando. Quando chegaram ao alto da encosta e encontraram os nobres ali à espera, ele puxou as rédeas tão de repente que Tai'shaidar empinou, agitando as patas no ar e espirrando lama dos cascos. Os nobres recuaram suas montarias, do capão e dele.

— Dei a eles até o meio-dia — anunciou. — Fiquem de olho. Não quero esse bando se dispersando em cinquenta grupos menores e acabando por escapar. Estarei em minha tenda.

Não fossem os mantos sacolejando ao vento, os homens pareceriam feitos de pedra, enraizados no lugar, como se Rand tivesse dado a ordem a cada um deles individualmente para que ficassem atentos. No momento, ele não se importava se aqueles homens permanecessem ali até congelar ou derreter.

Sem dar mais uma palavra, desceu trotando a encosta oposta da colina, seguido pelos dois Asha'man de mantos negros e seus porta-estandartes illianenses. Fogo, gelo e morte estavam a caminho. Mas ele era aço. Ele era aço.

Capítulo 14

Mensagem do M'Hael

A uma milha a oeste da encosta, tinham início os acampamentos, com homens, cavalos e fogueiras, estandartes panejando ao vento e algumas tendas dispersas agrupadas por nacionalidade e por Casa. Cada acampamento era um lamaçal separado dos demais por trechos de charco com mato. Homens a cavalo e a pé observaram a passagem da fileira de estandartes de Rand e espiaram os outros acampamentos para avaliar as reações. Quando os Aiel estavam ali, os homens haviam montado um único imenso acampamento, mobilizados por uma das poucas coisas que realmente tinham em comum: eles não eram Aiel e, por mais que negassem, morriam de medo deles. Se ele não triunfasse, o mundo morreria, mas Rand não tinha nenhuma ilusão de que havia qualquer lealdade a ele ou que os homens acreditassem que o destino do mundo não podia acomodar as próprias preocupações, seus próprios desejos de ouro, glória ou poder. Um punhado deles, talvez, e não mais que isso, mas a maioria dos homens o seguia porque tinha muito mais medo dele que dos Aiel. Talvez mais que do Tenebroso, em quem muitos nem acreditavam, não do fundo do coração, não que ele pudesse e fosse afetar o mundo da forma como Rand já afetara. Era Rand quem estava ali, bem diante deles, e nisso eles acreditavam. E Rand já aceitava esse fato. Havia muitas batalhas à frente para que desperdiçasse energia em uma que não tinha como vencer. Contanto que os homens o seguissem e obedecessem, bastava.

O maior dos acampamentos era o dele, e ali Companheiros illianenses com seus casacos verdes de punhos amarelos conviviam com Defensores da Pedra tairenos trajando casacos de mangas bufantes com listras pretas e douradas, e um mesmo número de cairhienos oriundos de umas quarenta Casas, todos com vestes escuras, alguns com o *con* firme acima da cabeça. Cozinhavam em fogueiras distintas, dormiam separados, amarravam os cavalos em locais diferentes, encaravam-se com cautela, mas interagiam. A segurança do Dragão Renascido era responsabilidade deles, e todos encaravam o dever com seriedade. Qualquer um poderia traí-lo, mas não enquanto outros estivessem vigiando. Ódios antigos e antipatias recentes suscitariam denúncias de traição antes que o traidor sequer parasse para pensar.

Um círculo de aço montava guarda ao redor da tenda de Rand, um enorme troço pontudo de seda verde cheia de bordados de abelhas em fios de ouro. Pertencera a seu predecessor, Mattin Stepaneos, e viera junto com a coroa, por assim dizer. Companheiros com elmos cônicos escovados estavam lado a lado com Defensores com elmos com cristas e borlas, e cairhienos com elmos em forma de sino ignoravam o vento e usavam as viseiras que lhes escondiam as feições, as alabardas enviesadas com precisão. Nenhum deles moveu um fio de cabelo quando Rand puxou as rédeas, mas um bando de serviçais veio correndo para atender a ele e aos Asha'man. Uma mulher magricela vestindo o colete verde e amarelo de cavalariça do Palácio Real de Illian tomou-lhe a rédea, enquanto o estribo foi pego por um camarada de nariz volumoso trajando o uniforme preto e dourado da Pedra de Tear. Ambos o saudaram com a mais absoluta reverência e só trocaram um olhar duro. Boreane Carivin, uma mulherzinha cairhiena pálida e corpulenta de vestido escuro, se encheu de pompa para oferecer-lhe uma bandeja com panos úmidos soltando vapor. Ela observava os outros dois criados, mais para se certificar de que cumpriam bem suas tarefas do que com a animosidade recíproca que eles mal escondiam. Mas ainda com cautela. O que valia para os soldados também valia para os serviçais.

Tirando as luvas, Rand acenou para dispensar a bandeja de Boreane. Damer Flinn se levantara de um banco belamente entalhado bem na frente da tenda tão logo ele desmontou. Careca, exceto por uma faixa branca irregular, Flinn estava mais para um avô que para um Asha'man. Um avô duro feito couro e com uma perna manca, que já tinha visto mais do mundo que uma mera fazenda. A espada que trazia à cintura parecia fazer parte do seu corpo, como deveria ser o caso, em se tratando de um antigo soldado da Guarda da Rainha. Rand confiava mais nele que na maioria dos outros. Aquele sujeito, afinal, salvara sua vida.

Flinn o saudou com o punho no peito e, quando Rand o cumprimentou com um meneio de cabeça, aproximou-se mancando e esperou até os cavalariços saírem com os animais para só então falar baixinho:

— Torval está aqui. Enviado pelo M'Hael, segundo ele. Queria esperar na tenda do conselho. Mandei Narishma ficar de olho.

Tinha sido ordem de Rand, embora nem mesmo ele soubesse por que a dera. Ninguém que viesse da Torre Negra podia ser deixado sozinho. Hesitante, Flinn correu os dedos pelo Dragão em seu colarinho preto.

— Ele não ficou contente em saber que você tinha promovido todos nós.

— Ah, não? — disse Rand com toda a calma, enfiando as luvas na parte de trás da cinta da espada. E, como Flinn ainda parecia inseguro, acrescentou: — Todos vocês fizeram por merecer.

Ele estivera prestes a despachar um dos Asha'man até Taim — o Líder, o M'Hael, como todos os Asha'man o chamavam —, mas agora Torval podia levar a mensagem. Na tenda do conselho?

— Mande levarem algo para ele comer — ordenou para Flinn, e então gesticulou para que Hopwil e Dashiva o acompanhassem.

Flinn fez outra saudação, mas Rand já se retirava a passos largos, a lama negra chapinhando em volta das botas. Naquele vento inclemente, ninguém soltou vivas durante sua passagem. Ele se lembrava da época em que isso acontecia. Isso se não fosse uma das memórias de Lews Therin. Isso se Lews Therin tivesse existido mesmo. Um lampejo de cor um pouco além do limiar da visão, a sensação de alguém a ponto de tocá-lo por trás. Com algum esforço, ele se concentrou.

A tenda do conselho era um pavilhão grande com listras vermelhas que, um dia, repousara nas Planícies de Maredo e agora se encontrava fincado bem no meio do acampamento de Rand, cercado por trinta passadas de solo descampado. Nunca havia guardas ali, a menos que Rand estivesse reunido com os nobres. Qualquer um que tentasse se infiltrar teria sido avistado de imediato por mil olhos inquisidores. Três estandartes em postes altos formavam um triângulo ao redor da tenda, o Sol Nascente de Cairhien, as Três Luas Crescentes de Tear e as Abelhas Douradas de Illian, e, acima do teto carmesim, mais alto que todo o resto, viam-se o Estandarte do Dragão e o Estandarte da Luz. O vento fazia com que todos chamassem atenção, panejando e estalando, e as paredes da tenda estremeciam com as rajadas. Lá dentro, tapetes de franjas coloridas formavam o assoalho, e a única mobília era uma mesa imensa, com douraduras e entalhes rústicos, incrustada de marfim e turquesa. Um amontoado de mapas quase lhe escondia o tampo.

Torval levantou a cabeça dos mapas, claramente pronto para reclamar com quem quer que estivesse incomodando. Quase chegando à meia-idade e mais alto que qualquer outro por ali, exceto Rand ou algum Aiel, o homem o encarou com frieza por detrás de um nariz pontudo que quase tremia de indignação. O Dragão e a Espada cintilavam no colarinho do casaco sob a luz das lanternas de pé. Um reluzente casaco de seda preta, confeccionado com qualidade suficiente para um lorde. A espada tinha suportes de prata banhados a ouro, e uma gema vermelha resplandecente arrematava o cabo. Uma segunda gema brilhava sombria em um anel em seu dedo. Não se podia treinar homens para serem armas sem se esperar certa dose de arrogância, mas, ainda assim, Rand não gostava de Torval. Por outro lado, ele não precisava da voz de Lews Therin para suspeitar de qualquer um que usasse casaco preto. Até que ponto de fato confiava inclusive em Flinn? Porém, era preciso liderá-los. Os Asha'man eram obra dele, responsabilidade dele.

Quando Torval o viu, endireitou-se casualmente e o saudou, ainda que mal alterando sua expressão. Na primeira vez em que Rand o vira, o sujeito ostentava um sorriso desdenhoso.

— Milorde Dragão — cumprimentou-o com seu sotaque taraboniano, como quem se dirigia a um igual. Ou estava sendo simpático com um inferior. Sua reverência presunçosa também incluiu Hopwil e Dashiva. — Pela conquista de Illian, receba minhas congratulações. Grande vitória, sim? Gostaria de ter vinho para saudá-lo, mas este jovem... dedicado... parece não entender ordens.

No canto, os sininhos de prata na ponta das duas tranças escuras e compridas de Narishma tilintaram discretamente quando ele se remexeu. O sol do sul o bronzeara bastante, mas algumas de suas características não haviam mudado. Mais velho que Rand, tinha um rosto de aparência mais jovial que Hopwil, mas o rubor que se intensificava em suas bochechas era raiva, não vergonha. Seu orgulho pela recém-obtida Espada no colarinho era silencioso, mas profundo. Torval sorriu para ele, um sorriso vagaroso, mas igualmente divertido e perigoso. Dashiva gargalhou, um latido curto, e ficou imóvel.

— O que está fazendo aqui, Torval? — questionou Rand com rudeza.

Ele jogou o Cetro do Dragão e as luvas em cima dos mapas e, em seguida, fez o mesmo com a cinta e a espada embainhada. Os mapas que Torval não tinha nenhum motivo para estar estudando. Não precisava da voz de Lews Therin.

Dando de ombros, Torval tirou uma carta do bolso do casaco e a entregou para Rand.

— Mandou isto, o M'Hael.

O papel era espesso e branco feito neve, selado com um dragão impresso em um grande molde oval de cera azul que reluzia com salpicados dourados. Alguns quase poderiam pensar que tinha sido enviada pelo próprio Dragão Renascido. Taim se tinha mesmo em alta conta.

— O M'Hael mandou avisar que procedem as histórias das Aes Sedai estarem com um exército em Murandy. Dizem os rumores que se rebelaram contra Tar Valon. — O desdém de Torval era acentuado pela descrença. — Mas estão marchando em direção à Torre Negra. Logo podem virar um problema, sim?

Rand esmigalhou o magnífico selo em pedacinhos com os dedos.

— Elas estão indo para Caemlyn, não para a Torre Negra, e não representam nenhuma ameaça. Minhas ordens foram claras. Deixe as Aes Sedai em paz, a menos que elas venham atrás de você.

— Mas como tem certeza de que elas não são uma ameaça? — insistiu Torval. — Pode até ser que estejam indo para Caemlyn, como diz, mas, se estiver enganado, só quando atacarem é que nós vamos saber.

— Torval pode estar certo — opinou Dashiva, pensativo. — Não posso dizer que confiaria em mulheres que me enfiam num baú, e essas aí não fizeram nenhum juramento. Ou fizeram?

— Já disse para deixá-las em paz!

Rand deu uma pancada forte no tampo da mesa, fazendo Hopwil pular de susto. Dashiva franziu o cenho com irritação antes de tratar de se acalmar, mas Rand não estava interessado no humor dele. Por acaso — e ele tinha certeza de que havia sido um acaso —, sua mão pousara no Cetro do Dragão. O braço tremia de vontade de erguê-lo e atravessar o coração de Torval. Não precisava mesmo da voz de Lews Therin.

— Os Asha'man são uma arma a ser apontada para onde eu mandar, não para sair esvoaçando por aí feito galinhas toda vez que Taim ficar apavorado com um punhado de Aes Sedai jantando na mesma estalagem que ele. Se precisar, posso voltar lá para ser ainda mais claro.

— Não há necessidade, tenho certeza — disse Torval às pressas. Enfim algo arrancara aquele sorrisinho irônico da sua boca. Com um olhar tenso, ele estendeu as mãos em um gesto quase de acanhamento, quase que se desculpando. E visivelmente em pânico. — O M'Hael só queria que você fosse informado. Todos os dias, nas Diretrizes da Manhã, depois do Credo, suas ordens são lidas em voz alta.

— Então ótimo. — Rand manteve a voz tranquila e só com muito esforço evitou uma careta. Era do seu precioso M'Hael que aquele homem tinha medo, não do Dragão Renascido. Medo de que Taim achasse ruim que algo que Torval dissera fizesse Rand descontar nele sua fúria. — Porque eu mato qualquer um de vocês que chegar perto daquelas mulheres em Murandy. Vocês cortam onde eu apontar.

Tenso, Torval curvou-se e murmurou:

— Como quiser, milorde Dragão.

Ele exibiu os dentes em uma tentativa de sorriso, mas tinha o nariz contraído e se esforçava para não cruzar o olhar com ninguém, mesmo tentando disfarçar. Dashiva soltou mais uma gargalhada, e Hopwil abriu um sorrisinho.

Narishma, no entanto, não estava apreciando o desconforto de Torval, nem sequer prestando atenção. Ele olhava fixo para Rand, como se sentisse algo mais profundo que os demais não notavam. A maioria das mulheres, e não poucos homens, o viam apenas como um rapazinho bonito, mas aqueles olhos imensos por vezes pareciam mais espertos que quaisquer outros.

Rand tirou a mão do Cetro do Dragão e, com toda a calma, abriu a carta. Suas mãos não chegavam a tremer. Torval abriu um sorriso fraco, amargo, sem perceber nada. Encostado na parede da tenda, Narishma se remexeu e relaxou.

Então chegaram as comidas, trazidas em uma procissão cheia de pompa encabeçada por Boreane, uma fila de illianenses, cairhienos e tairenos com seus uniformes variados. Havia um serviçal com uma bandeja e um cântaro de prata para cada tipo de vinho e dois outros com bandejas e canecas prateadas para o ponche quente e os vinhos com especiarias, além de cálices bem esculpidos para os demais. Um sujeito de rosto rosado trajando verde e amarelo trazia uma bandeja onde o vinho seria servido, e uma mulher de pele escura com roupas pretas e douradas estava ali apenas para entregar os cântaros. Trouxeram castanhas, frutas cristalizadas, queijos e azeitonas, cada qual com um homem ou uma mulher para servi-los. Sob o comando de Boreane, todos circulavam em uma dança formal, fazendo reverências e mesuras, um dando passagem ao outro enquanto ofereciam o que traziam.

Rand aceitou o vinho com especiarias, dirigiu-se até a ponta da mesa e pousou a caneca fumegante ao seu lado sem sequer tocar na bebida enquanto se ocupava da carta. Não havia sobrescrito nem nenhum tipo de preâmbulo. Taim detestava tratar Rand por qualquer espécie de título, embora tentasse não demonstrar.

> *Tenho a honra de reportar que 29 Asha'man, 97 Dedicados e 322 Soldados encontram-se agora alistados na Torre Negra. Infelizmente, houve uma série de deserções, cujos nomes foram retirados, mas as perdas em treinamento permanecem aceitáveis.*
>
> *Por ora, tenho por volta de cinquenta grupos de recrutamento sempre em campo, e disso resulta que três ou quatro homens são acrescentados às fileiras quase*

diariamente. Em poucos meses, a Torre Negra se igualará à Branca, como eu falei que ocorreria. Em um ano, Tar Valon estremecerá com nossos números.

Eu mesmo colhi essa moita de mirtilos. Uma moita pequena e espinhosa, mas com uma quantidade surpreendente de frutos, dado seu tamanho.

Mazrim Taim
M'Hael

Rand fez uma careta e tratou de tirar a... moita de mirtilos... da cabeça. O que precisava ser feito precisava ser feito. O mundo inteiro pagava um preço pela sua existência. Ele morreria por causa disso, mas o mundo inteiro pagava.

Em todo caso, havia outras coisas que suscitavam caretas. Três ou quatro novos homens por dia? Taim estava otimista. Era verdade que em poucos meses, nesse ritmo, teriam mais homens capazes de canalizar do que Aes Sedai, mas mesmo a irmã mais nova tinha anos de treinamento nas costas. E parte desse treinamento ensinava especificamente como lidar com homens que canalizavam. Ele não queria nem cogitar um encontro entre os Asha'man e as Aes Sedai que soubessem o que estavam enfrentando; fosse como fosse, o único resultado seria sangue e lamentações. Só que os Asha'man não visavam a Torre Branca, a despeito do que Taim acreditava. Contudo, era uma crença conveniente, se obrigava Tar Valon a dar passos mais cautelosos. Um Asha'man só precisava saber matar. Se tivesse um número suficiente deles no lugar e na hora certos, e se eles vivessem o bastante para chegar lá, era só para isso que tinham sido criados.

— Quantos desertores, Torval? — perguntou Rand, baixo, pegando a caneca de vinho e dando um gole como se a resposta não importasse. A bebida devia aquecê-lo, mas o gengibre, a azedinha e o macis eram amargos em sua língua. — Quantas perdas em treinamento?

Torval estava se recuperando junto da comida, esfregando as mãos e arqueando a sobrancelha diante das opções de vinhos, fazendo todo um espetáculo de grande entendedor, dando uma de lorde. Dashiva aceitara o primeiro que lhe fora oferecido e estava parado encarando o cálice de haste retorcida como se contivesse lavagem. Apontando para uma das bandejas, Torval inclinou a cabeça, pensativo, mas já tinha as palavras na ponta da língua.

— Dezenove desertores até aqui. O M'Hael, ele ordenou que sejam mortos onde forem encontrados, e que suas cabeças sejam trazidas para dar o exemplo. — Ele apanhou um pedaço de pera cristalizada na bandeja, enfiou na boca e abriu um sorriso radiante. — Neste momento, na Árvore dos Traidores, três cabeças já estão penduradas feito frutas.

— Ótimo — rebateu Rand, sem alterar a voz.

Não se podia confiar que homens que fugiam agora não fossem fugir depois, quando vidas dependessem de sua firmeza. E não se podia permitir que esses homens agissem como bem entendessem. Os sujeitos lá nas colinas, se fugissem em grupo, seriam menos perigosos que um único homem treinado na Torre Negra. Árvore dos Traidores? Taim era excelente em dar nome às coisas. Mas homens necessitavam dos aparatos, dos símbolos e dos nomes, dos casacos negros e dos broches, para ajudar a mantê-los coesos. Até que chegasse a hora de morrer.

— Na próxima vez que eu visitar a Torre Negra, quero ver a cabeça de todos os desertores.

Um segundo pedaço de pera cristalizada caiu dos dedos de Torval na metade do caminho até a boca e escorreu pela frente do seu belo casaco.

— Pode interferir no recrutamento, fazer esse tipo de esforço — ponderou ele, devagar. — Eles são discretos, os desertores.

Rand sustentou o olhar até fazer o outro homem baixar a vista.

— Quantas perdas em treinamento? — insistiu. O Asha'man de nariz pontudo hesitou. — Quantas?

Narishma se inclinou à frente, os olhos cravados em Torval. Hopwil fez o mesmo. Os serviçais continuavam sua dança fluida e silenciosa, oferecendo bandejas a homens que não lhes davam mais atenção. Boreane tirou proveito da distração de Narishma para garantir que a caneca de prata dele contivesse mais água quente do que vinho com especiarias.

Torval deu de ombros, exagerando no desinteresse.

— Foram cinquenta e uma, somando todas. Treze exauridos e vinte e oito mortos na hora. O restante... O M'Hael, ele coloca alguma coisa no vinho deles, e eles não acordam. — De repente, seu tom de voz ganhou um quê de malícia. — Pode ser de repente, a qualquer momento. Um homem começou a gritar que havia aranhas por baixo de sua pele no segundo dia em que estava lá. — Ele abriu um sorriso perverso para Narishma e Hopwil, e quase o voltou para Rand, mas foi aos outros dois que se dirigiu, virando a cabeça entre um e outro. — Viram? Se descambarem para a loucura, não precisam se preocupar. Não vão se machucar, nem a uma alma sequer. Vocês vão dormir... para sempre. É mais gentil que um amansamento, ainda que soubéssemos como amansar. Mais gentil que deixar vocês loucos *e* desconectados, sim?

Narishma devolveu o olhar, mais tenso que a corda de uma harpa, a caneca esquecida na mão. Hopwil tinha novamente o cenho franzido para algo que só ele conseguia enxergar.

— Mais gentil — disse Rand com uma voz indiferente, depositando de novo a caneca ao seu lado em cima da mesa. Alguma coisa no vinho. *A minha alma está manchada de sangue, e condenada.* Não foi um pensamento severo nem mordaz ou sarcástico, e sim um simples fato. — Uma misericórdia que qualquer homem desejaria, Torval.

O sorriso cruel de Torval se esmaeceu, e sua respiração ficou pesada. A conta era fácil: um de cada dez homens destruído, um de cada cinquenta louco, e outros tantos, sem dúvida, ainda por vir. Ainda estavam no início, e só no dia da morte alguém poderia saber se havia superado os prognósticos. Não fosse pelo fato de que, de um jeito ou de outro, os prognósticos acabariam derrotando a todos. Em ambos os casos, Torval também se encontrava sob essa ameaça.

De repente, Rand se lembrou de Boreane. Levou alguns instantes para reconhecer a expressão no rosto dela e, quando reconheceu, teve de engolir em seco palavras gélidas. Como ela se atrevia a sentir pena?! Será que ela achava que Tarmon Gai'don podia ser vencida sem sangue derramado? As Profecias do Dragão exigiam uma chuva de sangue!

— Pode ir — disse ele para ela, e a mulher reuniu calmamente os serviçais. Mas, enquanto os arrebanhava para sair, Boreane ainda tinha um olhar de compaixão.

Olhando em volta em busca de alguma maneira de mudar o astral, Rand não encontrou nada. Sentir pena enfraquecia tanto quanto sentir medo, e eles precisavam ser fortes. Para encarar o que tinham de encarar, *todos* eles precisavam ser de aço. Obra dele, responsabilidade dele.

Absorto em seus pensamentos, Narishma espiava o vapor que subia do seu vinho, e Hopwil continuava fitando a lateral da tenda como se olhasse através dela. Torval dava olhadelas de soslaio para Rand e se esforçava para voltar a ostentar seu sorrisinho de desdém. Só Dashiva dava a impressão de não ter se abalado e, de braços cruzados, analisava Torval como quem estava examinando um cavalo colocado à venda.

O que rompeu aquele silêncio dolorosamente prolongado foi a chegada súbita de um rapaz robusto e desgrenhado pelo vento, trajando roupas pretas com a Espada e o Dragão no colarinho. Mais ou menos da idade de Hopwil, mas ainda jovem demais para se casar na maioria dos lugares, Fedwin Morr recobrira-se de mais camadas de solenidade do que de roupa. Movia-se silenciosamente e seu olhar tinha o aspecto de um felino caçador que sabia que também estava sendo caçado. Ele não costumava ser assim, e a mudança era recente.

— Os Seanchan vão sair de Ebou Dar em breve — anunciou ele enquanto o saudava. — O próximo passo deles é atacar Illian.

Hopwil tomou um susto e arquejou, despertando de sua introspecção sombria. Mais uma vez, a reação de Dashiva foi dar uma gargalhada, só que agora sem humor.

Assentindo, Rand apanhou o Cetro do Dragão. Levava-o como lembrete, afinal de contas. Os Seanchan dançavam conforme a própria música, não a música que ele queria.

Se Rand recebeu o aviso em silêncio, Torval não. Retomando seu sarcasmo, ele arqueou a sobrancelha com desdém.

— Disseram tudo isso para você, foi? — zombou ele. — Ou você aprendeu a ler pensamento? Garoto, vou falar uma coisa. Lutei tanto contra amadicianos quanto contra domaneses, e nenhum exército toma uma cidade para depois fazer as malas e marchar mil milhas! Mais de mil milhas! Ou você acha que eles são capazes de Viajar?

Morr reagiu com calma à chacota de Torval. Se ficara minimamente incomodado, o único sinal que deu foi correr o polegar pelo cabo comprido da espada.

— Falei, sim, com alguns deles. Em sua maioria, tarabonianos, e mais e mais chegam de barco todos os dias, ou quase isso. — Esbarrando em Torval ao passar a caminho da mesa, ele dedicou um olhar indiferente ao taraboniano. — Todos acelerando o passo assim que ouviam qualquer pessoa com sotaque arrastado.

Com raiva, o homem mais velho abriu a boca, mas o mais jovem prosseguiu logo, dirigindo-se a Rand:

— Estão posicionando soldados ao longo das Montanhas Venir. Grupos de quinhentos, às vezes até de mil. Já ocuparam tudo até a Ponta de Arran. E estão comprando ou tomando todos os carroções e carroças que estejam a menos de vinte de léguas de Ebou Dar, assim como os animais para puxá-los.

— Carroças! — exclamou Torval. — Carroções! É uma feira que eles querem montar, você acha? E que idiota faria um exército marchar pelas montanhas quando há estradas em perfeitas condições?

Ele percebeu que Rand o observava e se conteve, franzindo de leve o cenho, parecendo inseguro de repente.

— Mandei você ser discreto, Morr. — Rand deixou a raiva permear sua voz. O jovem Asha'man precisou dar um passo para trás quando ele saltou da mesa. — Não era para sair perguntando para os Seanchan sobre os planos deles, era para observar e passar despercebido.

— Eu tomei cuidado, não usei meus broches.

O olhar de Morr não se modificou diante de Rand, ainda caça e caçador. Por dentro, ele parecia estar fervendo. Se Rand não o conhecesse, teria pensado que Morr estava com o Poder, lutando para sobreviver a *saidin* mesmo enquanto recebia dele dez vezes mais vida. Seu rosto parecia querer transpirar.

— Se qualquer um dos homens com quem falei sabia para onde estava indo não disse nada, nem eu perguntei, mas estavam dispostos a reclamar, com uma caneca de cerveja na mão, de terem que viver marchando e nunca ficarem parados. Em Ebou Dar, estavam acabando com a cerveja da cidade o mais rápido que podiam, porque diziam que logo teriam de marchar de novo. E, como eu disse, estão recolhendo os carroções. — Ele disse tudo às pressas, e, ao final, travou os dentes como quem prendia outras palavras que queriam escapar.

Sorrindo de repente, Rand lhe apertou o ombro.

— Você se saiu bem. Os carroções teriam bastado, mas você se saiu bem. Carroções são importantes — acrescentou ele, virando-se para Torval. — Se um exército se alimenta do que há no campo, come o que encontra pelo caminho. Ou não come, quando não encontra.

Torval não movera uma pálpebra enquanto escutava a respeito dos Seanchan em Ebou Dar. Se aquela história já chegara à Torre Negra, por que Taim não dissera nada? Rand esperava que seu sorriso não tivesse ares de rosnado.

— Caravanas de suprimento são mais difíceis de organizar, mas, quando se tem uma, garante-se que há forragem para os animais e feijão para os homens. Os Seanchan organizam tudo.

Remexendo os mapas, ele encontrou o que queria e o abriu, prendendo-o de um lado com sua espada e do outro com o Cetro do Dragão. O litoral entre Illian e Ebou Dar estava bem diante dele, bordejado na maior parte de sua extensão por colinas e montanhas, e pontilhado de cidadezinhas e vilarejos pesqueiros. Os Seanchan organizavam mesmo. Ebou Dar estava sob o controle deles havia pouco mais de uma semana, mas os olhos-e-ouvidos dos mercadores falavam de reparos já sendo providenciados nos danos causados na tomada da cidade, de postos de saúde limpos montados para atender aos doentes, e de comida e trabalho sendo providenciados para os pobres e para os que tinham sido obrigados a abandonar suas casas por conta dos problemas no interior. As ruas e a zona rural do entorno eram patrulhadas dia e noite, para que ninguém precisasse ter medo de salteadores e bandidos, e, se os mercadores eram bem-vindos, o contrabando havia sido reduzido a quase nada. Os honestos mercadores illianenses haviam ficado surpreendentemente desalentados quanto ao contrabando. O que os Seanchan estariam organizando agora?

Os outros se reuniram em volta da mesa enquanto Rand examinava o mapa. Havia estradas de terra batida ao longo do litoral, mas meros riscos dispersos, identificadas como pouco mais que trilhas de carroças. As estradas largas de comércio ficavam no interior, evitando os piores terrenos e evitando encarar o Mar das Tempestades.

— Homens assaltando a partir destas montanhas podem dificultar a passagem para qualquer um que tente usar as rotas do interior — disse ele, por fim. — Controlando as montanhas, eles tornam as estradas seguras como ruas da cidade. Você tem razão, Morr. Eles estão vindo para Illian.

Apoiando-se nos punhos, Torval olhou feio para Morr, que estivera certo, ao contrário dele. Na visão de Torval, talvez se tratasse de um pecado grave.

— Ainda assim, até eles terem como criar problemas para você aqui, vão se passar meses — opinou ele, amuado. — Cem Asha'man, ou mesmo cinquenta, posicionados em Illian poderiam destruir qualquer exército do mundo antes que um único homem cruzasse as estradas.

— Duvido que um exército que tenha *damane* seja destruído tão fácil quanto se mata um Aiel comprometido em atacar e pego de surpresa — ponderou Rand, calmo, fazendo Torval se retesar. — Além do mais, preciso defender Illian inteira, não só a cidade.

Ignorando-o, Rand tracejou linhas com o dedo por todo o mapa. Entre a Ponta de Arran e a cidade de Illian, havia cem léguas de mar aberto cruzando a boca de Fossa de Kabal, onde capitães de navios em Illian diziam que mesmo suas cordas de sondagem mais compridas não chegavam ao leito do mar a cerca de apenas uma milha da costa. Ali, as ondas eram capazes de virar embarcações quando se formavam em direção ao norte e golpeavam a orla com cristas de quinze passadas de altura. Com o tempo como estava, seria pior. Contornar a Fossa marchando era uma rota de duzentas léguas para se chegar à cidade, mesmo seguindo pelos caminhos mais curtos, mas, se os Seanchan avançassem a partir da Ponta de Arran, poderiam alcançar a fronteira em duas semanas, apesar dos temporais. Talvez menos. Melhor lutar onde ele decidisse, não onde os Seanchan quisessem. Seu dedo percorreu o litoral sul de Altara, passando pelas Montanhas Venir até onde viravam colinas, pouco antes de Ebou Dar. Quinhentos aqui, mil ali. Um atraente rastro de contas espalhado ao longo das montanhas. Uma pancada forte talvez as fizesse rolar de volta para Ebou Dar, e podia até deixá-las encurraladas ali mesmo, enquanto tentavam entender quais eram os planos dele. Ou...

— Tem mais uma coisa — interveio Morr abruptamente, voltando a falar apressado. — Ouvi conversas sobre uma espécie de arma das Aes Sedai. Descobri onde ela foi usada, a algumas milhas da cidade. O solo estava todo estorricado, totalmente chamuscado no centro e se estendendo por até umas trezentas passadas de largura ou mais, e os pomares mais próximos estavam arruinados. A areia derreteu e se transformou em lâminas de vidro. Ali, *saidin* era pior.

Torval fez um gesto de desdém.

— Podia haver Aes Sedai lá perto quando a cidade caiu, sim? Ou talvez tenham sido os próprios Seanchan que fizeram isso. Uma irmã com um *angreal* poderia...

Rand o interrompeu.

— Como assim *saidin* era pior ali?

Dashiva se moveu e encarou Morr de um jeito esquisito, aproximando-se como se fosse agarrá-lo. Rand tratou de afastá-lo com rispidez.

— O que você quis dizer com isso, Morr?

O jovem apenas o encarou, a boca fechada, o polegar subindo e descendo pelo cabo da espada. O calor dentro dele parecia a ponto de explodir. Gotículas de suor agora brotavam em seu rosto.

— *Saidin* era... estranho — disse ele com uma voz rouca. As palavras foram saindo em rajadas ligeiras. — Pior lá. Dava para... Eu sentia... em todo o ar em volta. Mas era estranho por toda parte ali em Ebou Dar. E até a cem milhas de distância. Eu tinha que lutar. Mas não como sempre. Diferente. Como se *saidin* estivesse vivo. Às vezes... Às vezes, não fazia o que eu queria. Às vezes... fazia outra coisa. Fazia mesmo. Eu não estou louco! Fazia!

O vento soprou, assobiando por alguns instantes, estremecendo e fazendo estalar as paredes da tenda, e Morr se calou. Os sininhos de Narishma soaram com um movimento de cabeça, mas logo silenciaram.

— Não pode ser — murmurou Dashiva naquele silêncio, mas quase em um suspiro. — Não é possível.

— Quem sabe o que é possível? — rebateu Rand. — Eu não sei! Você sabe?

Dashiva levantou a cabeça surpreso, mas Rand se voltou para Morr, moderando o tom de voz.

— Não se preocupe, rapaz. — Não era um tom ameno, que ele não conseguia fazer, mas esperava soar encorajador. Obra dele, responsabilidade dele. — Você vai comigo até a Última Batalha. Eu prometo.

O jovem assentiu e esfregou o rosto com a mão como se surpreso por ele estar úmido, mas deu uma espiadela em Torval, que ficara imóvel feito uma pedra. Será que Morr sabia a respeito do vinho? Dadas as alternativas, *era* uma misericórdia. Uma pequena e amarga misericórdia.

Rand pegou a missiva de Taim, dobrou a página e enfiou no bolso do casaco. Um de cada cinquenta já enlouquecido, e outros mais por vir. Seria Morr o próximo? Dashiva, por certo, estava quase lá. As encaradas de Hopwil ganharam um novo sentido, até a habitual quietude de Narishma. Loucura nem sempre significava gritar reclamando de aranhas. Ele já havia perguntado uma vez, cauteloso, onde sabia que as respostas seriam verdadeiras, como limpar a mácula de *saidin*. E recebeu um enigma como resposta. Herid Fel afirmara que o enigma estabelecia "princípios sólidos, tanto de alta filosofia como de filosofia natural", mas não tinha encontrado nenhuma maneira de aplicá-lo ao problema em questão. Teria Fel sido morto porque talvez tivesse decifrado o enigma? Rand tinha uma pista sobre a resposta, ou pensava ter, um palpite que poderia estar desastrosamente errado. Pistas e enigmas não eram respostas, mas ele ainda precisava fazer alguma coisa. Se a mácula não fosse limpa de alguma forma, Tarmon Gai'don poderia encontrar um mundo já arruinado por homens loucos. O que precisava ser feito precisava ser feito.

— Seria maravilhoso — opinou Torval, quase sussurrando —, mas como é que alguém que não seja o Criador ou...? — Ele deixou a pergunta morrer, nervoso.

Rand não se dera conta de que falara seus pensamentos em voz alta. Os olhos de Narishma, Morr e Hopwil pareciam pertencer ao mesmo rosto, reluzindo com repentina esperança. Dashiva parecia chocado. Rand esperava não ter falado demais. Alguns segredos deviam ser guardados. Incluindo o que ele faria a seguir.

Pouco depois, Hopwil saiu correndo para ir apanhar seu cavalo e seguir até a encosta com ordens para os nobres, Morr e Dashiva foram atrás dos outros Asha'man, e Torval se retirou a passos largos para Viajar de volta até a Torre Negra com instruções para Taim. Narishma foi o último, e, pensando nas Aes Sedai, nos Seanchan e em armas, Rand também o despachou com instruções cuidadosas que fizeram a boca do rapaz se retesar.

— Não fale com ninguém — concluiu Rand baixinho, segurando com força o braço de Narishma. — E não falhe comigo. Nem o mínimo que seja.

— Não vou falhar — garantiu Narishma, sem piscar. Com uma saudação ligeira, ele também partiu.

Perigoso, sussurrou uma voz na mente de Rand. *Ah, sim, bastante perigoso, talvez até demais. Mas pode dar certo. Pode dar. De todo modo, você agora precisa matar Torval. Precisa.*

Weiramon adentrou na tenda do conselho, abrindo caminho por entre Gregorin e Tolmeran e tentando fazer o mesmo com Rosana e Semaradrid, todos ansiosos para contar a Rand que os homens das árvores, no fim das contas, haviam tomado a decisão sábia. O que eles encontraram foi Rand gargalhando a ponto de fazer as lágrimas escorrerem pelo rosto. Lews Therin havia voltado. Ou ele de fato já estava louco. Fosse o que fosse, era motivo para rir.

Capítulo 15

Mais forte que a lei escrita

Na escuridão fria e turva da noite profunda, Egwene acordou grogue de um sono agitado e de sonhos perturbadores, mais incômodos ainda por ela não conseguir se lembrar deles. Seus sonhos sempre lhe foram abertos, claros como palavras impressas em uma página, mas esses tinham sido obscuros e assustadores. Vinha tendo muitos desse tipo nos últimos tempos. Eles a deixavam querendo fugir, escapar, incapaz de se lembrar do quê, mas sempre nauseada e insegura, até tremendo. Ao menos a cabeça não doía. Ao menos conseguia se lembrar dos sonhos que sabia que deviam ser significativos, embora não soubesse como interpretá-los. Rand usando várias máscaras, até que, de repente, um daqueles rostos falsos já não era mais uma máscara, e sim ele próprio. Perrin e um latoeiro abrindo caminho freneticamente com um machado e uma espada pelo meio de espinheiros, desavisados do precipício logo à frente. E os espinheiros gritavam com vozes humanas que eles não ouviam. Mat pesando duas Aes Sedai em uma balança imensa, e a decisão dele afetaria... Ela não sabia dizer o quê. Algo vasto. O mundo, talvez. Houvera outros sonhos, a maior parte tingida de sofrimento. Recentemente, todos os sonhos com Mat eram pálidos e cheios de dor, feito sombras projetadas por pesadelos, quase como se o próprio Mat não fosse real. Tudo isso a fazia temer por ele, lá em Ebou Dar, e lhe causava angústias de pesar por tê-lo mandado para lá, sem falar no pobre Thom Merrilin. Mas os sonhos dos quais não se lembrava eram piores, ela tinha certeza.

O barulho de vozes discutindo baixinho a acordara, e a lua cheia lá fora ainda estava bem alta, iluminando o suficiente para que ela divisasse duas mulheres batendo boca na entrada da tenda.

— A cabeça da pobrezinha a incomoda o dia inteiro, e ela descansa pouco à noite — cochichava Halima em tom enérgico, os punhos cerrados na altura da cintura. — Vamos esperar até de manhã.

— Não tenho a intenção de discutir com você. — A voz de Siuan era o próprio inverno, e ela jogou o manto para trás com a mão enluvada, se preparando para brigar. Estava vestida apropriadamente para aquele clima, com uma lã grossa que, sem dúvida, se sobrepunha a quantas camisolas coubessem ali por baixo. — Afaste-se, e rápido, senão arranco suas tripas para fazer de isca! E vá vestir roupas decentes!

Com uma risada suave, Halima se endireitou e se plantou com ainda mais firmeza no caminho de Siuan. A camisola branca era bem justa, mas decente o bastante para o que se prestava. Embora parecesse incrível que ela não congelasse trajando apenas aquela seda fininha. Os carvões no braseiro em tripé já tinham se apagado havia bastante tempo, e nem as lonas remendadíssimas da tenda nem as camadas de tapetes no chão retinham mais o calor. A respiração de ambas era um vapor claro.

Egwene jogou os cobertores para o lado e se sentou exausta no catre estreito. Halima era uma mulher interiorana com uma leve camada de sofisticação, e era comum que não se desse conta da deferência que se devia a uma Aes Sedai, ou até que parecesse achar que não precisava ser deferente a ninguém. Dirigia-se a Votantes como talvez se dirigisse a donas de casa do seu vilarejo, com risadas, um olhar indiferente e uma objetividade sem rodeios que, por vezes, chocava. Siuan passava o dia cedendo a mulheres que, um ano antes, pulavam com qualquer palavra dela, sorrindo e fazendo mesuras para quase todas as irmãs do acampamento. Muitas delas ainda atribuíam boa parte dos problemas da Torre a Siuan e achavam que ela não pagara o suficiente para compensar. Era o bastante para deixar o orgulho de qualquer uma à flor da pele. Juntas, as duas eram uma lamparina arremessada na traseira do carroção de um Iluminador, mas Egwene esperava evitar uma explosão. Além do mais, Siuan não teria aparecido no meio da noite se não fosse necessário.

— Volte para a cama, Halima. — Abafando um bocejo, Egwene se curvou para pegar os sapatos e as meias-calças debaixo do catre. Não canalizou para acender um lampião. Melhor que ninguém visse que a Amyrlin estava acordada. — Vamos, você precisa descansar.

Halima protestou, talvez com mais veemência do que deveria para o Trono de Amyrlin, mas logo tratou de voltar para o catre minúsculo que fora instalado para ela no interior da tenda. Restava pouquíssimo espaço para se mover, com um lavatório, um espelho de pé e uma poltrona de verdade, além de quatro baús grandes empilhados. Guardavam o fluxo constante de roupas enviadas por Votantes que ainda não haviam se dado conta de que, apesar de Egwene ser jovem, não se deixava deslumbrar ou distrair por sedas e rendas. Halima se deitou toda encolhida, observando na escuridão, enquanto Egwene, apressada, passou um pente de marfim pelo cabelo, calçou luvas grossas e jogou um manto forrado com pele de raposa por cima da camisola. Uma camisola de lã espessa, e, naquele inverno, ela não teria se importado com uma ainda mais grossa. Os olhos de Halima pareciam captar a luz tênue do luar e brilhavam com um quê sombrio, sem piscar.

Egwene não acreditava que a mulher tivesse ciúmes de seu posto íntimo ao Trono de Amyrlin, fortuito como fosse, e a Luz sabia que ela não era de fofocar, mas Halima tinha uma curiosidade inocente por tudo, fosse ou não da sua conta. Motivo suficiente para conversar com Siuan em outro local. Todo mundo já sabia que Siuan, de certa forma, se aliara a Egwene — contrariada e de cara amarrada, acreditavam. Siuan Sanche era uma figura que causava certo divertimento e às vezes compaixão, reduzida a ter de se aliar à mulher que detinha o título que já lhe pertencera, mulher essa que não seria mais que uma marionete tão logo o Salão terminasse de brigar para decidir quem manusearia os cordéis. Siuan era humana o bastante para momentos de ressentimento, mas até agora elas haviam conseguido manter em segredo que ela dava conselhos com boa vontade. Assim, ela aguentava a pena e as risadinhas da melhor maneira possível, e todas acreditavam que aquelas experiências a tivessem mudado tanto quanto mudaram seu rosto. Uma crença que precisava ser mantida, sob pena de que Romanda, Lelaine e, muito provavelmente, todo o restante do Salão encontrassem maneiras de manter a ela — e seus conselhos — bem longe de Egwene.

O frio lá fora foi como uma bofetada na cara e invadiu-a por baixo do manto. Pela proteção que lhe proporcionou, sua camisola poderia muito bem ser como a de Halima. Apesar do couro grosso e da boa lã, seus pés pareciam descalços. Gavinhas de um ar gélido se enroscavam em suas orelhas, caçoando da pele espessa que forrava o capuz. Ávida por sua cama como estava, ignorar tamanho frio exigiu dela toda a concentração que foi capaz de reunir. As nuvens se moviam depressa pelo céu, e as sombras do luar flutuavam sobre a brancura reluzente que cobria o solo, um lençol liso pontilhado pelos montes escuros das tendas e os volumes mais altos dos carroções protegidos por lonas e que traziam vigas de madeira compridas no lugar das rodas. Muitos deles já não estavam mais estacionados longe das tendas, e sim deixados onde haviam sido descarregados. Ninguém tinha coragem de obrigar os condutores a fazer nem mesmo esse esforço a mais no final do dia. Nada se movia, só aquelas sombras claras a deslizar.

Os veios largos que as pisadas haviam criado por todo o acampamento, formando caminhos, estavam vazios. O silêncio era tão profundo e cristalino que Egwene estava quase com pena por quebrá-lo.

— Do que se trata? — perguntou baixinho, lançando um olhar cauteloso em direção à tendinha ali perto, compartilhada por Chesa, Meri e Selame, suas criadas, e que estava tão inerte e escura quanto as demais. A exaustão criava um cobertor tão espesso quanto a neve por sobre o acampamento. — Que não seja mais uma revelação como a da Confraria, espero. — Ela soltou um muxoxo irritado. Também estava desgastada pelos dias longos e congelantes no alto da sela e pela falta de noites bem dormidas, senão não teria dito aquilo. — Desculpe, Siuan.

— Não precisa se desculpar, Mãe. — Siuan também manteve a voz baixa e espiou em volta para ver se havia mais alguém de olho em meio às sombras. Nenhuma das duas queria se ver discutindo com o Salão a respeito da Confraria. — Sei que já devia ter lhe contado, mas parecia só um detalhe. Eu nunca imaginei que aquelas garotas sequer falassem com uma delas. São muitas coisas para lhe contar. Tenho que tentar decidir o que é importante.

Egwene fez esforço para não suspirar. Era quase exatamente a mesma desculpa que Siuan dera antes. Várias vezes. O que ela queria dizer era que estava tentando enfiar goela abaixo de Egwene seus mais de vinte anos de experiência como Aes Sedai, mais de dez deles como Amyrlin, e fazer isso em meses. Às vezes, Egwene se sentia como um ganso sendo engordado para a feira.

— Bem, o que é importante hoje?

— Gareth Bryne a está esperando no seu gabinete. — Siuan não subiu o tom de voz, mas deu a ele certa rispidez, como sempre era o caso quando falava de Lorde Bryne. Ela balançou a cabeça com raiva sob o capuz profundo do manto e fez um barulho como o de um gato cuspindo. — O homem chegou pingando neve, me tirou da cama e mal me deu tempo de botar uma roupa antes de me colocar na garupa de sua sela. Não falou nada, só me largou nos limites do acampamento e mandou que eu viesse buscar você, como se eu fosse uma serviçal!

Egwene abafou com firmeza uma esperança que brotava. Houvera decepções demais, e era muito mais provável que Bryne tivesse ido até ali na calada da madrugada por causa de um potencial desastre e não pelo que ela desejava. Ainda faltava muito para a fronteira com Andor?

— Vamos ver o que ele quer.

Partindo em direção à tenda que todos chamavam de Gabinete da Amyrlin, ela se encolheu dentro do manto. Não tremia, mas se recusar a se abalar com o calor ou o frio não significava parar de senti-los. Era possível ignorá-los até o momento em que a insolação cozinhasse o cérebro ou o enregelamento necrosasse as mãos e os pés. Egwene ponderou sobre o que Siuan dissera.

— Você não estava dormindo aqui na sua tenda? — questionou com cuidado.

A relação da mulher com Lorde Bryne *era* de serviçal, de uma maneira muito peculiar, mas Egwene esperava que Siuan não estivesse deixando seu orgulho teimoso fazer com que permitisse que ele se aproveitasse dela. Não conseguia imaginar essa possibilidade, nem da parte dele nem da dela, mas não muito tempo atrás não conseguiria imaginar Siuan aceitando nada daquela situação. Egwene ainda não entendia por quê.

Bufando alto, Siuan chutou as saias e quase levou um tombo quando seus sapatos derraparam. A neve pisoteada incontáveis vezes não demorara a se transformar em uma camada grossa de gelo. Egwene andava com cautela. Todos os dias rendiam ossos fraturados que irmãs cansadas da viagem precisavam Curar. Meio que abandonando o manto, ela ofereceu o braço tanto pelo apoio que poderia receber quanto dar. Resmungando, Siuan aceitou.

— Quando terminei de limpar as botas sobressalentes e a outra sela dele, já era tarde demais para voltar caminhando nessa neve. Não que ele tenha oferecido mais que uns cobertores num canto. Não Gareth Bryne! Me obrigou a tirá-los sozinha do baú enquanto *ele* saiu sabe a Luz para onde! Homens são uma provação, e esse é o pior de todos! — Sem parar para respirar, ela mudou de assunto. — Você não devia deixar Halima dormir na sua tenda. Ela é mais um par de ouvidos para você tomar cuidado, e é bisbilhoteira, ainda por cima. Além do mais, sorte sua não entrar lá e dar de cara com ela *divertindo* algum soldado.

— Estou muito contente por Delana me ceder Halima à noite — rebateu Egwene com firmeza. — Eu preciso dela. A menos que você ache que a Cura de Nisao possa surtir um efeito melhor nas minhas dores de cabeça em uma segunda tentativa.

Os dedos de Halima pareciam sugar a dor através de seu couro cabeludo. Sem aquilo, não conseguiria dormir nem um pouco. Os esforços de Nisao não tinham surtido efeito algum, e ela era a única Amarela que Egwene ousava abordar para falar do problema. Quanto às demais... Ela tratou de endurecer a voz ainda mais.

— Fico surpresa por você ainda dar ouvidos a essa fofoca, filha. O fato de homens gostarem de olhar para uma mulher não significa que ela que os instigue, como você bem deve saber. Já vi mais de um olhando para você e dando sorrisinhos. — Falar naquele tom estava ficando cada vez mais fácil.

Siuan a olhou de soslaio, surpresa, e instantes depois resmungou um pedido de desculpas. Talvez tivesse sido sincero. De todo modo, Egwene aceitou. Lorde

Bryne piorava muito o humor de Siuan, e, acrescentando Halima ao pacote, Egwene achou positivo não ter sido obrigada a adotar uma postura mais severa. A própria Siuan tinha dito que ela não deveria tolerar disparates, e ela certamente não podia se dar ao luxo de tolerar um proferido justo por Siuan.

Caminhando a duras penas de braços dados, as duas seguiram em silêncio, o frio embaçando a respiração e se infiltrando pelos ossos. A neve era uma maldição e um aprendizado. Ainda podia ouvir Siuan tagarelando sobre o que chamava de Lei das Consequências Involuntárias, mais forte que qualquer lei escrita. *Quer suas ações surtam ou não o efeito desejado, elas vão ter ao menos três efeitos que você não esperava, e um deles, em geral, desagradável.*

Os primeiros chuviscos haviam causado perplexidade, por mais que Egwene já tivesse informado o Salão que a Tigela dos Ventos fora encontrada e usada. De tudo que Elayne lhe contara em *Tel'aran'rhiod*, era só o que podia arriscar repassar às irmãs. Muito do que acontecera em Ebou Dar tinha potencial para lhe dar rasteiras, e sua posição já era precária o suficiente. Uma explosão de alegria irrompeu com aquelas primeiras gotas. Eles haviam suspendido a marcha ao meio-dia, e houvera fogueiras e festejos sob a garoa, orações de agradecimento entre as irmãs, e danças entre os serviçais e soldados. Algumas Aes Sedai, inclusive, também tinham dançado.

Poucos dias depois, os chuviscos viraram aguaceiros e, em seguida, temporais uivantes. A temperatura foi baixando, despencou, e os temporais viraram nevascas. Agora, a distância que antes era percorrida em um dia, com Egwene rangendo os dentes por conta da lerdeza com que se deslocavam, levava cinco quando o céu se restringia a nuvens, e, quando a neve caía, eles nem saíam do lugar. Muito fácil pensar em três ou mais consequências involuntárias, e era bem possível que a neve fosse a menos desagradável.

Quando elas se aproximaram da tendinha de retalhos que chamavam de Gabinete da Amyrlin, uma sombra se moveu ao lado de um dos altos carroções, fazendo Egwene prender a respiração. A sombra se transformou em um vulto que afastou o capuz para trás só o suficiente para revelar o rosto de Leane e então tornou a se recolher na escuridão.

— Ela vai ficar de olho e nos avisar se aparecer alguém — explicou Siuan, baixinho.

— Ótimo — murmurou Egwene. A mulher *podia* tê-la avisado antes. Chegara quase a temer que fosse Romanda ou Lelaine!

O Gabinete da Amyrlin estava escuro, mas Lorde Bryne aguardava pacientemente lá dentro, enrolado em seu manto, uma sombra entre sombras.

Abraçando a Fonte, Egwene canalizou não para acender a lamparina pendurada no poste central nem uma das velas, mas para criar uma pequena esfera de luz suave, que tratou de deixar suspensa no ar acima da mesa dobrável que usava como escrivaninha. Uma esfera bem pequena e bem fraquinha, difícil de ser percebida de fora e que podia ser apagada tão rápido quanto um pensamento. Ela não podia ser dar ao luxo de ser descoberta.

Houvera Amyrlins que reinaram à base da força, Amyrlins que alcançaram um equilíbrio justo com o Salão, e Amyrlins que tinham tido tão pouco poder quanto ela, ou até menos, em ocasiões raras muito bem escondidas nas histórias secretas da Torre Branca. Várias tinham desperdiçado poder e influência, saindo de uma posição de força para fraqueza, mas, em mais de três mil anos, pouquíssimas haviam conseguido galgar o caminho contrário. Egwene gostaria muito de saber como Myriam Copan e outras poucas tinham feito isso. Se alguém chegara a pensar em registrar por escrito, tais páginas estavam perdidas havia muito tempo.

Com uma reverência respeitosa, Bryne não demonstrou nenhuma surpresa com a cautela de Egwene. Sabia o que ela estava arriscando ao se encontrar com ele em segredo. Confiava até bastante naquele homem robusto e grisalho, de rosto sincero e enrugado, e não só porque precisava confiar. Seu manto era de uma lã vermelha grossa, forrado com pele de marta e bordado com a Chama de Tar Valon, um presente do Salão, ainda que ele tivesse deixado bem claro dezenas de vezes nas últimas semanas que não se importava com a opinião do Salão — e ele não estava cego a ponto de não ter percebido! —, a Amyrlin era ela, e era a Amyrlin que ele seguia. Nunca expressara isso diretamente, claro, e sim com frases cuidadosas e que não deixavam nenhuma dúvida. Esperar mais que isso teria sido esperar demais. Havia quase tantas subcorrentes no acampamento quanto havia Aes Sedai, algumas fortes o bastante para derrubá-la. Várias fortes o bastante para deixá-la ainda mais atolada do que já estava, caso o Salão ficasse sabendo daquele encontro. Egwene confiava mais nele que em qualquer um, tirando Siuan e Leane ou Elayne e Nynaeve, talvez mais que em qualquer uma das irmãs que lhe haviam jurado lealdade em segredo, e ela gostaria de ter coragem para confiar mais. A bola de luz branca projetava sombras tênues e intermitentes.

— Novidades, Lorde Bryne? — indagou, contendo as esperanças.

Passavam pela sua mente uma dezena de mensagens que poderiam fazê-lo procurá-la de madrugada, cada uma com suas devidas armadilhas e ciladas. Rand podia ter decidido acrescentar mais coroas à de Illian, os Seanchan podiam ter dado um jeito de capturar outra cidade, o Bando da Mão Vermelha podia ter avançado por conta própria de repente, em vez de acompanhar as Aes Sedai, ou...

— Há um exército ao norte de onde estamos, Mãe — informou ele com toda a calma. Suas mãos calçadas com luvas de couro repousavam tranquilas sobre o cabo comprido da espada. Um exército ao norte, um pouco mais de neve, tudo igual. — Andorianos, principalmente, mas com um bom número de murandianos. Meus olheiros infiltrados me trouxeram a notícia há menos de uma hora. Pelivar é o líder, e Arathelle está com ele, os Grão-Tronos de duas das Casas mais fortes de Andor, e trazendo com eles pelo menos mais vinte. Estão avançando a toda rumo ao sul, ao que parece. Se continuarmos neste caminho, o que desaconselho, devemos dar de cara com eles em dois dias, três no máximo.

Egwene manteve o rosto sereno, contendo seu alívio. O que viera desejando, esperando; o que começara a temer que nunca aconteceria. Surpreendentemente, foi Siuan quem arquejou e tapou a boca tarde demais com sua mão enluvada. Bryne arqueou uma sobrancelha em resposta, mas ela se recompôs depressa e se vestiu de uma serenidade de Aes Sedai tão densa que quase era possível relevar seu rosto jovial.

— Você hesitaria em combater seus compatriotas andorianos? — questionou Siuan. — Fale logo, homem. Não sou sua lavadeira aqui.

Bem, havia uma pequena rachadura na tal serenidade.

— Como ordenar, Siuan Sedai. — O tom de voz de Bryne não continha o menor indício de escárnio, mas ainda assim a boca de Siuan foi se retesando, a frieza superficial se esvaindo depressa. Ele dedicou-lhe uma mesura discreta e sem pompa, mas aceitável. — Vou combater quem quer que a Mãe deseje que eu combata, é claro.

Mesmo ali, ele não se comprometia mais que isso. Os homens aprendiam a ter cautela na presença de Aes Sedai. Egwene achava que a cautela tinha se tornado sua segunda pele.

— E se não seguirmos? — questionou Egwene. Tanto planejamento, só ela, Siuan e às vezes Leane, e agora ainda precisava medir cada passo com o mesmo cuidado que tivera nos caminhos congelados lá fora. — E se pararmos aqui?

Bryne não hesitou.

— Se você tiver como persuadi-los sem enfrentamentos, muito bom, mas amanhã eles devem alcançar uma posição excelente para se defender, um flanco protegido pelo rio Armanh e outro por uma grande turfeira, e com pequenos córregos à frente para dispersar ataques. Pelivar vai parar por lá e esperar. Ele sabe o que faz. Arathelle vai cumprir seu papel, caso haja diálogo, mas vai deixar os piques e as espadas com ele. Não temos como chegar lá antes, e, de todo modo, o terreno ali não tem serventia para nós, com ele estando ao norte. Se tiver a intenção de lutar, recomendo seguir para aquela cordilheira que atravessamos anteontem. Podemos chegar lá antes deles com tranquilidade se partirmos ao amanhecer, e Pelivar pensaria duas vezes antes de ir atrás de nós ali, até mesmo se tivesse o triplo de homens que tem hoje.

Contorcendo os dedos dos pés quase congelados dentro das meias, Egwene deixou escapar um suspiro irritado. Havia uma diferença entre não se deixar abalar pelo frio e não o sentir. Escolhendo seu caminho com cuidado, sem se deixar distrair pela friagem, ela perguntou:

— Eles *vão* dialogar, se lhes for dada a oportunidade?

— É provável, Mãe. Os murandianos mal contam; só estão ali de olho em qualquer proveito que possam tirar da situação. E o mesmo vale para os compatriotas deles que estão sob meu comando. Pelivar e Arathelle é que importam. Se eu tivesse que apostar, diria que a intenção deles é apenas manter você longe de Andor. — Ele balançou a cabeça com um ar soturno. — Mas vão lutar se for preciso, se tiverem que lutar, talvez mesmo que isso signifique enfrentar Aes Sedai, em vez de meros soldados. Imagino que eles tenham ouvido as mesmas histórias que nós a respeito daquela batalha mais a leste.

— Tripas de peixe! — grunhiu Siuan. Lá se fora a calma. — Boatos descabidos e fofoca nua e crua não são prova de que *houve* batalha alguma, seu palerma, e, mesmo que tenha havido, irmãs não teriam participado disso!

O homem a tirava mesmo do sério.

Estranhamente, Bryne sorriu. Costumava fazer isso quando Siuan extravasava seu temperamento. Em qualquer outro lugar, em qualquer outro rosto, Egwene teria interpretado como um sorriso carinhoso.

— Melhor para nós se eles acreditarem — respondeu ele para Siuan em um tom ameno.

O rosto dela corou tanto que parecia até que ele tinha zombado dela. Por que uma mulher normalmente sensata permitia que Bryne a tirasse tanto do sério? Qualquer que fosse o motivo, Egwene não tinha tempo para isso naquela noite.

— Siuan, vejo que alguém se esqueceu de levar o vinho quente. Com esse frio, é impossível ter vinagrado. Esquente para nós, por favor.

Ela não gostava de diminuir a mulher na frente de Bryne, mas era preciso puxar-lhe as rédeas, e aquele parecia ser o jeito mais delicado de fazer isso. Realmente não deviam ter deixado aquele cântaro de prata na mesa dela.

Siuan não chegou a hesitar, mas, dada sua expressão tensa, logo disfarçada, ninguém acreditaria que ela lavava as roupas de baixo daquele homem. Sem fazer nenhum comentário, ela canalizou só o suficiente para reaquecer o vinho no cântaro prateado, tratou de encher dois copos limpos trabalhados em prata e entregou o primeiro para Egwene. Ficou com o segundo, encarando Lorde Bryne enquanto bebericava, deixando que ele mesmo se servisse.

Aquecendo os dedos enluvados com seu copo, Egwene sentiu uma pontada de irritação. Talvez aquilo fosse uma reação tardia de Siuan à morte de seu Guardião. De vez em quando, ela ainda ficava chorosa sem mais nem menos, embora tentasse esconder. Egwene tratou de tirar aquele assunto da cabeça. Naquela noite, aquilo não passava de um formigueiro comparado a montanhas.

— Se possível, quero evitar uma batalha, Lorde Bryne. O exército é para Tar Valon, não para travar uma guerra aqui. Mande marcar uma reunião o mais rápido possível entre o Trono de Amyrlin e Lorde Pelivar, Lady Arathelle e qualquer outro que você ache que deva estar presente. Não aqui. Nosso acampamento maltrapilho não vai impressioná-los muito. O mais rápido possível, lembre. Eu não me oporia a ser já amanhã, se puder ser arranjado.

— Não consigo providenciar para amanhã, Mãe — disse ele em um tom moderado. — Se eu despachar os cavaleiros assim que voltar para o acampamento, duvido que eles possam voltar com uma resposta muito antes de amanhã à noite.

— Então sugiro que volte depressa. — Luz, como suas mãos e pés estavam gelados. E a boca do estômago também. Mas a voz manteve a calma. — E quero que esconda do Salão essa reunião, bem como a existência do exército deles, o máximo de tempo possível.

Desta vez, estava pedindo que ele assumisse um risco tão grande quanto o dela. Gareth Bryne era um dos melhores generais vivos, mas o Salão estava irritado por ele não comandar o exército ao gosto delas. De início, as irmãs haviam ficado contentes pelo nome dele, já que isso ajudava a atrair soldados para a causa. Agora, o exército já contava com mais de trinta mil homens armados, com outros mais chegando desde que as nevascas tinham começado, e talvez elas achassem que não precisavam mais de Lorde Gareth Bryne. E, claro, havia aquelas que acreditavam que nunca tinham precisado dele. Não o mandariam simplesmente embora por conta daquilo. Se o Salão decidisse agir, ele poderia muito bem ir parar nas mãos do carrasco por traição.

Bryne não hesitou nem fez perguntas. Talvez por saber que Egwene não daria respostas. Ou talvez por achar que já sabia quais seriam.

— Não há muito trânsito entre meu acampamento e o seu, mas homens demais já sabem para que isso se mantenha em segredo por muito tempo. Farei o possível.

Simples assim. O primeiro passo em uma estrada que a colocaria no Trono de Amyrlin em Tar Valon ou a entregaria de bandeja às garras do Salão, com nada mais a decidir, exceto se seria Romanda ou Lelaine quem lhe diria o que fazer. De alguma forma, um momento tão crucial deveria ter sido acompanhado por fanfarras de trompetes ou, no mínimo, trovões no céu. Era sempre assim nas histórias.

Egwene deixou a bola de luz se dissipar, mas, quando Bryne se virou para sair, pegou-o pelo braço. A sensação através do casaco foi a de agarrar um grosso galho de árvore.

—Tem uma coisa que eu venho querendo lhe perguntar, Lorde Bryne. Você não pode estar querendo levar homens desgastados pela marcha e jogá-los de cabeça num cerco a Tar Valon. Quanto tempo gostaria de descansá-los antes de começar?

Foi a primeira vez que ele fez uma pausa, e Egwene desejou ainda ter luz para enxergar o rosto do general. Teve a impressão de que Bryne franziu o cenho.

— Mesmo deixando de fora os que são pagos pela Torre — disse ele por fim, bem devagar —, notícias sobre exércitos voam rápido como um falcão. Elaida vai saber precisamente quando vamos chegar, e não vai nos dar nem uma hora. Você soube que ela está reforçando a Guarda da Torre? Para cinquenta mil homens, ao que parece. Mas, se eu pudesse, diria um mês para descansar e se recuperar. Dez dias bastariam, mas um mês seria melhor.

Egwene assentiu e o soltou. Aquela pergunta casual sobre a Guarda da Torre doeu. Ele estava ciente de que o Salão e as Ajahs só diziam a ela o que queriam que ela soubesse e nada mais.

— Suponho que tenha razão — respondeu Egwene em um tom equilibrado. — Não vai haver tempo para descansar quando chegarmos a Tar Valon. Mande seus cavaleiros mais rápidos. Não haverá nenhuma dificuldade, certo? Pelivar e Arathelle vão ouvi-los? — Egwene dissimulou a pontada de ansiedade. Mais do que seus planos poderiam ser arruinados se eles tivessem que lutar.

O tom de voz de Bryne não pareceu se alterar, mas, de alguma forma, ele soou tranquilizador.

— Desde que haja luz suficiente para que eles vejam as penas brancas, vão reconhecer a trégua e ouvir. Melhor eu ir, Mãe. É um caminho longo e uma cavalgada difícil, mesmo para homens com cavalos sobressalentes.

Assim que a aba da tenda caiu atrás dele, Egwene deixou escapar um longo suspiro. Seus ombros estavam tensos, e esperava que a cabeça começasse a doer a qualquer momento. Costumava se sentir relaxada com Bryne, absorvendo a segurança do homem. Naquela noite, fora preciso manipulá-lo, e achava que ele percebera. Para um homem, era muito observador. Mas havia muitíssimo em risco para confiar ainda mais nele até que o general desse uma declaração explícita. Talvez um juramento, como o que Myrelle e as demais tinham feito. Bryne seguia a Amyrlin, e o exército seguia Bryne. Se ele achasse que ela sacrificaria homens sem necessidade, bastariam algumas palavras dele para que Egwene fosse entregue ao Salão amarrada feito um porco em uma travessa. Ela bebeu com gosto, sentindo o calor do vinho com especiarias tomá-la por dentro.

— Melhor para nós se eles acreditarem — murmurou. — Gostaria que houvesse algo *para* eles acreditarem. Mesmo que eu não realize mais nada, Siuan, espero ao menos nos livrar dos Três Juramentos.

— Não! — ladrou Siuan. Parecia escandalizada. — Mesmo tentar poderia ser desastroso, e se você conseguisse... Que a Luz nos ajude, se você conseguisse, destruiria a Torre Branca.

— Do que você está falando? Eu tento seguir os Juramentos, Siuan, até porque, por ora, estamos presas a eles, mas os Juramentos não vão nos ajudar contra os Seanchan. Se as irmãs tiverem que estar correndo risco de vida para poderem se defender, é só uma questão de tempo até estarmos todas mortas ou encoleiradas.

Por um momento, foi capaz de sentir o *a'dam* apertando-lhe de novo o pescoço, transformando-a em um cão de coleira. Um cão bem treinado e obediente. Desta vez, ficou grata pela escuridão esconder seus tremores. Sombras obscureciam o rosto de Siuan, exceto pelo rilhar de dentes.

— Não me olhe assim, Siuan. — Era mais fácil ficar com raiva do que com medo, fácil mascarar o medo com a raiva. Ela *nunca mais* usaria o colar! — Você tirou todo tipo de proveito desde que foi liberada dos Juramentos. Se não tivesse mentido descaradamente, ainda estaríamos todas em Salidar, sem exército nenhum, sem tomar nenhuma medida e esperando por um milagre. Bom, você estaria. Elas jamais teriam me convocado para ser Amyrlin se não fosse sua mentira sobre Logain e as Vermelhas. Elaida reinaria suprema e, em um ano, ninguém se lembraria de como ela usurpou o Trono de Amyrlin. *Ela* destruiria a Torre, com toda a certeza. Você sabe que ela faria tudo errado em relação a Rand. Eu não me surpreenderia se, a esta altura, ela já tivesse tentado sequestrá-lo, não fosse o fato de estar preocupada conosco. Bem, talvez não sequestrado, mas já teria feito alguma coisa. É provável que as Aes Sedai estivessem lutando agora contra os Asha'man, isso sem falar em Tarmon Gai'don logo ali.

— Eu menti quando me pareceu necessário — sussurrou Siuan. — Quando me pareceu conveniente. — Seus ombros se curvaram, e ela soou como se confessasse crimes que não queria admitir para si mesma que cometera. — Às vezes eu acho que se tornou fácil demais para mim decidir que algo é necessário e conveniente. Menti para quase todo mundo. Menos para você. Mas não pense que não me ocorreu... estimular você a tomar ou a declinar de uma decisão. Não foi o desejo de manter sua confiança que me impediu. — No escuro, a mão de Siuan se estendeu em súplica. — A Luz sabe o que sua confiança e sua amizade significam para mim, mas não foi por causa disso. Foi por saber que, se você descobrisse, arrancaria meu couro ou me mandaria embora. Me dei conta de que precisava manter os Juramentos com alguém, senão me perderia por completo. Por isso, não minto nem para você nem para Gareth Bryne, custe o que custar. E, assim que eu puder, Mãe, vou refazer os Três Juramentos no Bastão.

— Por quê? — questionou Egwene, baixinho. Siuan cogitara mentir para ela? Ela *teria mesmo* arrancado seu couro. Mas a raiva tinha desaparecido. — Eu não tolero mentiras, Siuan. Em geral, não. Só que às vezes é realmente necessário. — Egwene pensou em seu período com os Aiel. — Desde que você esteja disposta a sofrer as consequências, pelo menos. Já vi irmãs receberem penitências por coisas menores. Você é uma das primeiras de um novo tipo de Aes Sedai, Siuan, livre e solta. Eu acredito quando você diz que não vai mentir para mim. — Nem para Lorde Bryne? Estranho isso. — Por que abrir mão da sua liberdade?

— Abrir mão? — Siuan gargalhou. — Eu não vou abrir mão de nada. — Ela endireitou as costas e sua voz foi ganhando força, depois paixão. — São os Juramentos que nos tornam mais do que um mero grupo de mulheres se intrometendo nas questões do mundo. Ou sete grupos. Ou cinquenta. São os Juramentos que nos mantêm unidas, um conjunto estabelecido de crenças que nos amarram umas às outras, um único fio que perpassa todas as irmãs, vivas ou mortas, desde a primeira que pôs as mãos no Bastão dos Juramentos. São *eles* que nos fazem Aes Sedai, não *saidar*. Qualquer bravia consegue canalizar. Os homens podem analisar o que dizemos de seis maneiras distintas, mas, quando uma irmã diz "É isso", eles *sabem* que é verdade e confiam. Por causa dos Juramentos. É por causa dos Juramentos que nenhuma rainha tem medo que as irmãs possam arrasar suas cidades. Até o pior vilão sabe que sua vida está segura perto de uma irmã, a menos que ele tente fazer mal a ela. Ah, os Mantos-brancos os chamam de mentiras, e algumas pessoas têm ideias esquisitas sobre o que os Juramentos envolvem, mas são pouquíssimos os lugares onde as Aes Sedai não podem ir, e onde não serão ouvidas, por causa dos Juramentos. Os Três Juramentos são o que significa *ser* Aes Sedai, são o *coração* de ser Aes Sedai. Jogue isso no lixo, e viramos areia levada pela maré. Abrir mão? Eu só tenho a ganhar.

Egwene franziu o cenho.

— E os Seanchan?

O que significava ser Aes Sedai. Quase desde o dia em que chegou a Tar Valon, ela fizera de tudo para ser Aes Sedai, mas nunca chegara a pensar de fato no que *fazia* uma mulher ser Aes Sedai.

Mais uma vez, Siuan gargalhou, só que agora com um toque de amargura e exaustão. Ela balançou a cabeça e, escuro ou não, pareceu cansada.

— Não sei, Mãe. Que a Luz me ajude, não sei. Mas nós sobrevivemos às Guerras dos Trollocs, aos Mantos-brancos, a Artur Asa-de-gavião e a tudo mais. Podemos encontrar um jeito de enfrentar esses Seanchan. Sem nos destruir.

Egwene não tinha tanta certeza. Muitas irmãs no acampamento viam os Seanchan como um perigo de tal magnitude, que cercar Elaida deveria ficar para depois. Como se deixar para depois não fosse consolidá-la no Trono de Amyrlin. Muitas outras pareciam achar que o simples fato de reunir a Torre, a qualquer preço, faria os Seanchan desaparecerem. Sobreviver perdia um pouco do apelo se significava sobreviver com uma coleira, e a de Elaida não seria tão menos limitante que a dos Seanchan. O que significava *ser* Aes Sedai.

— Não é preciso ter tanta cautela com Gareth Bryne — disse Siuan de repente. — O sujeito é um tormento ambulante, é verdade. Se ele não for uma penitência pelas minhas mentiras, nem ser esfolada viva seria. Qualquer dia desses, vou passar a dar uma bofetada no ouvido dele de manhã e duas à noite, como regra geral, mas você pode contar tudo para ele. Seria bom se ele entendesse. Bryne confia em *você*, e ficar pensando se você sabe o que está fazendo dá um nó nas tripas dele. Ele não demonstra, mas eu percebo.

De repente, as peças se encaixaram na mente de Egwene feito um quebra-cabeças. Peças chocantes. Siuan estava *apaixonada* por ele! Nada além disso fazia sentido. Tudo que ela sabia a respeito dos dois se alterou. Não necessariamente para melhor. Uma mulher apaixonada deixava o cérebro para trás quando estava perto do homem em questão. Como ela mesma sabia muito bem. Onde *estava* Gawyn? Será que estava bem? Será que estava passando frio? Chega. Era demais, levando-se em conta o que ela tinha a dizer. Egwene tratou de falar com sua melhor voz de Amyrlin, segura e no comando.

— Você pode lhe dar bofetadas no ouvido ou ir para a cama com Lorde Bryne, Siuan, mas *trate* de tomar cuidado com ele. Você *não* vai deixar escapar coisas que ele ainda não pode saber. Entendeu?

Siuan se pôs completamente ereta.

— Não tenho o hábito de deixar a língua solta feito uma vela rasgada, Mãe — rebateu ela em um tom acalorado.

— Fico feliz em saber, Siuan.

Apesar de parecer que poucos anos as separavam, Siuan tinha idade suficiente para ser mãe dela, porém, naquele momento, suas idades pareciam ter sido trocadas. Talvez fosse a primeira vez que Siuan tinha de lidar com um homem não estando em seu papel de Aes Sedai, e sim como mulher. *Alguns anos achando que amava Rand,* Egwene pensou com ironia, *alguns meses caidinha por Gawyn, e já sei tudo que é preciso saber.*

— Acho que já acabamos — prosseguiu ela, passando o braço pelo de Siuan. — Quase. Venha.

As paredes da tenda não davam a impressão de oferecer muita proteção, mas pôr os pés lá fora significou uma nova investida das garras do inverno. A lua brilhava quase a ponto de se poder ler ao luar, além de se refletir na neve, mas seu brilho parecia frio. Bryne sumira como se nunca tivesse estado ali. Leane apareceu só o suficiente para dizer que não tinha visto ninguém, seu vulto esguio engolido por camadas e mais camadas de lã, e então disparou noite adentro de olho em tudo à sua volta. Ninguém sabia de qualquer conexão entre Leane e Egwene, e todos achavam que Leane e Siuan estivessem a ponto de sacar adagas uma para a outra.

Recolhendo o manto o melhor possível usando só uma das mãos, Egwene se concentrou em ignorar aquela frieza gélida quando ela e Siuan partiam em direção oposta à de Leane. Ignorando o frio e ficando de olho em qualquer um que pudesse estar ali fora. Não que fosse provável que alguém que estivesse ao relento àquela hora o estivesse por acaso.

— Lorde Bryne estava certo — disse ela para Siuan. — Sobre ser melhor se Pelivar e Arathelle tiverem acreditado naquelas histórias. Ou pelo menos ficado na dúvida. Incertos o bastante para lutar ou fazer qualquer outra coisa que não seja conversar. Você acha que eles receberiam bem uma visita de Aes Sedai? Siuan, você está me ouvindo?

Siuan tomou um susto e parou de olhar ao longe. Estivera andando sem errar um passo, mas então escorregou e quase caiu sentada no caminho congelado, recuperando o equilíbrio bem a tempo de evitar levar Egwene junto.

— Estou, Mãe. Claro que estou ouvindo. Eles podem até não gostar muito, mas duvido que mandem irmãs embora.

— Então quero que você acorde Beonin, Anaiya e Myrelle. Elas devem partir para o norte em menos de uma hora. Se Lorde Bryne espera uma resposta para amanhã de noite, o tempo urge.

Pena ela não ter descoberto a localização exata do outro exército, mas perguntar para Bryne poderia ter levantado suspeitas. Encontrá-lo não haveria de ser tão difícil para os Guardiões, e aquelas três irmãs tinham cinco no total.

Siuan ouviu as instruções em silêncio. Não eram apenas aquelas três que deviam ser acordadas. Ao amanhecer, Sheriam, Carlinya, Morvrin e Nisao já saberiam sobre o que conversar durante o café da manhã. Sementes precisavam ser plantadas, sementes que não puderam ser espalhadas antes por medo de que germinassem cedo demais, mas que agora tinham pouquíssimo tempo para crescer.

— Vai ser um prazer tirá-las de debaixo dos cobertores — disse Siuan quando ela concluiu. — Se eu tenho que ficar chapinhando por esse... — Soltando o braço de Egwene, ela começou a dar meia-volta e então parou, o semblante sério, até soturno. — Sei que você quer ser uma segunda Gerra Kishar, ou talvez Sereille Bagand. Você tem potencial para se igualar às duas. Mas tome cuidado para não acabar sendo outra Shein Chunla. Boa noite, Mãe. Durma bem.

Egwene a observou partir, um vulto enrolado em um manto, por vezes derrapando no caminho e resmungando irritada quase a ponto de ser ouvida. Gerra e Sereille eram tidas entre as maiores Amyrlins. Ambas haviam elevado a influência e o prestígio da Torre Branca a níveis raramente vistos desde antes de Artur Asa-de-gavião. As duas também controlaram a Torre, Gerra ao manipular habilmente uma facção do Salão contra a outra, Sereille por pura força de vontade. Shein Chula era outra história, uma líder que desperdiçara o poder do Trono de Amyrlin ao se indispor com a maior parte das irmãs da Torre. O mundo acreditava que Shein morrera no trono, uns quatrocentos anos atrás, mas a verdade escondida a sete chaves era que a mulher fora deposta e mandada ao exílio para o resto da vida. Até as histórias secretas pisavam em ovos em certos aspectos, mas era relativamente óbvio que, depois que o quarto plano para restabelecê-la ao Trono de Amyrlin foi descoberto, as irmãs que vigiavam Shein a haviam sufocado com um travesseiro enquanto ela dormia. Egwene estremeceu, mas disse a si mesma que foi por causa do frio.

Virando-se, ela começou seu lento e solitário caminho de volta para a tenda. Dormir bem? A lua cheia pairava baixa no céu, e ainda restavam algumas horas para a alvorada, mas ela não tinha certeza se conseguiria pregar os olhos.

Capítulo 16

Ausências inesperadas

Na manhã seguinte, antes de o sol formar sua circunferência no horizonte, Egwene convocou o Salão da Torre. Em Tar Valon, o ato teria sido acompanhado de considerável cerimônia, e, mesmo antes de deixar Salidar, elas haviam mantido a pompa em certo nível, apesar das dificuldades da viagem. Agora, Sheriam ia à tenda de cada Votante enquanto ainda estava escuro para anunciar que o Trono de Amyrlin convocara o Salão. Na verdade, nem chegavam a se sentar. No lusco-fusco logo antes do nascer do sol, dezoito mulheres de pé formaram um semicírculo na neve para ouvir Egwene, todas agasalhadas para se proteger do frio que lhes enevoava a respiração.

Outras irmãs começaram a aparecer por trás delas para escutar, só umas poucas, no início, mas, quando ninguém as mandou embora, o grupo se avolumou e se espalhou, criando um leve burburinho. Um burburinho bem silencioso. Poucas irmãs se arriscavam a incomodar uma Votante, menos ainda o Salão inteiro. Com seus mantos e vestidos listrados, as Aceitas que tinham aparecido depois das Aes Sedai eram mais caladas, claro, e mais quietas ainda eram as noviças sem tarefas reunidas ali, embora formassem um grupo bem maior. O acampamento contava naquele momento com uma vez e meia mais noviças que irmãs, tantas que poucas delas possuíam um manto branco adequado e a maior parte se contentava com uma saia branca simples, em vez do vestido de noviça. Algumas irmãs ainda acreditavam que deveriam voltar aos velhos hábitos e deixar que as garotas as procurassem, mas a maioria lamentava os anos perdidos, quando o número de Aes Sedai minguou. A própria Egwene só faltava estremecer toda vez que imaginava o que a Torre poderia ter se tornado. Aquela era uma mudança a que nem mesmo Siuan faria objeções.

Em meio a toda aquela assembleia, Carlinya contornou uma das tendas e parou ao avistar Egwene e as Votantes. Embora fosse em geral a imagem da compostura, a irmã Branca ficou boquiaberta e seu rosto pálido chegou a enrubescer antes que ela tratasse de se retirar, olhando para trás por cima do ombro. Egwene sufocou uma careta. Todas estavam muito preocupadas com o que ela tinha a dizer naquela manhã para terem percebido, porém, mais cedo ou mais tarde, alguém perceberia e ficaria curiosa.

Jogando para trás seu manto com bordados delicados para revelar a estreita estola azul de Curadora, Sheriam dedicou a Egwene a mesura mais formal que sua indumentária pesada permitia, antes de se posicionar ao seu lado. Toda enrolada em várias camadas de boa seda e lã, a mulher de cabelo de fogo era a serenidade encarnada. Após um meneio de cabeça de Egwene, ela deu um passo à frente para entoar a velha ladainha em alto e bom som.

— Ela chegou, ela chegou! A Vigia dos Selos, a Chama de Tar Valon, o Trono de Amyrlin. Compareçam todas, porque ela chegou!

Feito ali, o pronunciamento pareceu um pouco fora de lugar, sem falar que ela já estava lá esperando, não tinha acabado de chegar. As Votantes permaneceram em silêncio, à espera. Algumas franziam o cenho com impaciência, outras mexiam inquietas nos mantos ou nas saias.

Egwene jogou o manto para trás, deixando à mostra a estola de sete listras em volta do pescoço. Aquelas mulheres precisavam de qualquer lembrete possível de que ela era, de fato, o Trono de Amyrlin.

— Todas estão cansadas por viajar nessas condições — anunciou ela, nem de perto tão alto quanto Sheriam, mas o suficiente para que todas pudessem ouvir. Sentia um pontada de ansiedade, uma empolgação quase atordoante. Não era muito diferente de estar enjoada. — Decidi parar aqui por dois dias, talvez três. — A informação despertou atenção e suscitou interesse. Egwene esperava que Siuan estivesse na plateia. Ela realmente tentava se manter fiel aos Juramentos. — Os cavalos também precisam descansar, e muitos carroções necessitam de reparos urgentes. A Curadora tomará as devidas providências.

Agora, sim, tinha mesmo começado.

Ela não esperava contestações nem discussões, e não houve nenhuma. O que tinha dito a Siuan não era nenhum exagero. Muitas irmãs torciam por um milagre, para que não tivessem de marchar contra Tar Valon sob os olhares do mundo. Até entre as que estavam convictas de que Elaida devia ser afastada pelo bem da Torre, apesar de tudo que haviam feito, muitas irmãs se agarravam a qualquer chance de atraso, qualquer chance de que tal milagre acontecesse.

Uma dessas irmãs, Romanda, não esperou Sheriam pronunciar as frases finais. Tão logo Egwene terminou de falar, a mulher, parecendo bastante jovial com seu coque grisalho escondido pelo capuz, simplesmente se retirou. Com os mantos esvoaçando, Magla, Saroiya e Varilin saíram apressadas logo atrás. Tão apressadas quanto possível quando cada passo afundava na neve até o tornozelo. De todo modo, elas se saíram bem. Votantes ou não, mal pareciam respirar sem a permissão de Romanda. Quando Lelaine viu a mulher indo embora, tratou de tirar Faiselle, Takima e Lyrelle do semicírculo com um gesto e saiu sem dar nem uma olhadela para trás, feito um cisne com três filhotinhos exasperados. Podiam até não estar tão sob o controle de Lelaine quanto as outras três estavam sob o de Romanda, mas não estavam muito longe disso. Aliás, as demais Votantes mal esperaram o "Retirem-se agora, na Luz" sair dos lábios de Sheriam. Egwene se virou para ir embora com seu Salão da Torre já se dispersando em todas as direções. A pontada ficou mais forte. E *muito* parecida com enjoo.

— Três dias — murmurou Sheriam, oferecendo-lhe a mão para ajudá-la a seguir por um dos caminhos esburacados. Os cantos de seus olhos verdes oblíquos se enrugaram, curiosos. — Estou surpresa, Mãe. Me perdoe, mas você não arredou pé quase todas as vezes em que eu quis parar por mais de um.

— Venha falar comigo de novo depois que tiver conversado com os carroceiros e os ferradores — respondeu Egwene. — Não vamos longe com cavalos caindo mortos e carroções se desmanchando.

— Como quiser, Mãe — disse a outra mulher, não exatamente submissa, mas em perfeita anuência.

O chão não estava melhor do que na noite anterior, e seus passos por vezes derrapavam. De braços dados, as duas foram andando devagar. Sheriam oferecia mais apoio do que Egwene precisava, mas o fazia de forma quase furtiva. O Trono de Amyrlin não deveria se estatelar aos olhos de cinquenta irmãs e uma centena de serviçais, mas ela também não devia dar a impressão de ser amparada feito uma inválida.

A maioria das Votantes que lhe jurara lealdade, inclusive Sheriam, o fizeram por puro medo e por autopreservação. Se o Salão descobrisse que elas tinham enviado irmãs para persuadir as Aes Sedai em Tar Valon e, pior ainda, escondido o fato por medo de haver Amigos das Trevas entre as Votantes, elas com certeza absoluta passariam o resto da vida sob penitência e exílio. Então as mulheres que pensavam ser possível manipular Egwene feito um fantoche, depois de terem perdido grande parte de sua influência junto ao Salão, agora se viam juradas a lhe obedecer. Um caso raro até nas histórias secretas. Esperava-se que irmãs obedecessem à Amyrlin, mas jurar fidelidade já era outra história. A maioria delas ainda parecia incomodada com tudo aquilo, embora, de fato, obedecesse. Poucas se portavam tão mal quanto Carlinya, mas Egwene chegara a ouvir Beonin ranger os dentes na primeira vez em que a viu com as Votantes, depois de fazer o juramento. Morvrin parecia ficar estupefata sempre que batia os olhos em Egwene, como se ainda não acreditasse, e Nisao parecia eternamente de cenho franzido. Anaiya soltava muxoxos, e Myrelle vivia se encolhendo, ainda que não fosse só pelo juramento. Mas Sheriam, a rigor, decidira simplesmente assumir o papel de Curadora das Crônicas de Egwene, e não só no nome.

— Posso sugerir que use esta oportunidade para ver o que os arredores nos oferecem em termos de comida e forragem, Mãe? Nossos estoques estão baixos. — Sheriam franziu a testa, preocupada. — Especialmente chá e sal, embora eu duvide que a gente vá encontrar algum dos dois.

— Faça o que puder — respondeu Egwene em um tom tranquilizador.

Era até estranho pensar agora que já olhara para Sheriam com fascinação, e não fora pouco o medo que sentira de desagradá-la. Por mais esquisito que fosse, agora que ela não era mais Mestra das Noviças e não tentava mais forçar Egwene de todas as formas a fazer o que ela queria, Sheriam parecia mais feliz.

— Você tem toda a minha confiança, Sheriam.

A mulher abriu um largo sorriso ao ouvir o elogio.

O sol ainda nem aparecia por sobre as tendas e carroções a leste, mas o acampamento já fervilhava. Por assim dizer. Café da manhã servido, as cozinheiras já faziam a limpeza, auxiliadas por uma horda de noviças. Pelo afinco com que se dedicavam, as jovens pareciam se aquecer um pouco ao esfregar neve nos caldeirões, mas as cozinheiras moviam-se com dificuldade, alongando as costas, parando para suspirar e, por vezes, ajustar os mantos e olhar desoladas para a neve. Criados tremendo de frio, usando a maior parte das roupas que dispunham, haviam começado a desmontar as tendas e carregar os carroções de maneira automática tão logo finalizaram sua rápida refeição, e agora, aos trancos e barrancos, voltavam a montá-las e a tirar os baús dos carroções. Animais que já tinham sido encilhados eram levados por tratadores exaustos que andavam de cabeça baixa. Egwene chegou a ouvir resmungos de homens que não se deram conta de que havia irmãs por perto, mas a maioria parecia cansada demais para fazer qualquer reclamação.

A maioria das Aes Sedai cujas tendas continuavam de pé havia sumido em seu interior, mas um bom número seguia orientando os trabalhadores, enquanto outras andavam apressadas pelos caminhos pisoteados cuidando de seus afazeres.

Ao contrário de todos os demais, elas transpareciam tão pouco cansaço quanto os Guardiões, que, de alguma forma, conseguiam parecer que tinham dormido todas as horas necessárias naquele belo dia de primavera. Egwene desconfiava de que aquilo também fosse uma maneira como as irmãs buscavam forças em seus Guardiões, para muito além do elo. Quando um Guardião não admitia para si mesmo que estava com frio, cansado ou com fome, elas também tinham que aguentar firme.

Em uma das intercessões, Morvrin apareceu agarrada ao braço de Takima. Talvez para se apoiar, apesar de Morvrin ser larga o bastante para fazer Takima parecer ainda menor do que era. Talvez para impedir que Takima fugisse; Morvrin era obstinada quando traçava um objetivo. Egwene estranhou. Era de se esperar que Morvrin buscasse uma Votante para sua Ajah, a Marrom, mas teria apostado em Janya ou Escaralde. As duas sumiram de vista por trás de um carroção estacionado coberto por uma lona, Morvrin se curvando para falar no ouvido de sua acompanhante. Não dava para dizer se Takima estava prestando atenção.

— Algum problema, Mãe?

Egwene abriu um sorriso que lhe pareceu tenso.

— Os de sempre, Sheriam. Só os de sempre.

No Gabinete da Amyrlin, Sheriam se retirou para cumprir as tarefas que Egwene lhe incumbira, e Egwene entrou para se deparar com tudo pronto. Teria ficado surpresa, caso contrário. Selame estava pondo uma bandeja de chá na escrivaninha. Contas coloridas brilhantes corriam o finíssimo corpete da mulher e desciam pelas mangas, e com o nariz comprido empinado ela mal parecia uma serviçal à primeira vista, apesar de cumprir seus deveres. Dois braseiros cheios de carvão em brasa tinham aliviado um pouco a frieza do ar, embora a maior parte do calor se perdesse pela saída de exaustão. Ervas secas salpicadas no carvão davam um aroma agradável à fumaça que não escapava. A bandeja da noite anterior fora retirada, e a lamparina e as velas de sebo tinham sido aparadas e acesas. Ninguém deixava nenhuma tenda aberta o suficiente para entrar a luz de fora.

Siuan também já estava lá, com uma pilha de papéis nas mãos, uma expressão preocupada no rosto e uma mancha de tinta no nariz. A função de secretária dava às duas um motivo a mais para serem vistas conversando, e Sheriam não se importara nem um pouco em abrir mão daquele trabalho. A própria Siuan, no entanto, vivia resmungando. Para uma mulher que poucas vezes deixara a Torre desde que entrara como noviça, seu desgosto por ficar em ambientes fechados era visível. No momento, ela estava bancando uma enorme paciência e querendo que todos percebessem.

Apesar do nariz empinado, Selame sorria e fazia tantas mesuras que recolher o manto e as luvas de Egwene se transformava em uma pequena e elaborada cerimônia. A mulher ficou tagarelando sobre a Mãe colocar os pés para cima, que podia ser uma boa ideia ir buscar um cobertor para as pernas dela, e que talvez devesse ficar por ali, caso a Mãe quisesse mais alguma coisa, até que Egwene praticamente a botou para fora. O chá tinha gosto de menta. Naquele clima! Selame era uma provação, e mal podia ser considerada leal, ainda que tentasse.

Só que não havia tempo para descansar e bebericar chá. Egwene endireitou a estola e tomou seu lugar atrás da escrivaninha, dando um puxão distraído na perna da cadeira para que não se dobrasse sob seu corpo, como de costume. Siuan estava aninhada no alto de um banco meio bambo, do outro lado da mesa, e o chá esfriando. Não falaram de planos, nem de Gareth Bryne, nem de esperanças. O que podia ser feito naquele momento já tinha sido feito. Os relatos e problemas se amontoavam quando elas estavam em movimento, e o cansaço era maior que as tentativas de lidar com eles, mas, estacionadas ali como estavam, era preciso passar tudo a limpo. Ter um exército à frente não mudava nada.

Às vezes, Egwene se perguntava como conseguiam encontrar tanto papel, sendo que todo o resto parecia tão difícil. Os relatos que Siuan entregara esmiuçavam a escassez de vários itens e pouco mais que isso. Não apenas os que Sheriam mencionara, mas carvão, pregos e ferro para os carroceiros e ferradores, couro e barbante lubrificado para os fabricantes de arreios, óleo de lamparina, velas e uma infinidade de outras coisas, até sabão. E tudo que não estava acabando estava desgastado, de sapatos a tendas, tudo listado com a letra forte de Siuan, que ia ficando mais contundente quanto maior a necessidade do que ela listava. O total do dinheiro de que dispunham parecia ter sido posto no papel com a mais absoluta fúria. E não havia nada que pudesse ser feito a esse respeito.

Em meio à papelada de Siuan, liam-se várias observações de Votantes sugerindo formas de resolver o problema do dinheiro. Ou melhor, informando a Egwene o que pretendiam apresentar para o Salão. No entanto, nenhum dos planos oferecia grandes vantagens, e sim muitas arapucas. Moria Karentanis propunha suspender o pagamento dos soldados, ideia que Egwene acreditava que o Salão já havia entendido que faria o exército se desmanchar feito orvalho sob o sol do meio-dia. Malind Nachenin sugeria um apelo aos nobres próximos que parecia mais uma exigência e que poderia muito bem colocar todo o interior contra elas, assim como aconteceria com a sugestão de Salita Toranes de cobrar uma taxa nas cidadezinhas e vilarejos por onde passassem.

Amassando as três propostas no punho cerrado, Egwene sacudiu-as olhando para Siuan. Queria estar apertando a garganta das três Votantes.

— Será que *todas* acham que tudo tem que ser do jeito que elas querem, sem dar a mínima para a realidade? Luz, são *elas* que estão agindo que nem crianças!

— A Torre sempre deu um jeito de fazer seus desejos virarem realidade — respondeu Siuan de maneira complacente. — Lembre-se de que há quem diga que você também está ignorando a realidade.

Egwene deu uma fungada. Por sorte, não importava o que o Salão votasse, nenhuma das propostas poderia ser levada adiante sem um decreto dela. Mesmo naquelas circunstâncias restritas, ela tinha certo poder. Muito pouco, mas melhor que nada.

— O Salão é sempre ruim assim, Siuan?

A mulher assentiu e se mexeu sutilmente para tentar se equilibrar melhor. Nenhuma das pernas do banco era do mesmo tamanho.

— Mas poderia ser pior. Me lembre de contar sobre o Ano das Quatro Amyrlins, que foi uns cento e cinquenta anos depois da fundação de Tar Valon. Naquela época, os afazeres normais da Torre quase rivalizavam com o que vem acontecendo hoje em dia. Todas as mãos tentavam tomar o leme, se tivessem a chance. Chegaram até a ter dois Salões da Torre rivais em Tar Valon durante parte daquele ano. Parecido com agora. No fim das contas, praticamente todas acabaram fracassando, inclusive umas poucas que achavam que iam salvar a Torre. Algumas poderiam ter conseguido, se não tivessem se metido em areia movediça. De todo modo, a Torre sobreviveu, é claro. Ela sempre sobrevive.

Muita história se desenrolou ao longo de mais de três mil anos, boa parte dela suprimida, escondida de quase todos os olhares, mas Siuan parecia ter cada detalhe na ponta dos dedos. Devia ter passado boa parte dos seus anos na Torre com a cara *enterrada* naquelas histórias secretas. De uma coisa Egwene tinha certeza: evitaria o destino de Shein, se possível, mas não continuaria como estava, pouco melhor que Cemaile Sorenthaine. Muito antes do final do seu reinado, a decisão mais importante que fora deixada aos cuidados de Cemaile era qual vestido usar. Ela *teria* de pedir para Siuan lhe contar do Ano das Quatro Amyrlins, e não estava nem um pouco ansiosa para isso.

O raio de luz que penetrava pela abertura no teto sinalizou a passagem da manhã para o meio-dia, mas a pilha de papéis de Siuan não dava a impressão de ter diminuído. Qualquer interrupção, por menor que fosse, teria sido bem-vinda, até uma descoberta prematura. Bem, talvez isso não.

— Qual é o próximo, Siuan? — resmungou Egwene.

Um lampejo de movimento atraiu o olhar de Aran'gar, que espiou por entre as árvores em direção ao acampamento do exército, um círculo que obscurecia a visão das tendas das Aes Sedai, no meio. Uma fila de carroções-trenó se movia devagar rumo ao leste, escoltada por homens a cavalo. O sol pálido reluzia nas armaduras e pontas de lanças. Foi impossível não abrir um sorriso desdenhoso. Lanças e cavalos! Uma turba primitiva que não conseguia se deslocar mais rápido do que um homem a pé, liderada por um sujeito que não sabia o que estava acontecendo a cem milhas de distância. Aes Sedai? Poderia destruir todas elas, e as mulheres morreriam sem saber quem as estava matando. Claro que ela também morreria logo depois. Essa ideia a fez estremecer. O Grande Senhor concedia a muito poucos uma segunda chance de viver, e ela não desperdiçaria a sua.

Esperou até que os cavaleiros entrassem na floresta e sumissem de vista, então partiu de volta em direção ao acampamento, pensando distraída nos sonhos daquela noite. Atrás dela, a neve macia esconderia o que ela enterrara até a chegada da primavera, tempo mais que suficiente. Adiante, alguns dos homens no acampamento finalmente notaram sua presença e largaram o que faziam para observá-la. Ela sorriu involuntariamente e alisou a saia na altura dos quadris. Era difícil lembrar exatamente como tinha sido viver como homem. Teria sido um tolo tão fácil assim de se manipular? Atravessar aquela multidão carregando um cadáver sem ninguém perceber fora difícil até pra ela, mas a caminhada de volta foi prazerosa.

A manhã prosseguiu com um avanço aparentemente interminável da papelada, até que aconteceu o que Egwene sempre soubera que aconteceria. Determinados eventos cotidianos eram certos: faria um frio terrível, nevaria, haveria nuvens e céus cinzentos, e ventaria. E haveria visitas de Lelaine e Romanda.

Cansada de ficar sentada, Egwene estava esticando as pernas quando Lelaine entrou à toda na tenda, Faolain em seus calcanhares. O ar gélido entrou junto com elas antes que a aba da tenda se fechasse. Olhando em volta com um leve ar de desaprovação, Lelaine tirou as luvas azuis de couro enquanto deixava Faolain lhe tirar dos ombros o manto de pele de lince. Esbelta e elegante em seda azul-escura, com olhos penetrantes, ela parecia estar na própria tenda. Com um mero gesto dela, Faolain se retirou respeitosamente para um canto, segurando a peça de roupa, limitando-se a jogar para trás seu próprio manto. Era nítido que estava pronta para atender de imediato a qualquer outro aceno da Votante. Suas feições escuras denotavam uma resignação que não condizia muito com ela.

A compostura de Lelaine se desfez por um momento com um sorriso surpreendentemente caloroso para Siuan. Tinham sido amigas no passado, anos atrás, e ela chegara até a lhe oferecer algo parecido com o apadrinhamento que Faolain aceitara, a proteção e o acolhimento do braço de uma Votante contra os sarcasmos e as acusações de outras irmãs. Tocando o rosto de Siuan, Lelaine murmurou baixinho palavras que soaram compassivas. Siuan enrubesceu, uma incerteza espantosa transparecendo em seu semblante. Não era fingimento, Egwene tinha certeza. Siuan tinha dificuldades para lidar com suas verdadeiras mudanças e, mais que isso, com a facilidade com que se adaptara a elas.

Lelaine olhou para o banco em frente à escrivaninha e, como de costume, recusou claramente um assento tão instável. Só então, com um discretíssimo movimento de cabeça, fez menção à presença de Egwene.

— Precisamos conversar sobre o Povo do Mar, Mãe — disse ela em um tom um pouco mais firme que o apropriado ao Trono de Amyrlin.

Foi só quando o coração de Egwene desceu da garganta que ela se deu conta de que seu medo fora de que Lelaine já soubesse o que Lorde Bryne lhe contara. Ou até da reunião que estava providenciando. No instante seguinte, seu coração voltou a pular. O Povo do Mar? Claro que o Salão não tinha como ter ficado sabendo do acordo maluco que Nynaeve e Elayne haviam feito. Ela não conseguia imaginar o que as levara a cometer aquele desastre nem como resolveria a questão.

Com o estômago se revirando, ela tomou seu assento atrás da mesa sem demonstrar nada do que sentia. E a droga da perna da cadeira dobrou, quase derrubando-a sobre os tapetes antes que pudesse endireitá-la de novo. Esperava que suas bochechas não estivessem corando.

— O Povo do Mar em Caemlyn ou em Cairhien?

Sim, a pergunta soou com a calma e a compostura adequadas.

— Cairhien. — A voz aguda de Romanda ressoou como um súbito toque de sininhos. — Com certeza Cairhien.

A entrada da mulher fez a de Lelaine parecer quase acanhada, a força de sua personalidade de repente preenchendo toda a tenda. Romanda não era de sorrisos calorosos; seu rosto bonito não parecia talhado para eles.

Theodrin veio logo em seguida, e Romanda se livrou do manto com um giro floreado e o jogou para a irmã magra de bochechas coradas com um gesto peremptório que fez Theodrin partir correndo para o canto oposto ao de Faolain.

Faolain agia com discrição submissa, mas Theodrin tinha os olhos oblíquos arregalados como se vivesse assustada e os lábios que pareciam sempre prontos para arquejar. Tal qual Faolain, sua devida posição na hierarquia das Aes Sedai demandava uma função melhor, mas era improvável que qualquer uma das duas recebesse algo do tipo no curto prazo.

O olhar persuasivo de Romanda se deteve por um momento em Siuan, como se estivesse considerando também mandá-la para um canto, então passou quase com desdém por Lelaine antes se fixar em Egwene.

— Parece que aquele rapaz anda conversando com o Povo do Mar, Mãe. Os olhos-e-ouvidos das Amarelas em Cairhien estão animadíssimos. Você faz ideia de qual pode ser o interesse dele pelos Atha'an Miere?

Como sempre, apesar do título, Romanda não sugeria em nada que estava se dirigindo ao Trono de Amyrlin. Não havia a menor dúvida de quem era aquele "rapaz". Todas as irmãs do acampamento aceitavam que Rand era o Dragão Renascido, mas qualquer um que as ouvisse falar teria pensado que estavam se referindo a algum jovem bobo e desobediente que aparecia bêbado para jantar e ainda vomitava na mesa.

— Ela não tem como saber o que se passa na cabeça do garoto — intrometeu-se Lelaine antes que Egwene pudesse abrir a boca. Seu sorriso não foi nem um pouco caloroso desta vez. — Se há alguma resposta a ser obtida, Romanda, é em Caemlyn. Os Atha'an Miere de lá não estão isolados em um navio, e eu duvido muito que indivíduos de alta patente do Povo do Mar tenham se afastado tanto do oceano em missões diferentes. Nunca ouvi falar de eles terem feito isso por motivo algum. Pode ser que o Povo do Mar é que esteja interessado no garoto. A esta altura, já devem saber quem ele é.

Romanda sorriu de volta, e gelo deveria ter recoberto as paredes da tenda.

— Não há necessidade de dizer o óbvio, Lelaine. A primeira pergunta é como descobrir.

— Eu estava a ponto de resolver isso quando você interrompeu, Romanda. Na próxima vez em que a Mãe se encontrar com Elayne ou Nynaeve em *Tel'aran'rhiod*, pode dar instruções a elas. Merilille pode descobrir o que os Atha'an Miere querem, ou talvez o que o garoto quer, quando chegar a Caemlyn. Pena as garotas não terem pensado em definir um calendário regular de encontros, mas podemos contornar isso. Merilille pode se encontrar com uma Votante em *Tel'aran'rhiod* quando souber. — Lelaine fez um pequeno gesto. Claramente, essa tal Votante seria ela. — Pensei que Salidar poderia ser um lugar apropriado.

Romanda bufou, achando graça, mas sem qualquer cordialidade.

— Instruir Merilille é fácil, Lelaine, difícil é ela obedecer. Espero que ela saiba que será duramente questionada. Essa Tigela dos Ventos deveria primeiro ter sido trazida para nós a estudarmos. Nenhuma das irmãs em Ebou Dar tinha muita habilidade na Dança das Nuvens, acredito eu, e agora está aí o resultado, toda essa algazarra e essa imprevisibilidade. Estou pensando em solicitar um questionamento ao Salão a respeito de todas as envolvidas. — De repente, a voz da mulher grisalha ficou macia feito manteiga. — Até onde eu lembro, você apoiou a escolha de Merilille.

Lelaine se empertigou, os olhos lampejando.

— Apoiei quem as Cinzas indicaram, Romanda, nada mais que isso — rebateu ela, indignada. — Como eu poderia ter imaginado que ela ia decidir usar a Tigela lá? E incluir bravias do Povo do Mar no círculo! Como ela pôde achar que aquelas mulheres entendem tanto de manipulação do clima quanto as Aes Sedai?

De repente, sua ira se dissipou. Estava se defendendo diante de sua adversária mais ferrenha no Salão, de sua única adversária de fato. E, no que sem dúvida era pior sob seu ponto de vista, concordando com ela no que dizia respeito ao Povo do Mar. Claro que concordava, mas expressar isso era outra história.

Romanda aumentou seu sorriso gélido enquanto o rosto de Lelaine empalidecia de fúria. Com um cuidado meticuloso, ela endireitou as saias cor de bronze enquanto Lelaine buscava um jeito de virar o jogo.

— Vamos ver como o Salão se posiciona, Lelaine — disse ela, por fim. — Até o questionamento acontecer, acho melhor Merilille *não* se encontrar com nenhuma das Votantes envolvidas em sua seleção. Até uma sugestão de conluio seria vista com desconfiança. Tenho certeza de que você vai concordar que é melhor que eu fale com ela.

O rosto de Lelaine adquiriu uma palidez de outro tipo. Ela não estava com medo, não visivelmente, mas Egwene podia quase imaginá-la contando quem ficaria a seu favor e quem não. Conluio era uma acusação quase tão séria quanto traição, e exigia apenas o consenso mínimo. Era provável que ela conseguisse evitar isso, mas as discussões seriam profundas e mordazes. A facção de Romanda poderia até aumentar, o que causaria problemas incalculáveis, com os planos de Egwene rendendo frutos ou não. E não havia nada que ela pudesse fazer para evitar, a não ser revelar o que de fato acontecera em Ebou Dar. Daria no mesmo pedir a elas a mesma posição que Faolain e Theodrin tinham aceitado.

Egwene respirou fundo. Pelo menos talvez conseguisse evitar que Salidar fosse usada como ponto de encontro, em *Tel'aran'rhiod*. Era lá que ela agora se encontrava com Elayne e Nynaeve. Isso quando se encontravam, o que não fazia havia dias. Com Votantes entrando e saindo do Mundo dos Sonhos, era difícil encontrar um lugar onde se podia ter certeza de que elas não iam aparecer.

— Na próxima vez que eu encontrar Nynaeve ou Elayne, vou repassar suas instruções a respeito de Merilille. Posso avisar quando ela estiver pronta para se encontrar com vocês.

O que não aconteceria nunca, depois que ela terminasse de dar as instruções.

As Votantes viraram a cabeça, e dois pares de olhos a fitaram. Tinham se esquecido de sua presença! Penando para manter um semblante sereno, Egwene se deu conta de que batia o pé no chão, irritada, e parou. Ainda precisava aguentar por mais um tempo o modo como pensavam dela. Só mais um tempo. Ao menos não sentia mais náuseas. Apenas raiva.

Naquele momento de silêncio, Chesa entrou a toda com o almoço de Egwene em uma bandeja coberta com um pano. De cabeleira escura, rechonchuda e bonita em sua meia-idade, Chesa conseguia demonstrar respeito na dose certa sem ser bajuladora. Sua mesura foi tão simples quanto o vestido cinza-escuro com um pouco de renda na gola.

— Me perdoe a intromissão, Mãe, Aes Sedai. Sinto muito *mesmo* pelo atraso, Mãe, mas Meri parece ter ido passear.

Ela soltou um muxoxo exasperado ao deixar a bandeja na frente de Egwene. Ir passear não combinava muito com a tal Meri, chamada pelo nome errado. Aquela mulher dura era tão severa com os próprios defeitos quanto com os dos outros.

Romanda franziu o cenho, mas não falou nada. Afinal, não podia demonstrar tanto interesse em uma das criadas de Egwene. Menos ainda a mulher sendo sua espiã. Assim como Selame era a de Lelaine. Egwene evitou olhar para Theodrin e para Faolain, ambas ainda devidamente de pé em seus cantos como se fossem Aceitas, não Aes Sedai.

Chesa entreabriu a boca, mas voltou a fechar, talvez intimidada pelas Votantes. Egwene ficou aliviada quando ela se abaixou em mais uma mesura e saiu murmurando um "Com sua licença, Mãe". Chesa sempre a aconselhava de modo bastante sutil quando havia mais alguém presente, mas, naquele momento, a última coisa que Egwene queria era sequer o mais prudente dos lembretes para comer enquanto a comida ainda estava quente.

Lelaine tomou a palavra como se não tivesse havido nenhuma interrupção.

— O importante é descobrir o que os Atha'an Miere querem — pontuou ela com firmeza. — Ou o que o garoto quer. Pode ser que queira ser o rei deles também. — Estendendo os braços, ela permitiu que Faolain lhe recolocasse o manto, o que a mulher de pele escura fez com cuidado. — Você se lembrará de me informar se lhe surgir alguma ideia a respeito disso, Mãe? — Mal soou como um pedido.

— Vou pensar bastante — disse Egwene.

O que não significava que compartilharia seus pensamentos. Gostaria de ter alguma pista da resposta. Que os Atha'an Miere acreditavam que Rand era seu profetizado Coramoor, ela sabia, embora o Salão não soubesse, mas o que Rand queria deles, ou eles de Rand, Egwene não sabia nem por onde começar a imaginar. De acordo com Elayne, os membros do Povo do Mar que as acompanhavam não faziam a menor ideia. Ou diziam que não. Egwene quase desejava que uma das várias irmãs vindas dos Atha'an Miere estivesse no acampamento. Quase. De um jeito ou de outro, aquelas Chamadoras de Ventos *iam* causar problemas.

Com um aceno de Romanda, Theodrin pulou, empunhando o manto da Votante como se lhe tivessem dado um beliscão no traseiro. Pelo semblante de Romanda, a volta por cima de Lelaine não lhe agradara nem um pouco.

— Você se lembrará de dizer a Merilille que eu gostaria de falar com ela, Mãe — disse ela, e não soou nem um pouco como um pedido.

Por um breve momento, as duas Votantes ficaram se encarando, Egwene mais uma vez esquecida em meio a animosidade mútua. As mulheres partiram sem dar uma palavra a ela, só faltando se empurrar no caminho, antes de Romanda conseguir sair primeiro, com Theodrin em seu encalço. Com os dentes à mostra, Lelaine quase empurrou Faolain à frente dela para fora da tenda.

Siuan suspirou fundo e não fez o menor esforço para esconder seu alívio.

— Com sua licença, Mãe — murmurou Egwene em um tom zombeteiro. — Se me permite, Mãe. Podem ir, filhas.

Deixando escapar um longo suspiro, ela tornou a se acomodar na cadeira, que prontamente a fez cair estatelada nos tapetes. Ela se recompôs devagar e ajustou as saias, reposicionando a estola. Ao menos não tinha acontecido na frente daquelas duas.

— Vá buscar alguma coisa para comer, Siuan. E traga para cá. Ainda temos um longo dia pela frente.

— Algumas quedas doem menos que outras — disse Siuan, como que para si mesma, antes de sair. E foi bom ter ido rápido, senão Egwene poderia ter soltado os cachorros para cima dela.

No entanto, Siuan voltou logo, e as duas comeram pãezinhos e ensopado de lentilha com cenouras duras e pedaços de carne que Egwene preferiu não examinar de perto. Houve apenas umas poucas interrupções, intrusões que as deixavam em silêncio, fingindo analisar os relatos. Chesa veio retirar a bandeja e depois trocar as velas, tarefa que fez reclamando, o que não era do seu feitio.

— Quem diria que Selame também desapareceria? — resmungou ela, não muito baixo. — Foi se chamegar com os soldados, imagino. Aquela Halima é uma má influência.

Um jovem magricelo com o nariz escorrendo renovou os pedaços de carvão já apagados do braseiro — a Amyrlin ficava mais bem aquecida que a maioria, ainda que não muito —, tropeçando nas próprias botas e olhando boquiaberto para Egwene de maneira até bastante gratificante, em comparação com as duas Votantes. Sheriam veio perguntar se ela tinha mais alguma instrução e depois pareceu querer ficar por ali. Talvez os poucos segredos de que sabia a deixassem nervosa; seus olhos sem dúvida não paravam quietos.

E foi só. Egwene não sabia se era porque ninguém incomodava a Amyrlin sem motivo ou porque todo mundo estava ciente de que as decisões importantes eram tomadas no Salão.

— Estou estranhando esse relato de soldados saindo de Kandor rumo ao sul — pontuou Siuan assim que a aba da tenda caiu por trás de Sheriam. — Teve só esse, e é raro que nativos das Terras da Fronteira se afastem tanto da Praga, mas, como qualquer idiota sabe disso, é difícil que seja o tipo de história que alguém inventaria.

Ela já não estava lendo página nenhuma. Siuan conseguira manter um controle bastante tênue da rede de olhos-e-ouvidos da Amyrlin até aquele momento, e relatos, boatos e fofocas lhe chegavam em um fluxo constante, devendo ser analisados antes que ela e Egwene decidissem comunicá-los ao Salão. Leane tinha a própria rede, o que engrossava o fluxo. A maior parte era comunicada — algumas coisas o Salão precisava saber, e não havia nenhuma garantia de que as Ajahs comunicariam o que seus agentes descobrissem —, mas tudo precisava ser devidamente filtrado para que separassem o que poderia ser perigoso daquilo que só serviria para desviar a atenção do real objetivo.

Nos últimos tempos, poucas dessas informações eram úteis. Cairhien produzira uma infinidade de boatos sobre Aes Sedai se aliando a Rand ou, pior, servindo a ele, mas ao menos esses podiam ser descartados logo de cara. As Sábias não diziam quase nada a respeito de Rand ou de qualquer um ligado a ele, mas, segundo elas, Merana aguardava seu retorno, e as irmãs no Palácio do Sol, onde o Dragão Renascido mantinha seu primeiro trono, decerto eram sementes mais que suficientes para fazer brotar aquelas histórias. Outros rumores não eram tão ignorados com a mesma facilidade, mesmo que fosse difícil saber que conclusões tirar. Um tipógrafo de Illian garantia ter a prova de que Rand assassinara Mattin Stepaneos com as próprias mãos e destruíra seu corpo com o Poder Único, enquanto uma estivadora local afirmava ter visto o antigo Rei ser carregado, amarrado, amordaçado e enrolado em um tapete a bordo de um navio que partira à noite sob as bênçãos do capitão da Guarda do Porto. A primeira história era bem mais plausível, mas Egwene esperava que nenhum dos agentes das Ajahs a tivessem ouvido também. Já havia máculas demais no nome de Rand, na caderneta das Aes Sedai.

E seguia assim. Os Seanchan pareciam intensificar seu controle sobre Ebou Dar, enfrentando pouquíssima resistência. Talvez fosse de se esperar, em se tratando de uma terra onde a verdadeira autoridade da rainha acabava a poucos dias de viagem da capital, mas isso não servia de muito consolo. Os Shaido pareciam estar por toda parte, embora as notícias a respeito deles sempre chegarem por meio de alguém que ouvira falar de alguém que ouvira falar. A impressão era de que a maioria das irmãs acreditava que aqueles Shaido espalhados eram obra de Rand, apesar das negativas das Sábias, comunicadas por Sheriam. Claro que ninguém queria investigar tão de perto as supostas mentiras das Sábias. Eram centenas de desculpas, mas ninguém se mostrava disposta a se encontrar com elas em *Tel'aran'rhiod*, exceto pelas irmãs que juraram lealdade a Egwene, e só se fossem ordenadas. Anaiya definiu os encontros simplesmente como "lições de humildade bastante concisas", e não pareceu nem um pouco contente.

— Não podem ser tantos Shaido assim — resmungou Egwene.

Nenhuma erva fora acrescentada à segunda leva de carvão, que já se apagava em brasas fracas, e seus olhos doíam por causa da fumaça que pairava no ar. Canalizar para se livrar dela também acabaria dispersando o que restava de calor.

— Parte disso deve ser obra de bandidos — continuou ela. Afinal de contas, quem poderia diferenciar se um vilarejo fora esvaziado porque todos fugiram de salteadores ou dos Shaido? Ainda mais com uma informação vinda de uma terceira, ou quinta, mão. — Com certeza há bandidos suficientes por aí para ser responsáveis por parte disso.

A maioria deles se intitulava Devotos do Dragão, o que não ajudava em nada. Ela moveu os ombros para aliviar alguns nós na musculatura. De repente, Egwene se deu conta de que Siuan estava olhando para o nada de forma tão compenetrada, que parecia a ponto de escorregar do banco.

— Pegando no sono, Siuan? Tudo bem que passamos a maior parte do dia trabalhando, mas ainda está claro lá fora.

Havia mesmo luz entrando pela abertura da exaustão, embora parecesse estar minguando. Siuan piscou.

— Me desculpe. Tenho pensado numa coisa ultimamente e estou tentando decidir se falo para você. É sobre o Salão.

— Sobre o Salão? Siuan, se você souber de algo sobre o Salão...!

— Não é que eu *saiba* de algo — interrompeu ela. — Eu suspeito. — Siuan soltou um muxoxo irritado. — A rigor, não é nem uma suspeita. Ao menos não sei do que suspeitar. Mas percebo um padrão.

— Então é melhor me contar logo — disse Egwene.

Siuan se mostrara muito habilidosa para identificar padrões onde outras só enxergavam uma confusão. Trocando de posição no banco, Siuan se inclinou para a frente com uma expressão concentrada.

— É o seguinte: tirando Romanda e Moria, as Votantes escolhidas em Salidar são... jovens demais. — Siuan mudara em muitos aspectos, mas falar da idade das outras irmãs a deixava claramente desconfortável. — Escaralde é a mais velha, e tenho certeza de que não passa muito dos setenta. Não tenho como saber ao certo sem olhar no livro das noviças em Tar Valon ou sem que ela nos diga, mas tenho quase certeza. Não é comum o Salão ter mais de uma Votante com menos de cem anos, e aqui temos oito!

— Mas Romanda e Moria *são* novas — disse Egwene com delicadeza, apoiando os cotovelos na mesa. O dia tinha sido longo. — E nenhuma das duas é jovem. Talvez devêssemos ficar gratas pelas outras serem, senão é possível que não estivessem dispostas a me elevar.

Ela poderia ter observado que a própria Siuan tinha sido escolhida como Amyrlin com menos da metade da idade de Escaralde, mas lembrá-la disso teria sido cruel.

— Talvez — teimou Siuan. — Romanda estava destinada ao Salão assim que apareceu. Duvido que haja alguma Amarela que ousaria se opor a ela ter um assento. E Moria... Ela não se junta a Lelaine, mas é bem provável que Lelaine e Lyrelle achassem que se juntaria. Não sei, mas pode anotar: quando uma mulher é elevada jovem demais, é por algum motivo. — Ela respirou fundo. — Inclusive no meu caso.

Um lampejo da dor da perda pôde ser visto em seu rosto, a perda do Trono de Amyrlin, sem dúvida, mas talvez todas as perdas que sofrera. A expressão se foi tão rápido quanto surgiu. Egwene achava que nunca tinha conhecido uma mulher tão forte quanto Siuan Sanche.

— Desta vez, havia irmãs mais velhas mais que suficientes para se escolher, e eu não consigo imaginar cinco Ajahs barrando todas elas. Há um padrão, e eu vou descobrir qual é.

Egwene não concordava. O clima de mudança estava no ar, Siuan admitindo ou não. Elaida quebrara a tradição e chegara muito perto de infringir a lei ao usurpar o lugar de Siuan. Irmãs tinham fugido da Torre e deixado o mundo ficar sabendo, e esse último ponto era certamente algo inédito. Mudança. Irmãs mais velhas eram mais propensas a se prender a antigos costumes, mas até algumas delas tinham que enxergar que tudo vinha mudando. Era por isso, com toda a certeza, que mulheres mais jovens, mais abertas ao novo, tinham sido escolhidas. Será que ela deveria ordenar que Siuan parasse de perder tempo com aquilo? A mulher tinha muito o que fazer. Ou seria uma gentileza deixá-la seguir adiante? Siuan queria muito provar que a mudança que Egwene via não estava de fato acontecendo.

Antes que Egwene pudesse tomar uma decisão, Romanda entrou na tenda e ficou segurando a aba aberta. Sombras compridas se estendiam pela neve lá fora. A noite caía depressa. O rosto da mulher estava tão obscuro quanto as sombras. Ela cravou seu olhar severo em Siuan e só disse uma palavra:

— Saia!

Egwene fez um meneio quase imperceptível com a cabeça, mas Siuan já tinha se posto de pé. Ela titubeou, e então só faltou sair correndo da tenda. Esperava-se que uma irmã na posição de Siuan obedecesse a qualquer outra irmã que tivesse a força de Romanda com o Poder Único, não apenas uma Votante.

Deixando a aba cair, Romanda abraçou a Fonte. O brilho de *saidar* a envolveu, e ela teceu um círculo de selos de proteção no interior da tenda para barrar ouvidos bisbilhoteiros sem nem se dar o trabalho de fingir pedir permissão para Egwene.

—Você é uma tola! Por quanto tempo achava que conseguiria manter segredo? Soldados conversam, menina. Homens sempre falam! Bryne terá sorte se o Salão não enfiar a cabeça dele numa estaca.

Egwene se levantou devagar, arrumando a saia. Vinha aguardando aquele momento, mas mesmo assim precisava tomar cuidado. O jogo estava longe de estar decidido, e tudo ainda poderia se voltar contra ela em um piscar de olhos. Era preciso fingir inocência até poder se permitir não fingir mais.

— Devo lembrá-la de que ser rude com o Trono de Amyrlin é crime, filha — respondeu ela. Vinha fingindo por muito tempo, e já estava muito perto.

— O Trono de Amyrlin. — Romanda atravessou a passos largos os tapetes para se colocar ao alcance de Egwene, e, pelo seu olhar, a ideia de se aproximar ainda mais lhe passou pela cabeça. —Você é uma criança! Seu traseiro ainda se lembra da última sova que levou quando era noviça! Depois disso tudo, vai ser sorte sua o Salão não a colocar num canto com alguns brinquedinhos. Se quiser evitar isso, trate de me ouvir e fazer o que eu mandar. Agora sente-se!

Egwene fervia de raiva por dentro, mas se sentou. Estava cedo demais.

Com um meneio de cabeça duro e satisfeito, Romanda cravou as mãos na cintura. Ficou olhando para Egwene como uma tia severa repreendendo uma sobrinha malcomportada. Uma tia severíssima. Ou um carrasco com dor de dente.

— Agora que já foi providenciada, essa reunião com Pelivar e Arathelle precisa ir adiante. Eles esperam o Trono de Amyrlin e vão se encontrar com ela. Você vai comparecer com toda a pompa e dignidade que seu título impõe. E vai dizer a eles que eu falo por você e, depois disso, vai controlar a língua! Tirá-los do nosso caminho vai exigir mão firme e alguém que saiba o que está fazendo. Não há nenhuma dúvida de que Lelaine vai chegar a qualquer momento para tentar tomar a dianteira, mas é só você se lembrar da enrascada em que ela está metida. Passei o dia conversando com outras Votantes, e parece bem provável que as falhas de Merilille e Merana sejam bastante associadas a Lelaine na próxima sessão do Salão. Então, se você tiver alguma esperança de ganhar a experiência necessária para merecer esta estola, deixe comigo! Está entendendo?

— Perfeitamente — garantiu Egwene com o que esperava que fosse uma voz mansa.

Se deixasse Romanda falar em nome dela, não haveria mais nenhuma dúvida. O Salão e o mundo inteiro saberiam quem estava agarrando Egwene al'Vere pelo pescoço. Os olhos da mulher pareceram perfurar sua testa antes do seu breve meneio de cabeça.

— Espero que esteja mesmo. Pretendo remover Elaida do Trono de Amyrlin e não vou deixar que isso vá por água abaixo só porque uma criança acha que já sabe o suficiente para atravessar a rua sem dar a mão a ninguém.

Bufando, Romanda jogou o manto em volta do corpo e saiu marchando da tenda. O selo de proteção sumiu junto com ela. Egwene ficou sentada com o cenho franzido para a entrada da tenda. Criança? Que a Luz queimasse aquela mulher, ela era o Trono de Amyrlin! Gostassem ou não, elas a haviam elevado e iam ter que aceitar! Um dia. Ela pegou o tinteiro de pedra e arremessou na aba da tenda.

Lelaine se desviou, mal conseguindo evitar o jorro.

— Calma, calma — bronqueou ela, já entrando.

Sem pedir mais permissão do que Romanda, abraçou a Fonte e teceu um selo para impedir que alguém escutasse o que ela tinha a dizer. Se Romanda parecera furiosa, Lelaine aparentava estar contente, esfregando as mãos e sorrindo.

— Acredito que não preciso lhe dizer que seu segredinho vazou. Muito feio da parte de Lorde Bryne, mas o considero valioso demais para ser morto. E sorte dele. Vamos ver. Imagino que Romanda tenha lhe dito que essa reunião com Pelivar e Arathelle vai acontecer, mas que você vai deixá-la assumir a palavra. Acertei? — Egwene se agitou, mas Lelaine acenou com desdém. — Não precisa responder. Eu conheço Romanda. Para o azar dela, descobri tudo isso antes dela e, em vez de vir correndo falar com você, fui consultar as outras Votantes. Quer saber o que elas acham?

Egwene cerrou os punhos no colo, onde esperava que não fossem vistos.

— Imagino que você vá me contar.

— Você não está em condições de adotar esse tom de voz comigo — rebateu Lelaine com firmeza, mas, no instante seguinte, voltou a sorrir. — O Salão está descontente com você. Muito descontente. Qualquer que tenha sido a ameaça de Romanda, e é bem fácil imaginar qual foi, estou à altura. Ela, por outro lado, vem irritando várias Votantes com as intimidações que faz. Então, a menos que você queira se ver com ainda menos autoridade do que tem agora, Romanda vai se surpreender amanhã quando você me apontar para falar em seu nome. Difícil acreditar que Arathelle e Pelivar tenham sido tolos a ponto de armar essa situação, mas os dois vão recuar com o rabinho entre as pernas quando eu acabar com eles.

— Como eu vou saber que você não vai pôr suas ameaças em prática de qualquer jeito? — Egwene esperava que seu murmúrio raivoso soasse como mau humor. Luz, como estava cansada daquilo!

— Porque estou dizendo que não vou — rebateu Lelaine. — Você ainda não percebeu que não manda em nada? Quem manda é o Salão, e isso é entre Romanda e eu. Daqui a uns cem anos, você pode até fazer jus à estola, mas, por ora, fique quieta, cruze os braços e deixe alguém que sabe o que está fazendo cuidar de destronar Elaida.

Depois que Lelaine saiu, Egwene voltou a ficar ali sentada, o olhar perdido. Desta vez, sem deixar a raiva entrar em ebulição. *Você pode até fazer jus à estola.* Quase a mesma coisa que Romanda havia dito. *Alguém que sabe o que está fazendo.* Estaria *mesmo* se iludindo? Uma criança, estragando o que uma mulher com experiência poderia resolver facilmente?

Siuan entrou na tenda e a encarou, preocupada.

— Gareth Bryne acabou de vir me dizer que o Salão já sabe — avisou ela, seca. — Veio em segredo, com a desculpa de me perguntar sobre suas camisas. Ele e essas malditas camisas! A reunião está marcada para amanhã, em um lago a cerca de cinco horas ao norte. Pelivar e Arathelle já estão a caminho. Aemlyn também. É uma terceira Casa poderosa.

— É mais do que Lelaine e Romanda julgaram conveniente me contar — ponderou Egwene, igualmente seca.

Não. Cem anos sendo levada pela mão, puxada pelo pescoço, cinquenta anos que fossem, até cinco, e ela não estaria pronta para mais nada. Se era para crescer, tinha de crescer *já*.

— Ah, sangue e cinzas! — grunhiu Siuan. — Eu não aguento! O que elas disseram? Como foi?

— Como esperado. — Egwene sorriu com um encantamento que também perpassava sua voz. — Siuan, elas não poderiam ter me entregado mais o Salão nem se eu tivesse dito o que elas tinham que fazer.

A última luz estava esmaecendo quando Sheriam se aproximou de sua tendinha minúscula, menor até que a de Egwene. Não fosse ela a Curadora, teria tido que dividir. Abaixando-se para entrar, só teve tempo de perceber que não estava sozinha antes de ser blindada e arremessada de cara no catre. Estupefata, tentou gritar, mas o canto de um de seus lençóis se estofou em sua boca. O vestido e a anágua explodiram do seu corpo feito uma bolha alfinetada. Uma mão lhe acariciou a cabeça.

— Você deveria me informar tudo, Sheriam. Aquela garota está armando alguma coisa, e eu quero saber o quê.

Ela levou muito tempo para convencer quem a interrogava de que já tinha dito tudo que sabia, de que nunca mais esconderia uma só palavra, nem um sussurro. Quando finalmente foi deixada sozinha, permaneceu deitada toda enrolada, choramingando das chibatadas, desejando amargamente que nunca na vida tivesse falado com uma única irmã do Salão.

Capítulo 17

No gelo

No outro dia, um destacamento deixou o acampamento das Aes Sedai rumo ao norte bem antes da alvorada e quase em silêncio, exceção feita ao ranger de selas e ao ruído dos cascos quebrando a crosta de neve fresca. Aqui e ali, um cavalo bufava ou metal retinia e era logo abafado. A lua já estava baixa, o céu cintilava de estrelas, mas o lençol pálido que revestia tudo ali embaixo iluminava a escuridão. Quando os primeiros feixes da manhã surgiram a leste, já fazia uma hora ou mais que estavam viajando. O que não significava que tinham avançado muito. Em alguns trechos de descampado, Egwene pôde permitir que Daishar seguisse em um galope vagaroso que borrifava branco como se esguichasse água, mas, na maior parte do tempo, os cavalos caminharam, e nada depressa, em meio a florestas esparsas onde a neve formava montes profundos no solo e se agarrava aos galhos acima. Carvalhos e pinheiros, tupelos e folhas-de-couro, além de outras árvores que ela não reconhecia, pareciam ainda mais sofridas do que estavam no calor e na seca. Aquele dia marcava a Festa de Abram, mas não haveria prêmios escondidos em bolos de mel. Que a Luz enviasse dádivas inesperadas a algumas pessoas.

O sol surgiu e se ergueu, uma bola dourada e pálida que não esquentava nada. Cada respiração seguia forçando a garganta e produzindo uma lufada de vapor. Um vento penetrante soprava, não com força, mas cortante, e a oeste nuvens escuras se deslocavam para norte a caminho de Andor. Ela tinha certa pena de quem fosse sentir o peso daquelas formações. E alívio por estarem se afastando. Esperar mais um dia teria sido enlouquecedor. Não conseguira dormir nada, mas por estar irrequieta, não pelas dores de cabeça. Agitação e pitadas de medo que se esgueiravam feito o ar frio passando por baixo das bainhas da tenda. Não estava cansada, no entanto. Sentia-se como uma mola comprimida, um relógio de corda puxada, repleta de uma energia que queria desesperadamente ser liberada. Luz, tudo ainda poderia dar terrivelmente errado.

Era um destacamento impressionante, por detrás do estandarte da Torre Branca, a alva Chama de Tar Valon no centro de uma espiral de sete cores, uma para cada Ajah. Confeccionada em segredo em Salidar, ficara guardada desde então no fundo de um baú, as chaves aos cuidados do Salão. Egwene achava que, não fosse a necessidade de pompa daquela manhã, o estandarte não estaria sendo usado. Mil homens de cavalaria pesada com armaduras e malhas de aço proporcionavam uma escolta cuidadosa, uma panóplia de lanças, espadas, maças e machados poucas vezes vista ao sul das Terras da Fronteira. Seu comandante era um shienarano caolho com um tapa-olho colorido, um homem que ela encontrara uma vez, no que parecia uma Era atrás. Uno Nomesta olhava feio para as árvores por entre as barras de aço da viseira do elmo, como se estivesse na expectativa de que cada uma delas escondesse uma emboscada, e seus homens pareciam quase tão atentos, empertigados no alto das selas.

Mais adiante, quase fora do alcance da vista em meio às árvores, havia um grupo de homens usando elmos, placas no peito e nas costas, e mais nada de armadura. Seus mantos se agitavam livremente; tinham uma mão enluvada nas rédeas e a outra no arco curto que cada um deles empunhava, e mais nada com que pudessem se aquecer. Havia outros tantos à frente, e também à direita, à esquerda e mais atrás, para além da vista, somando mil a mais no total, todos de olho em tudo, monitorando. Gareth Bryne não esperava emboscadas por parte dos andorianos, mas já se enganara em outras oportunidades, dizia ele, e os murandianos eram outra história. E ainda havia a possibilidade de assassinos pagos por Elaida ou até mesmo de Amigos das Trevas. Só a Luz sabia quando um deles poderia decidir matar, e por quê. E, além do mais, embora se presumisse que os Shaido estivessem bem longe, a presença deles só costumava ser percebida quando a matança começava. Até bandidos poderiam tentar a sorte com um grupo muito pequeno. Lorde Bryne não era homem de correr riscos desnecessários, pelo que Egwene agradecia. Naquele dia, queria o máximo possível de testemunhas.

Ela própria viajava à frente do estandarte, junto com Sheriam, Siuan e Bryne, que pareciam mergulhados em pensamentos. Lorde Bryne seguia tranquilo no alto da sela, a névoa de sua respiração ritmada congelando um pouco a viseira, mas Egwene conseguia percebê-lo demarcando o território em sua mente com toda a calma. Para o caso de precisar lutar por ele. Siuan cavalgava com tamanha rigidez que estaria dolorida bem antes de chegarem ao destino, mas mantinha os olhos fixos no norte, como se já estivesse divisando o lago, e às vezes assentia ou sacudia a cabeça para si mesma, coisas que não faria se não estivesse nervosa. Sheriam sabia tanto quanto as Votantes sobre o que viria pela frente, mas dava a impressão de estar ainda mais nervosa que Siuan, mexendo-se o tempo todo na sela e fazendo caretas. Por algum motivo, raiva também cintilava em seus olhos verdes.

Logo atrás do estandarte vinha o Salão da Torre inteiro em coluna dupla, todas trajando sedas bordadas e veludos, peles e mantos refinados com a Chama bem visível às costas. Mulheres que raramente usavam mais ornamentos que o anel da Grande Serpente ostentavam as mais belas gemas que as caixinhas de joias do acampamento podiam oferecer. Seus Guardiões proporcionavam um espetáculo ainda mais esplêndido simplesmente por conta dos seus mantos furta-cor; partes do corpo dos homens parecia sumir conforme as inquietantes vestimentas remoinhavam na brisa forte. Os serviçais vinham em seguida, dois ou três para cada irmã, nos melhores cavalos que puderam ser providenciados para eles. Poderiam até se passar por nobres menores, se vários deles não estivessem conduzindo animais de carga. Todos os baús do acampamento tinham sido revirados para trajá-los com cores vivas.

Talvez por ser uma das Votantes sem Guardião, Delana trouxera Halima em uma égua branca serelepe. As duas cavalgavam quase encostando os joelhos. Vez ou outra, Delana se inclinava na direção de Halima para dizer algo em particular, embora a mulher parecesse agitada demais para ouvir. Em teoria, Halima era secretária de Delana, mas todos achavam que se tratava de um ato de caridade, quiçá de amizade, por mais improvável que parecesse, entre a elegante irmã de cabelo claro e a esquentada mulher do interior de cabelo preto. Egwene já havia visto a letra de Halima, que tinha o aspecto desajeitado da caligrafia de uma criança que ainda estava aprendendo a escrever. No momento, ela trajava uma indumentária tão fina quanto a de qualquer irmã, com gemas que rivalizavam tranquilamente até com as de Delana, de quem deviam ter vindo. Toda vez que uma rajada de vento abria seu manto de veludo, a mulher exibia uma quantidade chocante de busto, e ela sempre ria e não se apressava a ajustar a roupa, recusando-se a admitir que sentia o mesmo frio que as outras.

Pela primeira vez, Egwene estava grata por todas as peças de roupa que ganhara de presente, o que lhe permitia sobrepujar as Votantes. Sua seda azul e verde tinha detalhes em branco e era trabalhada com minúsculas pérolas. Havia pérolas ornando até o dorso de suas luvas. De última hora, um manto de pele de arminho fora oferecido por Romanda, e um colar e brincos de esmeraldas com opalas brancas, por Lelaine. As pedras-da-lua no cabelo vieram de Janya. A Amyrlin precisava estar resplandecente em um dia como aquele. Até Siuan parecia pronta para um baile, trajando veludos azuis e rendas creme, com uma faixa larga de pérolas no pescoço e outras tantas entremeadas pelo cabelo.

Romanda e Lelaine lideravam as Votantes, viajando tão grudadas no soldado que carregava o estandarte que o homem olhava nervoso por cima do ombro e, por vezes, conduzia seu cavalo até mais perto dos soldados que iam à sua frente. Egwene conseguiu não olhar para trás mais do que em uma ou duas ocasiões, mas sentia os olhos daquelas mulheres lhe queimando a nuca. As duas achavam que a tinham muito bem amarrada, mas deviam estar pensando qual barbante dera o laço. Ah, Luz, não podia dar errado. Não agora.

Destacamento à parte, pouca coisa se movia em toda aquela paisagem coberta de neve. Um falcão de enorme envergadura passou um tempo voando em círculos naquele céu azul gelado antes de bater asas em direção ao leste. Por duas vezes, Egwene viu raposas de cauda preta trotando à distância, ainda com sua pelagem de verão, e, em uma ocasião, um veado grande com chifres altos cheios de ramificações passou furtivamente ao longe e sumiu em meio às árvores. Uma lebre que apareceu bem debaixo dos cascos de Bela e saiu saltitando em disparada fez a égua desgrenhada sacudir a cabeça, no que Siuan soltou um ganido e tratou de lhe segurar as rédeas como se esperasse que o animal fosse sair desembestado. Claro que Bela só soltou uma bufada de reprovação e seguiu em frente devagar. O grande capão ruão de Egwene se mostrou mais arisco, e a lebre nem chegara perto dele.

Siuan começou a resmungar sozinha depois que o animal deu no pé e levou bastante tempo para afrouxar as rédeas de Bela. Andar a cavalo era algo que a deixava ranzinza — sempre que possível, ela viajava em um dos carroções —, mas era raro vê-la tão mal-humorada. Bastava olhar para Lorde Bryne, ou para as encaradas furiosas que a mulher lhe dirigia, para saber por quê.

Se percebia os olhares de Siuan, Bryne não demonstrava. O único que não trajava nada ornamentado, seu visual era o mesmo de sempre, simples e ligeiramente surrado. Uma rocha que suportara tempestades e que aguentaria o que mais viesse. Por algum motivo, Egwene estava contente por ele ter resistido aos esforços de trajá-lo com vestes mais luxuosas. Elas precisavam, de fato, causar uma boa impressão, mas ela acreditava que ele causaria uma melhor ainda da forma como estava.

— Bela manhã para se estar na sela — comentou Sheriam depois de certo tempo. — Nada como uma boa cavalgada na neve para desanuviar a cabeça.

Ela não falou baixo, e desviou o olhar para a ainda resmunguenta Siuan com um sorrisinho no rosto. Siuan não falou nada — não podia conversar diante de tantos olhos —, mas dirigiu a Sheriam um olhar contundente, que prometia uma bronca mais tarde. A mulher de cabelo cor-de-fogo se virou de maneira abrupta, quase se retraindo. Asa, sua égua rajada cinzenta, saltitou alguns passos, obrigando Sheriam a acalmá-la quase com força demais. Ela demonstrara pouca gratidão à mulher que a nomeara Mestra das Noviças e, assim como a maioria que ocupava essa posição, encontrara motivos para culpar Siuan. Era o único defeito que Egwene identificara nela desde o juramento. Bem, ela até se queixara de que, enquanto Curadora, não deveria ser obrigada a acatar ordens de Siuan como as outras, mas Egwene percebera logo de cara no que aquilo ia dar. Não foi a primeira vez que Sheriam tentara semear a discórdia. Siuan insistia em lidar sozinha com ela, e seu orgulho estava frágil demais para Egwene negar-lhe o pedido, a menos que a situação saísse de controle.

Egwene desejou que houvesse uma forma de apertar o passo. Siuan retomou seus resmungos e Sheriam estava claramente pensando no que mais poderia dizer que não lhe rendesse uma bronca. Todos aqueles grunhidos e olhares tortos já estavam começando a irritar Egwene. Passado um tempo, até a postura equilibrada de Bryne começou a dar sinais de desgaste. Ela se viu pensando no que poderia dizer para abalar a fleuma do sujeito. Infelizmente — ou felizmente, talvez —, acreditava que nada abalaria. Mas, se tivesse de esperar muito mais, achava que poderia acabar explodindo de impaciência.

O sol já subia em direção ao meio-dia, as milhas dolorosamente lentas iam passando, até que, por fim, um dos cavaleiros mais adiante se virou e levantou a mão. Com um ligeiro pedido de desculpas para Egwene, Bryne galopou até lá. Seu capão baio robusto, Andarilho, parecia mais uma tora rasgando a neve, mas ele alcançou os homens, trocou algumas palavras, e então os despachou em meio às árvores e esperou Egwene e as demais chegarem até ele.

Quando Bryne voltou a se posicionar ao lado dela, Romanda e Lelaine se juntaram a eles. As duas Votantes mal deram atenção a Egwene e cravaram os olhos no capitão com a serenidade tranquila que abalava muitos homens que se viam diante de Aes Sedai. Só que, de vez em quando, uma olhava de soslaio para a outra de modo avaliativo. Mal pareciam estar cientes do gesto. Egwene esperava que estivessem metade tão nervosas quando ela estava. Já ficaria satisfeita.

Olhares friamente serenos se derramaram sobre Bryne feito chuva na rocha. Ele fez pequenas reverências para as Votantes, mas se dirigiu a Egwene.

— Já chegaram, Mãe. — Isso já era esperado. — Trouxeram quase tantos homens quanto nós, mas estão todos na margem norte do lago. Despachei batedores para garantir que ninguém tente dar a volta, mas não creio realmente que farão isso.

— Vamos torcer para que você esteja certo — rebateu Romanda em tom brusco, no que Lelaine acrescentou, com um tom de voz muito mais frio:

— Ultimamente, seu julgamento não tem sido tão bom quanto deveria, Lorde Bryne. — Um tom gélido e cortante.

— Se você diz, Aes Sedai.

Ele fez mais uma reverência sutil sem se desviar de fato de Egwene. Assim como Siuan, estava explicitamente ligado a ela agora, pelo menos até onde o Salão sabia. Se ao menos elas não soubessem o quanto... Se ao menos Egwene pudesse ter certeza do quanto...

— Mais um detalhe, Mãe — prosseguiu ele. — Talmanes também está lá no lago. Há cerca de cem homens do Bando na margem leste. Não é um número suficiente para criar problema nem se ele quisesse, e acho improvável que queira.

Egwene se limitou a um meneio de cabeça. Não seria um número suficiente para criar problema? Talmanes sozinho talvez já criasse! Ela sentiu gosto de bile. Não... podia... dar... errado... justo... agora!

— Talmanes! — exclamou Lelaine, a serenidade se desfazendo. A mulher *devia* estar tão nervosa quanto Egwene. — Como ele descobriu? Se você tiver incluído Devotos do Dragão no seu plano, Lorde Bryne, vai aprender o que significa ir longe demais!

Romanda rosnou logo depois:

— Que desgraça! E você diz que só ficou sabendo da presença dele agora? Se for verdade, a sua reputação é mais inchada que um furúnculo!

Ao que parecia, a calma das Aes Sedai não passava de uma fina película naquele dia. As duas seguiram nesse tom, mas Bryne saiu cavalgando, limitando-se a murmurar o ocasional "Como quiser, Aes Sedai" sempre que precisava falar alguma coisa. Tinha ouvido coisa pior na audiência com Egwene naquela manhã e já não esboçava mais nenhuma reação. Foi Siuan quem finalmente soltou uma bufada, para em seguida enrubescer quando as Votantes olharam surpresas para ela. Egwene quase balançou a cabeça. Siuan com certeza estava apaixonada. E, com certeza *absoluta*, precisava de um puxão de orelha! Por algum motivo, Bryne abriu um sorriso, mas podia ter sido apenas por ter deixado de ser o objeto da atenção das Votantes.

As árvores deram lugar a outro descampado maior que a média, e já não houve mais tempo para pensamentos frívolos.

Tirando uma ampla circunferência de taboas e bambus marrons bem altos que se projetavam da neve, nada indicava que aquilo era um lago. Poderia ser um prado vasto, plano e mais ou menos ovalado. A alguma distância da linha de árvores, no próprio lago congelado, havia um grande toldo azul sustentado por postes altos com uma pequena multidão andando para lá e para cá e dezenas de cavalos seguros por serviçais logo atrás. A brisa fazia ondear um amontoado reluzente de flâmulas e estandartes e propagava gritos abafados que só podiam ser ordens. Mais serviçais saíram zanzando apressados. Ao que parecia, não haviam estado ali por tempo suficiente para finalizar os preparativos.

A cerca de uma milha dali, as árvores ressurgiam e a luz tênue do sol refletia em metal. Em bastante metal, estendendo-se até a margem oposta. A leste, quase à mesma distância que o pavilhão, os cem homens do Bando não faziam o menor esforço para se esconder, mantendo-se ao lado de suas montarias um pouco antes de onde começavam as taboas. Alguns deles apontaram quando a Chama de Tar Valon apareceu. O pessoal no pavilhão parou para ver.

Egwene não fez nenhuma pausa antes de seguir em direção ao gelo coberto de neve. Imaginou a si mesma, no entanto, como um botão de rosa se abrindo ao sol, aquele velho exercício de noviça. Não chegou a abraçar *saidar*, mas a calma que proporcionava era bem-vinda.

Siuan e Sheriam vieram a seguir, bem como as Votantes com seus Guardiões e os serviçais. Lorde Bryne e o porta-estandarte foram os únicos soldados que as acompanharam. Gritos irrompendo atrás dela indicaram Uno posicionando seus cavaleiros de armadura ao longo da margem. Os soldados de armadura mais leves foram dispostos nos dois flancos, os demais defendendo qualquer possível traição. Um dos motivos para o lago ter sido escolhido foi o gelo ser espesso o bastante para aguentar um bom número de cavalos, mas não centenas, menos ainda milhares, o que reduzia as chances de trapaça. Claro que um pavilhão fora do alcance de flechas não estava fora do alcance do Poder Único, não se pudesse ser visto. Exceto pelo fato de que até o pior homem do mundo sabia que estava salvo disso, a menos que ameaçasse uma irmã. Egwene soltou o ar com força e tornou a recuperar a calma.

Uma recepção adequada ao Trono de Amyrlin deveria ter tido serviçais vindo apressados com bebidas quentes e panos enrolados em tijolos quentes, além dos próprios lordes e ladies tomando a iniciativa e oferecendo um beijo em nome de Abram. Qualquer visitante de baixa estirpe teria tido serviçais, mas ninguém se afastou do pavilhão. O próprio Bryne desmontou e foi segurar a rédea de Daishar, e o mesmo jovem magrelo que fora levar o carvão fresco na véspera correu para firmar o estribo de Egwene. Seu nariz continuava escorrendo, mas, trajando um casaco de veludo vermelho só um tantinho grande para ele, além de um manto azul-brilhante, o garoto ofuscava qualquer um dos nobres que observavam a cena debaixo do toldo. Em sua maioria, os nobres pareciam vestir lãs pesadas sem muitos bordados e com muito pouca seda ou rendas. Era provável que tivessem precisado se virar para encontrar roupas adequadas tão logo começou a nevar, e todos eles já em marcha. A grande verdade, porém, era que o jovem poderia ter ofuscado até um Latoeiro.

Tapetes haviam sido estendidos como assoalho no pavilhão e braseiros estavam acesos, embora a brisa levasse embora tanto o calor quanto a fumaça. Duas fileiras de cadeiras, uma de frente para a outra, abrigariam as delegações, oito assentos em cada. Não esperavam tantas irmãs. Alguns nobres que aguardavam trocaram olhares consternados, e vários dos seus serviçais chegaram a torcer as mãos, se perguntando o que fazer. Isso não era necessário.

As cadeiras eram uma miscelânea descombinada, mas todas do mesmo tamanho e nenhuma notadamente mais surrada ou desgastada que a outra. E nenhuma tinha visivelmente mais nem menos entalhes dourados. O jovem magricelo e vários outros foram entrando e, sob o cenho franzido dos nobres, mas sem pedir muita licença, trouxeram para a neve os assentos que se destinavam às Aes Sedai, depois correram para ajudar a descarregar os animais. Ainda assim, ninguém disse uma única palavra.

Rapidamente, foram arranjados assentos em número suficiente para o Salão inteiro, e para Egwene. Apenas bancos simples, apesar de terem sido polidos até reluzirem, mas cada um deles em cima de uma caixa larga coberta com um pano da cor da Ajah da Votante, e dispostos em uma fileira comprida da largura do toldo. A caixa posicionada na frente, para o banco de Egwene, era listrada tal qual sua estola. Houvera atividade intensa durante a noite, começando com encontrar a cera para o polimento e bons tecidos, das cores certas.

Quando Egwene e as Votantes tomaram seus lugares, ficaram um pé mais altas que os demais. Ela chegara a hesitar quanto àquela atitude, mas a ausência de qualquer palavra de boas-vindas as dissipara. Até o fazendeiro mais rude teria oferecido uma xícara e um beijo a um vagabundo durante a Festa de Abram. Elas não eram suplicantes e não eram iguais. Eram Aes Sedai.

Os Guardiões se postaram atrás de suas Aes Sedai, e Siuan e Sheriam flanquearam Egwene. As irmãs jogaram os mantos para trás e tiravam as luvas de forma ostensiva, para deixar bem claro que o frio não as incomodava, em um claro contraste com os nobres, que se encolhiam em seus mantos. Do lado de fora, a Chama de Tar Valon se erguia na brisa que se intensificava. Apenas Halima, sentada na beirada da caixa cinza e recostada ao lado da cadeira de Delana, estragava aquela imagem solene, mas seus olhões verdes fitavam os andorianos e murandianos de forma tão desafiadora que o estrago nem era tão grande assim.

Houve algumas encaradas quando Egwene tomou o assento da frente, mas só algumas. Ninguém parecia realmente surpreso. *Suponho que já tenham ficado sabendo da garota Amyrlin*, pensou ela com frieza. Bem, já houvera rainhas mais jovens, inclusive em Andor e Murandy. Com toda a calma, ela fez um meneio de cabeça, e Sheriam gesticulou para a fileira de cadeiras. Independentemente de quem tivesse chegado primeiro ou providenciado o pavilhão, já não restavam dúvidas sobre quem tinha convocado a reunião. Sobre quem estava no comando.

Claro que sua ação não foi bem recebida. Houve um momento de hesitação silenciosa enquanto os nobres tentavam pensar em alguma forma de recuperar a igualdade, e não foram poucas as caras feias à medida que foram se dando conta de que não teriam como. De cara fechada, oito deles se sentaram, quatro homens e quatro mulheres, com muita irritação no recolher de mantos e arrumar de saias. Aqueles de posições menores ficaram atrás das cadeiras, e estava bem claro que andorianos e murandianos não morriam de amores uns pelos outros. Na verdade, os murandianos, tanto os homens quanto as mulheres, resmungavam e empurravam uns aos outros tão agressivamente pela primazia quanto o faziam em relação a seus "aliados" do norte. As Aes Sedai também receberam uma boa dose de olhares mal-encarados, e houve quem olhasse feio para Bryne, que se posicionou em uma das laterais com o elmo debaixo do braço. Ele era bem conhecido nos dois lados da fronteira e respeitado até pela maior parte dos que gostariam de vê-lo morto. Ao menos fora assim antes de ele aparecer liderando o exército das Aes Sedai. Bryne ignorou aqueles semblantes ácidos da mesma maneira como ignorara a acidez da língua das Votantes.

Um outro sujeito não se juntou a nenhum dos dois grupos. Um homem pálido, pouco mais alto que Egwene e trajando casaco escuro e armadura peitoral, tinha a frente da cabeça raspada e ostentava um lenço vermelho comprido amarrado no braço esquerdo. Seu manto cinza-escuro trazia uma mão vermelha grande na altura do peito. Talmanes se colocou de frente para Bryne e ficou apoiado em um dos postes do pavilhão com uma naturalidade arrogante, de olho em tudo e sem dar nenhuma pista do que pensava. Egwene gostaria de saber o que ele estava fazendo ali. E gostaria de saber o que ele tinha dito antes da chegada dela. Em todo caso, precisava falar com ele. Caso pudesse fazer isso sem uma centena de ouvidos escutando.

Um homem esguio e envelhecido de manto vermelho, sentado bem no meio da fileira de cadeiras, se inclinou à frente e abriu a boca, mas Sheriam se antecipou a ele em alto e bom som.

— Mãe, me permita apresentá-la, de Andor, Arathelle Renshar, Grão-Trono da Casa Renshar. Pelivar Coelan, Grão-Trono da Casa Coelan. Aemlyn Carand, Grão-Trono da Casa Carand, e o marido dela, Culhan Carand.

Cada um assentiu a contragosto ao ouvir seu nome, e nada mais. Pelivar era o homem esguio, com o cabelo escuro rareando na frente da cabeça. Sheriam prosseguiu sem fazer nenhuma pausa; que bom Bryne tinha conseguido lhe repassar os nomes dos que haviam sido escolhidos para falar.

— Me permita apresentá-la, de Murandy, Donel do Morny a'Lordeine. Cian do Mehon a'Macansa. Paitr do Fearna a'Conn. Segan do Avrahin a'Roos.

Os murandianos aparentavam sentir até mais que os andorianos a falta de títulos. Donel, ostentando mais rendas que a maioria das mulheres, contorcia furiosamente o bigode enrolado, e Paitr dava a impressão de que estava tentando arrancar o dele. Segan apertou os lábios carnudos, seus olhos escuros flamejando, enquanto Cian, uma mulher baixinha e grisalha, soltou uma sonora bufada. Sheriam não deu atenção.

— Vocês estão sob o olhar da Vigia dos Selos. Vocês estão diante da Chama de Tar Valon. Podem apresentar suas súplicas ao Trono de Amyrlin.

Bem, ninguém gostou nada daquilo, nem um pouco. Se Egwene os achou azedos antes, agora parecia que tinham se entupido de caqui verde. Talvez tivessem acreditado que poderiam fingir que ela não era o Trono de Amyrlin. Iam aprender. Mas claro que, primeiro, ela precisava ensinar isso ao Salão.

— Há laços ancestrais entre Andor e a Torre Branca — disse ela, alto e firme. — As irmãs sempre esperaram boas-vindas em Andor ou em Murandy. Sendo assim, por que trazer um exército contra as Aes Sedai? Estão se metendo onde tronos e nações temem se intrometer. Tronos já caíram por interferirem em assuntos das Aes Sedai.

As palavras soaram apropriadamente ameaçadoras, independentemente se Myrelle e as demais tinham pavimentado seu caminho. Com sorte, estariam na estrada de volta para o acampamento, e sem ninguém saber de nada. A menos que um daqueles nobres pronunciasse o nome errado. Isso a faria perder alguma vantagem contra o Salão, mas, levando-se em conta todo o contexto, seria uma palha diante de um palheiro.

Pelivar trocou olhares com a mulher sentada ao lado dele, que se levantou. As rugas em seu rosto não disfarçavam o fato de que Arathelle havia sido uma mulher bonita e delicada quando jovem. Agora, as mechas grisalhas corriam sua cabeleira e seu olhar era tão duro quanto o de qualquer Guardião. Suas mãos calçadas com luvas vermelhas agarraram o manto que lhe pendia nas laterais do corpo, mas claramente sem a menor preocupação. Com a boca comprimida em uma linha bem fina, ela correu os olhos pela fileira de Votantes e só então falou. Ignorando a Amyrlin, dirigindo-se às irmãs atrás dela. Rangendo os dentes, Egwene simulou uma expressão atenta.

— Estamos aqui exatamente porque não queremos nos meter nos assuntos da Torre Branca. — A voz de Arathelle tinha ares de autoridade, o que não era surpresa em se tratando do Grão-Trono de uma Casa poderosa. Não havia o menor sinal da humildade que se poderia esperar até mesmo de um Grão-Trono poderoso se pronunciando diante de tantas irmãs, sem falar no Trono de Amyrlin. — Se o que escutamos for verdade, então, na melhor das hipóteses, permitir que vocês passem livremente por Andor pode parecer, aos olhos da Torre Branca, uma prestação de auxílio ou até a formação de uma aliança. Não enfrentá-las pode significar descobrir o que as uvas sentem ao irem para a prensa.

Vários murandianos fizeram cara feia para ela. Ninguém em Murandy tentara impedir a passagem das irmãs. Era bem provável que ninguém tivesse considerado as possibilidades depois do dia em que elas passaram para terras estrangeiras.

Arathelle continuou como se não tivesse percebido nada, mas Egwene duvidava.

— Na pior das hipóteses... ouvimos falar de... relatos... de Aes Sedai entrando em Andor em segredo. De Guardas da Torre também. "Boatos" talvez defina melhor, mas eles chegam de muitos lugares. Ninguém aqui gostaria de ver uma batalha entre Aes Sedai em Andor.

— Que a Luz nos preserve e proteja! — irrompeu Donel, o rosto corado. Paitr meneou a cabeça em sinal de encorajamento, deslizando até a beirada do assento, e Cian também parecia pronta para se meter na conversa. — Ninguém quer ver isso aqui também! Não entre Aes Sedai! Tenham certeza de que ouvimos falar do que aconteceu a leste! E aquelas irmãs...!

Egwene respirou um pouco melhor quando Arathelle o interrompeu com firmeza.

— Por gentileza, Lorde Donel, o senhor terá sua vez de falar.

A mulher tornou a se voltar para Egwene, ou para as Votantes, na realidade, sem esperar a resposta do lorde, deixando-o gaguejando e os outros três murandianos fazendo cara feia. Ela mesma parecia bastante impassível, apenas uma mulher expondo os fatos. Expondo-os e dando a entender que deviam ser vistos como ela os via.

— Como eu dizia, esse é o nosso maior medo, caso as histórias sejam verdadeiras. E também se não forem. Pode haver Aes Sedai se reunindo em segredo em Andor, e acompanhadas de Guardas da Torre. Aes Sedai com um exército estão prontas para entrar em Andor. É comum que a Torre Branca finja mirar em um alvo, para então nós descobrirmos depois que o alvo sempre tinha sido outro. Nem consigo imaginar a Torre Branca chegando a esse ponto, mas, se já existiu algum alvo capaz de fazer vocês botarem os pés pelas mãos, esse alvo é a Torre Negra. — Arathelle estremeceu um pouco, e Egwene não achou que tivesse sido por conta do frio. — Uma batalha entre Aes Sedai poderia arruinar todo o território por milhas e milhas. Uma batalha *dessas* poderia arruinar metade de Andor.

Pelivar tratou de se pôr de pé.

— Para resumir a questão, vocês devem seguir em outra direção. — Sua voz era surpreendentemente aguda, mas não menos firme que a de Arathelle. — Se eu tiver que morrer para defender minhas terras e meu povo, melhor então que seja aqui do que em um ponto em que minhas terras e meu povo também morram.

Quando Arathelle fez um gesto tranquilizador, o homem recuou e voltou a se afundar na cadeira. De olhar duro, não pareceu nem um pouco abrandado. Aemlyn, uma mulher rechonchuda enrolada em lã escura, fez que sim com a cabeça, concordando com ele, assim como o fez seu marido de rosto quadrado. Donel encarava Pelivar como se também nunca tivesse pensado aquilo, e não foi o único. Alguns dos murandianos que se encontravam de pé começaram a discutir em voz alta, até os outros os aquietarem. Às vezes agitando o punho cerrado. O que havia levado aquela gente a juntar forças com os andorianos?

Egwene respirou fundo. Um botão de rosa se abrindo para o sol. Eles não ofereceram a ela a deferência ao Trono de Amyrlin — Arathelle chegara o mais próximo possível de ignorá-la sem empurrá-la para o lado! —, mas lhe entregaram tudo mais que ela poderia querer. Calma. Chegara o momento em que Lelaine e Romanda estariam esperando que ela apontasse uma das duas para conduzir as negociações. Egwene desejava que o estômago das duas estivesse revirado só de imaginar qual delas seria. Não haveria negociação nenhuma. Não podia haver.

— Elaida é uma usurpadora que violou a essência do que significa fazer parte da Torre Branca. Eu sou o Trono de Amyrlin. —— disse ela em um tom de voz equilibrado, encarando Arathelle e os nobres sentados um a um. Ficou surpresa com a forma imponente com que conseguiu se expressar, com sua frieza. Mas não tão surpresa quanto teria ficado outrora. Que a Luz a ajudasse, ela *era* o Trono de Amyrlin. — Nós vamos a Tar Valon para remover Elaida e julgá-la, mas isso é um assunto da Torre Branca, não de vocês, a quem só cabe saber a verdade. Essa tal Torre Negra também só diz respeito a nós. Homens capazes de canalizar sempre foram problema da Torre Branca. Vamos lidar com eles como acharmos melhor, e quando for a hora, mas garanto a vocês que não será neste momento. Questões mais importantes devem ter prioridade.

Ela ouviu movimento entre as Votantes sentadas logo atrás, uma inquietação nos bancos e o nítido farfalhar de saias sendo arrumadas. Ao menos algumas delas deviam estar bastante agitadas. Bem, várias haviam sugerido que a Torre Negra era algo que poderia ser resolvido de passagem. Ninguém acreditava que pudesse haver mais que cerca de uma dúzia de homens, no máximo, a despeito do que ouvissem falar. Afinal, era simplesmente impossível que *centenas* de homens *quisessem* canalizar. Por outro lado, podia ter sido pela compreensão de que Egwene não indicaria nem Romanda nem Lelaine para falar.

Arathelle franziu o cenho, talvez captando alguma coisa no ar. Pelivar se agitou, a ponto de quase se levantar de novo, e Donel, irritadiço, se endireitou na cadeira. Não havia outra alternativa que não fosse seguir em frente. Nunca houvera.

— Eu entendo a preocupação de vocês, e vou cuidar disso — prosseguiu ela no mesmo tom formal. Como era aquele estranho chamado para a guerra que o Bando usava? Sim, estava na hora de jogar os dados. — Garanto a vocês, como Trono de Amyrlin. Vamos passar um mês aqui descansando e, em seguida, deixaremos Murandy, mas não vamos cruzar a fronteira com Andor. Depois disso, Murandy não será mais incomodada por nós, e Andor não será incomodada em nenhum momento. Tenho certeza — acrescentou ela — de que os lordes e ladies murandianos aqui presentes ficarão felizes em atender nossas necessidades em troca de uma boa quantia em prata. Vamos pagar valores justos.

Não havia por que tranquilizar os andorianos e deixar os murandianos atacarem os cavalos e as caravanas de abastecimento.

Olhando de um lado para o outro com certo nervosismo, os murandianos pareciam claramente divididos. Havia dinheiro a ser ganho, e em boas quantias, em se tratando de abastecer um exército tão numeroso, mas, por outro lado, quem seria capaz de pechinchar com sucesso diante de qualquer que fosse a oferta de tamanho exército? Donel parecia a ponto de vomitar, enquanto Cian parecia fazer cálculos mentais. Os murmúrios foram aumentando entre os presentes. Mais que murmúrios, e quase altos o bastante para que Egwene conseguisse ouvir.

Ela queria olhar por cima do ombro. O silêncio das Votantes era ensurdecedor. Siuan olhava fixamente para a frente e agarrava as saias como se isso a ajudasse a manter o olhar adiante na base da força. Ao menos já sabia o que estava por vir. Sheriam, que não fazia ideia, encarava os andorianos e murandianos majestosamente, com toda a calma, como se já esperasse cada palavra.

Egwene precisava fazê-los esquecer a garota que viam diante deles e escutar uma mulher com as rédeas do poder bem firmes nas mãos. E, se não estavam em suas mãos naquele momento, logo estariam! Ela deu ainda mais firmeza à sua voz.

— Lembrem-se das minhas palavras. Já tomei minha decisão, e cabe a vocês aceitá-la. Ou enfrentar as consequências do equívoco que cometerem.

Quando Egwene se calou, o vento soprou em um uivo breve, chacoalhando o toldo e agitando as indumentárias. Ela alisou o cabelo com a maior tranquilidade. Alguns dos nobres presentes estremeceram e se agasalharam mais em seus mantos, e a esperança dela foi de que seus tremores não fossem consequência apenas do frio.

Arathelle trocou olhares com Pelivar e Aemlyn, e os três analisaram as Votantes antes de assentir em silêncio. Pensavam que Egwene estivesse apenas repetindo as palavras que as Votantes haviam colocado em sua boca! Ainda assim, ela esteve a ponto de suspirar aliviada.

— Assim será — aquiesceu a nobre de semblante impassível. Uma vez mais, para as Votantes. — Não duvidamos da palavra das Aes Sedai, é claro, mas vocês haverão de entender se também ficarmos por aqui. Às vezes, o que se ouve não é o que se acha que ouviu. Não que seja o caso aqui, tenho certeza. Mas ficaremos aqui enquanto vocês ficarem.

Donel parecia em vias de esvaziar o estômago. Era muito provável que suas terras ficassem ali perto. Raramente se ouvia falar de exércitos andorianos em Murandy pagando por alguma coisa.

Egwene se pôs de pé e pôde ouvir o farfalhar das Votantes se levantando logo atrás.

— Está decidido, então. Devemos todos partir em breve, se quisermos retornar às nossas camas antes de escurecer, mas podemos nos conceder alguns momentos. Conhecer-nos um pouco melhor agora pode evitar mal-entendidos depois. — E conversar poderia lhe dar a chance de chegar em Talmanes. — Ah, e tem mais uma coisa que todos vocês devem saber. O livro das noviças agora está aberto a qualquer mulher, de qualquer idade, que demonstrar que é capaz.

Arathelle hesitou. Siuan não, apesar de Egwene ter pensado escutar um grunhido discreto. Aquilo não fazia parte do que elas tinham discutido, mas jamais haveria ocasião melhor.

—Venham. Tenho certeza de que todos vocês gostariam de conversar com as Votantes. Deixem as formalidades de lado.

Sem esperar Sheriam lhe dar a mão, Egwene desceu. Quase tinha vontade de gargalhar. Na noite da véspera, tivera medo de nunca atingir seu objetivo, mas já estava na metade do caminho, quase isso, e não fora nem de perto tão difícil quanto temera. Mas claro que ainda faltava a outra metade.

Capítulo 18

Um chamado peculiar

Por alguns instantes depois que Egwene desceu, ninguém se moveu. Em seguida, andorianos e murandianos se dirigiram até as Votantes quase ao mesmo tempo. Ao que parecia, a garota Amyrlin — uma marionete! — não despertava nenhum interesse, não com aqueles rostos de idade indefinida diante deles, o que pelo menos indicava que estavam falando com Aes Sedai. Dois ou três lordes e ladies se aglomeraram em torno de cada Votante, alguns empinando o queixo de modo arrogante, outros curvando o pescoço timidamente, mas todos insistindo em ser ouvidos. A brisa forte levava embora as brumas da respiração e sacudia os mantos esquecidos diante da importância das perguntas a serem feitas. Sheriam também estava encurralada por Lorde Donel, que tinha o rosto corado e se alternava entre vociferar e fazer reverências.

Egwene tratou de afastar Sheriam do homem de olhos estreitos.

— Discretamente, descubra tudo que puder sobre essas irmãs e os Guardas da Torre em Andor — cochichou apressada.

Assim que largou a mulher, Donel tornou a se apossar dela. Sheriam pareceu se sentir usada, mas seu cenho franzido logo desapareceu. Donel hesitou, inquieto, quando *ela* começou a questioná-lo.

Com semblantes entalhados em gelo, Romanda e Lelaine olhavam feio para Egwene por entre a multidão, mas cada uma agora tinha um par de nobres que queria... alguma coisa. Garantias de que não havia nenhuma artimanha escondida nas palavras de Egwene, talvez. Elas detestariam fazer isso, mas por mais que se esquivassem e se desviassem — e tentariam! — não haveria como realmente evitar dar essas garantias sem repudiá-la ali mesmo. Nem aquelas duas teriam tamanha ousadia. Não ali, não em público.

Siuan se aproximou de Egwene com uma expressão dócil. Tirando os olhos inquietos, talvez atentos à possibilidade de Romanda ou Lelaine virem abordá-las ali mesmo, deixando de lado a lei, os costumes, o decoro e quem estivesse vendo.

— Shein Chunla — sussurrou ela em um tom duro.

Egwene fez que sim, mas *seus* olhos estavam à procura de Talmanes. A maioria dos homens e algumas mulheres eram altos o suficiente para escondê-lo. E com todo aquele movimento... Ela ficou na ponta dos pés. Aonde ele teria ido?

Segan se plantou na frente dela, as mãos na cintura, encarando Siuan com desconfiança. Egwene baixou depressa os calcanhares. A Amyrlin não podia ficar se remexendo feito uma garota procurando um rapaz em um baile. Um botão de rosa desabrochando. Calma. Serenidade. Malditos fossem todos os homens!

Esguia e de cabelo escuro comprido, Segan parecia já ter nascido petulante, os lábios carnudos sempre fazendo beicinho. Seu vestido era de uma boa lã azul e confeccionado para aquecê-la, mas exagerava nos bordados verde-berrantes ao longo do busto, além das luvas chamativas o bastante para um Latoeiro. Ela olhou para Egwene de cima a baixo, franzindo os lábios e com a mesma expressão incrédula que dedicara a Siuan.

— Quando você mencionou o livro das noviças, estava se referindo a qualquer mulher de qualquer idade? Quer dizer que qualquer uma pode virar Aes Sedai?

Uma pergunta que tocava o coração de Egwene, e uma resposta que ela adoraria dar — com direito a uma bofetada na orelha por conta da dúvida —, mas naquele exato momento uma pequena clareira no ir e vir de pessoas revelou Talmanes próximo dos fundos do pavilhão. E conversando com Pelivar! Os dois estavam tensos, mastins prestes a mostrar os dentes, de olho em tudo para garantir que ninguém se aproximasse o suficiente para ouvir o que tinham a dizer.

— Qualquer mulher de qualquer idade, filha — confirmou Egwene, distraída. Pelivar?

— Obrigada — disse Segan, e concluiu, hesitante: — Mãe.

Ela esboçou uma mesura, bem superficial, antes de sair apressada. Egwene ficou olhando-a se afastar. Bem, já era alguma coisa.

Siuan bufou.

— Não me importo em navegar pelas Garras do Dragão no escuro, se for preciso — resmungou ela, baixinho. — Nós discutimos a questão, avaliamos os perigos, e mesmo assim não parece haver sequer isca de peixe como opção. Mas você precisa atear fogo no convés só para tornar as coisas interessantes.

No seu caso, não basta jogar a rede e pegar peixes-leão. Também é preciso enfiar uns barbudos nos bolsos. Você não se contenta em tentar nadar com um cardume de lúcios...

Egwene a interrompeu.

— Siuan, acho que você deveria contar para Lorde Bryne que está completamente apaixonada por ele. É justo que ele saiba, não acha?

Os olhos azuis de Siuan se arregalaram e ela abriu a boca, mas a única coisa que saiu foi uma espécie de gorgolejo. Egwene deu um tapinha no ombro dela.

— Você é uma Aes Sedai, Siuan. Tente manter ao menos um pouco de dignidade. E tente descobrir algo sobre essas irmãs em Andor.

A multidão voltou a se abrir. Ela avistou Talmanes em outro lugar, mas ainda no limiar do pavilhão. E, desta vez, sozinho. Tentando não se apressar, foi andando em direção a ele e deixou Siuan ali gorgolejando. Um belo serviçal de cabelo negro, cujas volumosas calças de lã não conseguiam esconder as panturrilhas bem torneadas, ofereceu a Siuan uma xícara prateada fumegante em uma bandeja. Outros serviçais zanzavam para um lado e para o outro com mais bandejas de prata. Bebidas estavam sendo servidas, ainda que um tanto tardiamente. Era tarde demais para o beijo da paz. Ela não escutou o que Siuan disse ao apanhar a xícara, mas, pelo modo como o sujeito reagiu e começou a fazer reverências, tinha no mínimo sido alvo de estilhaços pontiagudos do temperamento dela. Egwene suspirou.

Talmanes estava parado com os braços cruzados, só observando o desenrolar dos acontecimentos com um sorrisinho maroto que não lhe chegava aos olhos. Parecia pronto para entrar em ação a qualquer momento, mas seu olhar acusava cansaço. À aproximação de Egwene, fez uma mesura respeitosa, mas havia um quê de ironia em sua voz ao se dirigir a ela.

— Você alterou uma fronteira hoje. — Ele se agasalhou no manto para se proteger da brisa gelada. — A situação entre Andor e Murandy sempre foi... fluida..., a despeito do que dizem os mapas, mas Andor nunca tinha vindo ao sul com tanta gente assim. Tirando na Guerra dos Aiel e na Guerra dos Mantos-brancos, ao menos, mas nas duas ocasiões estavam só de passagem. Uma vez que passem um mês aqui, os próximos mapas vão mostrar uma nova fronteira. Veja a correria dos murandianos para bajular Pelivar e seus acompanhantes, e também as irmãs. A esperança deles é fazer novos amigos para esse novo tempo.

Para Egwene, que tentava disfarçar seu olhar atento para caso alguém a estivesse observando, parecia que todos os nobres, murandianos e andorianos, estavam focados nas Votantes, amontoando-se em volta delas. Fosse como fosse, ela tinha em mente questões um pouco mais importantes do que fronteiras. Se não para os nobres, para ela. Tirando por um momento ou outro, tudo que se enxergava das Votantes era o topo de suas cabeças. Só Halima e Siuan pareciam estar de olho nela, e um balbuciar similar ao de um bando de gansos agitados tomava o ar. Ela baixou a voz e escolheu as palavras com cuidado.

— Amigos são sempre importantes, Talmanes. Você tem sido um bom amigo para Mat e para mim, acho. Espero que isso não tenha mudado. Espero que você não tenha contado para ninguém o que não deveria.

Luz, ela estava *mesmo* nervosa, senão não teria sido tão direta. Na próxima, acabaria perguntando imediatamente sobre o que ele e Pelivar andaram conversando!

Por sorte, Talmanes não riu de seu jeito de camponesa curta e grossa. Embora pudesse estar pensando isso. Ele a examinou com um semblante sério antes de falar. Baixo. Também cauteloso.

— Nem todos os homens fofocam. Me conte: quando você mandou Mat para o sul, já sabia o que ia fazer aqui hoje?

— Como eu poderia saber, dois meses atrás? Não, as Aes Sedai não são oniscientes, Talmanes.

Ela torcera por algo que a colocasse na situação em que estava agora, se planejara para isso, mas não sabia, não naquela época. E também esperara que ele não fofocasse. Alguns homens não eram disso.

Romanda veio andando na direção dela com passos firmes e um semblante gélido, mas Arathelle a interceptou, pegando a Votante Amarela pelo braço e se recusando a ser ignorada, a despeito do espanto de Romanda.

— Você vai ao menos me contar onde Mat está? — perguntou Talmanes. — A caminho de Caemlyn com a Filha-herdeira? Ficou surpresa por quê? Uma serviçal sempre aceita bater papo com um soldado enquanto buscam água no mesmo córrego. Mesmo que ele seja um terrível Devoto do Dragão — acrescentou ele em um tom seco.

Luz! Os homens eram mesmo... inconvenientes... às vezes. Os melhores davam um jeito de dizer exatamente a coisa errada na hora errada, e de fazer as perguntas erradas. Sem falar em induzir serviçais a dar com a língua nos dentes. Seria tão mais fácil se ela pudesse mentir e pronto, mas ele lhe dera bastante margem de manobra sem que quebrasse os Juramentos. Meia verdade bastaria e evitaria que ele saísse correndo para Ebou Dar. Talvez nem meia.

No canto oposto do pavilhão, Siuan conversava com um alto jovem ruivo de bigode enrolado que a encarava com o mesmo ar de dúvida de Segan. Em geral, os nobres sabiam a aparência de uma Aes Sedai. Mas o rapaz só prendia parte da atenção de Siuan, cujo olhar vivia se desviando na direção de Egwene. Um olhar que parecia gritar, nítido como uma consciência. Mais devagar. Focada. O que significava ser uma Aes Sedai. Ela *não* sabia o que aconteceria naquele dia, só torcera! Egwene soltou o ar com irritação. Que a Luz queimasse a mulher!

— A última informação que tive foi que ele estava em Ebou Dar — murmurou Egwene. — Mas, a esta altura, deve estar viajando para o norte o mais rápido que pode. Ele ainda acha que precisa me salvar, Talmanes, e Matrim Cauthon não perderia a chance de estar em posição de dizer "Eu te avisei".

Talmanes não parecia nem um pouco surpreso.

— Foi o que eu pensei. — Ele suspirou. — Faz algumas semanas que ando tendo um… pressentimento. Outros membros do Bando também. Nada urgente, mas sempre ali. Como se ele precisasse de mim. Como se eu tivesse que olhar para o sul. Seguir um *ta'veren* pode ser bem peculiar.

— Imagino que sim — concordou ela, torcendo para esconder sua incredulidade.

Já era estranho demais pensar no vadio do Mat como líder do Bando da Mão Vermelha, e mais ainda como *ta'veren*, mas decerto que um *ta'veren* tinha de estar presente, ou ao menos por perto, para surtir algum efeito.

— Mat está enganado de pensar que você precisa ser salva. Você nunca pretendeu me pedir ajuda, não é?

Talmanes seguia falando baixo, mas mesmo assim Egwene olhou rápido de um lado para o outro. Siuan continuava de olho neles. Halima também. Paitr estava bem perto dela, se empertigando e se remexendo e alisando o bigode — pelo modo como olhava para o vestido dela, não a confundira com uma irmã, com toda a certeza! —, mas Halima só lhe dedicava parte de sua atenção, disparando olhares de soslaio na direção de Egwene enquanto sorria afetuosamente para o nobre. Todos os demais pareciam ocupados, e ninguém perto o bastante para ouvir.

— O Trono de Amyrlin não pode sair correndo em busca de refúgio, concorda? Mas houve ocasiões em que foi reconfortante saber que você estava lá — admitiu Egwene. Com relutância. Não era para o Trono de Amyrlin precisar de um porto seguro, mas mal não faria, desde que nenhuma das Votantes ficasse sabendo. — Você *tem* sido um bom amigo, Talmanes. Espero que continue sendo. Espero mesmo.

— Como você tem sido mais… aberta… do que eu esperava — disse ele devagar —, vou lhe contar uma coisa. — O semblante dele não se alterou. Para qualquer um ali, Talmanes devia parecer tão despreocupado quanto antes, mas sua voz baixou até não passar de um sussurro. — Tenho recebido sondagens do Rei Roedran a respeito do Bando. Parece que ele tem a esperança de ser o primeiro verdadeiro rei de Murandy. E quer nos contratar. Em condições normais, eu nem teria cogitado, mas nunca temos dinheiro suficiente, e com esse... *pressentimento* de Mat estar precisando de nós... Talvez seja melhor ficarmos em Murandy. Está claro como um bom cristal que você está onde quer estar e tem tudo à mão.

Ele se calou quando uma jovem serviçal fez uma mesura para oferecer vinho quente. Trajava uma lã verde com ricos bordados e um manto felpudo de pele rajada de coelho. Outros serviçais do acampamento agora também estavam ajudando, sem dúvida procurando fazer algo que não fosse ficar parado tremendo. O rosto redondo da jovem estava decididamente contraído de frio.

Talmanes acenou para dispensá-la e voltou a puxar o manto contra o corpo, mas Egwene aceitou uma xícara prateada para ganhar alguns instantes para pensar. Era verdade que o Bando já não era mais tão necessário. Apesar de todos os resmungos, as irmãs àquela altura já davam a presença deles como garantida, Devotos do Dragão ou não. Já não temiam mais um ataque, e não houvera de fato nenhuma necessidade de usar a presença do Bando para fazê-las seguir caminho desde que deixaram Salidar. O único propósito real a que os *Shen an Calhar* serviam agora era o de atrair recrutas para o exército de Bryne, homens que achassem que dois exércitos eram sinônimo de batalha e que quisessem combater no lado com os maiores números. Ela já não precisava deles, mas Talmanes agira como um amigo. E ela era a Amyrlin. Às vezes, amizade e responsabilidade apontavam para a mesma direção.

Quando a serviçal se afastou, Egwene tocou o braço de Talmanes.

— Não faça isso. Nem o Bando é capaz de conquistar Murandy inteira sozinho, e todos se voltarão contra vocês. Você sabe muito bem que a única coisa que une os murandianos são estrangeiros no solo deles. Venha conosco até Tar Valon, Talmanes. Mat vai para lá, não tenho nenhuma dúvida.

Mat só acreditaria que ela era a Amyrlin quando a visse com a estola na Torre Branca.

— Roedran não é bobo — disse ele com placidez. — Tudo que ele quer é nos deixar parados, quietos, um exército estrangeiro... sem Aes Sedai... e sem ninguém saber o que esse exército está tramando. Ele não deve ter muita dificuldade para unir os nobres contra nós. E então, segundo ele, cruzaríamos a fronteira sem alarde. Feito isso, Roedran acha que consegue mantê-los unidos.

Egwene não teve como evitar que sua voz ganhasse um ar inflamado.

— E o que o impede de trair você? Se a ameaça for embora sem necessidade de luta, o sonho dele de unificar Murandy também pode se acabar.

Aquele tonto pareceu achar *graça*!

— Eu também não sou bobo. É impossível Roedran estar pronto antes da primavera. Esse pessoal jamais teria arredado pé de suas propriedades se os andorianos não tivessem vindo para o sul, e todos já estavam marchando antes de começar a nevar. Antes disso, Mat vai nos encontrar. Se ele estiver vindo para o norte, deve ouvir falar de nós. Roedran vai ter que se dar por satisfeito com o que conseguir organizar até lá. Sendo assim, se Mat pretende mesmo ir a Tar Valon, pode ser que eu veja você por lá.

Egwene soltou um grunhido aborrecido. Era um plano extraordinário, do tipo que Siuan seria capaz de matutar, e estava longe de ser um esquema que ela achasse que Roedran Almaric do Arreloa a'Naloy conseguiria executar. Dizia-se que o sujeito era tão devasso que fazia Mat parecer íntegro. Por outro lado, não era o tipo de plano que ela acreditasse que Roedran poderia arquitetar. A única certeza era que Talmanes já tinha tomado sua decisão.

— Quero que você me dê sua palavra, Talmanes, de que não vai deixar Roedran arrastá-lo para uma guerra. — Responsabilidade. A estola estreita que lhe circundava o pescoço parecia pesar dez vezes mais que o manto. — Se ele avançar antes do previsto, trate de partir mesmo que Mat ainda não tenha se juntado a vocês.

— Eu gostaria de poder lhe prometer, mas é impossível — respondeu ele. — Espero um primeiro ataque aos meus forrageadores no máximo três dias depois que eu começar a me afastar do exército de Lorde Bryne. Qualquer lordezinho ou fazendeiro vai achar que pode pegar alguns cavalos à noite, encher minha paciência e sair correndo para se esconder.

— Eu não estou falando de você se defender, e sabe disso — contestou ela com firmeza. — A sua palavra, Talmanes, senão não vou permitir seu acordo com Roedran.

A única maneira de evitar era uma traição, mas ela não deixaria uma guerra em seu rastro, uma guerra que desencadeara ao levar Talmanes até ali. Encarando-a como se a visse pela primeira vez, ele finalmente curvou a cabeça. Estranhamente, o gesto pareceu mais formal do que sua mesura havia sido.

— Será como quiser, Mãe. Me diga: tem certeza de que também não é *ta'veren*?

— Eu sou o Trono de Amyrlin — rebateu ela. — Isso é mais que o suficiente. — Ela tocou-lhe outra vez o braço. — Que a Luz brilhe sobre você, Talmanes.

Desta vez, o sorriso dele quase alcançou os olhos.

Inevitavelmente, apesar de terem apenas sussurrado, a conversa entre os dois fora percebida. Talvez por causa dos sussurros. A garota que dizia ser a Amyrlin, uma rebelde contrária à Torre Branca, de papo com o líder de dez mil Devotos do Dragão. Teria ela facilitado ou dificultado o plano de Talmanes com Roedran?

A guerra em Murandy era mais ou menos provável? Siuan e sua maldita Lei das Consequências Involuntárias! Cinquenta olhares a acompanharam e depois se dispersaram à medida que, aquecendo os dedos na xícara, ela foi passando pelo meio da multidão. Bem, a maior parte se dispersou. Aquele semblante de idade indefinida das Votantes era pura serenidade, mas Lelaine a encarava como um corvo de olhos castanhos observando um peixe se debater em águas rasas, enquanto os olhos ligeiramente mais escuros de Romanda podiam abrir buracos no ferro.

Tentando se manter atenta ao sol lá fora, ela deu uma volta lenta pelo pavilhão. Os nobres continuavam importunando as Votantes, mas passavam de uma à outra como se procurassem respostas melhores, e foi quando Egwene começou a perceber alguns detalhes. Donel fez uma pausa no caminho entre Janya e Moria para se curvar demoradamente para Aemlyn, que o cumprimentou com um gracioso meneio de cabeça. Cian, afastando-se de Takina, fez uma mesura profunda para Pelivar e recebeu em troca uma discreta reverência. Houve outros, sempre um murandiano em deferência a um andoriano, que respondia com a mesma formalidade. Os andorianos tentavam ignorar Bryne, a não ser por um ou outro olhar duro, mas muitos murandianos o abordavam, um a um e bem distantes de todos os demais, e pelo movimento de seus olhos, ficava bem claro que o objeto da discussão era Pelivar, Arathelle ou Aemlyn. Talvez Talmanes estivesse certo.

Ela também recebeu mesuras e reverências, ainda que não tão profundas quanto as dedicadas a Arathelle, Pelivar e Aemlyn, e menos ainda às Votantes. Meia dúzia de mulheres lhe disseram como estavam contentes por tudo ter se resolvido pacificamente, embora, para falar a verdade, quase o mesmo número tivesse murmurado ou dado de ombros quando ela expressou o mesmo sentimento, como se não tivessem certeza de que tudo *acabaria mesmo* pacificamente. As garantias dadas por Egwene eram recebidas com um ardente "Que a Luz nos dê essa dádiva!" ou um resignado "Se a Luz quiser". Quatro a chamaram de Mãe, uma sem hesitar primeiro. Três outras disseram que ela era adorável, que seus olhos eram lindos, e que ela tinha uma postura graciosa, nessa ordem. Talvez fossem elogios apropriados para a idade de Egwene, mas não para sua posição.

Pelo menos ela descobriu um prazer genuíno. Segan não era a única intrigada quanto ao anúncio a respeito do livro das noviças. Ficou óbvio que era por esse motivo que a maioria das mulheres a abordava. Afinal de contas, as outras irmãs podiam até estar rebeladas contra a Torre, mas ela afirmava ser o Trono de Amyrlin. O interesse delas tinha que ser grande para se sobrepor a isso, embora ninguém quisesse demonstrar. Arathelle a questionou a respeito com um cenho franzido que a deixou com ainda mais rugas nas bochechas. Aemlyn balançou a cabeça grisalha ao ouvir a resposta. A atarracada Cian também perguntou, seguida por uma lady andoriana de traços angulosos chamada Negara, depois por uma bela murandiana de olhos grandes chamada Jennet, entre outras. Nenhuma delas perguntava por si mesma — várias tratavam logo de deixar isso claro, especialmente as mais jovens —, mas, em pouco tempo todas as nobres presentes tinham-na consultado, assim como várias serviçais, dando a desculpa de lhe oferecer mais vinho quente. Uma delas, uma mulher esguia que se chamava Nildra, viera do acampamento das Aes Sedai.

Egwene ficou bem contente com a semente que plantara ali. Só não estava tão contente em relação aos homens. Uns poucos falavam com ela, mas só quando ficavam cara a cara e pareciam não ter outra opção. Uma palavrinha qualquer sobre o clima, ou elogiando o fim da seca ou se queixando das nevascas repentinas, um murmúrio de esperança de que o problema com os bandidos acabasse em breve, talvez com um olhar expressivo na direção de Talmanes, e tratavam de escapulir feito porcos ensebados. Um andoriano grandalhão feito um urso chamado Macharan tropeçou nas próprias botas para se esquivar dela. De certa forma, não era nenhuma surpresa. As mulheres tinham a justificativa, ainda que só para si mesmas, do livro das noviças, mas os homens achavam que serem vistos conversando com ela poderia colocá-los no mesmo balaio.

Era, de fato, bem desanimador. Egwene não se importava com o que os homens pensavam a respeito de noviças, mas gostaria muito de saber se eles temiam tanto quanto as mulheres que tudo aquilo acabasse em pancadaria. Receios desse tipo poderiam vir a se materializar muito fácil. Finalmente, ela decidiu que só havia um jeito de saber.

Pelivar se virou após pegar outra xícara de vinho quente em uma das bandejas e, abafando um palavrão, recuou para não trombar com Egwene; ela estava tão perto que mais um pouco estaria pisando nas botas dele. O vinho quente espirrou em sua mão enluvada e escorreu sob a manga do casaco, o que produziu um xingamento não tão abafado. Alto o bastante para assomar sobre ela, ele usava isso a seu favor. Sua carranca era a de um homem que queria mandar aquela jovem irritante sair da frente. Ou de alguém que quase pisara em uma víbora vermelha. Egwene manteve a postura ereta e tratou de mentalizar a imagem dele como a de um garotinho prestes a aprontar. Isso sempre ajudava, e a maioria dos homens parecia entender. Pelivar resmungou algo — poderia ter sido uma saudação educada ou outro palavrão — e curvou de leve a cabeça, tentando contorná-la. Egwene deu um passo para o lado para se colocar na frente dele. Pelivar recuou, e ela o seguiu. Ele começou a se sentir acossado. Ela decidiu tentar acalmá-lo antes de forçar a pergunta mais importante. Egwene queria respostas, não mais resmungos.

— Você deve estar contente em saber que a Filha-herdeira está a caminho de Caemlyn, Lorde Pelivar. — Ela tinha ouvido várias Votantes mencionarem isso.

A expressão dele ficou neutra.

— Elayne Trakand tem o direito de apresentar sua reivindicação ao Trono do Leão — rebateu ele com um tom de voz equilibrado.

Egwene arregalou os olhos e ele deu mais um passo atrás, hesitante. Talvez achasse que ela tinha se irritado pela omissão do título, o que ela mal percebera. Pelivar apoiara a mãe de Elayne em sua briga pelo trono, e a filha também tivera certeza de que ele a apoiaria. Falava dele com carinho, como quem falava do tio favorito.

— Mãe — murmurou Siuan no ouvido dela —, caso queira garantir que estaremos no acampamento antes do pôr do sol, temos que ir embora. — Ela conseguiu dar considerável urgência àquelas palavras serenas. O sol já passara do seu ponto mais alto.

— O clima não está propício para ficarmos ao relento depois que anoitece — ponderou Pelivar às pressas. — Se me dão licença, preciso me aprontar para ir.

Ele depositou a xícara na bandeja de uma serviçal que passava, hesitou antes de fazer uma meia mesura e se retirou com passadas largas e o ar de um homem que escapara de uma armadilha.

Egwene quis ranger os dentes de frustração. *O que* o homem achava do acordo deles? Se era que podia ser chamado assim, já que ela o impusera. Arathelle e Aemlyn tinham mais poder e influência que a maior parte dos homens, mas, mesmo assim, eram Pelivar, Culhan e gente como eles que cavalgavam ao lado dos soldados; ainda podiam fazer a situação explodir na cara dela feito um barril de óleo de lamparina.

— Encontre Sheriam — rosnou Egwene —, e diga para ela mandar todos para as selas *imediatamente*, custe o que custar!

Ela não podia dar às Votantes nem uma noite para pensar no que acontecera ali, nem para tramar e bolar planos. Elas *tinham* de retornar ao acampamento antes do sol se pôr.

Capítulo 19

A lei

Pôr as Votantes em suas selas não deu trabalho. As mulheres estavam tão ansiosas para ir embora quanto Egwene, em especial Romanda e Lelaine, ambas frias como o vento e com os olhos parecendo nuvens carregadas. As demais eram a imagem perfeita da serenidade tranquila das Aes Sedai, exalando compostura tal qual um perfume intenso, mas ainda escapuliram tão rápido em direção aos cavalos que os nobres ficaram largados de boca aberta e os serviçais de vestes coloridas correram para carregar os animais de carga e alcançá-las como podiam.

Egwene conduziu Daishar em ritmo forte pela neve, e com não mais que uma olhada e um meneio dela, Lorde Bryne se certificou de que a escolta em armaduras se deslocasse com a mesma ligeireza. Siuan, montada em Bela, e Sheriam, em Asa, se apressaram para se juntar a ela. Por longos trechos, elas abriram caminho pela camada de neve que cobria os cascos dos cavalos, os animais erguendo as patas a ponto de quase trotar, a Chama de Tar Valon panejando na brisa gelada. E até quando era necessário desacelerar, por conta dos cavalos afundarem até os joelhos na cobertura branca da neve, o grupo mantinha um ritmo rápido.

As Votantes não tinham outra opção que não fosse acompanhar o passo, e a velocidade lhes tirava a oportunidade de conversar durante o caminho. Naquele ritmo desgastante, qualquer falta de atenção com o cavalo poderia levar o animal a quebrar uma perna, e quem o montava a quebrar o pescoço. Mesmo assim, tanto Romanda quanto Lelaine deram um jeito de se fechar cada uma em sua panelinha, e os dois grupos seguiram aos trancos e barrancos pela neve, ambos com selos de proteção contra ouvidos bisbilhoteiros. As duas pareciam estar dando broncas. Egwene podia imaginar o assunto. Outras Votantes também conseguiram cavalgar juntas por um tempo, trocando algumas palavras sussurradas e lançando olhares gélidos ora para ela, ora para as irmãs envoltas por *saidar*. Só Delana não se juntou nenhuma vez a qualquer uma dessas breves conversas. Ela se manteve bem perto de Halima, que enfim admitira que estava com frio. Com uma expressão tensa, a mulher segurava o manto bem junto ao corpo, mas ainda assim tentava reconfortar Delana, cochichando-lhe quase o tempo todo. Delana parecia estar precisando; suas sobrancelhas estavam caídas e as rugas na testa a deixavam com um aspecto envelhecido.

Ela não era a única que estava preocupada. As outras disfarçavam com rigidez e irradiavam o mais absoluto equilíbrio, mas os Guardiões cavalgavam como se esperassem que algo terrível saltasse da neve no passo seguinte, os olhos agitados em incessante vigilância, os mantos inquietos balançando ao vento e deixando as mãos livres. Quando uma Aes Sedai ficava preocupada, seu Guardião também ficava, e as Votantes encontravam-se absortas demais para pensar em acalmá-los. Era uma cena que alegrava Egwene. Se as Votantes estavam apreensivas, era porque ainda não tinham tomado uma decisão.

Quando Bryne saiu cavalgando para ir conversar com Uno, ela aproveitou a oportunidade para perguntar o que as duas tinham descoberto sobre as Aes Sedai e os Guardas da Torre em Andor.

— Não muito — respondeu Siuan com voz tensa. A desgrenhada Bela não demonstrava nenhuma dificuldade com o ritmo da viagem, mas Siuan sim, agarrando as rédeas com força com uma das mãos e se segurando no cepilho da sela com a outra. — Ao meu ver, são uns cinquenta boatos e nenhum fato. É provável que seja uma daquelas histórias que surgem do nada, mas pode ser que seja verdade. — Bela deu uma guinada, os cascos dianteiros afundando mais ainda, e Siuan arquejou. — Que a Luz queime todos os cavalos!

Sheriam não descobrira nada além. Ela balançou a cabeça e suspirou irritada.

— Me parecem invencionices e disparates, Mãe. *Sempre* surgem boatos sobre irmãs se esgueirando por aí. Você nunca aprendeu a cavalgar, Siuan? — completou ela, um quê de chacota de repente permeando a voz. — Até o anoitecer você vai estar dolorida demais para andar!

Os nervos de Sheriam deviam estar à flor da pele para ela ter um rompante tão descarado. Pelo modo como se agitava no alto da sela, já tinha chegado ao nível de dor que previra para Siuan. O olhar de Siuan endureceu, e ela abriu a boca já quase rosnando, sem se importar com quem estivesse olhando detrás do estandarte.

— Fiquem quietas, as duas! — disparou Egwene.

Ela respirou fundo, se acalmando. Também estava abalada. Não importava em que Arathelle acreditasse, qualquer força que Elaida enviasse para atrapalhá-las seria grande demais para que se deslocasse sorrateiramente. E com isso restava a Torre Negra, uma tragédia iminente. Era mais produtivo depenar a galinha em sua mão do que outra no alto de uma árvore. Ainda mais quando essa árvore estava em outro país e essa segunda galinha talvez nem existisse.

Ainda assim, Egwene maneirou nas palavras ao dar instruções a Sheriam para quando chegassem ao acampamento. Ela era o Trono de Amyrlin, o que significava que *todas* as Aes Sedai eram sua responsabilidade, até as que seguiam Elaida. Sua voz, no entanto, soou firme como uma rocha. Depois que se apanhava o lobo pelas orelhas, era tarde demais para ficar com medo.

Os olhos enviesados de Sheriam se arregalaram ao ouvir as ordens.

— Se me permite a pergunta, Mãe, por que...? — Sob o olhar sério de Egwene, ela interrompeu a frase e engoliu em seco. — Como quiser, Mãe. Estranho... Me lembro do dia em que você e Nynaeve chegaram à Torre, duas garotas que não conseguiam se decidir se ficavam empolgadas ou apavoradas. Tanta coisa mudou desde então. Mudou tudo.

— Nada dura para sempre — disse-lhe Egwene, e dirigiu a Siuan um olhar significativo que a mulher se recusou a ver. Parecia emburrada. Sheriam parecia doente.

Foi quando Lorde Bryne retornou, e provavelmente sentiu o clima entre elas. Tirando o fato de ter dito que iam avançando bem, manteve-se de boca fechada. Um homem sábio.

Avançando bem ou não, o sol já quase se perdia entre as copas das árvores quando, por fim, o grupo cruzou o largo acampamento do exército. Carroções e tendas projetavam sombras compridas na neve, e vários homens trabalhavam duro usando arbustos para construir mais abrigos. Não havia tendas suficientes nem mesmo para todos os soldados, e o acampamento continha quase o mesmo número de fabricantes de arreios, lavadeiras, flecheiros e afins, toda sorte de pessoas que inevitavelmente acompanhavam um exército. O ressoar das bigornas sinalizava ferradores, armeiros e ferreiros ainda na labuta. Fogueiras crepitavam por toda parte, e a cavalaria tratou de debandar, ansiosa por calor e um prato quente de comida tão logo seus animais, extenuados pelo avanço na neve, recebessem os devidos cuidados. Surpreendentemente, Bryne seguiu cavalgando ao lado de Egwene mesmo após ela o ter dispensado.

— Se me permite, Mãe, pensei em acompanhá-la um pouco mais.

Sheriam chegou a se virar no alto da sela para olhá-lo, embasbacada. Siuan também mantinha o olhar fixo, só que à frente, como se não se atrevesse a desviar os olhos subitamente arregalados em direção a ele.

O que ele achava que podia fazer? Dar uma de guarda-costas de Egwene? Protegê-la das *irmãs*? Aquele sujeito do nariz escorrendo poderia dar conta disso. Demonstrar que estava completamente ao lado dela? O dia seguinte seria suficiente para isso, se tudo corresse bem naquela noite; fazer a revelação naquele momento poderia dispersar o Salão em direções que ela nem ousava cogitar.

— Hoje à noite, a questão é com as Aes Sedai — respondeu ela com firmeza.

Mas, por mais tola que fosse a sugestão, ele se oferecera para se colocar em risco por ela. Não havia como saber o que o motivava — *nunca* dava para saber as motivações de *homem nenhum* —, mas, em todo caso, ela estava em dívida com ele por isso. Entre outras coisas.

— A menos que eu mande Siuan ir falar com o senhor, Lorde Bryne, deve partir antes de amanhecer. Se eu for culpada pelo que aconteceu hoje, pode ser que acabe sobrando para você também. Ficar aqui pode ser perigoso. Até fatal. Não acho que elas precisariam de muitas desculpas.

Não era preciso especificar quem eram "elas".

— Eu dei minha palavra — respondeu ele com toda a calma, dando tapinhas no pescoço de Andarilho. — Até Tar Valon. — Fazendo uma pausa, Bryne deu uma olhadela na direção de Siuan. Foi mais uma deliberação que uma hesitação. — Seja qual for o assunto de hoje à noite, lembre-se de que você tem trinta mil homens e Gareth Bryne ao seu lado. Isso deve significar alguma coisa, mesmo entre Aes Sedai. Até amanhã, Mãe.

Puxando as rédeas para dar meia-volta em seu baio de focinho comprido, ele falou por cima do ombro:

— Também espero vê-la amanhã, Siuan. *Nada* vai mudar isso.

Siuan fitou as costas do homem enquanto ele ia embora. Seu olhar era de angústia. Egwene não teve como não ficar olhando também. Bryne nunca tinha sido tão explícito, nem de perto. Por que justo agora?

Ao atravessarem as quarenta ou cinquenta passadas que separavam o acampamento do exército do das Aes Sedai, ela fez um meneio de cabeça para Sheriam, que tratou de parar nas primeiras tendas. Egwene e Siuan seguiram em frente. Por trás delas, a voz de Sheriam se fez ouvir, surpreendentemente nítida e firme.

— O Trono de Amyrlin convoca o Salão para se reunir no dia de hoje em sessão formal. Que os preparativos tenham início com a maior rapidez.

Egwene não se virou para olhar.

Junto à sua tenda, uma cavalariça magricela usando compridas saias de lã veio correndo apanhar Daishar e Bela. Tinha o rosto tenso e mal curvou a cabeça antes de sair apressada com os animais, tão depressa quanto viera. O calor dos braseiros acesos na área interna foi como um punho se fechando. Só então Egwene se deu conta de quão frio estava lá fora. Ou de como ela mesma estava com frio.

Chesa tirou-lhe o manto e, assim que a tocou, exclamou:

— Nossa, você está gelada até os ossos, Mãe!

Tagarelando, ela andou para lá e para cá enquanto dobrava os mantos de Egwene e Siuan, alisava os cobertores perfeitamente arrumados no catre de Egwene e apanhava uma bandeja pousada em um dos baús que haviam sido retirados da pilha.

— Se eu estivesse gelada assim, trataria de pular na cama rodeada de tijolos quentes. Assim que eu acabasse de comer, pelo menos. Se aquecer por fora não adianta muito sem estarmos aquecidas por dentro. Vou buscar mais alguns tijolos para pôr debaixo dos seus pés enquanto você janta. Para Siuan Sedai também, é claro. Ah, se eu estivesse com tanta fome quanto vocês devem estar, sei que ficaria tentada a engolir a comida, mas isso sempre me deixa com dor de barriga.

Parando junto da bandeja, ela olhou para Egwene e meneou satisfeita a cabeça ao ouvi-la dizer que não comeria rápido demais. Não foi fácil responder com seriedade. Chesa era sempre revigorante, mas, depois de um dia como aquele, Egwene quase gargalhou de prazer. Com Chesa, não havia complicação. Duas tigelas brancas de caldo de lentilha aguardavam na bandeja ao lado de um cântaro alto com vinho quente, duas xícaras de prata e dois pães grandes. De alguma forma, a mulher adivinhara que Siuan jantaria com ela. Saía fumacinha das tigelas e do cântaro. De quanto em quanto tempo Chesa teve que rearrumar a bandeja para garantir que Egwene fosse recebida por aquela comida quentinha assim que chegasse? Simples e descomplicada. E zelosa como uma mãe. Ou uma amiga.

— Vou ter que esquecer a cama por ora, Chesa. Ainda tenho trabalho pela frente. Você poderia nos dar licença?

Siuan balançou a cabeça assim que a aba da tenda caiu por trás da mulher rechonchuda.

— Tem certeza de que ela não a serve desde que você era bebê? — murmurou.

Egwene pegou uma das tigelas, um pão, uma colher e, deixando escapar um suspiro, se sentou na cadeira. Também tratou de abraçar a Fonte e blindou a tenda contra ouvidos alheios. Infelizmente, *saidar* aumentou ainda mais sua percepção das mãos e dos pés quase congelados. Não que as partes do corpo entre eles estivessem muito mais aquecidas. A tigela parecia quase quente demais para segurar, o pão também. Ah, como ela adoraria já estar com aqueles tijolos quentes!

— Algo mais que possamos fazer? — indagou ela, tomando logo uma colherada do caldo. Estava faminta, e não era de surpreender, já que não comera nada desde o café da manhã, que fora bem cedo. O sabor das lentilhas e das cenouras lembravam as melhores comidas que sua mãe preparava. — Não consigo pensar em nada, e você?

— O que podia ser feito foi feito. Não há mais nada a fazer, a não ser que o Criador decida intervir. — Siuan pegou a outra tigela e se prostrou no banquinho baixo, mas ficou sentada encarando o caldo, mexendo com a colher. — Você não contaria mesmo para ele, não é? — perguntou ela, por fim. — Eu não suportaria que ele soubesse.

— E por que não, ora?

— Ele se aproveitaria — respondeu Siuan, com um ar pessimista. — Ah, não *assim*. Eu não acho *isso*. — Ela era bastante pudica em algumas questões. — Mas o homem transformaria minha vida no Poço da Perdição!

E lavar as roupas de baixo e polir as botas e a sela dele todos os dias já não era? Egwene suspirou. Como *podia* uma mulher tão sensata, inteligente e capaz virar uma cabeça de vento quando se tratava daquele assunto? Uma imagem surgiu em sua mente, feito uma víbora prestes a dar o bote: ela mesma, sentada no colo de Gawyn, brincando de dar beijinhos. Em uma taverna! Ela tratou de enxotar aquele pensamento.

— Siuan, preciso da sua experiência. Preciso do seu cérebro. Não posso me dar o luxo de ter você desmiolada por causa de Lorde Bryne. Se não esfriar a cabeça, vou pagar sua dívida com ele e proibi-la de vê-lo. Vou mesmo.

— Eu disse que trabalharia para pagar a dívida — teimou Siuan. — Sou tão honrada quanto o maldito Lorde Gareth Bryne! Tão ou mais! Ele mantém a palavra dele, e eu, a minha! Além do mais, Min me falou que eu preciso ficar perto dele, senão nós dois morreríamos. Ou algo do tipo.

No entanto, um tom rosado nas bochechas a entregou. A despeito de sua honra e das visões de Min, a verdade é que ela estava disposta a aguentar qualquer coisa para ficar perto do homem!

— Muito bem. Você está caidinha, e, se eu mandar você ficar longe dele, ou vai me desobedecer ou vai ficar chorosa e terminar de mandar para as nuvens o que ainda lhe resta de juízo. O que você vai fazer em relação a ele?

Com uma cara feia, indignada, Siuan ficou resmungando por algum tempo sobre o que gostaria de fazer a respeito do maldito Gareth Bryne. Ele não teria gostado de nenhuma das opções. A algumas, talvez nem sobrevivesse.

— Siuan — advertiu Egwene —, se você negar mais uma vez o que está tão na cara quanto seu nariz, eu conto para ele *e ainda* dou o dinheiro.

Amuada, Siuan fez beicinho. Beicinho! Amuada! Siuan!

— Não tenho tempo para estar apaixonada. Mal tenho tempo para pensar, tendo que trabalhar para você *e* para ele. E, mesmo que tudo corra bem hoje à noite, vou ter o dobro de coisas para fazer. Além do mais... — Ela fez uma cara triste e se agitou no banco. — E se ele não... corresponder aos meus sentimentos? Ele nunca tentou sequer me dar um beijo. A única preocupação dele é se as camisas estão limpas.

Egwene raspou a colher na tigela e se surpreendeu ao ver que ela voltou vazia. Não restava nada do pão, a não ser algumas migalhas no vestido. Luz, sua barriga ainda parecia vazia. Ela olhou esperançosa para a tigela de Siuan, que demonstrava pouco interesse em qualquer coisa que não fosse desenhar círculos nas lentilhas.

De repente, um pensamento lhe ocorreu. Por que Lorde Bryne insistia para que Siuan trabalhasse para pagar sua dívida, mesmo depois de descobrir quem ela era? Só porque ela tinha dado sua palavra? Era um arranjo sem nenhuma lógica, a não ser pelo fato de que era a única coisa que a mantinha perto dele. Aliás, a própria Egwene se perguntava com frequência por que Bryne concordara em formar o exército. O homem sem dúvida sabia que havia uma ótima chance de estar pondo a própria cabeça no cepo. E por que oferecera esse exército a ela, uma Amyrlin tão jovem, sem nenhuma autoridade de fato e, até onde ele sabia, sem nenhuma amiga entre as irmãs, exceto Siuan? Será que a resposta para todas essas perguntas não poderia ser simplesmente que... ele amava Siuan? Não, a maioria dos homens era frívola e volúvel, mas tudo aquilo era *realmente* absurdo! Ainda assim, ela ofereceu a sugestão, mesmo que só para divertir Siuan. Podia ser que ela se animasse um pouco.

Siuan bufou, sem acreditar. Vindo daquele rosto bonito, soava até estranho, mas ninguém conseguia dar tanta expressividade a uma bufada quanto ela.

— Ele não é um completo idiota — rebateu Siuan, seca. — Na verdade, até que tem uma cabeça boa. Na maioria das vezes, ele pensa como uma mulher.

— Ainda não ouvi você dizer que vai se comportar, Siuan — insistiu Egwene. — De um jeito ou de outro, vai ter que fazer isso.

— Mas é claro que eu vou, ora. Não sei o que está acontecendo comigo. Não é como se eu nunca tivesse beijado um homem. — Ela estreitou os olhos de repente, como se esperasse que Egwene a contestasse. — Eu não passei a vida *inteira* na Torre. Isso é ridículo! Fofocar sobre *homens*, e justo numa noite como a de hoje!

Olhando para a tigela, Siuan pareceu se dar conta pela primeira vez de que havia comida ali. Encheu a colher e usou-a para gesticular para Egwene.

— Você precisa agir no momento exato, ainda mais agora. Se Romanda ou Lelaine agarrarem o timão, você não põe as mãos nele nunca mais.

Ridículo ou não, alguma coisa por certo reavivara o apetite de Siuan. Ela devorou o caldo mais rápido do que Egwene, e sem deixar escapar nenhuma migalha do pão. Egwene percebeu que estivera correndo os dedos pela tigela vazia. Não lhe restava outra opção que não lamber as últimas lentilhas, é claro.

Discutir o que ia acontecer naquela noite não serviria para nada. Haviam burilado e aperfeiçoado tantas vezes o que Egwene diria, e quando, que ela estava até surpresa por não ter sonhado com aquilo. Com certeza saberia cumprir seu papel até dormindo. Mesmo assim, Siuan insistiu, quase ao ponto de Egwene ter que chamar-lhe a atenção por ficar se repetindo e levantando sem parar possibilidades que elas já tinham discutido em centenas de ocasiões. Estranhamente, o humor de Siuan melhorou muito, e ela até fez algumas brincadeiras, algo bastante incomum nos últimos tempos, embora algumas piadas fossem de humor sombrio.

— Você sabe que Romanda já quis ser Amyrlin — disse ela em dado momento. — Ouvi falar que foi o fato de Tamra ter ficado com a estola e o cajado que a fez bater em retirada para o isolamento feito uma gaivota com as penas cortadas. Aposto um marco de prata, que nem tenho, contra uma escama de peixe, que os olhos dela vão ficar duas vezes mais esbugalhados que os de Lelaine.

E depois:

— Queria poder estar presente para escutar os uivos delas. Alguém vai estar uivando em breve, e antes elas do que nós. Nunca levei muito jeito para cantar.

Siuan chegou até a cantar um trechinho de uma música sobre estar olhando para um garoto no outro lado do rio e não ter nenhum barco. Ela tinha razão: sua voz era até agradável à sua maneira, mas não conseguia manter a afinação por nada.

E ainda teve mais:

— Que bom que eu agora tenho esse rostinho bonito. Se a situação desandar, elas vão nos vestir feito duas bonecas e nos deixar sentadas em uma prateleira para ficarem admirando. Claro, em vez disso poderíamos sofrer "acidentes". Bonecas se quebram. Gareth Bryne vai ter que ir atrás de outra para atazanar. — A frase a fez gargalhar muito.

Egwene sentiu um alívio considerável quando a aba da tenda se moveu por um breve momento, anunciando alguém que sabia o suficiente para não entrar quando havia uma proteção. Ela realmente não queria ouvir até onde o humor de Siuan evoluiria daquele ponto!

Assim que Egwene desfez o selo de proteção, Sheriam entrou, acompanhada de uma lufada de ar que pareceu dez vezes mais fria do que antes.

— Está na hora, Mãe. Está tudo pronto.

Seus olhos oblíquos estavam arregalados, e ela lambeu os lábios com a ponta da língua. Siuan se pôs de pé em um pulo e apanhou o manto de Egwene em cima do catre dela, mas fez uma pausa enquanto o arrumava por sobre os ombros dela.

— Eu *já* naveguei pelas Garras do Dragão no escuro, sabia? — falou ela em um tom sério. — E uma vez, com meu pai, peguei um peixe-leão com uma rede. É possível.

Sheriam franziu o cenho quando Siuan saiu às pressas, deixando entrar ainda mais o ar gelado.

— Às vezes, eu acho... — começou ela, mas acabou não compartilhando o que quer que achasse. — Por que está fazendo isso, Mãe? — indagou em vez disso. — Tudo, o que fez hoje no lago, essa convocação do Salão agora. Por que nos obrigou a passar o dia inteiro ontem falando sobre Logain com todos que encontrássemos? Pensei que poderia me contar. Eu *sou* sua Curadora. *Jurei* lealdade a você.

— Eu lhe conto tudo que você precisa saber — respondeu Egwene, jogando o manto por cima dos ombros.

Não havia por que mencionar que ela não confiava tanto assim em um juramento forçado, nem mesmo o de uma irmã. E Sheriam, apesar de ter jurado, poderia arrumar motivos para deixar uma palavra qualquer vazar para o ouvido errado. Afinal, Aes Sedai eram conhecidas por encontrar maneiras de contornar suas palavras. Ela não acreditava de fato que isso fosse acontecer, mas, assim como era o caso com Lorde Bryne, Egwene não podia assumir nem mesmo o menor dos riscos, a menos que fosse obrigada.

— Preciso lhe dizer que acho que a partir de amanhã Romanda ou Lelaine será sua Curadora das Crônicas, e que pagarei uma penitência por não ter alertado o Salão — anunciou Sheriam com um tom de voz amargo. — E acho que você pode acabar até com inveja de mim.

Egwene assentiu. Tudo aquilo era muitíssimo possível.

— Vamos, então?

O sol formava uma abóbada vermelha por sobre as copas das árvores a oeste, e uma luz pálida era refletida pela neve. Serviçais marcavam com mesuras e reverências silenciosas a passagem de Egwene pelas trilhas escavadas. Seus rostos denotavam apreensão ou tinham um semblante vazio. Serviçais absorviam quase tão rápido quanto Guardiões absorviam o humor daquelas a quem serviam.

A princípio, não se via nenhuma irmã, até que todas surgiram reunidas em um grande agrupamento de três fileiras em volta de um pavilhão montado no único espaço aberto do acampamento com tamanho suficiente para isso: a área usada pelas irmãs para Deslizar até os pombais em Salidar e Viajar de volta com os relatos dos olhos-e-ouvidos. Era um pedaço grande e bastante remendado de lona pesada, que não reproduzia nem de longe o esplendor da cobertura à beira do lago e que exigira um esforço tremendo para ser erguido. Nos últimos dois meses, o Salão frequentemente se reunira da mesma maneira como o fizera na manhã anterior, ou talvez se espremendo em uma das tendas maiores. O pavilhão só fora erguido duas vezes desde a partida de Salidar, ambas para um julgamento.

Percebendo a aproximação de Egwene e de Sheriam, as irmãs da fileira mais ao fundo cochicharam para as que se encontravam à frente, até que um espaço se abriu para a passagem delas. Olhos inexpressivos observaram as duas sem dar nenhuma pista do que as irmãs ali presentes sabiam ou até mesmo suspeitavam que estivesse acontecendo. E sem dar nenhuma pista do que pensavam. O estômago de Egwene se revirou. Um botão de rosa. Calma.

Ela adentrou a camada de tapetes, tecidos com flores brilhantes e em uma dúzia de estampas distintas, e passou pelo círculo de braseiros dispostos ao redor da tenda, no que Sheriam começou:

— Ela chegou, ela chegou...

Se o anúncio soou um pouco menos grandioso que o habitual, um tanto nervoso, não era de se admirar.

Os bancos polidos e as caixas cobertas por tecidos que tinham sido utilizados no lago estavam mais uma vez em uso, formando uma imagem muito mais formal do que o bando de cadeiras descombinadas que haviam sido usadas anteriormente. Eram duas fileiras diagonais de nove lugares agrupados de três em três: Verdes, Cinzas e Amarelas de um lado, Brancas, Marrons e Azuis do outro. Lá na ponta, no local mais distante de Egwene, estava a caixa listrada e o banco para o Trono de Amyrlin. Sentada lá, ela seria o centro das atenções de todos os olhares, absolutamente ciente de que era só uma encarando dezoito. Assim como ela não mudara de roupa, todas as Votantes ainda ostentavam o mesmo refinamento visto no lago, acrescido apenas do xale. Um botão de rosa. Calma.

Um dos bancos estava vazio, ainda que apenas por pouco tempo. Delana chegou correndo assim que Sheriam finalizou sua ladainha. Parecendo aturdida e sem fôlego, a Votante Cinza cambaleou até o assento entre Varilin e Kwamesa, demonstrando muito pouco de sua graciosidade habitual. Exibia um sorriso doentio e brincava nervosa com as gotas de fogo em volta do pescoço. Qualquer desavisado poderia pensar que era ela que estava sendo julgada. Calma. Ninguém estava em julgamento. Ainda.

Egwene atravessou devagar os tapetes entre as duas fileiras, Sheriam logo atrás, e Kwamesa se levantou. De repente, a luz de *saidar* reluziu em volta da esbelta mulher negra, a mais jovem entre as Votantes. Naquela noite, não haveria escassez de formalidades.

— O que é exposto diante do Salão da Torre é para deliberação exclusiva do Salão — anunciou Kwamesa. — Quem quer que se intrometa sem ser solicitado, mulher ou homem, iniciada ou forasteiro, esteja aqui em paz ou pela ira, será enquadrado por mim, de acordo com a lei, para encarar a lei. Saibam que o que digo é verdade, e que assim será e deverá ser feito.

Tratava-se de uma fórmula mais antiga que o próprio juramento contra inverdades, de uma época em que as Amyrlins morriam assassinadas quase na mesma proporção de todas as outras causas somadas. Egwene seguiu adiante em seu avanço comedido. Foi preciso fazer um esforço para não tocar na estola só como lembrete. Ela tentou se concentrar no banco à frente.

Kwamesa voltou a se sentar, ainda reluzindo com o Poder, e, entre as Brancas, Aledrin se levantou, o brilho também a circundá-la. Com seu cabelo dourado-escuro e seus grandes olhos castanho-claros, era muito bonita quando sorria, mas naquela noite até uma pedra tinha mais expressividade que ela.

— Há pessoas escutando que não fazem parte do Salão — pontuou ela com uma voz tranquila com forte sotaque taraboniano. — O que é dito no Salão da Torre deve ser ouvido apenas pelo próprio Salão, até e a menos que o Salão decida o contrário. Vou dar privacidade a nós e isolar nossas palavras apenas aos nossos ouvidos.

Ela teceu um selo de proteção que vedou o pavilhão inteiro, então se sentou. Fez-se um burburinho entre as irmãs que estavam fora, que passariam a ter que assistir ao Salão se movendo no mais absoluto silêncio.

Era estranho que tanta coisa entre as Votantes tivesse relação com a idade, quando a distinção por idade era quase um anátema entre as demais Aes Sedai. Será que Siuan *tinha mesmo* percebido algum padrão na idade das Votantes? Não. Concentração. Calma e concentração.

Segurando firme a bainha do manto, Egwene subiu na caixa listrada e se virou. Lelaine já estava de pé, o xale com franjas azuis em torno dos braços, e Romanda estava se levantando sem nem esperar que Egwene se sentasse. Ela não ousaria permitir que nenhuma das duas tomasse o timão para si.

— Lanço uma pergunta ao Salão — anunciou Egwene com uma voz alta e firme. — Quem é a favor de declararmos guerra contra a usurpadora Elaida do Avriny a'Roihan?

Então sentou-se, descartando o manto e deixando-o cair no banco. De pé ao lado dela nos tapetes, Sheriam parecia bastante tranquila e serena, mas deixou escapar um sonzinho, quase uma lamúria. Egwene achava que mais ninguém tinha ouvido. Esperava que não.

Houve um breve instante de choque, as irmãs paralisadas em seus assentos, olhando estupefatas para ela. Talvez pelo simples fato de ter perguntado o que acabara de perguntar. Ninguém fazia perguntas diante do Salão sem antes consultar as Votantes. Isso simplesmente não acontecia, não só por motivos práticos, mas também por tradição.

Por fim, Lelaine se pronunciou:

— Não declaramos guerras a *indivíduos* — observou ela, seca. — Nem a traidores como Elaida. Em todo caso, proponho postergar sua pergunta enquanto lidamos com questões mais prementes.

A mulher tivera tempo de se recompor desde a cavalgada de volta; seu semblante estava apenas duro, não trovejante. Espanando as saias de retalhos azuis como se espanasse a própria presença de Elaida, ou talvez de Egwene, ela voltou sua atenção às outras Votantes.

— O que nos faz estar reunidas aqui hoje é... Eu ia dizer que é simples, mas não é. Abrir o livro das noviças? Veríamos até *avós* querendo ser testadas. Passar um mês aqui? Acho que não preciso listar as dificuldades, começando por gastar metade do nosso ouro sem nos aproximar nem um pé de Tar Valon. E quanto a não cruzar a fronteira com Andor...

— Em sua ansiedade, minha irmã Lelaine se esqueceu de quem tem o direito de falar primeiro — interrompeu Romanda com habilidade. Seu sorriso conseguia fazer Lelaine parecer alegre. Ainda assim, ela ajeitou o xale com toda a calma, uma mulher com todo o tempo do mundo. — Tenho duas perguntas para fazer diante do Salão, e, na segunda, vou abordar as preocupações de Lelaine. Para o azar dela, minha primeira pergunta diz respeito à sua capacidade de continuar integrando este Salão.

Seu sorriso se tornou ainda mais ostensivo, mas sem ganhar nem um pingo de afetuosidade. Lelaine se sentou devagar, seu cenho explicitamente franzido.

— Uma questão envolvendo uma guerra não pode ser arquivada — disse Egwene em um tom ressoante. — É preciso uma resposta antes de tratarmos de qualquer questão proposta depois. É o que diz a lei.

As Votantes trocaram olhares rápidos e questionadores.

— É mesmo? — questionou Janya, por fim. Estreitando os olhos com ar pensativo, ela se virou no banco para se dirigir à mulher ao seu lado. — Takima, você se lembra de tudo que lê, e tenho certeza de que me lembro de você ter dito que leu a Lei da Guerra. É isso que diz lá?

Egwene prendeu a respiração. A Torre Branca enviara soldados a inúmeras guerras ao longo dos últimos mil anos, mas sempre em resposta a um pedido de ajuda de pelo menos dois tronos, e as guerras sempre foram deles, não da Torre. A última vez em que a própria Torre declarou guerra foi contra Artur Asa-de-gavião. Siuan dizia que atualmente só umas poucas bibliotecárias sabiam muito mais além do fato de que *existia* uma Lei da Guerra.

Baixinha, com cabelos compridos até a cintura e pele da cor de marfim envelhecido, Takima lembrava muito um pássaro, a cabeça inclinada enquanto pensava. Ali, parecia um pássaro querendo alçar voo, agitada, ajustando o xale e endireitando sem necessidade o chapéu de pérolas e safiras.

— É, sim — respondeu ela por fim, e então se calou.

Discretamente, Egwene voltou a respirar.

— Ao que parece, Siuan tem sido uma boa professora — ponderou Romanda em um tom de voz tenso. — Mãe. O que você tem a dizer em apoio a uma declaração de guerra? A uma mulher. — Ela soou como alguém tentando se livrar logo de algo desagradável, e tratou de se sentar para esperar o problema sumir.

Mesmo assim, Egwene fez um meneio de cabeça gracioso e se levantou. Com equilíbrio e firmeza, olhou nos olhos das Votantes, uma a uma. Takima a evitou. Luz, a mulher sabia! Mas não dissera nada. Continuaria em silêncio por tempo suficiente? Era tarde demais para mudar os planos.

— Hoje, nos vemos diante de um exército liderado por pessoas que duvidam de nós. Não fosse isso, esse exército não estaria aqui.

Egwene queria dar paixão à sua voz, deixá-la extravasar, mas Siuan lhe recomendara a mais absoluta tranquilidade, até que ela por fim concordara. Elas precisavam ver uma mulher com total controle sobre si mesma, não uma garota conduzida pelo coração. Era dele, contudo, que vinham suas palavras.

— Vocês ouviram Arathelle dizer que não queria se envolver nos assuntos das Aes Sedai. Ainda assim, eles estavam dispostos a trazer um exército para Murandy e se colocar no nosso caminho. Porque não têm certeza de quem somos nem do que queremos. Alguém aqui sentiu que eles acreditam mesmo que vocês são Votantes?

Malind, de rosto redondo e olhar feroz, se agitou no banco em meio às Verdes, assim como Salita, que repuxou o xale de franjas amarelas, embora seu rosto escuro conseguisse camuflar qualquer expressão. Berana, outra Votante nomeada em Salidar, franziu o cenho, pensativa. Egwene não mencionou como eles tinham reagido a ela ser a Amyrlin; se esse pensamento já não estava na cabeça delas, não era ela que ia plantá-lo.

— Já listamos os crimes de Elaida a inúmeros nobres — prosseguiu. — Deixamos claro que queremos removê-la. Mas eles duvidam. Acham que talvez, e apenas talvez, nós sejamos quem afirmamos ser. E que talvez haja alguma arapuca nas nossas palavras. Que talvez nós sejamos apenas uma manobra de Elaida, tramando algum plano elaborado. A dúvida deixa as pessoas confusas. Foi a dúvida que deu coragem a Pelivar e Arathelle para se colocar diante de Aes Sedai e dizer "Daqui vocês não passam". Quem mais vai se colocar no nosso caminho, ou interferir, por não ter certeza, e pela incerteza levar as pessoas a agirem em meio a uma nuvem de confusão? Só temos um jeito de desfazer essa confusão. Já fizemos todo o resto. Assim que declararmos guerra a Elaida, não haverá mais dúvidas. Não estou dizendo que Arathelle, Pelivar e Aemlyn vão embora assim que o fizermos, mas eles três e todo mundo mais vão saber quem somos. Ninguém mais vai se atrever a demonstrar de forma tão explícita sua dúvida quando vocês disserem que são o Salão da Torre. Ninguém vai ousar nos atrapalhar e se meter nos assuntos da Torre por mera incerteza e ignorância. Já caminhamos até a porta e estamos com a mão no trinco. Se vocês estiverem com medo de atravessá-la, estão praticamente pedindo ao mundo para acreditar que não passam de fantoches de Elaida.

Ela se sentou, surpresa com quão calma se sentia. Além das duas fileiras de Votantes, as irmãs lá fora se agitaram, se agrupando para cochichar. Egwene conseguia imaginar os murmúrios empolgados que o selo de proteção de Aledrin bloqueava. Era só Takima ficar de boca fechada por tempo suficiente.

Romanda grunhiu impaciente e se pôs de pé só o bastante para uma única pergunta:

— Quem é a favor de declararmos guerra a Elaida?

Seu olhar se voltou para Lelaine, e seu sorriso frio e arrogante ressurgiu. Estava bem claro o que ela considerava importante, assim que aquele disparate chegasse ao fim. Janya se levantou imediatamente, fazendo balançar o babado marrom comprido do xale.

— Eu acho melhor — opinou ela. Não era para ela se pronunciar, mas sua mandíbula retesada e seu olhar penetrante desafiavam qualquer uma a repreendê-la.

Não costumava ser tão enérgica, mas, como de costume, suas palavras saíram atropeladas: — Consertar o que o mundo já sabe não vai ficar mais difícil por conta disso. Então? E aí? Não vejo por que esperar.

Do outro lado de Takima, Escaralde aquiesceu com a cabeça e se levantou. Moria se ergueu às pressas, olhando de cenho franzido para Lyrelle, que recolheu as saias como se fosse se levantar, então hesitou e lançou um olhar questionador para Lelaine. Esta, olhando feio para Romanda no outro lado dos tapetes, estava ocupada demais para perceber.

Entre as Verdes, Samalin e Malind se levantaram juntas, e Faiselle olhou para cima com um sobressalto. Uma domanesa atarracada de pele acobreada, Faiselle não era de se assustar por qualquer coisa, mas naquele momento parecia aturdida, seu rosto quadrado e seus olhos arregalados se alternando entre Samalin e Malind.

Salita se levantou, ajustando com cuidado os babados amarelos do xale e evitando com o mesmo cuidado a careta súbita de Romanda. Kwamesa se pôs de pé, e depois Aledrin, que puxou Berana pela manga do vestido. Delana girou no banco para espiar as irmãs lá fora. Mesmo em silêncio, a animação das espectadoras era transmitida pela agitação permanente, pelos grupinhos cochichando e pelos olhos fixos nas Votantes. Delana se levantou devagar, as mãos apertando a barriga, parecendo prestes a vomitar. Takima fez uma careta e ficou olhando para suas mãos nos joelhos. Saroiya analisou as outras duas Votantes Brancas, puxando a própria orelha como sempre fazia quando estava absorta em pensamentos. Mas ninguém mais se mexeu para ficar de pé.

Egwene sentiu bile lhe subir pela garganta. Dez, só dez. Ela tinha tanta certeza. Siuan tinha tanta certeza. Logain sozinho já deveria ter bastado, tamanha a ignorância delas da lei em questão. O exército de Pelivar e a recusa de Arathelle de admitir que elas *eram* Votantes deveria tê-las insuflado tal qual uma bomba de ar.

— Pelo amor da Luz! — irrompeu Moria. Enquadrando Lyrelle e Lelaine, ela cravou as mãos na cintura. Se as palavras de Janya tinham quebrado o costume, aquilo o explodia. Demonstrações de raiva eram estritamente proibidas no Salão, mas os olhos de Moria ardiam e seu forte sotaque illianense exalava irritação. — O que vocês estão esperando? Elaida roubou a estola e o cajado! A Ajah de Elaida fez de Logain um Dragão falso, e só a Luz sabe quantos outros homens! Nenhuma mulher na história da Torre jamais mereceu tanto essa declaração de guerra! Ou vocês se levantam ou nunca mais dão um pio sobre a *determinação* de vocês em removê-la!

Lelaine tentou disfarçar, mas sua expressão parecia a de alguém atacada por um pardal.

— Isso nem merece uma votação, Moria — disse ela com uma voz tensa. — Mais tarde vamos conversar sobre decoro, você e eu. Mesmo assim, se for preciso lhe demonstrar determinação...

Com uma sonora fungada, ela se levantou e fez um movimento com a cabeça que pôs Lyrelle de pé como uma marionete. Lelaine pareceu surpresa pelo gesto também não ter levantado Takima e Faiselle.

Takima, longe disso, soltou um grunhido como se a tivessem golpeado. Com visível incredulidade, ela correu os olhos pelas mulheres de pé, claramente contando-as. E depois repetindo a contagem. Takima, que se lembrava *de tudo* de primeira.

Egwene respirou fundo, aliviada. Estava feito. Ela mal podia acreditar. Instantes depois, pigarreou, fazendo Sheriam se sobressaltar. Com seus olhos verdes muito arregalados, a Curadora também pigarreou.

— A partir deste consenso mínimo, está declarada guerra contra Elaida do Avriny a'Roihan. — Sua voz não estava nem um pouco firme, mas bastava. — Pelo bem da unidade, peço que o consenso máximo se levante.

Faiselle até chegou a se mover, mas logo cerrou as mãos no colo. Saroiya abriu a boca, mas voltou a fechá-la sem falar nada, o semblante apreensivo. Ninguém mais se mexeu.

— Você não vai conseguir — disse Romanda, objetiva. O desdém que dirigiu a Lelaine, do outro lado do pavilhão, foi uma declaração bem óbvia do motivo por que ela, pelo menos, não se levantaria. — Agora que a questão menor está resolvida, podemos passar para...

— Acho que não podemos, não — interrompeu Egwene. — Takima, o que a Lei da Guerra diz sobre o Torno de Amyrlin?

Romanda ficou parada, boquiaberta. Os lábios de Takima se retorceram. A pequena irmã Marrom nunca se parecera tanto com um pássaro querendo alçar voo.

— A Lei... — começou ela, para então respirar fundo e se endireitar no assento. — A Lei da Guerra diz: "Assim como um par de mãos deve guiar a espada, o Trono de Amyrlin deve direcionar e instituir a guerra por decreto. Ela deve buscar o aconselhamento do Salão da Torre, mas o Salão deve dar andamento a seus decretos com a máxima velocidade possível, e, em nome da unidade, as irmãs devem... — ela hesitou e, visivelmente, precisou se forçar a seguir em frente — ...as irmãs devem e precisam aprovar qualquer decreto do

Trono de Amyrlin que diga respeito à instituição da guerra por meio do consenso máximo.

Fez-se um longo silêncio. Todos os olhos pareciam estar arregalados. Virando-se de repente, Delana vomitou nos tapetes atrás do seu banco. Kwamesa e Salita desceram e foram em direção a ela, mas Delana tratou de acenar para dispensar as duas e sacou da manga um lenço para limpar a boca. Magla, Saroiya e várias outras que ainda permaneciam sentadas pareciam prestes a seguir seu exemplo. Mas nenhuma das outras que haviam sido escolhidas em Salidar, no entanto. Romanda parecia capaz de triturar metal com os dentes.

— Muito inteligente — observou Lelaine por fim, com um tom de voz seco, para então, após uma pausa deliberada, acrescentar: — Mãe. E você vai nos dizer o que a grande sabedoria da sua vasta experiência lhe sugere fazer? A respeito da guerra, no caso. Quero deixar bem claro.

— Me permita ser clara também — rebateu Egwene com frieza. Inclinando-se à frente, ela cravou um olhar severo na Votante Azul. — *Exige-se* certo grau de respeito para com o Trono de Amyrlin, e, de agora em diante, é isso que eu *vou* receber de você, filha. Agora não é hora de me obrigar a retirar seu assento e lhe impor uma penitência.

Em choque, os olhos de Lelaine foram se arregalando cada vez mais. Será que a mulher acreditara mesmo que tudo continuaria como antes? Ou será que, depois de tanto tempo sem ousar demonstrar mais que um mínimo de força de caráter, Lelaine simplesmente passara a acreditar que Egwene não tinha nenhuma? Egwene não queria de fato destituí-la; era quase certo que as Azuis a retornariam ao cargo, e ela ainda precisava negociar com o Salão em questões que não tinham como ser disfarçadas de maneira convincente como sendo parte da guerra contra Elaida.

Com o canto do olho, Egwene notou um sorriso perpassando os lábios de Romanda ao ver Lelaine sendo enquadrada. De pouco valeria se tudo o que ela conseguisse fosse aumentar a ascendência de Romanda sobre as demais.

— Isso vale para todas, Romanda — advertiu Egwene. — Se for preciso, Tiana pode encontrar facilmente não só uma, mas duas varas.

O sorriso da mulher desapareceu de repente.

— Se me permite, Mãe — disse Takima, levantando-se devagar. Ela até ensaiou um sorriso, mas ainda parecia decididamente nauseada. — Na minha opinião, você começou bem. Pode ser benéfico passar um mês aqui. Ou mais. — Romanda virou a cabeça para encará-la, mas, desta vez, Takima aparentou não ter percebido. — Passar o inverno aqui pode nos poupar de um clima ainda pior mais ao norte, além de podermos planejar com cuidado...

— Essa procrastinação precisa acabar, filha — interrompeu Egwene. — Chega de arrastar os pés. — Ela seria outra Gerra ou outra Shein? As duas possibilidades ainda existiam. — Em um mês, vamos Viajar daqui.

Não, ela era Egwene al'Vere, e só a Luz sabia o que as histórias secretas contariam sobre seus defeitos e virtudes, mas seriam características dela, não cópias de outras mulheres.

— Em um mês, vamos dar início ao cerco a Tar Valon.

Desta vez, o silêncio só foi quebrado pelo choro de Takima.

CAPÍTULO 20

Em Andor

Elayne torcia para que a jornada até Caemlyn transcorresse sem problemas, e, no início, pareceu que seria assim. Foi o que pensou até mesmo quando se viu sentada ao lado de Aviendha e Birgitte, todas exaustas e envoltas nos farrapos que restavam de suas roupas, imundas de sujeira, pó e sangue dos ferimentos que sofreram quando o portão explodiu. Dali a no máximo duas semanas, estaria pronta para apresentar sua reivindicação ao Trono do Leão. Ali, no alto do morro, Nynaeve Curou os inúmeros machucados que as três ostentavam sem mal dizer uma única palavra, e definitivamente sem repreendê-las. Só podia ser um bom sinal, ainda que incomum. O alívio por encontrá-las vivas se contrapunha ao seu semblante preocupado.

Foi necessário apelar para a força de Lan para remover a flecha da besta Seanchan da coxa de Birgitte antes que ela pudesse ter sua ferida Curada, mas embora tivesse ficado com o rosto pálido, e Elayne houvesse sentido uma pontada de agonia por meio do elo, uma agonia que lhe deu vontade de gritar, sua Guardiã só fez gemer por entre os dentes cerrados.

— *Tai'shar* Kandor — murmurou Lan, jogando no chão a flecha de ponta de metal, feita para penetrar armaduras. Sangue legítimo de Kandor. Birgitte hesitou, e ele fez uma pausa. — Me perdoe se me equivoquei. Pelas suas roupas, presumi que fosse kandoriana.

— Ah, sim. — Birgitte soltou o ar. — Kandoriana.

Seu sorrisinho nauseado podia ser atribuído aos ferimentos. Nynaeve, impaciente, mandou Lan sair da frente para que pudesse cuidar dela. Elayne esperava que a mulher soubesse mais sobre Kandor do que apenas o nome; quando

Birgitte nascera pela última vez, Kandor sequer existia. Deveria ter interpretado aquilo como um presságio.

Nas cinco milhas que as separavam da casinha senhorial de telhado de ardósia, Birgitte cavalgou atrás de Nynaeve, que conduzia sua corpulenta égua castanha — que tinha o nome improvável de Amorosa —, e Elayne e Aviendha viajaram no garanhão negro de Lan. Elayne, ao menos, ia sentada na sela de Mandarb, os braços de Aviendha envolvendo-a pela cintura e Lan conduzindo o animal de olhar inquieto. Cavalos de guerra treinados podiam ser considerados uma arma tanto quanto uma espada, além de serem montarias perigosas para pessoas estranhas. *Confie em si mesma, garota*, Lini sempre lhe dissera, *mas nunca confie demais*. E Elayne bem que tentava. Ela devia ter percebido que os fatos estavam tão fora do seu controle quanto as rédeas de Mandarb.

Na casa de pedra de três andares, o robusto e grisalho Mestre Hornwell e a ligeiramente menos robusta e menos grisalha Senhora Hornwell, que ainda se parecia muito com o marido, tinham ordenado a todos os empregados da propriedade, além da criada de Merilille, Pol, e dos serviçais com a libré verde e branca, que tinham vindo do Palácio Tarasin, que se apressassem para providenciar lugares para dormir para mais de duzentas pessoas, a maioria mulheres, que haviam surgido do nada com a noite já prestes a cair. O trabalho foi executado com agilidade surpreendente, a despeito de os funcionários da propriedade ficarem parando para olhar pasmos o rosto de idade indefinida de uma Aes Sedai, o manto furta-cor de um Guardião fazendo parte do seu corpo desaparecer, ou uma das integrantes do Povo do Mar, cheias de sedas brilhantes, brincos, argolas no nariz e correntes com medalhões. Algumas Comadres decidiram que já era seguro demonstrar medo e chorar, independentemente do que Reanne e o Círculo do Tricô lhes dissessem; Chamadoras de Ventos se queixavam de quão longe do sal tinham chegado, e contra sua vontade, como Renaile din Calon manifestava em alto e bom som; e nobres e artesãs que tinham se mostrado absolutamente inclinadas a fugir do que quer que houvesse em Ebou Dar, dispostas a carregar nas costas as trouxas de pertences, agora ficavam chocadas por receberem um palheiro como cama.

Tudo isso estava acontecendo quando Elayne e os demais chegaram com um sol vermelho no horizonte a oeste, uma grande agitação e muito vai e vem por toda a casa e nas edificações externas de telhado de sapé, mas Alise Tenjile, sorrindo agradavelmente e implacável feito uma avalanche, parecia ter toda a situação sob controle do que até mesmo os competentes Hornwell. As Comadres que tinham caído em um pranto ainda mais desesperado com as tentativas de Reanne de consolá-las enxugaram as lágrimas após um murmúrio de Alise e começaram a se mover com o ar resoluto de mulheres que há muitos anos zelavam por si mesmas em um mundo hostil. Nobres arrogantes, com facas de casamento pendendo nos decotes ovais de seus corpetes com bordas rendadas, e artesãs que exibiam a mesma arrogância e quase o mesmo tanto de busto, ainda que não trajassem seda, se encolheram ao ver Alise se aproximando e saíram correndo em direção aos altos celeiros segurando suas trouxas e anunciando aos gritos que sempre haviam sido da opinião de que poderia ser divertido dormir na palha. Até as Chamadoras de Ventos, muitas delas mulheres poderosas e importantes entre os Atha'an Miere, abafaram suas queixas quando Alise se aproximou. Sareitha, aliás, que ainda não possuía a idade indefinida de Aes Sedai, olhou de esguelha para Alise e tocou no xale de borlas marrons como que para relembrar sua existência. Merilille — a inabalável Merilille — observava a mulher dar conta do serviço com um misto de aprovação e o mais absoluto assombro.

Diante da porta principal da casa, Nynaeve desceu da sela, olhou feio para Alise, deu um puxão deliberado e comedido em sua trança, que a outra mulher estava ocupada demais para perceber, e, arrancando as luvas azuis de cavalgada e resmungando sozinha, tratou de entrar a passos largos. Lan riu baixinho, mas, assim que Elayne desmontou, se conteve. Luz, como os olhos dele eram frios! Para o bem de Nynaeve, ela torcia para que o homem pudesse ser poupado do seu destino, mas, olhando para aqueles olhos, não acreditava nisso.

— Onde está Ispan? — sussurrou, ajudando Aviendha a descer.

Tantas mulheres ali sabiam que uma Aes Sedai, uma irmã Negra, estava sendo mantida prisioneira, que a notícia se espalharia pela propriedade feito fogo em grama seca, mas era melhor que o pessoal da casa senhorial estivesse minimamente preparado.

— Adeleas e Vandene a levaram para a cabaninha de um lenhador, a cerca de meia milha daqui — respondeu ele com o mesmo tom baixo. — No meio de tudo isso, acho que ninguém percebeu uma mulher com uma saca na cabeça. As irmãs disseram que ficariam lá com ela hoje à noite.

Elayne estremeceu. Ao que parecia, a Amiga das Trevas seria interrogada mais uma vez assim que o sol baixasse. Elas agora estavam em Andor, o que fazia com que ela se sentisse ainda mais como se aquilo tivesse sido uma ordem sua.

Pouco depois, ela estava em uma banheira de cobre, luxuriando-se com sabão perfumado e a pele limpa de novo, gargalhando e jogando água em Birgitte, que relaxava em outra banheira, exceto por quando jogava água de volta, as duas dando risadinhas do horror que Aviendha não conseguia esconder, só por estar sentada com água até os seios. No entanto, a própria Aviendha estava se achando boba, e resolveu contar a história muitíssimo imprópria de um homem que ficou com o traseiro cheio de espinhos de *segade*. Birgitte contou uma ainda mais imprópria, que fez até Aviendha ruborizar, sobre uma mulher que ficou com a cabeça presa entre as ripas de uma cerca. As duas *eram* engraçadas, no entanto. Elayne gostaria de ter alguma história para contar.

Ela e Aviendha desembaraçaram e escovaram o cabelo uma da outra — um ritual noturno de quase-irmãs —, depois se aninharam, exaustas, na cama com dossel de um quartinho. Ela, Aviendha, Birgitte e Nynaeve, e sorte que não havia mais ninguém. Os cômodos maiores tinham catres e esteiras cobrindo o chão, inclusive as salas de estar, as cozinhas e a maior parte dos corredores. Nynaeve passou metade da noite reclamando da indecência de se fazer uma mulher dormir separada do marido, e, na outra metade, seus cotovelos pareciam acordar Elayne toda vez que ela pegava no sono. Birgitte se recusou terminantemente a trocar de lugar, e, como ela não podia pedir para Aviendha aguentar as potentes cutucadas, acabou não conseguindo dormir muito.

Na manhã seguinte, enquanto elas se preparavam para partir, o sol se erguendo tal qual uma bola de ouro derretido, Elayne ainda estava grogue. A casa senhorial tinha poucos animais para ceder, a menos que não deixassem nenhum, então, embora ela montasse um capão negro chamado Coração de Fogo e Aviendha e Birgitte tivessem ganhado novas montarias, os que estavam a pé quando elas fugiram da fazenda da Confraria continuaram a pé, o que incluía a maior parte das próprias Comadres, os serviçais que conduziam os animais de carga e as vinte e poucas mulheres que estavam obviamente mais do que arrependidas de terem visitado a fazenda da Confraria em busca de paz e contemplação. Os Guardiões cavalgavam à frente para assegurar o caminho que cruzava um mar de colinas arborizadas prejudicadas pela seca, e o restante se estirava formando uma serpente bem peculiar, encabeçada por ela, Nynaeve e as outras irmãs. E Aviendha, claro.

Não era bem um grupo que passaria despercebido, com tantas mulheres viajando e tão poucos homens fazendo a guarda, sem falar nas vinte Chamadoras de Ventos, todas desajeitadas no alto de seus cavalos e reluzentes feito pássaros de plumagem exótica, e nas oito Aes Sedai, cinco delas devidamente reconhecíveis para qualquer um que soubesse procurar os sinais. Embora uma delas, verdade fosse dita, viajasse com uma saca enfiada na cabeça. Como se só isso já não fosse atrair olhares. Elayne esperara chegar a Caemlyn discretamente, uma possibilidade que parecia não existir mais. Ainda assim, não havia motivo para que alguém suspeitasse que a Filha-herdeira, Elayne Trakand em pessoa, fizesse parte do grupo. No começo, ela achava que a maior dificuldade que poderiam vir a enfrentar seria alguém contrário à sua reivindicação ficar sabendo da sua presença e mandar homens armados para tentar mantê-la sob custódia até que a sucessão fosse definida.

Na verdade, ela esperava que os primeiros problemas surgissem das artesãs e nobres de pés doloridos, todas mulheres orgulhosas e nenhuma acostumada a caminhar por colinas poeirentas. Menos ainda vendo a criada de Merilille montando a própria égua rechonchuda. As poucas fazendeiras do grupo pareciam não se importar tanto, mas quase metade do número de viajantes era composto por mulheres que possuíam terras, casas senhoriais e palácios, e a maioria das outras poderia se dar o luxo de comprar uma propriedade, quando não duas ou três. Essas incluíam duas ourives, três tecelãs que, somadas, eram donas de quatrocentos teares, uma mulher cujas manufaturas produziam um décimo de todos os objetos laqueados fabricados em Ebou Dar, e uma banqueira. E elas caminhavam, seus pertences presos às costas enquanto os cavalos transportavam alforjes carregados de comida. Era realmente necessário. Até a última moeda da bolsa de cada uma delas havia sido reunida e entregue aos cuidados da mão fechada de Nynaeve, mas podia ser que ainda não fossem suficientes para bancar os alimentos, a forragem e os alojamentos para um grupo tão grande durante toda a viagem até Caemlyn. Elas pareciam não entender. As reclamações ao longo do primeiro dia de marcha foram ruidosas e incessantes. A mais reclamona de todas era uma senhora magra com uma cicatriz fininha em uma das bochechas, uma mulher de rosto severo chamada Malien, que andava quase curvada por conta do peso de uma trouxa enorme que continha uma dúzia ou mais de vestidos e todas as mudas que eles exigiam.

Quando pararam para acampar na primeira noite, as fogueiras reluzindo no crepúsculo e todos os viajantes alimentados de feijão e pão, ainda que não totalmente satisfeitos, Malien reuniu as nobres ao seu redor, todas com as sedas mais que manchadas pela viagem. As artesãs também se juntaram a elas, além da banqueira, e as fazendeiras acompanhavam de perto. Antes que Malien pudesse dar uma única palavra, Reanne se uniu ao grupo. Com o rosto marcado por rugas de sorriso, trajando peças simples de lã marrom e com as saias erguidas no lado esquerdo expondo camadas de anáguas chamativas, ela bem que poderia se passar por uma das fazendeiras.

— Se quiserem voltar para casa — anunciou ela com uma voz surpreendentemente alta —, podem ir quando bem entenderem. Só lamento que tenhamos que ficar com os cavalos. Vocês serão ressarcidas assim que possível. Se optarem por ficar, lembrem-se, por favor, de que as regras da fazenda ainda estão em vigor.

Várias mulheres que a cercavam ficaram boquiabertas. Malien não foi a única a abrir a boca com raiva.

Alise apareceu de repente ao lado de Reanne, os punhos cravados na cintura. Já não sorria.

— Eu avisei que a lavagem ficaria por conta das dez últimas a se aprontarem — disse a elas com firmeza. E tratou de dar nome aos bois: Jillien, uma ourives gorducha, Naiselle, a banqueira de olhar frio, e as oito nobres. Todas ficaram encarando-a até ela bater palmas e prosseguir: — Não me obriguem a invocar a regra do não cumprimento da tarefa que lhes cabe.

Malien, com os olhos arregalados e resmungando sem acreditar, foi a última a partir e começar a coletar as tigelas vazias, mas na manhã seguinte, na hora de irem embora, desamarrou sua trouxa e deixou camisolas e vestidos de seda com babados rendados largados na colina. Elayne continuou esperando um rompante, mas Reanne as manteve sob pulso firme; Alise, mais firme ainda; e se Malien e as demais olhassem feio e reclamassem das manchas de gordura que aumentavam a cada dia em suas roupas, Reanne só precisava pronunciar uma ou outra palavra para botá-las para trabalhar. Alise só precisava bater palma.

Para o restante da jornada transcorrer com tal tranquilidade, Elayne teria aceitado até se juntar àquelas mulheres em seus afazeres engordurados. Muito antes de chegarem a Caemlyn, já tinha essa convicção.

Assim que se viram na primeira estradinha poeirenta, pouco mais que uma trilha de carroção, as fazendas começaram a aparecer, celeiros e casas de pedra com telhados de sapé pontilhando as encostas dos morros ou aninhando-se em vales. Daquele ponto em diante, fosse o terreno plano ou montanhoso, arborizado ou descampado, era raro se passarem muitas horas sem que uma fazenda ou um vilarejo fosse avistado. A cada um, enquanto o povo local espiava aqueles estranhos estranhíssimos, Elayne tentava descobrir quanto apoio a Casa Trakand tinha e quais eram as principais preocupações das pessoas. Abordar essas preocupações seria tão importante quanto ter o apoio das outras Casas para tornar sua reivindicação ao trono sólida o bastante para se sustentar. Ela escutou bastante coisa, ainda que nem sempre o que gostaria de ouvir. Os andorianos pleiteavam o direito de dizer o que pensavam diretamente à Rainha; não se intimidavam diante de uma jovem nobre, pouco importando quão peculiares fossem seus acompanhantes de viagem.

Em um vilarejo chamado Damelien, onde três moinhos repousavam ao lado de um riacho que tivera seu fluxo reduzido, deixando as grandes rodas d'água secas, o estalajadeiro de rosto quadrado da Polias Douradas admitiu que Morgase havia sido uma boa rainha, a melhor que pôde, a melhor que já existiu.

— A filha dela também poderia ter sido uma boa governante, imagino — segredou ele, passando o polegar pelo queixo. — Pena que o Dragão Renascido as matou. Imagino que ele tenha tido que fazer isso por conta das Profecias ou algo parecido, mas não precisava ter esvaziado os rios, não é? De quanto grão você disse que seus cavalos precisam, milady? Está caríssimo, viu?

Uma mulher de expressão sisuda, trajando um vestido marrom surrado que estava largo como se ela tivesse perdido peso, inspecionava um campo cercado por um muro de pedra baixo, onde o vento quente mandava nuvens de poeira mata adentro. As outras fazendas do entorno de Cobremorro pareciam tão assoladas quanto ou ainda piores.

— Esse Dragão Renascido não tinha o direito de fazer isso com a gente, tinha? É a pergunta que eu faço! — Ela cuspiu e levantou o cenho franzido para Elayne, no alto da sela. — O trono? Ah, acho que Dyelin vai servir, agora que Morgase e a filha dela estão mortas. Tem gente aqui que ainda defende Naean ou Elenia, mas eu prefiro Dyelin. Seja quem for, estamos muito longe de Caemlyn. Tenho que me preocupar com minha safra, se é que ainda vou voltar a ter uma.

— Ah, é verdade, milady, é mesmo. Elayne está viva — disse-lhe um velho carpinteiro enrugado em Feira de Forel. Era careca feito um ovo, os dedos retorcidos pelos anos, mas as peças em meio às lascas e serragens que atulhavam sua oficina pareciam tão bonitas quanto quaisquer outras que Elayne já tinha visto. Ela era a única pessoa ali além dele. Pelo aspecto do vilarejo, metade dos moradores tinha ido embora. — O Dragão Renascido está trazendo ela para Caemlyn, para que ele mesmo possa colocar a Coroa de Rosas na cabeça dela. A notícia está correndo por toda parte. Não acho certo, se você quer saber. Ouvi falar que ele é um daqueles Aiel de olhos negros. Devíamos marchar até Caemlyn e expulsar esse sujeito e todos os Aiel de volta para o lugar de onde vieram. Aí Elayne pode reivindicar o trono por conta própria. Isso se Dyelin deixar.

Elayne ouviu falar bastante de Rand, boatos que iam desde ele ter jurado fidelidade a Elaida até ser o Rei de Illian, por mais incrível que fosse. Em Andor, culpavam-no por tudo de ruim que acontecera nos dois ou três anos anteriores, inclusive partos de natimortos, pernas fraturadas, infestações de gafanhotos, bezerros de duas cabeças e galinhas de três pernas. E até quem achava que a mãe dela arruinara o país e que o fim do reinado da Casa Trakand era bem-vindo também via Rand al'Thor como um invasor. O Dragão Renascido deveria enfrentar o Tenebroso em Shayol Ghul, e tinha de ser expulso de Andor. Não era, nem de longe, o que ela esperara ouvir, mas ouviu várias e várias vezes. Não foi uma jornada nem um pouco agradável, e sim uma longa lição sobre uma das frases favoritas de Lini. *Não é a pedra que vemos que nos faz tropeçar de cara no chão.*

Além das nobres, ela achava que muitas outras questões poderiam causar problemas, e algumas com certeza gerariam explosões tão violentas quanto o portão. As Chamadoras de Ventos, presunçosas por conta do acordo feito com Nynaeve e ela, adotaram uma postura irritantemente superior em relação às Aes Sedai, em especial depois que surgiu a informação de que Merilille tinha decidido aceitar ser uma das primeiras irmãs a viajar nos navios. Porém, se a fervura ali continuou tal qual o pavio aceso de um Iluminador, a explosão em si nunca veio. Parecia certo que as Chamadoras de Ventos e as Comadres, em particular o Círculo do Tricô, explodiriam. Elas fingiam se ignorar, isso quando não se desdenhavam abertamente, as Comadres reclamando que as "bravias do Povo do Mar estavam se dando importância demais" e as Chamadoras de Ventos se referindo "àquelas brejeiras lambe-botas, bajuladoras de Aes Sedai". Mas nunca passava de uma careta ou um toque nas adagas.

Ispan sem dúvida era um problema destinado a aumentar, mas, passados alguns dias, Vandene e Adeleas permitiram que ela viajasse sem capuz, ainda que não sem ser blindada, uma figura silenciosa cheia de contas coloridas nas tranças finas, o rosto de idade indefinida abaixado e as mãos ainda nas rédeas. Renaile disse para quem quisesse ouvir que entre os Atha'an Miere um Amigo das Trevas que tivesse sua culpa comprovada era destituído de seus nomes e depois jogado ao mar amarrado a pedras de lastro. Entre as Comadres, até Reanne e Alise empalideciam toda vez que viam a taraboniana. Mas Ispan estava cada vez mais mansa, ansiosa para agradar e cheia de sorrisos obsequiosos para as duas irmãs de cabelo branco, independentemente do que fizessem com ela quando a levavam para longe das demais, à noite. Por outro lado, Adeleas e Vandene mostravam-se cada vez mais frustradas. Adeleas falou para Nynaeve, ao alcance dos ouvidos de Elayne, que a mulher contava uma porção de histórias sobre antigas tramas da Ajah Negra, principalmente aquelas em que não estivera envolvida, mas que, mesmo quando elas a pressionavam — Elayne não teve coragem de perguntar como faziam isso — e Ispan deixava escapar os nomes de Amigos das Trevas, a maioria estava morta e nenhum era de uma irmã. Vandene disse que elas estavam começando a temer que a mulher tivesse feito um Juramento — de letra maiúscula bem nítida — que a impedia de delatar seus colegas. As duas continuavam a isolar Ispan o máximo possível e seguiam interrogando-a, mas estava bem claro que elas agora tateavam no escuro, e com todo o cuidado.

E ainda havia Nynaeve e Lan. Com certeza absoluta, ela quase perdendo as estribeiras com o esforço que fazia para manter a calma perto dele, pensando no sujeito quando eles precisavam dormir separados — o que, pela forma como as acomodações eram organizadas, significava quase sempre — e dividida entre a ansiedade e o medo toda vez que podia se esconder com ele num palheiro. Na visão de Elayne, a culpa era de Nynaeve, por decidir por um casamento à moda do Povo do Mar, já que eles acreditavam na hierarquia tanto quanto no mar, e sabiam que uma mulher e seu marido poderiam ser promovidos um acima do outro muitas vezes ao longo da vida. Os ritos do matrimônio levavam isso em conta. Quem tivesse o direito de comandar em público devia obedecer no âmbito privado. Segundo Nynaeve, Lan nunca tirava proveito — "não muito", ela dizia, o que quer que isso significasse! Ela sempre enrubescia ao dizer isso, mas continuava esperando que ele o fizesse, e Lan só parecia achar cada vez mais divertido. Diversão essa que, claro, deixava Nynaeve com os nervos à flor da pele. E de fato ela explodiu, dentre todas as explosões que Elayne esperara. Estourava com toda e qualquer pessoa que se metesse no seu caminho. Menos com Lan. Com ele, era só açúcar e afeto. E não com Alise. Vez ou outra, chegava até perto, mas nem Nynaeve era capaz de estourar com Alise.

Elayne estava esperançosa, não preocupada, com todos os objetos trazidos do Rahad com a Tigela dos Ventos. Aviendha a ajudava em suas buscas e Nynaeve também ajudou uma ou duas vezes, mas era muito lenta e cautelosa, além de demonstrar pouca habilidade em encontrar o que elas estavam procurando. Não acharam mais nenhum *angreal*, mas a coleção de *ter'angreal* aumentou; quando tudo o que não prestava tinha sido jogado fora, as peças que faziam uso do Poder Único ainda enchiam cinco cestos dos animais de carga.

Porém, cuidadosa como era Elayne, suas tentativas de examiná-los não corriam tão bem. Espírito era o mais seguro dos Cinco Poderes para se usar naquela situação — a não ser, claro, que fosse exatamente Espírito que disparasse o objeto! —, mas às vezes precisava usar outros fluxos, os mais finos que conseguisse tecer. Às vezes, sua delicada sondagem não dava em nada, mas o primeiro toque que ela deu em um objeto que parecia um chaveiro feito de vidro a deixou zonza e sem conseguir dormir metade da noite, e um fio de Fogo encostando no que aparentava ser um elmo feito de plumas metálicas macias deu uma dor de cabeça de rachar em todos que se encontravam a menos de vinte passadas de distância. Menos nela. E também havia o bastão carmesim que parecia quente ao toque. Quente, de certa forma.

Sentada na beira da cama em uma estalagem chamada O Javali Selvagem, ela examinou o bastão liso sob a luz de duas lamparinas de latão polido. Da grossura do pulso e com um pé de comprimento, parecia pedra, mas o tato sugeria mais firmeza que dureza. Ela estava sozinha. Desde o elmo, vinha tentando fazer seus estudos longe das outras. O calor do bastão a fez pensar em Fogo...

Piscando, ela abriu os olhos e se sentou ereta. A luz do sol penetrava pela janela. Trajava só uma camisola, e Nynaeve, inteiramente vestida, estava de pé encarando-a. Aviendha e Birgitte observavam junto da porta.

— O que aconteceu? — questionou Elayne, e Nynaeve balançou a cabeça com um jeito soturno.

— Nem queira saber. — Seus lábios tremeram.

O semblante de Aviendha não dava nenhuma pista. A boca de Birgitte podia até estar um pouco apertada, mas a emoção mais forte que Elayne sentia vir dela era uma mistura de alívio e... hilaridade! A mulher estava fazendo o possível para não rolar no chão de tanto rir!

O pior de tudo foi *ninguém* querer dizer o que tinha acontecido, o que ela havia dito ou feito; ela tinha certeza de que fizera alguma coisa, levando-se em conta os sorrisinhos prontamente disfarçados que percebeu nas Comadres, nas Chamadoras de Ventos e também nas irmãs. Mas ninguém quis dizer! Depois disso, ela decidiu deixar o estudo dos *ter'angreal* para um lugar mais confortável que uma estalagem. Um lugar mais reservado, com certeza!

Nove dias após a fuga de Ebou Dar, nuvens esparsas surgiram no céu e pingos grossos de chuva salpicaram a poeira da estrada. Uma garoa intermitente deu as caras no dia seguinte e, no outro, um dilúvio obrigou-as a ficar encolhidas nas casas e nos estábulos de Feira de Forel. Naquela noite, a chuva se transformou em granizo, e, de manhã, fortes pancadas de neve caíram de um céu escuro e nublado. Faltando mais da metade do caminho até Caemlyn, Elayne começou a se perguntar se, a partir do ponto onde se encontravam, conseguiriam chegar em duas semanas.

Com a neve, a vestimenta passou a ser uma preocupação. Elayne se culpava por não ter pensado na possibilidade de que todos pudessem precisar de roupas mais quentes antes de chegarem ao destino. Nynaeve se culpava por não ter pensado nisso. Merilille achava que a culpa era dela, e Reanne pensava o mesmo de si. Inclusive, mais cedo naquela manhã, na rua principal de Feira de Forel, enquanto os flocos de neve caíam em suas cabeças, elas acabaram discutindo sobre quem era a culpada. Elayne não sabia dizer qual delas se deu conta primeiro do absurdo daquilo tudo, quem foi a primeira a rir, mas todas acabaram às gargalhadas ao se acomodarem em volta de uma mesa na Cisne Branco para decidir o que fazer. Uma solução que acabou não sendo motivo de riso. Providenciar um casaco ou manto grosso para cada um comprometeria boa parte do dinheiro que elas tinham, isso se encontrassem tamanha quantidade de roupas. Joias podiam ser vendidas ou trocadas, claro, mas ninguém em Feira de Forel parecia interessado em colares ou braceletes, por mais bonitos que fossem.

Aviendha pôs fim à dificuldade ao oferecer um saquinho cheio de pedras preciosas transparentes perfeitas, algumas bem grandes. Estranhamente, o mesmo pessoal que tinha dito com um mínimo de educação que não tinha interesse em colares de pedras preciosas arregalou os olhos ao ver as gemas soltas rolando na palma da mão de Aviendha. Segundo Reanne, para eles, as joias eram extravagâncias e as gemas eram sinal de riqueza, mas, fosse qual fosse o motivo, em troca de dois rubis de tamanho moderado, uma pedra-da-lua grande e uma pequena gota-de-fogo, o povo de Feira de Forel se mostrou mais que disposto a fornecer quantas lãs grossas as visitantes desejassem, algumas delas pouquíssimo usadas.

— Muito gentil da parte deles — resmungou Nynaeve com amargor quando as pessoas começaram a desencavar roupas dos seus baús e sótãos. Elas marchavam até a estalagem em um fluxo constante, os braços carregados. — Essas pedras poderiam comprar o vilarejo inteiro!

Aviendha deu de ombros; teria entregado um monte de gemas, se Reanne não tivesse intervindo. Merilille sacudiu a cabeça.

— Nós temos o que eles querem, mas eles têm o que precisamos. Receio que isso signifique que quem define o preço são eles.

Muito parecido com a posição delas em relação ao Povo do Mar. Nynaeve fez uma expressão nauseada.

Quando elas ficaram sozinhas em um corredor da estalagem, Elayne perguntou para Aviendha onde ela tinha conseguido aquela fortuna em joias da qual parecia louca para se livrar. Esperava que sua quase-irmã fosse dizer que era parte de seu saque da Pedra de Tear ou talvez de Cairhien.

— Rand al'Thor me enganou — resmungou ela. — Tentei comprar dele meu *toh*. Sei que é a maneira menos honrosa, mas não vi outra opção. E ele me virou de ponta cabeça! Por que é que, quando você racionaliza as coisas com toda a lógica, os homens sempre fazem algo completamente ilógico e saem por cima?

— A cabecinha deles é tão confusa que não se pode esperar que uma mulher acompanhe seus raciocínios — respondeu Elayne, sem perguntar qual *toh* Aviendha tentara comprar nem como essa tentativa resultara em sua quase-irmã ficar com um saquinho cheio de gemas valiosas. Falar sobre Rand já era difícil o bastante sem entrar em onde *aquele assunto* poderia dar.

A neve trouxe mais que a necessidade de roupas grossas. Ao meio-dia, com a neve ficando mais espessa a cada minuto, Renaile desceu as escadas que levavam ao salão, anunciou que sua parte no acordo tinha sido cumprida e exigiu não apenas a Tigela dos Ventos, mas também Merilille. A irmã Cinza ficou olhando consternada, assim como muitas outras. Os bancos estavam tomados por Comadres que se revezavam para fazer a refeição daquele horário, e os homens e mulheres que as serviam corriam para dar conta do terceiro lote de pratos. Renaile não fez questão de falar baixo, e todas as cabeças presentes no salão se viraram em sua direção.

— Agora você já pode começar a dar suas aulas — disse ela para a incrédula Aes Sedai. — Suba as escadas e venha ao meu quarto.

Merilille ensaiou um protesto, mas, com uma expressão subitamente fria, a Chamadora de Ventos da Senhora dos Navios plantou as mãos no quadril.

— Quando eu dou uma ordem, Merilille Ceandevin, é para que todas a bordo obedeçam. Então, pule já daí!

Merilille não chegou a pular, mas tratou de se recompor e ir, com Renaile por trás praticamente empurrando-a para subir os degraus. Por conta da sua promessa, não tinha outra alternativa. O semblante de Reanne era de perplexidade. Alise e a robusta Sumeko, ainda trajando seu cinto vermelho, observavam pensativas.

Nos dias que se seguiram, fosse penando no alto dos cavalos por uma estrada coberta de neve, caminhando pelas ruas de um vilarejo ou tentando encontrar acomodação para todo mundo numa fazenda, Renaile manteve Merilille em seus calcanhares, exceto quando a dispensava para acompanhar outra Chamadora de Ventos. O brilho de *saidar* cercava a irmã Cinza e sua acompanhante quase o tempo inteiro, e Merilille não parava de demonstrar tessituras. A pálida cairhiena era notadamente mais baixa que qualquer uma das mulheres de pele escura do Povo do Mar, mas de início Merilille conseguiu se agigantar pela mera força de sua dignidade de Aes Sedai. No entanto, não demorou para seu rosto estampar uma expressão permanentemente assustada. Elayne ficou sabendo que, quando todas tinham camas para dormir, o que nem sempre era o caso, Merilille dividia o colchão com sua criada Pol e com as duas Chamadoras de

Ventos aprendizes, Talaan e Metarra. O que isso sinalizava sobre a posição de Merilille, Elayne não sabia ao certo. Estava claro que as Chamadoras de Ventos não a rebaixaram ao nível das aprendizes, só esperavam que ela obedecesse às ordens, e imediatamente, sem protelações ou equívocos.

Reanne continuava chocada com aquela reviravolta, mas Alise e Sumeko não eram as únicas da Confraria a observar de perto, nem as únicas a assentir com ar pensativo. E, de repente, surgiu um outro problema na vida de Elayne: as Comadres percebiam Ispan se tornando cada vez mais maleável no cativeiro, mas ela era prisioneira de outras Aes Sedai. O Povo do Mar não era Aes Sedai e Merilille não era uma prisioneira, embora tivesse começado a pular, atenta, quando Renaile dava uma ordem, ou até quando eram Dorile, Caire ou Tebreille, irmã de sangue de Caire, que davam. Cada uma delas era Chamadora de Ventos da Mestra das Ondas de um clã, e nenhuma das outras a fazia pular com tanta prontidão, mas já bastava. Mais e mais integrantes da Confraria foram trocando o estupor horrorizado pela observação pensativa. Talvez as Aes Sedai não fossem uma espécie tão diferente assim. Se fossem simplesmente mulheres iguais a elas, por que deveriam se sujeitar de novo aos rigores da Torre, à autoridade e à disciplina das Aes Sedai? Elas não tinham sobrevivido muito bem por conta própria, algumas por muito mais anos que qualquer uma das irmãs mais velhas parecia acreditar? Elayne quase podia enxergar a ideia se formando na cabeça delas.

Ao mencionar isso para Nynaeve, contudo, esta só fez resmungar.

— Já era hora de algumas irmãs aprenderem o que é tentar ensinar para uma mulher que acha que sabe mais que a professora. Aquelas que tiverem alguma chance de obter um xale vão continuar querendo, e, quanto às outras, acho até bom que ganhem mais confiança.

Elayne resolveu não mencionar as queixas de Nynaeve a respeito de Sumeko, que certamente adquirira confiança e criticara várias de suas tessituras de Cura, chamando-as de "malfeitas", ocasião em que Elayne pensara que Nynaeve teria uma apoplexia.

— Em todo caso, não há por que contar isso para Egwene. Caso ela esteja lá. Nada disso. Ela já tem problemas demais.

Não havia a menor dúvida de que o "nada disso" se referia a Merilille e às Chamadoras de Ventos.

As duas estavam de camisola, cada uma sentada em sua respectiva cama no segundo andar da Arado Novo com o anel retorcido do *ter'angreal* dos sonhos pendurado no pescoço; o de Elayne em um cordão de couro simples, o de Nynaeve ao lado do pesado anel ducal de Lan em uma correntinha de ouro.

Aviendha e Birgitte, ainda totalmente vestidas, estavam sentadas em dois baús de roupas. De guarda, como diziam, até ela e Nynaeve voltarem do Mundo dos Sonhos. Ambas continuavam abrigadas em seus mantos até poderem ir para baixo dos cobertores. A Novo Arado definitivamente não tinha nada de novo. As rachaduras desenhavam teias de aranha nas paredes rebocadas e correntes de ar inoportunas penetravam por toda parte.

O quarto em si era pequeno, e os baús e as trouxas empilhadas só deixavam espaço para pouco mais que a cama e a bacia. Elayne sabia que devia estar devidamente apresentável em Caemlyn, mas às vezes sentia culpa pelos seus pertences estarem em animais de carga, quando a maioria das outras pessoas tinha de se virar com o que dava conta de carregar nas costas. Nynaeve decerto nunca demonstrava o menor remorso em relação aos baús *dela*. Fazia dezesseis dias que estavam na estrada, a lua cheia lá fora iluminando pela janelinha estreita o lençol de neve que tornaria a viagem do dia seguinte lenta mesmo que o céu permanecesse aberto, e Elayne considerou mais uma semana até chegarem em Caemlyn uma estimativa otimista.

—Tenho juízo suficiente para não lembrá-la disso — garantiu para Nynaeve. — Não quero ouvir outro sermão.

Era um jeito brando de dizer. Elas não iam a *Tel'aran'rhiod* desde que informaram a Egwene, na noite após deixarem a propriedade, que a Tigela dos Ventos havia sido usada. Com relutância, também tinham lhe contado sobre o acordo que foram forçadas a fazer com o Povo do Mar, no que se viram diante do Trono de Amyrlin com a estola listrada nos ombros. Elayne sabia que era necessário e correto — a amiga mais íntima de uma rainha, dentre todos os seus súditos, sabia que ela uma rainha além de uma amiga, *tinha* de saber —, mas não gostara de ouvir uma amiga lhes dizendo em um tom acalorado que elas haviam se comportado feito duas tontas desmioladas que poderiam ter arruinado a vida de todo mundo. Menos ainda quando ela mesma concordava. Não gostara de ouvir que a única razão para Egwene não impor às duas uma penitência que lhes arrancaria o couro era o fato de não poder se dar o luxo de fazê-las perder tempo. Necessário e correto, no entanto. Quando ela se sentasse no Trono do Leão, ainda seria uma Aes Sedai, sujeita às leis, às regras e aos costumes das Aes Sedai. Não por Andor — ela não entregaria sua terra à Torre Branca —, mas por si mesma. Sendo assim, por mais que tivesse sido desagradável, ela aceitou o sermão com toda a tranquilidade. Nynaeve se contorcera e gaguejara de vergonha, protestara e só faltara ficar emburrada, mas depois pedira tantas desculpas que Elayne quase não acreditou que fosse a mesma mulher que ela conhecia. Corretamente,

Egwene mantivera sua postura de Amyrlin, fria em sua desaprovação mesmo enquanto as perdoava por seus erros. Aquela noite não teria como ser nem agradável nem tranquila, se ela estivesse lá.

Todavia, quando elas se viram em sonho na Salidar de *Tel'aran'rhiod*, no cômodo da Pequena Torre que fora chamado de Gabinete da Amyrlin, Egwene não estava lá, e o único sinal de que havia visitado o local desde o último encontro eram algumas palavras já mal visíveis entalhadas de forma grosseira em um painel de madeira carcomido por insetos, como se escritas por uma mão preguiçosa, que não queria ter o trabalho de entalhar direito.

FIQUEM EM CAEMLYN

E a poucos metros:

MANTENHAM-SE EM SILÊNCIO E TOMEM CUIDADO

Estas haviam sido as últimas instruções de Egwene para elas: ir para Caemlyn e ficar por lá até ela conseguir arrumar algum jeito de evitar que o Salão colocasse a todas de molho. Um lembrete que elas não tinham como apagar.

Abraçando *saidar*, Elayne canalizou para deixar sua própria mensagem, o número quinze aparentemente entalhado na mesa pesada que havia sido a escrivaninha de Egwene. Ao inverter e amarrar a tessitura, ela garantiu que só alguém que corresse os dedos pelos numerais perceberia que eles não estavam ali de fato. Talvez elas não levassem quinze dias para chegar a Caemlyn, mas sem dúvida seria mais de uma semana.

Nynaeve deu passos largos até a janela e espiou de um lado e de outro, tomando o cuidado de não pôr a cabeça para fora do caixilho aberto. Assim como no mundo desperto, estava de noite lá fora, uma lua cheia resplandecendo na neve reluzente, embora o ar não estivesse frio. Ninguém além delas deveria estar ali e, se estivesse, era alguém a ser evitado.

— Espero que ela não esteja tendo problemas com seus planos — murmurou.

— Ela disse para não falarmos sobre isso nem entre nós, Nynaeve. "Um segredo falado ganha asas". — Esse era mais um dos muitos ditados favoritos de Lini.

Nynaeve fez uma cara feia por cima do ombro e voltou a espiar a viela estreita.

— Para você é diferente. Eu cuidei dela quando Egwene era pequena, troquei suas fraldas, dei tapas no traseiro dela uma ou duas vezes. E agora é só ela estalar os dedos que eu tenho que obedecer. É difícil.

Elayne não se conteve e estalou os dedos.

Nynaeve se virou tão depressa que virou um borrão, os olhos esbugalhados de medo. Seu vestido também borrou, passando de um modelo de cavalgada de seda azul para o branco com laço de uma Aceita e depois para o que ela chamava de uma lã boa e resistente de Dois Rios, escura e grossa. Ao se dar conta de que Egwene não estava ali, de que não estivera ouvindo, quase desmaiou de alívio.

Quando elas voltaram aos seus corpos e despertaram só o suficiente para dizer às outras duas que elas já podiam ir para a cama, Aviendha certamente achou que foi uma boa piada e Birgitte também caiu na gargalhada. Nynaeve, porém, conseguiu se vingar: na manhã seguinte, usou um pedaço de gelo para acordar Elayne, cujos gritinhos despertaram o vilarejo inteiro.

Três dias depois, veio a primeira explosão.

Capítulo 21

Atendendo à convocação

As grandes tempestades de inverno conhecidas como *cemaros* continuaram a vir do Mar das Tempestades, mais violentas do que se tinha lembrança. Alguns diziam que as *cemaros* daquele ano vinham tentando compensar os meses de atraso. Relâmpagos estouravam no céu, o suficiente para tornar irregular a escuridão da noite. Se o vento açoitava a terra, a chuva o espancava, transformando todas as estradas, menos as mais duras, em rios de lama. Às vezes, essa lama congelava depois que a noite caía, mas a alvorada sempre trazia o degelo, mesmo sob um céu cinzento, e o solo voltava a ser um charco. Rand se surpreendeu com o quanto aquilo atrapalhava seus planos.

Os Asha'man que ele mandara buscar chegaram rápido, no meio da manhã do dia seguinte, saindo a cavalo de um portão e dando de cara com uma chuva torrencial que obscurecia o sol de tal forma que parecia até que já era o fim da tarde. Pelo buraco no ar, via-se a neve caindo em Andor, flocos brancos densos e volumosos rodopiando e encobrindo o que havia por trás. A maior parte dos homens da pequena coluna usava mantos pretos pesados para se agasalhar, mas a chuva parecia se desviar deles e de seus cavalos. Não era tão óbvio, mas qualquer um que percebesse olharia duas, senão três vezes. Bastava uma simples tessitura para se manter seco, desde que a pessoa não se importasse em chamar atenção. Em todo caso, o disco preto e branco trabalhado em um círculo carmesim e estampado no manto na altura do peito se encarregava disso. Mesmo parcialmente escondidos pelo aguaceiro, aqueles homens eram orgulhosos, e um tanto prepotentes no alto de suas selas. Um ar desafiador. Sentiam-se honrados em ser quem eram.

Seu comandante, Charl Gedwyn, era poucos anos mais velho que Rand, tinha estatura média e, assim como Torval, portava a Espada e o Dragão em um casaco de gola alta feito de uma seda negra da melhor qualidade. Sua espada era luxuosa, confeccionada em prata, e a bainha também trabalhada em prata ficava presa por uma fivela prateada no formato de um punho cerrado. Gedwyn se intitulava Tsorovan'm'hael, ou Líder da Tempestade, na Língua Antiga, e sabia-se lá o que queria dizer com isso. Ao menos parecia apropriado para as condições climáticas.

Ainda assim, ele parou junto à entrada da tenda verde ornamentada de Rand e fez cara feia para a chuva caindo. Uma guarda de Companheiros a cavalo rodeava a tenda a não mais de trinta passadas de distância, mas mal dava para vê-los. Ignoravam de tal forma a torrente, que bem que poderiam ser estátuas.

— Como você espera que eu encontre alguém desse jeito? — resmungou Gedwyn, dando uma espiadela na direção de Rand por cima do ombro. No instante seguinte, acrescentou: — Milorde Dragão.

Estava com um olhar sério e questionador, mas era sempre assim, estivesse ele olhando para um homem ou para uma estaca de cerca.

— Rochaid e eu trouxemos oito Dedicados e quarenta soldados, o suficiente para destruir um exército ou acuar dez reis. Talvez dê até para fazer uma Aes Sedai hesitar — disse ele, irônico. — Que a Luz me queime, só nós dois já poderíamos fazer um belo trabalho. Ou só você, no caso. Por que precisa de mais alguém?

— Espero que você obedeça, Gedwyn — rebateu Rand com frieza.

Líder da Tempestade? E Manel Rochaid, segundo em comando de Gedwyn, se intitulava Baijan'm'hael, Líder do Ataque. Quais eram as intenções de Taim ao criar aquelas novas patentes? O importante era que o sujeito fabricava armas. O importante era que essas armas se mantivessem suficientemente íntegras para serem usadas.

— E espero que não perca tempo questionando minhas ordens.

— Como quiser, Milorde Dragão — murmurou Gedwyn. — Vou despachar os homens agora mesmo.

Com uma saudação breve, punho no peito, saiu a passos largos tempestade adentro. O dilúvio se desviou dele, escorrendo pela pequena proteção que ele teceu em torno de si. Rand ficou se perguntando se o sujeito suspeitava de quão perto chegara de morrer ao abraçar *saidin* sem aviso.

Você precisa matá-lo antes que ele mate você, caçoou Lews Therin. *Você sabe que eles vão fazer isso. Homens mortos não têm como trair ninguém.* A voz na cabeça de

Rand adquiriu um ar de questionamento. *Mas às vezes eles não morrem. Eu estou morto? Você está?*

Rand tratou de reduzir aquelas palavras a um zumbido de uma mosca, tornando-as quase imperceptíveis. Desde que reaparecera na mente de Rand, era raro Lews Therin ficar em silêncio, a menos que fosse obrigado. Na maior parte das vezes, parecia mais louco do que nunca e, via de regra, mais furioso também. Algumas vezes, mais forte. Aquela voz invadia os sonhos de Rand, e, quando ele se via em um sonho, nem sempre era sua própria imagem que lhe aparecia. E tampouco era sempre Lews Therin, o rosto que ele passara a reconhecer como de Lews Therin. Vez ou outra, a imagem ficava embaçada, ainda que vagamente familiar, e até Lews Therin parecia se sobressaltar. Era uma indicação da dimensão da loucura do sujeito. Ou talvez da sua.

Ainda não, pensou Rand. *Ainda não posso me permitir enlouquecer.*

Quando, então?, sussurrou Lews Therin antes que Rand pudesse tornar a emudecê-lo.

Com a chegada de Gedwyn e dos Asha'man, teve início seu plano de varrer os Seanchan para o oeste. Teve início, e avançava lentamente, tão devagar quanto alguém penando para percorrer uma daquelas estradas enlameadas. Ele deslocava seu acampamento de modo objetivo, sem fazer o menor esforço para disfarçar seus movimentos. Não adiantava muito tentar ser discreto. Mandar notícias pelos pombos já era lento, e a chegada das *cemaros* piorara a situação, mas mesmo assim ele não tinha nenhuma dúvida de que estava sendo observado, pela Torre Branca, pelos Abandonados e por qualquer pessoa achando que tinha algo a ganhar ou a perder dependendo de para onde o Dragão Renascido fosse, e que podia se dar o luxo de pagar um soldado. Talvez até pelos Seanchan. Se Rand conseguia ficar de olho neles, por que eles não seriam capazes de fazer o mesmo? Mas nem os Asha'man sabiam por que Rand continuava se deslocando.

Enquanto Rand acompanhava distraído os homens dobrarem e enfiarem sua tenda em uma carroça, Weiramon apareceu em um de seus muitos cavalos, um capão branco saltitante da melhor linhagem puro-sangue tairena. A chuva se dissipara, embora nuvens cinzentas ainda encobrissem o sol do meio-dia e o ar parecesse passível de ser espremido com as mãos e tirar água. O Estandarte do Dragão e o Estandarte da Luz jaziam empapados e caídos em seus mastros altos.

Defensores tairenos haviam substituído os Companheiros, e, enquanto passava pelo círculo de soldados montados, Weiramon fez uma cara feia para Rodrivar Tihera, um sujeito esguio, escuro até para um taireno, com uma barba cerrada aparada em uma ponta afiada. Nobre da baixa aristocracia, que tentara ascender por meio de suas habilidades, Tihera era meticuloso ao extremo. As volumosas plumas brancas que balançavam em seu elmo acentuaram o floreio da elaborada mesura que ele rendeu a Weiramon. O Grão-lorde franziu ainda mais o cenho.

Não havia necessidade de o Capitão da Pedra estar pessoalmente a cargo da guarda de Rand, mas esse era muitas vezes o caso, assim como o próprio Marcolin costumava comandar os Companheiros. Uma rivalidade por vezes ferrenha se criara entre os Defensores e os Companheiros, centrada em quem deveria fazer a guarda de Rand. Os tairenos reivindicavam o direito pelo fato de ele ser há mais tempo o soberano de Tear, e os illianenses por ele ser, afinal de contas, Rei de Illian. Talvez Weiramon tivesse escutado murmúrios entre os Defensores de que era hora de Tear ter seu próprio monarca, e quem melhor que o homem que tomara a Pedra? Weiramon estava mais que de acordo com essa necessidade, mas não com a escolha de quem deveria usar a coroa. E não era o único.

O homem suavizou as feições assim que viu Rand olhando. Girou para descer do alto de sua sela de entalhes dourados e fez uma mesura que deixou a de Tihera parecendo simples. Altivo como era, o sujeito era capaz de estufar o peito e se pavonear até dormindo, embora tenha feito uma leve careta ao enfiar as botas lustradas na lama. Trajava uma capa de chuva para proteger da garoa sua bela indumentária, mas até ela era revestida de um bordado de ouro e ostentava um colar de safiras. Mesmo com a seda verde-escura do casaco de Rand, com abelhas douradas subindo pelas mangas e lapelas, qualquer um poderia pensar que a Coroa de Espadas pertencia à outra cabeça, não à dele.

— Milorde Dragão — entoou Weiramon. — Não consigo nem expressar minha felicidade por ver tairenos fazendo sua guarda, Milorde Dragão. Certamente o mundo inteiro choraria se alguma adversidade acontecesse. — O homem era inteligente demais para sair dizendo que os Companheiros não eram confiáveis. Por pouco, mas era.

— Mais cedo ou mais tarde, acabaria chorando mesmo — respondeu Rand num tom seco. Depois que boa parte do mundo terminasse de comemorar. — Eu sei o quanto você choraria, Weiramon.

O sujeito se alisou todo e correu os dedos pela ponta da barba grisalha. Já tinha ouvido o que queria ouvir.

— Sim, Milorde Dragão, tenha certeza da minha lealdade. E é por isso que estou preocupado com as ordens que seu enviado me trouxe na manhã de hoje.

Ele estava falando de Adley. Muitos nobres achavam que fingir que os Asha'man eram meros serviçais de Rand os tornava, de alguma forma, menos perigosos.

— Foi sábio da sua parte mandar embora a maioria dos cairhienos. E dos illianenses, é claro. Não precisa nem dizer. Entendo até por que o senhor impõe limites a Gueyam e aos outros. — As botas de Weiramon chapinharam na lama quando ele se aproximou, e sua voz ganhou ares de confidência. — Realmente acredito que alguns deles... Não diria que tenham *tramado* algo contra o senhor, mas acho que a lealdade deles nem sempre foi inquestionável. Como é a minha. Inquestionável. — O tom de voz mudou de novo, agora forte e confiante, um homem preocupado apenas com as necessidades daquele a quem servia. Daquele que, por certo, faria *dele* o primeiro Rei de Tear. — Me permita trazer todos os meus soldados, Milorde Dragão. Com eles e com os Defensores, posso garantir a honra do Senhor da Manhã, e sua segurança.

Em todos os acampamentos individuais ao longo do charco, carroções e carroças estavam sendo carregados e cavalos, encilhados. A maioria das tendas já havia sido desmontada. A Grã-lady Rosana cavalgava para o norte, seu estandarte encabeçando uma coluna grande o bastante para causar um estrago entre os bandidos e fazer até os Shaido hesitarem. Mas não o suficiente para fazê-la ter ideias, menos ainda quando metade da coluna era formada por homens de Gueyam e Maraconn misturados com Defensores da Pedra. O mesmo se aplicava a Spiron Narettin, rumando para o leste e cruzando a alta cordilheira com tantos Companheiros e homens leais a outros membros do Conselho dos Nove quanto com seus próprios vassalos, sem falar em mais cem seguindo-os a pé logo atrás, parte dos que tinham se rendido um dia antes, na mata do outro lado da encosta. Um número surpreendente optara por seguir o Dragão Renascido, mas Rand não confiava neles o suficiente para deixá-los juntos. Tolmeran estava partindo rumo ao sul com o mesmo tipo de arranjo, e outros mais se poriam em marcha tão logo suas carroças e carroções fossem carregados. Cada qual numa direção, e nenhum deles podendo confiar nos homens que os seguiam a ponto de permitir que fizessem mais do que cumprir as ordens dadas por Rand. Pacificar Illian era uma missão importante, mas todos os lordes e ladies lamentavam quando precisavam se afastar do Dragão Renascido e ficavam claramente se perguntando se aquilo significava que haviam perdido sua confiança. Alguns deles, contudo, talvez conjecturassem por que ele decidira manter sob sua vigilância os poucos que mantivera. Rosana, decididamente, aparentara estar pensativa.

— Sua preocupação me emociona — disse Rand a Weiramon —, mas de quantos guarda-costas um homem precisa? Não tenho a intenção de deflagrar uma guerra. — Um belo argumento, talvez, apesar da guerra em questão já estar até em curso. Havia começado em Falme, senão antes. — Apronte o seu pessoal.

Quantos morreram por conta do meu orgulho?, queixou-se Lews Therin. *Quantos morreram por conta dos meus equívocos?*

— Posso saber ao menos *para onde* estamos indo? — A indagação de Weiramon, não exatamente exasperada, se sobrepôs à voz na mente de Rand.

— Para a Cidade — rebateu ele.

Rand não sabia quantos haviam morrido em consequência dos seus equívocos, mas ninguém morrera por conta do seu orgulho. Disso, tinha certeza. Weiramon chegou a abrir a boca, visivelmente confuso se Rand se referia a Tear ou Illian, ou talvez até a Cairhien, mas Rand gesticulou com o Cetro do Dragão para dispensá-lo, um movimento contundente que fez a borla verde e branca balançar. Quase desejava poder apunhalar Lews Therin com ele.

— Não pretendo passar o dia inteiro parado aqui, Weiramon! Vá atrás dos seus homens!

Menos de uma hora depois, ele abraçou a Fonte Verdadeira e se preparou para abrir um portão para Viajar. Foi preciso enfrentar a tontura que vinha acometendo-o ultimamente, toda vez que agarrava ou soltava o Poder; não chegou a balançar no alto da sela de Tai'daishar, mas, com toda a imundície liquefeita que flutuava em *saidin*, todo aquele lodo congelado, tocar a Fonte era quase como vomitar. Ver tudo duplicado, ainda que só por alguns instantes, tornava difícil, quando não impossível, fazer a tessitura, e ele poderia ter mandado Dashiva, Flinn ou qualquer outro fazê-la, mas Gedwyn e Rochaid estavam segurando as rédeas de seus cavalos diante de mais ou menos uma dezena de soldados de mantos negros, todos os que não haviam saído para fazer buscas. Só ali parados, com toda a paciência. E observando Rand. Rochaid, que era cerca de um palmo mais baixo e talvez dois anos mais jovem que Rand, também era um Asha'man pleno, e seu manto também era de seda. Tinha um sorrisinho no rosto, como se soubesse coisas que os outros não sabiam e se divertisse com isso. O que poderia ser? Algo a respeito dos Seanchan, com certeza, ainda que não soubesse os planos de Rand em relação a eles. O que mais? Talvez não fosse nada, mas Rand não demonstraria nenhuma fraqueza diante daqueles dois. A tontura passou logo, a visão duplicada, um pouco mais devagar, como vinha ocorrendo nas últimas semanas, e então ele finalizou a tessitura e, sem esperar, esporeou e entrou cavalgando na abertura que se formara diante dele.

A Cidade a que ele se referira era Illian, embora o portão se abrisse para o norte da localidade. Apesar das supostas preocupações de Weiramon, Rand estava longe de ficar sozinho e desprotegido. Cerca de três mil homens atravessaram a cavalo aquele buraco alto e quadrado no ar e foram parar em um imenso campo não muito longe da larga estrada enlameada que levava ao Passadiço da Estrela do Norte. Mesmo que cada lorde só tivesse tido permissão para trazer um punhado de soldados — para homens acostumados a liderar mil, senão milhares, cem eram um punhado —, os homens foram se somando. Tairenos, cairhienos e illianenses, Defensores da Pedra sob o comando de Tihera, Companheiros liderados por Marcolin, e Asha'man seguindo Gedwyn. Os Asha'man que tinham vindo com ele, no caso. Dashiva, Flinn e os demais mantinham seus cavalos logo atrás de Rand. Todos, menos Narishma, que ainda não retornara. O homem sabia onde encontrá-lo, mas Rand não estava gostando daquilo.

Cada grupo procurava se manter o mais isolado possível. Gueyam, Maraconn e Aracome acompanhavam Weiramon, todos prestando mais atenção em Rand do que para onde estavam indo, e Gregorin Panar seguia com três outros membros do Conselho dos Nove, todos inclinando-se no alto de suas selas para falar baixinho entre si, e com certa inquietação. Semaradrid, com um grupo de lordes cairhienos de semblante tenso atrás dele, observava Rand quase tão atentamente quanto os tairenos. Rand escolhera aqueles que o acompanhariam com o mesmo cuidado com que decidira quais mandaria embora, e nem sempre pelas razões nas quais outros poderiam ter se baseado.

Houvesse ali algum observador curioso, teria sido uma imagem impactante, todos aqueles estandartes e flâmulas reluzentes e o pequeno *con* se erguendo às costas de alguns cairhienos. Reluzente, impactante e muito perigosa. Alguns ali *haviam* tramado contra ele, e Rand ficara sabendo que a Casa Maravin de Semaradrid tinha antigas alianças com a Casa Riatin, que estava em rebelião explícita contra ele em Cairhien. Semaradrid não negava a conexão, mas tampouco a mencionara diante dos ouvidos de Rand. Ainda conhecia muito pouco do Conselho dos Nove para assumir o risco de deixar todos eles para trás. E Weiramon era um tolo. Se deixado sozinho, o sujeito poderia muito bem tentar cair nas graças do Lorde Dragão ao lançar um exército em marcha contra os Seanchan, contra Murandy ou só a Luz sabia contra quem ou o quê. Estúpido demais para ser deixado para trás e poderoso demais para ser escanteado, de modo que cavalgava ao lado de Rand e se sentia honrado. Era quase uma pena que não fosse idiota o suficiente para fazer algo que lhe valesse uma execução.

Mais atrás vinham os serviçais e as carroças — ninguém entendia por que Rand despachara todos os carroções com os outros, e ele não ia explicar; como saber quem mais iria ouvir? Em seguida, longas fileiras de montarias sobressalentes conduzidas por tratadores, além de colunas de homens trajando placas peitorais surradas que serviam mal ou gibões de couro com malhas de aço enferrujadas, carregando arcos, bestas, lanças ou até mesmo alguns piques; eram mais dos sujeitos que haviam obedecido à convocação de "Lorde Brend" e decidido não voltar para casa desarmados. Seu líder era o camarada de nariz escorrendo com quem Rand conversara no limiar da floresta, chamado Eagan Padros e muito mais inteligente do que aparentava ser. Na maioria dos lugares, era raro um plebeu ascender muito, mas Rand percebera que Padros era diferente. O sujeito reuniu seus homens de um lado, mas nenhum deles parava quieto, todos se acotovelando em busca da melhor vista para o sul.

O Passadiço da Estrela do Norte se estendia em linha reta pelas milhas e milhas de pântanos marrons que circundavam Illian, uma estrada larga de terra batida intercalada por pontes planas de pedra. Um vento que soprava do sul trazia a maresia e um leve aroma de curtumes. Illian era uma cidade extensa, tranquilamente tão grande quanto Caemlyn ou Cairhien. Telhados de cores brilhantes e centenas de torres cintilando ao sol podiam ser vislumbrados além daquele mar de grama onde grous de pernas compridas vadeavam e bandos de pássaros brancos voavam baixo soltando trinados estridentes. Illian nunca precisara de muralhas. Não que muralhas fossem adiantar contra ele.

Muitos ficaram decepcionados ao saber que ele não pretendia entrar em Illian, ainda que ninguém tivesse reclamado, ao menos não ao alcance de seus ouvidos. Em todo caso, foram muitas as caras de desalento e os resmungos azedos quando os acampamentos começaram a ser montados às pressas. Como a maioria das grandes cidades, Illian era famosa por seu mistério exótico, pelas doses fartas de cerveja e pelas mulheres voluptuosas. Pelo menos era o que pensavam os homens que nunca haviam estado lá, mesmo que a cidade fosse sua capital. A ignorância sempre inflava a reputação de qualquer cidade naqueles aspectos. No fim das contas, só Morr saiu galopando pelo passadiço. Os homens se endireitaram de seus serviços martelando os suportes das tendas ou armando postes para amarrar os cavalos e o acompanharam com olhos invejosos. Nobres observavam curiosos, mesmo tentando fingir que não.

Os Asha'man liderados por Gedwyn não deram a mínima para Morr enquanto montavam seu acampamento, que consistia de uma tenda negra feito breu para Gedwyn e Rochaid e de um espaço onde a úmida grama marrom e a lama foram achatadas e secas para que o restante dos homens dormisse enrolado em seus mantos. Isso foi feito com o Poder, claro. Eles faziam tudo com o Poder, não se dando nem o trabalho de preparar fogueiras para cozinhar. Um ou outro membro dos demais acampamentos ficou olhando boquiaberto quando a tenda pareceu se armar por conta própria e os cestos saíram flutuando das albardas, mas a maioria tratou de desviar o olhar tão logo se deu conta do que estava acontecendo. Dois ou três soldados de mantos negros pareciam falar sozinhos.

Flinn e os outros não se juntaram ao grupo de Gedwyn — tinham um par de tendas que montaram não muito longe da de Rand —, mas Dashiva foi até onde o "Líder da Tempestade" e o "Líder do Ataque" se encontravam relaxados, dando uma ou outra ordem ríspida. Algumas palavras, e ele voltou balançando a cabeça e resmungando baixinho com raiva. Gedwyn e Rochaid não eram uma dupla simpática. Melhor assim.

Rand entrou em sua tenda assim que terminaram de armá-la e, de roupa e tudo, se estirou no catre e ficou olhando para o teto inclinado. Também havia abelhas bordadas na parte interna, em um telhado falso de seda. Hopwil trouxe uma caneca de estanho com vinho quente fumegante — Rand deixara seus serviçais para trás —, mas a bebida esfriou na escrivaninha. Sua mente trabalhava de maneira frenética. Mais dois ou três dias, e os Seanchan teriam sofrido um revés que os deixaria desnorteados. Depois era só voltar a Cairhien para ver como tinham sido as negociações com o Povo do Mar, descobrir o que Cadsuane queria — ele tinha uma dívida com a mulher, mas ela estava atrás de alguma coisa! —, e talvez acabar de uma vez por todas com o que ainda restava da rebelião por lá. Com a confusão, será que Caraline Damodred e Darlin Sisnera haviam escapado? Era possível que ter o Grão-lorde Darlin em suas mãos também pusesse um fim à rebelião em Tear. Andor. Se Mat e Elayne se encontravam em Murandy, como parecia ser o caso, ainda levaria semanas para que Elayne pudesse reivindicar o Trono do Leão, na melhor das hipóteses. Quando isso ocorresse, ele teria de ficar bem longe de Caemlyn. Mas era preciso falar com Nynaeve. *Será* que era possível expurgar *saidin*? Podia ser que funcionasse. E também podia ser que destruísse o mundo. Lews Therin balbuciou, aterrorizado. Luz, *onde estava* Narishma?

Uma tempestade *cemaros* caiu de repente, mais forte ali perto do mar. A chuva golpeava a tenda tal qual um tambor. O estalar dos relâmpagos iluminava a entrada com uma luz azul-esbranquiçada, e os trovões ribombavam como montanhas desabando.

Foi quando Narishma adentrou a tenda, encharcado, o cabelo escuro grudado na cabeça. Rand dera ordens para que ele fosse discreto a qualquer custo. Nada de chamar atenção. O casaco ensopado era todo marrom, e o cabelo escuro estava preso, mas não trançado. Mesmo sem sininhos, um homem com o cabelo quase na cintura atraía olhares. Também estava de cenho franzido e trazia debaixo do braço um embrulho cilíndrico amarrado com um cordão, mais grosso que uma perna, tal qual um pequeno tapete.

Levantando-se do catre, Rand tratou de apanhar o embrulho antes que Narishma pudesse entregá-lo.

— Alguém viu você? Por que demorou tanto? Achei que chegaria ontem à noite.

— Levei um tempo para entender o que precisava fazer — explicou Narishma sem alterar a voz. — Você não me contou tudo. Você quase me matou.

Aquilo era ridículo. Rand *tinha* contado tudo o que ele precisava saber. Tinha certeza disso. Não fazia sentido confiar tanto no sujeito quanto ele confiara só para depois ele morrer e estragar tudo. Com cuidado, ele enfiou o embrulho debaixo do catre. Suas mãos tremiam de vontade de arrancar o invólucro e se certificar de que ali estava o que que ele mandara Narishma buscar. O homem não teria ousado voltar, se não fosse o caso.

— Providencie um casaco adequado antes de se juntar aos outros. E Narishma... — Rand se empertigou e fitou-o com um olhar firme. — Se contar para alguém, eu *mato* você.

Mate logo o mundo inteiro, debochou Lews Therin, com um gemido de escárnio. De desespero. *Eu matei o mundo todo, e você, caso se esforce, também pode.*

Com o punho cerrado, Narishma golpeou o peito com força.

— Às suas ordens, Milorde Dragão — respondeu com amargura.

À luz da manhã seguinte, bem cedo, mil homens da Legião do Dragão saíram marchando de Illian e cruzaram o Passadiço da Estrela do Norte ao som ritmado de tambores. Bom, era bem cedo, pelo menos. Já a luz era coberta por densas nuvens cinzentas que vagavam pelo céu, e uma brisa marinha constante trazia o cheiro forte de sal e açulava mantos e estandartes, prenunciando a chegada de mais uma tempestade. A Legião atraiu a atenção dos soldados que já se encontravam no acampamento, com seus elmos andorianos pintados de azul e seus compridos casacos da mesma cor trazendo no peito um Dragão trabalhado em vermelho e dourado. Uma flâmula azul ostentando o Dragão e um número identificava cada uma das cinco companhias. Os Legionários eram diferentes de muitas maneiras. Por exemplo, usavam as placas peitorais por baixo do casaco, para não esconder os Dragões — mesma razão para os casacos serem abotoados na lateral —, e cada homem trazia uma espada curta na cintura e uma besta devidamente armada, todos posicionando-a no ombro da mesmíssima forma. Os oficiais, cada um com uma pluma vermelha comprida no elmo, caminhavam logo à frente dos tambores e flâmulas. Os únicos cavalos eram o capão cinzento de Morr, à frente, e os animais de carga na retaguarda.

— A pé — resmungou Weiramon, batendo as rédeas na mão enluvada. — Que a Luz me queime, não é bom eles estarem a pé. No primeiro ataque, vão se dispersar. Ou antes.

O líder da coluna saiu do passadiço. Aqueles homens haviam ajudado a tomar Illian, e sem se dispersar. Semaradrid balançou a cabeça.

— Nada de piques — murmurou ele. — Já vi infantarias bem lideradas resistirem com piques, mas sem... — E fez um ruído de desdém.

Gregorin Panar, o terceiro homem posicionado próximo de Rand para observar os recém-chegados do alto de sua sela, não falou nada. Talvez não tivesse nenhum preconceito em relação a infantarias — e caso não tivesse, seria um dos poucos nobres do tipo que Rand conhecera —, mas estava se esforçando muito para não franzir o cenho e quase conseguia. Todos já sabiam que os homens com o Dragão no peito carregavam armas porque tinham tomado a decisão de seguir Rand, de seguir o Dragão Renascido, e por nenhum outro motivo que não sua própria vontade. O illianense devia estar se perguntando para onde eles estavam indo para que Rand quisesse trazer a Legião, e mantendo segredo do Conselho dos Nove. Semaradrid olhou de esguelha para Rand. Só Weiramon era estúpido demais para pensar.

Rand deu meia-volta em Tai'daishar. O pacote que Narishma trouxera tinha sido rearranjado em um embrulho mais fino e amarrado sob o couro do seu estribo esquerdo.

— Levantem o acampamento. Vamos em frente — anunciou ele aos três nobres.

Daquela vez, deixou que Dashiva tecesse o portão que levaria todos embora dali. O homem de rosto comum franziu o cenho para ele e resmungou sozinho — por algum motivo, parecia até afrontado! —, e Gedwyn e Rochaid, seus cavalos lado a lado, ficaram observando com sorrisos sarcásticos enquanto o rasgo de luz prateada girava para abrir um buraco no nada. Observando Rand mais do que Dashiva. Bem, que observassem. Quantas vezes podia arriscar agarrar *saidin* e cair de cara no chão de tontura antes que realmente caísse? Não podia ser em uma situação em que todos estivessem vendo.

O portão os levou a uma estrada larga, aberta em meio aos sopés baixos e cheios de arbustos das montanhas a oeste, os Montes Nemarellin. Não faziam frente às Montanhas da Névoa nem chegavam aos pés da Espinha do Mundo, mas erguiam-se sombrios e austeros em direção ao céu, cumes pontudos que cercavam a costa oeste de Illian. Do outro lado, ficava a Fossa de Kabal, e depois...

Os homens logo reconheceram os picos. Gregorin Panar deu uma olhada em volta e aquiesceu com uma satisfação repentina. Os outros três Conselheiros e Marcolin se aproximaram dele para conversar enquanto os cavaleiros continuavam surgindo do portão. Semaradrid só precisou de mais alguns instantes para entender, assim como Tihera, e os dois também pareceram compreender tudo.

A Estrada da Prata ligava a Cidade a Lugard e transportava todo o comércio do interior para o oeste. Também existia uma Estrada do Ouro, que levava a Far Madding. Aquelas estradas e seus nomes eram mais antigos que Illian. Séculos de rodas de carroções, cascos de cavalos e solas de botas haviam deixado a terra bem batida, e as *cemaros* só eram capazes de recobri-las superficialmente de lama. Estavam entre as poucas estradas illianenses confiáveis para se movimentar um grande volume de homens durante o inverno. Todos já sabiam a respeito dos Seanchan em Ebou Dar, ainda que boa parte das histórias que Rand ouvira em meio aos soldados fizesse os invasores parecerem primos mais malvados dos Trollocs. Se a intenção dos Seanchan era atacar Illian, a Estrada de Prata era um bom lugar para preparar a defesa.

Semaradrid e os demais pensavam saber o que Rand planejava: ele devia ter ficado sabendo que os Seanchan estavam a caminho, e os Asha'man se encontravam ali para destruí-los quando aparecessem. Dadas as histórias sobre os Seanchan, ninguém parecia tão incomodado que essa possibilidade deixasse pouco trabalho para eles. Claro que Weiramon precisou que alguém lhe explicasse, o que Tihera fez, e ele *ficou* incomodado, embora tenha tentado disfarçar com seu palavreado pomposo sobre a sabedoria do Lorde Dragão e o gênio militar do Senhor da Manhã, não esquecendo de como ele, pessoalmente, lideraria a primeira investida contra os Seanchan. Um perfeito e grandíssimo idiota. Com sorte, qualquer pessoa que ficasse sabendo de um grupo na Estrada da Prata ao menos não seria muito mais inteligente que Semaradrid ou Gregorin. Com sorte, ninguém importante ficaria sabendo de nada até que fosse tarde demais.

Acomodando-se para esperar, Rand achou que não demoraria mais que um ou dois dias, mas, conforme os dias foram passando, ele começou a se perguntar se talvez não fosse tão tolo quanto Weiramon.

A maioria dos Asha'man estava fazendo buscas por Illian, Tear e pelas Planícies de Maredo para encontrar todo mundo que Rand queria. Fazendo buscas em meio às *cemaros*. Portões e Viagens funcionavam muito bem, mas até os Asha'man precisavam de tempo para encontrar quem procuravam quando aguaceiros ocultavam qualquer coisa a mais de cinquenta passadas de distância e atoleiros faziam até boatos praticamente pararem de avançar. Os Asha'man passavam a menos de uma milha das pessoas que procuravam sem sequer se dar conta, e davam meia-volta só para descobrir que os homens tinham se deslocado de novo. A missão de alguns era mais difícil, procurando pessoas que não estavam necessariamente muito ansiosas para serem encontradas. Passaram-se dias antes de os primeiros voltarem com notícias.

O Grão-lorde Sunamon se juntou a Weiramon, um homem gordo de postura aduladora, ao menos em relação a Rand. Tranquilo em seu belo casaco de seda e sempre sorrindo, era volúvel quando declarava lealdade, mas tramara contra Rand por tanto tempo que provavelmente o fazia até dormindo. Também veio o Grão-lorde Torean, com seu rosto marcado de fazendeiro e sua vasta fortuna, gaguejando ao falar da honra de voltar a cavalgar ao lado do Lorde Dragão. Torean ligava mais para ouro que para qualquer outra coisa, a não ser, talvez, os privilégios que Rand retirara dos nobres tairenos. Pareceu especialmente consternado quando soube que não havia moças trabalhando como serviçais no acampamento e que tampouco existia algum vilarejo por ali em que se pudesse encontrar campesinas submissas. Torean maquinara contra Rand tanto quanto Sunamon. Talvez até mais que Gueyam, Maraconn ou Aracome.

E havia outros, como Bertome Saighan, um baixinho de beleza rústica com a parte da frente da cabeça raspada. Ele afirmava que não se ressentia muito da morte de sua prima Colavaere, não só porque isso fez dele o novo Grão-trono da Casa Saighan, como porque, segundo os boatos, Rand a executara. Ou assassinara. Bertome fazia mesuras e sorria, mas um sorriso que nunca se refletia em seus olhos escuros. Alguns diziam que o homem gostava muito da prima. Ailil Riatin chegou, uma mulher magra e elegante, dona de grandes olhos escuros, não exatamente jovem, mas bem bonita, declarando que tinha trazido um Capitão-lanceiro para liderar seus homens e que não desejava se engajar pessoalmente na batalha. E afirmando também sua lealdade ao Lorde Dragão. Seu irmão Toram, no entanto, reivindicava o trono que Rand queria entregar a Elayne, e dizia-se pelos cantos que a mulher faria qualquer coisa por Toram, qualquer coisa mesmo. Até se bandear para o lado dos inimigos, fosse para dificultar, espionar, ou os dois, é claro. Dalthanes Annalin, Amondrid Osiellin e Doresin Chuliandred chegaram, lordes que tinham dado apoio a Colavaere em sua tomada do Trono do Sol, quando acreditaram que Rand jamais voltaria a Cairhien.

Cairhienos e tairenos, todos foram trazidos de um em um, com equipes de cinquenta ou, no máximo, cem pessoas. Homens e mulheres em quem ele confiava ainda menos do que em Gregorin ou Semaradrid. Em sua maioria homens, mas não porque ele achasse que mulheres fossem menos perigosas — não era *tão* tolo assim, já que mulheres eram capazes de matar duas vezes mais rápido que homens e, em geral, por metade das razões! —, e sim porque não conseguia se obrigar a levar nenhuma mulher além das mais perigosas para onde estava indo. Ailil era capaz de abrir um sorriso caloroso enquanto calculava em que ponto das costelas enfiaria a faca. Anaiyella, uma Grã-lady esbelta e afetada que fazia uma imitação até razoável de uma moça bela e desmiolada, retornara de Cairhien para Tear e começara a se candidatar de forma explícita a um trono taireno que ainda nem existia. Talvez fosse *mesmo* uma tonta, mas conseguira angariar bastante apoio tanto entre nobres quanto nas ruas.

E, assim, Rand reuniu toda essa gente que passara tempo demais longe do alcance dos seus olhos. Não tinha como vigiar todo mundo o tempo todo, mas não podia se dar o luxo de deixá-los se esquecerem de que, às vezes, ele *realmente* os vigiava. Reuniu-os e esperou. Durante dois dias. Rangendo os dentes, ele esperou. Cinco dias. Oito.

A chuva já tamborilava em um compasso mais fraco em sua tenda quando, por fim, o último homem que ele esperava chegou.

Sacudindo a capa impermeável para retirar um bocado de água, Davram Bashere soprou o bigode espesso cheio de fios grisalhos e jogou a capa em cima de uma cadeira redonda. De baixa estatura e dono de um narigão aquilino, parecia maior do que era. Não porque se pavoneasse, mas porque se achava tão alto quanto qualquer outro homem presente, e era assim que outros o enxergavam. Que os sábios o enxergavam. O bastão de marfim com cabeça de lobo de Marechal-General de Saldaea, enfiado casualmente atrás da cinta da espada, fora conquistado em uma infinidade de campos de batalha e mesas de conselhos. Era um dos pouquíssimos homens a quem Rand confiaria sua vida.

— Sei que você não gosta de dar explicações — resmungou Bashere —, mas um pouco de esclarecimento viria a calhar. — Ele ajustou a espada retorcida, se esparramou em outra cadeira e passou uma das pernas por cima do apoio de braço. Parecia sempre à vontade, mas era capaz de se desenrolar mais rápido que um chicote. — Aquele Asha'man só me falou que você precisava de mim para ontem, mas disse para eu não trazer mais do que mil homens. Eu só tinha metade disso comigo, mas trouxe todos. Não me diga que é uma batalha. Metade dos brasões que vi lá fora pertencem a homens que morderiam a língua se vissem alguém vindo por trás de você com uma faca, e a maior parte do restante pertence a homens que tentariam te distrair. Isso se não tivessem contratado o sujeito com a faca.

Sentado em sua escrivaninha só com uma camisa de manga curta, Rand, exausto, pressionou os olhos com a base da palma da mão. Sem Boreane Carivin por perto, os pavios das lamparinas não foram bem aparados, e uma tênue nuvem de fumaça pairava no ar. Fora isso, ele passara a maior parte da noite acordado, absorto nos mapas espalhados em cima da mesa. Mapas do sul de Altara. Um bem diferente do outro.

— Quando se vai a uma batalha, quem melhor para pagar a conta das baixas do que homens que querem vê-lo morto? — falou para Bashere. — Seja como for, não são soldados que vão ganhar essa batalha. A única coisa que eles precisam fazer é impedir que alguém pegue os Asha'man desprevenidos. O que você acha?

Bashere deu uma risada irônica que fez seu volumoso bigode se agitar.

— O que eu acho é que esse é um ensopado fatal, isso sim. E alguém vai morrer engasgado com ele. Será uma dádiva da Luz se não formos nós.

E então caiu na gargalhada como se tivesse contado uma piada engraçada.

Lews Therin também gargalhou.

Capítulo 22

Mais e mais nuvens

Sob uma garoa constante, o pequeno exército de Rand formou colunas que ocuparam as colinas em frente aos picos dos Montes Nemarellin, escuros e afiados contra o céu ocidental. Não havia nenhuma necessidade real de se posicionar bem diante da direção para onde se pretendia Viajar, mas para ele sempre pareceu esquisito não fazer aquilo. Apesar da chuva, nuvens cinzentas se dissipando depressa permitiam a passagem de raios de sol surpreendentemente brilhantes. Ou talvez o dia só parecesse claro, depois de toda a escuridão recente.

Quatro colunas eram comandadas pelos saldaeanos de Bashere, homens de pernas arqueadas e sem armadura nenhuma, trajando casacos curtos e aguardando com toda a paciência ao lado de suas montarias, por detrás de uma pequena floresta de lanças de pontas reluzentes, e as outras cinco eram encabeçadas por homens de casaco azul com o Dragão no peito, comandados por um baixinho atarracado chamado Jak Masond. Quando Masond se movia, era sempre com uma rapidez chocante, mas naquele momento estava absolutamente parado, os pés afastados e as mãos cruzadas às costas. Seus homens estavam posicionados, bem como os Defensores e os Companheiros, resmungando por terem sido colocados atrás da infantaria. Eram principalmente os nobres e seu pessoal que estavam andando para lá e para cá como se soubessem bem para onde ir. A lama grossa fazia cascos e botas afundarem e atolava as rodas das carroças, fazendo ecoar ruidosos xingamentos. Levava tempo para perfilar quase seis mil homens ensopados, que só ficavam mais molhados a cada minuto. Isso sem falar nas carroças de suprimentos e nos animais de reserva.

Rand decidira vestir sua melhor indumentária para se destacar logo à primeira vista. Uma passada do Poder lustrara a ponta de lança do Cetro do Dragão e a tornara tão reluzente quanto um espelho, e uma segunda passada polira a Coroa de Espadas até deixar seu ouro brilhando. A fivela dourada de Dragão, na cinta da espada, refletia a luz, assim como os bordados a ouro que recobriam o casaco de seda azul. Por um momento, ele se arrependeu de ter se desfeito das gemas que outrora enfeitaram a bainha e o cabo da espada. O couro escuro de javali era útil, mas qualquer soldado poderia usar aquilo. Que todos soubessem quem ele era. Que os Seanchan soubessem quem havia chegado para destruí-los.

Acomodando Tai'daishar em uma ampla área plana, ele observava com impaciência os nobres se agitando nas colinas. Um pouco à frente, Gedwyn e Rochaid encontravam-se no alto de suas selas diante dos seus homens, todos em perfeita formação, Dedicados na fileira da frente, soldados alinhados atrás. Pareciam prontos para um desfile. Viam-se tantos homens grisalhos ou quase carecas quanto jovens, vários deles da idade de Hopwil ou de Morr, mas todos fortes o bastante para criar um portão. Isso fora uma exigência. Flinn e Dashiva aguardavam atrás de Rand, formando um grupinho com Adley, Morr, Hopwil e Narishma, e com uma dupla austera de porta-estandartes a cavalo, um taireno e um cairhieno, cujas placas peitorais, os elmos e até as luvas revestidas de aço tinham sido lustrados e polidos até cintilarem. O carmesim Estandarte da Luz e o branco e comprido Estandarte do Dragão pendiam sem vida, gotejando. Rand agarrara o Poder ainda na tenda, onde seu cambaleio momentâneo não seria percebido, e a chuva esparsa caía passando a centímetros dele e de seu cavalo.

A sensação da mácula de *saidin* estava especialmente pesada naquele dia, um óleo podre e viscoso que penetrava pelos poros e manchava até o fundo de seus ossos. Manchava sua alma. Pensara que já estava um tanto acostumado com aquela vilania, mas ali ela era nauseante, mais forte até que o fogo congelado e o frio derretido de *saidin*. Ele passara a agarrar a Fonte sempre que possível, assimilando a mácula para evitar a nova náusea ao tocá-la. Deixar o mal-estar distraí-lo *daquele* esforço poderia ser fatal. Talvez tudo aquilo estivesse ligado aos lapsos de tontura, de algum modo. Luz, ele ainda não podia enlouquecer, e não podia morrer. Ainda não. Ainda havia muito a ser feito.

Ele pressionou a perna esquerda no flanco de Tai'daishar só para sentir o embrulho comprido preso entre o couro do estribo e o pano escarlate sob a sela. Sempre que fazia isso, algo se agitava nos limites do Vazio. Ansiedade, e talvez um quê de medo. Bem treinado, o capão começou a se virar para a esquerda, e

Rand teve de puxar as rédeas. *Quando* os nobres conseguiriam se organizar? Impaciente, ele rangeu os dentes.

Lembrava-se do tempo em que, ainda garoto, ouvia os homens darem risada ao dizer que, quando havia sol e chuva ao mesmo tempo, era porque o Tenebroso estava batendo em Semirhage. Algumas dessas risadas, no entanto, eram nervosas, e o velho e esquelético Cenn Buie sempre resmungava que Semirhage depois ficaria irritada e mal-humorada e iria atrás dos garotinhos que não respeitassem os mais velhos. Só isso bastava para fazer Rand sair correndo, quando pequeno. Agora, *gostaria* que Semirhage fosse atrás dele ali mesmo. Ele a deixaria aos prantos.

Nada faz Semirhage chorar, murmurou Lews Therin. *Ela deixa os outros com olhos cheios de lágrimas, mas não tem nenhuma.*

Rand riu baixinho. Se ela aparecesse ali, ele a *faria* chorar. Ela e todos os outros Abandonados, se eles dessem as caras. E ele faria os Seanchan chorarem, sem a menor dúvida.

Nem todos ficaram contentes com suas ordens. O sorriso bajulador de Sunamon desapareceu assim que achou que Rand não estava mais observando. Torean trazia um cantil nos alforjes, certamente com conhaque, ou talvez vários cantis, já que estava sempre bebendo e nunca parecia acabar. Com expressões carrancudas, Semaradrid, Marcolin e Tihera se dirigiram um a um até Rand para protestar contra o número de homens. Alguns anos antes, perto de seis mil homens teriam composto um exército grande o bastante para qualquer guerra, mas agora todos eles já tinham visto exércitos de dezenas de milhares, centenas de milhares, como na época de Artur Asa-de-gavião, e, para encarar os Seanchan, os três ansiavam por um número bem maior. Rand os despachou descontentes. Eles não entendiam que cinquenta e poucos Asha'man eram uma arma mais do que suficientemente poderosa. Rand se perguntava como reagiriam se dissesse que *só ele* já era uma arma suficientemente poderosa. Ele chegara a cogitar fazer tudo aquilo sozinho. Ainda poderia vir a ser o caso.

Weiramon se aproximou. Não gostava de ter de acatar ordens de Bashere nem do fato de estarem indo para as montanhas — era bem difícil fazer uma investida a cavalo decente em terrenos montanhosos — nem de várias outras coisas — Rand tinha certeza de que eram no mínimo várias outras — que Rand não permitia que ele externasse.

— Os saldaeanos parecem achar que eu deveria ficar no flanco direito — resmungou ele em tom depreciativo, empertigando os ombros como se o flanco direito fosse, por alguma razão, um grande insulto. — E quanto aos homens a pé, Milorde Dragão, eu realmente acho que...

— *Eu* acho que você deveria ir aprontar seus homens — cortou Rand com frieza. Parte dessa frieza era o efeito de flutuar naquele vácuo de emoções. — Senão você não vai em flanco *nenhum*.

Ele quis dizer que deixaria o homem para trás caso ele não estivesse pronto a tempo. Sem dúvida um tolo como ele não criaria muitos problemas largado naquele local remoto com apenas alguns soldados. Rand estaria de volta antes que o sujeito conseguisse chegar a qualquer lugar maior que um vilarejo.

Contudo, o sangue se esvaiu do rosto de Weiramon.

— Como quiser, Milorde Dragão — respondeu em um tom que, vindo dele, foi brusco, já tratando de dar meia-volta com o cavalo antes mesmo que as palavras lhe tivessem saído totalmente da boca. Sua montaria do dia era um baio alto de peito largo.

A pálida Lady Ailil parou o cavalo bem diante de Rand, na companhia da Grã-Lady Anaiyella; formavam uma dupla estranha, e não só porque suas nações se odiavam. Ailil era alta para uma cairhiena, ainda que não fosse alta no geral, e era toda precisa e elegante, do arquear de sobrancelhas ao girar de pulso com luvas vermelhas, passando pela forma como sua capa de chuva com gola perolada se derramava por sobre a anca da égua acinzentada. Ao contrário de Semaradrid ou Marcolin, Weiramon ou Tihera, ela nem deu atenção para os pingos de chuva se desviando ao redor de Rand. Anaiyella deu. E arquejou. E deu uma risadinha por trás das mãos. Era uma bela mulher esbelta e morena, usando uma capa de chuva com a gola cheia de rubis e bordados de ouro, mas qualquer semelhança com Ailil acabava aí. Anaiyella era pura afetação na elegância e nos sorrisos. Quando se curvava, seu capão branco se curvava junto, flexionando as pernas dianteiras. O animal era vistoso, mas Rand suspeitava que ele fosse tão fresco quanto a dona.

— Milorde Dragão — cumprimentou Ailil —, preciso protestar mais uma vez pela minha inclusão nesta... expedição. — Seu tom de voz era de uma frieza neutra, se não exatamente hostil. — Mandarei meus vassalos aonde e quando milorde ordenar, mas não tenho nenhum desejo de me ver no calor da batalha.

— Ah, não — acrescentou Anaiyella, estremecendo de leve. Até o tom de voz da mulher era afetado! — São repugnantes, as batalhas. É o que diz meu Mestre dos Cavalos. Claro que você não nos obrigará a ir, não é, Milorde Dragão? Ouvimos falar de como se preocupa especialmente com as mulheres. Não foi, Ailil?

Rand ficou tão estupefato que o Vazio se desfez e *saidin* esmaeceu. As gotas de chuva começaram a escorrer pelo seu cabelo e a penetrar pelo casaco, mas, por um momento, agarrando-se ao cepilho alto da sela para se manter ereto e vendo quatro mulheres, em vez de duas, ficou atordoado demais para se dar conta. Quanto elas sabiam? Tinham *ouvido* falar? Quantas pessoas sabiam? Como ficaram sabendo? Luz, os boatos diziam que ele tinha matado Morgase, Elayne, Colavaere, provavelmente umas cem mulheres, e uma de um jeito pior que a outra! Ele tratou de engolir em seco para conter o ímpeto de vomitar, e só em parte por conta de *saidin*. *Que a Luz me queime, quantos espiões estão me vigiando?* Seu pensamento foi como um rugido.

Os mortos vigiam, sussurrou Lews Therin. *Os mortos nunca fecham os olhos.* Rand sentiu um calafrio.

— Eu tento ser zeloso com as mulheres — disse ele assim que conseguiu falar. Mais rápido que homens, e por metade das razões. — Por isso quero manter vocês por perto nos próximos dias. Mas, se a ideia for tão desagradável assim, posso abrir mão de um dos Asha'man. Vocês estariam seguras na Torre Negra.

Anaiyella soltou um guincho adorável, mas seu semblante se fechou.

— Não, obrigada — respondeu Ailil após alguns instantes, com toda a calma. — Imagino que seja melhor conversar com meu Capitão-lanceiro a respeito do que esperar. — No entanto, fez uma pausa enquanto dava meia-volta com a égua e lançou um olhar de esguelha na direção de Rand. — Meu irmão Toram é... impetuoso, Milorde Dragão. Chega a ser precipitado. Eu, não.

Anaiyella sorriu para Rand com uma doçura exagerada e chegou até a se contorcer de leve antes de segui-la, mas, tão logo virou a cara, enfiou os calcanhares no cavalo e estalou o chicote de cabo enfeitado com joias, não demorando a ultrapassar a outra mulher. O capão branco demonstrou um arranque surpreendente.

Por fim, tudo ficou pronto, as colunas formadas serpenteando por sobre as colinas.

— Comece — disse Rand a Gedwyn, que virou o cavalo e começou a gritar ordens para seus homens.

Os oito Dedicados avançaram e desmontaram no ponto que haviam memorizado, em frente às montanhas. Um deles parecia familiar, um camarada grisalho cuja barba tairena pontuda não combinava com seu rosto enrugado de homem do campo. Oito linhas verticais de forte luz azul se viraram e se transformaram em aberturas que mostravam vistas levemente diferentes de um vale montanhoso comprido, com árvores esparsas, que se erguia até um passo íngreme. Em Altara. Nas Montanhas Venir.

Mate todos, suplicava Lews Therin aos prantos. *Eles são perigosos demais para viver!* Sem pensar, Rand abafou a voz. Um outro homem canalizando costumava causar essa reação nele, ou mesmo um homem que apenas sabia canalizar. Rand já não se perguntava mais por quê.

Ele resmungou um comando e Flinn hesitou, surpreso, antes de seguir apressado para se juntar à fileira e tecer um nono portão. Nenhum era tão grande quanto os que Rand era capaz de abrir, mas por todos dava para passar uma carroça, ainda que por pouco. Ele pretendera fazer aquilo pessoalmente, mas não queria correr o risco de voltar a agarrar *saidin* na frente de todo mundo. Viu que Gedwyn e Rochaid o observavam, ambos com o mesmíssimo sorriso sabido. E Dashiva também, o cenho franzido e os lábios se movendo como quem fala sozinho. Seria imaginação dele, ou Narishma também o estava olhando de viés? E Adley? E Morr?

Rand não conseguiu conter um calafrio. Desconfiar de Gedwyn e Rochaid era bom senso, mas será que ele estava manifestando o que Nynaeve chamava de os sustos? Uma espécie de loucura, de suspeita obscura e incapacitante de tudo e de todos? Houvera um Coplin, Benly, que achava que todos estavam tramando contra ele. O sujeito morreu de fome quando Rand ainda era garoto, porque se recusava a comer, tamanho seu medo de ser envenenado.

Inclinando-se sobre o pescoço de Tai'daishar, Rand esporou o capão para fazê-lo atravessar o maior portão. Era o de Flinn, por acaso, mas naquele momento ele teria cruzado da mesma maneira uma abertura tecida por Gedwyn. Foi o primeiro a adentrar em solo altarano.

Os demais não tardaram a segui-lo, os Asha'man primeiro. Franzindo o cenho, Dashiva ficou olhando na direção de Rand, assim como Narishma, mas Gedwyn tratou de começar a orientar seus soldados. Um a um, eles avançaram depressa, abriram um portão e atravessaram, trazendo consigo suas montarias. Mais adiante no vale, lampejos brilhantes sinalizavam portões se abrindo e se fechando. Os Asha'man eram capazes de Viajar distâncias curtas sem memorizar o terreno de onde haviam saído e de percorrê-las bem mais rápido que a cavalo. Em pouco tempo, restavam apenas Gedwyn e Rochaid, além dos Dedicados segurando os portões. Os outros tratariam de se dispersar em direção ao oeste em busca dos Seanchan. Os saldaeanos já tinham atravessado, vindos de Illian, e estavam no alto de suas selas. Legionários foram se espalhando em trote por entre as árvores, as bestas devidamente armadas. Ali, eles conseguiam se deslocar tão rápido a pé quanto homens a cavalo.

À medida que o restante do exército foi emergindo, Rand cavalgou vale acima na direção de onde os Asha'man tinham ido. Montanhas se agigantavam atrás dele, uma muralha à frente da Fossa, mas os picos a oeste se estendiam quase até Ebou Dar. Ele apertou o passo do capão para um meio galope.

Bashere o alcançou antes que ele chegasse ao passo. O baio que o sujeito cavalgava era pequeno, como a maioria dos animais que os saldaeanos montavam, mas ligeiro.

— Nenhum Seanchan por aqui, ao que parece — afirmou quase com indolência enquanto alisava o bigode com o nó do dedo. — Mas podia ter tido. Se já é provável que Tenobia enfie minha cabeça em um pique por seguir um Dragão Renascido vivo, imagine então um morto.

Rand franziu o cenho. Talvez pudesse pedir a Flinn para vigiar sua retaguarda, ou Narishma, e... Flinn salvara sua vida. Só podia ser fiel a ele. Só que homens mudavam. E Narishma? Mesmo depois de...? Sentiu um calafrio ao pensar no risco que assumira. Não eram os sustos. Narishma *dera* provas de sua lealdade, mas, mesmo assim, tinha sido um risco insano. Tão insano quanto fugir de olhares que ele nem tinha certeza se eram reais, fugir para onde ele não fazia ideia do que o esperava. Bashere tinha razão, mas Rand não queria mais falar sobre aquilo.

As encostas que levavam ao passo eram formadas de rochas e pedregulhos de todos os tamanhos, mas, em meio às pedras naturais, havia pedaços do que um dia devia ter sido uma estátua imensa. Mal dava para reconhecer alguns deles como pedras entalhadas, mas outros pedaços eram mais nítidos. Uma mão usando anéis, quase do tamanho do peito de Rand, empunhava um cabo de espada com um toco de lâmina quebrado mais largo que a mão dele. Uma cabeça majestosa, uma mulher com rachaduras por todo o rosto e uma coroa que parecia feita de adagas apontadas para cima, algumas delas ainda inteiras.

— Quem você acha que ela era? — indagou ele.

Uma rainha, claro. Mesmo que mercadores ou estudiosos tivessem usado coroas, em alguma época distante, só governantes e generais ganhavam estátuas. Antes de responder, Bashere girou no alto da sela para analisar a cabeça.

— Alguma rainha de Shiota, aposto — disse por fim. — Não mais antiga que isso. Uma vez, vi uma estátua feita em Eharon que estava tão desgastada que não dava para saber se era um homem ou uma mulher. Uma conquistadora, senão não tinham colocado uma espada na mão dela. E, se não me engano, Shiota concedia uma coroa como esta a governantes que expandiam suas fronteiras. Quem sabe não a chamassem de Coroa de Espadas, hein? Talvez uma irmã Marrom possa lhe dizer mais.

— Não é importante — retrucou Rand, irritado. Pareciam mesmo espadas.

De todo modo, Bashere prosseguiu, as sobrancelhas grisalhas baixas, o semblante grave e sério.

— Imagino que tenha sido aclamada por milhares, que torciam para que ela fosse a esperança de Shiota, talvez até acreditassem nisso. Na época, talvez tenha sido tão temida e respeitada quanto Artur Asa-de-gavião veio a ser depois, mas hoje em dia pode ser que nem as irmãs Marrons saibam seu nome. Quando a morte chega, as pessoas começam a esquecer quem você foi e o que você fez ou tentou fazer. Todos nós morreremos um dia, e todo mundo acabará caindo no esquecimento, mas não há nenhuma maldita razão para morrer antes da hora.

— Eu não pretendo — rebateu Rand.

Ele sabia onde tinha de morrer, ainda que não soubesse quando. Achava que sabia.

Com o canto do olho, percebeu um movimento lá embaixo, onde as rochas davam lugar a arbustos e a uma ou outra arvorezinha. A cinquenta passadas dele, um homem apareceu no descampado, ergueu um arco e, com todo cuidado, puxou uma flecha junto da bochecha. Tudo pareceu acontecer ao mesmo tempo.

Soltando um rosnado, Rand deu a volta com Tai'daishar e observou o arqueiro se ajustando para segui-los. Ele agarrou *saidin* e a vida doce e a imundície se derramaram juntas dentro dele. A cabeça girou. Havia dois arqueiros. A bile lhe subia pela garganta enquanto lutava contra ímpetos violentos e descontrolados do Poder que tentavam causticá-lo até os ossos e petrificar sua carne. Era *impossível* controlá-los. Só lhe restava tentar sobreviver. Desesperado, ele fez de tudo para desanuviar a vista, para poder enxergar o suficiente para tecer fluxos que mal conseguia formar, a náusea inundando-o tanto quanto o Poder. Rand pensou ter ouvido Bashere gritar. Dois arqueiros atiraram.

Ele deveria ter morrido. Daquela distância, até um menino teria acertado o alvo. O fato de ser *ta'veren* talvez o tenha salvado. No instante em que o arqueiro disparou a flecha, um bando de codornas de asas cinzentas alçou voo quase aos pés do sujeito, soltando piados esganiçados. Não era o bastante para abalar alguém experiente, e, de fato, o homem mal se moveu. Rand sentiu o vento da flecha passando junto da sua bochecha.

De repente, bolas de fogo do tamanho de punhos atingiram o arqueiro, que gritou, girando os braços, a mão ainda empunhando o arco. Um segundo golpe lhe atingiu a perna esquerda na altura do joelho, no que ele caiu aos berros.

Rand se debruçou para fora da sela e vomitou no chão. O estômago tentava pôr para fora todas as refeições que ele já comera. O Vazio e *saidin* partiram em um puxão nauseante. Foi por muito pouco que se manteve na sela.

Quando voltou a ter condições de se aprumar na sela, aceitou o lenço de linho branco que Bashere ofereceu e limpou a boca. O saldaeano franziu o cenho, preocupado, como era de se esperar. O estômago de Rand queria encontrar mais coisas para expelir. Devia estar pálido. Ele respirou fundo. Soltar *saidin* daquela maneira podia matar, mas ele ainda era capaz de sentir a Fonte; ao menos *saidin* não o exaurira. Ao menos ele conseguia enxergar direito. Só havia um Davram Bashere. Mas a enfermidade parecia um pouco pior a cada vez que ele agarrava *saidin*.

— Vamos ver se ainda restou alguma coisa desse sujeito com que dê para conversar — falou para Bashere. Não restara.

Rochaid estava ajoelhado, inspecionando com toda a calma o casaco do cadáver, todo rasgado e sujo de sangue. Além de ter perdido um braço e uma perna, o falecido tinha um buraco enegrecido do tamanho da cabeça a lhe atravessar o tórax. Era Eagan Padros, cujos olhos sem vida fitavam atônitos o céu. Gedwyn ignorava o corpo aos seus pés e, com a mesma frieza de Rochaid, preferia analisar Rand. Ambos agarravam *saidin*. Para sua surpresa, Lews Therin apenas gemeu.

Com um ribombar de cascos nas pedras, Flinn e Narishma vieram galopando pelo aclive, seguidos de quase cem saldaeanos. À medida que foram se aproximando, Rand pôde sentir o Poder no velho grisalho e no mais jovem, talvez o máximo que ambos eram capazes de agarrar. Os dois haviam se fortalecido bastante desde os Poços de Dumai. Funcionava assim com os homens; as mulheres pareciam ir melhorando devagar, enquanto os homens, de uma hora para a outra, davam um salto. Flinn era mais forte que Gedwyn e Rochaid, e Narishma não ficava muito atrás. Por ora. Não dava para saber como terminaria. Mas ninguém chegava aos pés de Rand. Ainda não, pelo menos. Não dava para saber o que o futuro reservava. Não se tratava dos sustos.

— Parece que acertamos quando decidimos seguir você, Milorde Dragão. — A voz de Gedwyn ganhou ares de preocupação, flertando com o sarcasmo. — Seu estômago está sensível hoje?

Rand apenas balançou a cabeça. Não conseguia tirar os olhos do rosto de Padros. Por quê? Porque ele havia conquistado Illian? Porque o homem era leal a "Lorde Brend"?

Com uma exclamação alta, Rochaid rasgou uma bolsinha de couro que retirou do bolso do casaco de Padros e a entornou. Reluzentes moedas de ouro se derramaram no solo pedregoso, quicando e retinindo.

— Trinta coroas — rosnou ele. — Coroas de Tar Valon. Não há dúvida de quem o contratou.

Rochaid apanhou uma das moedas e a jogou para Rand, que não fez o menor esforço para pegar o objeto, que só resvalou em seu braço.

— Ainda há muitas moedas de Tar Valon por aí — disse Bashere com toda a calma. — Metade dos homens neste vale tem algumas no bolso. Até eu tenho.

Gedwyn e Rochaid giraram para encará-lo. Bashere abriu um sorriso por trás do bigode grosso, ou pelo menos deixou os dentes à mostra, mas alguns saldaeanos se agitaram incomodados no alto das selas e correram os dedos pelas bolsinhas que traziam no cinto.

Lá em cima, onde o passo se aplainava um pouco entre as escarpas íngremes, um facho de luz rodopiou e fez surgir um portão, de onde saiu um shienarano com um casaco preto simples e o cabelo preso em um coque, puxando seu cavalo. Ao que parecia, os primeiros Seanchan haviam sido encontrados, e não muito longe, se o homem tinha voltado tão depressa.

— Hora de ir — disse Rand a Bashere, que assentiu, mas não se moveu. Em vez disso, preferiu examinar os dois Asha'man que se encontravam ao lado de Padros. Ambos o ignoraram.

— O que fazemos com ele? — questionou Gedwyn, gesticulando para o cadáver. — Temos que, no mínimo, mandá-lo de volta para as bruxas.

— Deixe aí — respondeu Rand.

Agora você está pronto para matar?, indagou Lews Therin. Não soava nem um pouco maluco.

Ainda não, pensou Rand. *Em breve.*

Enfiando os calcanhares nos flancos de Tai'daishar, ele saiu galopando em direção a seu exército. Dashiva e Flinn seguiram de perto, assim como Bashere e os cem saldaeanos. Todos atentos aos arredores, como se esperassem mais um atentado à sua vida. Ao leste, nuvens negras se formavam entre os picos, prenunciando mais uma *cemaros*. Em breve.

O acampamento no alto da colina era bem-organizado, com um regato que serpenteava ali perto fornecendo água e bons ângulos de visão dos caminhos mais prováveis até o vasto prado montanhoso. Assid Bakuun não sentia nenhum orgulho desse acampamento. Durante seus trinta anos no Exército que Sempre Vence, montara centenas de acampamentos; seria o mesmo que se orgulhar de atravessar um aposento sem cair. E tampouco sentia orgulho de onde estava. Trinta anos servindo à Imperatriz, que ela vivesse para sempre, e embora tivesse havido rebeliões ocasionais protagonizadas por arrivistas malucos de olho no Trono de Cristal, a maior parte daqueles anos fora dedicada à preparação para aquele momento. Ao longo de duas gerações, enquanto navios portentosos eram construídos para o Retorno, o Exército que Sempre Vence treinara e se preparara.

Bakuun certamente ficara orgulhoso ao saber que seria um dos Predecessores. Certamente era compreensível que tivesse sonhado em reconquistar as terras roubadas dos herdeiros de direito de Artur Asa-de-gavião, e até que tivesse o sonho maluco de finalizar essa nova Consolidação antes da chegada do Corenne. Um sonho que acabou não se mostrando tão maluco assim, mas nada parecido com o que ele imaginara.

Uma patrulha de cinquenta lanceiros tarabonianos retornava cavalgando morro acima, listras pintadas em vermelho e verde cruzando as sólidas placas peitorais, véus de cota escondendo seus bigodes grossos. Cavalgavam bem, e até que lutavam bem quando tinham bons líderes. Mais de quinhentos homens já se encontravam em meio às fogueiras ou junto das cordas, cuidando de suas montarias, e três patrulhas continuavam em serviço. Bakuun jamais imaginara que bem mais da metade dos seus comandados um dia seria composta por descendentes de ladrões, e que não se envergonhavam disso. Aqueles homens o olhavam nos olhos. O comandante da patrulha fez uma mesura profunda quando os cavalos com patas enlameadas passaram por ele, mas muitos dos outros continuaram conversando com seu sotaque peculiar, falando rápido demais para Bakuun entender sem precisar prestar bastante atenção. Aqueles homens também possuíam noções bem peculiares quanto ao que era disciplina.

Balançando a cabeça, Bakuun se dirigiu a passos largos até a grande tenda das *sul'dam*. Maior que a dele, por necessidade. Quatro delas estavam sentadas em banquinhos do lado de fora, todas trajando seus vestidos azul-escuros com o relâmpago bifurcado nas saias e aproveitando o sol durante aquele hiato nas tempestades, o que era bem raro ultimamente. Uma *damane* de roupa cinza estava sentada aos pés delas, Nerith fazendo uma trança no cabelo claro da mulher. E conversando com ela também, todas participando e dando risadinhas. O bracelete da ponta da coleira *a'dam* prateada estava caído no chão. Bakuun deixou escapar um grunhido amargo. Ele tinha um lobo de estimação favorito em casa, e às vezes até chegava a conversar com o animal, mas nunca esperava que Nip respondesse!

— Ela está bem? — perguntou ele a Nerith, não pela primeira vez. Nem pela décima. — Está tudo bem com ela?

A *damane* baixou a vista e ficou em silêncio.

— Ela está ótima, Capitão Bakuun. — Nerith tinha um rosto quadrado, e usou o tom exato de respeito, e nem uma nesga a mais. Mas, enquanto falava, alisava a cabeça da *damane* de forma a tranquilizá-la. — Qualquer que tenha sido a indisposição, já passou. Em todo caso, foi bobagem. Não há com o que se preocupar.

A *damane* tremia. Bakuun soltou outro grunhido. Nada muito diferente da resposta que recebera antes. Só que alguma coisa dera errado em Ebou Dar, e não só com aquela *damane*. As *sul'dam* permaneciam de bocas fechadas feito túmulos — e claro que ninguém do Sangue falaria nada, não para alguém como ele! —, mas Bakuun já escutara cochichos demais. Diziam que todas as *damane* estavam doentes ou haviam enlouquecido. Luz, ele não tinha visto uma única ser usada em Ebou Dar desde que a cidade fora tomada, nem mesmo para uma apresentação de Luzes Celestes para celebrar a vitória, e isso era algo inédito!

— Bem, espero que ela… — começou, interrompendo a frase quando um *raken* apareceu fazendo um rasante pelo passo oriental.

Suas grandes asas coriáceas bateram com força para ganhar altura, e, bem acima da colina, o animal se inclinou de repente e voou em um círculo fechado, a ponta de uma das asas praticamente apontada para o solo. Uma fina fitinha vermelha se soltou com o peso de uma bola de chumbo.

Bakuun suprimiu um palavrão. Voadores estavam sempre se exibindo, mas se aquela dupla machucasse um de seus homens ao entregar o relatório da patrulha, ele lhes arrancaria o couro, independentemente de quem tivesse de enfrentar. Não gostaria de lutar sem voadores servindo de batedores, mas aqueles animais *eram* paparicados que nem os bichinhos de estimação favoritos do Sangue.

A fita despencou feito uma flecha. O peso de chumbo atingiu o solo e quicou no cume, quase ao lado do poste de mensagens alto e estreito, comprido demais para ser baixado, a menos que houvesse um recado para se enviar. Sem falar que, quando o baixavam, o cavalo de alguém sempre pisava naquele troço e quebrava os encaixes.

Bakuun seguiu direto para a sua tenda, mas seu Primeiro Tenente já o aguardava com a fita suja de lama e o tubo com a mensagem. Uma cabeça mais alto que ele, Tiras era um homem magricelo com um tufo infeliz de barba insistindo em despontar do queixo.

O relatório enrolado no interior do tubo de metal, escrito em uma folha de papel quase translúcida, tinha uma linguagem simples. Ele nunca havia sido obrigado a voar em *raken* nem em *to'raken* — pela graça da Luz e pela glória da Imperatriz, que ela vivesse para sempre! —, mas duvidava que fosse fácil manipular uma caneta sentado em uma sela presa no dorso de um lagarto voador. O que a mensagem dizia o fez abrir o tampo de sua mesinha de acampamento e escrever às pressas.

— Há uma força a menos de dez milhas a leste daqui — informou ele a Tiras. — Cinco a seis vezes maior que a nossa.

Voadores às vezes exageravam, mas não costumavam aumentar muito. Como tanta gente havia chegado até ali e atravessado aquelas montanhas sem ser avistada? Já examinara o litoral a leste e preferia ouvir as orações de seu velório do que tentar um desembarque naquele local. Que a Luz queimasse seus olhos, mas voadores se gabavam de conseguir enxergar até uma pulga em qualquer ponto da cordilheira.

— Não há motivos para achar que eles sabem que estamos aqui, mas não seria má ideia receber reforços.

Tiras gargalhou.

— É só colocá-los cara a cara com as *damane* que já vai ser suficiente, mesmo que sejam vinte vezes mais homens que nós. — O único defeito do homem era uma pitada de excesso de confiança, mas era um bom soldado.

— E se eles contarem com algumas... Aes Sedai? — disse Bakuun em voz baixa, mal hesitando ao pronunciar aquele nome enquanto enfiava o relatório do voador de volta no tubo junto com seu breve recado. Ele não acreditara de fato que *alguém* pudesse deixar aquelas... mulheres soltas por aí.

O semblante de Tiras indicou que ele se lembrava das histórias sobre uma arma das Aes Sedai. A fita vermelha ondeou atrás dele quando saiu correndo com o tubo de mensagens.

Em pouco tempo, tubo e fita já se encontravam presos na ponta do poste de mensagens, e uma brisa discreta agitava a faixa vermelha comprida quinze passadas acima do topo da colina. O *raken* veio planando em direção a ela pelo vale, suas asas estiradas inertes como a morte. De repente, uma das voadoras girou para baixo da sela e ficou pendurada — de ponta-cabeça! — bem debaixo das garras estendidas do animal. Só de olhar, o estômago de Bakuun doeu. Mas a mão da mulher agarrou a fita, o poste se curvou, e a vibração o fez voltar à vertical tão logo o tubo com a mensagem se soltou do gancho. A voadora então retomou seu lugar desajeitadamente enquanto a criatura ganhava altura voando em círculos lentos.

Bakuun ficou grato por afastar do pensamento os *raken* e os voadores enquanto inspecionava o vale. Era amplo, extenso, quase plano, exceto por aquela colina, e cercado de encostas íngremes arborizadas. Só uma cabra chegaria ali por outro caminho que não os passos diante dele. Com as *damane*, podia fazer picadinho de quem quer que fosse antes que tivessem como tentar atacá-lo por aquele prado enlameado. Bakuun, no entanto, passara a informação. Se os inimigos fossem direto para lá, chegariam, na melhor das hipóteses, três dias antes de quaisquer possíveis reforços. Como *haviam* chegado tão longe sem serem vistos?

Duzentos anos o separavam das últimas batalhas da Consolidação, mas algumas daquelas rebeliões não tinham sido brincadeira. Dois anos lutando em Marendalar, trinta mil mortos, e cinquenta vezes mais homens despachados de volta à terra firme como propriedade. Perceber estranhezas mantinha um soldado vivo. Ordenando que o acampamento fosse desmontado e todos os seus sinais, apagados, ele começou a deslocar seus comandados em direção às encostas arborizadas. Nuvens escuras se avolumavam a leste, pressagiando mais uma daquelas malditas tempestades.

Capítulo 23

Névoa de guerra, tempestade de batalha

Não chovia, por ora. Rand guiou Tai'daishar ao redor de uma árvore caída na encosta e franziu o cenho para um homem morto estatelado sob o tronco. Era baixinho e atarracado, de rosto enrugado, e a armadura continha placas sobrepostas laqueadas em azul e verde, mas, fitando sem vida as nuvens negras lá em cima, se parecia bastante com Eagan Padros, até na perna faltando. Um oficial, claramente. A espada ao lado da mão estirada tinha um cabo de marfim entalhado na forma de uma mulher, e o elmo laqueado no formato de uma enorme cabeça de inseto ostentava duas plumas azuis finas e compridas.

Árvores caídas ou destruídas, muitas delas queimadas de ponta a ponta, atulhavam a encosta da montanha por umas boas quinhentas passadas. Corpos também, homens destroçados ou partidos ao meio quando *saidin* varreu a encosta. A maior parte deles usava véus de aço por sobre o rosto e placas peitorais pintadas com listras horizontais. Nenhuma mulher, graças à Luz. Os cavalos feridos tinham sido sacrificados, outro aspecto a se agradecer. Era incrível quão alto um cavalo podia gritar.

Você acha que os mortos ficam em silêncio? A risada de Lews Therin foi rascante. *Acha?* A voz se transformou em uma fúria dolorosa. *Os mortos* uivam *para mim!*

Para mim também, pensou Rand com tristeza. *Não posso me dar o luxo de ficar ouvindo, mas como faço para calá-los?* Lews Therin começou a chorar por sua falecida Ilyena.

— Grande vitória — disse Weiramon atrás de Rand, passando então para um murmúrio —, mas de muito pouca honra. À moda antiga é melhor.

O casaco de Rand estava todo respingado de lama, mas, para sua surpresa, Weiramon parecia tão imaculado quanto estivera na Estrada da Prata. O elmo e a armadura reluziam. Como ele conseguia? Ao final, os tarabonianos haviam feito uma investida, lanças e coragem encarando o Poder Único, e Weiramon liderara a própria ofensiva para frustrá-los. Sem receber ordens, e acompanhado de todos os tairenos, menos dos Defensores, e até, surpreendentemente, de um ébrio Torean. E de Semaradrid e Gregorin Panar também, ao lado da maioria dos cairhienos e illianenses. Àquela altura da situação, ficar parado fora difícil, e cada homem ali presente queria lidar com alguma coisa ao seu alcance. Os Asha'man poderiam ter feito tudo mais rápido. Ainda que de modo mais desleixado.

Rand não tomara parte no confronto, restringindo-se a ficar sentado no alto da sela em um local onde os homens pudessem avistá-lo. Tivera medo de agarrar o Poder. Não ousava demonstrar nenhuma fraqueza que pusessem perceber. Nem a menor que fosse. Lews Therin gaguejava horrorizado só de pensar.

Tão chocante quanto o casaco imaculado de Weiramon era Anaiyella cavalgar ao lado dele, e desta vez sem afetação. Seu rosto crispado denotava desaprovação. Era estranho, mas isso não prejudicava sua aparência, como faziam aqueles sorrisos aduladores. Claro que ela não se juntara ao embate, e Ailil também não, mas seu Mestre de Cavalos, sim, e agora estava morto, uma lança taraboniana lhe atravessando o peito. Anaiyella não gostou nem um pouco daquilo. Mas por que estava acompanhando Weiramon? Seriam apenas dois tairenos andando juntos? Talvez. Na última vez que Rand a vira, a mulher estava com Sunamon.

Bashere veio com seu baio encosta acima, abrindo caminho por entre os mortos e parecendo lhes dedicar a mesma atenção que daria a um tronco de árvore despedaçado ou a um cepo em chamas. O elmo pendia da sela e as luvas estavam enfiadas por detrás da cinta da espada. O lado direito do corpo estava todo enlameado, e o de seu cavalo também.

— Aracome se foi — informou ele. — Flinn tentou Curá-lo, mas acho que Aracome não ia querer viver daquele jeito. Já são quase cinquenta mortos até aqui, e pode ser que alguns dos que restaram não sobrevivam.

Anaiyella empalideceu. Rand a avistara vomitando perto de Aracome. Plebeus mortos não a afetavam tanto. Por alguns instantes, Rand sentiu pena. Não por ela, e muito menos por Aracome. Por Min, embora ela estivesse segura em Caemlyn. Min previra a morte de Aracome em uma de suas visões, bem como as de Gueyam e Maraconn. Rand esperava que a visão dela não tivesse sido em nada parecida com aquela realidade.

A maior parte dos soldados já tinha retomado as explorações, mas, no vasto prado lá embaixo, portões tecidos pelos Dedicados de Gedwyn deixavam passar as carroças com suprimentos e as montarias extras. Os homens que as acompanhavam ficavam boquiabertos assim que atravessavam o suficiente para ver. O solo lamacento não estava tão revirado quanto a encosta, mas estava cheio de sulcos enegrecidos de duas passadas de largura e cinquenta de comprimento rasgando a vegetação marrom, e de buracos enormes que talvez nem um cavalo conseguisse saltar. Até então, não haviam encontrado a *damane*. Rand achava que devia ser só uma; se fossem mais, teriam provocado danos consideravelmente maiores, dadas as circunstâncias.

Homens zanzavam em meio a várias pequenas fogueiras onde, entre outras coisas, se aquecia água para fazer chá. Ali, tairenos, cairhienos e illianenses se misturavam, e não só os plebeus. Semaradrid compartilhava o odre de sua sela com Gueyam, que passava a mão na careca em um gesto de cansaço. Maraconn e Kiril Drapaneos, um homem de pernas finas cuja barba quadrada ficava esquisita em seu rosto estreito, estavam agachados perto de uma das fogueiras. E jogando cartas, ao que parecia! Torean estava rodeado de lordezinhos cairhienos a gargalhar, embora talvez estivessem mais entretidos pela forma como ele cambaleava e esfregava o narigão de batata do que por suas piadas. Os Legionários se mantinham à parte, mas haviam acolhido sob o Estandarte da Luz todos os "voluntários" que antes seguiam Padros; esse grupo parecia o mais inquieto desde que ficara sabendo como ele morrera. Legionários de casaco azul mostravam a eles como mudar de direção sem desfazer a formação como uma revoada de gansos.

Flinn encontrava-se entre os feridos, junto com Adley, Morr e Hopwil. Narishma tinha capacidade de Curar pouco mais que cortes leves, assim como Rand, e Dashiva nem isso. Gedwyn e Rochaid estavam conversando bem longe de todos os demais, segurando os cavalos pelas rédeas no alto de uma colina no meio do vale. A colina em que eles haviam esperado pegar os Seanchan de surpresa quando saíram a toda velocidade dos portões que a rodeavam. Quase cinquenta mortos, e outros mais por vir, mas teriam sido mais de duzentos sem Flinn e os outros, que sabiam ao menos um pouco de Cura. Gedwyn e Rochaid tinham preferido não sujar as mãos e fizeram cara feia quando Rand os obrigara a isso. Um dos mortos era um soldado, e um outro soldado, um cairhieno de cara redonda, estava sentado largado ao lado de uma fogueira com uma expressão atordoada que Rand esperava ser fruto de ele ter voado pelos ares quando o solo explodiu quase aos seus pés.

Lá embaixo, nas planícies rasgadas, Ailil confabulava com seu Capitão-lanceiro, um homenzinho pálido chamado Denharad. Seus cavalos quase se tocavam, e vez ou outra os dois olhavam montanha acima na direção de Rand. O que *eles* estavam tramando?

— Nos sairemos melhor na próxima vez — murmurou Bashere, correndo os olhos pelo vale e balançando a cabeça. — O pior erro é cometer o mesmo erro duas vezes, e nós não vamos.

Weiramon escutou e repetiu a mesma coisa, mas usando vinte vezes mais palavras e com floreios adequados a um jardim primaveril. Sem admitir que houvera erros, não da parte dele, por certo. E evitando citar os equívocos do Dragão Renascido com a mesma destreza.

Rand aquiesceu, os lábios apertados. Na próxima vez, se sairiam melhor. Era preciso, a menos que quisesse deixar metade dos seus homens enterrados naquelas montanhas. Naquele momento, se perguntava o que fazer com os prisioneiros.

A maioria daqueles que escaparam da morte na encosta tinha dado um jeito de bater em retirada por entre as árvores que permaneciam de pé. De acordo com Bashere, de forma incrivelmente ordeira, levando-se em conta a situação, ainda que fosse improvável que representassem alguma ameaça agora. Só se contassem com alguma *damane*. No entanto, por volta de cem homens sentavam-se amontoados no chão, desprovidos de armas ou armaduras e sob os olhares atentos de duas dúzias de Companheiros e Defensores a cavalo. Eram em maioria tarabonianos, e não haviam lutado como homens motivados por conquistadores. Um bom número deles mantinha a cabeça erguida e zombava dos guardas. Gedwyn queria matá-los tão logo todos fossem interrogados. Weiramon não se importava se eles teriam ou não a garganta cortada, mas considerava a tortura uma perda de tempo. Nenhum deles teria qualquer informação útil, afirmava ele. Não havia um único ali com sangue nobre.

Rand olhou de relance para Bashere. Weiramon continuava tagarelando alto.

— ...varrer de vez estas montanhas para o senhor, Milorde Dragão. Vamos esmagá-los sob nossos cascos e...

Anaiyella assentia em aprovação, austera.

— Seis por meia dúzia — disse Bashere em voz baixa. Com a unha, raspou lama de um dos lados do bigode. — Ou, como dizem alguns dos meus inquilinos, o que se ganha na gangorra, se perde no carrossel.

Pela Luz, mas que raios era carrossel? Grande ajuda! Foi quando uma das patrulhas de Bashere piorou ainda mais a situação.

Os seis homens vieram descendo a encosta cutucando uma prisioneira com o cabo das lanças bem à frente das montarias. Era uma mulher de cabelo preto trajando um vestido azul-escuro todo sujo e rasgado, com retalhos de pano vermelho nos seios e as saias ostentando um relâmpago bifurcado. O rosto também estava sujo, e com marcas de lágrimas escorridas. Ela tropeçou e quase caiu, apesar da cutucada ter sido mais gestual do que de fato um toque. Lançou um olhar de desdém para seus captores, chegando até a cuspir. Também sorriu com desprezo para Rand.

— Vocês a machucaram? — questionou ele. Uma pergunta estranha, talvez, em se tratando de uma inimiga, e depois de tudo que acontecera naquele vale. Em se tratando de uma *sul'dam*. Mas lhe escapou.

— Nós, não, Milorde Dragão — respondeu o rústico líder da patrulha. — Já a encontramos assim. — Coçando o queixo por entre a barba negra comprida, ele olhou para Bashere como se buscasse apoio. — Ela diz que matamos a Gille dela. Uma cadela ou gata de estimação, ou algo do tipo, pela forma como ela fala. Se chama Nerith. Foi só o que conseguimos arrancar dela.

A mulher se virou e tornou a rosnar para ele. Rand suspirou. Não era uma cadela de estimação. Não! Aquele nome não entraria para a lista! Mas ouvia a ladainha de nomes sendo recitados em sua cabeça, e "Gille, a *damane*" era um deles. Lews Therin soltou um gemido por sua Ilyena, cujo nome também constava na lista. Rand achava que tinha direito de constar.

— É uma Aes Sedai Seanchan? — indagou Anaiyella de repente, inclinando-se por sobre o cepilho da sela para dar uma boa espiada em Nerith, que também cuspiu para ela, os olhos se arregalando, indignados.

Rand explicou o pouco que sabia sobre as *sul'dam*, que elas controlavam mulheres que sabiam canalizar com a ajuda de um *ter'angreal* em forma de colar, mas que elas próprias não tinham a capacidade de canalizar. Para a sua surpresa, a frugal e afetada Grã-lady afirmou com toda a frieza:

— Se Milorde Dragão não ficar à vontade com isso, posso enforcá-la em seu lugar.

Nerith tornou a cuspir nela! Desta vez com desprezo. Não faltava coragem ali.

— Não! — rosnou Rand.

Luz, era cada coisa que as pessoas faziam para lhe agradar! Ou talvez Anaiyella fosse mais próxima de seu Mestre dos Cavalos do que o apropriado. O homem era rechonchudo e calvo, além de ser um plebeu, o que pesava muito entre os tairenos, mas, quando se tratava de homens, mulheres realmente tinham gostos esquisitos. Ele sabia muito bem disso.

— Assim que estivermos prontos para seguir em frente, solte aqueles homens que estão ali embaixo — disse ele para Bashere.

Levar prisioneiros para o próximo ataque estava fora de cogitação, e deixar cem homens — cem até o momento, o número sem dúvida aumentaria — aguardando junto com as carroças de suprimentos era se arriscar a cinquenta tipos de problema. Ficando para trás, não causariam problemas. Nem os camaradas que haviam conseguido fugir a cavalo tinham como levar um alerta mais rápido do que ele era capaz de Viajar.

Bashere deu de ombros discretamente; já imaginava que ele reagiria assim, mas sempre podia estar enganado. Coisas estranhas aconteciam mesmo sem um *ta'veren* por perto.

Weiramon e Anaiyella abriram a boca quase juntos, ambos a ponto de protestar, mas Rand prosseguiu:

— Eu já falei, e está decidido! Mas vamos ficar com a mulher. E com quaisquer outras que capturarmos.

— Que a Luz queime minha alma — exclamou Weiramon. — Por quê?

O sujeito parecia perplexo, e até Bashere fez um movimento assustado com a cabeça. Anaiyella retorceu os lábios com desdém antes de conseguir transformar a expressão em um sorriso afetado para o Lorde Dragão. Estava bem claro que ela o achava mole demais para abandonar uma mulher junto com os outros. Naquele tipo de terreno, seria uma caminhada dura, sem falar na escassez de comida. Além disso, aquelas não eram condições climáticas dignas para se abandonar uma mulher.

— Já tenho Aes Sedai demais contra mim para ainda soltar uma *sul'dam* por aí — justificou ele.

A Luz sabia que era verdade! Todos anuíram, ainda que Weiramon parecesse hesitante. Bashere parecia aliviado, e Anaiyella, desapontada. Mas o que fazer com aquela mulher e com todas as outras que fossem capturadas? Ele não pretendia transformar a Torre Negra em uma prisão. Os Aiel poderiam ficar com elas, porém as Sábias seriam capazes de lhes cortar a garganta assim que ele virasse as costas. Mas e as irmãs que Mat estava levando para Caemlyn com Elayne?

— Quando acabarmos aqui, vou entregá-la para alguma Aes Sedai de minha escolha.

Talvez as irmãs vissem aquilo como um gesto de boa vontade, um pouco de mel para adoçar o fato de terem que aceitar sua proteção.

As palavras mal haviam saído da boca de Rand quando Nerith ficou com o rosto completamente pálido e gritou a plenos pulmões. Berrando sem parar, ela se lançou encosta abaixo, rolando aos trancos e barrancos por cima das árvores caídas, tropeçando e tornando a ficar de pé.

— Sangue e...! Peguem-na! — bradou Rand.

A patrulha saldaeana tratou de ir atrás da mulher, saltando com os cavalos pela encosta atulhada de árvores sem dar a mínima para o risco de quebrar pernas e pescoços. Ainda aos berros, ela se desviava e disparava em meio aos cavalos com menos cuidado ainda.

Na boca da passagem mais ao leste, um portão se abriu em um lampejo de luz prateada. Um soldado de casaco preto atravessou puxando seu cavalo, saltou para o alto da sela quando o portão se fechou e galopou em direção ao alto do morro onde Gedwyn e Rochaid o aguardavam. Rand assistiu a tudo impassível. Em sua cabeça, Lews Therin grunhia falando de matar, matar todos os Asha'man antes que fosse tarde demais.

Quando os três começaram a subir a encosta para ir ao encontro de Rand, quatro dos saldaeanos já tinham Nerith presa no chão e a amarravam pelas mãos e pelos pés. Foram necessários quatro, tal a maneira como ela se debatia e os mordia, e Bashere, se divertindo, estava apostando se ela ainda não levaria a melhor sobre eles. Anaiyella resmungou qualquer coisa sobre rachar a cabeça da mulher. Será que queria partir mesmo o crânio dela? Rand franziu o cenho.

O soldado entre Gedwyn e Rochaid olhou incomodado para Nerith quando passaram por ela. Rand se lembrava vagamente de tê-lo visto na Torre Negra no dia em que entregou as Espadas de prata e deu a Taim o primeiríssimo broche de Dragão. Era um rapaz chamado Varil Nensen, que ainda usava um véu transparente para cobrir o volumoso bigode e que, no entanto, não hesitara ao se ver enfrentando seus compatriotas. Sua lealdade agora era à Torre Negra e ao Dragão Renascido, como Taim sempre dizia. A segunda parte sempre soava como um mero detalhe.

— Pode ter a honra de fazer seu relato ao Dragão Renascido, soldado Nensen — autorizou Gedwyn. Com sarcasmo.

Nensen se endireitou no alto da sela.

— Milorde Dragão! — ladrou ele, batendo o punho no peito. — Há mais deles trinta milhas a oeste, Milorde Dragão.

Trinta milhas era a distância máxima que Rand mandara os batedores averiguarem antes de voltarem. Do que adiantava um soldado encontrar os Seanchan se os outros continuassem avançando para o oeste?

— Talvez metade do que havia aqui — prosseguiu Nensen. — E... — Os olhos escuros dele tornaram a relancear na direção de Nerith. A mulher já estava amarrada, os saldaeanos penando para botá-la no alto de um cavalo. — E não vi nenhum sinal de mulheres, Milorde Dragão.

Bashere observou o céu com os olhos semicerrados. Nuvens escuras cobriam de um pico de montanha a outro, mas o sol ainda devia estar bem alto.

— Hora de alimentar os homens antes de os outros retornarem — ponderou ele, meneando satisfeito a cabeça.

Nerith dera um jeito de cravar os dentes no pulso de um dos saldaeanos e se prendia tal qual um texugo.

— Mande-os comer depressa — disse Rand, irritado. Será que todas as *sul'dam* que capturasse seriam tão difíceis? Bem provável. Luz, e se eles pegassem uma *damane*? — Não quero passar o inverno inteiro nestas montanhas.

Gille, a *damane*. A partir do momento em que um nome entrava na lista, ele não conseguia apagá-lo. *Os mortos nunca ficam em silêncio*, sussurrou Lews Therin. *Os mortos nunca dormem.*

Rand cavalgou em direção às fogueiras. Não estava com fome.

Da ponta de um rochedo saliente, Furyk Karede analisava com todo o cuidado as montanhas arborizadas que se erguiam à sua volta, picos pontiagudos tais quais presas escuras. Seu cavalo, um capão malhado alto, retesou as orelhas como se captasse um som que ele não ouvira, mas, tirando isso, o animal estava imóvel. De vez em quando, Karede precisava parar para limpar a lente da luneta. Uma chuva fraca caía de um céu matinal cinzento. As duas plumas negras do seu elmo estavam curvadas, em vez de em riste, e água lhe escorria pelas costas. Chuva fraca, se comparada com a da véspera, e provavelmente com a do dia seguinte. Ou com a daquela mesma tarde, talvez. Ao sul, trovões ribombavam de forma ameaçadora. A preocupação de Karede, no entanto, não tinha nada a ver com o clima.

Abaixo dele, o último dos 2.300 homens serpenteava pelos passos sinuosos, soldados reunidos de quatro postos avançados. Bem montados, razoavelmente bem comandados, mas apenas duzentos eram Seanchan, e apenas dois, além dele, usavam o vermelho e verde da Guarda. A maior parte dos outros era taraboniana — conhecia o ímpeto deles —, mas cerca de um terço era de amadicianos e altaranos, seu juramento recente demais para prever como se sairiam. Alguns altaranos e amadicianos já haviam trocado de lado duas ou três vezes. Tentado, ao menos. As pessoas daquele lado do Oceano de Aryth não tinham vergonha. Uma dúzia de *sul'dam* cavalgava na frente da coluna, e ele queria que todas tivessem *damane* seguindo ao lado de seus cavalos, e não apenas duas.

Cinquenta passadas à frente, os dez homens da ponta de lança observavam as encostas acima, ainda que não com tanto cuidado quanto deveriam. Muitos soldados naquela posição se fiavam nos batedores avançados para descobrir quaisquer perigos. Karede anotou um lembrete para falar com eles pessoalmente. Ou passavam a cumprir seu dever como deveriam, ou ele os rebaixaria para as atividades braçais.

Um *raken* surgiu mais adiante a leste, voando baixo, rente às copas das árvores, rodopiando e virando para seguir as curvas do terreno tal qual um homem percorrendo com a mão as costas de uma mulher. Peculiar. *Morat'raken*, os voadores, preferiam sempre voar bem alto, a menos que o céu estivesse cheio de relâmpagos. Karede baixou a luneta para observar.

— Talvez a gente finalmente receba outro relatório sobre o terreno à frente — disse Jadranka. Dirigindo-se aos outros oficiais que aguardavam atrás de Karede, não a ele.

Três dos dez tinham a mesma patente de Karede, mas poucos, tirando o Sangue, perturbavam um homem trajando o vermelho-vivo e o verde quase negro da Guarda da Morte. Não que muitos do Sangue o fizessem.

Segundo as histórias que ouvira quando criança, um de seus ancestrais, um nobre, acompanhara Luthair Paendrag até Seanchan sob as ordens de Artur Asa-de-gavião, mas, duzentos anos depois, com apenas o norte assegurado, um outro ancestral tentou constituir seu próprio reino e, em vez disso, acabou vendido como escravo. Talvez fosse verdade; muitos *da'covale* diziam ter ancestrais nobres. Diziam uns para os outros, pelo menos. Pouca gente do Sangue via graça nessa conversa. Em todo caso, Karede se achara com sorte quando os Selecionadores o escolheram, um garoto robusto e jovem demais para receber tarefas, e ainda tinha orgulho dos corvos tatuados nos ombros. Muitos Guardas da Morte ficavam sem casaco e camisa sempre que possível só para ostentá-los. Os humanos, ao menos. Jardineiros Ogier não eram marcados nem tinham donos, mas isso era entre eles e a Imperatriz.

Karede era um *da'covale* e se orgulhava disso, como qualquer membro da Guarda, propriedade do Trono de Cristal de corpo e alma. Lutava onde a Imperatriz apontasse e morreria no dia em que ela mandasse. Era só à Imperatriz que a Guarda respondia, e, onde quer que aparecessem, era como a mão dela, um lembrete de sua existência. Não era de se admirar que alguns do Sangue ficassem inquietos ao ver um destacamento de homens da Guarda passar. Uma vida bem melhor do que ficar limpando os estábulos de um lorde ou servindo *kaf* para uma lady. Mas ele amaldiçoava a má sorte que o mandara até aquelas montanhas para inspecionar os postos avançados.

O *raken* zarpou para oeste, os dois voadores bem abaixados na sela. Não houve relatório, nenhuma mensagem para ele. Furyk sabia que era obra da sua imaginação, mas o pescoço comprido e esticado da criatura passava uma impressão um tanto... nervosa. Fosse ele outra pessoa, talvez também estivesse nervoso. Recebera poucas mensagens desde que fora ordenado, três dias antes, a assumir o comando e se deslocar para leste. Cada mensagem mais confundira do que esclarecera as coisas.

Parecia que os locais, os tais altaranos, tinham partido forçados para as montanhas, mas como? As estradas ao longo da margem norte daquela cordilheira eram patrulhadas e vigiadas quase até a fronteira com Illian, tanto por voadores e *morat'torm* quanto por destacamentos a cavalo. O que poderia ter feito os altaranos decidirem partir para a agressividade? E se reunirem? Um olhar podia bastar para um homem se ver envolvido em um duelo — ainda que eles já estivessem aprendendo que desafiar um Guarda era só uma forma mais lenta de cortar a própria garganta —, mas Karede já tinha visto nobres daquela dita nação tentando vender uns aos outros *e até* sua rainha pela mera sugestão de que suas terras seriam protegidas e, quem sabe, acrescidas das terras de seu vizinho.

Nadoc, um grandalhão de rosto enganosamente tranquilo, se virou no alto da sela para observar o *raken*.

— Não gosto de marchar às cegas — resmungou. — Não quando os altaranos conseguiram colocar quarenta mil homens aqui em cima. No mínimo quarenta.

Jadranka bufou tão alto que seu grande capão branco se agitou. Era o mais velho dos três capitães atrás de Karede, e tinha servido tanto tempo quanto ele. Baixinho, magro, dono de um nariz proeminente e de uma arrogância digna de alguém do Sangue. E aquele cavalo chamava atenção a uma milha de distância.

— Quarenta mil ou cem, Nadoc, eles estão espalhados daqui até o fim das cordilheiras, afastados demais para darem suporte uns aos outros. Que me apunhalem os olhos, mas é provável que metade já esteja morta. Devem estar enrolados com postos avançados por toda parte. Por isso que não estamos recebendo relatórios. Esperam apenas que a gente varra os restos.

Karede conteve um suspiro. Tivera a esperança de que Jadranka não fosse um idiota, além de arrogante. As pessoas eram rápidas em cantar vitória, fosse um exército ou um meio Estandarte. As raras derrotas eram engolidas em silêncio e esquecidas. Todo aquele silêncio era... mau presságio.

— Aquele último relatório não me pareceu falar de restos — insistiu Nadoc. *Esse*, sim, não era idiota. — Há cinco mil homens nem cinquenta milhas à nossa frente, e eu duvido que consigamos tirá-los de lá com vassouras.

Jadranka voltou a bufar.

— Vamos esmagá-los, com espadas ou vassouras. Que a Luz queime meus olhos, mas não vejo a hora de um confronto decente. Mandei os batedores avançarem rápido até os encontrarem. Não vou deixar que escapem de nós.

— Você o quê? — questionou Karede em voz baixa.

Voz baixa ou não, suas palavras atraíram todos os olhares, embora Nadoc e alguns dos demais tenham tido que se esforçar para parar de encarar Jadranka boquiabertos. Batedores com ordens para avançar rápido, batedores instruídos quanto ao que procurar. O que passara despercebido por causa dessas ordens?

Antes que qualquer um pudesse abrir a boca, ouviram-se gritos vindos dos homens no passo, gritos e relinchar de cavalos.

Karede levou ao olho o tubo de couro da luneta. Ao longo do passo à sua frente, homens e animais estavam morrendo sob uma chuva do que ele acreditava serem flechas de bestas, pela forma como atravessavam as placas peitorais de aço e explodiam perpassando tórax protegidos por cotas de malha. Centenas deles já estavam caídos, outros tantos pendiam feridos das selas ou corriam a pé, deixando cavalos se debatendo no chão. Muitos homens corriam. Enquanto ele observava, homens ainda montados davam meia-volta em seus cavalos para tentar fugir passo acima. Pela Luz, onde estavam as *sul'dam*? Não conseguia encontrá-las. Já enfrentara rebeldes que contavam com *sul'dam* e *damane*, e elas sempre tinham que ser abatidas o mais rápido possível. Talvez os locais tivessem aprendido isso.

De repente, de forma chocante, o solo começou a entrar em erupção, jorrando alto ao longo da coluna de homens sob seu comando, jorros que faziam soldados e cavalos voarem pelos ares como se fossem terra e pedras. Relâmpagos iluminaram o céu, raios azul-esbranquiçados que estraçalhavam tanto o chão quanto os homens. Outros homens simplesmente explodiam, transformados em picadinho por algo que ele não conseguia enxergar. Será que os locais tinham suas próprias *damane*? Não, seriam as tais Aes Sedai.

— O que fazemos? — quis saber Nadoc. Parecia abalado. E não era à toa.

— Está pensando em abandonar seus homens? — rosnou Jadranka. — Vamos reagrupá-los e atacar, seu...!

A frase foi interrompida aos gorgolejos, a ponta da espada de Karede perfurando em cheio a garganta do sujeito. Em algumas ocasiões se podia tolerar os tolos, em outras, não. Enquanto o sujeito tombava do alto da sela, Karede limpou habilmente a lâmina na crina branca do capão antes que o animal saísse em disparada. Também havia ocasiões em que cabia se exibir um pouco.

— Vamos reagrupar o que pudermos, Nadoc — disse, como se Jadranka nunca tivesse falado nada. Como se nunca tivesse existido. — Vamos salvar o que puder ser salvo e recuar.

Virando-se para descer até o passo onde os relâmpagos cintilavam e os trovões ecoavam, ele ordenou que Anghar, um jovem de olhar firme montado em um cavalo ligeiro, galopasse para leste e reportasse o que transcorrera ali. Talvez um voador visse, talvez não, embora Karede suspeitasse saber agora por que eles estavam voando tão baixo. Sua suspeita era de que a Grã-lady Suroth e os generais em Ebou Dar também já soubessem o que estava ocorrendo por ali. Teria chegado o dia em que ele morreria pela Imperatriz? Ele enfiou os calcanhares nos flancos do cavalo.

De um cume achatado e parcamente arborizado, Rand espiava em direção ao oeste por sobre a floresta à sua frente. Tomado pelo Poder — a vida, tão doce; a podridão, ah, tão vil —, conseguia divisar folha por folha, mas não bastava. Tai'daishar bateu um casco. Os picos escarpados atrás dele, se estendendo para os dois lados e por toda a sua volta, se sobrepunham à cordilheira por uma milha ou mais, mas aquele cume se elevava bem acima das copas das árvores lá embaixo, um vale florestado que se estendia por mais de uma légua, e com a mesma largura. Tudo lá embaixo estava quieto. Tão quieto quanto o Vazio em que ele flutuava. Quieto naquele momento, ao menos. Aqui e ali, erguiam-se colunas de fumaça onde duas ou três árvores próximas queimavam feito tochas. Só a umidade geral impedia que elas transformassem o vale em um incêndio generalizado.

Flinn e Dashiva eram os únicos Asha'man que ainda estavam com ele. Todos os demais tinham descido para o vale. Os dois estavam um pouco afastados, perto da linha das árvores, segurando os cavalos pelas rédeas e fitando a floresta lá embaixo. Bem, Flinn fitava, tão compenetrado quanto Rand. Dashiva dava uma ou outra olhadela, retorcendo os lábios e por vezes resmungando sozinho de um jeito que fazia Flinn se remexer e o olhar de esguelha. Ambos estavam tomados pelo Poder quase a ponto de transbordar, mas, ao menos desta vez, Lews Therin não disse nada. Nos últimos dias, ele parecia ter voltado a se esconder.

Naquele dia, havia até sol, com esparsas nuvens cinzentas. Fazia cinco dias que Rand levara seu pequeno exército a Altara, cinco dias que avistara o primeiro Seanchan morto. Desde então, tinha visto vários. O pensamento deslizava pela superfície do Vazio. Mesmo com a luva, sentia a garça marcada na palma de sua mão ao apertar o Cetro do Dragão. Silêncio. Não se via nenhuma das criaturas voadoras. Três delas haviam morrido, abatidas em voo por relâmpagos antes de seus condutores entenderem que era preciso manter distância. Bashere era fascinado pelas criaturas. Quietude.

— Talvez tenha acabado, Milorde Dragão. — A voz de Ailil era calma e serena, mas ela deu um tapinha no pescoço da égua, embora o animal não precisasse ser confortado, então olhou de esguelha para Flinn e Dashiva e se endireitou, relutando em transparecer o menor sinal de incômodo na frente deles.

Rand se viu cantarolando e parou de súbito. Aquele era um hábito de Lews Therin ao bater os olhos numa mulher bonita, não dele. Não dele! Luz, se ele começasse a reproduzir os maneirismos do sujeito, e ainda por cima sem ele estar por perto...!

De repente, um estrondo seco ribombou vale acima. Fogo brotou das árvores a umas duas milhas ou mais, depois de novo, de novo, e de novo. Um relâmpago rasgou o céu e desceu até a floresta perto de onde as altas labaredas tinham se originado, raios únicos parecidos com lanças azul-esbranquiçadas. Uma enxurrada de relâmpagos e fogo, e tudo ficou inerte mais uma vez. Desta vez, nenhuma árvore se incendiou.

Parte daquilo fora *saidin*. Parte.

Gritos tênues e distantes irromperam, vindos de outra parte do vale, pensou ele. Longe demais até para sua audição aguçada por *saidin* captar o retinir de aço. Apesar de tudo, nem todos os embates estavam sendo travados por Asha'man, Dedicados e Soldados.

Anaiyella deixou escapar um longo suspiro, que devia estar segurando desde que se iniciara a troca de ataques com o Poder. Homens lutando com aço não a perturbavam. Em seguida, *ela* deu tapinhas no pescoço de sua montaria. O capão só tremera de leve a orelha. Rand já tinha percebido isso nas mulheres. Era bastante comum que, quando agitadas, elas tentassem acalmar os outros, fosse ou não necessário. Um cavalo servia. *Onde* estava Lews Therin?

Irritado, ele se inclinou para frente para tornar a examinar a floresta. Boa parte daquelas árvores era perene — carvalhos, pinheiros e folhas-de-couro —, e, apesar da seca recente, formavam uma barreira eficiente até mesmo contra sua visão potencializada. Tocou casualmente o pacote estreito debaixo do couro do estribo. Ele podia intervir. E atacar às cegas. Podia descer cavalgando até a mata. E enxergar a no máximo dez passadas. Lá embaixo, seria pouco mais efetivo que um dos Soldados.

Um portão se abriu em meio às árvores um pouco mais adiante no cume, o rasgo prateado se alargando até formar um buraco que deixava à mostra outras árvores e um espesso matagal marrom castigado pelo inverno. Um Soldado de pele acobreada com um bigode fino e uma pequena pérola na orelha saiu a pé e deixou o portão se dissipar. Empurrava uma *sul'dam* à frente, com os pulsos amarrados às costas; uma mulher bonita, não fosse o inchaço roxo na lateral da cabeça. Isso parecia combinar bem com a cara feia que ela fazia, assim como com seu vestido amarfanhado e manchado por plantas. A mulher lançou, por cima do ombro, um olhar de desdém para o Soldado que a empurrava cume acima na direção Rand, que recebeu em seguida o mesmo olhar de desprezo.

O Soldado se enrijeceu e o saudou com elegância.

— Soldado Arlen Nalaam, Milorde Dragão — ladrou ele, os olhos cravados na sela de Rand. — As ordens de Milorde Dragão foram para trazer a ele quaisquer mulheres que fossem capturadas.

Rand assentiu. Foi só para dar a impressão de que ele estava fazendo alguma coisa, inspecionando prisioneiras para garantir que fossem o que qualquer idiota podia ver que eram.

— Leve-a de volta até as carroças, Soldado Nalaam, e volte para o confronto — respondeu, quase rangendo os dentes.

Voltar para o confronto. Enquanto Rand al'Thor, Dragão Renascido e Rei de Illian, ficava sentado no cavalo observando copas de árvores!

Nalaam tornou a saudá-lo antes de sair empurrando a mulher à sua frente, mas sem demora. Ela olhou novamente por cima do ombro, só que não mais para o Soldado. Para Rand. Com um estupor que a deixava boquiaberta e de olhos esbugalhados. Por algum motivo, Nalaam só a fez parar quando chegou ao local por onde viera. Bastava se afastar o suficiente para evitar machucar os cavalos.

— O que você está fazendo? — questionou Rand enquanto *saidin* preenchia o sujeito.

Nalaam se virou parcialmente e hesitou.

— Aqui parece mais fácil, aproveitando um lugar onde já abri um portão, Milorde Dragão. *Saidin*... *Saidin* me parece... esquisito... aqui.

A prisioneira se virou para encará-lo de cenho franzido. Após um momento, Rand gesticulou para que ele seguisse adiante. Flinn fingia estar interessado na correia da sela do cavalo, mas o velho calvo sorria discretamente. Cheio de presunção. Dashiva... *deu uma risadinha*. Flinn tinha sido o primeiro a mencionar que *saidin* estava meio estranho naquele vale. Claro que Narishma e Hopwil tinham ouvido, e Morr acrescentara suas histórias sobre o "estranhamento" sentido em Ebou Dar. Não era de se admirar que todos estivessem relatando a mesma sensação, embora nenhum deles soubesse dizer o que era. *Saidin* estava simplesmente... peculiar. Luz, com a mácula tão densa na metade masculina da Fonte, o que mais se poderia sentir? Rand esperava que não estivessem todos padecendo da sua nova enfermidade.

O portão de Nalaam se abriu e desapareceu atrás dele e da prisioneira. Rand se permitiu sentir *saidin* de fato. Vida e corrupção se misturavam; gelo a ponto de fazer o ápice do inverno parecer cálido, e fogo para fazer as chamas de uma forja parecerem frias; a morte só esperando um deslize qualquer. Querendo que ele cometesse um deslize. Não estava nada diferente. Estava? Ele franziu o cenho para o local onde Nalaam desaparecera. Nalaam e a mulher.

Era a quarta *sul'dam* capturada naquela tarde, totalizando vinte e três prisioneiras junto com as carroças. E duas *damane*, cada qual ainda com sua coleira e guia prateadas, levadas em carroças separadas. Com aquelas coleiras, elas não conseguiam dar três passos sem se sentirem brutalmente mais nauseadas do que Rand se sentia ao abraçar a Fonte. Não tinha certeza se as irmãs que acompanhavam Mat ficariam felizes em recebê-las, afinal. A primeira *damane*, três dias antes, não lhe parecera uma prisioneira. Esbelta, de cabelos louro-claros e grandes olhos azuis, era uma cativa Seanchan a ser libertada. Assim ele pensara. Mas, quando Rand obrigou uma *sul'dam* a retirar a coleira da mulher, seu *a'dam*, ela gritou pedindo ajuda para a *sul'dam* e começou imediatamente a tentar atacar com o Poder. Chegara a oferecer o pescoço para a *sul'dam* recolocar aquele troço! Nove Defensores e um Soldado morreram antes que ela pudesse ser blindada. Gedwyn a teria matado na hora, se Rand não tivesse impedido. Os Defensores, que ficavam quase tão desconfortáveis perto de mulheres capazes de canalizar quanto outros ficavam perto de homens, ainda a queriam morta. Tinham sofrido baixas em combate nos últimos dias, mas ter homens assassinados por uma prisioneira pareceu ofendê-los.

Mais vidas do que Rand esperara haviam sido perdidas. Eram trinta e um Defensores mortos, além de quarenta e seis Companheiros. Mais de duzentos entre Legionários e soldados dos nobres. Sete Soldados e um Dedicado, homens que Rand nunca tinha visto antes que eles aceitassem sua convocação a Illian. Gente demais, considerando-se que todos os ferimentos, exceto os mais graves, podiam ser Curados caso a vítima conseguisse aguentar até que houvesse tempo. Mas ele estava empurrando os Seanchan para oeste. Empurrando com força.

Mais gritos irromperam em algum outro ponto mais distante do vale. O fogo se ergueu a umas boas três milhas a oeste, e os relâmpagos caíram, derrubando árvores. Outras árvores e pedras explodiram em uma encosta mais adiante, jorros esquisitos sucedendo-se ao longo da elevação. Os estrondos ensurdecedores abafavam os gritos. Os Seanchan estavam batendo em retirada.

— Desçam até lá — ordenou Rand para Flinn e Dashiva. — Os dois. Encontrem Gedwyn e digam que mandei pressionar! Pressionar!

Dashiva fez uma careta para a floresta abaixo e em seguida começou a puxar seu cavalo desajeitadamente ao longo do cume. O sujeito era desengonçado com os animais, cavalgando ou conduzindo, e estava a ponto de tropeçar na própria espada!

Flinn olhou preocupado para Rand.

— Pretende ficar aqui sozinho, Milorde Dragão?

— Não estou nem um pouco sozinho — rebateu ele, seco, dando uma olhadela para Ailil e Anaiyella.

As duas tinham ido até seus soldados, quase duzentos lanceiros aguardando na beirada leste do cume. À frente, estava Denharad, o rosto franzido por entre a grade do elmo. Ele agora tinha os dois grupos sob seu comando e, se sua preocupação era com Ailil e Anaiyella, seus camaradas ainda formavam um cenário que intimidaria a maioria dos agressores. Além do mais, Weiramon já tinha assegurado o flanco norte daquela elevação, de tal forma que, segundo ele, nem uma mosca passaria, e Bashere dominava o sul. Sem se vangloriar; havia apenas erguido uma muralha de lanças sem dar um pio a respeito. E os Seanchan estavam recuando.

— E, seja como for, Flinn, não sou nem um pouco indefeso.

Flinn chegou a hesitar, e coçou seus poucos fios brancos antes de fazer uma saudação e conduzir seu cavalo para onde o portão de Dashiva já estava se dissipando. Mancando, Flinn balançava a cabeça e resmungava sozinho bem ao feitio de Dashiva. Rand sentiu vontade de rosnar. Não podia enlouquecer, tampouco aqueles homens.

Quando o portão de Flinn desapareceu, Rand retomou sua inspeção das copas das árvores. Tudo estava calmo de novo. Na calmaria, o tempo demorava a passar. A ideia de tomar os postos avançados nas montanhas não tinha sido boa; já estava pronto a admitir. Naquele terreno, podia-se estar a meia milha de um exército sem nem se dar conta. No emaranhado de mata lá embaixo, podia-se estar a dez pés do inimigo sem saber! Ele precisava enfrentar os Seanchan em condições melhores, precisava...

De repente, Rand se viu lutando contra *saidin*, se defendendo de rompantes ferozes que tentavam lhe explodir o crânio. O Vazio estava esvanecendo, derretendo por debaixo daquela investida. Frenético, atordoado, ele largou a Fonte antes que ela pudesse matá-lo. A náusea lhe revirava o estômago. A visão dupla lhe mostrava duas Coroas de Espadas. Caídas no manto espesso de folhas mortas bem na cara dele! Rand estava no chão! Não conseguia respirar direito e sofria para inspirar. Havia uma lasca quebrada em uma das folhas de louro douradas da coroa, e manchas de sangue em várias das douradas e minúsculas pontas de espada. Um foco de dor intensa na lateral do corpo lhe sugeria que os ferimentos que nunca saravam tinham se aberto. Ele fez força para tentar se levantar e soltou um grito. Atordoado, cravou os olhos nas plumagens escuras de uma flecha que lhe perpassava o braço direito. Com um gemido, desabou. Algo lhe escorria pelo rosto. Algo gotejava na frente do seu olho. Sangue.

Tomou consciência de gritos histéricos distantes. Cavaleiros surgiram em meio às árvores a norte, galopando pelo cume, alguns com as lanças abaixadas, outros manuseando arcos curtos, encaixando a flecha e puxando a corda o mais rápido que podiam. Cavaleiros com armaduras azuis e amarelas de placas sobrepostas e elmos parecidos com enormes cabeças de inseto. Seanchan, centenas e centenas deles, ao que parecia. Vindos do norte. E Weiramon dizendo que nem uma mosca passaria.

Rand fez força para abraçar a Fonte. Era tarde demais para se preocupar com ficar enjoado ou cair de cara. Em outra ocasião, talvez tivesse rido daquilo. Ele fez força... Era como procurar um alfinete no escuro com os dedos dormentes.

Hora de morrer, sussurrou Lews Therin. Rand sempre soubera que Lews Therin estaria ali no fim.

A menos de cinquenta passadas de Rand, tairenos e cairhienos aos berros partiam para cima dos Seanchan.

— Lutem, seus cachorros! — guinchou Anaiyella, saltando de sua sela bem ao lado dele. — Lutem!

A elegante lady trajando sedas e rendas proferiu uma sequência de impropérios que teria deixado um condutor de carroções de boca seca. Anaiyella ficou segurando as rédeas da montaria e alternava o olhar entre Rand e aquele enrosco de homens e peças de aço. Foi Ailil que o virou de barriga para cima. Ajoelhando-se, olhou para ele com uma expressão indecifrável em seus grandes olhos escuros. Rand parecia não conseguir se mover. Sentia-se exaurido. Não tinha certeza se conseguia piscar. Gritos e aço se chocando ressoavam em seus ouvidos.

— Se ele morrer nas nossas mãos, Bashere vai nos enforcar! — Anaiyella decerto já não sorria com afetação. — Se esses monstros de casaco preto nos pegarem...! — Ela estremeceu e se inclinou mais perto de Ailil, gesticulando com uma faca de cinta que ele nunca a vira carregando. No cabo, um rubi cintilava em vermelho-sangue. — Seu Capitão-lanceiro podia separar alguns homens para nos tirar daqui. Poderíamos estar a milhas de distância até o encontrarem, e de volta às nossas propriedades quando...

— Acho que ele está ouvindo — cortou Ailil com calma. Suas mãos calçadas com luvas vermelhas correram até a cintura. Embainhando uma faca de cinta? Ou sacando? — Se ele morrer aqui... — Ela se interrompeu tão de repente quanto interrompera a outra mulher e virou a cabeça para um lado e para o outro.

Cascos retumbaram ao passar pelos dois lados de Rand em um fluxo intenso. Galopando para norte, em direção aos Seanchan. De espada na mão, Bashere mal puxou as rédeas antes de saltar da sela. Gregorin Panar desmontou mais devagar, mas acenou com a espada para os homens passando.

— Ao ataque, pelo Rei e por Illian! — bradou ele. — Ao ataque! O Senhor da Manhã! O Senhor da Manhã!

O barulho do aço se intensificou. A gritaria também.

— Isso *tinha* que acontecer, bem no final — rosnou Bashere, lançando olhares desconfiados para as duas mulheres. No entanto, não desperdiçou mais nem um segundo e levantou a voz acima do alarido da batalha. — Morr! Que a Luz queime seu couro de Asha'man! Aqui, agora!

Ele não alardeou que o Lorde Dragão estava caído, graças à Luz. Rand se esforçou e virou a cabeça no máximo um palmo, o suficiente para divisar illianenses e saldaeanos avançando para o norte. Os Seanchan deviam ter cedido.

— Morr! — O nome passou rugido pelo bigode de Bashere, e o próprio Morr saltou de um cavalo em galope e quase caiu por cima de Anaiyella.

Ela pareceu insatisfeita com a ausência de um pedido de desculpas quando o homem apenas se ajoelhou ao lado de Rand e tirou o cabelo escuro do rosto. Mas Anaiyella tratou de se afastar logo quando percebeu que ele pretendia canalizar, só faltando pular para longe. Ailil foi bem mais elegante na hora de se levantar, mas não muito mais lenta ao se afastar. E embainhou de volta na cintura a faca de cabo de prata.

Curar era algo simples, ainda que não exatamente confortável. As plumagens foram partidas e a flecha foi puxada pela outra ponta com um movimento firme que levou um arquejo aos lábios de Rand, mas tudo isso foi só para desobstruir o caminho. Terra e fragmentos incrustados cairiam à medida que a carne fosse se fechando, mas só Flinn e alguns outros sabiam usar o Poder para remover o que havia penetrado mais fundo. Apoiando dois dedos no peito de Rand, Morr mordeu a ponta da língua com uma expressão concentrada e teceu Cura. Era sempre assim que ele fazia. De outra forma, não funcionava. Não eram as tessituras complexas que Flinn usava. Poucos sabiam manejá-las, e ninguém tão bem quanto Flinn, até aquele momento. Essas eram mais simples. Mais grosseiras. Ondas de calor foram percorrendo Rand, fortes o bastante para fazê-lo soltar um grunhido e jorrar suor por todos os poros. Ele tremeu violentamente da cabeça aos pés. Era como devia se sentir um assado no forno.

A inundação repentina de calor foi se dissipando devagar, e Rand ficou ali, ofegante. Em sua mente, Lews Therin também ofegava. *Mate-o! Mate-o!* Sem parar.

Rand emudeceu a voz até transformá-la em um zumbido bem baixinho, agradeceu a Morr — o jovem hesitou como se ficasse surpreso! —, apanhou o Cetro do Dragão no chão e se forçou a se levantar. De pé, cambaleou um pouco. Bashere tomou a iniciativa de lhe oferecer o braço, mas recuou com um gesto de Rand. Ele dava conta de ficar de pé sozinho. Por pouco. Mas estava tão apto a bater os braços e sair voando quanto a canalizar. Quando tocou a lateral do corpo, a camisa deslizou em sangue, mas a antiga cicatriz redonda e o novo corte que a atravessava estavam só sensíveis. Parcialmente cicatrizados, apenas, mas nunca tinham estado melhor que aquilo desde que lhe tinham sido infligidos.

Por um momento, ele analisou as duas mulheres. Anaiyella murmurou algo vagamente congratulatório e abriu um sorriso que o lembrou de um bichinho de estimação submisso. Ailil estava bem ereta e bem serena, como se nada tivesse acontecido. Será que tinham pretendido deixá-lo morrer? Ou matá-lo? Mas, se fosse o caso, por que mandaram seus soldados atacarem e foram correndo ver como ele estava? Por outro lado, Ailil *havia* sacado sua faca assim que começaram a falar sobre sua morte.

A maior parte dos saldaeanos e illianenses seguia galopando para o norte ou descia a encosta daquela elevação em perseguição aos últimos Seanchan. E então, vindo do norte, Weiramon surgiu montado em um cavalo preto alto e lustroso a meio galope, que se intensificou quando ele avistou Rand. Seus soldados cavalgavam em fila dupla atrás dele.

— Milorde Dragão — cumprimentou o Grão-lorde ao desmontar.

Ainda parecia tão limpo quanto estivera em Illian. Bashere só parecia amarrotado e um pouco encardido aqui e ali, mas a indumentária elegante de Gregorin estava toda suja e, fora isso, tinha um rasgo que descia por uma das mangas. Weiramon fez uma mesura floreada que humilharia a corte de um rei.

— Me perdoe, Milorde Dragão. Pensei ter visto os Seanchan avançando na frente do cume e fui até lá confrontá-los. Nunca suspeitei dessa outra companhia. O senhor nem imagina o quanto me doeria se o tivessem machucado.

— Acho que imagino — rebateu Rand com frieza, no que Weiramon hesitou. Seanchan avançando? Talvez. Weiramon jamais desperdiçaria uma chance de angariar alguma glória com aquela ofensiva. — O que você quis dizer com "bem no final", Bashere?

— Que eles estão recuando — explicou Bashere.

No vale, fogo e relâmpagos irromperam por um instante, quase que o contrariando, mas praticamente do outro lado.

— Os seus... batedores dizem, no caso, que todos eles estão recuando, sim — disse Gregorin, esfregando a barba e dando a Morr um inquieto olhar de soslaio.

Morr lhe abriu um sorrisinho cheio de dentes. Rand já tinha visto o illianense no calor da batalha comandando seus homens, bradando gritos motivadores e brandindo sua espada com entusiasmo desenfreado, mas ele se encolheu ao ver o sorriso de Morr.

Foi quando Gedwyn chegou a passos largos, conduzindo seu cavalo de maneira descuidada e insolente. Encarou Bashere e Gregorin com desdém, franziu o cenho para Weiramon como se já soubesse da gafe do sujeito, e fitou Ailil e Anaiyella como se fosse beliscá-las. As duas trataram de se afastar logo dele, assim como todos os homens, menos Bashere. Até Morr. A saudação de Gedwyn para Rand não passou de uma batidinha casual com o punho no peito.

— Mandei batedores assim que vi que esse grupo estava dominado. Há outras três colunas a menos de dez milhas.

— Todas indo para oeste — acrescentou Bashere em voz baixa, mas encarando Gedwyn com um olhar afiado o bastante para fatiar uma pedra. — Você conseguiu — disse ele para Rand. — *Todos* estão batendo em retirada. Duvido que parem antes de Ebou Dar. Campanhas nem sempre se encerram com uma marcha triunfal pela cidade, e esta aqui acabou.

Surpreendentemente, ou talvez nem tanto, Weiramon começou a argumentar em prol de um avanço com o intuito de "tomar Ebou Dar em nome da glória do Senhor da Manhã", nas palavras dele, mas com certeza foi um choque ouvir Gedwyn dizer que não se importaria de dar mais algumas pancadas naqueles Seanchan, e que não acharia nada ruim ir a Ebou Dar. Até Ailil e Anaiyella somaram vozes a favor de "acabar com os Seanchan de uma vez por todas", apesar de Ailil acrescentar que o que pretendia era evitar ter de voltar para terminar o serviço. Ela tinha certeza de que o Lorde Dragão insistiria em ter sua companhia para isso. Tudo isso foi dito em um tom de voz tão frio e seco quanto a noite no Deserto Aiel.

Só Bashere e Gregorin defenderam dar meia-volta, e todos foram levantando a voz enquanto Rand permanecia em silêncio. Em silêncio e com o olhar voltado a oeste. Em direção a Ebou Dar.

— No caso, nós já fizemos o que viemos fazer — insistiu Gregorin. — Com a misericórdia da Luz, vocês estão pensando em tomar Ebou Dar?

Tomar Ebou Dar, pensou Rand. Por que não? Ninguém esperaria por isso. Uma absoluta surpresa, para os Seanchan e para todo mundo.

— Às vezes, você aproveita a vantagem e segue em frente — resmungou Bashere. — Em outras, pega o prêmio e volta para casa. E eu digo que está na hora de irmos para casa.

Eu não me importaria de ter você em minha cabeça, disse Lews Therin, parecendo quase são, *se não fosse tão óbvio que está louco.*

Ebou Dar. Rand apertou com força o Cetro do Dragão e Lews Therin caiu na gargalhada.

Capítulo 24

Tempos para o ferro

A uma dúzia de léguas a leste de Ebou Dar, *raken* surgiram voando em meio ao amanhecer rajado de nuvens e pousaram em um longo pasto sinalizado como o campo dos voadores por bandeirolas coloridas no topo de postes altos. Fazia dias que a vegetação marrom havia sido pisoteada e demarcada. Toda a graça que as criaturas tinham no ar se perdia assim que suas garras tocavam o chão em uma corrida desajeitada, os cotos das asas coriáceas de trinta ou mais passadas de envergadura ainda estendidos como se o animal quisesse se alçar de novo ao céu. Tampouco havia qualquer beleza nos *raken* correndo sem jeito pelo campo, batendo as asas estriadas, os voadores agachados nas selas como se quisessem pôr a fera no ar na marra, avançando em disparada até finalmente ganharem os céus aos trancos e barrancos, as pontas das asas mal evitando as copas das oliveiras ao final do terreno. Só quando ganhavam altura e se viravam na direção do sol, zarpando rumo às nuvens, era que os *raken* readquiriam sua grandiosa altivez. Os voadores que pousavam nem se davam o trabalho de desmontar. Enquanto uma pessoa em solo erguia um cesto para o *raken* engolir punhados de frutas secas, um dos voadores entregava o relatório de reconhecimento para alguém mais experiente, e o outro se curvava para o lado oposto para receber novas ordens de um voador veterano demais para assumir pessoalmente as rédeas com frequência. Pouco depois de parar de supetão, a criatura já era puxada para dar meia-volta e seguir até onde outras quatro ou cinco aguardavam sua vez de partir em sua corrida longa e desajeitada rumo aos céus.

Disparando a toda, esquivando-se de formações de cavalaria e infantaria em movimento, mensageiros levavam os relatórios de reconhecimento à enorme tenda de comando com seu estandarte vermelho. Havia arrogantes lanceiros tarabonianos e impassíveis piqueiros amadicianos dispostos em formações bem ordenadas, suas placas peitorais listradas nas cores dos regimentos aos quais pertenciam. Já a cavalaria altarana era desorganizada, suas montarias empinando, exibindo as faixas vermelhas cruzando no peito, tão distintas das marcações que todos os demais ostentavam. Os altaranos não sabiam que aquelas faixas indicavam tropas instáveis de confiabilidade questionável. Entre os soldados Seanchan, regimentos designados honrados e de mérito estavam representados, vindos de todos os cantos do Império, homens de olhos claros de Alqam, de pele marrom-clara de N'Kon, ou de pele muito preta de Khoweal e Dalenshar. Havia *morat'torm* em suas sinuosas montarias de escamas brônzeas, que faziam os cavalos relincharem e se agitarem apavorados, e até alguns *morat'grolm* com seus animais atarracados e bicudos, mas algo que sempre acompanhava um exército Seanchan estava notadamente ausente: as *sul'dam* e as *damane* ainda não tinham saído de suas tendas. O Capitão-General Kennar Miraj pensava bastante naquelas mulheres.

Do seu assento no estrado, via com clareza a mesa com o mapa onde subtenentes sem seus elmos checavam relatórios e posicionavam marcações representando as forças no campo de batalha. Havia uma pequena faixa de papel em cima de cada marcação, com símbolos pintados sinalizando o tamanho e a composição da força. Encontrar mapas decentes naquelas terras era quase impossível, mas o mapa copiado por sobre a grande mesa era suficiente. E, pelo que indicava, era preocupante. Discos pretos para os postos avançados invadidos ou dispersados. Eram discos demais, pontilhando toda a metade oriental das Montanhas Venir. Triângulos vermelhos, representando os comandos em deslocamento, marcavam a área ocidental em mesma quantidade, todos apontados de volta na direção de Ebou Dar. E, espalhados em meio aos discos pretos, havia dezessete discos brancos. Viu um jovem oficial vestindo o marrom e o negro dos *morat'torm* posicionar cuidadosamente um 18º. Forças inimigas. Podia ser que um ou outro fosse o mesmo grupo avistado duas vezes, mas a maioria estava longe demais um do outro, ou o momento dos avistamentos não batia.

Ao longo das paredes da tenda, escribas trajando casacos marrons simples identificados apenas no colarinho pela insígnia de sua patente entre os escreventes, aguardavam em suas escrivaninhas, canetas em punho, que Miraj desse as ordens que eles copiariam para serem distribuídas. Ele já tinha dado as ordens que podia. Havia mais ou menos noventa mil soldados inimigos nas montanhas, quase o dobro do que ele poderia reunir ali, contando inclusive os recrutas nativos. Era gente demais para ser verdade, não fosse o fato de que olheiros não mentiam; mentirosos tinham a garganta cortada por seus colegas. Gente demais, e brotando do solo feito vermes no Sen T'jore. Pelo menos ainda tinham mais cem milhas de montanha a percorrer, caso pretendessem ameaçar Ebou Dar. Quase duzentas milhas, no caso dos discos brancos mais a leste. E, depois disso, outras cem milhas de colinas. Certamente era impossível que a intenção do general inimigo fosse deixar suas forças dispersas serem combatidas uma a uma. Reunir todas elas demoraria ainda mais. O tempo estava do lado dele naquele momento.

As abas da porta da tenda se abriram, e a Grã-lady Suroth adentrou, graciosa, o cabelo negro formando uma crista frondosa que se derramava por suas costas, o vestido plissado branco como a neve e o robe ricamente bordado que ela usava por cima de alguma forma intocados pela lama lá de fora. Pensou que ela ainda estivesse em Ebou Dar; devia ter sido trazida por um *to'raken*. Estava acompanhada do que, para ela, era um séquito modesto: um par de Guardas da Morte com borlas pretas no punho da espada seguravam as abas da tenda, e viam-se outros mais lá fora, homens de expressão pétrea trajando vermelho e verde. A personificação da Imperatriz, que ela vivesse para sempre. Até o Sangue se dignava a reconhecer sua presença. Suroth passou por eles como se estivessem tão a serviço dela quanto a curvilínea *da'covale* de pantufas e robe branco quase transparente, o cabelo cor-de-mel em uma infinidade de trancinhas, que carregava a escrivaninha dourada da Grã-lady duas tímidas passadas atrás. A Voz do Sangue de Suroth, Alwhin, uma mulher resplandecente com indumentária verde, o lado esquerdo da cabeça raspado e o restante do cabelo castanho-claro em uma trança austera, acompanhava sua senhora de perto. Descendo do estrado, Miraj percebeu estupefato que a segunda *da'covale* atrás de Suroth, uma baixinha de cabelo escuro, magra e usando robe diáfano, era *damane*! Uma *damane* usando trajes de propriedade era algo sem precedentes, porém, mais estranho ainda era Alwhin a conduzindo pelo *a'dam*!

Ele não permitiu que sua surpresa transparecesse ao apoiar um dos joelhos no solo e murmurar:

— Que a Luz ilumine a Grã-lady Suroth. Toda a honra à Grã-lady Suroth.

Todos os demais se prostraram na lona que forrava o chão, os olhos baixos. Miraj fazia parte do Sangue, ainda que em um nível baixo demais para raspar as laterais da cabeça como fazia Suroth. Só as unhas de seus mindinhos eram pintadas com esmalte. De um nível baixo demais para manifestar surpresa quando uma Grã-lady permitia que sua Voz continuasse atuando como *sul'dam* após ter sido promovida a *so'jhin*. Tempos estranhos em uma terra estranha, pela qual o

Dragão Renascido perambulava e *marath'damane* corriam soltas para matar e escravizar onde bem entendessem.

Suroth mal olhou para ele antes de se virar para examinar a mesa com o mapa, e não foi à toa que seus olhos negros se estreitaram diante do que viram. Sob o comando dela, os Hailene haviam feito muito mais do que se sonhara, recuperando grandes trechos de terras roubadas. Tinham sido enviados só para reconhecer o terreno e, depois de Falme, alguns consideravam até isso impossível. Irritada, ela tamborilou os dedos na mesa, as unhas compridas dos dois primeiros, pintadas com esmalte azul, fazendo barulho. Caso continuasse vencendo, ela talvez pudesse raspar a cabeça toda e pintar uma terceira unha em cada mão. Adoção por parte da família imperial não era algo inédito em caso de feitos tão grandiosos. Mas, se desse um passo além das pernas e se excedesse, poderia acabar tendo as unhas cortadas e se ver condenada a um robe translúcido para servir a um dos membros do Sangue, isso se não fosse vendida a um fazendeiro para ajudá-lo a cultivar suas terras ou suar em algum armazém. Na pior das hipóteses, Miraj só precisaria cortar as próprias veias.

Ele continuou observando Suroth, silenciosa e pacientemente, mas, antes de ser promovido ao Sangue, havia sido um tenente batedor, um *morat'raken*, e não conseguia evitar ficar atento a tudo que o cercava. Um batedor vivia ou morria a partir do que notava ou não notava, assim como os demais. Alguns dos homens de cabeça baixa por toda a tenda mal pareciam respirar. Suroth deveria tê-lo puxado de lado e os deixado continuar trabalhando. Uma mensageira estava sendo contida pelos soldados na entrada da tenda. Quão urgente era a mensagem, para que a mulher tivesse tentado passar pelos Guardas da Morte?

A *da'covale* carregando a escrivaninha lhe chamou a atenção. Seu belo rosto de boneca se franzia de forma fugaz, nunca por mais que alguns instantes. Uma propriedade externando sua raiva? E havia algo mais. O olhar dele saltou para a *damane*, que estava de cabeça baixa, mas ainda olhando curiosa à volta. A *da'covale* de olhos castanhos e a *damane* de olhos claros eram tão diferentes em aparência quanto duas mulheres poderiam ser, mas tinha alguma coisa ali. Em seus rostos. Algo esquisito. Ele não saberia dizer a idade de nenhuma delas.

Por mais rápida que tenha sido a espiadela, Alwhin percebeu. Com um puxão na guia prateada do *a'dam*, ela pôs a *damane* de cara no forro do chão. Estalando os dedos, apontou para a lona com a mão livre do *a'dam* e fez uma cara feia quando a *da'covale* de cabelo cor de mel não se moveu.

— No chão, Liandrin! — sibilou ela bem baixinho.

Olhando feio para Alwhin — olhando feio! —, a *da'covale* ficou de joelhos, o mau humor lhe tingindo as feições.

Estranhíssimo. Mas pouco importante. Com um semblante impassível, mas fervilhando de impaciência por dentro, ele esperou. Impaciência e um desconforto considerável. Ele fora promovido ao Sangue após cavalgar cinquenta milhas em uma noite com três flechas cravadas no corpo só para levar a informação de que um exército rebelde marchava para Seandar, e suas costas ainda o incomodavam.

Por fim, Suroth desviou o olhar do mapa. Não deu permissão para ele se levantar, menos ainda o acolheu como um membro do Sangue. Não que ele tivesse esperado algo do tipo. Estava bem abaixo dela.

— Pronto para marchar? — questionou ela, direta ao ponto.

Ao menos não se dirigiu a ele por meio de sua Voz. Diante de tantos oficiais sob seu comando, a vergonha o teria deixado humilhado por meses, se não anos.

— Estarei, Suroth — respondeu tranquilo, olhando nos olhos dela. Ele *fazia* parte do Sangue, ainda que numa classe baixa. — Eles não têm como se reunir em menos de dez dias, com pelo menos outros dez até conseguirem sair das montanhas. Bem antes disso, eu...

— Eles podem chegar amanhã — bradou ela. — Hoje! Se vierem, Miraj, vai ser utilizando a antiga arte da Viagem, e me parece bem possível que venham.

Ele percebeu os homens de barriga no chão se agitarem antes de conseguirem se conter. Teria Suroth perdido o controle de suas emoções *e* tagarelado sobre lendas?

— Tem certeza? — As palavras lhe escaparam da boca sem que ele pudesse segurá-las.

Antes, Miraj só achara que Suroth tinha perdido o controle. Os olhos da mulher flamejaram. Ela apertou a barra do robe florido, as juntas dos dedos já brancas e as mãos tremendo.

— Está duvidando de mim? — rosnou ela, incrédula. — Só lhe digo que tenho meus informantes. — E Miraj se deu conta de que ela estava tão furiosa com essas fontes quanto com ele. — Se eles vierem, talvez seja com uns cinquenta daqueles Asha'man de nome pomposo, mas não mais que cinco ou seis mil soldados. Parece que nunca houve mais que isso, a despeito do que dizem os voadores.

Miraj aquiesceu devagar. Ter cinco mil homens se movendo por meio do Poder Único explicava muita coisa. *Quais* eram as fontes dela, para saber ésses números com tanta precisão? Ele que não seria tolo de perguntar. Suroth sem dúvida tinha Ouvidores e Inquiridores a seu serviço. Vigiando-a também. Cinquenta Asha'man. Só de pensar em um homem canalizando, ele tinha vontade de cuspir de nojo. Os boatos diziam que eles vinham sendo reunidos em todas as nações pelo Dragão Renascido, o tal Rand al'Thor, mas Miraj nunca imaginara que pudessem ser tantos assim. Dizia-se que o Dragão Renascido sabia canalizar. Podia até ser verdade, mas tratava-se do Dragão Renascido.

As Profecias do Dragão eram conhecidas em Seanchan desde antes de Luthair Paendrag dar início à Consolidação. Em uma versão adulterada, dizia-se, bem diferente da versão autêntica que Luthair Paendrag trouxe. Miraj tinha visto vários volumes impressos de *O ciclo de Karaethon* naquelas terras, e todos também adulterados — nenhum mencionava que ele servia ao Trono de Cristal! —, mas mesmo assim as Profecias dominavam os corações e as mentes dos homens. Não eram poucos os que torciam para que o Retorno não tardasse, para que aquelas terras fossem reconquistadas antes de Tarmon Gai'don, para que o Dragão Renascido pudesse vencer a Última Batalha para a glória da Imperatriz, que ela vivesse para sempre. Claro que a Imperatriz ia querer que al'Thor fosse enviado a ela, para que pudesse ver que tipo de homem lhe servia. Uma vez que ele se curvasse a ela, não haveria qualquer dificuldade com al'Thor. Poucos conseguiam se livrar do deslumbramento que sentiam ao se ajoelhar diante do Trono de Cristal, da sede de obedecer que deixava a língua seca. Mas parecia óbvio que enfiar o sujeito em um navio seria mais fácil caso fosse possível adiar o abate dos Asha'man — e eles sem dúvida teriam de ser abatidos — até o momento em que al'Thor já estivesse no meio da travessia do Oceano de Aryth, a caminho de Seandar.

Miraj percebeu com um sobressalto que tudo isso o levava de volta ao problema que vinha tentando evitar. Não era homem de se esquivar das dificuldades, menos ainda de ignorá-las cegamente, mas aquela situação era diferente de tudo que já havia enfrentado. Lutara em dezenas de batalhas com os dois lados usando *damane* e sabia como era. Não era só uma questão de atacar usando o Poder. De alguma forma, *sul'dam* experientes eram capazes de ver o que as *damane* ou *marath'damane* estavam fazendo, e as *damane* comunicavam às outras para que elas também pudessem se defender. Será que as *sul'dam* também conseguiam ver o que um homem fazia? Pior...

— Vai me passar as *sul'dam* e *damane*? — questionou ele. A contragosto, ele respirou fundo e acrescentou: — Se elas ainda estiverem doentes, a luta vai ser rápida e sangrenta. Para o nosso lado.

O que gerou um novo burburinho entre os homens que aguardavam de cara no chão. Muitos dos boatos no acampamento eram sobre a doença que confinara as *sul'dam* e as *damane* às suas tendas. A reação de Alwhin foi bastante explícita, com um olhar furioso, muito impróprio para uma *so'jhin*. A *damane* se encolheu de novo e começou a tremer na mesma hora. Estranhamente, a *da'covale* de cabelo cor de mel também se retraiu.

Sorrindo, Suroth foi até a *da'covale* ajoelhada. Por que sorrir daquele jeito para uma serviçal mal treinada? Ela começou a alisar as tranças fininhas da mulher, e seus lábios rosados formaram um biquinho. Seria uma antiga nobre daquelas terras? As primeiras palavras de Suroth fizeram crer que sim, ainda que tenham sido claramente dirigidas a ele.

— Pequenos equívocos causam pequenos estragos; grandes equívocos causam grandes e dolorosos estragos. Você terá as *damane* que deseja, Miraj. E mostrará para esses Asha'man que eles deveriam ter ficado no norte. Você os aniquilará da face da terra, os Asha'man, os soldados, todos eles. Cada um. Tenho dito, Miraj.

— Como quiser, Suroth — respondeu ele. — Eles serão destruídos. Cada um.

Não havia nada mais que pudesse dizer naquele momento. Mas gostaria que ela tivesse respondido se as *sul'dam* e as *damane* ainda estavam doentes.

Rand fez Tai'daishar parar perto do cume daquele morro árido e rochoso para observar a maior parte do seu pequeno exército surgir de outros buracos no ar. Agarrava-se com firmeza à Fonte Verdadeira, tanta que ela parecia tremer sob seu domínio. Tomado pelo Poder, as pontas afiadas da Coroa de Espadas lhe espetando as têmporas aparentavam estar ao mesmo tempo mais pontiagudas do que nunca e muito distantes, o frio da manhã tanto mais intenso quanto imperceptível. As feridas que nunca cicatrizavam na lateral do corpo eram uma dor tênue e distante. Lews Therin parecia ofegante e inseguro. Ou assustado, talvez. Depois de ter chegado tão perto da morte, na véspera, talvez ele não quisesse mais morrer. Na verdade, ele nem sempre queria morrer. A única invariável naquele sujeito era o desejo de matar. Só que, com bastante frequência, isso incluía matar a si mesmo.

Em breve, vai haver matança suficiente para qualquer um, pensou Rand. *Luz, os últimos seis dias foram de dar náuseas até num abutre.* Tinham sido só seis dias? A repulsa, no entanto, não o acometeu. Ele não permitiu. Lews Therin não respondeu. Sim, eram tempos para quem tinha coração de ferro. E estômago também. Ele se curvou por um instante para tocar no pacote comprido enrolado em um pano que se encontrava debaixo do couro do estribo. Não, ainda não era hora. Talvez nunca fosse a hora. A incerteza bruxuleava pelo Vazio, talvez junto a algo mais. Ele esperava que nunca fosse a hora. Incerteza, sim, mas o outro sentimento não era medo. Não era!

Metade dos morros baixos do entorno era coberta de oliveiras pequenas e retorcidas salpicadas pela luz do sol, onde lanceiros já cavalgavam junto às fileiras para garantir que o terreno estivesse seguro. Não havia nenhum sinal de trabalhadores naqueles pomares, nenhuma casa de fazenda ou qualquer prédio à vista. A poucas milhas a oeste, os morros eram mais escuros, arborizados. Abaixo de Rand, emergindo em filas em trote, Legionários se puseram em formação, seguidos por um quadrado irregular composto por voluntários illianenses agora alistados na Legião. Assim que suas fileiras se alinharam, eles se afastaram em marcha para abrir caminho para Defensores e Companheiros. A maior parte do solo parecia ser barro, e tanto botas quanto cascos derrapavam na fina camada de lama. Incrivelmente, porém, só se via uma ou outra nuvem no céu, branca e límpida. O sol era uma bola amarelo-clara. E nada maior que um pardal voava ali no alto.

Dashiva e Flinn estavam entre os homens segurando portões, assim como Adley, Hopwil, Morr e Narishma. Algumas aberturas se encontravam fora da vista de Rand, por trás das curvas dos morros. Seu desejo era que todos atravessassem o mais rápido possível, e, exceto por uns poucos Soldados que vigiavam os céus, todos os homens de casaco negro que já não estavam fazendo reconhecimento da área estavam mantendo uma tessitura. Até Gedwyn e Rochaid, embora infelizes a respeito, fazendo cara feia um para o outro e também para Rand. Ele achava que os dois estavam desacostumados a fazer algo tão comum quanto segurar um portão para outras pessoas atravessarem.

Bashere galopou morro acima, absolutamente tranquilo em seu baio atarracado. Seu manto estava solto às costas, apesar da friagem da manhã, não tão gelada quanto nas montanhas, mas ainda um clima invernal. Ele fez um meneio casual para Anaiyella e Ailil, que lhe devolveram olhares indiferentes. Bashere abriu um sorriso não muito cordial por entre o generoso bigode, que parecia um par de chifres curvado para baixo. Tinha tantas dúvidas quanto Rand a respeito daquelas mulheres. E as duas sabiam disso, ao menos no que se referia a Bashere. Desviando logo o olhar do saldaeano, Anaiyella voltou a alisar a crina do capão. Ailil segurava as rédeas rigidamente.

A dupla não se afastara muito de Rand desde o incidente no cume, ambas chegando a armar suas tendas a pouca distância da dele, na noite anterior. Bem adiante deles, em uma encosta de vegetação rasteira marrom, Denharad se moveu para examinar os comandados das duas nobres, dispostos em formação atrás dele, e logo voltou a observar Rand. Era muito provável que estivesse de olho em Ailil e talvez em Anaiyella também, mas sem dúvida observava Rand, que não tinha certeza se elas ainda temiam ser culpadas caso ele fosse morto ou se simplesmente queriam ver acontecer. Sua única certeza era que, se elas quisessem mesmo vê-lo morto, não lhes daria chance.

Quem sabe os desejos de uma mulher? Lews Therin deu uma risadinha irônica. Parecia estar em um de seus estados de espírito mais sãos. *A maioria das mulheres não dá a mínima para coisas que um homem mataria para possuir, e mataria você por coisas para as quais um homem não daria a mínima.*

Rand o ignorou. O último portão em seu campo visual se dissipou. Os Asha'man montados em seus cavalos estavam longe demais para ele afirmar com segurança se algum deles ainda agarrava *saidin*, mas, contanto que ele ainda agarrasse, pouco importava. O desajeitado Dashiva tentou montar rápido e quase caiu duas vezes antes de conseguir se aprumar na sela. A maior parte dos homens de casacos negros à vista começou a cavalgar para norte ou para sul.

O restante dos nobres se reuniu depressa com Bashere na encosta logo abaixo de Rand, os de maior escalão e os mais poderosos ficando à frente após algum empurra-empurra aqui e ali, quando a precedência era incerta. Tihera e Marcolin mantiveram seus cavalos mais à margem, em lados opostos do grupo de nobres, semblantes cautelosamente inexpressivos; podiam até dar conselhos, mas ambos sabiam que as decisões finais recaíam sobre os outros. Weiramon abriu a boca em um gesto pomposo, sem dúvida para dar início a mais um discurso magnânimo a respeito da glória que era acompanhar o Dragão Renascido. Sunamon e Torean, acostumados à eloquência do sujeito e com poder suficiente para não tomar tanto cuidado perto dele, puxaram as rédeas de suas montarias ao mesmo tempo e se puseram a conversar baixinho. O rosto de Sunamon estava incomumente solene, e Torean parecia pronto para discutir por qualquer coisa, a despeito das faixas de cetim vermelho nas mangas do casaco. Bertome, com seu queixo quadrado, e alguns outros cairhienos, não estavam nem um pouco quietos, uns gargalhando das piadas dos outros. Todos já estavam fartos das declamações histriônicas de Weiramon. A expressão carrancuda de Semaradrid, no entanto, se acentuava a cada olhar para Ailil e Anaiyella — ele não gostava nem um pouco de as duas ficarem tão próximas de Rand, especialmente sua compatriota —, de modo que sua amargura talvez tivesse mais motivos que a verborragia de Weiramon.

— A mais ou menos dez milhas daqui — disse Rand bem alto —, cerca de cinquenta mil homens estão se preparando para marchar.

Eles estavam cientes disso, mas as palavras atraíram todos os olhares e silenciaram todas as bocas. Weiramon calou a sua com desgosto; o sujeito realmente adorava o som da própria voz. Repuxando as barbas pontudas oleadas, Gueyam e Maraconn sorriram de expectativa, os tolos. Semaradrid parecia ter comido uma tigela inteira de ameixas estragadas. Gregorin e os três lordes do Conselho dos Nove que o acompanhavam só expressavam uma determinação sombria. Não eram tolos.

— Os batedores não viram nenhum sinal de *sul'dam* ou *damane* — prosseguiu Rand —, mas, mesmo sem elas e mesmo com os Asha'man, é um número suficiente para matar muitos de nós, caso alguém se esqueça do plano. Só que *ninguém* vai se esquecer, tenho certeza.

Nada de ataques sem ordens, desta vez. Ele deixara isso claro como vidro e firme feito pedra. E nada de sair correndo só porque alguém pensou ter visto alguma coisa. Weiramon abriu um sorriso que conseguiu ser mais oleado do que Sunamon seria capaz.

Ao seu modo, era um plano simples. Eles avançariam a oeste em cinco colunas, todas com Asha'man, e tentariam investir contra os Seanchan por todas as direções ao mesmo tempo. Ou o mais perto disso que fosse possível. Planos simples eram os melhores, Bashere insistia. *Se uma ninhada de leitões gorduchos não te satisfaz, se precisa mesmo correr para o mato para encontrar a porca velha, não invente muita moda, senão é ela que vai estripar você*, resmungara ele.

Nenhum plano sobrevive ao primeiro contato, retrucou Lews Therin na mente de Rand. Por um momento, ainda pareceu lúcido. Por um momento. *Tem algo errado*, rugiu de repente. Sua voz foi ganhando intensidade e se transformou em uma gargalhada incrédula e enfurecida. *Não pode estar errado, mas está. Algo esquisito, algo errado, correndo, saltando, tremendo.* As risadas viraram choro. *Não pode ser! Eu devo estar louco!* E desapareceu antes que Rand pudesse calá-lo. Que a Luz o queimasse, não havia nenhum erro no plano, ou Bashere o teria encontrado como um pato caçando um besouro.

Lews Therin *estava* louco, sem dúvida nenhuma. Mas, contanto que Rand al'Thor permanecesse são... Seria uma piada amarga demais para o mundo se o Dragão Renascido enlouquecesse antes da Última Batalha sequer ter início.

— Tomem seus lugares — ordenou ele com um aceno do Cetro do Dragão. Foi preciso conter a vontade de rir daquela piada.

O grande contingente de nobres se espalhou ao comando de Rand, todos se atropelando e resmungando conforme se organizavam. Poucos aprovaram a forma como ele os dividira. Quaisquer barreiras que tivessem sido quebradas com o choque do primeiro combate nas montanhas haviam se erguido de novo quase de imediato.

Weiramon franziu o cenho por conta do discurso não proferido, mas, após uma mesura floreada que apontou sua barba para Rand tal qual uma lança, saiu cavalgando rumo ao norte pelos morros, seguido por Kiril Drapaneos, Bertome, Doressin e vários lordes cairhienos menores, todos impassíveis por terem um taireno acima deles. Gedwyn ia ao lado de Weiramon, quase como se o comando fosse dele, o que lhe valeu contundentes olhares que o homem fingiu não perceber. Os outros grupos eram igualmente misturados. Gregorin também partiu para o norte, com um emburrado Sunamon tentando fingir que seguia por acaso na mesma direção, e Dalthanes à frente de cairhienos inferiores. Jeordwyn Semaris, mais um dos Nove, acompanhou Bashere em direção ao sul, junto com Amondrid e Gueyam. Os três haviam aceitado o saldaeano quase com entusiasmo pelo simples fato de ele não ser nem taireno, nem cairhieno, nem illianense. Rochaid parecia tentar com Bashere o mesmo que Gedwyn com Weiramon, mas Bashere o ignorava. A pouca distância desse grupo, Torean e Maraconn cavalgavam com lado a lado, provavelmente reclamando de Semaradrid estar comandando-os. Aliás, Ershin Netari não parava de dar olhadelas para Jeordwyn e ficar de pé nos estribos para olhar para trás na direção de Gregorin e Kiril, ainda que fosse improvável que conseguisse vê-los já além dos morros. Semaradrid, com as costas eretas feito uma barra de ferro, se mostrava tão inabalável quanto Bashere.

Era o mesmo princípio que Rand usara desde sempre. Ele confiava em Bashere e achava que talvez pudesse confiar em Gregorin, e nenhum dos outros ousaria pensar em se voltar contra ele havendo tantos forasteiros em seu entorno, tantos antigos inimigos e tão poucos amigos. Rand deu uma risadinha baixa e, do alto da encosta, ficou vendo todos se distanciarem. Lutariam por ele, e bem, já que não tinham outra opção. Não mais do que ele tinha.

Loucura, sibilou Lews Therin. Irritado, Rand enxotou a voz.

Estava longe de estar sozinho, claro. Tihera e Marcolin tinham a maior parte dos Defensores e Companheiros montados em fileiras em meio às oliveiras das colinas que flanqueavam o morro onde ele se encontrava com seu cavalo. Os demais estavam dispersos como uma proteção contra qualquer surpresa. Na depressão logo abaixo, uma companhia de Legionários de casaco azul aguardava pacientemente sob o olhar de Masond, e, atrás deles, um número igual de homens ainda nas mesmas roupa que vestiam quando se renderam no charco em Illian. Vinham tentando emular a calma dos Legionários — dos outros Legionários, agora —, mas sem muito sucesso.

Rand deu uma espiadela em Ailil e Anaiyella. A tairena lhe abriu um sorrisinho afetado, mas que não durou muito. O rosto da cairhiena era gélido. Ele não podia se esquecer delas nem de Denharad e seus soldados. Sua coluna, ao centro, seria a maior, e com folga a mais forte. Com muita folga.

Flinn e os homens que Rand selecionara após os Poços de Dumai cavalgaram morro acima em direção a ele. O velho calvo vinha sempre à frente, embora todos, menos Adley e Narishma, agora usassem tanto o Dragão quanto a Espada, e Dashiva tivesse sido o primeiro a receber a insígnia. Parte disso era porque os mais jovens respeitavam Flinn por sua larga experiência como porta-estandarte da Guarda da Rainha andoriana, mas parte também se devia a Dashiva parecer não dar a mínima. Os outros homens pareciam apenas diverti-lo. Isso quando ele parava de falar sozinho e encontrava algum tempo livre. O mais comum era o sujeito mal se dar conta do que não acontecia bem diante do seu nariz.

Por esse motivo, foi até um choque quando Dashiva enfiou as botas desajeitadamente nos flancos de sua montaria para passá-la na frente das demais. Aquele rosto comum, de semblante quase sempre vago ou pensativo, trazia um cenho franzido de preocupação. E foi *mais* que um choque quando ele agarrou *saidin* assim que alcançou Rand e teceu uma barreira em torno dos dois para protegê-los de ouvidos curiosos. Lews Therin não gastou saliva — se é que uma voz desencarnada *tinha* saliva — com resmungos sobre matanças; pulou para a Fonte com grunhidos ininteligíveis, tentando arrancar o Poder de Rand. E, tão de repente quanto, caiu em silêncio e sumiu.

—Tem alguma coisa errada com *saidin* aqui, algo estranho — afirmou Dashiva, soando nem um pouco distraído. Na verdade, parecia... preciso. E mal-humorado. Um professor repreendendo um aluno particularmente obtuso. Chegou até a cutucar Rand com o dedo em riste. — Não sei o que é. Nada é capaz de distorcer *saidin*, e, se fosse o caso, teríamos sentido lá nas montanhas. Bem, *havia* alguma coisa lá ontem, mas tão sutil que... Só que aqui eu sinto claramente. *Saidin* está... agitado. Eu sei, eu sei, *saidin* não está vivo. Mas aqui está... pulsando. É difícil controlar.

Rand forçou sua mão a afrouxar a pegada no Cetro do Dragão. Sempre tivera certeza de que Dashiva estava quase tão louco quanto o próprio Lews Therin. Em geral, no entanto, o sujeito mantinha melhor a compostura, por mais precária que fosse.

— Estou canalizando há mais tempo que você, Dashiva. Você só está sentindo mais a mácula. — Rand não conseguiu atenuar o tom de voz. Luz, ele ainda não podia enlouquecer, e os outros também não! — Vá para o seu lugar. Partiremos em breve.

Os batedores deveriam voltar em breve. Mesmo naquele território mais plano, mesmo limitados ao que estava ao alcance da vista, dez milhas seriam percorridas rapidamente Viajando.

Dashiva não fez qualquer menção de obedecer. Em vez disso, abriu a boca com raiva, para então tornar a fechá-la. Visivelmente trêmulo, respirou fundo.

— Sei muito bem há quanto tempo você está canalizando — rebateu com uma voz gélida, quase desdenhosa —, mas tenho certeza de que até você consegue sentir. Sinta, homem! Em se tratando de *saidin*, não gosto de nada "estranho", e não quero morrer nem... nem me exaurir por conta da sua cegueira! Veja a minha proteção! Veja!

Rand o encarou. Dashiva avançando daquele jeito já era bastante peculiar, mas Dashiva se exaltando? Então ele olhou para a proteção. Olhou mesmo. Os fluxos deveriam estar tão firmes quanto os fios de uma lona. Eles vibravam. A proteção permanecia sólida, como deveria, mas os fios individuais do Poder tremeluziam em mínimos movimentos. Morr dissera que *saidin* estava estranho perto de Ebou Dar e em cem milhas em torno da cidade. No momento, eles estavam mais perto que isso.

Rand se obrigou a sentir *saidin*. Estava sempre ciente do Poder — qualquer outra coisa diferente disso significava a morte ou algo pior —, mas tinha se acostumado com aquele esforço. Era uma luta pela vida, mas uma luta que se tornara tão natural quanto a própria vida. O esforço *era* a vida. Ele se forçou a sentir aquela batalha, sua vida. Um frio de fazer uma pedra se despedaçar e virar pó. Um fogo de fazer a mesma pedra evaporar em um instante. Uma imundície de fazer uma fossa podre cheirar como um jardim no auge da florada. E... uma pulsação, como algo se debatendo em seu punho. Não era um latejar como o que sentira em Shadar Logoth, quando a mácula de *saidin* ressoara com o mal daquele lugar e *saidin* pulsara no mesmo ritmo. A vilania ali era forte, mas estável. Era o próprio *saidin* que parecia cheio de correntes e ímpetos. Agitado, nas palavras de Dashiva, e Rand conseguia entender por quê.

Encosta abaixo, atrás de Flinn, Morr passava a mão no cabelo e olhava sobressaltado à volta. Flinn alternava entre se agitar no alto da sela e afrouxar a espada na bainha. Narishma, vigiando o céu de olho em criaturas voadoras, piscava excessivamente. Um músculo se contraía no maxilar de Adley. Cada um deles demonstrava algum sinal de nervosismo, e não era para menos. Rand foi tomado pelo alívio. Não era loucura, afinal de contas.

Dashiva sorriu, um sorriso torto e satisfeito.

— Não acredito que você não tinha percebido. — Sua voz tinha um tom quase de *sarcasmo*. —Você está agarrando *saidin* praticamente dia e noite desde que começamos esta expedição maluca. Esta é uma proteção simples, mas que não queria se formar, e então se firmou como se pulasse das minhas mãos.

O rasgo azul-prateado de um portão girou e se abriu no alto de um dos morros desmatados a meia milha a oeste, um Soldado atravessou puxando seu cavalo e o montou, retornando da exploração do terreno. Mesmo à distância, Rand conseguiu identificar o bruxulear tênue das tessituras rodeando o portão antes de desaparecerem. O cavaleiro ainda nem chegara ao pé da colina quando um outro portão se abriu no cume, e então um terceiro, um quarto, e mais, um atrás do outro, quase não dando tempo de um homem sair da frente do outro.

— Mas se formou — disse Rand. Assim como os portões dos batedores. — *Saidin* pode estar difícil de controlar, mas sempre é assim, e ele sempre faz o que você quer.

Mas por que ali estava mais difícil? Uma pergunta para outro momento. Luz, queria que Herid Fel ainda estivesse vivo. O velho filósofo talvez tivesse uma resposta.

— Volte para junto dos outros, Dashiva — ordenou, mas o homem ficou encarando-o estupefato, e Rand teve que repetir a ordem antes de o sujeito deixar a proteção se esvanecer, dar meia-volta com o cavalo sem fazer nenhuma saudação e cutucar o animal com os calcanhares para fazê-lo voltar a descer a encosta.

— Algum problema, Milorde Dragão? — indagou Anaiyella com afetação. Ailil apenas o encarava com um semblante inexpressivo.

Ao ver o primeiro batedor indo em direção a Rand, os outros se dispersaram para norte e para sul, onde poderiam se juntar às demais colunas. Localizá-las à moda antiga seria mais rápido do que procurar por meio de portões. Puxando as rédeas diante de Rand, Nalaam bateu com o punho no peito — seus olhos estavam um pouco arregalados? Não importava. *Saidin* ainda obedecia ao homem que o dominava. Nalaam o saudou e deu seu relato. Os Seanchan não estavam acampados a dez milhas dali, encontravam-se a não mais do que cinco ou seis milhas de distância, e marchando para leste. E tinham *sul'dam* e *damane* para dar e vender.

Rand comunicou suas ordens quando Nalaam já galopava em retirada, e sua coluna começou a se deslocar para oeste. Os Defensores e os Companheiros ocupavam cada quais um flanco. Os Legionários marchavam na retaguarda, logo atrás de Denharad. Um lembrete para as nobres e seus soldados, acaso precisassem. Anaiyella, por certo, vivia olhando por cima do ombro, e Ailil evitava deliberadamente fazer o mesmo. Rand compunha a força principal da coluna, ele, Flinn e os demais, assim como seria com as outras colunas. Asha'man para a investida, e homens com aço para lhes proteger a retaguarda enquanto eles matavam. O sol ainda tinha muito o que subir até o meio-dia. Nada mudara a ponto de alterar o plano.

A loucura aguarda alguns, e pega outros de surpresa, sussurrou Lews Therin.

Miraj cavalgava quase à frente do seu exército, que marchava em direção ao leste por uma estrada lamacenta que serpenteava por colinas cheias de oliveiras e trechos de floresta. Mas não à frente. Um regimento inteiro, em sua maioria Seanchan, cavalgava entre ele e os batedores mais avançados. Ele conhecera generais que gostavam de ficar lá na frente. Quase todos estavam mortos. A maioria perdera a batalha em que morreu. A lama fazia com que a poeira não subisse, mas a notícia de um exército em deslocamento se espalhava mais rápido que fogo nas Planícies Sa'las, fosse qual fosse o terreno. Aqui e ali, em meio às oliveiras, ele avistava um carrinho de mão tombado ou uma podadeira abandonada, mas os trabalhadores tinham desaparecido havia muito tempo. Com sorte, escapariam de seus oponentes tanto quanto tinham escapado dele. Com sorte, pela ausência de *raken*, seus oponentes só saberiam que ele estava perto quando já fosse tarde demais. Kennar Miraj não gostava de confiar na sorte.

Além de suboficiais prontos para produzir mapas ou copiar ordens e de mensageiros a postos para levá-las, ele viajava acompanhado apenas de Abaldar Yulan — um homem pequeno o bastante para fazer seu capão marrom comum parecer imenso, mas de personalidade forte, com as unhas dos mindinhos pintadas de verde e uma peruca preta para esconder a calvície —, e Lisaine Jarath, uma mulher grisalha de Seandar, cujo rosto pálido e redondo e olhos azuis eram de imensa serenidade. Yulan estava inquieto. O Capitão do Ar de Miraj era um homem de pele retinta que vivia emburrado com as regras que raramente permitiam que pusesse a mão nas rédeas de um *raken*, ultimamente, mas no momento seu cenho estava tão franzido que parecia lhe marcar os ossos. O céu estava limpo, em condições perfeitas para os *raken*, mas, por ordem de Suroth, nenhum dos seus voadores sairia naquele dia e local. Havia muito poucos *raken* com os Hailene para arriscá-los sem necessidade. A calma de Lisaine era o mais perturbador para Miraj. Mais que a *der'sul'dam* veterana sob seu comando, ela era uma amiga com quem ele compartilhara muitas xícaras de *kaf* e vários jogos de pedras. Uma mulher animada, sempre transbordando entusiasmo e diversão, mas que estava com uma tranquilidade gélida, tão silenciosa quanto qualquer *sul'dam* que ele tentara interrogar.

Ao alcance dos olhos, vinte *damane* flanqueavam os cavaleiros, cada qual caminhando ao lado da montaria de sua *sul'dam*. As *sul'dam* se mexiam no alto das selas e se curvavam para dar tapinhas na cabeça das *damane*, endireitando-se e depois inclinando-se de novo para lhes alisar o cabelo. As *damane* pareciam suficientemente firmes, mas estava bem claro que as *sul'dam* estavam no fio da navalha. E a animada Lisaine cavalgava silenciosa feito uma pedra.

Um *torm* surgiu lá adiante, correndo coluna abaixo. Bem na lateral, junto dos olivais, mas ainda assim os cavalos relinchavam e recuavam à medida que a criatura de escamas brônzeas passava. Um *torm* domado não atacava cavalos — a menos que fosse dominado pelo frenesi da carnificina, razão pela qual os *torm* não eram apropriados para batalhas —, mas cavalos treinados para ficarem calmos perto de *torm* estavam tão em falta quanto as próprias criaturas.

Miraj mandou um subtenente magricelo chamado Varek ir buscar o relatório do *morat'torm*. A pé, e que a Luz o consumisse caso Varek perdesse *sei'taer*. Ele não perderia tempo com Varek tentando controlar uma montaria adquirida naquelas terras. O homem retornou mais rápido do que tinha ido e fez uma reverência perfeita, dando início ao seu relato antes mesmo de voltar a se aprumar.

— O inimigo está a menos de cinco milhas a leste, Milorde Capitão-General, e marchando em nossa direção. Estão destacados em cinco colunas espaçadas por volta de uma milha uma da outra.

Lá se fora a sorte. Mas Miraj havia pensado em como atacaria quarenta mil tendo apenas cinco mil, além das cinquenta *damane*. Logo homens saíram galopando com ordens para se mobilizarem para fazer frente a uma tentativa de cerco, e os regimentos atrás dele começaram a se voltar em direção aos olivais, *sul'dam* entre eles, acompanhadas de suas *damane*.

Puxando o manto para se proteger de um vento gelado repentino, Miraj se deu conta de algo que o fez sentir ainda mais frio: Lisaine também estava observando as *sul'dam* desaparecem em meio às árvores. E a mulher havia começado a suar.

Bertome cavalgava tranquilo, deixando o vento ondular seu manto para o lado, mas examinava o terreno arborizado à frente com uma cautela que mal tentava esconder. Dos quatro compatriotas que o acompanhavam, só Doressin era realmente versado no Jogo das Casas. Aquele cachorro taireno idiota chamado Weiramon era cego, claro. Bertome olhou com raiva para as costas do bufão convencido.

Weiramon avançava bem à frente dos demais, distraído em uma conversa com Gedwyn, e se Bertome precisasse de mais alguma prova de que o taireno sorriria para coisas que *enojariam* uma cabra, essa prova era como ele tolerava aquele jovem monstro de olhos fátuos. Percebeu que Kiril o olhava de soslaio e guiou o cavalo cinzento para mais longe do homenzarrão. Não tinha nenhuma inimizade específica com o illianense, mas detestava que qualquer um assomasse sobre ele. Não via a hora de voltar a Cairhien, onde não precisava viver cercado de gigantes desengonçados. Só que Kiril Drapaneos não era cego, apesar da altura, e também despachara uma dúzia de batedores. Weiramon só mandara um.

— Doressin — chamou Bertome em voz baixa, depois prosseguiu um pouco mais alto: — Doressin, seu imbecil!

O sujeito magricelo pulou no alto da sela. Assim como Bertome e os outros três, ele raspara e empoara a frente da cabeça; o estilo de se identificar como soldado passara a estar bastante na moda. Doressin deveria tê-lo chamado de sapo em resposta, como faziam desde a infância, mas em vez disso ele esporou o capão até se aproximar do cavalo de Bertome e se inclinou. Estava preocupado e deixava transparecer, a testa com sulcos profundos.

— Você não percebe que o Lorde Dragão quer nos ver mortos? — cochichou ele, dando uma espiadela na coluna que os seguia. — Sangue e fogo, eu só dava ouvidos a Colavaere, mas soube que era um homem morto desde que ele a matou.

Por um momento, Bertome encarou a coluna de soldados serpenteando naquela sucessão de colinas. Naquele trecho, as árvores eram mais esparsas do que mais adiante, mas ainda eram o suficiente para camuflar um ataque até que fosse tarde. O último olival ficava uma milha para trás. Os homens de Weiramon cavalgavam à frente, claro, trajando aqueles casacos ridículos de mangas bufantes com listras brancas, e então vinham os illianenses de Kiril, ostentando tanto verde e vermelho que deixariam Latoeiros com inveja. Os seus homens, decentemente uniformizados com um tom azul-escuro por baixo das placas peitorais, permaneciam fora de vista, ao lado das tropas de Doressin e dos demais, precedendo apenas a companhia de Legionários. Weiramon se mostrara surpreso por a infantaria aguentar o ritmo, apesar de ele não ter imposto grande velocidade.

Só que não era exatamente nos soldados que Bertome estava de olho. Sete homens cavalgavam à frente inclusive dos soldados de Weiramon, sete homens de expressão dura e olhos frios como a morte, trajando casacos pretos. Um deles usava um broche no formato de uma espada de prata no colarinho alto.

— Um jeito bem elaborado de fazer isso — respondeu a Doressin em um tom seco. — E duvido que al'Thor teria mandado esses camaradas virem

conosco se quisesse apenas nos enfiar em um moedor de linguiça. — Com a testa ainda franzida, Doressin tornou a abrir a boca, mas Bertome se antecipou:
— Preciso falar com o taireno.

Não gostava de ver seu amigo de infância assim. Al'Thor o desestabilizara. Distraídos, Weiramon e Gedwyn não se deram conta de sua aproximação. Gedwyn brincava com as rédeas, suas feições de uma frieza desdenhosa. O taireno tinha o rosto enrubescido.

— Pouco me importa quem você é — dizia ele para o homem de casaco preto em um tom de voz baixo e firme, a saliva voando. — Não vou correr mais riscos sem receber uma ordem direta da boca do...

De repente, os dois perceberam a presença de Bertome, e Weiramon tratou de calar a boca. Lançou um olhar fulminante a Bertome, quase assassino. O sorriso onipresente do Asha'man derreteu. O vento soprava em rajadas, gelado e penetrante, arrastando as nuvens por sobre o sol, mas menos frio que o olhar súbito de Gedwyn. Foi com uma pontada de choque que Bertome se deu conta de que o sujeito também gostaria de matá-lo ali mesmo.

A encarada glacial e mortífera de Gedwyn não se alterou, mas o rosto de Weiramon passou por uma incrível transformação. O rubor foi desbotando enquanto ele abria um sorriso instantâneo, um risinho bajulador onde só se via uma nesga de condescendência sarcástica.

— Tenho pensado em você, Bertome — disse ele em tom cordial. — É uma pena al'Thor ter estrangulado sua prima. Com as próprias mãos, pelo que me contaram. Honestamente, fiquei surpreso por você ter vindo quando ele chamou. Tenho percebido que ele fica de olho em você. Temo que ele planeje algo mais... interessante... para você do que deixar suas pernas se debatendo no chão enquanto os dedos dele apertam sua garganta.

Bertome conteve um suspiro, e não só pela falta de jeito daquele idiota. Muita gente achava que conseguiria manipulá-lo usando a morte de Colavaere. Era sua prima favorita, mas ambiciosa demais. Saighan tinha bons argumentos para reivindicar o Trono do Sol, mas não teria como mantê-lo diante da força nem de Riatin nem de Damodred, e menos ainda dos dois juntos, não sem a benção explícita da Torre Branca ou do Dragão Renascido. Ainda assim, ela *era* sua favorita. O que será que Weiramon queria? Com certeza não era o que deixava transparecer. Nem aquele palerma taireno era *tão* simplório.

Antes que pudesse esboçar qualquer resposta, um cavaleiro veio galopando em direção a eles por entre as árvores mais adiante. Um cairhieno, e quando o sujeito puxou as rédeas de supetão para parar diante deles, fazendo o cavalo se sentar nas ancas, Bertome o reconheceu como um de seus soldados, um camarada de dentes separados com cicatrizes costuradas nas duas bochechas. Doile, pensou ele. Das propriedades Colchaine.

— Milorde Bertome — arfou o homem, fazendo uma mesura apressada. — Há dois mil tarabonianos no meu encalço. E com mulheres! Com relâmpagos nos vestidos!

— No encalço dele — murmurou Weiramon em tom derrogatório. — Vamos ver o que meu homem terá a dizer quando voltar. Com toda a certeza não estou vendo nenhum...!

Brados súbitos logo adiante o interromperam. Logo veio o estrondo de cascos, e, em seguida, lanceiros surgiram galopando depressa, uma maré contínua se espalhando por entre as árvores. Bem na direção de Bertome e dos outros.

Weiramon gargalhou.

— Mate quem você quiser, e onde quiser, Gedwyn — falou ele, desembainhando a espada com um floreio. — Eu uso os métodos que uso, e pronto! — Disparando de volta até onde estavam seus soldados, ele acenou com a lâmina por cima da cabeça e gritou: — Saniago! Saniago e glória!

Não foi surpresa ele não ter acrescentado um brado pelo seu país aos brados pela sua Casa e seu amor maior. Incitando seu animal na mesma direção, Bertome levantou a voz:

— Saighan e Cairhien! — Não era necessário acenar com a espada. — Saighan e Cairhien!

O que o sujeito queria?

Um trovão ribombou, e Bertome olhou para o céu, perplexo. Havia algumas nuvens a mais que antes. Não, Doile — Dalyn? — mencionara aquelas mulheres. E então ele se esqueceu totalmente do que o imbecil taireno queria, quando tarabonianos cobertos por véus de aço se derramaram pelas colinas arborizadas na direção dele, a terra jorrando fogo e o céu despejando relâmpagos à frente.

— Saighan e Cairhien! — berrou.

O vento começou a soprar mais forte.

Cavaleiros se enfrentaram em meio a árvores grossas e matagal denso, onde as sombras eram pesadas. A luz parecia fraquejar, as nuvens se avolumando lá no alto, mas era difícil afirmar com certeza, pois as densas copas das árvores formavam um telhado. Gritos ensurdecedores abafavam parte do clangor do aço se chocando, berros de homens, urros de cavalos. Vez ou outra, o solo estremecia. Vez ou outra, o inimigo bradava mais alto.

— Den Lushenos! Den Lushenos e as Abelhas!
— Annallin! Todos por Annallin!
— Haellin! Haellin! Pelo Grão-lorde Sunamon!

O último foi o único grito que Varek compreendeu minimamente, embora suspeitasse que nenhum nativo que se intitulasse Grão-lorde ou Grã-lady fosse ganhar a chance de fazer o Juramento.

Ele puxou para soltar a espada enterrada na axila do oponente, pouco acima da placa peitoral, e deixou o homenzinho pálido tombar. Um lutador perigoso, até cometer o erro de levantar demais a lâmina. O baio do sujeito saiu em disparada pelo meio do matagal, e Varek dedicou alguns instantes para se lamentar. O animal parecia melhor que o pardo de patas brancas em que ele era obrigado a cavalgar. Só um instante, e logo se pôs a espiar por entre o amontoado de árvores, onde parecia que trepadeiras pendiam de metade dos galhos e uma grande quantidade de uma planta cinza diáfana, de quase todos.

O barulho da batalha ecoava de todas as direções, mas a princípio ele não conseguiu ver nada se movendo. Então, uma dúzia de lanceiros altaranos surgiu a quinze passadas, avançando devagar em seus cavalos e olhando para um lado e para o outro com cuidado, apesar de a forma como conversavam ruidosamente entre si mais que justificasse as faixas vermelhas que lhes cruzavam as placas peitorais. Varek tomou suas rédeas com o intuito de abordá-los. Uma escolta, mesmo que fosse daquela gentalha indisciplinada, poderia ser a diferença entre a mensagem urgente que ele portava chegar ou não ao Estandarte-General Chianmai.

Rastros negros dispararam por entre as árvores, esvaziando as selas altaranas. Os cavalos saíram correndo para todos os lados à medida que os cavaleiros caíram, até que só restou uma dúzia de cadáveres espalhados pelo tapete úmido de folhas mortas, ao menos uma flecha de besta despontando de cada um deles. Nada se movia. Varek sentiu um calafrio involuntário. De início, aquela infantaria de casaco azul parecera um alvo fácil, sem piques para resistir na retaguarda, mas eram soldados que nunca se expunham, escondendo-se por trás de árvores e em declives do terreno. Não foram o pior. Depois do recuo frenético para os navios, em Falme, ele tivera certeza de que presenciara a pior cena que poderia ver: o Exército que Sempre Vence batendo em retirada. Porém, nem meia hora havia se passado, e ele já tinha visto cem tarabonianos encararem um único homem de casaco negro. Cem lanceiros contra um, e os tarabonianos haviam sido despedaçados. Literalmente despedaçados, homens e animais explodindo tão rápido que não dava para contabilizar. A carnificina prosseguira após os tarabonianos se virarem para fugir, e continuara até que não houvesse mais nenhum deles à vista. Talvez de fato não fosse pior do que ter o solo entrando em erupção sob seus pés, mas pelo menos as *damane* costumavam deixar restos suficientes para que a vítima fosse enterrada.

Ele fora informado pelo último homem com quem conseguira falar naquela mata, um veterano compatriota grisalho que liderava cem piques amadicianos, que Chianmai se encontrava naquela direção. Mais adiante, ele avistou cavalos desmontados amarrados a árvores e também homens a pé. Talvez eles lhe dessem mais detalhes. E ele diria umas poucas e boas para aqueles homens, por estarem ali parados enquanto uma batalha era travada.

Quando se aproximou deles, Varek se esqueceu da bronca. Encontrara o que estava procurando, mas não exatamente o que queria encontrar. Uma dúzia de cadáveres muitíssimo queimados jaziam em fila. Um deles, o rosto de pele marrom-clara intacto, ele reconheceu como sendo Chianmai. Os homens de pé eram todos tarabonianos, amadicianos e altaranos. Um ou outro também estava ferido. A única Seanchan era uma *sul'dam* de cara amarrada consolando uma *damane* aos prantos.

— O que aconteceu aqui? — questionou Varek. Não achava que fosse do feitio daqueles Asha'man deixar sobreviventes. Talvez a *sul'dam* tivesse oferecido resistência.

— Uma loucura, milorde.

Um taraboniano enorme afastou com o ombro o sujeito que lhe passava pomada no braço esquerdo chamuscado. A manga parecia ter pegado fogo até a altura da placa peitoral, mas, apesar das queimaduras, o homem não fazia cara feia. A cota com véu de aço pendia de um canto do elmo cônico com pluma vermelha, deixando à mostra um rosto duro, com um bigode grosso e grisalho que quase lhe escondia a boca e olhos desrespeitosamente diretos.

— Um grupo de illianenses veio para cima de nós sem aviso. Num primeiro momento, correu tudo bem. Nenhum casaco negro estava com eles. Ele nos liderou com bravura, o Lorde Chianmai, e a... mulher... canalizou relâmpagos. Então, justo na hora em que os illianenses se dispersaram, eles caíram em cima de nós também, os relâmpagos. — Ele se interrompeu para lançar um olhar significativo para a *sul'dam*.

A mulher se pôs de pé em um instante, sacudindo o punho livre e dando passos largos na direção do taraboniano até onde permitia a guia presa ao seu outro punho. Sua *damane* continuou prostrada, chorando encolhida.

— Não vou tolerar as palavras desse cachorro contra minha Zakai! Ela é uma boa *damane*! Uma boa *damane*!

Varek gesticulou para tranquilizá-la. Já tinha visto *sul'dam* fazerem suas comandadas berrarem por terem feito besteira, e algumas aleijarem as rebeldes, mas a maioria ficava irritada até com um membro do Sangue que difamasse uma favorita. Aquele taraboniano *não* era do Sangue, e, pela forma como a *sul'dam* tremia, estava pronta para assassiná-lo. Tivesse o homem externado a acusação ridícula que deixara implícita, Varek acreditava que ela talvez o tivesse matado ali mesmo.

— As orações pelos mortos devem esperar — disse Varek sem rodeios. O que ele estava prestes a fazer o condenaria nas mãos dos Inquiridores, caso falhasse, mas, tirando a *sul'dam*, não restava nenhum Seanchan por ali. — Estou assumindo o comando. Vamos debandar e dar meia-volta em direção ao sul.

— Debandar? — ladrou o taraboniano de ombros largos. — Vamos levar *dias* para *debandar*! Eles lutam feito texugos encurralados, os illianenses, e os cairhienos, que nem furões dentro de uma caixa. Os tairenos não resistem tanto quanto eu tinha ouvido falar, mas talvez haja uma dúzia desses Asha'man, será? Três quartos dos meus homens, eu nem sei onde estão, nesse balaio de gato!

Encorajados pelo exemplo do homem, os outros também começaram a protestar. Varek os ignorou. E se conteve para não perguntar o que seria um balaio de gato; observando o emaranhado da floresta ao seu redor, ouvindo o barulho da batalha, os estrondos das explosões e os relâmpagos, podia imaginar.

— Trate de reunir seus homens e comecem a recuar — ordenou bem alto, pondo fim ao burburinho. — Não se apressem demais, trabalhem em conjunto.

As ordens de Miraj para Chianmai tinham sido "com a máxima rapidez possível", e ele as memorizara para caso acontecesse algo com a cópia que trazia nos alforjes. "Máxima rapidez possível", mas pressa demais àquela altura significava deixar metade dos homens para trás, para serem feitos em pedacinhos ao bel--prazer do inimigo.

— Agora mexam-se! Vocês lutam pela Imperatriz, que ela viva para sempre!

Essa última frase era o tipo de coisa que se dizia a recrutas novatos, mas, por algum motivo, os homens ali presentes pularam como se ele tivesse golpeado todos com seu chicote. Com mesuras ligeiras e profundas, as mãos nos joelhos, só faltaram sair voando até os cavalos. Estranho. Agora, caberia a ele encontrar as tropas Seanchan. Uma delas estaria sendo comandada por alguém acima dele, e Varek poderia repassar sua responsabilidade.

A *sul'dam* estava ajoelhada, acariciando o cabelo de sua *damane* ainda chorosa e cantando baixinho para ela.

— Trate de acalmá-la — disse Varek. Com a máxima rapidez possível. E ele achava que tinha notado um quê de nervosismo nos olhos de Miraj. O que poderia deixar Kennar Miraj nervoso? — Acho que vamos depender de vocês, *sul'dam*, no sul.

Mas por que aquelas palavras deixaram a mulher pálida?

Bashere se encontrava logo dentro da linha das árvores e, por trás das barras do elmo, o que via o deixava com o cenho franzido. Seu baio afocinhou seu ombro. Para se proteger do vento, ele mantinha o manto bem junto ao corpo. Mais para evitar qualquer movimento que pudesse atrair olhares do que por conta do frio, embora estivesse gelado. Em Saldaea, não passaria de uma brisa primaveril, mas os meses nas terras do sul o haviam amolecido. Brilhando forte por entre nuvens cinzentas que vagavam depressa, o sol ainda se mostrava um pouco antes do meio-dia. E bem à frente dele. O fato de se começar uma batalha olhando para oeste não significava que terminaria assim. Bashere tinha diante de si uma imensa pastagem onde rebanhos de cabras pretas e brancas se fartavam distraidamente da vegetação seca, como se uma batalha não estivesse sendo travada ao redor delas. Não que houvesse algum sinal da batalha por ali. Por enquanto. Um homem podia virar um trapo digno de uma boneca de pano cruzando aquele prado. E nas árvores, fossem floresta, olivais ou bosque, nem sempre se avistava o inimigo antes de já se estar em cima dele, com ou sem batedores.

— Se é para atravessar — resmungou Gueyam, passando a mãozona na careca —, vamos logo. Pela Luz, estamos perdendo tempo.

Amondrid tratou de fechar a boca; era bem provável que o cairhieno de cara redonda feito a lua estivesse a ponto de opinar a mesmíssima coisa. O sujeito só concordaria com um taireno quando cavalos subissem em árvores.

Jeordwyn Semaris bufou. Deveria ter deixado a barba crescer para esconder aquele queixo fino, que fazia sua cabeça parecer a lâmina de uma foice.

— No caso, eu digo para darmos a volta. Já perdi homens demais para essas *damane* amaldiçoadas pela Luz, e... — Ele se interrompeu com uma olhadela desconfortável na direção de Rochaid.

O jovem Asha'man estava sozinho, boca fechada, correndo os dedos pelo broche de Dragão no colarinho. Talvez, a julgar pela cara que fazia, se perguntando se valia a pena. Não havia mais nenhum ar de sabichão no garoto, só um cenho franzido de preocupação.

Conduzindo Veloz pelas rédeas, Bashere deu passadas largas até o Asha'man e o puxou mais para o meio das árvores. E ainda mais. Rochaid fez uma cara feia, acompanhando-o com relutância. O homem era alto o bastante assomar sobre ele, mas Bashere não se importava.

— Posso contar com seu pessoal na próxima vez? — questionou, puxando com irritação o bigode. — Sem atrasos?

Rochaid e seus camaradas pareciam responder com cada vez mais lentidão quando se viam diante de *damane*.

— Eu sei o que estou fazendo, Bashere — grunhiu Rochaid. — Não estamos os matando em número suficiente, na sua opinião? Até onde consigo ver, praticamente terminamos!

Bashere assentiu devagar. Não em concordância com a última afirmação. Ainda restavam bastante soldados inimigos, quase que por todos os lados onde se examinasse bem. Mas boa parte deles *estava* morta. Ele planejara seus movimentos com base no que estudara sobre as Guerras dos Trollocs, quando era raro que as forças da Luz chegassem perto do número de soldados que tinham de enfrentar. Investir pelos flancos e fugir. Investir pela retaguarda e fugir. Investir, fugir e, quando o inimigo perseguisse, dar meia-volta no terreno escolhido de antemão, onde os legionários já aguardavam com suas bestas, virar-se e atacar até que chegasse a hora de fugir de novo. Ou até o inimigo ceder. Só naquele dia, ele já fizera tarabonianos, amadicianos, altaranos *e* os tais Seanchan com suas armaduras estranhas cederem. Tinha visto mais inimigos mortos do que em qualquer confronto desde a Nevasca Sangrenta. Mas, se contava com os Asha'man, o outro lado tinha aquelas *damane*. Um terço dos seus saldaeanos jazia morto ao longo das milhas para trás. Somando tudo, quase metade de suas tropas estava morta, e ainda havia mais Seanchan por aí com suas malditas mulheres, além de tarabonianos, amadicianos e altaranos. Não paravam de aparecer, outros mais chegando assim que ele dava fim aos anteriores. E os Asha'man se mostravam cada vez mais... hesitantes.

Pulando na sela de Veloz, ele voltou para onde se encontravam Jeordwyn e os demais.

— Vamos dar a volta — ordenou, ignorando tanto os meneios de Jeordwyn quanto as caretas de Gueyam e Amondrid. — Tripliquem o número de batedores. Quero avançar firme, mas sem tropeçar em nenhuma *damane*.

Ninguém riu. Rochaid reunira os outros cinco Asha'man à sua volta, um com um broche de espada prateada no colarinho, o resto sem. Havia mais dois com colarinhos vazios quando eles partiram de manhã, mas, se os Asha'man sabiam matar, as *damane* também sabiam. Gesticulando irritado com os braços, ele parecia estar discutindo com os homens. Estava com o rosto vermelho, enquanto os outros expressavam confusão e teimosia. Bashere só esperava que Rochaid conseguisse evitar que todos desertassem. O dia já tinha sido custoso demais sem acrescentar o problema de ter aquele tipo de homem solto por aí.

Garoava. Rand franziu o cenho para as nuvens negras que se avolumavam no céu, já começando a obscurecer um sol fraco a meio caminho do horizonte distante. Era uma garoa no momento, mas, assim como as nuvens, a chuva engrossaria! Irritado, ele voltou a examinar o território à sua frente. A Coroa de Espadas lhe espetava as têmporas. Com o Poder a preenchê-lo, o terreno se mostrava nítido tal qual um mapa, apesar do mau tempo. Nítido o bastante, pelo menos. Uma sucessão de colinas, umas cobertas de moitas ou oliveiras, outras apenas com grama ou pedras e mato. Ele pensou ter visto movimento junto a um bosque e depois de novo entre as fileiras de um olival, em uma outra colina a uma milha do bosque. Pensar não bastava. Homens mortos jaziam ao longo das milhas que haviam ficado para trás, inimigos mortos. Mulheres mortas, também, ele sabia, apesar de ter se mantido bem longe de onde quer que *sul'dam* e *damane* tivessem morrido, recusando-se a ver seus rostos. A maioria achava que era por ódio daquelas que tinham matado tantos seguidores seus.

Tai'daishar saltitou uns passinhos no alto do morro antes de Rand acalmá-lo com uma mão firme e a pressão dos joelhos. Que bom seria se uma *sul'dam* avistasse um movimento *dele*. As poucas árvores em volta não conseguiam esconder muita coisa. Vagamente, se deu conta de que não reconhecia nenhuma delas. Tai'daishar agitou a cabeça. Rand enfiou o Cetro do Dragão nos alforjes, deixando para fora só a ponta entalhada do cabo, com a intenção de ficar com as duas mãos livres caso o capão teimasse. Poderia aliviar o cansaço do animal com *saidin*, mas não sabia como usar o Poder para fazê-lo obedecer.

Não entendia de onde o capão tirava tanta energia. *Saidin* o preenchia, borbulhava dentro dele, mas seu corpo, que ele sentia tão distante, queria vergar de cansaço. Parte disso se devia ao mero volume de Poder que manuseara naquele dia. Parte era o esforço de lutar contra *saidin* para fazê-lo se comportar como desejado. *Saidin* sempre precisava ser conquistado, forçado, mas nunca fora daquele jeito. As feridas parcialmente cicatrizadas, nunca curadas, na lateral esquerda de seu corpo estavam em agonia, a mais antiga parecendo uma broca tentando perfurar o Vazio, a mais recente, um incêndio de chamas vivas.

— Foi um acidente, Milorde Dragão — falou Adley de repente. — Eu juro que foi!

— Cale a boca e preste atenção! — rebateu Rand bruscamente.

Os olhos de Adley baixaram por um momento para as rédeas que trazia nas mãos, e então ele tirou o cabelo úmido do rosto e levantou a cabeça em sinal de obediência.

Naquele dia, naquele lugar, controlar *saidin* estava mais difícil do que nunca, mas deixá-lo escapar a qualquer momento, em qualquer lugar, podia significar a morte. Adley deixara escapar, e homens haviam morrido em rajadas de fogo descontroladas; não apenas os amadicianos em quem ele estivera mirando, mas quase trinta soldados de Ailil e quase tantos quantos de Anaiyella.

Não fosse seu lapso, Adley estaria com Morr e com os Companheiros na mata, meia milha ao sul. Narishma e Hopwil estavam com os Defensores ao norte. Rand queria vigiar Adley de perto. Teriam outros "acidentes" acontecido longe dos seus olhos? Era impossível ficar de olho em todo mundo o tempo todo. O semblante de Flinn era soturno feito morte recente, e Dashiva, longe de parecer distraído, quase suava de concentração. Continuava resmungando sozinho, tão baixo que Rand não conseguia ouvir nem tomado pelo Poder, mas o homem não parava de tirar as gotas de chuva do rosto com um ensopado lenço de linho de bordas rendadas que fora ficando cada vez mais encardido à medida que o dia passava. Rand não achava que eles haviam cometido algum lapso. Em todo caso, nem os dois nem Adley abraçavam o Poder no momento. Nem abraçariam sem receber ordens de Rand.

— Acabou? — indagou Anaiyella detrás dele.

Sem se importar com quem pudesse estar observando, Rand fez Tai'daishar dar meia-volta para se colocar de frente para ela. A tairena recuou assustada no alto da sela, o capuz da capa de chuva ricamente elaborada caindo por cima dos ombros. A bochecha se contraiu. Os olhos pareciam cheios de medo, ou de ódio. Ao lado dela, com as mãos enluvadas de vermelho, Ailil dedilhava as rédeas com toda a calma.

— O que mais pode querer? — perguntou a mulher mais baixa com voz fria. Uma lady sendo educada com um subalterno. E não muito. — Se o tamanho de uma vitória for medido pelo número de inimigos mortos, acho que seu nome vai entrar para a história só com o dia de hoje.

— Minha intenção é empurrar os Seanchan para o mar! — bradou Rand.

Luz, *tinha* que acabar com eles ali, quando a chance se apresentava! Não teria como enfrentar os Seanchan, os Abandonados e só a Luz sabia quem ou o que mais, todos ao mesmo tempo!

— Já fiz uma vez e vou fazer de novo!

Você está com a Trombeta de Valere escondida no bolso desta vez?, questionou Lews Therin com malícia. Rand rosnou para ele em silêncio.

— Tem alguém lá embaixo — observou Flinn de repente. — Cavalgando para cá. Vindo do oeste.

Rand voltou a contornar sua montaria. Legionários rodeavam as encostas da colina, embora se escondessem tão bem que era raro ele divisar algum casaco azul. Nenhum deles estava a cavalo. Quem estaria vindo...

O baio de Bashere trotou morro acima quase como se estivesse em terreno plano. Seu elmo pendia da sela, e ele próprio parecia cansado. Sem preâmbulos, foi logo falando em tom neutro:

— Aqui, acabou. Saber quando ir faz parte de lutar, e está na hora. Deixei quinhentos mortos para trás não muito longe daqui, e ainda por cima dois dos seus Soldados. Mandei outros três irem atrás de Semaradrid, Gregorin e Weiramon para dizer a eles para se unirem a você. Duvido que estejam em condições melhores que eu. A quantas anda a *sua* conta no açougue?

Rand ignorou a pergunta. Seus mortos superavam os de Bashere em quase duzentos.

— Você não tinha o direito de mandar ordens aos outros. Enquanto restar meia dúzia de Asha'man, e enquanto eu estiver vivo, isso basta! Pretendo encontrar o restante do exército Seanchan e destruí-lo, Bashere. Não vou deixar que eles acrescentem Altara a Tarabon e Amadícia.

Com uma risada seca, Bashere correu o nó do dedo pelo bigode grosso.

— Você quer encontrá-los. Procure por ali. — Com a mão enluvada, ele varreu o ar na direção das colinas a oeste. — Não tenho como apontar um local específico, mas há uns dez ou talvez até quinze mil deles perto o bastante para ver daqui, se aquelas árvores não estivessem atrapalhando. Tive que dançar com o Tenebroso para passar por eles sem ser visto e chegar até você. Talvez haja umas cem *damane* lá embaixo. Ou mais. E virão outras, com certeza, e mais homens também. Parece que o general deles decidiu se concentrar em você. Imagino que ser *ta'veren* não seja sempre só queijos e cervejas.

— Se eles estiverem por lá...

Rand correu os olhos pelas colinas. A chuva apertara. Onde tinha visto movimento? Luz, ele estava cansado. *Saidin* o golpeava. Inconscientemente, tocou no pacote embrulhado debaixo do couro do estribo. A mão se afastou involuntariamente. Dez mil, ou até quinze mil... Assim que Semaradrid chegasse, e Gregorin, e Weiramon... Mais importante, assim que o resto dos Asha'man chegasse...

— Se eles estiverem ali, é ali que vou destruí-los, Bashere. Vou atacar por todos os lados, como tínhamos planejado desde o início.

Com o cenho franzido, Bashere trouxe seu cavalo para ainda mais perto, até seu joelho quase encostar no de Rand. Flinn afastou sua montaria, mas Adley estava concentrado demais olhando em meio à chuva para dar atenção a algo tão perto, e Dashiva, ainda enxugando o rosto sem parar, os encarava com óbvio interesse. Bashere baixou a voz a um murmúrio.

—Você não está pensando direito. Esse era um bom plano no começo, mas o general deles pensa rápido. Ele se espalhou para enfraquecer nossos ataques antes que pudéssemos partir para cima deles dispersos em marcha. Mesmo assim, impusemos um alto custo a ele, ao que parece, e agora ele está juntando tudo. Você não vai pegá-lo de surpresa. Ele *quer* que partamos para cima. Ele está lá *esperando* por isso. Com ou sem Asha'man, se batermos de frente com esse sujeito, acho que os abutres podem engordar bastante e talvez ninguém saia vivo.

— Ninguém bate de frente com o Dragão Renascido — rosnou Rand. — Os Abandonados poderiam dizer isso a ele, seja quem for. Não é, Flinn? Dashiva? — Flinn meneou a cabeça, hesitante. Dashiva se encolheu. — Acha que não tenho como surpreendê-lo, Bashere? Pois veja!

Com um puxão para soltar o comprido embrulho, Rand arrancou o pano que o recobria e ouviu as arfadas quando os pingos de chuva reluziram em uma espada aparentemente feita de cristal. A Espada Que Não É Espada.

—Vamos ver se ele não se surpreende ao ver *Callandor* nas mãos do Dragão Renascido, Bashere.

Aninhando a lâmina translúcida na dobra do cotovelo, Rand fez Tai'daishar caminhar alguns passos. Não havia motivo. Sua visão não era mais nítida daquele ponto. A menos que... Algo rastejou pela superfície externa do Vazio, uma teia negra se retorcendo. Estava com medo. Na última vez em que usara *Callandor*, em que realmente a usara, tentara fazer os mortos voltarem à vida. Na época, tivera certeza de que podia fazer o que quisesse, absolutamente qualquer coisa. Como um louco se achando capaz de voar. Mas ele era o Dragão Renascido. Ele *podia* fazer qualquer coisa. Já não havia provado isso repetidas vezes? Ele buscou a Fonte por meio da Espada Que Não É Espada.

Saidin pareceu saltar para dentro de *Callandor* antes que ele tocasse a Fonte através dela. Do cabo à ponta, a espada de cristal cintilou com uma luz branca. Se antes ele se achara preenchido pelo Poder, agora abraçava mais do que dez homens conseguiriam, sem auxílio, talvez cem, nem sabia quantos. O fogo do sol lhe causticando a mente. O frio de todos os invernos de todas as Eras devorando seu coração. Naquela torrente, a mácula era como todos as pilhas de estrume do mundo se esvaziando na sua alma. *Saidin* ainda tentava matá-lo, tentava arrasá-lo, incinerá-lo, congelá-lo, cada pedaço do seu corpo, mas ele lutava e vivia por mais um instante, depois mais outro, e outro. Ele queria rir. *Podia* fazer qualquer coisa!

Uma vez, empunhando *Callandor*, ele criara uma arma que procurara Crias da Sombra por toda a Pedra de Tear, aniquilando-as com relâmpagos caçadores onde quer que estivessem, correndo ou se escondendo. Certamente haveria algo do tipo a se usar contra os inimigos ali. Mas, quando invocou Lews Therin, a única resposta foram lamúrias angustiadas, como se aquela voz incorpórea temesse a dor de *saidin*.

Com *Callandor* resplandecente em sua mão — ele não se lembrava de ter erguido a lâmina acima da cabeça —, Rand fitou as colinas onde seus inimigos se escondiam. Estavam cinzentas agora, a chuva apertando, além das densas nuvens negras bloqueando o sol. O que ele havia dito a Eagan Padros?

— Eu sou a tempestade — sussurrou, mas soou como um grito em seus ouvidos, um rugido, e ele canalizou.

Acima, as nuvens fervilharam. As que eram negras como fuligem viraram a meia-noite, o coração da meia-noite. Ele não sabia o que estava canalizando. Isso era comum, apesar dos ensinamentos de Asmodean. Talvez Lews Therin o estivesse guiando, a despeito do choro. Fluxos de *saidin* giraram pelo céu, Vento, Água e Fogo. Fogo. O céu realmente despejou relâmpagos. Cem raios de uma vez, centenas, fachos bifurcados azul-esbranquiçados caindo até onde a vista alcançava. As colinas à frente explodiram. Algumas se partiram sob a torrente de relâmpagos, como formigueiros sendo chutados. Chamas irromperam nas moitas, as árvores se transformando em tochas sob a chuva, o fogo avançando pelos pomares de oliveiras.

Foi quando algo o golpeou com força, e ele se deu conta de que estava se levantando do chão. A coroa caíra da cabeça. *Callandor*, porém, continuava ardendo em sua mão. Vagamente, percebeu que Tai'daishar se reerguia, tremendo. Então eles pretendiam contra-atacar?

Erguendo *Callandor* bem alto, ele gritou para todos ouvirem:

— Venham atrás de mim, se tiverem coragem! Eu *sou* a tempestade! Venha, se ousar, Shai'tan! Eu sou o Dragão Renascido!

Mil relâmpagos crepitantes desceram das nuvens.

Mais uma vez, algo o atingiu. De novo, ele lutou para ficar de pé. *Callandor*, ainda reluzindo, jazia a uma passada de sua mão estendida. O céu se despedaçava em raios. De repente, Rand percebeu que o peso em cima dele era Bashere, que o homem o sacudia. Devia ter sido ele quem o atirara no chão!

— Pare com isso! — berrou o saldaeano. Seu rosto estava tomado pelo sangue que escorria de um talho no cocuruto. — Você está nos matando, homem! Pare!

Rand virou a cabeça, e um único olhar atônito foi o bastante. Relâmpagos lampejavam por *todo* o seu entorno, em *todas* as direções. Um raio golpeou a encosta oposta, onde se encontravam Denharad e os soldados, fazendo emergir gritos de homens e cavalos. Anaiyella e Ailil estavam a pé e buscavam inutilmente aquietar montarias que empinavam, reviravam os olhos e tentavam se soltar das rédeas. Flinn estava curvado por cima de alguém não muito longe de um cavalo morto com as pernas já enrijecidas.

Rand largou *saidin*. Largou, mas, por alguns momentos, ainda o sentiu fluindo em seu corpo, e os relâmpagos rugindo. O fluxo dentro dele foi secando, se esvaindo, até que se extinguiu. Em seu lugar, a tontura o acometeu. Durante mais alguns momentos, duas Callandor cintilavam no solo onde jaziam, e então veio o relâmpago. Em seguida, o silêncio, quebrado apenas pelo tamborilar cada vez mais intenso da chuva. E pelos gritos vindos do outro lado da colina.

Bashere se levantou devagar de cima dele, e Rand se pôs de pé sem auxílio, com as pernas bambas e piscando conforme sua visão voltava ao normal. O saldaeano o observava como se estivesse diante de um leão raivoso, os dedos no punho da espada. Anaiyella deu uma única olhada em Rand de pé e caiu desmaiada. Seu cavalo saiu disparado, as rédeas soltas. Ailil, ainda lutando contra as empinadas do seu animal, se limitou a uma olhadela para Rand. Por ora, ele deixou *Callandor* ficar onde estava. Não tinha certeza se ousava apanhá-la. Ainda não.

Sacudindo a cabeça, Flinn se endireitou sem falar nada, enquanto Rand cambaleava até ele. A chuva caía sobre os olhos agora cegos de Jonan Adley, esbugalhados como que em pavor. Jonan tinha sido um dos primeiros. A gritaria no outro lado da colina parecia singrar a chuva. Rand se perguntou quantos mais. Dos Defensores? Dos Companheiros? Dos...?

Um temporal denso feito um cobertor escondia as colinas onde o exército Seanchan se encontrava. Será que sequer os ferira, atacando a esmo? Ou será que eles ainda estavam lá, esperando com suas *damane*? Esperando para ver quantos mais do seu próprio pessoal ele faria o favor de matar.

— Monte a guarda que você achar necessária — disse Rand para Bashere. Sua voz soava como ferro. Um dos primeiros. Seu coração era puro ferro. — Quando Gregorin e outros chegarem, vamos Viajar o mais rápido possível para onde as carroças estão aguardando.

Bashere assentiu sem dar um pio e se afastou sob a chuva.

Perdi, pensou Rand com um ar sombrio. *Sou o Dragão Renascido, mas pela primeira vez perdi.*

De repente, Lews Therin irrompeu furioso dentro dele, as piadinhas já esquecidas. *Eu nunca fui derrotado*, rosnou. *Sou o Senhor da Manhã!* Ninguém *pode me derrotar!*

Rand ficou sentado à chuva, virando a Coroa de Espadas nas mãos e olhando para *Callandor* caída na lama. E deixou Lews Therin vociferar.

Abaldar Yulan chorava, grato pela chuvarada que disfarçava as lágrimas em suas bochechas. Alguém teria de dar a ordem. Em algum momento, alguém teria de se desculpar com a Imperatriz, que ela vivesse para sempre, e antes disso, talvez, com Suroth. Contudo, não era por causa disso que ele chorava, nem por um camarada morto. Rasgando bruscamente a manga do casaco, depositou-a sobre os olhos fixos de Miraj, para que a chuva não os molhasse.

— Transmitam as ordens de retirada — ordenou Yulan, e então viu os homens à sua volta se agitando.

Pela segunda vez naquele litoral, o Exército que Sempre Vence havia sofrido uma derrota acachapante, e Yulan não achava que fosse o único chorando.

Capítulo 25

Um retorno indesejado

Sentada em sua escrivaninha dourada, Elaida corria os dedos pela escultura de marfim, escurecida pelo tempo, de um pássaro esquisito, com um bico tão comprido quanto o corpo, e ouvia com certo divertimento as seis mulheres do outro lado da mesa. As Votantes das Ajahs olhavam feio uma para a outra, se remexendo com suas pantufas de veludo sobre o tapete de estampa berrante que cobria a maior parte das lajotas avermelhadas, e repuxavam os xales com bordados de trepadeiras, fazendo as franjas balançarem, parecendo e soando em geral como um bando de serviçais irritadiças que adorariam ter coragem de avançar na garganta uma da outra diante de sua senhora. O gelo revestia os vidros das janelas de modo que mal se via a neve rodopiando lá fora, embora de vez em quando os ventos assobiassem com uma fúria gélida. Elaida se sentia bastante aquecida, e não apenas por conta dos pedaços grossos de lenha queimando na lareira de mármore branco. Soubessem aquelas mulheres ou não — bem, Duhara com certeza sabia, e talvez as outras também soubessem —, ela *era* a senhora. O ornamentado relógio de pé banhado a ouro que Cemaile encomendara tiquetaqueava. O sonho evanescido de Cemaile *se tornaria* realidade. A Torre recuperaria sua glória. E o faria com firmeza, sob as mãos capazes de Elaida do Avriny a'Roihan.

— Nunca encontraram um *ter'angreal* que conseguisse "controlar" a canalização de uma mulher — disse Velina com uma voz tranquila e precisa, mas quase tão aguda quanto a de uma adolescente, uma voz que destoava bastante de seu nariz aquilino e dos olhos oblíquos e sérios. Era Votante das Brancas e personificava a Ajah, exceção feita apenas à sua aparência feroz. O vestido simples cor de neve sugeria austeridade e frieza. — Encontraram-se muito poucos deles capazes de realizar a mesma função. Sendo assim, pela lógica, se alguém encontrasse um *ter'angreal* desse tipo, ou mais de um, por mais improvável que seja, não seriam suficientes para controlar mais de duas ou, no máximo, três mulheres. Portanto, os relatos sobre esses tais Seanchan são muitíssimo exagerados. Se essas mulheres com "coleiras" existirem, não são capazes de canalizar. Isso está bem claro. Não nego que essa gente esteja com Ebou Dar e Amador sob controle, quem sabe até mais, mas é bem óbvio que isso não passa de uma invenção de Rand al'Thor, talvez para assustar as pessoas e fazê-las se unirem a ele. Como esse tal Profeta. É lógica simples.

— Fico muito feliz por você ao menos não negar Amador e Ebou Dar, Velina — rebateu Shevan, seca.

E ela sabia ser, de fato, *bastante* seca. Alta como a maioria dos homens e dona de uma magreza esquelética, a Votante Marrom possuía um rosto anguloso e um queixo comprido que seu cabelo cacheado e curto não melhorava em nada. Com dedos que pareciam uma aranha, ela ajeitou o xale e alisou a saia de seda dourado-escura, emprestando à sua voz um tom mordaz de divertimento.

— Não gosto de afirmar o que pode e o que não pode ser. Há não muito tempo, por exemplo, todo mundo "sabia" que só uma blindagem tecida por uma irmã era capaz de impedir uma mulher de canalizar. Aí aparece uma simples erva, a raiz dupla, e qualquer um pode servir um chá que deixa a pessoa incapaz feito uma pedra, impedindo-a de canalizar por horas e horas. Tem até sua utilidade com bravias desobedientes ou coisa do tipo, imagino, mas é uma surpresinha bem desagradável para quem achava que sabia de tudo, não? Talvez em breve a gente descubra que alguém reaprendeu como se faz *ter'angreal*.

A boca de Elaida se estreitou. Ela não se preocupava com impossibilidades, e se nenhuma irmã em três mil anos tinha conseguido redescobrir a feitura dos *ter'angreal*, era porque ninguém descobriria e pronto. Era ter o conhecimento lhe escorrendo pelos dedos, quando o que ela queria era agarrá-lo com força, que a deixava frustrada. A despeito de todos os seus esforços, toda e qualquer iniciada na Torre àquela altura já tinha ciência da raiz dupla. Ninguém gostava nem um pouco dessa história. Ninguém gostava de estar, de uma hora para a outra, vulnerável a alguém que entendesse de ervas e tivesse um pouco de água quente. Esse conhecimento era pior que veneno, como as Votantes ali presentes deixaram claro.

À simples menção da erva, os olhos grandes e escuros de Duhara ficaram cada vez mais inquietos em seu rosto acobreado, a postura mais rígida que de costume, as mãos tão vermelhas de espremer as saias, que já pareciam quase negras. Sedore chegou a engolir em seco, e seus dedos apertaram a pasta de couro trabalhado que Elaida lhe entregara, embora a Amarela de rosto redondo costumasse se portar com uma elegância gélida. Andaya estremeceu! Na verdade, a mulher se enrolou no xale de franjas cinzas toda trêmula.

Elaida se perguntou o que elas fariam se ficassem sabendo que os Asha'man haviam redescoberto a Viagem, quando já mal conseguiam sequer falar deles. Pelo menos dera um jeito de restringir aquela informação a pouquíssimas irmãs.

— Acho melhor nos preocuparmos com o que sabemos que é verdade, sim? — opinou Andaya com firmeza, voltando a se controlar.

Seu cabelo castanho-claro, escovado até reluzir, se derramava às costas, e o vestido azul com talhos prateados era cortado ao estilo andoriano, apesar de o sotaque de Tarabon resistir com bravura em sua língua. Ainda que não fosse nem particularmente pequena nem delgada, ela de alguma formava sempre fazia Elaida enxergá-la como um pardal prestes a pular em um galho. Uma negociadora de aparência improvável, mas que havia conquistado a reputação que tinha. Ela sorriu para as demais de forma não muito aprazível, o que lhe deu mais ares de pardal. Talvez fosse o jeito como mexia a cabeça.

— Especulação à toa gasta um tempo precioso. O mundo está por um fio, e, no que me cabe, não quero desperdiçar horas de muito valor tagarelando sobre supostas lógicas ou fofocando sobre o que qualquer tolo e noviça já sabe. Algo útil a dizer, alguém teria?

Para um pardal, conseguia ser ácida em suas palavras. O rosto de Velina enrubesceu, e o de Shevan ganhou contornos sombrios. Rubinde torceu os lábios para a Cinza. Talvez a intenção fosse abrir um sorriso, mas pareceu mais uma careta. Com seu cabelo negro feito um corvo e olhos que pareciam safiras, a mayenense costumava ter o ar resoluto de alguém capaz de atravessar uma parede de pedra, e, com os punhos plantados na cintura como estava, parecia pronta para atravessar duas.

— Já discutimos tudo que era possível por ora, Andaya. Ou quase tudo. As rebeldes estão presas na neve em Murandy, e nós vamos transformar o inverno delas num inferno, de modo que, na primavera, todas vão voltar rastejando para pedir perdão e implorar penitência. Cuidaremos de Tear tão logo descobrirmos onde o Grão-lorde Darlin se meteu, e de Cairhien assim que arrancarmos Caraline Damodred e Toram Riatin de seus esconderijos. Al'Thor está com a coroa de Illian no momento, mas isso está sendo resolvido. Então, a menos que você tenha um plano para acorrentar o homem na Torre ou fazer os ditos Asha'man desaparecerem, tenho assuntos da minha Ajah para tratar.

Andaya se endireitou, claramente ofendida. Duhara também estreitou os olhos. A menção a homens que sabiam canalizar sempre a deixava exaltada. Shevan estalou a língua como se estivesse diante de crianças discutindo — embora parecesse contente com a cena —, e Velina franziu o cenho, por algum motivo certa de que Shevan a estava atacando ao fazer aquilo. Tudo aquilo era divertido, mas estava saindo de controle.

— Os assuntos das Ajahs são importantes, filhas. — Elaida não levantou a voz, mas todas as cabeças giraram em sua direção. Ela recolocou a escultura de marfim junto do restante de sua coleção na grande caixa coberta de rosas e rolos de pergaminho dourados, ajeitou com cuidado a posição de seu estojo e da caixa de correspondências de forma que as três caixas laqueadas se alinhassem com perfeição em cima da mesa, e, uma vez que o silêncio era absoluto, prosseguiu: — Mas os assuntos da Torre são *mais* importantes. Confio que vocês vão levar meus decretos a cabo prontamente. Vejo a Torre preguiçosa demais. Receio que Silviana possa ficar ocupadíssima se as coisas não se ajustarem logo. — E não fez mais nenhuma ameaça. Apenas sorriu.

— Como quiser, Mãe — murmuraram seis vozes mais trêmulas do que suas donas gostariam.

Até o rosto de Duhara estava pálido quando elas fizeram suas mesuras. Duas Votantes tinham sido removidas de seus assentos, e meia dúzia havia servido alguns dias de Labuta como penitência — o que foi suficientemente humilhante, na posição delas, para que ainda houvesse Mortificação do Espírito. Shevan e Sedore trataram de não dar um pio, ainda se lembrando muito bem de esfregar o chão e lavar roupa, mas nenhuma delas fora mandada para Silviana para passar pela Mortificação da Carne. Ninguém queria isso. A Mestra das Noviças recebia duas ou três visitas semanais de irmãs que haviam sido penitenciadas por suas Ajahs ou definido uma penitência para si mesmas, visto que uma dose da correia, por mais doída que fosse, acabava bem mais rápido do que passar um mês arando caminhos no jardim. Só que Silviana tinha consideravelmente menos piedade com irmãs do que com as noviças e Aceitas que se encontravam sob seu comando. Mais de uma irmã devia ter passado os dias seguintes se perguntando se, no fim das contas, não teria sido melhor passar um mês puxando um arado.

As mulheres correram para as portas, doidas para se ver longe dali. Votantes ou não, nenhuma delas teria chegado tão alto na Torre sem uma convocação direta de Elaida. Correndo os dedos pela estola listrada, ela deixou que seu sorriso ganhasse ares de prazer. Sim, ela era a senhora da Torre Branca. Como bem devia ser o Trono de Amyrlin.

Antes que o grupo de Votantes apressadas alcançasse a porta, a da esquerda se abriu, fazendo entrar Alviarin, a fina estola branca de Curadora quase desaparecendo em contraste com um vestido de seda que fazia o de Velina parecer encardido.

Elaida sentiu seu sorriso entortar e começar a sumir do rosto. Alviarin trazia uma única folha de pergaminho em sua mão delicada. Era estranho o que se podia perceber em tempos como aqueles. A mulher passara quase duas semanas ausente, sumida da Torre sem dar uma palavra nem deixar recado, sem que ninguém sequer a visse partir, e Elaida começara a pensar alegremente em Alviarin caída em um banco de neve ou sendo levada por um rio, deslizando sob o gelo.

Hesitantes, as seis Votantes pararam de repente quando a mulher não arredou pé do caminho. Nem uma Curadora com a influência dela barraria Votantes. Porém Velina, em geral a mulher mais confiante da Torre, se retraiu, por algum motivo. Alviarin lançou um olhar frio para Elaida, examinou as Votantes por alguns instantes e compreendeu tudo.

— Acho melhor você deixar isso por minha conta — disse ela para Sedore, em um tom de voz só um pouco mais caloroso do que a neve lá fora. — Como você sabe, a Mãe gosta de refletir com cuidado sobre seus decretos. Esta não seria a primeira vez que ela mudaria de ideia depois de assinar. — E estendeu sua mãozinha magra.

Sedore, cuja arrogância se sobressaía até entre as Amarelas, mal hesitou antes de lhe entregar a pasta de couro.

Furiosa, Elaida rangeu os dentes. Sedore detestara seus cinco dias com água quente até os cotovelos e esfregando tábuas. Na próxima vez, Elaida pensaria em algo menos confortável. Talvez Silviana, afinal de contas. Talvez limpar as fossas!

Alviarin deu um passo para o lado sem dar um pio, e lá se foram as Votantes ajustando os xales, resmungando e reassumindo a dignidade do Salão. A Curadora fechou a porta atrás delas abruptamente e, correndo o polegar pelos papéis dentro da pasta, foi caminhando em direção a Elaida. Os decretos que ela assinara na esperança de que Alviarin estivesse morta. Claro que ela não se fiara só na esperança. Não havia conversado com Seaine, para não arriscar que alguém visse e contasse para Alviarin quando do seu retorno, mas certamente Seaine vinha trabalhando conforme fora instruída, seguindo o rastro da traição que enfim a levaria a Alviarin Freidhen. Só que Elaida nutrira esperanças. Ah, e como nutrira.

Alviarin murmurava sozinha enquanto folheava a pasta.

— Isto pode seguir em frente, imagino. Mas isto não. Nem isto. E isto aqui, nem pensar!

Ela amassou um decreto assinado e selado pelo Trono de Amyrlin e, com desdém, jogou-o no chão. Parando ao lado da cadeira dourada de Elaida, a Chama de Tar Valon de pedras-da-lua encimando o encosto alto, ela largou a pasta e seu próprio pergaminho sobre a mesa com um baque. E, em seguida, deu um tapa tão forte no rosto de Elaida que fez a mulher ver manchas pretas.

— Pensei que tínhamos resolvido isso, Elaida. — A voz daquela mulher monstruosa fazia a nevasca que caía lá fora parecer cálida. — Eu sei o que fazer para salvar a Torre das suas trapalhadas, e não vou permitir que você faça outras pelas minhas costas. Se insistir, esteja certa de que vou fazer com que seja deposta, estancada e ainda vou deixá-la gritando de tantas chibatadas na frente de todas as iniciadas e até das serviçais!

Elaida precisou se esforçar para não levar a mão à bochecha. Não necessitava de espelho para saber que estava vermelha. Era preciso tomar cuidado. Seaine ainda não tinha encontrado nada, senão já teria vindo. Alviarin poderia abrir a boca perante o Salão e revelar tudo sobre o desastroso sequestro do garoto al'Thor. Só isso talvez já fosse suficiente para vê-la deposta, estancada e condenada a chibatadas, mas Alviarin ainda tinha outra corda em seu arco. Toveine Gazal estava levando cinquenta irmãs e duzentos Guardas da Torre para enfrentar uma Torre Negra que Elaida, quando dera a ordem, tivera certeza de que talvez abrigasse dois ou três homens capazes de canalizar. Porém, mesmo com as centenas... centenas! E, mesmo sob o olhar frio de Alviarin, a ideia ainda revirava seu estômago!... Mesmo com as centenas daqueles Asha'man, ela tinha esperança em Toveine. A Torre Negra se partiria em fogo e sangue, ela Previra, e irmãs caminhariam por seu chão. Isso só podia significar que, de alguma forma, Toveine triunfaria. Mais ainda, o restante da Previsão lhe informara que, sob seu comando, a Torre recuperaria todas as glórias do passado e que o próprio al'Thor tremeria diante de sua ira. Alviarin ouvira as palavras saírem da boca de Elaida quando a Previsão a dominou. Mas ela não se lembrara depois, quando deu início às suas chantagens, não compreendera sua própria sina. Elaida esperava pacientemente. Devolveria tudo em triplo! Mas podia ser paciente. Por enquanto.

Sem sequer tentar esconder seu sarcasmo, Alviarin empurrou a pasta de lado e pôs o pergaminho solitário na frente de Elaida. Ela abriu o tampo do estojo verde e dourado, molhou a ponta da caneta no tinteiro e a empurrou na direção dela.

— Assine.

Elaida pegou a caneta, se perguntando em que maluquice estaria colocando seu nome daquela vez. Um novo incremento da Guarda da Torre, sendo que as rebeldes seriam derrotadas antes que os soldados tivessem qualquer serventia? Outra tentativa de fazer as Ajahs revelarem publicamente quais irmãs as lideravam? Aquilo, por certo, não dera em nada! Lendo rápido, ela sentiu uma pontada gélida tomar sua barriga, e continuar se intensificando. Dar a cada Ajah a palavra final sobre qualquer irmã em seus domínios, independentemente da Ajah a que essa irmã pertencesse, havia sido a maior insanidade até aquele momento — como desfiar a própria estrutura básica da Torre poderia salvá-la? —, mas aquilo ali...!

> *O mundo já sabe que Rand al'Thor é o Dragão Renascido. O mundo sabe que ele é um homem capaz de tocar o Poder Único. Homens assim estiveram sob a autoridade da Torre Branca desde tempos imemoriais. Garante-se ao Dragão Renascido a proteção da Torre, mas quem quer que tente se aproximar dele, salvo por meio da Torre Branca, está cometendo traição contra a Luz, e impõe-se um anátema contra tal pessoa, agora e para sempre. Que o mundo possa ter a tranquilidade de saber que a Torre Branca guiará o Dragão Renascido com segurança até a Última Batalha e ao inevitável triunfo.*

Com um gesto automático, entorpecida, ela acrescentou "da Luz" depois de "triunfo", mas em seguida sua mão ficou paralisada. Reconhecer al'Thor publicamente como o Dragão Renascido até se admitia, porque ele era mesmo, e isso talvez fizesse muita gente aceitar os boatos de que ele já se ajoelhara diante dela, o que se provaria útil, mas, quanto ao resto, ela não conseguia acreditar que tantos danos pudessem caber em tão poucas palavras.

— Que a Luz tenha misericórdia — sussurrou ela com fervor. — Se isso for proclamado, será impossível convencer al'Thor de que seu rapto não foi sancionado.

Já seria difícil o bastante sem a proclamação, mas Elaida já tinha visto pessoas serem convencidas de que o que acontecera não havia acontecido, e isso enquanto o fato transcorria.

— E ele estará com a guarda dez vezes mais alta contra qualquer outra tentativa. Alviarin, na melhor das hipóteses, isso vai afugentar alguns seguidores dele. E olhe lá!

Era provável que muitos já estivessem tão profundamente envolvidos que nem ousassem tentar retroceder. E com certeza não o fariam se acreditassem que um anátema já pairava sobre suas cabeças!

— Assinar isso seria como atear fogo na Torre com minhas próprias mãos!

Alviarin suspirou impaciente.

— Você não se esqueceu do seu catecismo, não é? Repita para mim do jeito que eu lhe ensinei.

Os lábios de Elaida se apertaram involuntariamente. Um dos prazeres advindos da ausência da mulher — não o maior, mas um prazer bastante genuíno — havia sido não precisar repetir todos os dias aquela ladainha repugnante.

— Vou fazer como ordenado — disse por fim com uma voz neutra. Ela era o Tono de Amyrlin! — Vou dizer o que você me mandar dizer, e mais nada. — Sua Previsão apontara seu triunfo, mas, ó, Luz, que ele não tardasse! — Vou assinar o que você me manda assinar, e mais nada. Eu sou... — Ela se engasgou com a última frase. — Sou obediente à sua vontade.

— Você parece precisar de um lembrete de que tudo isso é verdade — rebateu Alviarin com mais um suspiro. — Acho que eu a deixei sozinha por tempo demais. — Ela tocou o pergaminho com um dedo peremptório. — Assine.

Elaida assinou, arrastando a caneta pelo pergaminho. Não havia mais nada que pudesse fazer.

Alviarin mal esperou a ponta da caneta subir para pegar o decreto.

— Eu mesma selo — disse ela, zarpando para a porta. — Eu não devia ter deixado o selo da Amyrlin onde você pudesse encontrá-lo. Quero conversar com você mais tarde. Eu *realmente* a deixei sozinha por muito tempo. Esteja aqui quando eu voltar.

— Mais tarde? — perguntou Elaida. — Quando? Alviarin? Alviarin?

A porta se fechou por trás da mulher, deixando Elaida enfurecida. Estar ali quando Alviarin voltasse! Confinada aos seus aposentos feito uma noviça nas celas de penitência!

Ela passou um tempo correndo os dedos pela caixa de correspondências, com seus falcões dourados se digladiando em meio a nuvens brancas em um céu azul, mas não conseguiu se obrigar a abri-la. Na ausência de Alviarin, a caixa voltara a abrigar cartas e relatórios importantes, e não apenas as migalhas que Alviarin lhe deixava ver, mas, com o retorno da mulher, daria no mesmo se estivesse vazia. Colocando-se de pé, começou a rearrumar as rosas em seus vasos brancos, cada qual em um pedestal de mármore em um dos cantos do cômodo. Rosas azuis, as mais raras.

De repente, Elaida se deu conta de que tinha os olhos cravados no talo partido de uma das rosas em suas mãos. Mais meia dúzia deles estavam espalhados pelas lajotas. Ela deixou escapar um ruído gutural raivoso. Estivera imaginando suas mãos apertando a garganta de Alviarin. Não era a primeira vez que cogitava matar a mulher. Mas Alviarin certamente tinha precauções. Sem dúvida deixara documentos selados, para serem abertos caso acontecesse alguma adversidade, com irmãs de quem Elaida jamais suspeitaria. Essa tinha sido sua única preocupação real durante a ausência de Alviarin: que outra pessoa pudesse achar que a mulher estava morta, e aparecer com evidências que lhe arrancariam a estola dos ombros. Porém, mais cedo ou mais tarde, de um jeito ou de outro, Alviarin veria seu fim, tão certamente quanto aquelas rosas estavam...

— Como você não respondeu quando bati, Mãe, resolvi entrar — disse uma mulher de voz rouca por trás dela.

Elaida se virou, pronta para soltar a língua, mas, ao dar de cara com a mulher atarracada de rosto quadrado, trajando um xale de franjas vermelhas, parada junto à entrada do aposento, o sangue se esvaiu das suas bochechas.

— A Curadora disse que você queria falar comigo — anunciou Silviana, irritada. — Sobre uma penitência privada.

Nem para o Trono de Amyrlin ela fez o menor esforço de disfarçar seu desdém. Silviana achava penitências privadas uma afetação ridícula. Penitências eram públicas; apenas a punição ocorria em âmbito particular.

— Ela também me pediu para lembrá-la de algo, mas saiu apressada antes de dizer o quê — concluiu ela, bufando.

Para Silviana, qualquer coisa que tirasse seu tempo de suas noviças e Aceitas era uma interrupção desnecessária.

— Acho que lembro — respondeu Elaida com um ar fastidioso.

Quando Silviana finalmente saiu — depois de apenas meia hora, com base nos toques do relógio de Cemaile, ainda que tenha parecido uma eternidade infinita —, a única coisa impedindo Elaida de convocar o Salão imediatamente para que pudesse exigir que Alviarin fosse destituída da estola de Curadora eram a convicção em sua Previsão e a certeza de que Seaine seguiria os rastros de traição e chegaria em Alviarin. Isso e o fato de que Alviarin caindo ou não nesse confronto, ela, por certo, cairia. Assim, Elaida do Avriny a'Roihan, Vigia dos Selos, a Chama de Tar Valon, o Trono de Amyrlin, seguramente a governante mais poderosa do mundo, se deitou de bruços na cama e chorou com a cara enfiada nos travesseiros vermelhos, dolorida demais para vestir a camisola que jazia abandonada no chão e certa de que, quando Alviarin retornasse, a mulher insistiria para que ela permanecesse sentada durante toda a sabatina. Chorou copiosamente e, em meio às lágrimas, rezou para que a derrocada de Alviarin não tardasse.

* * *

— Não mandei... dar uma surra em Elaida — disse aquela voz cristalina. — Está esquecendo seu lugar?

De joelhos, Alviarin se lançou de barriga no chão diante da mulher que parecia feita de sombras escuras e luz prateada. Agarrando a bainha do vestido de Mesaana, ela a encheu de beijos. A tessitura de Ilusão — só podia ser essa, embora ela não conseguisse enxergar um único fio de *saidar* e não sentisse a capacidade de canalizar da mulher acima dela — não estava totalmente firme, com ela agitando tanto a bainha da saia. Dava para ver lampejos de seda brônzea com uma borda fina de arabescos negros feitos com intricados bordados.

— Eu vivo para lhe servir e obedecer, Grande Senhora — disse Alviarin, ofegante, entre um beijo e outro. — Sei que estou entre as mais baixas das baixas, um verme diante da sua presença, e rogo apenas pelo seu sorriso.

Ela já havia sido punida uma vez por "esquecer seu lugar" — mas não por desobediência, graças ao Grande Senhor das Trevas! —, e sabia que quaisquer uivos que Elaida pudesse estar proferindo no momento não teriam nem metade do volume que os dela tiveram.

Mesaana deixou os beijos continuarem por um tempo e, finalmente, encerrou-os ao levantar o rosto de Alviarin pressionando a ponta da pantufa sob o queixo da mulher.

— O decreto foi expedido.

Não foi uma pergunta, mas mesmo assim Alviarin se apressou para responder.

— Sim, Grande Senhora. Enviamos cópias para Baía do Norte e Baía do Sul antes mesmo de Elaida assinar. Os primeiros mensageiros já partiram, e nenhum mercador sairá da cidade sem cópias para distribuir.

Claro que Mesaana estava a par disso. Ela sabia de tudo. Uma cãibra enrijeceu a nuca de Alviarin, esticada de maneira esquisita, mas ela não se moveu.

— Grande Senhora, Elaida não passa de uma casca. Com toda a humildade, não seria melhor não termos a necessidade de usá-la?

Ela prendeu a respiração. Em se tratando dos Escolhidos, perguntas podiam ser perigosas. Um dedo prateado de unha sombreada deu batidinhas nos lábios também prateados que formaram um sorriso divertido.

— Seria melhor se você usasse a estola de Amyrlin, garota? — indagou Mesaana, por fim. — Uma ambição modesta o bastante para alguém como você, mas tudo a seu tempo. Por ora, tenho uma missãozinha para lhe dar. Apesar de todas as muralhas que se ergueram entre as Ajahs, as líderes de cada uma delas parecem se encontrar com uma frequência surpreendente. E fazem parecer que é por acaso. Todas, exceto a Vermelha, pelo menos. Pena que Galina acabou morrendo, senão poderia lhe dizer o que elas andam tramando. É bem provável que seja alguma trivialidade, mas você vai descobrir por que elas ficam rosnando uma para a outra em público, mas cochicham em particular.

— Entendo e obedeço, Grande Senhora — respondeu Alviarin prontamente, agradecida por Mesaana não ter dado importância.

O grande "segredo" a respeito de quem liderava as Ajahs não era segredo para ela, já que se exigia que todas as irmãs Negras transmitissem ao Conselho Supremo cada sussurro que se ouvisse em cada Ajah, mas, entre elas, só Galina tinha sido da Ajah Negra. Isso significava informar-se de todas as irmãs Negras entre as Votantes, o que significava passar por todas as camadas que existiam entre elas e Alviarin. Levaria tempo, e não havia nenhuma certeza de sucesso. Tirando Ferane Neheran e Suana Dragand, que *eram* as líderes de suas Ajahs, era raro que Votantes soubessem o que a líder de sua Ajah estava pensando antes que lhes fosse dito.

— Venho contar assim que descobrir, Grande Senhora.

Só que ela guardou um detalhezinho só para si. Trivialidade ou não, Mesaana *não* sabia de tudo que se passava na Torre Branca. E Alviarin ficaria de olho em uma irmã com saias cor de bronze com arabescos negros bordados na bainha. Mesaana vinha se escondendo na Torre, e conhecimento era poder.

Capítulo 26

O detalhe a mais

Seaine caminhava pelos corredores da Torre com uma confusão que crescia a cada passo. A Torre Branca era bem grande, por certo, mas já fazia horas que estava naquela atividade. Queria muito estar acomodada em seus aposentos. Apesar dos batentes instalados em todas as janelas, havia correntes de ar nos corredores amplos, cheios de tapeçarias penduradas, fazendo tremeluzir os abajures de pé. Correntes frias e difíceis de se ignorar quando penetravam por baixo das saias. Seus aposentos eram quentinhos e confortáveis, além de seguros.

Criadas faziam mesuras e criados se curvavam à sua passagem, mas ela mal os percebia e não lhes dava qualquer atenção. A maior parte das irmãs se encontrava nos alojamentos de suas Ajahs, e as poucas que zanzavam por ali o faziam com um orgulho cauteloso, em geral em dupla, sempre da mesma Ajah, os xales caindo sobre os braços e exibidos como estandartes. Ela sorriu e fez um meneio simpático para Talene, mas a Votante loira e escultural lhe devolveu uma encarada severa, sua beleza entalhada em gelo, e se afastou repuxando o xale de franjas verdes.

Já era tarde demais para tentar convidar Talene a fazer parte da investigação, mesmo que Pevara tivesse se mostrado de acordo. A mulher recomendara cautela, depois mais cautela, e, verdade fosse dita, Seaine estava mais do que disposta a lhe dar ouvidos, dadas as circunstâncias. Só que Talene era sua amiga. Tinha sido sua amiga.

E Talene nem era a pior. Várias irmãs comuns torciam o nariz para ela sem disfarçar. Para uma Votante! Nenhuma Branca, claro, mas isso não devia fazer diferença. A despeito do que estivesse ocorrendo na Torre, o decoro deveria ser observado. Juilaine Madome, uma mulher alta e atraente, de cabelo curto e negro, que ocupava um assento das Marrons havia menos de um ano, passou esbarrando nela sem nem ensaiar um murmúrio de desculpas e seguiu em frente com seus passos masculinizados. Saerin Asnobar, outra Votante Marrom, fez uma cara raivosa para Seaine e correu os dedos pela faca curva que sempre trazia presa ao cinto antes de desaparecer por um corredor lateral. Saerin era altarana, os leves toques de branco nas têmporas escuras salientando uma cicatriz fininha desbotada pelo tempo que atravessava uma de suas bochechas cor de oliva, e só um Guardião poderia lhe fazer páreo em se tratando de encaradas duras.

Tudo isso talvez fosse de se esperar. Houvera vários incidentes infelizes em tempos recentes, e nenhuma irmã perdoaria ter sido expulsa sem a menor cerimônia dos corredores próximos dos aposentos de outra Ajah, e menos ainda o que às vezes acontecera na esteira disso. Boatos davam conta de que uma Votante — uma Votante! — tivera mais que sua dignidade ferida pelas Vermelhas, embora não se soubesse quem. Era uma tremenda lástima que o Salão não pudesse obstruir o decreto absurdo de Elaida, mas uma Ajah atrás da outra se apressou a tirar proveito das novas prerrogativas, poucas Votantes se mostravam dispostas a cogitar abrir mão delas, posto que já estavam em prática, e o resultado disso era uma Torre dividida praticamente em grupos armados. Se antes Seaine chegara a pensar que o ar da Torre parecia uma gelatina quente e trêmula de suspeitas e calúnias, essa mesma gelatina agora tinha uma pitada de acidez.

Soltando um muxoxo irritado, ela arrumou seu xale de franjas brancas enquanto Saerin se afastava. Não fazia sentido se encolher só porque uma altarana fez cara feia — nem Saerin passaria disso, com toda a certeza —, e era mais ilógico ainda se preocupar com coisas que não podia mudar quando tinha uma tarefa a cumprir.

E então, depois de tanta busca naquela manhã, ela deu um único passo e viu seu alvo tão procurado caminhando em sua direção. Zerah Dacan era uma jovem magra, com cabelos negros e um ar orgulhoso e autoconfiante, e parecia, pelo que deixava transparecer, intocada pelo furor das correntes que sopravam pela Torre naqueles dias. Bem, não exatamente uma jovem, mas Seaine tinha certeza de que ainda não fazia cinquenta anos que ela usava aquele xale de franjas brancas. Era inexperiente. Relativamente inexperiente. Isso poderia ser útil.

Zerah não fez nenhum movimento para evitar uma Votante de sua própria Ajah e curvou a cabeça em respeito quando Seaine a alcançou. Uma boa dose de intricados bordados dourados subia pelas mangas de seu vestido branco como a neve e desenhava uma faixa larga na barra da saia. Em se tratando da Ajah Branca, era um nível incomum de ostentação.

— Votante — murmurou ela. Estariam seus olhos azuis demonstrando certa preocupação?

— Preciso que você faça uma coisa — disse Seaine, com mais calma do que sentia. Era muito provável que estivesse refletindo seus próprios sentimentos no que lia nos olhões de Zerah. — Me acompanhe.

Não havia nada a temer, não no coração da Torre Branca, mas manter as mãos entrelaçadas à altura da cintura, relaxadas, lhe exigiu um esforço surpreendente. Como esperado — e desejado —, Zerah obedeceu com apenas outro murmúrio, este de aquiescência, e seguiu deslizando com graciosidade ao lado de Seaine conforme as duas desciam as largas escadarias de mármore e as espaçosas rampas em curva, resumindo-se a um discreto cenho franzido quando Seaine abriu uma porta no térreo que dava em degraus estreitos que desciam em espiral escuridão adentro.

— Depois de você, irmã — disse Seaine, canalizando uma bolinha de luz.

Pelo protocolo, deveria ir na frente, mas não foi capaz de se obrigar a isso. Zerah não hesitou em começar a descer. Lógico, ela não tinha o que temer da parte de uma Votante, uma Votante Branca. Lógico, Seaine lhe diria o que queria quando chegasse a hora, e não seria nada que ela não daria conta de fazer. Ilógico, o estômago de Seaine se revirou. Luz, ela estava abraçando *saidar*, e a outra mulher não. Em todo caso, Zerah era mais fraca que ela. Não havia o que temer. O que não ajudou em nada a amainar o nervoso na barriga.

Elas seguiram escada abaixo, passando por portas que davam em porões e subsolos, até chegarem ao nível mais inferior, abaixo inclusive de onde as Aceitas eram testadas. O corredor escuro era iluminado apenas pela luzinha de Seaine. As duas haviam erguido as saias, mas, a despeito do cuidado que tivessem a cada passo, as sandálias erguiam nuvenzinhas de poeira. Portas simples de madeira se sucediam nas paredes de pedra lisa, muitas com grandes amontoados de ferrugem no lugar das fechaduras e dobradiças.

— Votante — disse Zerah, finalmente demonstrando hesitação —, do que podemos estar atrás aqui embaixo? Não creio que alguém tenha descido tanto assim em muitos anos.

Seaine estava certa de que sua visita, poucos dias antes, tinha sido a primeira àquele local em no mínimo um século. Era um dos motivos para ela e Pevara o terem escolhido.

— É bem aqui — falou, empurrando uma porta que se abriu com um leve rangido.

Nenhuma quantidade de óleo poderia afrouxar toda aquele ferrugem, e os esforços para usar o Poder tinham se mostrado inúteis. Suas habilidades com Terra eram melhores que as de Pevara, mas isso não queria dizer muita coisa.

Zerah entrou e hesitou, surpresa. Em um aposento quase vazio, Pevara encontrava-se sentada atrás de uma mesa robusta, ainda que bastante surrada, rodeada de três pequenos bancos. Descer com todas aquelas peças em segredo havia sido difícil — em especial quando não se podia confiar em serviçais. Limpar a poeira fora bem mais simples, ainda que menos agradável, e disfarçar as marcas no pó do corredor lá fora, o que era necessário após cada visita, tinha sido apenas trabalhoso.

— Eu estava prestes a desistir de ficar aqui sentada no escuro — rosnou Pevara.

O brilho de *saidar* a cercou quando ela levantou uma lamparina de debaixo da mesa e canalizou para acendê-la, gerando a luminosidade que o antigo depósito de paredes rugosas merecia. Levemente rechonchuda e geralmente bonita, a Votante Vermelha parecia um urso com dois dentes inflamados.

— Queremos lhe fazer algumas perguntas, Zerah — disse ela, e tratou de blindar a mulher enquanto Seaine fechava a porta.

O rosto sombreado de Zerah continuou absolutamente calmo, mas deu para ouvi-la engolir em seco.

— Sobre o quê, Votantes? — Também deu para notar um levíssimo tremor na voz da jovem. Mas poderia ser apenas por conta do clima na Torre.

— A Ajah Negra — respondeu Pevara sem rodeios. — Queremos saber se você é uma Amiga das Trevas.

O assombro e a afronta acabaram com a tranquilidade de Zerah. A maioria das pessoas já consideraria isso negativa suficiente, sem que fosse necessário seu arroubo:

— Eu não tenho que ouvir isso de você! Vocês, Vermelhas, têm incriminado Dragões falsos há anos! Se querem saber minha opinião, basta uma visita aos aposentos das Vermelhas para encontrar irmãs Negras!

O rosto de Pevara obscureceu em fúria. Sua lealdade à sua Ajah era intensa, obviamente, mas, pior que isso, ela perdera toda a sua família nas mãos de Amigos das Trevas. Seaine decidiu intervir antes que a mulher se valesse de força bruta. Elas não tinham provas. Ainda não.

— Sente-se, Zerah — interrompeu ela, com o máximo de candura que conseguiu. — Sente-se, irmã.

Zerah se virou em direção à porta, como se pudesse desobedecer à ordem de uma Votante — e da mesma Ajah que ela! —, mas, por fim, acomodou-se toda rígida em um dos bancos, sentando-se bem na beirinha.

Mal Seaine se acomodara no assento que deixava Zerah entre as duas, Pevara depositou o Bastão dos Juramentos de marfim branco no tampo gasto da mesa. Seaine suspirou. Elas eram Votantes, com todo o direito de usar o *ter'angreal* que bem desejassem, mas fora ela a surripiá-lo — e que não conseguia não enxergar como roubo, já que não havia observado nenhum dos procedimentos adequados. Por isso, no fundo da mente, tinha o tempo todo o medo de que se viraria e daria de cara com a falecida Sereille Bagand parada ali, pronta para arrastá-la pela orelha ao gabinete da Mestra das Noviças. Irracional, mas não menos verdadeiro.

— Como queremos ter certeza de que você diz a verdade — explicou Pevara, ainda soando como um urso raivoso —, você vai fazer um juramento com isto aqui, e depois vou perguntar de novo.

— Eu não deveria me submeter a isso — rebateu Zerah, lançando um olhar acusatório para Seaine —, mas vou refazer todos os Juramentos, se é disso que vocês precisam para ficar satisfeitas. E depois vou exigir um pedido de desculpas das *duas*.

Ela mal parecia uma mulher blindada e que estava sendo interrogada. Quase com desdém, esticou-se para pegar o bastão fino de trinta centímetros que reluzia sob a luz tênue da lamparina.

— Você vai jurar total obediência a nós duas — disse Pevara, e a mão da garota recuou como se tivesse se aproximado de uma víbora prestes a dar o bote. Pevara prosseguiu, chegando a deslizar o Bastão para mais perto dela. — Assim, podemos mandar você responder com sinceridade e saber que assim será feito. E, caso você dê a resposta errada, garantimos que você será obediente e prestativa em nos ajudar a caçar suas irmãs Negras. Caso você dê a resposta certa, o Bastão pode ser usado para libertá-la do juramento.

— Libertar?! — exclamou Zerah. — Nunca ouvi falar de alguém ser *dispensada* de um juramento usando o Bastão.

— Por isso que estamos tomando todas essas precauções — explicou Seaine. — É lógico que uma irmã Negra tem que poder mentir, o que significa que ela precisa ter sido libertada de pelo menos esse Juramento, e provavelmente dos três. Pevara e eu testamos e achamos o procedimento quase idêntico ao de fazer um juramento.

Ela não mencionou, porém, quão doloroso havia sido, com ambas tendo acabado aos prantos. Também não citou que Zerah não seria libertada de seu juramento independentemente de qual fosse sua resposta, não até a busca pela Ajah Negra chegar a uma conclusão. Para começo de conversa, não podiam deixá-la sair correndo para reclamar daquele interrogatório, o que quase com certeza ela faria, e com todo o direito, caso não fosse da Ajah Negra. Caso não fosse.

Luz, mas como Seaine gostaria que elas tivessem encontrado uma irmã de outra Ajah que se encaixasse nos critérios que haviam definido. Uma Verde ou uma Amarela teriam servido muito bem. Aquela turma já era presunçosa em condições normais, e nos últimos tempos…! Não. Ela não viraria presa da doença que se espalhava pela Torre. Só que não conseguia evitar os nomes que lhe passavam pela cabeça, uma dúzia de Verdes, o dobro de Amarelas, e todas merecendo bastante uma surra. Torcer o nariz para uma Votante?

— Vocês se *libertaram* de um dos Juramentos? — Zerah soou alarmada, enojada e irrequieta, tudo ao mesmo tempo. Respostas perfeitamente razoáveis.

— E o fizemos de novo — resmungou Pevara com impaciência.

Apanhando o bastão fininho, ela canalizou um pouco de Espírito em uma das pontas, mas mantendo a blindagem de Zerah.

— Sob a Luz, eu juro não falar nenhuma palavra que não seja verdade. Sob a Luz, eu juro não fabricar nenhuma arma com a qual um homem mate outro. Sob a Luz, eu juro não usar o Poder Único como arma, exceto contra Amigos das Trevas ou Crias da Sombra, ou como último recurso em defesa da minha vida, da vida do meu Guardião ou de uma outra irmã. — Ela não fez careta por conta do trecho sobre os Guardiões; novas irmãs destinadas à Ajah Vermelha costumavam fazer. — Não sou uma Amiga das Trevas. Espero que isso a satisfaça. — Ela mostrou os dentes para Zerah, mas era difícil afirmar se era um sorriso ou um rosnado.

Um por vez, Seaine refez os Juramentos, cada qual gerando uma leve pressão momentânea em todos os pontos do seu corpo, do cocuruto às solas dos pés. Na verdade, a pressão era até difícil de detectar, com sua pele ainda parecendo retesada por conta de refazer o Juramento que a impedia de mentir. Dizer que Pevara tinha barba ou que as ruas de Tar Valon eram pavimentadas com queijo havia sido estranhamente revigorante por um tempo — até Pevara dera risadinhas —, mas não valiam o desconforto que sentia agora. Testar não lhe parecera necessário. Mas claro que precisava ser feito. Afirmar que não era da Ajah Negra lhe revirou a língua — algo repugnante de ser obrigada a negar —, mas ela entregou o Bastão para Zerah com um aceno firme de cabeça.

Agitando-se no banco, a mulher esbelta virou o bastão liso e branco entre os dedos, engolindo em seco. A luz clara da lamparina a fazia parecer nauseada.

Com olhos arregalados, ela alternou o olhar entre uma e outra, até que suas mãos apertaram o Bastão e ela assentiu.

— Exatamente como eu falei — rosnou Pevara, tornando a canalizar Espírito no Bastão —, senão você vai ficar jurando até fazer direito.

— Eu juro total obediência a vocês duas — disse Zerah, com uma voz tensa, e então estremeceu quando o juramento passou a valer. O primeiro era sempre mais penoso. — Me perguntem sobre a Ajah Negra — exigiu ela. Suas mãos tremiam segurando o Bastão. — Me perguntem sobre a Ajah Negra!

Sua firmeza deu a resposta a Seaine antes mesmo que Pevara soltasse o fluxo de Espírito e fizesse a pergunta, ordenando a verdade absoluta.

— Não! — Zerah praticamente gritou. — Não, eu não sou da Ajah Negra! Agora tirem esse juramento de mim! Me libertem!

Abatida, Seaine deixou os ombros caírem e repousou os cotovelos na mesa. Claro que não *desejara* que Zerah respondesse que sim, mas estivera certa de que a haviam pegado mentindo. Uma mentira flagrante, ou ao menos assim parecia, após semanas de buscas. Quantas outras semanas de busca ainda viriam pela frente? E de ficar olhando por cima dos ombros da hora de acordar até a hora de dormir? Isso quando ela conseguia dormir.

Pevara cutucou-a com um dedo incriminador.

— Você falou para as pessoas que veio do norte.

Os olhos de Zerah tornaram a se arregalar.

— Falei — admitiu ela, hesitante. — Desci pela margem do Erinin até Jualdhe. Agora me libertem desse juramento! — Ela lambeu os lábios.

Seaine franziu o cenho.

— Sementes de espinho-dourado e um carrapicho-vermelho foram encontrados na manta da sua sela, Zerah. Espinhos-dourados e carrapichos-vermelhos só são encontrados a mais de cem milhas ao *sul* de Tar Valon.

Zerah ficou de pé em um pulo, e Pevara bradou:

— Sente-se!

A mulher se deixou cair no banco com um estalo ruidoso, mas nem se retraiu. Estava tremendo. Muito. A boca estava fechada com firmeza, do contrário, Seaine tinha certeza de que os dentes estariam batendo. Luz, o questionamento sobre norte ou sul a assustava mais do que a acusação de ser uma Amiga das Trevas.

— De onde você partiu e por que...? — começou Seaine, devagar.

A intenção era perguntar por que a mulher tinha dado voltas, o que claramente fizera, só para camuflar de que lado tinha vindo, mas as respostas rebentaram da boca de Zerah.

— De Salidar — guinchou ela. Não havia outra palavra para descrever. Ainda agarrada ao Bastão dos Juramentos, ela se retorceu no banco. Lágrimas escaparam de seus olhos, muito arregalados e cravados em Pevara. As palavras foram saindo, embora seus dentes agora realmente estivessem batendo. — Eu v-vim para me c-certificar de que todas as irmãs daqui soubessem a respeito das V-Vermelhas e de Logain, para que p-possam d-depor Elaida e a T-Torre volte a ser uma só. — Com um gemido, ela desabou no mais absoluto berreiro enquanto fitava a Votante Vermelha.

— Ora — disse Pevara. E então, em um tom mais sombrio: — Ora!

Sua expressão estava controlada, mas o brilho em seus olhos escuros não tinha nada da travessura de que Seaine se lembrava dos tempos de noviça e Aceita.

— Quer dizer que foi de você que partiu esse... boato. Você vai ficar diante do Salão e expor essa mentira! Admita a mentira, garota!

Se antes os olhos de Zerah estavam arregalados, ficaram então esbugalhados. O Bastão lhe caiu das mãos e rolou pelo tampo da mesa enquanto ela apertava a própria garganta. Um ruído engasgado escapou de sua boca agora entreaberta. Pevara a encarava em choque, mas de repente Seaine compreendeu.

— Com a misericórdia da Luz — sussurrou ela. — Você não tem que mentir, Zerah.

As pernas de Zerah se debatiam debaixo da mesa, como se ela estivesse tentando se levantar e não conseguisse firmar os pés.

— Diga a ela, Pevara. Ela acha que é verdade! Você ordenou que ela falasse a verdade *e* mentisse. Não me olhe com essa cara! Ela acredita!

Um tom azulado surgira nos lábios de Zerah. Suas pálpebras tremiam. Seaine se esforçou para transmitir calma.

— Pevara, como foi você que deu a ordem, é você quem deve libertá-la, senão ela vai sufocar aqui na nossa frente.

— Ela é uma *rebelde*. — O resmungo de Pevara impregnou a palavra de todo o desprezo possível. Em seguida, porém, ela suspirou. — Ela ainda não foi julgada. Você não precisa... mentir... garota.

Zerah tombou para a frente e caiu com a bochecha pressionando o tampo da mesa, inspirando o ar entre soluços. Estupefata, Seaine balançou a cabeça. Elas não tinham considerado a possibilidade de juramentos *conflitantes*. E se a Ajah Negra não tivesse simplesmente retirado o Juramento contra mentiras, mas trocado por um Juramento próprio? E se elas tivessem substituído todos os três por seus próprios juramentos? Ela e Pevara teriam de proceder com muito cuidado caso encontrassem uma irmã Negra, ou poderiam acabar matando-a antes de descobrirem qual era o conflito. Talvez começar renunciando a *todos* os juramentos — não havia como proceder com mais cuidado sem saber o que as irmãs Negras tinham jurado —, para depois revalidar os Três? Luz, a dor de ser dispensada de todos ao mesmo tempo seria quase igual a de ser interrogada. Talvez fosse a mesma. Mas decerto uma Amiga das Trevas merecia aquilo e muito mais. Se algum dia encontrassem uma.

Sem um pingo de piedade no semblante, Pevara baixou o olhar na direção da mulher que arquejava.

— Quando ela for julgada por rebeldia, pretendo fazer parte do tribunal.

— Quando ela *for* julgada, Pevara — disse Seaine, pensativa —, vai ser uma pena perder a assistência de alguém que sabemos que não é uma Amiga das Trevas. E, já que ela *é* uma rebelde, não precisamos nos preocupar tanto em usá-la.

Houvera uma série de discussões, nenhuma delas conclusiva, sobre o segundo motivo para deixar o novo juramento em vigor. Uma irmã que jurou obedecer poderia ser impelida. Seaine se remexeu, nervosa; isso soava muito próximo da vilania proibida da Compulsão. Mas uma irmã poderia ser *induzida* a ajudar na caçada, desde que não se importassem em forçá-la a assumir o perigo contra sua vontade.

— Não imagino que elas só mandariam uma — prosseguiu Seaine. — Zerah, quantas de vocês vieram espalhar essa história?

— Dez — balbuciou a mulher junto ao tampo, para então se pôr ereta com um olhar desafiador. — Não vou trair minhas irmãs! Não vou...!

De repente, ela se interrompeu, os lábios se retorcendo de amargura tão logo ela se deu conta de que acabara de fazer exatamente isso.

— Nomes! — ladrou Pevara. — Me dê os nomes, senão arranco seu couro agora, aqui mesmo!

A contragosto, os nomes foram se derramando dos lábios de Zerah. Por conta da ordem, decerto, mais do que pela ameaça. Vendo o semblante soturno de Pevara, contudo, Seaine teve certeza de que ela precisava de pouco motivo para açoitar Zerah feito uma noviça pega roubando. Estranhamente, ela não sentia a mesma animosidade. Repulsa, sim, mas claramente não tão intensa. A mulher era uma rebelde que ajudara a partir a Torre Branca, sendo que uma irmã deveria aceitar qualquer coisa para manter a integridade da Torre, mas mesmo assim... Muito estranho.

— Concorda, Pevara? — disse ela quando a lista foi concluída. A teimosa mulher só lhe dedicou um meneio de cabeça firme em sinal de concordância.

— Muito bem. Zerah, você trará Bernaile aos meus aposentos hoje à tarde.

Havia duas irmãs de cada Ajah, ao que parecia, exceto das Azuis e das Vermelhas, mas era melhor começar pela outra Branca.

— Diga apenas que quero conversar com ela de maneira reservada. Você não vai fazer nenhuma advertência por meio de palavras, ações ou omissão. E depois vai ficar quietinha e deixar Pevara e eu fazermos o necessário. Você está sendo recrutada para uma causa mais digna do que sua rebelião equivocada, Zerah. — Claro que era equivocada. Pouco importava quão enlouquecida pelo poder Elaida se tornara. — Você vai nos ajudar a caçar a Ajah Negra.

A cada ordem, Zerah meneou a cabeça com relutância, com uma expressão sofrida, mas à menção de uma caçada à Ajah Negra ela arquejou. Luz, ela devia estar com o juízo totalmente perturbado pelos acontecimentos para não ter percebido aquilo!

— E você vai parar de espalhar essas... histórias — acrescentou Pevara com severidade. — A partir de agora, nada de mencionar nem a Ajah Vermelha nem Dragões falsos. Entendido?

O semblante de Zerah era uma máscara de teimosia emburrada, mas sua boca disse:

— Entendido, Votante.

A garota parecia prestes a começar a chorar de novo de pura frustração.

— Então saia da minha frente — ordenou Pevara, soltando a blindagem e *saidar* ao mesmo tempo. — E recomponha-se! Lave o rosto e ajeite o cabelo!

As últimas ordens foram dadas com a mulher já de costas, saindo em disparada da mesa. Zerah teve de tirar as mãos do cabelo para abrir a porta. Quando a porta rangeu e se fechou atrás dela, Pevara bufou.

— Eu não duvido que ela teria ido falar com Bernaile toda desmazelada, esperando adverti-la desse jeito.

— Uma observação válida — admitiu Seaine. — Mas quem nós vamos acabar advertindo, se ficarmos fazendo cara feia para essas mulheres por toda parte? No mínimo, vamos chamar atenção.

— Do jeito que a coisa anda, Seaine, não chamaríamos atenção nem se saíssemos chutando todas elas por aí. — Pevara soou como se achasse a ideia interessante. — Elas são *rebeldes*, e pretendo mantê-las em um cabresto tão curto que vão choramingar se tiverem sequer um pensamento errado!

As duas ficaram discutindo o assunto à exaustão. Seaine insistiu que ser cuidadosa com as ordens dadas, sem deixar nenhuma brecha, seria suficiente. Pevara apontou que elas estavam permitindo que dez rebeldes — dez! — perambulassem impunes pelos corredores da Torre. Seaine argumentou que elas *seriam* punidas em algum momento, mas Pevara rebateu aos rosnados que esse "algum momento" demoraria demais. Seaine sempre admirara a força de vontade da outra mulher, mas às vezes não passava mesmo de pura teimosia.

Um rangido tênue em uma das dobradiças foi o único aviso que Seaine teve para puxar o Bastão dos Juramentos para o colo e escondê-lo nas dobras da saia enquanto a porta se abria. Ela e Pevara abraçaram a Fonte quase ao mesmo tempo.

Empunhando uma lamparina, Saerin adentrou o aposento com toda a calma e deu passagem para Talene, que foi seguida pela diminuta Yukiri, com uma segunda lamparina, e por Doesine, magra feito um rapaz e alta para uma cairhiena, que fechou a porta com bastante firmeza e recostou-se sobre ela como se quisesse evitar que alguém saísse. Quatro Votantes, representando todas as Ajahs que ainda restavam na Torre. Pareciam ignorar o fato de que Seaine e Pevara abraçavam *saidar*. De repente Seaine passou a achar o cômodo cheio demais. Imaginação, e irracional, mas...

— Estranho ver vocês duas juntas — comentou Saerin.

Sua expressão podia até denotar serenidade, mas ela corria os dedos pelo cabo da faca curva que trazia presa ao cinto. Mantinha seu assento havia quarenta anos, mais tempo que qualquer outra integrante do Salão, e todas já haviam aprendido a tomar cuidado com seu temperamento.

— Poderíamos dizer o mesmo a respeito de vocês — rebateu Pevara, seca. O gênio de Saerin nunca *a* aborrecia. — Ou vieram aqui para ajudar Doesine a tentar se recuperar?

Um rubor repentino deixou o rosto da Amarela ainda mais parecido com o de um belo rapaz, apesar de sua postura elegante, e revelou a Seaine qual Votante havia perambulado perto demais do alojamento das Vermelhas com resultados infelizes.

— Eu só não imaginava que isso uniria vocês. Verdes se estranhando com Amarelas, Marrons com Cinzas. Ou vocês só desceram até aqui juntas para um duelo silencioso, Saerin?

Seaine começou a pensar freneticamente em um motivo que *faria* as quatro descerem tanto, até os alicerces de Tar Valon. O que poderia uni-las? Suas Ajahs — *todas* as Ajahs — vinham se estranhando. As quatro haviam recebido penitências de Elaida. Nenhuma Votante podia ter gostado de receber a Labuta, menos ainda quando todas sabiam exatamente por que ela estava esfregando chãos e panelas, mas isso dificilmente era motivo de união. O que mais? Ninguém ali nascera nobre. Saerin e Yukiri eram filhas de estalajadeiros, Talene, de fazendeiros, enquanto o pai de Doesine fora um cuteleiro. Saerin tinha sido treinada primeiro pelas Filhas do Silêncio, a única entre elas a chegar ao xale. Bobagem absolutamente inútil. De repente, lhe ocorreu algo que deixou sua garganta seca. Saerin, quase sempre mal mantendo o controle do seu temperamento. Doesine, que de fato chegara a fugir três vezes quando ainda era noviça, ainda que só em uma delas tenha conseguido sequer chegar às pontes. Talene, que talvez tivesse recebido mais punições do que qualquer outra noviça na história da Torre. Yukiri, sempre a última Cinza a entrar em consenso com suas irmãs quando queria seguir por outro caminho, e a última, aliás, a concordar com o Salão. De certa forma, as quatro eram vistas como rebeldes, e Elaida humilhara todas elas. Será que estariam pensando que cometeram um erro ao defender a deposição de Siuan e a elevação de Elaida? Será que *elas* haviam descoberto sobre Zerah e as outras? E, se fosse o caso, o que pretendiam fazer?

Em sua mente, Seaine se preparava para tecer *saidar*, embora sem muita esperança de que pudesse escapar. Pevara rivalizava em força com Saerin e Yukiri, mas a própria Seaine era mais fraca que qualquer uma ali, menos Doesine. Ela se preparou, mas Talene deu um passo à frente e mandou todas as suas deduções lógicas para o espaço.

— Yukiri percebeu vocês duas andando pé ante pé por aí, e nós queremos saber por quê. — Sua voz surpreendentemente grave transparecia certo furor, apesar do gelo que parecia revestir seu semblante. — As líderes das Ajahs de vocês ordenaram alguma tarefa secreta? Em público, elas rosnam uma para a outra mais do que qualquer outra Ajah, mas, ao que parece, andam tendo conversinhas pelos cantos.

— Ora, já chega, Talene.

A voz de Yukiri sempre era uma surpresa ainda maior que a de Talene. A mulher parecia uma rainha em miniatura, com sua seda prata-escura e rendas cor-de-marfim, mas soava como uma interiorana tranquila. Dizia que esse contraste ajudava nas negociações. Ela sorriu para Seaine e Pevara, uma monarca incerta sobre quão generosa deveria ser.

— Vi vocês fuçando por aí que nem furões num galinheiro — disse ela —, mas não comentei nada. Até onde eu sei, vocês podem até ser companheiras de alcova, e isso não seria da conta de ninguém. Me contive até Talene começar a abrir o bico a respeito de quem vinha se reunindo pelos cantos. Eu mesma já vi algumas dessas reuniõezinhas e suspeitei que algumas dessas mulheres também pudessem ser líderes de Ajahs, então... Às vezes, seis mais seis dá uma dúzia, e às vezes dá confusão. Agora, se possível, expliquem. O Salão tem esse direito.

— Só vamos embora quando vocês falarem — acrescentou Talene, com ainda mais fervor do que antes.

Pevara bufou e cruzou os braços.

— Se a líder da minha Ajah me dissesse duas palavras, eu não veria motivo para contar a vocês quais foram. Por acaso, o que Seaine e eu estávamos discutindo não tem nada a ver com as Vermelhas nem com as Brancas. Vão bisbilhotar em outro lugar.

Mas ela não largou *saidar*. Seaine também não.

— Mas que porcaria inútil, bem como imaginei — resmungou Doesine de seu lugar junto à porta. — Por que é que eu ainda deixo vocês me convencerem dessas coisas, desgraça? Maldição, ainda bem que ninguém mais sabe, ou já estaríamos com a cara enterrada em estrume de ovelha diante de toda a Torre.

Às vezes ela até falava como um rapaz, e um rapaz de boca suja.

Se não temesse que seus joelhos pudessem traí-la, Seaine teria se levantado para sair. Pevara se levantou, e arqueou uma sobrancelha impaciente para as mulheres que se punham entre ela e a porta.

Saerin corria os dedos pelo cabo da faca e as encarava com um ar questionador, mas sem se mover um passo.

— Um quebra-cabeças — murmurou ela.

De repente, a mulher avançou, a mão livre afundando tão depressa no colo de Seaine que ela arfou. Tentou manter o Bastão dos Juramentos escondido, mas a única coisa que resultou disso foi Saerin segurando o objeto em uma das mãos, enquanto ela agarrava a outra ponta e um punhado de suas saias.

— Eu gosto de quebra-cabeças — concluiu Saerin.

Seaine preferiu soltar e arrumar o vestido. Não parecia haver outra opção. A revelação do Bastão gerou um burburinho momentâneo, já que quase todas falaram ao mesmo tempo.

— Sangue e fogo — grunhiu Doesine. — Vocês estão aqui embaixo elevando malditas novas irmãs?

— Ah, deixe isso para lá, Saerin — debochou Yukiri, mal permitindo que ela terminasse. — Seja lá o que for, é da conta delas.

Talene ladrou por cima das duas:

— Por que outro motivo elas estariam andando juntas, se não tiver a ver com as líderes das Ajahs?

Saerin gesticulou e, depois de alguns instantes, conseguiu silenciar as outras. Todas as presentes ali eram Votantes, mas ela tinha o direito de ter a palavra primeiro no Salão, sem falar que seus quarenta anos também tinham algum valor.

— Acho que essa é a chave do quebra-cabeças — opinou ela, esfregando o polegar no Bastão. — Por que isto aqui, afinal? — O brilho de *saidar* também a circundou de repente, e ela canalizou Espírito para o Bastão. — Sob a Luz, eu não vou falar nenhuma palavra que não seja verdade. Eu não sou uma Amiga das Trevas.

No silêncio que se fez em seguida, até o espirro de um rato teria sido barulhento.

— Acertei? — perguntou Saerin, soltando o Poder e estendendo o Bastão na direção de Seaine.

Pela terceira vez, Seaine refez o Juramento contra mentiras e, pela segunda vez, repetiu que não era da Ajah Negra. Pevara fez o mesmo, com uma dignidade gélida. E olhos penetrantes como os de uma águia.

— Isso é ridículo — afirmou Talene. — Não *existe* Ajah Negra.

Yukiri pegou o Bastão de Pevara e canalizou.

— Sob a Luz, eu não vou falar nenhuma palavra que não seja verdade. Eu não sou da Ajah Negra.

A luz de *saidar* em torno dela se dissipou e ela entregou o Bastão para Doesine. Desgostosa, Talene franziu o cenho.

— Saia da frente, Doesine. Eu não vou tolerar essa insinuação obscena.

— Sob a Luz, eu não vou falar nenhuma palavra que não seja verdade — disse Doesine em um tom quase reverente, o brilho a rodeá-la feito um halo. — Eu não sou da Ajah Negra.

Quando o assunto era sério, sua boca era tão limpa quanto qualquer Mestra das Noviças poderia desejar. Ela estendeu o Bastão para Talene. A mulher de cabelos dourados pulou para trás como se tivesse visto um cobra venenosa.

— Pedir uma coisa dessas já é uma calúnia. Pior que calúnia!

Havia algo quase selvagem nos olhos dela. Um pensamento irracional, talvez, mas era o que Seaine enxergava.

— Agora saiam da minha frente — exigiu Talene com a voz revestida de toda a autoridade de uma Votante. — Eu vou embora!

— Acho que não — rebateu Pevara com toda a calma.

Yukiri concordou com um lento meneio de cabeça. Saerin não alisou o cabo da faca, mas sim o apertou até as juntas dos dedos ficarem brancas.

Cavalgando pelas neves profundas de Andor, penando para atravessá-las, Toveine Gazal maldizia o dia em que tinha nascido. Baixinha e levemente rechonchuda, com uma pele acobreada e sedosos cabelos compridos e escuros, era uma mulher que muitos consideraram atraente ao longo dos anos, ainda que jamais tivesse sido chamada de beldade. Com certeza ninguém chamaria agora. Os olhos escuros que um dia foram bem objetivos agora eram penetrantes. Isso quando ela não estava com raiva. Estava com raiva naquele dia, e, quando Toveine ficava com raiva, até as serpentes fugiam.

Quatro outras Vermelhas cavalgavam — penavam — atrás dela, e, mais recuados, vinham vinte homens da Guarda da Torre trajando casacos e mantos escuros. Nenhum deles apreciava o fato de ter a armadura guardada nos alforjes, e todos olhavam para a mata que ladeava a estrada como se esperassem um ataque a qualquer momento. Como eles pretendiam atravessar as trezentas milhas de Andor despercebidos, usando casacos e mantos com a Chama de Tar Valon reluzindo, Toveine não conseguia imaginar. A jornada, contudo, estava quase concluída. Em mais um dia, quem sabe dois, estando as estradas com neve até a altura dos joelhos dos cavalos, ela se juntaria a nove outros grupos como o dela. Infelizmente, nem todas as irmãs que os compunham eram Vermelhas, mas isso não a incomodava tanto assim. Toveine Gazal, que já fora uma Votante das Vermelhas, entraria para a história como a mulher que destruiu a tal Torre *Negra*.

Tinha certeza de que Elaida a considerava grata pela chance, resgatada do exílio e da desonra para ter uma oportunidade de se redimir. Ela sorriu com desdém, e, se um lobo estivesse observando seu rosto oculto sob o capuz do manto, talvez tivesse deixado escapar um ganido. O que havia sido feito vinte anos antes fora necessário, e que a Luz queimasse todos aqueles que resmungaram que a Ajah Negra só podia estar envolvida. Fora necessário e correto, mas Toveine Gazal fora afastada de seu assento no Salão e forçada a clamar por misericórdia sob o açoite, as irmãs reunidas assistindo a tudo, e até noviças e Aceitas testemunhando que a lei se aplicava, igualmente, para as Votantes, embora não soubessem de que lei se tratava. Então ela tinha sido despachada para passar os últimos vinte anos trabalhando nas Colinas Negras, na fazenda remota da Senhora Jara Doweel, uma mulher que considerava uma Aes Sedai cumprindo penitência no exílio igual a qualquer outra mão trabalhando sob o sol e a neve. As mãos de Toveine se agitaram nas rédeas. Ainda podia sentir os calos. A senhora Doweel — mesmo agora não conseguia pensar nela sem o honorífico que a mulher exigia — acreditava no trabalho árduo. E em uma disciplina tão rigorosa quanto à que qualquer noviça era submetida! Não tinha piedade de ninguém que tentasse se esquivar da labuta excruciante que ela própria também executava, e menos ainda de uma mulher que escapasse de fininho para se reconfortar com um moço bonito. Essa tinha sido a vida de Toveine durante quinze anos. E Elaida escapara incólume pelas brechas e chegara sem muito esforço ao Trono de

Amyrlin que Toveine, um dia, sonhara para si. Não, ela não sentia gratidão. Mas aprendera a aguardar sua chance.

De repente, um homem alto de casaco preto, o cabelo escuro caindo nos ombros, esporeou seu cavalo, saindo da floresta para a estrada bem à frente dela, borrifando neve.

— Não há por que resistir — anunciou ele com firmeza, levantando a mão enluvada. — Renda-se de forma pacífica, e ninguém sairá ferido.

Não foi nem sua aparência nem aquelas palavras que fizeram Toveine puxar as rédeas, deixando as outras irmãs se aglomerarem ao seu redor.

— Peguem-no — ordenou com toda a calma. — Melhor vocês se unirem. Ele me blindou.

Ao que parecia, um dos tais Asha'man tinha ido ao seu encontro. Que conveniente da parte dele! Foi quando ela se deu conta de que nada estava acontecendo e tirou os olhos do sujeito para olhar feio para Jenare. O rosto pálido e quadrado da mulher parecia absolutamente sem sangue.

— Toveine — disse ela com voz trêmula —, eu também estou blindada.

— Eu também — sussurrou Lemai, incrédula, no que as demais, cada vez mais frenéticas, foram entrando na conversa. Todas blindadas.

Mais homens de casaco preto surgiram do meio das árvores, os cavalos caminhando devagar, vindos de todos os lados. Toveine parou de contar quando enumerou quinze. Os Guardas resmungavam, irritados, esperando a ordem de uma das irmãs. Ainda não sabiam de nada além de que um bando de bandidos os emboscara. Irritada, Toveine estalou a língua. Claro que nem todos aqueles homens eram capazes de canalizar, mas a impressão que dava era de que todos os Asha'man capazes tinham ido enfrentá-la. Ela não entrou em pânico. Ao contrário de algumas irmãs que a acompanhavam, aqueles não eram os primeiros homens que canalizavam com que ela se deparava. Com um sorriso, o sujeito alto começou a se aproximar dela, aparentemente achando que haviam obedecido sua ordem ridícula.

— Ao meu comando — disse ela com tranquilidade —, vamos debandar em todas as direções. Assim que vocês estiverem longe o bastante para que ele perca a blindagem — homens sempre acreditavam que precisavam enxergar o alvo para conseguir manter as tessituras, o que significava que de fato precisavam —, virem-se e ajudem os Guardas. Preparem-se. — Ela levantou a voz e gritou: — Guardas, enfrentem-nos!

Aos rugidos, os Guardas investiram, acenando as espadas e sem dúvida pensando em cercar e proteger as irmãs. Puxando sua égua para a direita, Toveine enfiou-lhe os calcanhares e se abaixou junto ao pescoço de Pardoca, esquivando-se de Guardas assustados e depois passando pelo meio de dois jovens de casaco preto que olharam embasbacados para ela. Então ela alcançou as árvores, buscando ainda mais velocidade, a neve jorrando para todos os lados, e nem se preocupou com a égua poder quebrar uma perna. Gostava do animal, porém mais de um cavalo morreria naquele dia. Por trás dela, gritos. E uma voz, rugindo em meio a toda aquela cacofonia. A voz do sujeito alto.

— Capturem todas elas vivas, por ordem do Dragão Renascido! Quem ferir uma Aes Sedai vai se ver comigo!

Por ordem do Dragão Renascido. Pela primeira vez, Toveine sentiu medo, um verme gelado lhe percorrendo as tripas. O Dragão Renascido. Ela estalou as rédeas no pescoço de Pardoca. A blindagem ainda resistia! Decerto que já havia árvores suficientes entre eles para bloquear a vista daqueles malditos homens! Ah, Luz, o Dragão Renascido!

Ela soltou um grunhido quando algo a golpeou no estômago, um galho onde não havia galho, arrancando-a da sela. Ficou ali pendurada, vendo Pardoca seguir em frente no maior galope que a neve permitia. Ficou ali. Parada no ar, os braços presos na lateral do corpo, os pés balançando uma passada ou mais acima do solo. Ela engoliu em seco. Tensa. Só podia ser a metade masculina do Poder segurando-a ali no alto. Nunca havia sido tocada por *saidin*. Era capaz de sentir a faixa espessa de nada apertando-lhe a barriga. Pensava sentir a mácula do Tenebroso. Toveine estremeceu e lutou para não gritar.

O homem alto puxou as rédeas do cavalo e parou ao lado dela, que flutuou até estar sentada de lado à frente da sela dele. No entanto, o sujeito não parecia muito interessado na Aes Sedai que acabara de capturar.

— Hardlin! — gritou ele. — Norley! Kajima! Um de vocês, seus fedelhos malditos, venha já aqui!

Ele era muito alto, com ombros da largura do cabo de um machado. Era como a senhora Doweel teria definido. Chegando à meia-idade e bonito de um jeito solene e rústico. Nada parecido com os moços bonitos de que Toveine gostava, impacientes, cheios de gratidão e tão facilmente controlados. Uma espada de prata decorava um dos lados do colarinho alto do casaco preto de lã, e uma criatura peculiar em ouro e esmalte vermelho, o outro. Era um homem capaz de canalizar. E que a blindara e a fizera prisioneira.

O guincho agudo que irrompeu da garganta de Toveine assustou até a ela mesma. Ela o teria abafado, se conseguisse, mas outro veio logo atrás, ainda mais agudo, e depois mais outro, outro e outro. Agitando as pernas feito louca, ela se debatia sem parar. Contra o Poder, era inútil. Sabia disso, mas só num cantinho minúsculo da mente. O restante dela uivava o mais alto que podia, bradava súplicas mudas para que a resgatassem da Sombra. Gritando, ela se contorcia feito uma fera enlouquecida.

Estava vagamente consciente do cavalo dele afundando a cada passo e se remexendo conforme os calcanhares dela roçavam seus ombros. Escutava o homem falando, como se estivesse distante:

— Devagar, seu saco de carvão de orelha encardida! Calma, irmã, eu não vou... Devagar, sua mula pulguenta! Luz! Peço desculpas, irmã, mas é assim que aprendemos a fazer. — E então ele a beijou.

Toveine só teve uma fração de segundos para se dar conta de que os lábios dele estavam encostando nos dela, então não enxergou mais nada, e um calor a dominou. Mais do que calor. Por dentro, ela era como mel derretido, mel borbulhante, quase fervendo. Era como a corda de uma harpa, vibrando cada vez mais rápido, vibrando até ficar invisível e depois ainda mais depressa. Era um vasinho de cristal, tremendo a ponto de se despedaçar. A corda da harpa arrebentou; o vaso se espatifou.

— Aaaaaaaaaaaaaaaaah!

De início, ela não percebeu que o barulho tinha vindo de sua boca escancarada. Por um momento, não conseguiu pensar com coerência. Ofegante, ficou encarando o rosto masculino acima do dela e se perguntando a quem pertencia. Sim, o sujeito alto. O homem que podia...

— Eu podia ter dispensado o detalhe a mais — suspirou ele, dando tapinhas no pescoço do cavalo. O animal resfolegou, mas já tinha parado de saltitar —, mas, no fim, acho que é necessário. Você não é exatamente uma esposa. Tenha calma. Não tente escapar, não ataque ninguém de casaco preto e não toque na Fonte, a menos que eu dê permissão. E então, qual é o seu nome?

A menos que ele desse permissão? Que audácia daquele homem!

—Toveine Gazal — disse ela, e hesitou. Ora, mas por que tinha respondido?

— Achei você — intrometeu-se outro homem de casaco preto, fazendo seu cavalo respingar a neve no caminho até eles. Esse já seria bem mais do agrado dela, ao menos se não fosse capaz de canalizar. Ela duvidava de que aquele jovem de bochecha rosada se barbeasse mais do que duas vezes por semana. — Luz, Logain! — exclamou o rapazinho bonito. — Você arranjou *mais* uma? O M'Hael não vai gostar disso! Acho que ele não gosta que a gente fique com nenhuma! Mas talvez não tenha problema, já que vocês dois são tão próximos e tudo mais.

— Próximos, Vinchova? Se fosse pelo M'Hael, eu estaria capinando nabos com os novatos — respondeu Logain, seco. — Ou enterrado debaixo da plantação — acrescentou ele, com um resmungo que ela não achava que fosse para ser escutado.

Tendo escutado ou não, o mocinho gargalhou com absoluta incredulidade. Toveine mal o escutava. Tinha o olhar fixo no homem que se assomava sobre ela. Logain. O Dragão falso. Mas ele estava morto! Estancado e morto! E segurando-a na frente de sua sela com toda a naturalidade. Por que ela não estava gritando nem batendo nele? A uma distância tão curta, até a faca do cinto resolveria. Só que ela não sentia a menor vontade de pegar no punho de marfim. Podia pegar, percebeu. A faixa que lhe envolvia a barriga se fora. Ela poderia ao menos escorregar do cavalo e tentar... Também não estava com vontade.

— O que você fez comigo? — quis saber. Com toda a calma. Ao menos dera um jeito de manter a calma!

Virando o cavalo para voltar para a estrada, Logain lhe contou o que tinha feito, então Toveine encostou a cabeça no peito largo do sujeito, sem se importar com quão grande ele era, e chorou. Jurou que faria Elaida pagar por aquilo. Se Logain algum dia deixasse, ela faria. Esse seu último pensamento foi especialmente amargo.

Capítulo 27

O acordo

Sentada de pernas cruzadas em uma cadeira de encosto alto repleta de douraduras, Min tentava mergulhar na leitura do exemplar de encadernação de couro de *Razão e Insensatez*, de Harid Fel, que repousava em seus joelhos. Não era fácil. Ah, o livro em si era cativante! Os escritos de Mestre Fel sempre a faziam viajar por mundos cheios de ideias com que ela nunca sonhara enquanto trabalhava nos estábulos. Como lamentava a morte do bom velhote! Esperava que seus livros lhe dessem alguma pista de por que ele havia sido morto. Seus cachos escuros balançaram quando ela sacudiu a cabeça e tentou se concentrar.

O livro era fascinante, mas o cômodo era opressor. A pequena sala do trono de Rand no Palácio do Sol ostentava muito ouro, desde as cornijas largas até os espelhos compridos nas paredes que substituíram os que ele espatifara, desde as duas fileiras de cadeiras iguais à que ela estava sentada até o tablado na frente delas e o Trono do Dragão que o encimava. O trono era uma monstruosidade, ao estilo de Tear segundo artesãos cairhienos, repousando às costas de dois Dragões, com mais dois formando os braços e outros subindo por trás, todos com grandes pedras do sol fazendo as vezes dos olhos, o conjunto inteiro reluzindo em ouro e esmalte vermelho. Um imenso Sol Nascente dourado com raios ondulados incrustado no assoalho de pedra polida só fazia acentuar aquela sensação pesada. Ao menos as chamas que ardiam em duas enormes lareiras, altas o bastante para que ela coubesse dentro, produziam um calor agradável, especialmente com a neve caindo lá fora. E aqueles eram os aposentos de Rand; o conforto que isso trazia já compensava qualquer sensação de opressão. Um pensamento irritante. Aquela era a sala do trono de Rand caso ele algum dia se dignasse a voltar. Um pensamento deveras irritante. Estar apaixonada por um homem parecia consistir, em grande medida, em muitas admissões irritantes para si mesma!

Mudando de posição em uma tentativa inútil de tornar a cadeira dura confortável, ela tentou ler, mas os olhos não paravam de escapulir para as portas altas ornamentadas por suas próprias fileiras de Sóis Nascentes dourados. Esperava ver Rand entrando. Temia ver Sorilea ou Cadsuane. Inconscientemente, ajustou o casaco azul-claro e dedilhou as minúsculas flores-da-neve bordadas na lapelas. Havia outras nas mangas, e as pernas das calças eram as mais apertadas em que ela conseguia se enfiar. Nada muito diferente do que Min sempre vestira. Não mesmo. Até o momento, evitara vestidos, por mais bordados que usasse, mas ainda assim temia que Sorilea quisesse enfiá-la em um, nem que precisasse arrancar as roupas que estava usando com as próprias mãos.

A Sábia sabia sobre ela e Rand. *Tudo.* Ela sentiu as bochechas esquentarem. Sorilea parecia estar tentando decidir se Min Farshaw era uma... amante... adequada para Rand al'Thor. Essa palavra a fazia se sentir uma tonta apatetada; ela não era nenhuma cabeça de vento! Aquela palavra lhe dava vontade de olhar por cima do ombro, cheia de culpa, para procurar as tias que a haviam criado. *Não, pensou em tom irônico, você não é uma cabeça de vento. Comparada com você, uma cabeça de vento até tem juízo!*

Ou talvez Sorilea quisesse saber se Rand era adequado para Min. Às vezes, era o que parecia. As Sábias aceitavam Min como uma delas, ou quase isso, mas, nas últimas semanas, Sorilea a torcera feito espremedor de roupa de lavadeira. A Sábia de rosto enrugado e cabelo branco queria saber todos os mínimos detalhes a respeito de Min, e tintim por tintim sobre Rand. Queria saber até da sujeira do fundo dos bolsos dele! Por duas vezes, Min tentara se esquivar do interrogatório incessante, e por duas vezes Sorilea providenciara uma vara! Aquela velha terrível simplesmente a debruçara sobre a mesa mais próxima e depois dissera que talvez *aquilo* a fizesse se lembrar de algum outro detalhe. Nenhuma das outras Sábias tampouco tinha a menor compaixão! Luz, era preciso suportar cada coisa por causa de um homem! E ela, ainda por cima, não podia tê-lo só para si!

Cadsuane já era outra história. A elegantíssima Aes Sedai de cabelo grisalho não parecia dar a menor importância nem para Min nem para Rand, mas passava boa parte do tempo no Palácio do Sol. Evitá-la por completo era impossível, já que ela parecia perambular por onde bem entendesse. E quando Cadsuane a olhava, rápido quanto fosse, Min só enxergava alguém que podia ensinar touros a dançar e ursos a cantar. Ficava esperando que a mulher apontasse para ela e anunciasse que era hora de Min Farshaw aprender a equilibrar uma bola no nariz. Mais cedo ou mais tarde, Rand teria de encarar Cadsuane de novo, e essa ideia dava um nó nas tripas de Min.

Ela se forçou a tornar a se debruçar sobre o livro. Uma das portas se abriu e Rand entrou com o Cetro do Dragão aninhado na dobra do braço. Ostentava uma coroa dourada, um largo círculo de folhas de louro — devia ser a tal Coroa de Espadas de que todo mundo estava falando —, calças apertadas que delineavam bem suas pernas, e um casaco de seda verde trabalhado em ouro que ficava lindo nele. *Ele* era lindo.

Marcando a página com o bilhete que Mestre Fel escrevera dizendo que ela era "bonita demais", Min fechou o livro com cuidado e o depositou no chão ao lado da cadeira. Em seguida, cruzou os braços e esperou. Se estivesse erguida, ficaria batendo o pé, mas não o deixaria pensar que estava pulando da cadeira só porque ele *finalmente* tinha aparecido.

Por um momento, Rand parou, sorrindo para ela e, por algum motivo, puxando o lóbulo da orelha — parecia estar cantarolando! —, então de repente deu um giro e franziu o cenho para as portas.

— As Donzelas lá fora não me avisaram que você estava aqui. Mal falaram comigo. Luz, só de me ver, todas pareceram a ponto de puxar o véu.

— Talvez estejam aborrecidas — respondeu ela, tranquila. — Talvez estivessem se perguntando onde você estava. Que nem eu. Talvez *elas* quisessem saber se você estava machucado, doente ou com frio.

Que nem eu, pensou com amargura. Ele parecia confuso!

— Eu escrevi para você — disse Rand devagar, e ela fungou com desdém.

— Duas vezes! Mesmo com Asha'man para entregar suas cartas, você escreveu duas vezes, Rand al'Thor. Se é que chama aquilo de escrever!

Ele cambaleou como se ela tivesse lhe dado uma bofetada — não, como se tivesse dado um chute na barriga! — e pareceu confuso. Min tratou de se recompor e se recostou na cadeira. Se qualquer compaixão fosse demonstrada a um homem na hora errada, nunca mais se recuperava o território perdido. Parte dela queria envolvê-lo nos braços, confortá-lo, retirar-lhe todas as dores, aliviar todas as feridas. Eram muitas, e ele se recusava a admitir uma única que fosse. Ela *não* ia pular da cadeira e correr até ele, ávida para saber se havia algum problema ou... Luz, ele tinha de estar bem.

Algo a pegou com toda a gentileza abaixo dos cotovelos e suspendeu-a da cadeira. Com as botas azuis balançando, ela foi flutuando pelo ar até ele. O Cetro do Dragão flutuou para longe de Rand. Quer dizer que ele achava que bastava sorrir? Pensava que um sorriso bonito poderia dobrá-la? Min abriu a boca para lhe dar uma bronca. Uma senhora bronca! Envolvendo-a em seus braços, ele lhe deu um beijo.

Quando ela conseguiu voltar a respirar, espiou-o por entre os cílios.

— Na primeira vez... — Ela engoliu em seco para firmar a voz. — Primeiro, Jahar Narishma entrou apressado, olhando para todo mundo daquele jeito que parece ver dentro do seu crânio, e desapareceu depois de me entregar um pedacinho de pergaminho. Deixa eu ver. Dizia assim: "Conquistei a coroa de Illian. Não confie em ninguém até eu voltar. Rand." Não foi bem uma carta de amor, eu diria.

Ele tornou a beijá-la.

Desta vez, ela demorou mais para recuperar o fôlego. Aquela situação vinha se desenrolando bem diferente do que imaginara. Por outro lado, não estava indo tão mal assim.

— Na segunda vez, Jonan Adley trouxe um papelzinho que dizia: "Volto quando terminar aqui. Não confie em ninguém. Rand." Adley apareceu quando eu estava tomando banho — acrescentou Min —, e não se acanhou na hora de dar uma olhada.

Rand sempre tentava fingir que não era ciumento, como se existisse algum homem no mundo que não fosse, mas Min já o percebera fazendo cara feia para homens que olhavam para ela. E seu ardor já bastante considerável também ficava mais intenso depois. Ela se perguntou como seria o próximo beijo. Será que deveria sugerir que eles fossem para o quarto? Não, não seria tão ousada de jeito nenhum...

Rand a colocou no chão, seu semblante repentinamente sombrio.

— Adley morreu — disse ele.

De repente, a coroa lhe saiu voando da cabeça, rodopiando para o outro lado do aposento como se tivesse sido arremessada. No momento em que ela pensou que o objeto se chocaria contra o encosto do Trono do Dragão, quem sabe até perfurando-o, o largo círculo de ouro parou e se acomodou devagar no assento do trono.

Min ofegou ao erguer os olhos para Rand. Sangue cintilava nos cachos ruivos acima da orelha esquerda. Tirando da manga um lenço de franjas rendadas, ela se esticou para alcançar-lhe as têmporas, mas Rand segurou seu pulso.

— Eu o matei — disse ele bem baixo.

Ela estremeceu ao ouvi-lo falar. Quieto, a quietude de um túmulo. Talvez o quarto fosse uma ótima ideia. Independentemente de quão ousado fosse. Forçando-se a sorrir — e ruborizando ao perceber como isso era fácil, só de pensar naquela cama imensa —, Min agarrou a parte da frente da blusa dele e se preparou para lhe arrancar camisa e casaco ali mesmo.

Alguém bateu à porta.

As mãos de Min se afastaram da blusa de Rand. Ela também se afastou. Quem poderia ser?, perguntou-se, irritada. As Donzelas ou anunciavam os visitantes, quando Rand estava presente, ou simplesmente os mandavam entrar.

— Entre — gritou ele, dando a ela um sorriso pesaroso. Min ruborizou de novo.

Dobraine enfiou a cabeça pela porta, então entrou e fechou-a atrás de si quando os viu ali juntos. O lorde cairhieno era um homem pequeno, um pouco mais alto que ela, com a frente da cabeça raspada e o resto do cabelo grisalho descendo até a altura dos ombros. Listras azuis e brancas decoravam a frente do casaco quase preto que ia até abaixo da cintura. Mesmo antes de cair nas graças de Rand, já era um homem poderoso naquela terra. Agora ele a governava, ao menos até Elayne poder reivindicar o Trono do Sol.

— Milorde Dragão — murmurou ele, curvando-se. — Milady *Ta'veren*.

— É brincadeira — resmungou Min, no que Rand reagiu erguendo a sobrancelha.

—Talvez — respondeu Dobraine, dando levemente de ombros —, mas metade das nobres da cidade agora usa cores fortes, imitando Lady Min. Calças apertadas, e muitas com casacos que nem chegam a cobrir seus... — Ele deu uma tossidinha, dando-se conta de que o casaco de Min não cobria o quadril *dela* por inteiro.

Ela cogitou responder que *ele* tinha pernas muito bonitas, ainda que fossem decididamente tortas, mas então pensou melhor. O ciúme de Rand podia ser um tempero maravilhoso quando estavam sozinhos, mas ela não queria que ele descontasse em Dobraine. Era capaz disso, ela temia. Além do mais, ela de fato achava que fora um deslize; Lorde Dobraine Taborwin não era do tipo de fazer piadas nem minimamente grosseiras.

— Quer dizer que você também está mudando o mundo, Min? — Sorrindo, Rand tocou a ponta no nariz dela com o dedo. Um tapinha no nariz! Feito uma menininha da qual ele achava graça! Pior, ela se viu sorrindo para ele também, que nem uma tonta. — De um jeito melhor que o meu, ao que parece — completou Rand, e aquele sorriso pueril momentâneo se dissipou feito bruma.

—Tudo bem em Tear e Illian, Milorde Dragão? — perguntou Dobraine.

— Em Tear e Illian, tudo vai bem — respondeu Rand com um ar soturno. — O que você me traz, Dobraine? Sente-se, homem, sente-se.

Rand gesticulou na direção da fileira de cadeiras, pegando uma para se sentar.

— Atuei com base em todas as suas cartas — informou Dobraine, sentando-se bem à frente de Rand —, mas temo que haja poucas notícias boas para dar.

— Vou buscar algo para bebermos — disse Min com uma voz tensa.

Cartas? Não era nada fácil dar passos firmes usando botas com salto. Já se acostumara a elas, mas aqueles troços faziam a pessoa cambalear a qualquer movimento. Não era nada fácil, mas a dose certa de raiva tornava tudo possível. Ela caminhou até a mesinha dourada abaixo de um dos espelhos imensos, onde repousavam um cântaro de prata e alguns cálices, e tratou de se ocupar de servir vinho condimentado, derramando-o com raiva. Os serviçais sempre traziam cálices sobressalentes para o caso de ela receber visitas, embora isso quase nunca acontecesse, exceto por Sorilea ou algum grupinho de nobres bobas. O vinho só estava morno, mas isso era mais que suficiente para a laia daqueles dois. Min só recebera duas cartas, mas poderia apostar que Dobraine recebera dez! Vinte! Batendo o cântaro e os cálices, ela escutou com atenção. O que eles andaram aprontando pelas costas dela com aquelas dezenas de cartas?

— Toram Riatin parece ter desaparecido — informou Dobraine —, apesar de os boatos dizerem que ele ainda está vivo, infelizmente. Também há boatos de que Daved Hanlon e Jeraal Mordeth, ou Padan Fain, como você o chama, desertaram do grupo dele. Falando nisso, acomodei a irmã de Toram, Lady Ailil, em aposentos generosos e com serviçais que são... confiáveis. — Pelo tom de voz do sujeito, ficou claro que eram confiáveis para ele. A mulher não conseguiria nem trocar de vestido sem que ele soubesse. — Até entendo trazê-la para cá, assim como Lorde Bertome e os outros, mas por que o Grão-lorde Weiramon ou a Grã-lady Anaiyella? Claro, não preciso nem dizer que os serviçais dos dois também são de confiança.

— Como você sabe quando uma mulher quer matar você? — perguntou Rand.

— Quando ela sabe seu nome? — Dobraine não pareceu estar brincando.

Pensativo, Rand inclinou a cabeça e, em seguida, assentiu. Assentiu! Min esperava que ele não estivesse mais ouvindo vozes.

Rand gesticulou como se enxotasse as mulheres que queriam matá-lo. Algo perigoso, com ela por perto. Não tinha a intenção de matá-lo, claro, mas não acharia ruim se Sorilea partisse para cima dele com aquela vara! Calças não ofereciam muita proteção.

— Weiramon é um tolo que comete erros demais — disse Rand para Dobraine, que concordou com um meneio discreto. — Foi erro meu achar que poderia usá-lo. Em todo caso, ele parece feliz só de estar perto do Dragão Renascido. O que mais?

Min lhe entregou um cálice, no que Rand sorriu para ela mesmo após o vinho espirrar em seu pulso. Talvez tivesse achado que foi um acidente.

— Pouco, e ainda assim muita coisa — começou Dobraine, então recuou na cadeira para evitar derramar o vinho na hora em que Min lhe empurrou o outro cálice. Ela não gostara nem um pouco do seu breve período como taberneira. — Agradecido, milady Min — murmurou ele com delicadeza, mas olhando desconfiado ao pegar o cálice.

Min voltou com calma para apanhar seu vinho. Com calma.

— Temo que Lady Caraline e o Grão-lorde Darlin estejam no palácio de Lady Arilyn aqui na cidade — continuou o lorde cairhieno —, sob a proteção de Cadsuane Sedai. Talvez a palavra certa não seja proteção. Barraram minha entrada para falar com eles, mas soube que os dois tentaram partir da cidade e foram carregados de volta feito sacas. *Dentro* de uma saca, segundo uma das histórias. Conhecendo Cadsuane, diria que dá até para acreditar.

— Cadsuane — murmurou Rand, e Min sentiu um arrepio. Ele não transpareceu medo, exatamente, mas soou mais que incomodado. — O que você acha que eu deveria fazer com relação a Caraline e Darlin, Min?

Acomodando-se em uma cadeira a duas de distância da dele, Min tomou um susto ao ser incluída de repente na conversa. Ela baixou a vista com pesar para o vinho que respingara em sua melhor blusa de seda creme e em suas calças.

— Caraline vai apoiar Elayne para o Trono do Sol — opinou, carrancuda. Para um vinho quente, parecia bem frio, e ela duvidava que aquela mancha sairia da blusa. — Não é uma visão, mas eu acredito nela.

Min não desviou o olhar para Dobraine, mas ele assentiu sabiamente. Todo mundo já sabia a respeito das visões dela. A única consequência havia sido um fluxo de damas da nobreza querendo saber seu futuro, que também ficavam bastante emburradas quando Min dizia que não podia falar. A maioria não teria ficado satisfeita com o pouco que ela viu. Nada trágico, mas nem de perto as grandes maravilhas contadas por videntes em suas devidas previsões.

— Quanto a Darlin, tirando o fato de que ele vai se casar com Caraline depois de ela fazê-lo de gato e sapato, tudo que eu tenho a dizer é que um dia ele vai ser rei. Eu vi a coroa em sua cabeça, um troço com uma espada na frente, mas não sei a que país pertence. Ah, sim, e ele vai morrer na cama, e antes dela.

Dobraine se engasgou com o vinho, gaguejando e secando os lábios com um lenço simples de linho. A maioria dos que *sabiam* não *acreditava*. Satisfeita consigo mesma, Min bebeu o pouco que restava em seu cálice. E então foi *ela* quem se engasgou e arquejou, puxando o lenço da manga para passar na boca. Luz, *claro* que se servira da borra!

Espiando dentro do cálice, Rand apenas assentiu com a cabeça.

— Quer dizer que vão sobreviver para me causar problemas — murmurou ele. Um tom bastante suave para palavras pétreas. Ele era duro feito uma lâmina, seu pastor de ovelhas. — E o que eu faço com...

De repente, Rand se virou na cadeira e olhou para as portas. Uma delas se abria. Ele tinha ouvidos aguçadíssimos. Min não ouvira nada.

Nenhuma das duas Aes Sedai que entraram era Cadsuane, e Min sentiu os ombros relaxarem ao guardar o lenço de volta. Enquanto Rafela fechava a porta, Merana fez uma mesura profunda para Rand, embora os olhos cor de mel da irmã Cinza tenham notado Min e Dobraine e feito uma anotação mental. Então Rafela, com seu rosto redondo, também abriu as frondosas saias azul--marinho em uma mesura. Ambas só se levantaram quando Rand gesticulou e se aproximaram trajando uma serenidade fria assim como trajavam seus vestidos, exceto pelo fato de a rechonchuda irmã Azul ter corrido os dedos brevemente pelo xale, como que para se lembrar de sua presença. Min já tinha visto outras irmãs que haviam jurado lealdade a Rand fazerem aquele gesto. Não devia ser fácil para elas. Só a Torre Branca comandava as Aes Sedai, mas, se Rand chamava, elas vinham, e, se ele apontava, elas iam. Aes Sedai falavam em pé de igualdade com reis e rainhas, talvez um pouco acima de ambos, mas as Sábias as chamavam de aprendizes e esperavam que obedecessem duas vezes mais rápido do que Rand.

Nada disso transparecia no semblante tranquilo de Merana.

— Milorde Dragão — cumprimentou ela com todo o respeito —, acabamos de ficar sabendo do seu retorno e achamos que estaria ansioso para saber como foram as coisas com os Atha'an Miere.

Ela só deu uma olhadela para Dobraine, mas o sujeito foi logo se levantando. Cairhienos eram acostumados a pessoas querendo conversar em particular.

— Dobraine pode ficar — disse Rand sem rodeios.

Ele havia hesitado? Não se levantou. Com os olhos feito gelo azul, estava se comportando exatamente como o Dragão Renascido. Min lhe dissera que aquelas mulheres eram de fato leais a ele, todas as cinco que o acompanharam até o navio do Povo do Mar, completamente leais ao juramento que fizeram e, portanto, obedientes à sua vontade, mas Rand parecia achar difícil confiar em qualquer Aes Sedai. Min entendia, mas ele teria de aprender.

— Como quiser — respondeu Merana, inclinando brevemente a cabeça. — Rafela e eu chegamos a um acordo com o Povo do Mar. A Barganha, como eles chamam.

A diferença soava bem clara. Com as mãos imóveis nas saias verdes de talhos cinzas, ela respirou fundo. Precisava daquela tranquilização.

— Harine din Togara Dois Ventos, Mestra das Ondas do clã Shodein, falando em nome de Nesta din Reas Duas Luas, Senhora dos Navios dos Atha'an Miere, e portanto englobando todos os Atha'an Miere, prometeu tantos navios quanto o Dragão Renascido necessitar, para navegar quando e para onde for preciso, para quaisquer propósitos que ele desejar. — Merana soava mesmo um pouco mais grandiloquente quando não havia Sábias por perto, até porque as Sábias não permitiam. — Em contrapartida, Rafela e eu, falando em seu nome, prometemos que o Dragão Renascido não mudaria nenhuma lei concernente aos Atha'an Miere, como ele o fez com os... — Por um momento, ela fraquejou. — Me perdoe. Estou habituada a reportar acordos exatamente como foram feitos. A palavra que eles usaram foi "costeiros", mas se referiam a como você procedeu em Tear e Cairhien.

Uma dúvida brotou nos olhos dela, mas logo se dissipou. Talvez estivesse se perguntando se Rand agira da mesma forma em Illian. Merana já expressara seu alívio por ele não ter mudado nada em sua terra natal, Andor.

— Acho que dá para aceitar — resmungou ele.

— Em segundo lugar — Rafela tomou a palavra, cruzando as mãos gorduchas na altura da cintura —, você deve conceder terras aos Atha'an Miere, uma milha quadrada, em todas as cidades litorâneas de água navegável que já controle ou venha a controlar. — Ela soou menos pomposa que sua colega, mas por pouco. E tampouco parecia muito contente com o que estava dizendo. Era tairena, afinal, e poucos portos mantinham tanto controle sobre seu comércio quanto Tear. — Dentro dessa área, as leis dos Atha'an Miere devem prevalecer em detrimento de quaisquer outras. Esse acordo também deve ser aceito pelos mandatários de tais portos, de forma que... — Foi a vez de ela hesitar, e suas bochechas escuras ficaram um tantinho cinzentas.

— De forma que o acordo sobreviva a mim? — indagou Rand, seco, e soltou uma risada. — Também dá para aceitar.

— Todas as cidades litorâneas? — estranhou Dobraine. — Então aqui também? — Ele se pôs de pé em um pulo e começou a andar de um lado para o outro, derramando mais vinho do que Min e parecendo nem notar. — Uma milha quadrada? E só a Luz sabe sob quais leis. Já viajei num navio do Povo do

Mar, e é uma experiência *bem* peculiar! Sem falar nas pernas à mostra! E o que dizer das obrigações alfandegárias, das taxas de atracação e... — De repente, ele se voltou para Rand. Franziu o cenho para as Aes Sedai, que nem deram bola, mas foi com Rand que falou, e em um tom que beirava a aspereza. — Vão arruinar Cairhien em um ano, Milorde Dragão. Vão arruinar todos os portos em que você permitir que façam isso.

Min concordou em silêncio, mas Rand só fez um aceno de mão e tornou a rir.

— Eles podem achar que sim, mas eu entendo um pouco disso, Dobraine. Não disseram quem escolhe as terras, então não precisa ser na água. E vão ter que comprar comida de vocês e viver dentro das suas leis quando saírem, de modo que não podem ser tão arrogantes. Na pior das hipóteses, você pode cobrar seus impostos quando os produtos saírem do... santuário deles. Quanto ao resto... se eu posso aceitar, você também pode. — Não se ouviu mais nenhum riso em sua voz, e Dobraine curvou a cabeça.

Min ficou se perguntando onde Rand tinha aprendido aquilo tudo. Ele falava como um rei, e um que sabia o que estava fazendo. Talvez Elayne o tivesse ensinado.

— O "em segundo lugar" significa que não acabou — disse Rand para as duas Aes Sedai.

Merana e Rafela se entreolharam, tocaram nas saias e nos xales sem se darem conta, e então Merana falou, a voz nem um pouco pomposa. Na verdade, estava até mansa demais:

— Em terceiro lugar, o Dragão Renascido concorda em andar acompanhado o tempo todo de uma embaixadora apontada pelos Atha'an Miere. Harine din Togara nomeou a si mesma. Ela será acompanhada de sua Chamadora de Ventos, de seu Mestre da Espada e de um séquito.

— O quê? — rugiu Rand, saltando da cadeira.

Rafela tratou de se intrometer, e falando rápido, como se temesse que ele pudesse interrompê-la:

— E, em quarto lugar, o Dragão Renascido concorda em atender prontamente a uma convocação da Senhora dos Navios, porém não mais que duas vezes a cada três anos. — Ela concluiu um pouco ofegante, tentando fazer a última frase soar mais atenuada.

O Cetro do Dragão veio voando do chão por trás de Rand, e ele o apanhou no ar sem nem olhar. Seus olhos já não eram gelo. Eram fogo azul.

— Uma embaixadora do Povo do Mar pendurada nos meus calcanhares? Atender a convocações? — Ele balançou a ponta de lança entalhada na direção delas, a borla verde e branca se agitando. —Tem um povo por aí querendo nos conquistar, e talvez consiga! Os Abandonados estão à solta! O Tenebroso está esperando! Por que não propuseram que eu calafetasse os cascos dos navios deles, para completar?

Em geral, Min tentava acalmá-lo quando seu temperamento se inflamava, mas daquela vez se inclinou para a frente e olhou feio para as Aes Sedai. Concordava plenamente com ele. Elas tinham dado o estábulo para vender um cavalo!

Rafela chegou a cambalear com aquele rompante, mas Merana se pôs de pé, seus olhos conseguindo até fazer uma boa imitação de um fogo castanho salpicado de ouro.

—Você está *ralhando conosco*? — rebateu ela em um tom de voz tão gélido quanto seus olhos ardiam em brasa. Era uma Aes Sedai como as que Min imaginava quando menina, mais majestosas que rainhas, mais poderosas que tudo. —Você estava presente no começo, *ta'veren*, e arrancou delas o que bem entendeu. Poderia ter feito todos se ajoelharem diante de você! Mas foi embora! Elas não ficaram nem um pouco contentes quando souberam que tinham dançado para um *ta'veren*. De alguma forma, aprenderam a tecer blindagens, e bem antes de você desembarcar do navio, Rafela e eu fomos blindadas. Para que não tirássemos proveito do Poder, segundo elas. Mais de uma vez, Harine ameaçou nos pendurar no cordame pelos dedos dos pés até recobrarmos nosso juízo, e eu, pelo menos, acredito que ela realmente teria feito isso! Considere-se um afortunado por ter os navios que quiser, Rand al'Thor. Harine teria lhe entregado meia dúzia! Considere-se um afortunado por ela não ter pedido suas botas novas e esse seu trono horroroso também! Ah, a propósito, ela o reconheceu formalmente como Coramoor, e que isso lhe dê uma dor de barriga!

Min a encarou. Rand e Dobraine também, o cairhieno de boca aberta. Rafela também a olhava, a boca se movendo sem emitir nenhum som. O fogo então se apagou dos olhos de Merana, que foram se arregalando mais e mais, como se ela estivesse acabado de ouvir o que tinha dito.

O Cetro do Dragão estremeceu no punho de Rand. Por muito menos, Min já tinha visto sua fúria se avolumar quase a ponto de explodir. Ela rezava para haver algum jeito de evitar a explosão, mas não conseguia pensar em nenhum.

— Me parece que as palavras que um *ta'veren* arranca nem sempre são as que ele deseja ouvir — disse ele por fim. Parecia... calmo. Min se recusava a descrevê-lo como "são". — Vocês se saíram bem, Merana. Eu incumbi a vocês duas uma missão complicada, mas você e Rafela se saíram bem.

As duas Aes Sedai cambalearam e, por um momento, Min achou que desabariam de puro alívio e virariam poças no chão.

— Pelo menos conseguimos não revelar os detalhes para Cadsuane — comentou Rafela, alisando as saias meio trêmula. — Não havia como impedir que todos ficassem sabendo que tínhamos feito *algum* tipo de acordo, mas conseguimos esconder dela essa parte.

— Sim — concordou Merana, sem fôlego. — Ela até nos abordou no caminho para cá. É difícil esconder qualquer coisa dela, mas nós conseguimos. Achamos que você não ia querer que ela... — O olhar pétreo de Rand fez a mulher se interromper.

— Cadsuane de novo — disse ele, sem emoção. Franziu o cenho, examinando a ponta de lança entalhada que tinha à mão, e então jogou-a em uma cadeira como se não confiasse em si mesmo de posse dela. — Ela está no Palácio do Sol, é? Min, mande as Donzelas lá fora levarem um recado para Cadsuane. É para ela vir depressa ao encontro do Dragão Renascido.

— Rand, acho melhor não — começou Min, nervosa, mas Rand a cortou. Não com rispidez, mas com toda firmeza.

— Faça isso, Min, por favor. Essa mulher é como um lobo espiando o curral de ovelhas. Pretendo descobrir o que ela quer.

Min se levantou sem pressa e foi arrastando os pés até a porta. Não era a única que achava aquilo má ideia. Ou que pelo menos não queria estar presente quando o Dragão Renascido ficasse frente a frente com Cadsuane Melaidhrin. Dobraine ultrapassou-a no caminho até a porta, mal parando para fazer uma mesura ligeira, e até Merana e Rafela saíram do aposento antes dela, embora disfarçassem a pressa. Pelo menos dentro da sala do trono. Quando Min pôs a cabeça para fora, no corredor, as duas irmãs já haviam alcançado Dobraine e se afastavam quase em trote.

Estranhamente, a meia dúzia de Donzelas que estava ali fora quando Min entrou mais cedo tinha crescido em número e já ladeava o corredor até onde a vista alcançava, mulheres altas e de expressão dura trajando o marrom e cinza do *cadin'sor*, a *shoufa* enrolada na cabeça e com o véu preto comprido pendendo do rosto. Muitas delas carregavam lanças e broquéis de couro como se esperassem uma batalha. Algumas disputavam partidas de um jogo manual chamado "faca, papel e pedra" e o restante observava com atenção.

Mas não com tanta atenção a ponto de não notar sua presença. Quando Min deu o recado de Rand, as conversas gestuais tiveram início por toda a extensão das fileiras, até que duas Donzelas magricelas saíram em trote. As outras trataram de retomar o jogo, participando ou assistindo.

Coçando a cabeça, encafifada, Min tornou a entrar. As Donzelas costumavam deixá-la nervosa, ainda que sempre lhe dedicassem algumas palavras, por vezes respeitosas, como se ela fosse uma Sábia, por vezes brincalhonas, apesar de seu humor peculiar, para dizer o mínimo. Nunca a haviam ignorado daquela maneira.

Rand estava no quarto. Só isso já fez seu coração acelerar. Estava sem casaco, tinha desamarrado os nós da camisa cor de neve no pescoço e nos punhos, e tirado as calças. Sentando-se no pé da cama, ela se recostou em um dos robustos postes de madeira negra do dossel e pôs os pés para cima, cruzando os tornozelos. Não tivera nenhuma chance de ver Rand se despir e queria aproveitar.

Em vez de continuar, porém, ele parou e a encarou.

— O que Cadsuane poderia me ensinar? — perguntou ele de repente.

— A você e a todos os Asha'man — respondeu Min. Tinha sido essa a visão dela. — Não sei o que é, Rand, só sei que você precisa aprender. Todos vocês. — Não parecia que ele pretendia avançar para além de ficar só de camisa. Com um suspiro, ela continuou: — Você precisa dela, Rand. Não pode se dar o luxo de irritá-la. Não pode ser dar ao luxo de botá-la para correr.

Na realidade, ela achava que nem cinquenta Myrddraal e mil Trollocs poderiam botar Cadsuane para correr, mas dava no mesmo. Um expressão distante surgiu nos olhos de Rand e, instantes depois, ele balançou a cabeça.

— Por que eu deveria dar ouvidos a um louco? — resmungou ele, quase inaudível. Luz, ele acreditava mesmo que Lews Therin Telamon falava com ele em sua mente? — Deixe qualquer pessoa saber que você precisa dela, Min, e essa pessoa terá controle sobre você. Uma coleira, para puxar você aonde ela quiser. Eu não vou pôr um cabresto no meu pescoço por conta de nenhuma Aes Sedai. Nem por ninguém! — Devagar, ele abriu os punhos. — De você, eu preciso, Min — disse com simplicidade. — Não pelas suas visões. Eu apenas preciso de você.

Que a Luz a queimasse, mas aquele homem era capaz de deixá-la sem chão com umas poucas palavras!

Com um sorriso tão ávido quanto o dela, Rand segurou a barra da camisa com as duas mãos e se curvou para começar a puxá-la por cima da cabeça. Entrelaçando os dedos sobre a barriga, ela se acomodou para assistir.

As três Donzelas que adentraram em marcha no quarto não usavam mais a *shoufa* que lhes escondia os cabelos curtos no corredor. Não traziam nada nas mãos e também não carregavam mais aquelas facas de cinto de lâminas pesadas. Foi tudo o que Min teve tempo de perceber.

A cabeça e os braços de Rand ainda estavam dentro da blusa quando Somara, loura e alta até para os padrões das Aiel, agarrou o linho branco e o enrolou, prendendo Rand. Quase no mesmo movimento, chutou-o no meio das pernas. Com um gemido abafado, ele cambaleou e se curvou ainda mais.

Nesair, uma ruiva muito bonita, apesar das cicatrizes embranquecidas nas bochechas bronzeadas, enfiou-lhe o punho no flanco direito com força suficiente para fazê-lo tropeçar de lado.

Soltando um grito, Min saltou da cama. Não sabia que loucura estava acontecendo ali, não conseguia nem começar a imaginar. Suas facas deslizaram fácil de dentro das mangas, e ela se lançou para cima das Donzelas aos berros.

— Socorro! Ah, Rand! Alguém me ajude! — Ao menos foi isso que tentou gritar.

A terceira Donzela, Nandera, girou feito uma cobra, e Min se viu com um pé plantado em sua barriga. O ar lhe escapou em um arquejo. As facas saíram voando de suas mãos dormentes, e ela deu uma cambalhota por sobre o pé da Donzela grisalha, estatelando-se de costas com uma pancada que expeliu o pouco de ar que ainda lhe restava. Tentando se mover, tentando respirar — tentando entender! —, ela só conseguiu ficar ali caída assistindo a tudo.

As três mulheres eram bem meticulosas. Nesair e Nandera golpeavam Rand com socos, enquanto Somara o segurava curvado e preso em sua própria camisa. De novo e de novo, elas aplicavam golpes estudados na barriga firme de Rand, em seu flanco direito. Tivesse algum fôlego, Min teria soltado uma gargalhada histérica. Estavam tentando matá-lo de pancada e tomavam o cuidado de evitar qualquer ponto próximo da frágil cicatriz redonda do flanco esquerdo, atravessado pelo corte parcialmente curado.

Ela sabia muito bem como o corpo de Rand era firme, forte, mas ninguém podia aguentar aquilo. Aos poucos, os joelhos dele foram se dobrando e, quando bateram nas lajotas do piso, Nandera e Nesair se afastaram. As duas aquiesceram e Somara soltou a camisa de Rand. Ele caiu de cara. Min conseguia ouvi-lo arfando, tentando abafar os gemidos que, apesar dos seus esforços, continuavam brotando. Ajoelhando-se, Somara foi quase carinhosa ao puxar sua camisa para baixo. Ele ficou ali caído com a bochecha no chão, os olhos esbugalhados, lutando para respirar.

Nesair se abaixou para agarrar um punhado do seu cabelo e levantar sua cabeça.

— Ganhamos o direito de fazer isso — grunhiu ela —, mas todas as Donzelas queriam pôr as mãos em você. Abandonei meu clã por você, Rand al'Thor. Não vou permitir que cuspa em mim!

Somara moveu a mão como se fosse afastar o cabelo dele do rosto, mas tratou de se conter.

— É assim que tratamos um primeiro-irmão que nos desonra, Rand al'Thor — advertiu ela com firmeza. — Na primeira vez. Na próxima, vamos usar correias.

Nandera assomou sobre ele, as mãos plantadas na cintura e um semblante pétreo.

—Você carrega a honra das *Far Dareis Mai*, filho de uma Donzela — disse ela em tom sombrio. — Prometeu nos chamar para dançar as lanças por você, então saiu correndo para a batalha e nos deixou para trás. Nunca mais faça isso.

Ela passou por cima do corpo dele para ir embora, e as outras duas a acompanharam. Apenas Somara deu uma olhadinha para trás, e, se havia compaixão em seus olhos azuis, não havia nenhuma em sua voz quando disse:

— Não deixe que seja necessário fazer isso de novo, filho de uma Donzela.

Rand já se pusera de quatro quando Min conseguiu rastejar até ele.

— Elas devem estar malucas — arfou ela. Luz, como sua barriga doía! — Rhuarc vai...! — Ela não sabia o que Rhuarc faria. Não o bastante, com certeza. — Sorilea... — A Sábia as enfiaria em uma estaca ao sol! Para começar! — Quando contarmos a ela...

— Não vamos contar para ninguém — respondeu Rand. Ele parecia quase recuperado, apesar de ainda estar com os olhos levemente esbugalhados. Como conseguia? — Elas têm o direito de fazer isso. *Conquistaram* esse direito.

Min reconhecia muito bem aquele tom de voz. Quando um homem decidia ser teimoso, era capaz de se sentar nu em um campo de urtigas e negar na sua cara que o traseiro estava ardendo! Ficou quase contente ao ouvi-lo gemer enquanto o ajudava a ficar de pé. Bem, enquanto um ajudava o outro. Se ele ia mesmo agir como um perfeito cabeça de vento, merecia alguns machucados!

Rand se acomodou na cama, deitando-se de costas na pilha de almofadas, e Min se aninhou ao lado dele. Não era o que havia esperado, mas o máximo que aconteceria, tinha certeza.

— Não era para isso que eu esperava usar esta cama — murmurou ele. Ela não tinha certeza se era para ter ouvido.

Min soltou uma gargalhada.

— Eu gosto tanto de ficar abraçada com você quanto... da outra coisa.

Estranhamente, ele sorriu como se soubesse que ela estava mentindo. Sua tia Miren dizia que aquela era uma das três mentiras em que qualquer homem acreditaria se uma mulher contasse.

— Se eu estiver interrompendo... — disse uma voz feminina tranquila vinda da porta. — Acho que posso voltar quando for mais conveniente.

Min se afastou de Rand como se ele queimasse, mas, quando ele a puxou de volta, ela se aconchegou junto dele. Reconhecia a Aes Sedai junto à porta, uma cairhiena pequena e cheinha com quatro listras finas e coloridas no busto farto e talhos brancos nas saias escuras. Daigian Moseneillin era uma das irmãs que tinham vindo com Cadsuane. E, na opinião de Min, quase tão autoritária quanto a própria.

— Quem é você? Nunca vi mais gorda — indagou Rand, preguiçosamente. — Seja quem for, ninguém lhe ensinou a bater na porta?

Min, no entanto, se deu conta de que todos os músculos do braço que a segurava estavam duros como uma rocha.

A pedra-da-lua que pendia de uma correntinha de prata na testa de Daigian balançou quando a mulher sacudiu de leve a cabeça. Estava bem claro que ela não estava nada contente.

— Cadsuane Sedai recebeu seu pedido — avisou ela, com ainda mais frieza do que antes — e me pediu para vir transmitir suas desculpas. Ela quer muito terminar de bordar a peça de ponto cheio em que está trabalhando. Talvez consiga vê-lo outro dia. Se arrumar tempo.

— Foi isso que ela disse? — rebateu Rand com um tom de voz perigoso.

Daigian deu uma fungada com ar de desdém.

— Vou deixar vocês continuarem... o que estavam fazendo.

Min se perguntou se conseguiria se safar caso desse uma bofetada em uma Aes Sedai. Daigian lhe lançou um olhar gélido, como se tivesse ouvido seu pensamento, e deu meia-volta para ir embora na maior tranquilidade.

Rand se inclinou à frente e abafou um palavrão.

— Diga para Cadsuane que ela pode ir para o Poço da Perdição! — gritou ele para a irmã que se retirava. — Diga que ela pode apodrecer!

— Não pode ser assim, Rand. — Min suspirou. Seria mais difícil do que ela imaginara. — Você precisa de Cadsuane. Ela não precisa de você.

— Não precisa? — respondeu ele baixinho, e ela sentiu um calafrio.

E tinha pensado que seu tom soara perigoso antes.

Rand se arrumou com cuidado, tornando a vestir o casaco verde e incumbindo Min de dar recados para as Donzelas transmitirem. Ao menos isso elas aceitaram fazer. Suas costelas do lado direito doíam quase tanto quanto as feridas do lado esquerdo, e a sensação na barriga era a de que ele tinha sido golpeado com uma tábua. Ele prometera a elas. Rand agarrou *saidin* sozinho no quarto, sem querer deixar que nem Min o visse fraquejar de novo. Podia ao menos mantê-la segura, de alguma forma, mas como ela poderia se sentir segura se o visse quase tombando? Tinha de ser forte, pelo bem dela. Tinha de ser forte, pelo mundo. Aquele emaranhado de emoções lá no fundo da mente, que Alanna representava, o fazia se lembrar do preço do descuido. No momento, Alanna estava amuada. Devia ter exagerado com uma Sábia, porque andava se sentando sempre com muito cuidado.

— Ainda acho que é uma insanidade, Rand al'Thor — disse Min quando ele pôs a Coroa de Espadas na cabeça com todo o cuidado. Não queria que aquelas lâminas minúsculas o fizessem sangrar de novo. — Você está ouvindo? Bem, se sua intenção é levar isso adiante, eu vou com você. Você mesmo admitiu que precisa de mim, e vai precisar mais do que nunca depois disso!

Ela estava fula da vida, os punhos cerrados na cintura, os pés batendo e os olhos só faltando soltar faíscas.

— Você vai ficar aqui — rebateu ele com firmeza.

Ainda não tinha certeza do que pretendia fazer, não absoluta, e não queria que Min o visse aos tropeços. Tinha muito receio de acabar tropeçando. Contudo, esperava uma discussão.

Ela franziu o cenho para ele, e seus pés pararam de bater. O brilho raivoso em seus olhos se transformou em uma preocupação que se dissipou em um lampejo.

— Bem, suponho que você já tenha idade suficiente para atravessar o estábulo sem lhe darem a mão, pastor de ovelhas. Além do mais, estou mesmo precisando botar a leitura em dia.

Deixando-se cair em uma das altas cadeiras douradas, ela cruzou as pernas sob o corpo e apanhou o livro que estivera lendo quando ele chegou. Em instantes, parecia totalmente absorvida pela página à sua frente.

Rand assentiu. Era isso que ele queria, ela ali, e segura. Mas não precisava se esquecer dele tão rápido assim.

Havia seis Donzelas agachadas no corredor junto à porta. Olharam para ele com indiferença, sem dar um pio, o olhar de Nandera foi o mais inexpressivo de todos. Apesar de Somara e Nesair não ficarem muito atrás. Ele achava que Nesair era Shaido; teria de vigiá-la com atenção.

Os Asha'man também estavam esperando — Lews Therin resmungou algo sombrio sobre matança na mente de Rand —, todos menos Narishma usavam o Dragão e a Espada no colarinho. Ele foi objetivo ao ordenar que Narishma fizesse a guarda dos aposentos, no que o homem o saudou com veemência, aqueles olhões escuros enxergando demais, levemente acusadores. Rand não acreditava que as Donzelas descontariam seu desgosto em Min, mas não correria riscos. Luz, ele *tinha* contado para Narishma sobre todas as armadilhas que tecera na Pedra quando mandou o sujeito ir pegar *Callandor*. O homem estava imaginando coisas. Que a Luz o queimasse, mas aquele tinha sido um risco insano de se correr.

Só loucos nunca *confiam*. Lews Therin soou animado. E bem maluco. As feridas no flanco de Rand latejavam, pareciam ressoar em conjunto em uma dor distante.

— Me mostrem onde encontro Cadsuane — exigiu ele.

Nandera se pôs de pé suavemente e foi andando sem olhar para trás. Ele a seguiu, e os demais foram logo atrás, Dashiva e Flinn, Morr e Hopwil. Rand passou instruções ligeiras enquanto eles caminhavam. Justo Flinn ensaiou um protesto, mas Rand o rechaçou. Não era hora de se acovardar. O ex-Guarda agrisalhado era o último de quem Rand esperara algo do tipo. De Morr ou Hopwil, talvez. Se não eram mais exatamente ingênuos, ainda eram jovens o bastante para deixar as lâminas de barbear secas dia sim, dia não. Mas Flinn, não. As botas macias de Nandera não faziam nenhum barulho; os passos dos homens reverberavam no teto alto de arco quadrado, botando para correr todos que tinham qualquer mínima razão para ter medo. As feridas pulsavam.

Àquela altura, todos no Palácio do Sol já conheciam o Dragão Renascido de vista, e também sabiam quem eram aqueles homens de casaco preto. Serviçais de uniformes pretos faziam mesuras ou reverências profundas e tratavam de sair de vista. A maioria dos nobres se afastava dos cinco homens capazes de canalizar com quase a mesma rapidez, debandando para qualquer outro lugar com expressões decididas. Ailil os observou passar com uma expressão indecifrável. Anaiyella abriu um sorriso afetado, claro, mas quando Rand deu uma olhadela para trás, ela estava encarando-o com uma expressão que rivalizava com a de Nandera. Bertome sorriu ao fazer sua mesura, um sorriso opaco que não transmitia nem alegria nem prazer.

Nandera não disse uma única palavra nem quando chegaram ao seu destino, resumindo-se a apontar com uma de suas lanças para uma porta fechada, girando nos calcanhares e partindo a passos largos pelo mesmo caminho de onde tinham vindo. O *Car'a'carn* sem uma única Donzela para protegê-lo. Será que elas achavam que quatro Asha'man eram suficientes para garantir sua segurança? Ou será que a partida da mulher era mais um sinal de descontentamento?

— Faça o que eu mandei — disse Rand.

Dashiva se sobressaltou, como se voltasse a si, e em seguida agarrou a Fonte. A porta larga, com linhas verticais entalhadas, se abriu com estrondo por um fluxo de Ar. Os outros três agarraram *saidin* e entraram depois de Dashiva, os semblantes severos.

— O Dragão Renascido — ressoou alto a voz de Dashiva, levemente amplificada pelo Poder —, rei de Illian, Senhor da Manhã, vem ver a mulher, Cadsuane Melaidhrin.

Rand adentrou, altivo. Não reconheceu a outra tessitura que Dashiva criara, mas o ar parecia exalar ameaça, uma sensação de algo inexorável se aproximando, chegando cada vez mais perto.

— Mandei chamar você, Cadsuane — falou ele. Não usava tessituras. Sua voz já estava firme e monótona o bastante sem qualquer ajuda.

A irmã Verde de quem ele se lembrava estava sentada atrás de uma mesinha com um bastidor de bordado nas mãos, um cesto aberto sobre o tampo polido derramando rolos de fios coloridos de alguns de seus muitos compartimentos. Ela era exatamente como ele recordava, aquele rosto forte encimado por um coque grisalho cor-de-ferro adornado com peixinhos dourados e passarinhos, estrelas e luas balançando. E aqueles olhos escuros, parecendo quase negros em sua face de pele clara. Olhos frios e calculistas. Lews Therin soltou um ganido e tratou de fugir assim que a viu.

— Bem — disse a mulher, pondo o bastidor de bordado na mesa —, devo dizer que já vi coisa melhor sem pagar. Com tudo o que ando ouvindo a seu respeito, garoto, o mínimo que eu esperava era o ribombar de trovões, trompetes no firmamento, luzes piscando no céu.

Com toda a calma, ela observou os cinco homens de rosto pétreo capazes de canalizar, o que deveria ter sido o bastante para fazer qualquer Aes Sedai se encolher. Com a mais absoluta calma, Cadsuane observou o Dragão Renascido.

— Espero que ao menos um de vocês vá fazer malabarismo — zombou ela. — Ou engolir fogo? Sempre gostei de assistir a menestréis engolindo fogo.

Flinn chegou a soltar uma risadinha antes de se conter e, mesmo então, penteou a franja com a mão e pareceu fazer esforço para não demonstrar que estava achando graça. Morr e Hopwil trocaram olhares que denotavam tanto perplexidade quanto certa dose de indignação. Dashiva abriu um sorriso desagradável, e então a tessitura que ele segurava foi ficando cada vez mais forte, até Rand sentir vontade de olhar por cima do ombro para espiar o que estava vindo em sua direção.

— Já basta que você saiba quem eu sou — respondeu Rand. — Dashiva, vocês todos, esperem lá fora.

Dashiva abriu a boca como se fosse protestar. Aquilo não fizera parte das instruções de Rand, mas eles não iam conseguir acuar a mulher, não daquele jeito. Dashiva saiu, então, reclamando sozinho. Hopwil e Morr recuaram contentes, dedicando olhares de soslaio a Cadsuane. Flinn foi o único a se retirar de maneira digna, apesar de estar mancando. E ainda parecia achar graça!

Rand canalizou e uma pesada cadeira com entalhes de leopardo flutuou pelo ar, saindo de onde estava, junto à parede, girando e rolando em cambalhotas antes de pousar como uma pluma em frente a Cadsuane. Ao mesmo tempo, um pesado cântaro de prata se ergueu de uma ornamentada mesa comprida do outro lado do cômodo, produzindo um zunido ao ser repentinamente aquecido. O vapor começou a jorrar pelo topo, e o objeto tombou, rodopiando feito um pião lento, quando uma xícara prateada se ergueu para aparar com perfeição o líquido escuro que se derramava.

— Esquentou muito, eu acho — comentou Rand, e os batentes envidraçados saltaram das janelas altas e estreitas.

Flocos de neve adentraram, trazidos por uma lufada gelada, no que a xícara saiu voando pelos ares até passar por uma das janelas, tornou a entrar e veio parar exatamente em sua mão no instante em que ele se sentava. Cadsuane veria quão calma conseguia ficar com um homem enlouquecido a encará-la. O líquido escuro era chá, forte demais depois da fervura e amargo o bastante para travar sua mandíbula. Mas a temperatura estava perfeita. Sua pele se arrepiou com as rajadas que sopravam penetrando no aposento e fazendo as tapeçarias se chocarem contra a parede, mas, no Vazio, isso era muito distante, na pele de outra pessoa.

— A Coroa de Louros é mais bonita que muitas outras — observou Cadsuane com um discreto sorriso. Os ornamentos em seu cabelo balançavam toda vez que o vento apertava, e cachinhos se agitavam junto do coque, mas a única providência que ela tomou foi pegar o bastidor de bordado antes que ele fosse varrido da mesa. — Prefiro chamar assim. Mas não espere que eu fique impressionada com coroas. Já espanquei o traseiro de dois reis e três rainhas. Nenhum deles estava em condições de sentar no trono quando eu terminei o serviço, isso por um ou dois dias, mas serviu para ganhar a atenção deles. Sendo assim, veja que coroas não me impressionam.

Rand relaxou a mandíbula. Ranger os dentes não adiantaria. Ele arregalou os olhos na esperança de parecer insano, em vez de simplesmente furioso.

— A maior parte das Aes Sedai evita o Palácio do Sol — disse ele. — Exceto as que juraram lealdade a mim. E essas são minhas prisioneiras.

Luz, o que ele faria com *elas*? Contanto que as Sábias não deixassem nenhuma atazaná-lo, até que tudo bem.

— Os Aiel parecem achar que eu possa ir e vir como bem entendo — respondeu Cadsuane com um ar ausente, olhando para o bastidor em sua mão como se cogitasse pegar a agulha de novo. — Por conta de uma ajudinha boba que dei para um ou outro garoto. Embora eu não saiba dizer por que alguém além da mãe deveria achá-lo digno dessa ajuda.

Rand fez mais um esforço para não ranger os dentes. A mulher *tinha* salvado a vida dele. Ela e Darner Flinn juntos, além de muitos outros envolvidos na questão, inclusive Min. Mas ele ainda devia algo a Cadsuane por conta daquilo. Que a Luz a queimasse.

— Quero que você seja minha conselheira. Agora sou o Rei de Illian, e reis têm conselheiras Aes Sedai.

Ela deu uma olhadela desdenhosa para a coroa dele.

— De jeito nenhum. Uma conselheira tem que ficar vendo seu aconselhado fazer besteira com frequência demais para o meu gosto. E também tem que acatar ordens, algo em que sou particularmente péssima. Não poderia ser outra pessoa? Alanna, quem sabe?

Rand se endireitou na cadeira a contragosto. Será que ela sabia a respeito do elo? Merana tinha dito que era difícil esconder qualquer coisa de Cadsuane. Não; ele podia se preocupar em outro momento com o quanto suas Aes Sedai "fiéis" vinham contando para Cadsuane. Luz, como ele gostaria que Min estivesse equivocada, para variar. Só que era mais fácil acreditar que ele conseguia respirar debaixo d'água.

— Eu... — Rand não conseguiu se obrigar a dizer que precisava dela. Nada de cabrestos! — E se você não precisasse fazer nenhum juramento?

— Imagino que possa funcionar — ponderou ela, em dúvida, olhando para seu maldito bordado. Ela ergueu os olhos para encontrar os dele. Calculistas. — Você parece...apreensivo. Não gosto de falar para um homem que ele está com medo nem quando ele tem motivo para estar. Apreensivo porque uma irmã que você não conseguiu transformar em uma cachorrinha amestrada poder estar armando alguma coisa? Deixe-me ver. Eu posso lhe fazer algumas promessas, que talvez lhe tragam sossego. Espero que você as ouça, é claro... se me fizer desperdiçar saliva, vou fazer você uivar... mas não vou obrigá-lo a fazer o que eu quero. Não vou tolerar ninguém mentindo para mim, com toda a certeza... isso é outra coisa que, se você fizer, não vai gostar das consequências... mas também não espero que você me conte os anseios mais profundos do seu coração. Ah, sim. Tudo que eu fizer, será para o seu próprio bem. Nem para o meu nem para o da Torre, para o seu. E então, isso alivia seus medos? Me perdoe. Sua apreensão?

Questionando-se se deveria rir, Rand apenas a encarou.

— Vocês são ensinadas a fazer isso? A fazer uma promessa soar como ameaça, quero dizer?

— Ah, entendi, você quer regras. A maioria dos garotos quer, a despeito do que digam. Muito bem, deixe-me ver. Eu não tolero incivilidade. Assim sendo, você me tratará com a devida educação, assim como meus amigos e meus hóspedes. Isso inclui não canalizar para eles, caso ainda não tenha entendido, e controlar seu temperamento, que, pelo que sei, é memorável. E isso também vale para aqueles seus... companheiros de casaco preto. Seria uma pena se eu tivesse que espancar você por algo que um deles fez. Isso basta? Posso pensar em outras, se você precisar.

Rand deixou a xícara ao lado da cadeira. O chá já estava frio, além de amargo. A neve começava a se acumular em montículos debaixo das janelas.

— Sou eu quem deveria estar enlouquecendo, Aes Sedai, mas você já está.

Ele se levantou e se dirigiu a passos largos até a porta.

— Torço para que você não tenha tentado usar *Callandor* — disse ela em um tom complacente atrás dele. — Soube que ela desapareceu da Pedra. Você conseguiu escapar uma vez, mas talvez não consiga escapar duas.

Rand parou e olhou por cima do ombro. A mulher estava enfiando a maldita agulha no pano do bastidor! O vento soprou, fazendo a neve rodopiar em volta dela, que nem mexeu a cabeça.

— O que você quer dizer com "escapar"?

— O quê? — Ela não levantou a vista. — Ah. Até mesmo na Torre, muito poucas sabiam o que é *Callandor* antes de você retirá-la da Pedra, mas existem coisas surpreendentes escondidas nos cantos bolorentos da Biblioteca da Torre. Fui fazer uma pesquisa há alguns anos, quando tive a primeira suspeita de que você poderia estar mamando no peito da sua mãe. Pouco antes de eu decidir que voltaria à minha reclusão. Bebês são uma coisa complicada, e eu não conseguia pensar em como encontrá-lo antes que você parasse de vazar por uma ponta ou pela outra.

— Como assim? — perguntou Rand com aspereza.

Só então Cadsuane levantou a vista. Com o cabelo esvoaçando e a neve se aninhando em seu vestido, ela parecia uma rainha.

— Já falei que não tolero incivilidade. Se você for me pedir ajuda de novo, espero que peça *com educação*. E espero um pedido de desculpas por seu comportamento hoje!

— O que você quis dizer a respeito de *Callandor*?

— Ela é defeituosa — respondeu Cadsuane bruscamente. — Não possui o amortecimento que torna seguro o uso de outros *sa'angreal*. E, ao que parece, amplifica a mácula, deixando a mente selvagem. Desde que seja um homem a manejá-la, pelo menos. A única maneira segura de você usar A Espada Que Não É Espada, a única forma de usá-la sem correr o risco de se matar ou de tentar fazer só a Luz sabe que insanidade, é unido a duas mulheres, e com uma delas guiando os fluxos.

Tentando não deixar os ombros caírem, ele foi embora. Então não tinha sido só a selvageria de *saidin* em torno de Ebou Dar que havia matado Adley. Rand ceifara a vida do sujeito no momento em que mandara Narishma ir buscar aquele troço.

A voz de Cadsuane ecoou atrás dele.

— Lembre-se, garoto. Você deve pedir com toda a gentileza, e se desculpar. Eu posso até aceitar, caso suas desculpas me pareçam realmente sinceras.

Rand mal a escutou. Esperara usar *Callandor* de novo, torcera para ela ser forte o bastante. Agora, só lhe restava uma chance, e isso o apavorava. Teve a impressão de ouvir a voz de uma outra mulher, uma mulher que já morrera. *Você seria capaz de desafiar o Criador.*

Capítulo 28

Espinho-carmim

Não era bem o cenário da explosão que Elayne temia. Ponte de Harlon era um vilarejo de tamanho médio, com três estalagens e casas suficientes para que ninguém precisasse dormir em um palheiro. Naquela manhã, quando Elayne e Birgitte desceram para o salão comum, a Senhora Dill, a estalajadeira roliça, sorriu com doçura e ofereceu a maior reverência que conseguiu. Não foi só por Elayne ser uma Aes Sedai. A Senhora Dill estava tão contente por sua estalagem estar lotada, ainda mais com tanta neve acumulada nas estradas, que fazia mesuras para quase todo mundo. Quando as duas entraram, Aviendha tratou de engolir apressada o último naco de pão com queijo do café da manhã, limpou algumas migalhas do vestido verde e pegou seu manto escuro para se juntar a elas.

Lá fora, o sol acabava de surgir acima do horizonte, um domo amarelo-claro bem baixo. Só uma ou outra nuvem estragava o lindo céu azul, e eram brancas e fofinhas, não do tipo que despejava neve. Tudo indicava um dia maravilhoso para viajar.

Não fosse o fato de Adeleas estar marchando pela rua cheia de neve arrastando pelo braço Garenia Rosoinde, uma das Comadres. Garenia era uma saldaeana de cintura fina que havia trabalhado como mercadora nos últimos vinte anos, apesar de parecer só pouco mais velha que Nynaeve. Via de regra, seu nariz extremamente aquilino lhe emprestava uma aparência forte, uma mulher que negociava com firmeza e não se intimidava. No momento, seus olhos escuros enviesados estavam arregalados e a boca larga estava aberta, emitindo um gemido mudo. Um grupo cada vez maior de Comadres seguia logo atrás, as saias erguidas para não arrastar na neve, uma cochichando com a outra, e com mais mulheres vindo de todas as direções para se juntar a elas. Reanne e o restante do Círculo do Tricô iam na frente, todas com um semblante soturno, exceto por Kirstian, que parecia ainda mais pálida que de costume. Alise também estava presente, com uma expressão absolutamente impassível.

Adeleas parou diante de Elayne e empurrou Garenia com tanta força que a mulher caiu de quatro na neve. E ali continuou gemendo. As Comadres se reuniram atrás dela, outras mais chegando para engrossar o bando.

— Estou trazendo isto a você porque Nynaeve está ocupada — explicou a irmã Marrom para Elayne.

Ela queria dizer que Nynaeve estava aproveitando alguns momentos sozinha com Lan em algum lugar, mas desta vez nem a sombra de um sorriso lhe perpassou os lábios.

— Fique quieta, criança! — ralhou ela com Garenia, que tratou de fazer silêncio. Adeleas fez um meneio satisfeito com a cabeça. — Esta não é Garenia Rosoinde. Finalmente a reconheci. É Zarya Alkaese, uma noviça que fugiu pouco antes de Vandene e eu decidirmos nos recolher e escrever nossa história do mundo. Quando eu a confrontei, ela admitiu. Me surpreende Careane não a ter reconhecido antes. Elas foram noviças juntas durante dois anos. A lei é clara, Elayne. Uma fugitiva deve voltar a usar branco o mais rápido possível e precisa ser mantida sob disciplina rígida até poder ser levada de volta à Torre para o devido castigo. Depois disso, ela não vai mais cogitar fugir!

Elayne assentiu devagar, tentando pensar no que dizer. Quer Garenia — Zarya — pensasse ou não em fugir de novo, não teria oportunidade. Era fortíssima com o Poder, e a Torre não a deixaria partir nem se ela levasse o resto da vida para conquistar o xale. Mas Elayne estava se lembrando de algo que ouvira aquela mulher dizer na primeira vez em que se viram. Suas palavras não tinham feito sentido na época, mas agora faziam. Como Zarya aceitaria de novo com o branco das noviças depois de passar setenta anos vivendo de forma independente? Para piorar, os cochichos das Comadres começavam a soar como bate-boca.

Ela não teve muito tempo para pensar. De repente, Kirstian caiu ajoelhada e, com uma das mãos, agarrou as saias de Adeleas.

— Eu me entrego — disse ela, tranquila, em um tom de voz que destoava por completo daquele rosto pálido. — Fui inscrita no livro de noviças há quase trezentos anos, e fugi menos de um ano depois. Eu me entrego e... rogo por piedade.

Foi a vez de Adeleas arregalar os olhos. Kirstian estava alegando ter fugido da Torre Branca quando ela ainda era uma criança, se não antes de ter nascido! A maioria das irmãs continuava não acreditando muito nas idades que as Comadres diziam ter. De fato, Kirstian parecia ter acabado de entrar na meia-idade.

Ainda assim, Adeleas não demorou a se recompor. Não importava sua idade, Adeleas era Aes Sedai há quase tanto tempo quanto qualquer pessoa viva, e ostentava uma aura de experiência e autoridade.

— Se é assim, criança — sua voz chegou a vacilar um pouco ao pronunciar as palavras —, receio que tenhamos que pôr você de branco também. Você não escapará de uma punição, mas entregar-se assim vai lhe trazer alguma leniência.

— Foi por isso que me entreguei. — O tom de voz firme Kirstian foi comprometido quando ela engoliu em seco. Era quase tão forte quanto Zarya, até porque não havia ninguém fraca no Círculo do Tricô, e seria vigiada bem de perto. — Sabia que, mais cedo ou mais tarde, vocês acabariam me descobrindo.

Adeleas assentiu como se aquilo fosse absolutamente óbvio, embora Elayne não fizesse a menor ideia de como a mulher teria sido descoberta. Duvidava muito de que Kirstian Chalwin fosse seu nome de nascimento. Contudo, a maior parte da Confraria acreditava que as Aes Sedai eram oniscientes. Ou pelo menos havia acreditado.

— Bobagem! — A voz rouca de Sarainya Vostovan rompeu os murmúrios do burburinho das Comadres. Ela não era nem forte o bastante para se tornar uma Aes Sedai nem tinha idade suficiente para se destacar na Confraria, mas possuía um ar desafiador e deu um passo à frente. — Por que deveríamos entregá-las à Torre Branca? Nós ajudamos mulheres a fugir, e com razão! Entregá-las não faz parte das regras!

— Controle-se! — rebateu Reanne com contundência. — Alise, encarregue-se de Sarainya, por favor. Parece que ela se esqueceu de muitas regras que diz conhecer.

Alise olhou para Reanne, seu semblante ainda indecifrável. Alise, que impunha as regras da Confraria com mão firme.

— Não faz parte das nossas regras devolver fugitivas, Reanne — reforçou ela.

Reanne se sobressaltou como se tivesse sido golpeada.

— E de que modo você sugere que fiquemos com elas? — questionou, por fim. — Sempre mantivemos fugitivas à parte até termos certeza de que não eram mais caçadas, e, se elas fossem encontradas antes, deixávamos as irmãs as levarem. Essa é a *regra*, Alise. Que outra regra você propõe quebrar? Vai sugerir que nos posicionemos *contra* as Aes Sedai?

O ridículo da ideia transparecia em sua voz, mas mesmo assim Alise ficou encarando-a em silêncio.

— Sim! — bradou uma voz no meio das Comadres. — Nós somos muitas, elas são poucas!

Incrédula, Adeleas encarou a multidão. Elayne abraçou *saidar*, embora soubesse que a voz tinha razão: a Confraria era numerosa demais. Ela sentiu Aviendha abraçando o Poder e Birgitte se pondo de prontidão.

Aprumando-se como quem voltava a si, Alise fez algo bem mais prático e sem dúvida mais efetivo.

— Sarainya — disse em voz alta —, você vai se apresentar a mim quando pararmos hoje à noite, trazendo uma vara que você mesma vai cortar antes de partirmos nesta manhã. Você também, Asra. Eu reconheço sua voz! — E então, com o mesmo tom de voz, dirigiu-se a Reanne: — Vou me apresentar para seu julgamento quando pararmos hoje. Não estou vendo ninguém se preparando!

As Comadres trataram de se dispersar para ir buscar suas coisas, mas Elayne viu algumas delas conversando baixinho no caminho. Quando atravessaram a ponte sobre o córrego congelado que serpenteava ao lado do vilarejo, com Nynaeve sem acreditar no que perdera e olhando de cara feia ao redor em busca de alguém em quem pudesse passar um pito, Sarainya e Asra levavam varas — bem como Alise — e Zarya e Kirstian trajavam vestidos brancos providenciados às pressas por sob os mantos escuros. As Chamadoras de Ventos lhes apontavam o dedo e davam sonoras gargalhadas. Mas muitas Comadres continuavam conversando em grupinhos, calando-se sempre que uma irmã ou alguma integrante do Círculo do Tricô pousava a vista nelas. E havia um ar sombrio em seus olhos toda vez que fitavam uma Aes Sedai.

Mais oito dias de avanço sofrido pela neve, isso quando não estava nevando, e de ficar rangendo os dentes em uma estalagem quando estava. Mais oito dias de ruminações por parte da Confraria, de olhares vazios para as irmãs, das Chamadoras de Ventos sendo arrogantes tanto com Comadres quanto com Aes Sedai. Na manhã do nono dia, Elayne começou a desejar que todas tivessem avançado na garganta umas das outras logo de uma vez.

Estava justamente se perguntando se conseguiriam percorrer as últimas dez milhas até Caemlyn sem nenhum assassinato quando Kirstian bateu à sua porta e entrou sem esperar resposta. O vestido de lã simples que a mulher vestia não era do tom de branco adequado a uma noviça, e ela, de alguma forma, recuperara muito de sua dignidade, como se soubesse que seu futuro tinha aliviado seu presente, mas no momento só fez uma mesura ligeira, quase tropeçando no manto, e seus olhos quase negros denotavam ansiedade.

— Nynaeve Sedai, Elayne Sedai, Lorde Lan as chama às pressas — anunciou ela, sem fôlego. — Disse para eu não falar com ninguém, e vocês também não.

Elayne e Nynaeve trocaram olhares com Aviendha e Birgitte. Nynaeve resmungou baixinho a respeito de ele não saber separar o público do privado, mas ficou óbvio que não acreditava de verdade nisso mesmo antes de ruborizar. Elayne sentiu Birgitte se concentrando, a flecha posicionada à caça de um alvo.

Kirstian não sabia o que Lan queria, apenas aonde devia levá-las: a cabaninha nos arredores de Passagem de Cullen, aonde Adeleas levara Ispan na noite anterior. Lan estava esperando do lado de fora, os olhos frios como o ar, e não deixou Kirstian entrar. Quando Elayne entrou, entendeu por quê.

Adeleas estava caída de lado junto de um banco tombado, uma xícara no chão áspero de madeira não muito longe de sua mão estirada. Os olhos estavam vidrados, e uma poça de sangue seco se derramava do corte profundo que lhe rasgara a garganta. Ispan estava em um pequeno catre, com os olhos cravados no teto. Os lábios repuxados feito um sorriso forçado deixavam seus dentes à mostra, e os olhos esbugalhados pareciam tomados de horror. E não era para menos, já que uma estaca de madeira da grossura de um pulso despontava por entre seus seios. O martelo que obviamente fora usado para cravá-la jazia ao lado do catre junto de uma mancha escura que se estendia por debaixo dele.

Elayne se obrigou a parar de pensar em vomitar ali mesmo.

— Luz — sussurrou ela. — Luz! Quem pode ter feito isso? *Como* alguém é capaz de uma coisa dessas?

Aviendha balançou a cabeça, pensativa, e Lan não expressou nem isso. Apenas vigiava nove direções ao mesmo tempo, como se esperasse que a pessoa, ou a criatura, que tivesse cometido aquele assassinato surgisse por uma das duas janelinhas minúsculas, se não pelas paredes. Birgitte sacou a faca do cinto e, pela sua cara, desejava com toda a força estar com seu arco. Aquela flecha esticada estava mais nítida do que nunca na mente de Elayne.

De início, Nynaeve apenas ficou parada, analisando o interior da cabana. Havia pouco o que ver, além do óbvio. Um segundo banquinho de três pernas, uma mesa rústica sustentando uma lamparina bruxuleante, um bule verde e uma segunda xícara, e uma lareira de pedra crua com cinzas frias em seu interior. Só isso. A cabana era tão pequena que Nynaeve só precisou dar um passo para alcançar a mesa. Ela mergulhou o dedo no bule, encostou a ponta da língua, e então cuspiu com gosto e esvaziou todo o conteúdo na mesa, lavando-a com chá e folhas. Elayne ficou confusa.

— O que aconteceu? — perguntou Vandene com frieza, da porta.

Lan fez um movimento para barrá-la, mas ela o conteve com um pequeno gesto. Elayne começou a envolvê-la com um braço e recebeu outro gesto para afastá-la. Os olhos de Vandene não se desviaram de sua irmã, a expressão de serenidade Aes Sedai a postos. A mulher morta no catre parecia nem existir.

— Quando vi todas vocês vindo nesta direção, pensei... Sabíamos que não tínhamos muitos anos pela frente, mas... — Sua voz parecia a serenidade personificada, mas não seria de se admirar se fosse uma máscara. — O que você descobriu, Nynaeve?

Era até esquisito ver pena no rosto de Nynaeve. Pigarreando, ela apontou para as folhas de chá sem encostar em nenhuma. Para raspas brancas entre o emaranhado de folhas pretas.

— Isto é raiz de espinho-carmim — revelou, tentando soar pragmática, mas falhando. — Como é doce, às vezes não dá para perceber no meio do chá, a não ser que a pessoa já conheça a planta, especialmente se acrescentar bastante mel.

Vandene assentiu sem jamais tirar os olhos da irmã.

— Adeleas tomou gosto por chá doce em Ebou Dar.

— Em pequenas quantidades, alivia a dor — observou Nynaeve. — Nessa quantidade... Nessa quantidade, mata, mas lentamente. Mesmo só alguns golinhos já bastariam. — Respirando fundo, ela acrescentou: — Elas poderiam ter ficado conscientes por horas. Sem conseguir se mexer, mas conscientes. A pessoa que fez isso ou não queria correr o risco de alguém aparecer a tempo com um antídoto... não que eu conheça algum para um preparo tão forte... ou queria que uma das mulheres soubesse quem as estava matando.

Elayne arfou diante de tamanha brutalidade, mas Vandene apenas assentiu.

— Ispan, eu acho, já que elas parecem ter gastado mais tempo com ela — disse a irmã Verde de cabelo branco, parecendo quase estar pensando alto, decifrando um quebra-cabeças. Cortar uma garganta levava menos tempo do que enfiar uma estaca no coração de alguém. Sua calma deixou Elayne arrepiada. — Adeleas jamais teria aceitado uma bebida de alguém que não conhecesse, não estando aqui com Ispan. Esses dois fatos já sinalizam quem a matou, de certa forma. Uma Amiga das Trevas, e alguém do nosso grupo. Uma de nós.

Elayne sentiu dois calafrios, o dela e o de Birgitte.

— Uma de nós — concordou Nynaeve com uma voz triste.

Aviendha começou a testar o fio da faca que trazia no cinto com polegar, e desta vez Elayne não fez nenhuma objeção.

Vandene pediu para ficar sozinha com a irmã por alguns momentos e se sentou no chão para aninhar Adeleas em seus braços antes que todos tivessem saído pela porta. Jaem, seu velho Guardião enrugado, ficou esperando lá fora, ao lado de uma tiritante Kirstian.

De repente, uma lamúria irrompeu de dentro da cabana, um grito a plenos pulmões de uma mulher que lamentava a perda de tudo. Inesperadamente, foi Nynaeve quem se virou para tornar a entrar, mas Lan pôs a mão em seu braço, e Jaem se plantou diante da porta com olhos não muito mais calorosos. Não havia nada a fazer que não fosse deixá-los, Vandene para chorar sua dor, e Jaem para vigiá-la enquanto isso. E compartilhar o sentimento, percebeu Elayne, sentindo aquele nó de emoções na cabeça que era Birgitte. Estremeceu, e Birgitte estendeu o braço para envolver seus ombros. Aviendha fez o mesmo pelo outro lado e gesticulou para Nynaeve se juntar a elas, o que, momentos depois, ela acabou fazendo. O assassinato que Elayne cogitara tão vagamente havia se materializado, uma de suas acompanhantes era uma Amiga das Trevas, e o dia de repente pareceu frio o bastante para gelar os ossos, mas havia o calor da proximidade de suas amigas.

As últimas dez milhas até Caemlyn foram fúnebres e levaram dois dias na neve, deixando até as Chamadoras de Ventos devidamente desanimadas. Não que isso as fizesse exigir menos de Merilille. Não que as Comadres tivessem parado de tagarelar e se calar toda vez que uma irmã ou alguma integrante do Círculo do Tricô se aproximava. Vandene, que pusera a sela de detalhes prateados da irmã em seu cavalo, parecia tão serena quanto estivera junto ao túmulo de Adeleas, mas os olhos de Jaem estavam carregados de uma promessa mortífera silenciosa que com certeza também era sentida no coração de Vandene. Elayne não poderia ter ficado mais feliz ao ver as muralhas e torres de Caemlyn nem se aquela imagem lhe valesse a Coroa de Rosas e trouxesse Adeleas de volta.

Nem Caemlyn, uma das maiores cidades do mundo, já tinha visto um grupo como o dela. Uma vez no interior das muralhas de cinquenta pés de pedra cinzenta, as mulheres chamaram atenção ao cruzar a Cidade Nova por ruas largas e cheias de neve parcialmente derretida, fervilhando de pessoas, carroças e carroções. Comerciantes ficavam boquiabertos à porta de suas lojas. Carroceiros puxavam as rédeas de seus animais para ficar olhando. Aiel gigantescos e Donzelas altas pareciam observá-los de todos os cantos. As pessoas nem reparavam mais nos Aiel, mas Elayne, sim. Ela amava Aviendha como a si mesma, até mais, mas não tinha como amar um exército de Aiel armados caminhando pelas ruas de Caemlyn.

A Cidade Interna, rodeada por muralhas com torreões listrados de branco e prata, era uma lembrança prazerosa, e Elayne finalmente começou a sentir que estava chegando em casa. As ruas seguiam as curvas das colinas, e cada aclive proporcionava uma nova perspectiva de parques cobertos de neve e monumentos dispostos para serem vistos tanto de cima quanto de perto, de torres de ladrilhos brilhantes que reluziam em centenas de cores ao sol da tarde. Até que o próprio Palácio do Sol surgiu diante delas, uma mistura de pináculos claros, cúpulas douradas e intricados arabescos de alvenaria. O estandarte de Andor, o Leão Branco em um fundo vermelho, panejava em quase todas as proeminências. E, nas demais, ou o Estandarte do Dragão, ou o Estandarte da Luz.

Nos altos portões dourados do Palácio, Elayne avançou sozinha a cavalo, trajando seu vestido de cavalgada cinza castigado pela viagem. A tradição e a lenda diziam que mulheres que chegavam ao Palácio em trajes opulentos sempre fracassavam. Ela tinha deixado claro que precisava fazer aquilo sozinha, mas quase desejava que Aviendha e Birgitte tivessem conseguido vencer a discussão. Metade das duas dezenas de guardas à frente dos portões era composta por Donzelas Aiel, a outra eram homens de elmos azuis e casacos também azuis com um Dragão vermelho e dourado no peito.

— Sou Elayne Trakand — anunciou ela bem alto, surpresa com quão calma soava. Sua voz reverberou e, por toda a grande praça, as pessoas interromperam suas conversas para encará-la. A antiga frase fluiu de sua boca: — Em nome da Casa Trakand, e pela devida descendência de Ishara, vim reivindicar o Trono do Leão de Andor, se a Luz assim desejar.

Os portões se abriram.

Certamente não seria assim tão fácil. Nem a posse do Palácio era o suficiente para assegurar o trono de Andor. Transferindo o cuidado de suas acompanhantes a uma estupefata Reene Harfor — e muito contente ao ver que a Criada-chefe já grisalha, roliça e tão majestosa quanto qualquer rainha ainda tinha o Palácio sob suas mãos hábeis — e um grupo de serviçais com uniformes vermelhos e brancos, Elayne entrou apressada no Grande Salão, a sala do trono de Andor. Outra vez, sozinha. Nada disso fazia parte do ritual, ainda não. Ela deveria estar indo se trocar e vestir a seda vermelha com corpete trabalhado em pérolas e leões brancos subindo pelas mangas, mas não resistiu ao impulso. Dessa vez, nem Nynaeve tentou ser contra.

Colunas brancas de vinte passadas de altura ladeavam o Grande Salão. A sala do trono ainda estava vazia. Não ficaria assim por muito tempo. A luz clara da tarde penetrando pelos batentes envidraçados das janelas altas que tomavam as paredes se misturava com a luz colorida que entrava pelas enormes clarabóias do teto, onde o Leão Branco de Andor se alternava com cenas de vitórias andorianas e os rostos das primeiras rainhas daquela terra, começando pela própria Ishara, de pele tão escura quanto qualquer Atha'an Miere, tão cheia de autoridade quanto qualquer Aes Sedai. Nenhuma governante de Andor poderia se perder na função com as predecessoras que forjaram aquela nação encarando-a de cima assim.

Uma coisa que temia ver: aquela imensa monstruosidade de trono, cheio de Dragões dourados, que ela havia visto no tablado do outro lado do Salão em *Tel'aran'rhiod*. Não estava ali, graças à Luz. O Trono do Leão também já não se encontrava em um pedestal alto como se fosse uma espécie de troféu, mas mantinha seu devido lugar em cima do estrado, uma cadeira maciça, com entalhes e douraduras, mas de tamanho adequado a uma mulher. O Leão Branco, desenhado com pedras-da-lua em um campo de rubis, pairaria sobre a cabeça de qualquer uma que se sentasse ali. Nenhum homem poderia se sentir à vontade sentado naquele trono porque, segundo a lenda, saberia que teria selado seu destino. Elayne achava mais provável que seus construtores tivessem apenas se certificado de que um homem *não caberia* nele com facilidade.

Ela subiu os degraus de mármore branco do estrado e pôs a mão em um dos braços do trono. Não tinha o direito de se sentar, ainda não. Só quando fosse reconhecida como rainha. Mas fazer juramentos no Trono do Leão era um costume tão antigo quanto Andor. Foi preciso resistir ao desejo de simplesmente cair de joelhos e chorar no assento do trono. Podia até já estar resignada quanto à morte da mãe, mas estar ali a fazia reviver toda aquela dor. Não podia desabar justo agora.

— Sob a Luz, eu vou honrar sua memória, mãe — falou baixinho. — Vou honrar o nome de Morgase Trakand e tentar trazer apenas honra à Casa Trakand.

— Ordenei aos guardas que barrassem os curiosos e interesseiros. Suspeitei que você quisesse passar um tempo sozinha aqui.

Elayne se virou devagar e deu de cara com Dyelin Taravin no instante em que a mulher de cabelo dourado atravessava o Grande Salão. Dyelin fora uma das primeiras apoiadoras de sua mãe em sua jornada para chegar ao trono. A mulher já ostentava mais fios grisalhos do que Elayne se lembrava e mais linhas nos cantos dos olhos, mas ainda era bem bonita. Uma mulher forte. E poderosa como amiga ou rival.

Ela parou aos pés do estrado e olhou para cima.

— Faz dois dias que ouvi rumores de que você estava viva, mas só acredito mesmo agora. Quer dizer que você veio aceitar o trono das mãos do Dragão Renascido?

— Reivindico o trono porque é meu direito, Dyelin, e com minhas próprias mãos. O Trono do Leão não é um presentinho para ser dado por um homem.

Dyelin assentiu como se tivesse escutado uma verdade cabal. O que realmente era, para qualquer andoriano.

— Como você se posiciona, Dyelin? Em apoio a Trakand ou contra? Escutei seu nome com frequência no caminho até aqui.

— Já que você reivindica o trono por direito seu, em apoio.

Poucas pessoas podiam soar tão secas quanto ela. Elayne se sentou no degrau mais alto e fez um gesto para a mulher mais velha se juntar a ela.

— Claro que há alguns obstáculos — prosseguiu Dyelin enquanto erguia as saias azuis para se sentar. — Já houve vários pretendentes, como você deve saber. Naean e Elenia foram devidamente presos por mim. Sob uma acusação de traição que a maioria das pessoas parece disposta a aceitar. Por enquanto. O marido de Elenia segue trabalhando por ela, ainda que com toda a discrição, e Arymilla anunciou suas aspirações, aquela pata tonta. Tem até recebido algum apoio, mas nada com que você deva se preocupar. Suas verdadeiras preocupações, além dos Aiel espalhados por toda a cidade esperando a volta do Dragão Renascido, são Aemlyn, Arathelle e Pelivar. Por ora, Luan e Ellorien darão apoio a você, mas podem se bandear para um dos três.

Uma lista bastante sucinta, e pronunciada em um tom de voz propício para uma negociação de cavalos. De Naean e Elenia, ela sabia, ainda que não tivesse conhecimento de que Jarid ainda achava que sua esposa tinha alguma chance de subir ao trono. Arymilla era *mesmo* uma pata por acreditar que seria aceita, a despeito do apoio que tivesse. Os últimos cinco nomes, no entanto, eram preocupantes. Todos haviam sido apoiadores tão ferrenhos de sua mãe quanto Dyelin, e todos comandavam Casas importantes.

— Quer dizer então que Arathelle e Aemlyn desejam o trono — murmurou Elayne. — Não acredito em Ellorien também deseje, não para si mesma.

Pelivar podia estar agindo segundo os interesses de suas filhas, mas Luan só tinha netas, e nenhuma perto de ter idade suficiente.

— Você falou como se elas pudessem se unir, as cinco Casas. Mas em apoio a quem?

Essa seria uma tremenda ameaça. Sorrindo, Dyelin apoiou o queixo na mão.

— Parecem achar que eu deveria subir ao trono. Agora me diga: quais são suas intenções em relação ao Dragão Renascido? Faz tempo que ele não volta aqui, mas a impressão que dá é que pode aparecer do nada.

Elayne cerrou os olhos por um momento, mas, quando tornou a abri-los, ainda estava sentada nos degraus do estrado do Grande Salão, e Dyelin continuava a lhe sorrir. Seu irmão lutara por Elaida, e seu meio-irmão era um Manto-branco.

Ela enchera o Palácio de mulheres que podiam se virar umas contra as outras a qualquer momento, sem falar no fato de que uma delas era Amiga das Trevas e talvez fosse até da Ajah Negra. E a maior ameaça que tinha em suas aspirações ao trono, uma ameaça *seríssima*, era representada por uma mulher que dizia que *ela própria* apoiava Elayne. O mundo estava bem louco. Não faria diferença contribuir com sua pitada.

— Pretendo criar um elo com ele como meu Guardião — respondeu, e seguiu falando antes que a outra mulher pudesse fazer mais do que piscar, estupefata. — Também espero me casar com ele. Mas nada disso tem a menor relação com o Trono do Leão. A primeira coisa que eu pretendo é...

À medida que ela foi explicando, Dyelin começou a rir. Elayne gostaria de saber se era porque gostava dos seus planos ou porque estava vendo seu próprio caminho para o Trono do Leão se tornar mais tranquilo. Ao menos agora ela sabia o que teria que encarar.

Ao chegar em Caemlyn, Daved Hanlon não teve como não pensar em como a cidade era perfeita para uma pilhagem. Em seus anos como soldado, tinha visto muitos vilarejos e cidades serem saqueadas, e uma vez, vinte anos atrás, uma cidade grande, Cairhien, depois que os Aiel foram embora. O estranho era todos aqueles Aiel terem deixado Caemlyn aparentemente tão intacta, mas, por outro lado, não fosse pelas altas torres de Cairhien pegando fogo, teria sido difícil notar a passagem deles por lá também. Muito ouro, entre outras coisas, largado pelo chão, e muitos homens para apanhá-lo. Ele era capaz de imaginar aquelas ruas largas cheias de cavaleiros e pessoas fugindo, mercadores gordos abandonando seu ouro sob a ameaça de uma faca, na esperança de que suas vidas fossem poupadas, moças esbeltas e mulheres rechonchudas tão apavoradas ao serem arrastadas para um canto que mal conseguiam soltar um ganido, muito menos lutar. Já tinha presenciado e feito tudo aquilo, e esperava fazer de novo. Não em Caemlyn, porém, admitiu com um suspiro. Se as ordens que o haviam levado até ali fossem do tipo que se podia desobedecer, ele teria ido para locais de pilhagens menos rentáveis, mas, sem dúvida, mais fáceis de conseguir.

As instruções recebidas tinham sido claras. Deixando seu cavalo na O Touro Vermelho, na Cidade Nova, ele caminhou uma milha até uma casa alta de pedra em uma rua lateral, a casa de uma rica mercadora discreta com seu ouro, identificada por um símbolo bem pequeno pintado nas portas, um coração vermelho em uma mão dourada. O brutamontes que o deixou entrar não era nenhum criado doméstico, com as juntas dos dedos marcadas e os olhos sombrios. Sem dizer uma palavra, o homenzarrão o conduziu casa adentro e depois abaixo, em direção aos porões. Hanlon afrouxou a espada na bainha. Entre as coisas que tinha visto estavam homens e mulheres, fracassados, que tinham sido guiados para as próprias elaboradas execuções. Ele não achava que havia fracassado, mas, pensando bem, não dava para dizer que tinha sido bem-sucedido. Mas havia cumprido ordens. O que nem sempre bastava.

No porão de pedra rústico, iluminado por lamparinas douradas dispostas por toda parte, seus olhos bateram primeiro em uma bela mulher trajando um vestido de seda escarlate com babados de renda, o cabelo preso em uma redinha simples. Hanlon não conhecia aquela tal Lady Shiaine, mas as ordens haviam sido para obedecer-lhe. Sorrindo, ele fez a melhor reverência que pôde. Ela apenas o encarou, como se esperasse que ele percebesse o que mais havia naquele porão.

Seria quase impossível não perceber, já que, tirando uma ou outra barrica, o aposento continha apenas uma mesona pesada decorada de maneira bem estranha. Dois buracos ovais haviam sido abertos no tampo da mesa e de um deles projetavam-se a cabeça e os ombros de um homem, a cabeça puxada para trás até encostar na superfície de madeira e presa a ela por meio de correias de couro pregadas no tampo e afiveladas a um bloco também de madeira enfiado entre seus dentes. Uma mulher, presa da mesma forma, servia como a outra peça de decoração. Debaixo da mesa, ambos estavam ajoelhados com os pulsos amarrados aos tornozelos. Presos daquela forma, com toda a certeza, para algum tipo de deleite. O homem tinha traços grisalhos no cabelo e rosto de lorde, mas seus olhos fundos se reviravam frenéticos, o que não surpreendia. O cabelo da mulher, esparramado sobre a mesa, era escuro e sedoso, mas seu rosto era um pouco comprido demais para o gosto de Hanlon.

De repente, ele realmente reparou no rosto mulher, no que sua mão saltou para a espada antes que pudesse se conter. Soltar o cabo lhe exigiu certo esforço, o que ele lutou para disfarçar. O rosto de uma Aes Sedai, mas uma Aes Sedai que se permitira ser amarrada daquela maneira não representava uma ameaça.

— Quer dizer então que você tem um pouco de cérebro — avaliou Shiaine. Pelo seu sotaque, era uma nobre, e tinha um ar dominador ao contornar a mesa para espiar o rosto do homem aprisionado. — Pedi ao Grande Mestre Moridin para me mandar um homem com alguma inteligência. O pobre Jaichim aqui tem pouquíssima.

Hanlon franziu o cenho, mas tratou logo de suavizar o semblante. Suas ordens tinham sido dadas pela própria Moghedien. Pelo Poço da Perdição, quem era Moridin? Não importava. Suas ordens tinham sido dadas por Moghedien, e isso bastava.

O brutamontes entregou um funil para Shiaine, que ela introduziu em um orifício perfurado no bloco de madeira preso entre os dentes de Jaichim. Os olhos do sujeito pareciam que iam saltar da cabeça.

— O pobre Jaichim aqui falhou miseravelmente — disse Shiaine, sorrindo que nem uma raposa encarando uma galinha. — Moridin quer que ele seja punido. O pobre Jaichim adora um conhaque.

Ela deu um passo atrás, sem recuar o bastante para deixar de enxergar com clareza, e Hanlon tomou um susto quando o homenzarrão foi até a mesa com uma das barricas. Achava que não teria conseguido erguer o objeto sem a ajuda de alguém, mas o grandalhão o entornou com facilidade. O sujeito amarrado soltou um ganido, e então um jorro de um líquido escuro começou a verter da barrica para o funil, transformando seu grito em um gorgolejo. O cheiro forte de conhaque puro tomou conta do ar. Preso como estava, o homem lutou, se debateu e chegou até a mover a mesa para o lado, mas a bebida continuou se derramando. Borbulhas surgiram no funil enquanto ele tentava gritar ou berrar, mas o fluxo contínuo nunca diminuiu. Até que ele foi parando de se debater e ficou imóvel. Seus olhos arregalados e vidrados fitavam o teto, e o conhaque escorria pelas narinas. Ainda assim, o homenzarrão só parou quando as últimas gotas pingaram da barrica vazia.

— Acho que o pobre Jaichim finalmente se fartou de conhaque — zombou Shiaine, e então gargalhou de prazer.

Hanlon assentiu. Imaginava que tinha mesmo se fartado. Ele ficou se perguntando quem aquele sujeito teria sido.

Shiaine ainda não havia acabado. Com um gesto dela, o brutamontes arrancou do prego uma das correias que prendiam a mordaça da Aes Sedai. Hanlon imaginou que o bloco de madeira devia ter amolecido alguns de seus dentes ao ser arrancado da boca da mulher, mas, mesmo que fosse o caso, ela não perdeu tempo e começou a tagarelar antes de o homem soltar a correia:

— Eu vou obedecer a você! Vou obedecer, como o Grande Mestre mandou! Ele dissolveu minha blindagem para que eu pudesse obedecer! Ele me disse! Deixem que eu me prove! Eu até rastejo! Sou um verme, e você é o sol! Ah, por favor! Por favor! Por favor!

Shiaine abafou as palavras, se não choramingos, ao pôr a mão na boca da Aes Sedai.

— Como vou saber se não vai falhar de novo, Falion? Você já fracassou uma vez, e Moridin deixou seu castigo por minha conta. Ele me deu outra serva. Será que eu preciso de duas? Talvez eu até possa lhe dar uma segunda chance de se provar, Falion, mas, se eu der, você vai ter que me convencer. Espero um entusiasmo *autêntico*.

Falion voltou a bradar suas súplicas, passando a fazer promessas extravagantes assim que Shiaine afastou a mão, mas foi logo reduzida a ganidos mudos e lágrimas tão logo a mordaça foi recolocada, o prego voltando a prender a correia, e o funil de Jaichim foi posicionado acima da sua boca escancarada. O brutamontes ergueu uma segunda barrica e a pôs em cima da mesa, ao lado da cabeça dela. A Aes Sedai pareceu enlouquecer, os olhos esbugalhados revirando, e se jogou para um lado e para o outro sob a mesa até fazê-la tremer.

Hanlon ficou impressionado. Devia ser mais difícil arrasar uma Aes Sedai do que um mercador gorducho ou sua filha de bochechas redondas. Ainda assim, ela contara com a ajuda de um dos Escolhidos, ao que parecia. Ao perceber que Shiaine o encarava, ele desfez o sorriso que dedicava a Falion. Sua primeira regra na vida era nunca ofender quem os Escolhidos punham acima dele.

— Conte, Hanlon — disse Shiaine —, o que você acharia de pôr as mãos em uma rainha?

Em um gesto instintivo, ele lambeu os lábios. Uma rainha? *Isso* ele nunca tinha feito.

Capítulo 29

Um copo de sono

— Não seja um tremendo cabeça de vento, Rand — disse Min. Obrigando-se a permanecer sentada, ela cruzou as pernas e balançou o pé de maneira indolente, mas sem conseguir disfarçar a exasperação na voz. — Vá lá! Converse com ela!

— Por quê? — rebateu ele. — Agora eu sei em qual carta acreditar. Assim é melhor. Ela agora está a salvo. De qualquer um que queira me atacar. A salvo de mim! É melhor!

Só que ele dizia isso andando de um lado para o outro, só de camiseta, entre duas fileiras de cadeiras à frente do Trono do Dragão, os punhos cerrados a ponto de embranquecer as juntas dos dedos e uma expressão fechada para a qual não eram páreo as nuvens negras do lado de fora das janelas, que despejavam um novo cobertor de neve sobre Cairhien.

Min trocou olhares com Fedwin Morr, parado junto das portas entalhadas com sóis. As Donzelas tinham passado a deixar entrar sem aviso qualquer um que não fosse uma clara ameaça, mas todos os que Rand não desejasse ver naquela manhã seriam barrados pelo garoto robusto. Ele ostentava o Dragão e a Espada no colarinho preto, e Min sabia que ele já tinha presenciado mais batalhas — e mais horrores — do que a maior parte dos homens com o triplo de sua idade, mas ainda era apenas um menino. Ali, lançando olhares inquietos para Rand, parecia mais jovem do que nunca. E a espada na cintura, na opinião dela, ainda parecia fora de lugar.

— O Dragão Renascido é um homem, Fedwin — disse ela. — E, como qualquer homem, está emburrado porque acha que uma mulher não quer vê-lo de novo.

Arregalando os olhos, o garoto se agitou como se ela o tivesse lhe chutado o traseiro. Rand parou para encará-la com um olhar duro. A única coisa que evitava que ela risse era saber que ele estava escondendo uma dor tão real quanto qualquer ferimento por facada. Isso, e a total certeza de que ele estaria igualmente magoado se ela tivesse feito o que havia sido feito. Não que algum dia fosse ter a chance de rasgar os estandartes dele, mas a analogia servia. Rand primeiro ficara chocado com as notícias que Taim trouxe de Caemlyn ao nascer do dia, mas, assim que o homem foi embora, deixara de parecer um touro irritado e começara com... aquilo!

Pondo-se de pé, Min ajustou o casaco verde-claro, cruzou os braços e tratou de confrontá-lo.

— O que mais pode ser? — indagou ela, tranquila. Bem, tentando se manter tranquila e quase conseguindo. Amava aquele homem, mas, depois de uma manhã como aquela, sua vontade era lhe dar sonoras bofetadas nas orelhas. — Você mal falou o nome de Mat e não sabe nem mesmo se *ele* está vivo.

— Mat está vivo — grunhiu Rand. — Se estivesse morto, eu saberia. E que história é essa que eu estou...? — Ele cerrou a mandíbula como se não conseguisse pronunciar a palavra.

— Emburrado — completou ela. — E já, já vai fazer beicinho. Tem mulheres que acham bonito homens fazendo beicinho, mas eu não sou delas. — Bem, já bastava. A expressão dele ficou mais corada, e não por estar ruborizando de vergonha. — Você não fez das tripas coração para garantir que ela ficasse com o trono de Andor? Que é dela por direito, diga-se de passagem. Você não disse que queria que ela ficasse com Andor inteira, e não dividida, como Cairhien ou Tear?

— Disse! — rugiu ele. — E agora o trono é dela, mas ela me quer bem longe de lá! Que bom, se quer saber! E não venha de novo me mandar parar de gritar! Eu não estou...! — Ele se deu conta de que estava gritando e tratou de cerrar os dentes outra vez. Um rosnado baixinho lhe escapou da garganta.

Morr ficou examinando um de seus botões, virando-o para um lado e para o outro. Fizera aquilo muitas vezes ao longo da manhã. Min manteve um semblante sereno. *Não* ia dar um tapa nele, e Rand era grande demais para receber umas palmadas.

— Andor é dela, do jeito que você queria — disse. Com calma. Quase. — Nenhum dos Abandonados vai atrás dela, agora que Elayne rasgou seus estandartes. — Uma luz perigosa surgiu naqueles olhos azul-acinzentados, mas ela prosseguiu. — Do jeito que você queria. E você com certeza não acha que ela está se aliando aos seus inimigos. Andor vai seguir o Dragão Renascido, e você sabe disso. Sendo assim, a única razão para você estar nervosinho é achar que ela não quer te ver. Vá lá, seu tonto! — A próxima frase era a mais difícil de dizer. — Ela vai lhe dar um beijo antes que você possa dizer duas palavras.

Luz, ela amava Elayne quase tanto quanto amava Rand — ou talvez até o mesmo tanto, de um jeito bem diferente —, mas como alguma mulher poderia competir com uma rainha linda e loura que tinha uma nação poderosa à sua disposição?

— Eu não estou... irritado — retrucou Rand com uma voz tensa. E começou a andar para lá e para cá de novo. Min cogitou lhe dar um chute no traseiro. Com força.

Uma das portas se abriu para dar passagem ao cabelo branco e à pele enrugada de Sorilea, que passou direto por Morr enquanto o rapaz ainda avaliava se Rand queria que ele a deixasse entrar. Rand abriu a boca — com raiva, quisesse ou não admitir —, e cinco mulheres trajando grossos robes pretos umedecidos pela neve derretida acompanharam a Sábia aposento adentro, mãos cruzadas, olhar baixo, os capuzes profundos não chegando a lhes esconder o rosto. Seus pés estavam enrolados em trapos.

Min sentiu um comichão no couro cabeludo. Aos olhos dela, imagens e auras dançavam, evanesciam e reapareciam em torno de todas as seis mulheres, bem como de Rand. Tivera esperanças de que ele houvesse se esquecido de que aquelas cinco estavam vivas. O que, em nome da Luz, aquela velha astuta estava fazendo?

Sorilea fez um único gesto, fazendo tilintar os braceletes de ouro e marfim, e as cinco trataram de se alinhar depressa por sobre o Sol Nascente incrustado no chão de pedra. Rand percorreu a linha, puxando capuzes para trás e desnudando rostos que encarou com um olhar frio.

Todas as mulheres de robe preto estavam sujas, com o cabelo oleoso e imundas de suor. Elza Penfell, uma irmã Verde, encarou-o com avidez, um olhar estranho de fervor em seu rosto. Nesune Bihara, uma Marrom esbelta, examinou-o com tanta atenção quanto ele a ela. Sarene Nemdahl, tão linda mesmo empoeirada que parecia que sua idade indefinida podia ser natural, dava a impressão de manter sua frieza de Ajah Branca resistindo por um fio. Beldeine Nyram, usando o xale há muito pouco tempo para já ter traços de idade indefinida, ensaiou um sorriso inseguro que sumiu diante da encarada de Rand. Erian Boroleos, pálida e quase tão bonita quanto Sarene, se encolheu toda e, em seguida, visivelmente se forçou a fixar os olhos naquele olhar gélido. Essas duas últimas também eram Verdes, e as cinco haviam estado entre as irmãs que o sequestraram sob as ordens de Elaida. E algumas tinham feito parte das que o torturaram enquanto tentavam levá-lo a Tar Valon. Às vezes, Rand ainda acordava suado e ofegante, balbuciando algo sobre ser confinado e surrado. Min esperava não ver morte no olhar dele.

— Estas foram nomeadas *da'tsang*, Rand al'Thor — anunciou Sorilea. — Acho que agora estão humilhadas até os ossos. Erian Boroleos foi a primeira a pedir para ser espancada noite e dia, como você foi, mas agora todas já pediram. O apelo foi acatado. Todas pediram para servi-lo como puderem. A *toh* pela traição que cometeram não tem como ser paga. — A voz de Sorilea ganhou ares sombrios por alguns instantes. Para os Aiel, a traição pelo sequestro era bem pior do que o que elas tinham feito depois. — Porém, elas assumem sua vergonha e querem tentar. Decidimos deixar a escolha a seu critério.

Min franziu o cenho. Deixar a escolha a critério dele? Era raro que Sábias outorgassem a alguém qualquer escolha que elas mesmas pudessem fazer. Sorilea *nunca* fazia isso. A esbelta Sábia moveu casualmente o xale escuro que trazia nos ombros e ficou olhando para Rand como se aquilo não tivesse a menor importância, mas seus olhos azuis lançaram uma encarada gélida em Min, que, de repente, teve certeza de que, se falasse o que não devia, teria o couro arrancado. Não foi uma visão. Ela apenas já conhecia Sorilea melhor do que gostaria.

Resoluta, ela se pôs a analisar as coisas que apareciam e desapareciam em torno das mulheres. Nada fácil quando uma estava tão perto da outra que ela não tinha como se certificar se uma imagem específica pertencia a esta ou àquela mulher. Pelo menos as auras eram sempre nítidas. Luz, que ela pudesse entender ao menos parte do que via!

Rand pareceu assimilar com serenidade o anúncio de Sorilea. Ele esfregou as mãos devagar e, em seguida, examinou pensativamente as garças gravadas em suas palmas. Depois, uma por vez, examinou o rosto de cada uma daquelas Aes Sedai. Por fim, concentrou-se em Erian.

— Por quê? — questionou ele com uma voz suave. — Eu matei dois Guardiões seus. Por quê?

Min se retraiu. Rand era muitas coisas, mas raramente era suave. E Erian era uma das poucas que o surraram mais de uma vez. A pálida irmã illianense se pôs ereta. Imagens dançavam, e auras piscavam e sumiam. Nada que Min conseguisse interpretar. Com o rosto sujo e o cabelo comprido preto todo desgrenhado, Erian reuniu toda a autoridade de Aes Sedai que pôde e devolveu o olhar, mas sua resposta foi simples e direta:

— Nós, no caso, erramos ao pegar você. Refleti muito a respeito. Você precisa travar a Última Batalha, e nós temos que ajudar. Se você nunca me aceitar, eu entendo, mas vou ajudar como quiser, se assim permitir.

Rand a encarou, inexpressivo. Ele fez a mesma pergunta curta para cada uma delas, e suas respostas foram tão diferentes quanto elas próprias eram.

— A Ajah Verde é a Ajah da Batalha — ressaltou Beldeine com orgulho, e, apesar das manchas nas bochechas e das olheiras, ela de fato tinha ares de uma rainha das batalhas. Por outro lado, saldaeanas pareciam ver a luta como algo quase natural. — Quando você for a Tarmon Gai'don, a Ajah Verde deve estar lá. Eu seguirei você, se me aceitar.

Luz, ela ia criar um elo com um Asha'man como seu Guardião! Como...? Não, isso não era importante no momento.

— O que fizemos era lógico na época. — A serenidade fria de Sarene, mantida com firmeza, se transformou em uma clara preocupação, e ela balançou a cabeça. — Digo isso para explicar, não para me eximir. As circunstâncias mudaram. Para você, o percurso lógico talvez fosse...

Ela suspirou de um jeito claramente trêmulo. Imagens e auras... Uma história de amor tempestuosa, veja só! A mulher era um gelo, por mais que fosse linda. E não servia de nada saber que algum homem a deixaria derretida!

— Talvez fosse nos mandar de volta para o cativeiro — prosseguiu ela. — Ou até nos executar. No meu caso, a lógica diz que devo servir a você.

Nesune inclinou a cabeça, e seus olhos quase pretos pareciam tentar registrar cada mínimo detalhe dele. Uma aura verde e vermelha denotava honradez e fama. Uma enorme edificação apareceu acima da cabeça da mulher e se dissipou. Uma biblioteca que ela descobriria.

— Quero estudar você — disse Nesune com simplicidade. — Fica difícil fazer isso carregando pedras ou cavando buracos. As duas atividades até proporcionam bastante tempo para pensar, mas servir a você me parece uma troca justa pelo que posso aprender.

Rand hesitou diante daquelas palavras tão diretas, mas, fora isso, sua expressão não se alterou. A resposta mais surpreendente veio de Elza, mais por como ela a expressou do que pelo conteúdo. Colocando-se de joelhos, ela levantou os olhos para Rand com uma expressão febril. Todo o seu rosto parecia reluzir de fervor. Auras lampejaram e imagens se sucederam em volta dela, mas sem comunicar nada.

— Você é o Dragão Renascido — disse ela, sem fôlego. — Você precisa estar presente para a Última Batalha. E eu preciso ajudar você a fazer isso! Farei o que for necessário!

Então ela se jogou de cara no chão, pressionando os lábios no assoalho de pedra polida bem diante das botas de Rand. Até Sorilea se mostrou surpresa, e

Sarene ficou de queixo caído. Morr ficou olhando boquiaberto para a mulher e logo tratou de voltar a virar seu botão. Min pensou tê-lo visto dando risadinhas nervosas, bem baixinho.

Rand se virou e deu passos firmes para percorrer metade do caminho até o Trono do Dragão, onde seu cetro e a coroa de Illian repousavam por sobre o casaco vermelho com bordaduras em ouro. Seu semblante estava tão desolado que Min quis correr até ele, independentemente de quem estivesse vendo, mas continuou examinando as Aes Sedai. E Sorilea. Ela nunca tinha visto nada realmente útil em torno daquela megera de cabelo branco.

Em um movimento abrupto, ele se virou e avançou tão depressa em direção à fila de mulheres que Beldeine e Sarene deram um passo para trás. Um gesto contundente de Sorilea fez com que voltassem a seus lugares.

— Vocês aceitariam ficar confinadas numa caixa? — A voz dele era dura, pedra raspando em pedra, gélida. — Trancadas num baú o dia inteiro, e espancadas antes de entrar e quando saíssem?

Era o que elas tinham feito com ele.

— Sim! — gemeu Elza do chão. — Eu faço o que for preciso!

— Se você assim exigir — respondeu Erian com voz trêmula, e, com expressões perplexas, as outras foram assentindo devagar com a cabeça.

Pasma, Min assistiu àquilo apertando os punhos nos bolsos do casaco. Que Rand pensasse em dar o troco na mesma moeda parecia quase natural, mas ela, de alguma forma, precisava impedir. Conhecia-o melhor do que ele mesmo, e sabia onde ele era duro como a lâmina de uma faca e onde era vulnerável, a despeito de quanto negasse. Rand jamais se perdoaria por aquilo. Mas como? A fúria deformava seu rosto, e ele balançou a cabeça como fazia quando discutia com aquela voz que escutava. Ele resmungou alto uma palavra que ela conseguiu entender: *ta'veren*. Sorilea apenas o observava com toda a calma, tão atentamente quanto Nesune. Nem mesmo a ameaça do baú abalou a Marrom. Tirando Elza, que seguia gemendo e beijando o chão, as outras tinham um olhar derrotado, como se já se vissem encolhidas e amarradas como ele ficara.

De repente, em meio a todas as imagens que jorravam em volta de Rand e das mulheres, uma aura piscou em azul e amarelo tingidos de verde, engolfando a todos. E Min sabia o significado daquilo. Ela arquejou, metade surpresa, metade aliviada.

— Elas vão servir a você, cada uma à sua maneira, Rand — disse ela, apressada. — Eu vi.

Sorilea serviria a ele? De repente, Min se perguntou o que, exatamente, significava "à sua maneira". As palavras vinham com conhecimento, mas nem sempre ela sabia o que significavam. Mas as mulheres o *serviriam*, e isso estava claro.

A fúria se esvaiu do rosto de Rand conforme ele examinava as Aes Sedai em silêncio. Algumas olharam de relance para Min com as sobrancelhas arqueadas, obviamente admiradas com poucas palavras suas terem tanto peso, mas em geral todas mantiveram os olhos cravados em Rand e mal pareciam respirar. Até Elza levantou a cabeça para encará-lo. Sorilea deu uma olhadela rápida para Min, com um discretíssimo meneio. De aprovação, Min imaginou. Então a mulher estava fingindo não se importar com o resultado, era?

Por fim, Rand falou:

— Vocês podem jurar lealdade a mim, como Kiruna e as outras fizeram. Ou isso, ou podem voltar para onde quer que as Sábias estejam mantendo vocês. Não aceito nada menos.

Apesar do quê de exigência em sua voz, ele, com os braços cruzados e um olhar impaciente, também dava a impressão de não se importar. O juramento que exigiu delas foi feito bem depressa.

Min não esperava nenhuma resistência, não depois das visões que teve, mas não deixou de ser uma surpresa quando Elza se pôs de joelhos desajeitadamente e as demais trataram de se ajoelhar também. Em um uníssono meio irregular, mais cinco Aes Sedai juraram sob a Luz e pela sua esperança de salvação servir fielmente ao Dragão Renascido até que a Última Batalha chegasse e passasse. Nesune pronunciou as palavras como se as analisasse uma a uma; Sarene, como se expusesse um princípio de lógica; e Elza, ostentando um sorriso largo e vitorioso, mas todas juraram. Quantas Aes Sedai ele conseguiria reunir à sua volta?

Após o juramento, Rand pareceu perder o interesse.

— Providencie roupas para elas e as junte com suas outras "aprendizes" — ordenou ele a Sorilea, meio distraído. Tinha o cenho franzido, mas não para ela nem para as Aes Sedai. — Com quantas você acha que vai acabar?

Min quase pulou de susto ao ouvir seu pensamento ser ecoado.

— Quantas forem necessárias — respondeu Sorilea, seca. — Acho que ainda virão mais.

Ela bateu palmas uma vez e gesticulou, no que as cinco irmãs se puseram de pé. Só Nesune pareceu surpresa com a espontaneidade com que haviam obedecido. Sorilea sorriu, um sorriso bem satisfeito para uma Aiel, e Min não achou que fosse pela obediência das mulheres.

Com um meneio afirmativo, Rand se virou. Já começava a andar para lá e para cá de novo, ensaiando uma cara feia por conta de Elayne. Min acomodou-se uma vez mais em sua cadeira e desejou ter um dos livros de Mestre Fel para ler. Ou para jogar em Rand. Bem, um dos livro de Mestre Fel para ler, um de outro autor para jogar nele.

Sorilea pastoreou as irmãs vestidas de preto para fora do aposento, mas, quando a última saiu, fez uma pausa com uma das mãos segurando a porta e olhou para trás para avistar Rand indo em direção ao trono dourado. Pensativa, ela apertou os lábios.

— Aquela mulher, Cadsuane Melaidhrin, está hoje de novo debaixo deste teto — disse ela por fim para as costas dele. — Creio que ela acha que você tem medo dela, Rand al'Thor, já que você evita onde quer que ela esteja. — E, com isso, saiu.

Por um longo instante, Rand ficou parado olhando para o trono. Ou talvez para algo que estivesse além dele. De repente, se empertigou e caminhou a distância que faltava para poder pegar a Coroa de Espadas. Quando estava prestes a colocá-la na cabeça, no entanto, hesitou e a pôs de volta no lugar. Vestindo o casaco, ele deixou a coroa e o cetro onde estavam.

— Vou lá descobrir o que Cadsuane quer — informou ele. — Ela não vem ao palácio todos os dias porque gosta de passear na neve. Você vem comigo, Min? Pode ser que você tenha alguma visão.

Ela se pôs de pé mais rápido que qualquer uma daquelas Aes Sedai. Uma visita a Cadsuane tinha tudo para ser tão agradável quanto visitar Sorilea, mas nada era pior do que ficar sentada ali sozinha. Além do mais, talvez ela *tivesse* mesmo uma visão. Fedwin seguiu atrás dela e de Rand com uma expressão alerta.

As seis Donzelas no corredor alto e abobadado se levantaram, mas não os seguiram. Somara era a única que Min conhecia, e a mulher dedicou a ela um breve sorriso, além de um olhar sério e desaprovador para Rand. As demais o olharam feio. As Donzelas tinham aceitado a explicação que ele dera a respeito de por que acabara indo sem elas — para que qualquer pessoa o vigiando achasse pelo máximo de tempo possível que ele ainda estava em Cairhien —, mas ainda exigiam saber por que Rand não mandara chamá-las depois, para o que Rand não tinha respostas. Ele resmungou baixinho e apertou o passo, de modo que Min precisou forçar as pernas para acompanhar o ritmo.

— Observe Cadsuane com todo o cuidado, Min — orientou ele. — Você também, Morr. Ela está tramando alguma coisa, mas que a Luz me queime se eu sei do que se trata. Não sei. Tem um...

A sensação foi de uma parede de pedra golpeando-a por trás. Min pensou ter ouvido ruídos e estrondos, e então Rand a estava virando — ela estava caída no chão? — e olhando para ela com um medo que Min não se lembrava de já ter visto naqueles olhos azuis como a manhã, e que só se dissipou quando ela se sentou, tossindo. O ar estava cheio de poeira! E então ela avistou o corredor.

As Donzelas já não se encontravam mais diante da porta de Rand. As próprias portas não estavam mais lá, assim como a maior parte da parede, e um buraco irregular quase do mesmo tamanho se escancarava na parede oposta. Apesar da poeira, ela conseguia ver com nitidez o interior dos aposentos dele, perceber a devastação. Imensas pilhas de escombros jaziam por toda parte e, acima, o teto abria uma bocarra para o céu. A neve caía rodopiando nas chamas que dançavam em meio aos destroços. Um dos enormes postes de madeira negra da cama ardia em fogo por entre as pedras estraçalhadas, e ela percebeu que podia enxergar ao longe, até as torres escalonadas encobertas pela nevasca. Era como se um martelo gigantesco tivesse atingido o Palácio do Sol. Estivessem eles ali, em vez indo atrás de Cadsuane... Min sentiu um calafrio.

— O que...? — começou ela, a voz fraquejando, e então deixou sua pergunta inútil para lá. Qualquer idiota perceberia *o que* tinha acontecido. — Quem? — preferiu indagar.

Cobertos de poeira, com o cabelo todo desgrenhado e os casacos rasgados, os dois homens pareciam ter rolado pelo corredor, e talvez tivesse sido o caso. Min achava que eles estavam a umas boas dez passadas de distância a mais das portas do que se lembrava. De onde as portas ficavam. Ao longe, gritos ansiosos se ergueram, ecoando pelos corredores. Nenhum dos dois lhe respondeu.

— Posso confiar em você, Morr? — quis saber Rand.

Fedwin olhou nos olhos dele.

— Até sua vida, Milorde Dragão — respondeu ele simplesmente.

— É isso que *estou* lhe confiando — rebateu Rand. Os dedos dele roçaram a bochecha dela, e então ele se pôs de pé de repente. — Proteja-a com a *sua* vida, Morr. — Uma voz dura como aço. Soturna como a morte. — Se ainda estiverem no Palácio, vão sentir se você tentar fazer um portão e vão atacar antes que você possa terminar. Não canalize, a não ser que não haja outra opção, mas esteja pronto. Leve-a até lá embaixo, ao alojamento dos serviçais, e mate qualquer um ou qualquer coisa que tente se aproximar dela. Qualquer um!

Com um último olhar para Min — ah, Luz, em qualquer outra circunstância, ela teria pensado que podia morrer feliz só de ver aquele olhar! —, Rand saiu correndo, afastando-se das ruínas. Afastando-se dela. Quem quer que tivesse tentado matá-lo estaria à sua caça.

Morr deu um tapinha no braço dela com a mão empoeirada e abriu um sorrisinho pueril.

— Não se preocupe, Min. Eu vou cuidar de você.

Mas quem ia cuidar de Rand? Ele havia perguntado para aquele garoto, que tinha sido um dos primeiros a vir lhe pedir para aprender, se podia confiar nele. Luz, e quem manteria Rand a salvo?

Rand dobrou um corredor e parou com a mão em uma das paredes para abraçar a Fonte. Era uma tolice não querer que Min o visse cambalear quando alguém acabara de tentar matá-lo, mas enfim. Não havia sido qualquer pessoa. Um homem, Demandred, ou talvez Asmodean finalmente tivesse reaparecido. Talvez os dois, já que tinha sido esquisito, como se a tessitura viesse de várias direções. Ele sentira a canalização tarde demais para fazer alguma coisa. Estivesse nos aposentos, teria morrido. Estava pronto para morrer. Mas Min, não. Não, Min, não. Era melhor para Elayne ter se voltado contra ele. Ah, Luz, era mesmo!

Ele abraçou a Fonte, e *saidin* o inundou de frio derretido e calor congelante, de vida e doçura, imundície e morte. Seu estômago revirou, e o corredor à sua frente duplicou. Por um instante, ele pensou ver um rosto. Não com os olhos, mas na cabeça. Um homem, bruxuleante e irreconhecível, e se foi. Ele flutuava no Vazio, oco e tomado pelo Poder.

Você não vai vencer, falou para Lews Therin. *Se eu morrer, vou morrer* eu mesmo!

Eu devia ter mandado Ilyena embora, sussurrou Lews Therin em resposta. *Ela teria sobrevivido.*

Enxotando a voz enquanto se impulsionava da parede, Rand avançou pelos corredores do Palácio da maneira mais furtiva que conseguiu, avançando pé ante pé e se mantendo rente a paredes cheias de tapeçarias, rodeando baús trabalhados em ouro e armários com douraduras que guardavam frágeis porcelanas douradas e estatuetas de marfim. Seus olhos buscavam os atacantes. Não se satisfariam enquanto não encontrassem seu corpo, mas tomariam todo o cuidado ao se aproximar de seus aposentos, para o caso de ele, por alguma reviravolta *ta'veren* do destino, ter sobrevivido. E aguardariam para ver se Rand se mexia. No Vazio, ele e o Poder estavam tão unidos quanto qualquer homem poderia suportar. No Vazio, ele estava tão conectado a seus arredores quando estaria a uma espada.

Clamores e berros frenéticos ecoavam por todas as direções, alguns gritando para saber o que tinha acontecido, outros bradando que o Dragão Renascido havia enlouquecido. O emaranhado de frustração em sua cabeça, que representava Alanna, proporcionava um pequeno consolo. Ela não estava no Palácio, passara a manhã inteira fora, e talvez estivesse até além das muralhas da cidade. Ele queria que Min também estivesse. Por vezes, via homens e mulheres passando por um ou outro corredor, principalmente serviçais com uniformes negros, correndo, caindo e se levantando aos trancos e barrancos para sair correndo de novo. Nenhum deles o via. Tomado pelo Poder, ele conseguia ouvir qualquer farfalhar, inclusive o de botas macias correndo ligeiro.

Encostando-se em uma parede ao lado de uma mesa comprida repleta de porcelanas, ele teceu depressa Fogo e Ar em torno de si e tratou de ficar imóvel, envolto em Luz Dobrada.

Donzelas apareceram, uma porção delas, todas de véu, e passaram correndo sem vê-lo. Em direção aos seus aposentos. Rand não podia permitir que o acompanhassem. O que ele havia prometido era deixá-las lutar, não as conduzir a um abatedouro. Quando encontrasse Demandred e Asmodean, tudo o que restaria às Donzelas era morrer, e ele já tinha cinco nomes para aprender e acrescentar à lista. Somara, dos Daryne do Cimo Dobrado, era uma delas. Uma promessa que ele precisara fazer, uma promessa que teria de cumprir. Só por isso, merecia morrer!

Águias e mulheres só ficam em segurança quando engaioladas, disse Lews Therin, como se fizesse uma citação, e então começou a chorar de uma hora para a outra quando a última Donzela desapareceu.

Rand seguiu adiante, rodeando o palácio em arcos que pouco a pouco se afastavam de seus aposentos. A Luz Dobrada requeria muito pouco Poder — tão pouco que qualquer homem só teria como sentir aquele uso de *saidin* se estivesse bem em cima dele —, e Rand só a usava quando alguém parecia prestes a vê-lo. Os agressores não haviam atacado seus aposentos ao acaso, torcendo para que ele estivesse lá. Tinham olhos-e-ouvidos no Palácio. Talvez tivesse sido coisa de *ta'veren* ele ter sido impelido a sair, isso se um *ta'veren* pudesse influenciar a si mesmo, ou talvez mera coincidência, mas era possível que sua influência sobre o Padrão atraísse seus agressores ao seu alcance enquanto achavam que ele estava morto ou ferido. Lews Therin deu risada da ideia. Rand podia quase senti-lo esfregando as mãos, ansioso.

Foi preciso se esconder por trás do Poder em três outros momentos, quando Donzelas de véu passaram correndo, e uma vez quando ele avistou Cadsuane descendo um corredor à frente com não menos que seis Aes Sedai em seu encalço, sendo que ele não reconheceu nenhuma delas. Pareciam estar caçando. Não era exatamente medo o que Rand sentia da irmã de cabelo grisalho. Não, claro que não era medo! Mas ele esperou até que ela e as amigas já estivessem bem longe da vista antes de deixar sua tessitura de disfarce se dissipar. Lews Therin não deu risadinhas para Cadsuane. Até a mulher desaparecer, fez-se apenas um silêncio mortal dentro de sua cabeça.

Rand se afastou da parede, uma porta se abriu bem ao seu lado, e Ailil deu uma olhadela para fora. Ele não sabia que estava perto dos aposentos dela. Por trás do ombro da mulher, via-se uma outra, de pele escura, com grossas argolas de ouro nas orelhas e uma correntinha dourada cheia de medalhões descendo pela bochecha esquerda até a argola do nariz. Shalon, Chamadora de Ventos de Harine din Togara, a embaixadora dos Atha'an Miere que se mudara para o Palácio com seu séquito quase no mesmo instante em que Merana o informara sobre o acordo. E reunida com uma mulher que talvez quisesse vê-lo morto. Os olhos das duas saltaram ao avistá-lo.

Rand foi o mais gentil que pôde, mas tinha de ser rápido. Poucos instantes depois que a porta se abriu, ele já estava enfiando Ailil, um tanto amarrotada, debaixo da cama junto com Shalon. Talvez elas não tivessem participação no que estava acontecendo. Talvez. Melhor prevenir do que remediar. Olhando feio para ele por cima de bocas estofadas com os cachecóis de Ailil, as duas se contorciam para se livrar dos pedaços de lençol rasgados que Rand usara para lhes amarrar os pulsos e os tornozelos. A blindagem que impusera a Shalon a prenderia por um ou dois dias antes que o nó se desfizesse, mas alguém as encontraria e cortaria as outras amarras em pouco tempo.

Preocupado com a blindagem, ele abriu a porta só o suficiente para dar uma olhada no corredor e depois saiu apressado pelo caminho vazio. Não poderia ter deixado a Chamadora de Ventos livre para canalizar, mas, para blindar uma mulher, não bastavam apenas gotas do Poder. Se um dos agressores estivesse perto o bastante... Mas ele também não avistou ninguém em nenhum dos corredores transversais.

A cinquenta passadas dos aposentos de Ailil, o corredor dava em um mezanino de mármore azul com gradil quadrado e amplas escadarias de cada lado, diante de uma câmara também quadrada com teto abobadado alto e o mesmo tipo de mezanino no lado oposto. Tapeçarias de dez passadas de comprimento pendiam ao longo das paredes, pássaros rasgando os céus em padronagens austeras. Abaixo, Dashiva olhava para um lado e para o outro, lambendo os lábios, inseguro. Gedwyn e Rochaid estavam com ele! Lews Therin murmurou algo sobre morte.

— ...falei para você que não senti nada — dizia Gedwyn. — Ele está morto!

Foi quando Dashiva avistou Rand no alto da escadaria.

O único aviso que ele teve foi o rosnado súbito que contorceu o rosto de Dashiva. O sujeito canalizou e, sem tempo para pensar, Rand teceu — como de costume, não sabia o quê; talvez algo resgatado das memórias de Lews Therin, já que nem tinha certeza se tinha criado a tessitura totalmente por conta própria ou se Lews Therin agarrara *saidin* — Ar, Fogo e Terra em torno de si mesmo bem a tempo. O fogo que saltou de Dashiva irrompeu, estilhaçando o mármore e arremessando Rand corredor abaixo, quicando e rolando em seu casulo.

Uma barreira como aquela isolava qualquer coisa, menos fogo devastador. Inclusive ar para respirar. Rand soltou a tessitura, ofegante, escorregando pelo piso, o estrondo das explosões ainda reverberando pelo ar, a poeira flutuando e os pedaços de mármore quebrado caindo. Tanto quanto para respirar, contudo, ele soltou a barreira porque tudo que impedia o Poder de entrar também o impedia de sair. Antes até de parar de escorregar, ele canalizou Fogo e Ar, mas tecidos de maneira bem diferente da Luz Dobrada. Finos fios vermelhos lhe saltaram da mão esquerda, dispersando-se e cortando qualquer pedra no caminho ao ponto onde Dashiva e os outros haviam estado. Bolas de fogo dispararam pela esquerda, fluxos de Fogo tecido com Ar, rápidas demais para que ele conseguisse contar, e atravessaram a pedra antes de explodir na câmara. Um barulho ensurdecedor e contínuo fez o Palácio estremecer. A poeira que havia caído tornou a se levantar, e pedaços de pedra quicaram.

No entanto, quase de imediato Rand já estava correndo, passando pelos aposentos de Ailil. O homem que atacava e ficava parado no mesmo lugar estava pedindo para morrer. Ele estava pronto para isso, mas ainda não. Rosnando em silêncio, disparou por mais um corredor, desceu degraus estreitos destinados a serviçais, e saiu no andar de baixo.

Ele tomou cuidado ao voltar ao ponto em que avistara Dashiva, tessituras mortais prontas para disparar em um piscar de olhos.

Eu devia ter matado todos eles logo no começo, reclamou um ofegante Lews Therin. *Devia ter matado todos eles!*

Rand o deixou vociferar.

A grande câmara parecia ter sido varrida pelo fogo. Das tapeçarias, restavam apenas fragmentos chamuscados lambidos pelas chamas, que haviam aberto imensas crateras de uma passada de largura no chão e nas paredes. Os degraus que Rand estivera prestes a descer agora tinham um vão de dez pés na metade da escadaria. Dos três homens, nem sinal. Não poderiam ter sido totalmente consumidos. Algum vestígio teria restado.

Um serviçal de casaco preto enfiou a cabeça com cautela por uma portinha minúscula ao lado da escada, no outro lado da câmara. Seus olhos pousaram em

Rand, reviraram para cima até sumirem, e ele caiu de cara, desfalecido. Uma outra serviçal surgiu de um corredor, mas então ergueu as saias e voltou correndo por onde tinha vindo, soltando gritos esganiçados a plenos pulmões para dizer que o Dragão Renascido estava matando o Palácio inteiro.

Rand saiu da câmara fazendo careta. Era muito bom em assustar pessoas que não podiam lhe fazer mal. Muito bom em destruir.

Destruir ou ser destruído, gargalhou Lews Therin. *Quando a escolha é essa, existe alguma diferença?*

Em algum ponto do Palácio, alguém canalizou Poder suficiente para abrir um portão. Dashiva e os demais fugindo? Ou querendo que ele pensasse isso?

Rand percorreu os corredores sem se dar mais o trabalho de se esconder. Era o que todo mundo parecia estar fazendo. Os poucos serviçais que via fugiam aos gritos. Corredor após corredor, ele caçou, preenchido por *saidin* quase a ponto de explodir, tomado do fogo e do gelo que tentavam aniquilá-lo tanto quanto Dashiva tentara, tomado pela mácula que se arrastava como um verme para lhe consumir a alma. Ele não precisava da risada rouca e dos delírios de Lews Therin para ser invadido por um desejo de matar.

Ao menor sinal de um casaco negro à frente, ele ergueu a mão, o fogo disparando, explodindo, rasgando a esquina onde os dois corredores se encontravam. Rand deixou a tessitura perder a força, mas não a soltou. Será que ele o havia matado?

— Milorde Dragão — gritou uma voz vinda do outro lado da cantaria despedaçada —, sou eu, Narishma! E Flinn!

— Não reconheci vocês — mentiu Rand. — Podem vir.

— Acho que você pode estar de sangue quente — disse a voz de Flinn. — Acho que talvez seja melhor esperar todo mundo se acalmar.

— Sim — concordou Rand, falando devagar. Será que tinha mesmo tentado matar Narishma? Não acreditava que poderia usar Lews Therin como desculpa. — É, talvez seja melhor. Só um pouco mais.

Não houve resposta. Teria ouvido botas se afastando? Rand se forçou a baixar as mãos e se virou para o outro lado.

Passou horas vasculhando o Palácio sem encontrar nenhum sinal de Dashiva e dos demais. Nos corredores, nos amplos salões, e até mesmo nas cozinhas, não se via ninguém. Ele não encontrou nada nem descobriu nada. Não. Se deu conta de que havia aprendido uma coisa: a confiança era uma faca, e o cabo era tão afiado quanto a lâmina.

Então ele encontrou a dor.

O pequeno cômodo de paredes de pedra ficava bem no subterrâneo do Palácio do Sol e, apesar de não contar com uma lareira, era até quente, mas Min estava com frio. Três lamparinas douradas na mesinha de madeira forneciam luz mais que suficiente. Rand dissera que, dali, poderia tirá-la do Palácio mesmo que alguém tentasse arrancar o edifício do solo. E não parecera falar em tom de brincadeira.

Com a coroa de Illian no colo, ela observava Rand. Observava Rand observando Fedwin. Suas mãos apertaram a coroa com mais força, mas trataram de afrouxar assim que sentiram as estocadas daquelas minúsculas espadas escondidas por entre as folhas de louro. Estranho que a coroa e o cetro tivessem sobrevivido quando o próprio Trono do Dragão se transformara em um amontoado de estilhaços dourados enterrados nos escombros. Uma grande bolsa de couro ao lado da cadeira onde ela estava sentada, com a cinta e a espada embainhada de Rand repousando apoiadas nela, continha tudo mais que ele conseguira salvar. Escolhas estranhas, em sua maioria, na avaliação dela.

Sua tonta desmiolada. Ignorar o que está bem na sua frente não vai fazer o problema desaparecer.

Rand estava sentado de pernas cruzadas no chão de pedra, ainda coberto de poeira e arranhões, o casaco rasgado. Seu rosto parecia feito de pedra. Aparentava observar Fedwin sem nem piscar. O garoto também estava sentado no chão, as pernas esticadas. Com a língua presa entre os dentes, Fedwin estava concentrado em construir uma torre com blocos de madeira. Min engoliu em seco.

Ainda se lembrava do pavor que sentira ao se dar conta de que o garoto que a "protegia" agora tinha a mente de uma criancinha. A tristeza continuava — Luz, ele não passava de um menino! Aquilo não estava certo! —, mas esperava que Rand ainda estivesse com ele blindado. Não tinha sido fácil convencer Fedwin a brincar com aqueles blocos de madeira, em vez de usar o Poder para arrancar pedras das paredes e construir uma "torre bem grande para manter você segura lá dentro". E então *ela* ficara sentada protegendo a *ele* até Rand aparecer. Ah, Luz, ela queria chorar. Mais por Rand que por Fedwin, até.

—Você se esconde nas profundezas, ao que parece.

Antes que a voz grave terminasse de falar, junto à porta, Rand já estava de pé encarando Mazrim Taim. Como de costume, o homem de nariz aquilino trajava um casaco preto com Dragões azuis e dourados subindo em espiral pelos braços. Ao contrário dos outros Asha'man, não usava nem o Dragão nem a Espada no colarinho alto. Seu rosto de pele escura tinha quase tão pouca expressividade quanto o de Rand. Encarando o sujeito, Rand parecia estar trincando os dentes. Sem chamar a atenção, Min soltou uma das facas que trazia na manga do casaco. A mesma quantidade de imagens e auras dançava em torno de um e do outro, mas não foi nenhuma visão que a deixou subitamente cautelosa. Ela já tinha visto um homem tentando decidir se matava outro, e era o que via ali de novo.

— Você vem até aqui abraçando *saidin*, Taim? — questionou Rand, em um tom brando demais. Taim estendeu as mãos, e Rand disse: — Melhor assim. — Mas não relaxou.

— Só porque pensei que poderia ser apunhalado por acidente no caminho até aqui, tendo que atravessar corredores abarrotados daquelas Aiel. Elas parecem agitadas — explicou Taim. Seus olhos não se desviaram de Rand, mas Min tinha certeza de que ele havia percebido que ela tocou sua faca. — Compreensível, claro — continuou ele, tranquilo. — Não consigo nem expressar a alegria que sinto por encontrar você vivo, depois de ter visto o que vi lá em cima. Vim informar a respeito de desertores. Normalmente, eu não teria me dado esse trabalho, mas estamos falando de Gedwyn, Rochaid, Torval e Kisman. Parece que ficaram descontentes com o ocorrido em Altara, mas nunca pensei que chegariam a tanto. Não vi nenhum dos homens que deixei com você. — Por um instante, seu olhar saltou para Fedwin. Por não mais que um instante. — Houve... mais... baixas? Posso levar este aí comigo, se você quiser.

— Mandei todos eles manterem distância — rebateu Rand com um tom de voz ríspido. — E vou cuidar de Fedwin. É Fedwin Morr, Taim, não "este aí".

Ele recuou até a mesinha para apanhar o copo prateado que repousava entre as lamparinas. Min prendeu a respiração.

— A Sabedoria do meu vilarejo conseguia curar qualquer coisa — disse Rand ao se ajoelhar ao lado de Fedwin. De alguma forma, ele conseguiu sorrir para o garoto sem tirar os olhos de Taim. Fedwin lhe sorriu de volta todo feliz e tentou pegar o copo, mas Rand segurou o objeto para que ele bebesse. — Ela entende mais de ervas do que qualquer um que já conheci. Aprendi um pouco com ela, quais são seguras e quais não são.

Fedwin suspirou quando Rand afastou o copo, para depois abraçar o menino junto ao peito.

— Durma, Fedwin — murmurou.

Parecia mesmo que o garoto ia dormir. Seus olhos se fecharam. O peito foi subindo e descendo mais devagar. Mais ainda. Até que parou. O sorriso nunca se apagou dos seus lábios.

— Uma coisinha no vinho — disse Rand com uma voz mansa, enquanto deitava Fedwin. Os olhos de Min ardiam, mas ela não ia chorar. Não ia!

— Você é mais duro do que eu imaginava — murmurou Taim.

Rand lhe sorriu, um sorriso firme e feroz.

— Inclua Corlan Dashiva na sua lista de desertores, Taim. Na próxima vez que eu visitar a Torre Negra, espero ver a cabeça dele na sua Árvore dos Traidores.

— Dashiva? — rosnou Taim, seus olhos arregalando-se, surpresos. — Será como quiser. Em sua próxima visita à Torre Negra.

E, rápido assim, ele se recompôs, voltando a ser a compostura em pessoa, uma pedra polida. Como Min gostaria de ser capaz de interpretar as visões que tinha dele.

— Volte para a Torre Negra e nunca mais venha aqui. — Rand se pôs de pé e o encarou por cima do corpo de Fedwin. — Talvez eu passe um tempo andando por aí.

A reverência de Taim foi minúscula.

— Como quiser.

Enquanto a porta se fechava atrás do sujeito, Min soltou um longo suspiro.

— Não faz sentido perder tempo, e não há tempo a perder — murmurou Rand. Ajoelhando-se na frente dela, ele apanhou a coroa e a enfiou na bolsa junto com os demais objetos. — Min, pensei que eu fosse a matilha inteira de cães caçando um lobo atrás do outro, mas parece que eu sou o lobo.

— Que a Luz o queime — sussurrou ela. Emaranhando as mãos no cabelo dele, ela cravou os olhos nos de Rand. Ora azuis, ora cinzentos, um céu matinal ao nascer do sol. E secos. — Pode chorar, Rand al'Thor. Você não vai derreter se chorar!

— Também não tenho tempo para lágrimas, Min — respondeu ele com delicadeza. — Às vezes, os cães pegam o lobo, mas prefeririam não ter pegado. Às vezes, é o lobo que se volta contra eles, ou fica esperando de tocaia. Mas, primeiro, o lobo precisa fugir.

— Quando vamos? — indagou ela.

Não soltou o cabelo dele. Nunca iria soltá-lo. Nunca.

Capítulo 30

Começos

Segurando o manto de pele fechado ao redor de si com uma das mãos, Perrin deixava o baio Tenaz seguir em seu próprio ritmo. O sol do meio da manhã não aquecia nada, e a neve sulcada na estrada para Abila proporcionava pouca estabilidade. Ele e sua dúzia de acompanhantes compartilhavam a via com apenas duas pesadas carroças de boi e um punhado de camponeses trajando lãs escuras e simples. Todos se arrastando de cabeça baixa e segurando chapéus ou boinas sempre que uma rajada de vento soprava, mas, fora isso, concentrados no solo debaixo dos sapatos.

Atrás dele, Perrin ouviu Neald contar uma piada indecente bem baixinho. Grady respondeu com um grunhido, e Balwer soltou uma fungada melindrada. Nenhum dos três parecia minimamente afetado pelo que tinham visto ou escutado no último mês, desde que cruzaram a fronteira de Amadícia, nem pelo que os esperava à frente. Edarra estava soltando os cachorros para cima de Masuri por ela ter deixado seu capuz cair. Edarra e Carelle usavam os xales enrolados na cabeça e nos ombros, em adição aos mantos, mas, mesmo depois de terem admitido a necessidade de ir a cavalo, haviam se recusado a trocar as volumosas saias, de modo que suas pernas, cobertas por meias-calças escuras, só estavam protegidas até a altura dos joelhos. O frio não aparentava incomodá-las minimamente, apenas a estranheza da neve. Carelle começou a advertir Seonid baixinho sobre o que aconteceria caso ela não mantivesse o rosto escondido.

Claro que, caso ela se permitisse ser avistada cedo demais, uma dose das correias seria a menor de suas preocupações, como ela e a Sábia muito bem sabiam. Perrin não precisava olhar para trás para saber que os três Guardiões das irmãs, vindo na retaguarda usando mantos comuns, estavam alertas para a necessidade de sacar a espada e abrir caminho a qualquer momento. A situação era essa desde que deixaram o acampamento ao amanhecer. Ele correu o polegar enluvado pelo machado que trazia à cintura e depois voltou a segurar o manto bem na hora em que uma rajada repentina ia sacudi-lo. Se aquilo desse errado, os Guardiões talvez tivessem razão.

Mais à esquerda, a pouca distância de onde a estrada dava em uma ponte de madeira por sobre um riacho congelado que serpenteava acompanhando os limites da cidade, pedaços de madeira chamuscada despontavam da neve sobre uma grande plataforma quadrada de pedra. Tendo demorado a proclamar sua lealdade ao Dragão Renascido, o lorde local tivera sorte por só ter sido açoitado e visto todas as suas posses confiscadas. Um punhado de homens na ponte observou a aproximação do grupo a cavalo. Perrin não viu nenhum sinal de elmos ou armaduras, mas todos eles seguravam sua lança ou besta com praticamente a mesma intensidade com que seguravam seus mantos. Ninguém falava com ninguém, apenas observava, o vapor da respiração rodopiando diante de seus rostos. Havia outros guardas agrupados por toda a cidade, em cada estrada que dela saía, em cada fresta entre duas edificações. Tudo ali era território do Profeta, mas os Mantos-brancos e o exército do Rei Ailron ainda controlavam grandes áreas da região.

— Acertei em não a trazer junto, mas vou pagar por isso mesmo assim — murmurou ele.

— Claro que vai — bufou Elyas.

Para um homem que passara a maior parte dos últimos quinze anos se deslocando a pé, ele manejava bem seu capão cinzento. Jogando dados com Gallenne, adquirira um manto forrado com pele de raposa negra. Aram, cavalgando do outro lado de Perrin, lhe lançou um olhar sombrio, mas o barbado Elyas o ignorou. Os dois não se davam bem.

— Cedo ou tarde um homem sempre paga, com qualquer mulher, devendo ou não. Mas eu tinha razão, não tinha?

Perrin fez que sim. Relutante. Ainda não lhe parecia certo ouvir conselhos de outro homem a respeito de sua esposa, nem daquela maneira comedida e indireta, mas parecia estar dando certo. Claro que levantar a voz para Faile era tão difícil quanto não a levantar para Berelain, mas ele conseguira realizar a segunda tarefa com bastante frequência e a primeira, várias vezes. Seguira o conselho de Elyas ao pé da letra. Bem, a maior parte dele. Da melhor forma possível. Aquele aroma espinhoso de ciúme ainda recendia quando Berelain estava por perto, mas, por outro lado, o cheiro de mágoa desvanecera à medida que eles avançavam devagar em direção ao sul. Ainda assim, Perrin estava inquieto. Quando comunicara com firmeza a Faile que ela não o acompanharia naquela manhã, a mulher não ensaiara uma única palavra de protesto! Ela até mesmo cheirou como quem estava... contente! Entre outras coisas, inclusive sobressaltada. E como poderia estar contente e irritada ao mesmo tempo? Nada disso transparecera em seu rosto, mas o nariz de Perrin nunca mentia. De alguma forma, parecia que quanto mais ele aprendia sobre as mulheres, menos sabia!

Os guardas da ponte franziram o cenho e tocaram as armas quando os cascos de Tenaz ecoaram nas tábuas de madeira. Eram da habitual miscelânea esquisita que seguia o Profeta, sujeitos de cara suja trajando casacos de seda grandes demais, brutamontes com cicatrizes no rosto e aprendizes de bochechas rosadas, antigos mercadores e artesãos que pareciam não trocar suas roupas, antes finas, há meses. As armas, no entanto, pareciam bem cuidadas. Alguns daqueles homens tinham olhos febris, enquanto os demais ostentavam semblantes cautos e impassíveis. Além de mal lavados, cheiravam a impaciência, ansiedade, fervor e receio, tudo misturado.

Nenhum deles se moveu para barrar a passagem, todos apenas observavam, mal piscando. Pelo que Perrin ouvira falar, toda sorte de ladies vestindo sedas e mendigos em andrajos procuravam o Profeta na esperança de que, apresentando-se a ele em pessoa, angariassem algumas benesses. Ou, quem sabe, mais proteção. Por isso Perrin fora até ali só com um punhado de acompanhantes. Assustaria Masema, se fosse preciso, caso fosse possível assustá-lo, mas parecera mais recomendável tentar chegar a ele sem travar uma batalha. Perrin sentiu os olhos dos guardas em suas costas até que ele e todos os demais tivessem cruzado a pequena ponte e se encontrassem nas ruas pavimentadas de Abila. Quando os olhares se foram, porém, não houve qualquer sensação de alívio.

Abila era uma cidade de bom tamanho, com várias altas torres de vigília e muitas edificações de quatro andares, todas com telhado de ardósia. Aqui e ali, madeiras e pedras amontoadas preenchiam o espaço entre duas estruturas onde uma estalagem ou a casa de algum mercador fora demolida. O Profeta desaprovava a riqueza oriunda do comércio tanto quanto condenava as farras ou o que seus seguidores chamavam de comportamento lascivo. Desaprovava uma porção de coisas e externava seus sentimentos por meio de exemplos bem contundentes.

As ruas estavam abarrotadas de gente, mas Perrin e seus acompanhantes eram os únicos a cavalo. A neve estava bem pisoteada e transformada em uma papa parcialmente congelada na altura do tornozelo. Muitas carroças de bois seguiam devagar em meio à multidão, mas eram muito poucos carroções e nem uma mísera carruagem. A não ser por algumas pessoas usando roupas de segunda mão ou peças de roupa possivelmente roubadas, todos trajavam lãs pardas. A maioria andava apressada, mas, assim como o pessoal da estrada, de cabeça baixa. Os que não demonstravam pressa eram grupos isolados de homens portando armas. Nas ruas, o cheiro predominante era de sujeira e medo, o que deixava Perrin com os pelos da nuca eriçados. Ao menos, se chegasse a esse ponto, sair de uma cidade sem muralhas não seria mais difícil do que entrar.

— Milorde — murmurou Balwer quando alcançaram uma daquelas pilhas de escombros.

O sujeito mal esperou o meneio de Perrin para desviar sua montaria de focinho largo e partir em outra direção, curvado no alto da sela com o manto marrom bem rente ao corpo. Perrin não se preocupava com o homenzinho enrugado andando sozinho, mesmo ali. Para um secretário, ele conseguia descobrir uma quantidade surpreendente de coisas naquelas suas incursões. E parecia saber o que fazia.

Perrin tratou de afastar Balwer de seus pensamentos e se concentrou no que *ele* tinha ido fazer ali.

Bastou uma única pergunta, dirigida a um rapaz magrelo com um brilho extasiado no rosto, para descobrir onde o Profeta estava alojado, e mais três para outras pessoas na rua para saber qual era a casa do mercador, quatro andares de pedra cinzenta com as sancas e os caixilhos das janelas feitos em mármore. Masema não via com bons olhos pessoas endinheiradas, mas estava disposto a aceitar suas acomodações. Por outro lado, Balwer afirmava que o Profeta já dormira muitas vezes em casas de fazenda com goteira e ficara igualmente satisfeito. Masema só bebia água e, aonde quer que fosse, contratava uma viúva pobre e comia a comida que ela preparasse, boa ou ruim, sem reclamar. O homem fizera viúvas demais para que esse gesto de caridade contasse tanto assim para Perrin.

A turba que enchia as ruas em todos os outros pontos da cidade estava ausente diante da casa alta, mas o número de guardas armados como os da ponte chegava quase a compensar. Os homens lançaram encaradas soturnas para Perrin, e alguns soltaram risinhos insolentes. As duas Aes Sedai continuavam de cabeça baixa e com os rostos ocultos no capuz, de onde a respiração subia feito um vapor branco. De canto de olho, Perrin avistou Elyas correndo o polegar pelo cabo do facão. Foi difícil não passar a mão no machado.

— Trago uma mensagem de Rand al'Thor para o Profeta — anunciou ele. Quando nenhum dos homens se moveu, acrescentou: — Meu nome é Perrin Aybara. O Profeta me conhece.

Balwer o advertira sobre os perigos de usar o nome de Masema ou de chamar Rand de qualquer coisa que não fosse Dragão Renascido. Ele não estava ali para começar um tumulto.

A afirmação de que conhecia Masema pareceu acender uma centelha nos guardas. Vários deles trocaram olhares arregalados, e um dos homens correu para dentro. Os demais ficaram encarando-o como se ele fosse um menestrel. Poucos momentos depois, uma mulher veio até a porta. Bonita, com mechas brancas nas têmporas e trajando um vestido bem-feito de gola alta de lã azul, mas sem adornos, poderia muito bem ter sido a própria mercadora. Masema não despejava nas ruas quem lhe oferecia sua hospitalidade, mas seus serviçais ou lavradores costumavam acabar em um dos bandos que "propagavam as glórias do Lorde Dragão".

— Se quiser me acompanhar, Mestre Aybara — saudou a mulher com toda a calma —, você e seus amigos, levo todos até o Profeta do Lorde Dragão, que a Luz ilumine seu nome. — Ela até soou calma, mas seu cheiro exalava medo.

Mandando Neald e os Guardiões ficarem de olho nos cavalos até eles voltarem, Perrin e os outros seguiram a mulher e entraram. O interior da casa era escuro, com poucas lamparinas acesas, e não muito mais aquecido que o lado de fora. Até as Sábias pareciam acuadas. Não recendiam a medo, mas estavam quase tão perto disso quanto as Aes Sedai, e Grady e Elyas cheiravam a cautela, a pelos da nuca eriçados e a orelhas viradas para trás. Estranhamente, o cheiro de Aram era de impaciência. Perrin esperava que o homem não tentasse desembainhar a espada que trazia às costas.

O cômodo grande e atapetado para onde a mulher os levou, com chamas ardendo em lareiras nas duas extremidades, parecia até o gabinete de um general, com cada mesa e metade das cadeiras cobertas de mapas e papéis, e quente a ponto de fazer Perrin jogar o manto para trás e se arrepender de estar usando duas camisas por baixo do casaco. Mas foi Masema, parado no meio do aposento, que atraiu seu olhar de imediato, feito limalhas de ferro a uma magnetita; um homem carrancudo com a cabeça raspada e uma cicatriz triangular clara em uma das bochechas, trajando um casaco cinza pregueado e botas surradas. Seus olhos fundos ardiam com um fogo negro, e seu cheiro... A única definição que Perrin encontrava para aquele aroma, duro como aço, afiado como uma lâmina e estremecendo em uma intensidade selvagem, era loucura. E Rand achava que podia domesticar aquilo?

— Então é você — rosnou Masema. — Achava que não ousaria dar as caras. Sei o que você anda aprontando! Hari me contou há mais de uma semana, e tenho me mantido informado.

Um homem se mexeu em um canto do aposento, um camarada de olhos estreitos e nariz proeminente, e Perrin se amaldiçoou por não o ter visto antes. O casaco de seda verde de Hari era de muito melhor qualidade do que as roupas que ele usava quando negou que colecionava orelhas. O sujeito esfregou as mãos e abriu um sorrisinho cruel para Perrin, mas se manteve em silêncio quando Masema continuou falando. A voz do Profeta foi se acalorando a cada palavra, não de raiva, mas como se o Profeta quisesse marcar cada sílaba a fogo na carne de Perrin.

— Sei que você matou homens que foram atrás do Lorde Dragão. Sei da sua tentativa de constituir seu próprio reino! Sim, eu sei a respeito de Manetheren! A respeito das suas ambições! Da sua ganância pela glória! Você virou as costas para...!

De repente, os olhos de Masema se esbugalharam e, pela primeira vez, a ira incendiou seu cheiro. Hari deixou escapar um barulho abafado e tentou recuar contra a parede. Seonid e Masuri haviam baixado os capuzes e exposto seus rostos, calmos e serenos, claramente reconhecíveis como de Aes Sedai para qualquer um que já tivesse visto aquele semblante. Perrin se perguntou se estariam abraçando o Poder. Apostava que as Sábias estavam. Edarra e Carelle observavam calmamente todas as direções ao mesmo tempo, e, com expressões serenas ou não, Perrin notou muito bem que elas estavam prontas para lutar. Aliás, Grady também estava tão envolto em prontidão quanto em seu casaco preto. Talvez também estivesse abraçando o Poder. Elyas estava encostado na parede junto das portas abertas, aparentemente tão controlado quanto as irmãs, mas cheirando a alguém pronto para morder. E Aram encarava Masema boquiaberto! Luz!

— Quer dizer que isso também é verdade! — bradou o Profeta, gotículas de saliva voando de seus lábios. — Com boatos imundos contra o nome sagrado do Lorde Dragão se espalhando, você tem a audácia de andar com essas... essas...!

— Elas juraram lealdade ao Lorde Dragão, Masema — interveio Perrin. — Elas servem a ele! E você? Ele me mandou aqui para acabar com a matança. E para levar você até ele.

Como ninguém lhe ofereceu uma cadeira, Perrin empurrou uma pilha de papéis que estava em uma delas e se sentou. Gostaria que os outros também se sentassem. Gritar parecia mais difícil quando se estava sentado.

Hari o encarava com olhos arregalados, e Masema estava quase tremendo. Porque ele pegara uma cadeira sem que lhe oferecessem? Ah. Sim.

— Eu renunciei aos nomes comuns — disse Masema com frieza. — Sou apenas o Profeta do Lorde Dragão, que a Luz o ilumine e o mundo se ajoelhe diante dele.

— A julgar pelo seu tom de voz, o mundo e a Luz se arrependeriam igualmente, caso não o fizessem. — Há muito o que fazer aqui, mas serão grandes obras. Todos devem obedecer quando o Lorde Dragão chama, mas, no inverno, as viagens são sempre demoradas. Algumas semanas de atraso não fazem muita diferença.

— Posso levar você a Cairhien ainda hoje — disse Perrin. — Depois que o Lorde Dragão tiver falado com você, será possível retornar da mesma forma e estar aqui em poucos dias.

Se Rand o deixasse voltar.

Masema ficou acuado. Com os dentes à mostra, olhou feio para as Aes Sedai.

— Algum artifício do Poder? Ninguém tocará em mim com o Poder! É uma blasfêmia que mortais toquem no Poder!

Perrin ficou quase boquiaberto.

— O Dragão Renascido canaliza, homem!

— O abençoado Lorde Dragão não é como os outros homens, Aybara! — rosnou Masema. — Ele é a Luz encarnada! Atenderei ao chamado dele, mas não serei tocado pela imundície que essas mulheres fazem!

Deixando-se afundar de novo na cadeira, Perrin suspirou. Se o homem tinha tanta birra assim com as Aes Sedai, como ficaria quando soubesse que Grady e Neald eram capazes de canalizar? Por um momento, ele cogitou simplesmente dar um cacetada na cabeça de Masema e... Havia homens passando pelo corredor, parando para dar uma espiadela antes de seguir apressados. Bastava que um deles desse um grito, e Abila poderia se transformar em um abatedouro.

— Então vamos cavalgando, Profeta — respondeu ele com um tom amargo. Luz, Rand lhe dissera para manter segredo até Masema estar diante dele! Como conseguir *isso* indo para Cairhien a cavalo? — Mas sem atrasos. O Lorde Dragão está ansiosíssimo para falar com você.

— E eu estou ansioso para falar com o Lorde Dragão, que a Luz abençoe seu nome. — Os olhos dele se desviaram na direção das duas Aes Sedai. Masema tentou disfarçar, chegando até a sorrir para Perrin. Mas recendia a... desalento. — Estou bem ansioso mesmo.

— Milady gostaria que eu solicitasse a um dos treinadores que lhe trouxesse um falcão? — indagou Maighdin.

Um dos quatro treinadores de pássaros de Alliandre, todos homens tão esguios quanto suas aves, incitou um elegante falcão-peregrino usando um capuz a voar do cavalete de madeira bem à frente de sua sela até a pesada luva que calçava sua mão e ergueu o pássaro cinzento na direção dela. O falcão, com suas asas de pontas azuis, estava pousado na luva verde que cobria o pulso de Alliandre. Aquela ave era reservada a ela, infelizmente. Alliandre sabia qual era seu lugar enquanto vassala, mas Faile entendia o que era não querer abdicar de um pássaro favorito.

Ela apenas balançou a cabeça, e Maighdin se curvou no alto de sua sela e tratou de afastar sua égua ruana de Andorinha, longe o bastante para não se intrometer, mas a uma distância que lhe permitisse atender prontamente sem que Faile precisasse levantar a voz. A elegante mulher de cabelos louros havia dado provas de ser uma criada tão boa quanto Faile esperara, versada e capaz. Ao menos fora assim desde que ela entendera que, fosse qual fosse sua condição com a antiga senhora, Lini era a superior entre as mulheres que serviam Faile e estava sempre disposta a exercer sua autoridade. Surpreendentemente, aquilo havia chegado até a resultar em um episódio com uma vara, mas Faile fingia não saber. Só uma idiota completa constrangia suas serviçais. E ainda tinha a questão envolvendo Maighdin e Tallanvor, claro. Ela tinha certeza de que Maighdin começara a dividir a cama com ele, e, se encontrasse provas disso, os dois se casariam, mesmo que fosse preciso deixar Lini resolver o assunto. Ainda assim, era uma questão pequena, que não poderia estragar sua manhã.

A falcoaria havia sido ideia de Alliandre, mas Faile não se opusera a um passeio pela floresta esparsa, onde a neve formava uma extensa manta que recobria a tudo e que jazia espessa e branca nos galhos desnudos. O verde das árvores que ainda conservavam suas folhas parecia mais vivo. O ar era puro e tinha um cheiro novo e fresco.

Bain e Chiad tinham insistido em acompanhá-la, mas estavam apenas agachadas ali perto, a *shoufa* enrolada na cabeça, observando-a com semblantes descontentes. Sulin quisera vir levando todas as Donzelas, mas, com centenas de relatos de depredações por parte dos Aiel circulando por toda parte, a aparição de uma única Aiel era o suficiente para que todo o povo de Amadícia saísse correndo ou empunhasse uma espada. Devia haver algum fundo de verdade naquelas histórias, senão muita gente sequer *reconheceria* um Aiel, ainda que só a Luz soubesse quem eles eram e de onde tinham vindo. Ainda assim, até Sulin concordara que, fossem quem fossem, eles haviam se deslocado para o leste, talvez para Altara.

Em todo caso, tão perto assim de Abila, vinte soldados de Alliandre e mais vinte Guardas Alados mayenenses proporcionavam escolta suficiente. As bandeirolas em suas lanças, vermelhas ou verdes, se erguiam como fitas quando o vento as açulava. A presença de Berelain era o único incômodo. Se bem que assistir à mulher tremer em seu manto vermelho com forro de pele, grosso o bastante para dois cobertores, sem dúvida era divertido. Mayene não tinha invernos de verdade. Aquele parecia um dia de final de outono. Em Saldaea, o auge do inverno podia congelar a pele exposta e deixá-la dura feito madeira. Faile respirou fundo. Sentia vontade de rir.

Por algum milagre, seu marido, seu amado lobo, vinha começando a se comportar como devia. Em vez de gritar com Berelain ou evitar a mulher, Perrin passara a tolerar as bajulações daquela megera, como toleraria uma criança brincando ao redor de suas pernas. E, o melhor de tudo, não era mais necessário controlar a raiva quando ela queria explodir. Quando Faile gritava, ele gritava de volta. Sabia que ele não era saldaeano, mas tinha sido dificílimo imaginar, lá no fundo do coração, que ele a via como alguém fraca demais para confrontá-lo. Algumas noites antes, durante a ceia, Faile quase comentara que Berelain parecia prestes a saltar de dentro do vestido caso se debruçasse mais um pouco por cima da mesa. Bem, ela não chegaria a tanto, não para falar de Berelain. Aquela meretriz *ainda* achava que poderia conquistá-lo. E, naquela mesmíssima manhã, Perrin agira de forma dominante, sem aceitar discussões, o tipo de homem que uma mulher sabia que precisava ser forte para merecer, para acompanhar. Claro que ela teria de puni-lo por conta daquilo. Um homem dominante era algo maravilhoso, desde que não começasse a acreditar que poderia mandar sempre. Rir? Ela sentia até vontade de cantar!

— Maighdin, no fim das contas, acho que vou...

Maighdin já estava imediatamente atenta, com um sorriso inquisitivo, mas Faile interrompeu a frase ao avistar à sua frente três cavaleiros que vinham abrindo caminho pela neve o mais rápido que conseguiam impelir seus cavalos.

— Pelo menos há uma porção de lebres, milady — comentou Alliandre, conduzindo seu alto capão branco até se colocar ao lado de Andorinha —, mas eu esperava... Quem são esses? — Seu falcão se agitou na luva grossa, os sininhos da correia tilintando. — Ora, parece que é seu pessoal, milady.

Faile fez que sim com um ar soturno. Também os reconhecia: Parelean, Arrela e Lacile. Mas o que estavam fazendo ali?

Os três puxaram as rédeas diante dela, os animais ofegantes soltando vapor pelas narinas. Os olhos de Parelean pareciam tão arregalados quanto os do seu cavalo sarapintado. Lacile, com o rosto pálido quase escondido sob o capuz profundo do manto, engolia em seco, e o rosto escuro de Arrela parecia pálido.

— Milady — disse Parelean em um tom de urgência —, péssimas notícias! O Profeta Masema anda se reunindo com os Seanchan!

— Com os Seanchan! — exclamou Alliandre. — Ele certamente não acredita que *eles* vão seguir o Lorde Dragão!

— Pode ser mais simples que isso — conjecturou Berelain, esporeando sua égua branca chamativa até o outro lado de Alliandre. Sem Perrin por perto para tentar impressionar, seu vestido de cavalgada azul-escuro tinha um corte deveras modesto, a gola subindo até o queixo. — Masema não gosta de Aes Sedai, e os Seanchan mantêm presas quaisquer mulheres que sabem canalizar.

Irritada, Faile estalou a língua. Péssimas notícias, de fato, se fossem verdadeiras. E ela só podia torcer para que Parelean e os outros ainda tivessem bom senso suficiente para pelo menos fingir que só tinham escutado aquela conversa por acaso. Mesmo assim, ela precisava se certificar, e rápido. Podia ser que Perrin já estivesse com Masema.

— Que provas vocês têm, Parelean?

— Conversamos com três fazendeiros que viram uma enorme criatura voadora pousar quatro noites atrás, milady. Trazia uma mulher que foi levada a Masema e que passou três horas com ele.

— Conseguimos rastreá-la até o local onde Masema fica, em Abila — acrescentou Lacile.

— Todos os três pensavam que a criatura era uma Cria da Sombra — contou Arrela —, mas pareciam relativamente confiáveis.

Ela afirmar que um homem que não fazia parte da *Cha Faile* era relativamente confiável era o mesmo que qualquer outra pessoa dizer que o achava um poço de honestidade.

— Acho que preciso ir a Abila — ponderou Faile, tomando as rédeas de Andorinha. — Alliandre, leve Maighdin e Berelain com você. — Em qualquer outra ocasião, o estreitar de lábios de Berelain ao ouvir aquilo a teria divertido. — Parelean, Arrela e Lacile vão me acompanhar e...

Ouviu-se o grito de um homem, e todos se agitaram. A cinquenta passadas dali, um dos soldados de casaco verde de Alliandre tombou do alto de sua sela, e, instantes depois, um Guarda Alado desabou com uma flecha cravada na garganta. Aiel surgiram em meio às árvores, trajando o véu e empunhando arcos enquanto corriam. Mais soldados caíram. Bain e Chiad se puseram de pé, os véus escuros a lhes esconder o rosto até os olhos; suas lanças estavam enfiadas por entre as correias do estojo do arco que traziam às costas, mas ambas sacaram seus arcos com desenvoltura, ainda que também dando olhadelas na direção de Faile. Havia Aiel por todos os lados, centenas deles, ao que parecia, um verdadeiro nó de forca se fechando. Os soldados a cavalo baixaram as lanças e recuaram formando um círculo em torno de Faile e dos demais, mas brechas logo começaram a aparecer, conforme as flechas dos Aiel foram atingindo seus alvos.

— Alguém precisa levar essa notícia a respeito de Masema a Lorde Perrin — declarou Faile a Parelean e às duas mulheres. — Um de vocês tem que alcançá-lo!

Cavalguem como um raio! — Ela correu os olhos por Alliandre e Maighdin. E Berelain também. —Todas vocês, cavalguem como um raio ou morram aqui!

Mal esperando que assentissem, Faile transformou suas palavras em ação e enfiou os calcanhares nos flancos de Andorinha, disparando pelo inútil círculo de cavaleiros.

— Cavalguem! — bradou. Alguém tinha de levar aquela notícia para Perrin. — Cavalguem!

Bem inclinada junto ao pescoço de Andorinha, Faile fez a égua escura acelerar. Cascos velozes respingaram neve à medida que Andorinha corria, ágil como seu nome suscitava. Ao longo de uma centena de galopes, Faile achou que talvez conseguisse escapar. E foi então que Andorinha relinchou e tropeçou, atirando-se à frente com o estalo seco de uma perna quebrada. Faile voou pelo ar e se estatelou, o fôlego lhe escapando dos pulmões quando mergulhou de cara na neve. Lutando para respirar, ela se esforçou para se pôr de pé e sacou uma faca do cinto. Andorinha relinchara antes de tropeçar, antes daquele estalo pavoroso.

Um Aiel de véu surgiu diante dela como se brotasse do ar e golpeou seu pulso com a mão retesada. Os dedos subitamente dormentes de Faile deixaram a faca cair, e, antes que ela pudesse tentar sacar outra com a mão esquerda, o homem já estava em cima dela.

Ela lutou, chutando, socando e até mordendo, mas o sujeito tinha o porte de Perrin e era uma cabeça mais alto. E o Aiel também parecia tão musculoso quanto Perrin, considerando o pouco impacto que os golpes de Faile lhe causavam. Quis chorar de frustração pela facilidade humilhante com que ele a subjugou, primeiro arrancando-lhe todas as facas e enfiando-as por trás da cinta, depois usando uma das lâminas dela para lhe cortar as roupas. Em um instante, Faile estava nua na neve, os cotovelos amarrados atrás das costas com uma de suas meias-calças, a outra lhe envolvendo o pescoço tal qual uma coleira.

Não teve outra opção além de segui-lo, tremendo e tropeçando em meio à neve. O frio lhe arrepiava a pele. Luz, como pudera enxergar aquele dia como qualquer coisa menos que gélido? Luz, se pelo menos alguém tivesse conseguido escapar para dar a notícia a respeito de Masema! Para informar a Perrin sobre sua captura, claro, mas ela daria um jeito de escapar. A outra parte era mais importante.

O primeiro corpo que Faile viu foi o de Parelean, esparramado de barriga para cima com a espada em uma das mãos estiradas e sangue por todo o belo casaco de mangas listradas de cetim. Havia uma porção de cadáveres depois dele, Guardas Alados com suas placas peitorais vermelhas, soldados de Alliandre com seus elmos verde-escuros, um dos falcoeiros, o falcão-peregrino encapuzado batendo as asas em vão nas correias ainda presas ao pulso do homem morto. Faile, no entanto, se aferrava à esperança.

As primeiras prisioneiras que avistou, ajoelhadas em meio a alguns Aiel, homens e Donzelas com os véus já baixados, foram Bain e Chiad, ambas nuas, as mãos desamarradas segurando os joelhos. Sangue escorria pelo rosto de Bain e lhe manchava o cabelo ruivo cor-de-fogo. A bochecha esquerda de Chiad estava roxa e inchada, e seus olhos cinzentos pareciam levemente vidrados. Ambas ali ajoelhadas, de coluna ereta, impassíveis e sem vergonha alguma, mas, quando o imenso Aiel empurrou Faile com força para pô-la de joelhos ao lado delas, as duas se levantaram.

— Isso não está certo, Shaido — balbuciou Chiad, com raiva.

— Ela não obedece ao *ji'e'toh* — ladrou Bain. — Vocês não podem transformá-la em *gai'shain*.

— As *gai'shain* vão ficar quietas — advertiu uma Donzela agrisalhada em um tom distraído.

Bain e Chiad lançaram olhares pesarosos para Faile e, em seguida, retomaram sua espera tranquila. Encolhendo-se e abraçando os joelhos para tentar esconder sua nudez, Faile não sabia se ria ou chorava. As duas mulheres que ela teria escolhido para ajudá-la a fugir de qualquer lugar, e nenhuma delas sequer levantaria a mão para tentar algo, por causa do *ji'e'toh*.

— Eu repito, Efalin — resmungou o homem que a capturara —, isso é uma tolice. Viajamos rastejando com toda esta... neve. — Ele pronunciou a palavra de um jeito esquisito. — Há muitos homens armados por aqui. Devíamos estar indo para leste, não pegando mais *gai'shain* para nos atrasar ainda mais.

— Sevanna quer mais *gai'shain*, Rolan — rebateu a Donzela grisalha, mas franziu o cenho, e, por um momento, seus duros olhos cinzentos sugeriram desaprovação.

Estremecendo, Faile hesitou ao reconhecer aqueles nomes. Luz, como o frio estava lhe atrapalhando o juízo! Sevanna, Shaido. Eles estavam em Adaga do Fratricida, o mais longe dali que era possível estar sem cruzar a Espinha do Mundo! Mas claramente não estavam mais lá, algo que Perrin precisava saber, e mais um motivo para ela não demorar a fugir. As chances disso pareciam remotas, agachada ali na neve e se perguntando quais partes suas congelariam primeiro. A Roda parecia estar se vingando do prazer que Faile sentira ao ver Berelain tremendo. Já estava até ansiosa pelos robes de lã grossos que os *gai'shain* usavam. Só que seus captores não davam o menor sinal de que partiriam. Havia mais prisioneiras para serem trazidas.

A primeira foi Maighdin, totalmente despida e amarrada da mesma maneira que Faile, e penando a cada passo. Até a Donzela que a empurrava lhe dar uma rasteira abrupta. Maighdin caiu sentada na neve e seus olhos se arregalaram tanto que Faile poderia até ter rido, se não estivesse com pena da mulher. Alliandre foi a próxima, curvada quase ao meio no esforço de se cobrir, e depois Arrela, que parecia meio paralisada por conta da nudez e vinha quase arrastada por um par de Donzelas. Por fim, surgiu um outro Aiel enorme trazendo debaixo do braço, que nem um pacote, uma Lacile que se debatia furiosamente.

— Os outros ou estão mortos ou fugiram — informou o homem, largando a pequena cairhiena ao lado de Faile. — Sevanna vai ter que ficar satisfeita, Efalin. Ela dá importância demais à captura de pessoas que usam seda.

Faile não ofereceu a menor resistência ao ser posta de pé e sair caminhando a duras penas pela neve, encabeçando a fila das prisioneiras. Estava atordoada demais para lutar. Parelean morto, Arrela e Lacile presas, assim como Alliandre e Maighdin. Luz, alguém precisava alertar Perrin a respeito de Masema. Alguém. Parecia um golpe final. Ali estava ela, tremendo e trincando os dentes para evitar que batessem, fazendo de tudo para fingir que não estava absolutamente nua e amarrada, a caminho de um cativeiro incerto. Tudo isso, e ainda tendo que torcer para que aquela felina sorrateira — aquela meretriz dramática! — da Berelain tivesse conseguido escapar para alcançar Perrin. Comparando com todo o resto, essa parecia a pior parte.

Egwene conduzia Daishar ao longo da coluna de iniciadas, irmãs a cavalo em meio a carroções, Aceitas e noviças a pé, apesar da neve. O sol brilhava em um céu com poucas nuvens, mas vapor subia das narinas do seu capão. Sheriam e Siuan vinham atrás dela e conversavam tranquilas sobre as informações obtidas com os olhos-e-ouvidos de Siuan. Egwene achava que, depois de aceitar que não era a Amyrlin, Sheriam se tornara uma Curadora eficiente, mas, dia após dia, a ruiva parecia cada vez mais assídua em suas obrigações. Montada em sua égua gorducha, Chesa a seguia para caso a Amyrlin quisesse qualquer coisa e, em uma atitude incomum, resmungava mais uma vez por Meri e Selame terem fugido, aquelas ingratas, deixando-a responsável pelo trabalho de três. Elas avançavam devagar, e Egwene tinha a cautela de não olhar em direção à coluna.

Um mês de recrutamento, um mês com o livro das noviças aberto para todas, resultara em números surpreendentes, uma enxurrada de mulheres ansiosas para se tornar Aes Sedai, mulheres de todas as idades, algumas vindo de centenas de milhas de distância. A coluna agora contava com o dobro de noviças de antes. Quase mil! A maioria nunca chegaria nem perto de usar o xale, mas aquela multidão deixava todo mundo atônito. Uma ou outra talvez causasse uns probleminhas, e uma delas, uma avó chamada Sharina, que tinha um potencial maior até que o de Nynaeve, sem dúvida deixara todas elas sobressaltadas, mas não eram as cenas de mãe e filha batendo boca porque a filha um dia seria disparadamente a mais forte entre as duas que ela vinha tentando evitar, nem as nobres que começavam a achar que tinham se equivocado ao tomar a decisão de pedir para serem testadas, e nem mesmo os olhares perturbadoramente diretos de Sharina. A mulher grisalha obedecia a todas as regras e demonstrava o devido respeito, mas chefiara sua grande família com base na mera força de sua presença, e até algumas irmãs pisavam em ovos perto dela. O que Egwene queria evitar ver eram as moças que haviam se juntado a elas dois dias antes. As duas irmãs que as trouxeram tinham ficado mais do que surpresas ao ver Egwene como Amyrlin, mas suas protegidas não conseguiam acreditar, não Egwene al'Vere, a filha do prefeito de Campo de Emond. Ela não queria mandar mais ninguém para punições, mas teria de mandar, se vissem mais alguém lhe mostrando a língua.

Gareth Bryne também dispusera seu exército em uma larga coluna, tanto cavalaria quanto infantaria em formação e estendendo-se por entre as árvores até onde a vista alcançava. O sol fraco cintilava nas placas peitorais, elmos e pontas de piques. Cavalos batiam os cascos na neve com impaciência.

Bryne conduziu seu baio robusto ao encontro de Egwene antes que ela alcançasse as Votantes, que aguardavam em seus cavalos em uma grande clareira à frente das duas colunas, e lhe sorriu por entre o gradil do elmo. Um sorriso tranquilizador, ela pensou.

— Bela manhã para isso, Mãe — disse ele. — Aqui.

Ela apenas assentiu, e ele se pôs atrás dela, ao lado de Siuan. Que não começou a discutir com ele de imediato. Egwene não sabia ao certo a que acordo Siuan chegara com o homem, mas quase parara de se queixar dele, e nunca na presença de Bryne. Egwene estava contente pela presença do homem. O Trono de Amyrlin não podia permitir que seu general soubesse que ela queria ser tranquilizada por ele, mas naquela manhã ela sentia essa necessidade.

As Votantes estavam com seus cavalos em fila junto das árvores, e outras treze irmãs ali perto já estavam montadas, observando as Votantes com toda a atenção. Romanda e Lelaine esporearam os cavalos quase ao mesmo tempo, e Egwene não conseguiu conter um suspiro quando as duas se aproximaram, os mantos esvoaçando às costas, os cascos espirrando neve. O Salão a obedecia porque não tinha escolha. Em assuntos relacionados à guerra contra Elaida, obedecia, mas, pela Luz, como elas perdiam tempo com as minúcias do que dizia ou não respeito à guerra! Quando não dizia respeito, arrancar qualquer coisa delas era como extrair os dentes de um pato! Não fosse por Sharina, elas talvez já tivessem dado um jeito de parar de aceitar mulheres de qualquer idade. Até Romanda estava impressionada com Sharina.

As duas puxaram as rédeas diante dela, mas, antes que pudessem abrir a boca, Egwene tomou à frente.

— Está na hora de avançarmos, filhas, e não há tempo a perder com conversas à toa. Prossigam.

Romanda bufou, ainda que com discrição, e Lelaine pareceu querer fazer o mesmo. As duas giraram os cavalos simultaneamente e então trocaram um olhar irritado. Os fatos ocorridos no último mês só tinham acentuado sua antipatia mútua. Lelaine assentiu com raiva e Romanda deu um sorrisinho, uma curva sutil dos lábios. Egwene quase sorriu também. Aquela animosidade recíproca ainda era seu maior trunfo no Salão.

— O Trono de Amyrlin ordena prosseguir — anunciou Romanda, erguendo a mão com um ar imponente.

O brilho de *saidar* se acendeu em torno das treze irmãs próximas das Votantes, envolvendo todas juntas, e um grosso rasgo prateado surgiu no meio da clareira e girou até abrir um portão de dez passadas de altura e cem de largura. A neve que caía do outro lado flutuou para o lado de cá. Brados de ordens ecoaram entre os soldados, e a primeira cavalaria de armadura pesada atravessou. A neve que rodopiava além do portão era densa demais para que se enxergasse ao longe, mas Egwene pensou vislumbrar as Muralhas Reluzentes de Tar Valon e a própria Torre.

— Começou, Mãe — disse Sheriam, soando quase surpresa.

— Começou — concordou Egwene.

E, se a Luz quisesse, Elaida não tardaria a cair. Ela deveria esperar até que Bryne confirmasse que um número suficiente de seus soldados já tinha atravessado, mas não conseguiu se conter. Enfiando os calcanhares nos flancos de Daishar, Egwene entrou na nevasca e adentrou a planície onde o Monte do Dragão, negro e fumegante ao fundo, se erguia contra o céu branco.

Capítulo 31

Depois

Os ventos e a neve de inverno desaceleravam a passagem do comércio pelas terras onde o tempo não melhorava até a primavera, e, de cada três pombos enviados por mercadores, dois sucumbiam aos falcões ou ao clima, mas, onde o gelo não cobria os rios, as embarcações ainda navegavam e os boatos corriam mais rápido que relâmpagos. Milhares de boatos, cada um lançando milhares de sementes que germinavam e cresciam na neve e no gelo como se estivessem em solo fértil.

Em Tar Valon, algumas histórias diziam, poderosos exércitos haviam se enfrentado, as ruas estavam banhadas de sangue, e as Aes Sedai rebeldes tinham enfiado a cabeça de Elaida a'Roihan num pique. Não; Elaida apertara o cerco, e as rebeldes que sobreviveram se prostraram aos seus pés. Não existiam rebeldes, não existia divisão na Torre Branca. A Torre Negra era quem tinha se partido, pelos desígnios e pelo poder das Aes Sedai, e Asha'man caçavam Asha'man por todas as nações. A Torre Branca despedaçara o Palácio do Sol em Cairhien, e o próprio Dragão Renascido agora estava amarrado ao Trono de Amyrlin como seu fantoche e sua ferramenta. Algumas histórias contavam que as Aes Sedai eram que tinham sido amarradas a ele, amarradas aos Asha'man, embora os poucos que acreditassem nisso fossem ridicularizados.

Os exércitos de Artur Asa-de-gavião haviam retornado para retomar seu falecido império, e os Seanchan vinham dizimando tudo que encontravam pela frente, chegando até a derrotar o Dragão Renascido e bani-lo de Altara. Os Seanchan tinham vindo para servi-lo. Não; o Dragão expulsara os Seanchan para o mar, destruindo por completo seu exército. Eles tinham levado o Dragão

Renascido embora para que ele se ajoelhasse diante de sua Imperatriz. O Dragão Renascido estava morto, e houve tanta celebração quanto luto, tantas lágrimas quanto gritos de alegria.

Por todas as nações, as histórias se espalhavam feito teias de aranha dispostas uma sobre a outra, e homens e mulheres planejavam o futuro acreditando que sabiam qual era a verdade. Eles planejavam, e o Padrão absorvia seus planos, tecendo em direção ao futuro prenunciado.

**Fim
do Oitavo Livro
de** *A Roda do Tempo*

Glossário

Uma nota sobre datas neste glossário. O Calendário Tomano (elaborado por Toma dur Ahmid) foi adotado aproximadamente dois séculos depois da morte do último homem Aes Sedai e registrava os anos Depois da Ruptura do Mundo (DR). Muitos registros foram destruídos nas Guerras dos Trollocs, tanto que, ao fim das Guerras, havia controvérsia sobre o ano exato conforme o antigo sistema. Um novo calendário foi proposto por Tiam de Gazar, comemorando a libertação da ameaça dos Trollocs e registrando cada ano como um Ano Livre (AL). O Calendário Gazarano ganhou ampla aceitação nos vinte anos seguintes ao fim das Guerras. Artur Asa-de-gavião tentou estabelecer um novo calendário com base na fundação de seu império (DF, Desde a Fundação), mas apenas historiadores o conhecem. Após a destruição e as mortes provocadas pela Guerra dos Cem Anos, um terceiro calendário foi desenvolvido por Uren din Jubai Gaivota-Voadora, acadêmico do Povo do Mar, e promulgado pela Panarca Farede de Tarabon. O Calendário de Farede, que data do fim arbitrariamente decidido da Guerra dos Cem Anos e registra os anos da Nova Era (NE), encontra-se atualmente em uso.

Abandonados, os: nome dado a treze poderosos Aes Sedai, tanto homens quanto mulheres, que passaram para o lado da Sombra durante a Era das Lendas e acabaram aprisionados com o Tenebroso com a selagem da Fenda. Ainda que se acredite há muito tempo que apenas eles abandonaram a Luz durante a Guerra da Sombra, a verdade é que outros também o fizeram, e esses treze são apenas os de nível mais alto. Os Abandonados (que se intitulam "os Escolhidos") estão, de certa forma, reduzidos em número desde seu despertar nos dias atuais. Os sobreviventes conhecidos são Demandred, Semirhage, Graendal, Mesaana, Moghedien, além de dois que reencarnaram em outros corpos e receberam novos nomes: Osan'gar e Aran'gar. Há pouco tempo, um homem se intitulando Moridin apareceu, podendo ser mais um dos Abandonados mortos trazidos de volta do túmulo pelo Tenebroso. A mesma possibilidade pode se aplicar a uma mulher que se intitula Cyndane, mas, como Aran'gar era um homem que voltou como mulher, a especulação quanto às identidades de Moridin e Cyndane pode se provar inútil até que se saiba mais.

Asha'man: (1) Na Língua Antiga, "Guardião" ou "Guardiões", mas sempre um defensor da justiça e da verdade. (2) Nome dado, tanto coletivamente quanto como classe, aos homens que foram à Torre Negra, perto de Caemlyn, em Andor, para aprender a canalizar. Seu treinamento se concentra nas formas com que o Poder Único pode ser usado como arma, e, em outra diferença em relação aos usos da Torre Branca, uma vez que aprendam a abraçar *saidin*, a metade masculina do Poder, exige-se que eles desempenhem todas as tarefas e labutas com o Poder. Quando recém-alistado, um homem é chamado de Soldado e usa um casaco preto simples de colarinho alto, à moda andoriana. Ser elevado a Dedicado lhe dá o direito de usar um broche de prata, chamado de Espada, no colarinho do casaco. A promoção para Asha'man lhe dá o direito de usar um broche de dragão de ouro e esmalte vermelho no colarinho oposto ao da Espada. Ainda que muitas mulheres, inclusive esposas, fujam ao descobrirem que seus homens são capazes de canalizar, um número razoável de membros da Torre Negra é casado e usa uma versão do elo de Guardião para criar uma união com suas esposas. Esse mesmo elo, alterado para forçar a obediência, também tem sido usado com Aes Sedai capturadas.

Balwer, Sebban: antigo secretário de Pedron Niall, em público, e mestre-espião de Niall, em segredo. Por suas próprias razões, auxiliou na fuga de Morgase dos Seanchan em Amador e hoje tem a função de secretário de Perrin t'Bashere Aybara e Faile ni Bashere t'Aybara.

Capitão-espadachim: *Ver* Capitão-lanceiro.

Capitão-lanceiro: na maior parte das nações, mulheres da nobreza, sob circunstâncias normais, não lideram seus homens pessoalmente no campo de batalha. Em vez disso, contratam um soldado profissional, quase sempre um plebeu, que fica responsável por treinar e liderar esses soldados. Dependendo da nação, esse homem poder ser chamado de Capitão-lanceiro, Capitão-espadachim, Mestre dos Cavalos ou Mestre das Lanças. Boatos de relações mais próximas do que aquelas entre uma lady e um serviçal costumam surgir, e talvez seja inevitável. Às vezes, eles são verdadeiros.

Cha Faile: (1) Na Língua Antiga, "a Garra do Falcão". (2) Nome recebido pelos jovens cairhienos e tairenos que tentam seguir o *ji'e'toh* e juraram fidelidade a Faile ni Bashere t'Aybara. Em segredo, atuam como seus olheiros e espiões.

Companheiros, os: formação militar de elite de Illian, atualmente comandada pelo Primeiro Capitão Demetre Marcolin. Os Companheiros atuam como guarda-costas do Rei de Illian e protegem lugares importantes em toda a nação. Além disso, os Companheiros têm sido tradicionalmente utilizados em batalhas para atacar as posições mais fortes do inimigo, para explorar fraquezas e, se necessário, para dar cobertura à retirada do rei. Ao contrário da maioria das tropas de elite, estrangeiros (exceto tairenos, altaranos e murandianos) não são apenas bem-vindos, como podem subir até a patente mais alta, assim como os plebeus, o que também é incomum. O uniforme dos Companheiros consiste em um casaco verde, uma placa peitoral estampando as Nove Abelhas de Illian, e um elmo cônico com barras de aço no gradil. O Primeiro Capitão ostenta quatro círculos encordaçados dourados no punho da manga do casaco e três plumas douradas com pontas verdes. Tenentes ostentam dois círculos amarelos no punho da manga e duas plumas verdes fininhas, e subtenentes ostentam um círculo amarelo e uma única pluma verde. Porta-estandartes são designados por dois círculos amarelos incompletos nos punhos e uma única pluma amarela, e membros do esquadrão, por um único círculo amarelo incompleto.

Confraria, a: mesmo durante as Guerras dos Trollocs, há mais de dois mil anos (*circa* 1000-1350 DR), a Torre Branca continuou mantendo seu padrão, expulsando mulheres que não conseguiam alcançar esse padrão. Algumas dessas mulheres, temendo voltar para casa em meio às guerras, fugiram para Barashta (perto de onde atualmente se localiza Ebou Dar), o mais longe dos conflitos quanto possível na época. Denominando-se Confraria, e Comadres, elas se mantiveram às escondidas e proporcionavam um porto seguro para outras mulheres que haviam sido expulsas. Com o tempo, suas abordagens a mulheres obrigadas a deixar a Torre levaram a contatos com fugitivas, e, embora as verdadeiras razões talvez nunca sejam descobertas, a Confraria começou a aceitá-las também. Fazia-se um grande esforço para evitar que essas garotas soubessem da Confraria até que se tivesse certeza de que as Aes Sedai não iam recapturá-las. Afinal de contas, todo mundo sabia que, cedo ou tarde, fugitivas sempre acabavam sendo pegas, e a Confraria tinha ciência de que, a menos que se mantivesse em segredo, as próprias Comadres seriam punidas com rigor.

O que a Confraria não sabia era que as Aes Sedai na Torre Branca estavam cientes de sua existência quase que desde sempre, mas o prosseguimento das guerras não permitia tempo para tratar delas. Ao fim dos conflitos, a Torre se deu conta de que acabar com a Confraria talvez não fosse do seu interesse. Antes disso, a maioria das fugitivas realmente conseguia escapar, a despeito da propaganda da Torre, mas, a partir do momento em que as Comadres começaram a ajudá-las, a Torre soube exatamente para onde todas as fugitivas estavam indo e começou a recapturar noventa por cento delas. Como as Comadres iam e vinham de Barashta (e depois de Ebou Dar) em seu esforço para esconder sua existência e seus números, nunca ficando mais do que dez anos por conta do medo de que alguém percebesse que elas não tinham envelhecido no ritmo normal, a Torre acreditava que não fossem muitas, e elas certamente eram discretas. A fim de usar a Confraria como armadilha para as fugitivas, a Torre decidiu deixá-las em paz, ao contrário do que fez com qualquer outro grupo similar ao longo da história, e manter a própria existência da Confraria como um segredo que só Aes Sedai plenas conheciam.

As Comadres não têm leis, apenas regras parcialmente baseadas nas das noviças e Aceitas da Torre Branca, em parte por sua necessidade de se manter em sigilo. Como seria de se imaginar, dadas as origens da Confraria, essas regras são aplicadas com muita firmeza a todas as suas integrantes.

Recentemente, contatos diretos entre Aes Sedai e Comadres, ainda que de conhecimento de apenas um punhado de irmãs, geraram inúmeras surpresas, incluindo o fato de que há duas vezes mais Comadres que Aes Sedai e de que algumas delas são mais de cem anos mais velhas do que qualquer Aes Sedai já viveu desde antes das Guerras dos Trollocs. O efeito de tais revelações, tanto entre as Aes Sedai quanto entre as Comadres, ainda está no campo das especulações. *Ver também* Filhas do Silêncio, as; Círculo do Tricô, o.

Consolidação, a: quando os exércitos destacados por Artur Asa-de-gavião sob o comando de seu filho Luthair chegaram a Seanchan, descobriram uma instável colcha de retalhos de nações que estavam sempre em guerra, onde as Aes Sedai costumavam reinar. Sem nada que equivalesse à Torre Branca, as Aes Sedai, usando o Poder, trabalhavam para conseguir ganhos individuais. Formando pequenos grupos, elas viviam tramando contra as demais. Em grande parte, foi esse conchavo permanente visando vantagens pessoais e as consequentes guerras entre a miríade de nações que permitiram que os exércitos do leste do Oceano de Aryth dessem início à conquista de todo um continente, o que ficou para seus descendentes concluírem. Essa conquista, durante a qual os descendentes dos exércitos originais tornaram-se Seanchan tanto quanto conquistaram os Seanchan, durou mais de novecentos anos e é chamada de Consolidação.

Corenne: na Língua Antiga, "o Retorno". Nome dado pelos Seanchan tanto para a esquadra de milhares de navios quanto para as centenas de milhares de soldados, artesãos e tantos outros transportados por esses navios, que virão na esteira dos Predecessores para retomar as terras roubadas dos descendentes de Artur Asa-de-gavião. *Ver também* Predecessores.

Círculo do Tricô, o: as líderes da Confraria. Como nenhuma integrante da Confraria já chegou a saber como as Aes Sedai organizam sua hierarquia — conhecimento repassado apenas quando uma Aceita passa no teste para o xale —, elas não dão muita importância à força com o Poder, mas dão muito peso à idade, com a mulher mais velha estando sempre acima da mais nova. Assim, o Círculo do Tricô (nome escolhido, assim como Confraria, por ser inócuo) é composto pelas treze Comadres mais velhas residentes em Ebou Dar, a mais idosa recebendo o título de Anciã-mor. De acordo com as regras, todas terão de abdicar quando a hora chegar, mas, contanto que sejam residentes de Ebou Dar, essas mulheres têm autoridade total sobre a Confraria, em um nível que daria inveja a qualquer Trono de Amyrlin. *Ver também* Confraria, a.

da'covale: (1) Na Língua Antiga, "que tem dono" ou "pessoa que é propriedade". (2) Entre os Seanchan, termo que costuma ser aplicado, junto com "propriedade", para escravos. A escravidão tem uma história longa e peculiar entre os Seanchan, com escravos podendo ascender a posições de grande poder e ampla autoridade, até sobre pessoas que são livres. *Ver também* so'jhin.

Defensores da Pedra, os: formação militar de elite de Tear. O atual Capitão da Pedra (comandante dos Defensores) é Rodrivar Tihera. Só tairenos são aceitos entre os Defensores, e oficiais costumam ter sangue nobre, embora não raro de Casas menores ou de braços menores de Casas fortes. Os Defensores têm a missão de proteger a grande fortaleza conhecida como Pedra de Tear, na cidade de Tear, para defender a cidade, e de realizar funções policiais no lugar de uma Guarda da Cidade ou afins. Excetuando-se os períodos de guerra, seus deveres raramente os levam muito longe da cidade. Por isso, assim como acontece com outras formações de elite, eles são o núcleo em torno do qual o exército é formado. O uniforme dos Defensores consiste em um casaco preto com mangas bufantes listradas em preto e dourado e punhos pretos, uma placa peitoral polida e um elmo com aba e barras de aço no gradil. O Capitão da Pedra ostenta três pequenas plumas no elmo e, nos punhos do casaco, três cordões dourados entrelaçados em uma faixa branca. Capitães ostentam duas plumas brancas e uma única fita de galão dourado nos punhos brancos, tenentes ostentam uma única pluma branca e um único cordão preto nos punhos brancos, e subtenentes ostentam uma pequena pluma preta e punhos brancos lisos. Porta-estandartes usam casacos com punhos dourados, e membros do esquadrão ostentam listras pretas e douradas nos punhos.

Detecção: (1) Habilidade de usar o Poder Único para diagnosticar condição física e doenças. (2) Habilidade de encontrar reservas de minérios usando o Poder Único. O fato de essa ser uma habilidade perdida há muito tempo entre as Aes Sedai pode ser a explicação para o termo ter se associado a uma outra habilidade.

der'morat-: (1) Na Língua Antiga, "treinador-mestre". (2) Entre os Seanchan, prefixo usado para indicar um experiente e altamente capacitado domador de exóticos, uma pessoa que treina outras, como no caso de *der'morat'raken*. Os *der'morat* podem ter um status social relativamente alto, o mais alto entre todos cabendo às *der'sul'dam*, as treinadoras das *sul'dam*, que se equiparam a oficiais militares relativamente altos. *Ver também morat.*

Fain, Padan: ex-Amigo das Trevas, atualmente mais que isso e ainda pior que um Amigo das Trevas, e inimigo tanto dos Abandonados quanto de Rand al'Thor, a quem odeia com fervor. Visto pela última vez sob a alcunha de Jeraal Mordeth, conselheiro do Lorde Toram Riatin em sua rebelião contra o Dragão Renascido em Cairhien.

Filhas do Silêncio, as: durante a história da Torre Branca (mais de três mil anos), várias mulheres que dela foram expulsas se mostraram avessas a aceitar seu destino e tentaram se unir em grupos. Esses grupos — pelo menos a esmagadora maioria deles — eram dispersados pela Torre Branca assim que eram encontrados e acabavam punidos publicamente de forma severa para assegurar que a lição fosse aprendida por todas. O último grupo a ser dispersado se intitulava as Filhas do Silêncio (794-798 NE). As Filhas consistiam em duas Aceitas que haviam sido expulsas da Torre e vinte e três mulheres reunidas e treinadas por elas. Todas foram levadas de volta a Tar Valon e castigadas, e as vinte e três foram alistadas no livro das noviças. Só uma delas conseguiu chegar ao xale. *Ver também* Confraria, a.

Guardas da Morte, os: formação militar de elite do Império Seanchan, que inclui tanto humanos quanto Ogier. Os membros humanos dos Guardas da Morte são todos *da'covale*, nascidos como propriedade e selecionados ainda jovens para servir à Imperatriz, de quem são propriedade particular. Dotados de uma lealdade fanática e de um orgulho ferrenho, costumam ostentar corvos tatuados nos ombros, a marca de um *da'covale* da Imperatriz. Seus elmos e armaduras são laqueados em verde-escuro e vermelho-sangue, seus escudos são laqueados em preto e suas lanças e espadas ostentam borlas pretas. *Ver também da'covale.*

Hailene: na Língua Antiga, "Predecessores" ou "Os que Vieram Antes". Termo aplicado pelos Seanchan à gigantesca força expedicionária enviada ao outro lado do Oceano de Aryth para explorar as terras que Artur Asa-de-gavião governou. Agora sob o comando da Grã-lady Suroth, e com seus efetivos aumentados pelos recrutas das terras conquistadas, os Hailene ultrapassaram em muito seus objetivos iniciais.

Hanlon, Daved: Amigo das Trevas, ex-comandante dos Leões Brancos a serviço do Abandonado Rahvin enquanto ele comandou Caemlyn sob o nome de Lorde Gaebril. De lá, Hanlon levou os Leões Brancos a Cairhien com a ordem de intensificar a rebelião contra o Dragão Renascido. Os Leões Brancos foram destruídos por uma "bolha de maldade", e Hanlon recebeu ordens para voltar a Caemlyn para propósitos ainda desconhecidos.

homens de armas: soldados que devem lealdade ou fidelidade a um lorde ou lady em particular.

Hierarquia do Povo do Mar: os Atha'an Miere, o Povo do Mar, são governados pela Senhora dos Navios dos Atha'an Miere, que é assistida pela Chamadora de Ventos da Senhora dos Navios e pelo Mestre das Lâminas. Abaixo deles vêm as Mestras das Ondas dos clãs, cada qual assistida por sua Chamadora de Ventos e seu Mestre da Espada. Abaixo delas estão as Mestras das Velas (capitãs de navio) do seu clã, cada qual assistida por sua Chamadora de Ventos e seu Mestre de Cargas. A Chamadora de Ventos da Senhora dos Navios tem autoridade sobre todas as Chamadoras de Ventos de Mestras das Ondas, que, por sua vez, têm autoridade sobre todas as Chamadoras de Ventos do seu clã. Da mesma forma, o Mestre das Lâminas tem autoridade sobre todos os Mestres da Espada, que, por sua vez, têm autoridade sobre os Mestres de Cargas dos seus clãs. A patente não é hereditária entre o Povo do Mar. A Senhora dos Navios é uma posição vitalícia escolhida pelas Doze Primeiras dos Atha'an Miere, as doze Senhoras das Ondas de clã mais veteranas. Uma Senhora das Ondas de clã é eleita pelas doze Mestras das Velas de seu clã, chamadas simplesmente de Doze Primeiras, termo que também é usado para designar as Mestras das Velas veteranas presentes em qualquer lugar. Ela também pode ser destituída pelo voto dessas mesmas Doze Primeiras. Na verdade, qualquer pessoa, exceção feita à Senhora dos Navios, pode ser rebaixada até mesmo a ajudante de convés por conta de malfeitoria, covardia ou outros crimes. Além disso, a Chamadora de Ventos de uma Senhora das Ondas ou Senhora dos Navios que morre é obrigada a servir a uma mulher de patente mais baixa, diminuindo assim sua própria patente.

Ishara: primeira Rainha de Andor (*circa* 994-1020 AL). Com a morte de Artur Asa-de-gavião, Ishara convenceu seu marido, um dos generais mais proeminentes de Asa-de-gavião, a levantar o cerco a Tar Valon e acompanhá-la até Caemlyn com o máximo de soldados que ele conseguisse extrair do exército. Enquanto outros tentaram tomar todo o império de Asa-de-gavião, sem êxito, Ishara tomou firme controle de uma pequena área e foi bem-sucedida. Hoje, quase todas as Casas nobres de Andor contêm parte do sangue de Ishara, e o direito de reivindicar o Trono do Leão depende tanto da descendência direta dela quanto do número de linhas de conexão a ela que puderem ser estabelecidas.

Legião do Dragão, a: grande formação militar, totalmente de infantaria, leal ao Dragão Renascido e treinada por Davram Bashere com base em preceitos definidos por ele e por Mat Cauthon, que se distanciam bruscamente do emprego habitual de homens a pé. Enquanto muitos homens simplesmente chegam e se voluntariam, muitos soldados da Legião são amealhados por grupos de recrutamento da Torre Negra, que primeiro reúnem todos os homens de determinada região que estiverem dispostos a seguir o Dragão Renascido, e só depois de levá-los até perto de Caemlyn por meio de portões peneiram aqueles que podem aprender a canalizar. O restante, a esmagadora maioria, é mandado aos campos de treinamento de Bashere.

marath'damane: na Língua Antiga, "aquelas que devem ser encolaradas" e também "a que deve ser encolarada", termo aplicado pelos Seanchan a qualquer mulher capaz de canalizar que não tenha sido encolarada como *damane*.

Mera'din: na Língua Antiga, "os Sem Irmãos". Nome adotado, enquanto sociedade, pelos Aiel que abandonaram seu clã e seu ramo e passaram a ser Shaido por não conseguirem aceitar Rand al'Thor, um aguacento, como o *Car'a'carn*, ou por se recusarem a aceitar as revelações feitas por ele quanto à história e às origens dos Aiel. Desertar de clã e ramo por qualquer motivo é um anátema entre os Aiel, daí as próprias sociedades guerreiras entre os Shaido se mostrarem relutantes em aceitá-los, levando-os a formar a sociedade dos Sem Irmãos.

Mestre das Lanças: *Ver* Capitão-lanceiro.

Mestre dos Cavalos: *Ver* Capitão-lanceiro.

morat-: na Língua Antiga, "treinador". Entre os Seanchan, é o termo usado para quem treina os exóticos, tais como os *morat'raken*, treinador ou montador de um *raken*, também chamado informalmente de voador. *Ver também der'morat.*

Predecessores, os: *Ver* Hailene.

Profeta, o: mais formalmente, o Profeta do Lorde Dragão. Conhecido no passado como Masema Dagar, um soldado shienarano, teve uma revelação e decidiu que havia sido designado para espalhar a notícia do Renascimento do Dragão. Acredita que nada — nada! — é mais importante do que reconhecer o Dragão Renascido como a Luz encarnada e estar pronto quando o Dragão Renascido chamar, e tanto ele quanto seus seguidores usam quaisquer meios para obrigar os outros a cantar as glórias do Dragão Renascido. Recusando-se a ser chamado de qualquer nome que não seja "o Profeta", levou o caos a grande parte de Ghealdan e Amadícia, das quais detém o controle de grande área.

Punhos do Paraíso: infantaria Seanchan de armadura e armamentos leves levada às batalhas no dorso das criaturas aladas conhecidas como *to'raken*. Todos são homens ou mulheres franzinos, em grande parte por conta do limite de peso que *to'raken* são capazes de transportar em qualquer voo. Considerados entre os soldados mais valentes, são usados principalmente em incursões, ataques-surpresa em posições da retaguarda do inimigo, e em situações em que a velocidade para posicionar os soldados é essencial.

Retorno, o: *Ver* Corenne.

Sangue, o: termo usado pelos Seanchan para designar a nobreza. É possível ser promovido ao Sangue ou já nascer parte dele.

Sapiência: honorífico utilizado em Ebou Dar para mulheres famosas por sua incrível capacidade de curar quase qualquer lesão. Uma Sapiência é tradicionalmente identificada por um cinto vermelho. Embora alguns tenham se dado conta de que muitas, ou a maior parte das Sapiências eboudarianas, não eram nem sequer de Altara, muito menos de Ebou Dar, o que não se sabia até pouco tempo atrás, e ainda só é de conhecimento de uns poucos, é que todas as Sapiências são, na verdade, Comadres que usam várias versões da Cura, entregando ervas e compressas só para disfarçar. Com a Confraria fugindo de Ebou Dar depois que os Seanchan tomaram a cidade, nenhuma Sapiência permaneceu por lá. *Ver também* Confraria, a.

sei'mosiev: na Língua Antiga, "olhos baixos" ou "olhos abatidos". Entre os Seanchan, dizer que alguém "se tornou *sei'mosiev*" significa que essa pessoa "perdeu a cara". *Ver também sei'taer*.

sei'taer: na Língua Antiga, "olhos retos" ou "olhos nivelados". Entre os Seanchan, refere-se à honra ou à cara, à capacidade de olhar nos olhos de alguém. É possível ser ou ter *sei'taer*, ou seja, alguém que tem honra e cara, e também ganhar ou perder *sei'taer*. *Ver também sei'mosiev*.

Shen na Calhar: na Língua Antiga, "o Bando da Mão Vermelha". (1) Lendário grupo de heróis que protagonizou muitas façanhas e que acabou por morrer defendendo Manetheren quando aquela terra foi destruída durante as Guerras dos Trollocs. (2) Formação militar reunida quase acidentalmente por Mat Cauthon e organizada com base nos preceitos das forças militares do período considerado como o auge das artes militares, a época de Artur Asa-de-gavião e os séculos imediatamente anteriores.

so'jhin: a tradução mais próxima da Língua Antiga seria "altura em meio à baixeza", ainda que alguns traduzam como "céu e vale juntos", entre várias outras possibilidades. *So'jhin* é o termo aplicado pelos Seanchan para serviçais superiores hereditários. Eles são *da'covale*, propriedade, mas ocupam posições de autoridade considerável e, não raro, de poder. Até o Sangue tem cautela perto dos *so'jhin* da família imperial e trata os *so'jhin* da Imperatriz como iguais. *Ver também* Sangue, o; *da'covale*.

intrinseca.com.br

@intrinseca

editoraintrinseca

@intrinseca

@editoraintrinseca

editoraintrinseca

1ª edição	DEZEMBRO DE 2022
impressão	GEOGRÁFICA
papel de miolo	IVORY COLD 65G/M2
papel de capa	CARTÃO SUPREMO ALTA ALVURA 250G/M2
tipografia	PERPETUA